暖爱冰心

仟语　著

加拿大国际出版社

Canada International Press

书名：暖爱冰心

作者：仟语

出版：加拿大国际出版社

印刷版国际书号 ISBN 978-1-990872-98-3

电子版国际书号 ISBN 978-1-990872-99-0

2024 年 5 月第一版

2024 年 5 月第一次印刷

版权所有，翻印必究

Book Title: Heartwarming Love

Author: Qian Yu

Publisher: Canada International Press

Printing version ISBN: 978-1-990872-98-3

E-Book ISBN: 978-1-990872-99-0

First edition, May 2024

First printing in May 2024

Copyright ©2024. All Right reserved

内容提要

现代都市爱情小说，描写海外移民生活，主要角色均为移民二代和留学生。

仙气飘飘的名校女博士妇产科医生 VS 阳光纯情的忠犬富二代房地产商.

温暖治愈，久别重逢。

作者简介

　　作者仟语曾在澳洲留学，曾做过大学教师，之后移民加拿大，对留学移民生活十分了解。其作品以暖心治愈风格为主，文风细腻，题材多变，素材来自于现实生活。

目　录

第 001 章 被绑架去旅行

二〇一七年，十一月，优卑诗大学。

这所大学占地广袤，临着海，被划为大温的一座城市。

时值深秋，微雨后的天空澄清如洗。

刚从研讨室出来的梅宛书，手上拿着个文件夹，步态舒缓地行走在枫树道中。

一阵凉风袭来，一片枫叶悄悄落在她的肩头。梅宛书瑟缩了一下，脚步也随之停了下来。她抬手将几缕发丝拨到耳后，随后将那片枫叶捻了下来。她捏着叶柄来回转了几下，见叶子脉络清晰，锯齿分明。

一片树叶，却莫名触到了心底的某处柔软。梅宛书淡淡一笑，将这片红叶放进了文件夹里。

口袋里的手机响了起来。

一瞧名字，笑意更深了些："Ella！"

"哪儿呢，下课了没？"电话里传来的女声清脆爽落。

"刚结束研讨。"

"那赶紧的，上我这儿来。"

"有急事？"语声仍是轻缓的节奏，一点没为对方的火急火燎而波动。

"是啊，我要去夏威夷旅行五天，你陪我去，刚给旅行社打电话都订好了哈，机票也买好了，不许你说不去！"

梅宛书一愣："怎么突然想起来旅行？"

"来了再说！"尹歆然的口气似乎有些烦心，她叮嘱："这会儿下班高峰期，你就别开车来市中心了，乘公交倒快！"

　　"OK！"知道尹歆然的急脾气，梅宛书也不多说什么，挂了电话。

　　她摸了一下风衣口袋，正好交通卡揣在身上，便转了方向走到大学的公交总站乘车。

　　四十分钟后，梅宛书下了天车，顺着扶梯一出站，耳畔便传来一连串如泉水流淌的乐声，原来她熟悉的那位流浪艺人又在行云流水般地弹奏着电吉他。

　　梅宛书驻足了一会儿，等艺人弹完一曲，她照常拿出几个两元的硬币，蹲下身放在他脚下的软布上。流浪艺人也照常对她点头微笑，说了声谢谢。梅宛书淡笑着颔了颔首，转身离去。

　　流浪艺人目送她纤瘦的背影，微叹口气。十一月的季节，温哥华已是寒气袭人，她却只套着件单薄的风衣，系着腰带的腰肢细得不盈一握，脖子上也没戴条保暖点的围巾……

　　梅宛书穿过一条长长的甬道，从商城的另一端打开玻璃门，走了出去。

　　温哥华靠近北极，维度高，秋冬季天黑得早，才四点多，天色已是一片暗灰。

　　梅宛书等了一个红绿灯穿过街道，再沿着喷泉天台的阶梯拾级而下，进了一座办公大楼。

　　乘电梯来到二十层，前台的金发小姐熟知她的面容，对她微笑点头："Hello, Sophia！"

　　梅宛书也笑着回了个招呼，穿过前厅，转个小弯来到尹歆然的办公室。

　　还未进门，便听到里面传来尹歆然耐着性子的说话声："对不起啊，周先生，你咨询的时间已经到了，我还有其他客人。"

却是在下逐客令。

"那行，这件事就拜托尹律师了，只要成了，钱不是问题。"回话的是一道低沉的男声。

尹歆然重申："周先生，具体收费一周后我会发一份正式的中英文协议给你，上面会一条一条列清楚。你也可以趁这一周再考虑一下，是不是一定要我来办理你的案子。"

男人笃定道："我不换人，就你了，Ella！"

尹歆然公事化地回："周先生，谢谢你的信任！"

"那，Ella，拜拜！"

"慢走！"

男人开门走出来，短寸平头，一张脸有棱有角，身材厚实偏高。

看到梅宛书，男人很客气地将门抵住墙壁，略微欠身，让她先进。

梅宛书朝他点头致谢，身姿飘逸地进了门。

男人小声自言自语："美女的客人也是大美女。"

话落，松了手，门关紧了。

办公室里尹歆然这才长舒了一口气："请神容易送神难。"

梅宛书问："这客人怎么找到你的？"

尹歆然将办公桌上的一堆文件整理好放进橱柜："其他客人介绍过来的。"

梅宛书点点头，知道做移民律师这一行的，什么样稀奇古怪的客人都有。

见文员的座位是空的，桌上放着一杯热腾腾的咖啡，便问："Cathy 不在？"

尹歆然坐回座椅，旋转半圈面朝梅宛书，轻松地道："我刚让 Cathy 下班了，知道你要来，小姑娘细心，还给你买了杯热咖啡。”

梅宛书温雅一笑，坐到办公桌旁，放下文件夹，端起咖啡只浅尝了一口，就将杯子放回桌子上，两手捂在杯上取暖。

办公室的灯光将她衬得尤为楚楚动人，秀美雅致的脸庞一如既往容色清淡，胃烟眉下眼眸略微低垂，含着一抹惆怅寥落。长睫毛轻轻翕动，在下眼睑处留下两道淡淡的阴翳。如天鹅般修长的脖颈上，挂着一条细细的玫金项链，当中坠着一朵雕刻精细的四叶花，与她左手小指的半圈式尾戒同款。

安静了片刻，尹歆然问：“怎么咖啡只喝一口？”

“法国香草，太甜。”

“天气凉，喝点浓香口味的也不错吗，也不知道为什么你就喜欢喝苦味道的。”

梅宛书柔声问：“突然想去夏威夷，受什么刺激了？”

“哎，”尹歆然一声哀叹：“就刚才那位客人咯，就是为了躲他！上星期就拉着我签协议，这几天每天都来我办公室，可我真心不想接他的案子。”

“原因？”

“感觉像假结婚。”

一句话，梅宛书全明白了：“想让你做配偶团聚移民？”

“嗯，”对梅宛书，尹歆然毫不隐瞒：“怪我，这个客人上星期第一次来找我做咨询，我多跟他说了一句话，问他太太知不知道他全身上下有几颗痣，都长在哪里了。”

梅宛书微笑起来：“那不是面试时移民官才会问到的问题吗？”

认识尹歆然两年多了，连她专业领域的问题梅宛书也知道了不少。

“就是说啊，”尹歆然叹：“结果悲催了，这客人一听我这句话，觉得我超专业，死也不肯换人来做他的案子。于是我采取拖延战术，每小时五百这么收他咨询费，给他做了好几次更详细的咨询，顺便说说他这个案子的难处，想让他知难而退。结果这客人倒好，越发来劲，大把钞票往我这儿送也不心疼。也是，富二代搞房地产的，钱来的容易。"

"不能直接拒绝吗？"

"职业守则咯，也没确认他是真的假结婚啊？"尹歆然颇感无奈。

"去夏威夷躲几天就能管用？一周后还不是要签协议？"

"能躲一会儿是一会儿，先让我心情愉快一下。"

梅宛书有点埋怨："这么快就定了旅行社，还帮我买了机票，你这是要绑架我去旅行呢。"

尹歆然站起身，走到梅宛书那张办公桌，弯下她丰腴又窈窕的身子，双手托着下巴撑在桌面上："我这不是知道你后面几天的日程安排吗？一周后才去妇幼医院实习，空着一周正好没事嘛，去热带沙滩晒太阳去，多舒服啊。"

说着，眼睛还眨巴两下，整张脸生动又鲜活，自己都不知道她这副样子有多招人。

受不了这人撒娇卖萌，梅宛书莞尔，轻声答应："行吧，陪你几天。"

尹歆然喜道："真乖！最好在阳光沙滩上碰到个颜值逆天的大帅哥，把你这个眼睛长在头顶上的高冷女神给收了去！"

说着，她背转身子去拿她的手提包，没瞧见梅宛书的笑容顿时僵住，凝结在嘴角。

周昊出了大楼，冷风一吹，把他心头那股子热乎劲吹去了不少。

真没想到，他能碰到这样一位白领丽人，身材好得能把职业套装穿出梦露的味道，再加上她那双漆黑晶亮的大眼睛，透着一股子聪慧，真是太迷人了。

什么叫美貌与才华兼备，说的就是尹歆然。虽然周昊也看出来尹歆然推搪的态度，不过没关系，死缠烂打就是他的长项。

一路想着，乘电梯下到车库，刚上了他那辆路虎，手机响了起来。

一看号码，他笑起来："子旸？"

"昊哥！"那头的声音爽快明朗，带着股蓬勃的朝气。

"怎么样，今天上哪儿玩儿了，准备什么时候回温哥华？"

穆子旸是周昊的公司合伙人，天阳地产的另一个大股东，很年轻，只有二十五岁。大温进入秋冬季后天气阴寒，穆子旸就想去夏威夷晒几天太阳，说是要把他发潮的骨头晒晒干才健康。

周昊便让穆子旸去找他在夏威夷读大学的表弟喻明辉。

喻明辉和穆子旸差不多大，两个年轻人凑在一起吃喝玩乐，愉快得很，这几天穆子旸乐不思蜀。但对于公司的事情他还是挺上心的，每天都要打个电话给周昊，过问一下。

"今天 Frank 带我去珍珠港了，风景不错，打算再玩一个礼拜吧。"说完今天的行程后，穆子旸转了话锋："昊哥，大温的公寓项目，谈得怎么样了？"

"差不多了，就剩下最后一家还没谈妥，准备明天谈。"

"哪家？"

"优卑诗的李教授。"

"知道了，昊哥。你先谈，谈不拢的话，等我回来搞定！"

"暂时还用不上你，你小子就在夏威夷好好玩吧！"

"行，那我就多玩几天！"

"喂，"周昊开始调侃："夏威夷的女郎个个都很美艳啊，不考虑找一个？"

"那可不行！"穆子旸立马严肃起来："我冰清玉洁的身体可是留给我梦中女神的！"

每每说到这事儿，周昊就奇怪："子旸，你的梦中女神，到底谁啊？"

"……"

没有回答。

第 002 章 Aloha

　　翌日下午两点多，梅宛书在学校公寓整理好行李，叫了一部出租到达机场。

　　一进机场大厅，尹歆然的消息发了过来：【我正在排队安检，你直接过来吧】

　　梅宛书拖着小行李箱走到安检入口，在一长排的人群末尾看到尹歆然扎眼的身影。

　　平时职业套装穿得女人味十足，今天出门旅行，风格大变。上身套了件白色印花风帽衫，下身一条黑色包腿牛仔，脚上穿一双带了小菠萝装饰的运动鞋，斜挎一只精致的小包。然而即便这样舒适休闲的打扮，还是掩盖不住她凹凸有致的好身材。

　　梅宛书淡淡地瞅了她一眼，一言不发排进了队伍。

　　尹歆然莫名其妙："干嘛用这种眼神看我？我今天打扮得不时尚吗？"

　　梅宛书没回头，轻声说："很想装作不认识你，把蛇穿在身上真好看吗？"

　　尹歆然哭笑不得："喂，我属蛇的，身上这套可是今年的秋冬季新款好不好，不夸一声就算了，还贬我！"

　　说着，从后面拍了一下梅宛书纯黑色带金属 logo 的双肩背包："跟你这包一个牌子的，你能背我就不能穿啊！"

　　梅宛书凉声回道："我这包是三年前的款，而且没有蛇。"

　　尹歆然气结，见她身上一袭黑色丝绒的运动套装，质感极佳，更显得身姿高挑，双腿修长。一头柔顺的长发梳了个简单的花苞，露出她莹白光洁的后颈，比昨天风衣的打扮更加楚楚动人。

没从梅宛书的衣服上发现任何商标，尹歆然干脆从后面翻了一下她的衣领："喂，别光说我，你这衣服牌子也是蛇，蛇妖美杜莎！"

梅宛书道："至少我这身是一套。"

尹歆然不服气："我衣服、裤子、鞋子、包都一个牌子，不也是一套吗？"

梅宛书道："虽说是一个牌子，但不是一个系列的。衣服、裤子是休闲风，包是华贵另类的酒神系列，鞋子走的是可爱风，哪里配套？"

听了这话，尹歆然立马郁闷不自信了，她这朋友向来审美极佳。

半晌，她才在梅宛书背后埋怨："那我每次让你陪我去购物，你又不肯，我只好让导购小姐帮我选了。"

梅宛书没回话，随着队伍慢慢往前挪，快轮到她们安检时，她才突然道："Ella，下次你想买哪个牌子的衣服，我先帮你在网上做好功课，写一份购物笔记发给你，供你参考。"

尹歆然："……"

安检完，见时间还早，尹歆然买了两杯咖啡。

梅宛书的那杯是最简单的美式咖啡，不加糖不加奶；她自己买了一杯卡布奇诺，加糖加奶。

梅宛书喝咖啡的样子十分优雅，一小口一小口地慢慢品尝，明明是最便宜的咖啡，却给她喝出珍贵红酒的姿态。

尹歆然看着她便觉得赏心悦目，美人如画卷，动静两相宜。

"喂！"正晃神间，梅宛书手指点了一下自己的嘴角，提醒她："咖啡沫。"

“哦！”尹歆然回过神来。

卡布奇诺味道是好，就是白沫多，她赶忙拿餐巾纸擦拭了一下脸。

梅宛书见她嘴边还残留了一些白沫，便拿餐巾纸一点一点帮她抹干净。

她的身体朝尹歆然倾过来，动作细致温柔，气息芳香纯净，连女人都觉得蓦然心动。

尹歆然再一次感到费解，二十六岁的如花美女，名牌大学的医学院博士，头脑就不用说了，气质也高雅，举止又细腻。认识梅宛书两年多了，只觉她极度清心寡欲，不撒娇，不八卦，不诉苦。明明超好的审美眼光，却没见她买过一身新衣服，一个新包，似乎对购物完全没兴趣。聊天也不曾听她谈起任何一个男人，更别说谈恋爱了。女人所有的爱好她一样都无，简直就不像凡人，像从天上掉下来的不食人间烟火的仙女。

“Sophia，”尹歆然忍不住问：“除了上课做研究，除了你的病人、妇女、婴儿，你还对什么感兴趣？”

梅宛书抬了抬手中的咖啡杯，笑得清浅：“黑咖啡，我喜欢的。”

此时，尹歆觉得对面的女人好看得难以言喻，忙用手机对准梅宛书拍了一张。

梅宛书虽不喜欢拍照，但见尹歆然这张抓拍倒将她拍得十分自然，也就由她去了。

尹歆然对自己的拍照技术大为赞赏，一时兴起，举起剪刀手自拍十几张，挑了一张最漂亮的美颜加工，这才满意了。

梅宛书抬腕看了一眼手表：“时间差不多了，去登机口吧！”

　　两人随着人流上了一架一排四座的小飞机，放好行李后梅宛书从背包里拿出一本厚厚的专业书开始阅读。

　　尹歆然只朝书页上瞟了一眼就不言语了，密密麻麻的医学词汇，每个词都有几十个字母，比她那本两千多页的移民法难看多了。

　　干脆打开前方的小屏幕，带上耳机开始看电影，不一会儿眼皮打架睡着了。

　　直到喇叭通知飞机正在下降，十分钟后将停在火鲁奴奴机场，尹歆然才醒，转头瞧了一眼身边的梅宛书，似乎同一个姿势都没变过，岿然不动看了将近六个小时的书。

　　听到喇叭里的通知，梅宛书这才把书合上，瞧了一眼窗外，见外面已是漆黑一片。

　　顺利出了机场，旅行社的导游来接她们。

　　坐上旅游小巴，导游看清了她们的样貌，不禁大赞："两位小姐长得真漂亮！Aloha！"

　　尹歆然刚在飞机上睡了一觉，这会儿精神十足，好奇地问："Aloha 是什么意思？"

　　导游解释："夏威夷是个十分友好的城市，每天都有来自全世界各地的游客，大家相互打招呼表示友好，都用这个词，Aloha！"

　　尹歆然开始鹦鹉学舌："Aloha！"

　　"哈哈，小姐发音真标准！"

　　就在轻松愉快的气氛中，小巴开到了尹歆然预定的酒店。

　　一进门，尹歆然就躺倒在床上，舒展四肢："明天终于可以晒到光灿灿的太阳啦！最近温哥华总是下雨，感觉身体都要发霉了。"

　　梅宛书将身上的外套脱下来，露出了里面的白色 T 恤，白皙修长的胳膊也露了出来。

然后她开始整理自己的行李，嘴上问："Ella，你的行李要不要收拾？"

尹歆然一躺在床上就不想动了，懒洋洋的："今晚就不收拾了，洗洗睡睡，明天再说。"

梅宛书接口："那我帮你收拾吧！"

尹歆然立马开心地坐起身："等你这句话等半天了！"

梅宛书莞尔："你先去洗澡，洗好了我也正好收拾好了。"

"那就多谢啦！"尹歆然拿了睡衣进了卫生间。

洗头、洗澡、吹头忙活了半个多小时，出来一看，行李箱空了，所有衣物一件件与梅宛书的挂在壁橱里，常用的化妆品罗列在桌子的一角，小镜子、手机充电器等小物件整整齐齐地摆放在床头柜上。

感觉自己这辈子都没这么有条有理过，尹歆然有点不好意思："Sophia，谢谢你啊！"

"不客气，"梅宛书仍是轻声细语的："看来你为了这次旅行买了不少衣服，刚帮你挂了一件 T 恤，吊牌还没减掉，跟你的风帽衫一个花色，上面也印了两条蛇。"

尹歆然脸黑了下来："能不能别再提这茬？"

梅宛书悠悠回："答应我这几天别穿了，回温哥华退了就是。"

话落，身姿飘逸地进了卫生间。

尹歆然对着她的背影叫道："我看你都要成仙了！"

第 003 章 偶遇白沙滩

第二天，两人睡到九点多才起床。

尹歆然看了一下旅行社的行程单："Sophia，今天下午两点导游才来接我们环岛游，不如我们一会儿去 Waikiki 海滩晒太阳，走过去也就十多分钟路。"

梅宛书正打开壁橱取外出的衣裙，顺手帮尹歆然拿了一条淡黄底色印暗花的真丝短裙，高腰膝上的款式，穿着相当减龄。

"你上午去海滩穿这条裙子，下午会下雨降温，你穿黑长 T 白牛仔裤好了。"

"OK！"尹歆然拿了裙子去卫生间换上，出来就变成了一个活泼年少的俏女郎。

梅宛书上下打量，又给她稍稍整理了半长的齐肩发："完美！"

得了夸赞的尹歆然心中一喜，见梅宛书换了一条纯白色的无袖 V 领口雪纺长裙，裙摆几乎及地，柔顺如波的长发垂在身后，整个人清雅飘逸。

尹歆然想了一下，转身拿了昨晚导游发给她们的两只花环，自己脖子上套了一只蓝色花环，又将另一只紫色花环递给梅宛书，"Sophia，你穿的太素了，加点颜色，入乡随俗。"

"嗯。"梅宛书接过花环戴在脖子上，又稍稍调整了一下花环的位置，让几朵鲜花遮挡住 V 领口的下方。

随后一人拿了个小手袋，脚步轻快地下楼。

出了酒店，两人沿着大石块铺成的小径行走，不多时便来到了 Waikiki 海滩。

只见海天一色，蔚蓝如洗，白色沙滩洁净绵软，蜿蜒的海岸线在棵棵棕榈树的点缀下翠意盎然。

海滩上游人处处，有的在赤脚散步，有的在堆沙取乐，也有不少在海里游泳冲浪，四处散发着欢快悠闲的气息。

周围的风光如此旖旎，梅宛书顿觉心情一片晴好，脸上不觉露出了明艳的笑容，光彩照人，如同淡水墨画上一笔最亮的丽色。

这样恣意欢脱的笑容，尹歆然还未曾在梅宛书的脸上见过，顿时晃了眼。下一刻，她赶紧拿手机抓拍梅宛书难得一见的表情。

殊不知就在那一霎那，梅宛书绚烂的笑颜被不远处的一个男人尽收眼底。

毫无由来的震撼，连心尖都在不由自主地战栗，穆子旸瞬间定格当场，动弹不得。

明明戴了一副大黑墨镜，把强烈的阳光遮挡得好好的，却完全挡不住那女人全身上下绽放的光芒，像明珠宝石，瑰姿艳逸。

"完了！"穆子旸低喊一声，大手夸张地捂住心脏的位置。

"怎么啦？"站在他旁边的喻明问。

"突然心动过速，一分钟跳两百下！"

"去你的！"喻明辉顺着他的眼光瞧过去。

"正点啊！"他也兴奋起来，拿手比了个框，对准了尹歆然："一米六五，身材火辣，比白妞还性感！"

说完就觉得两道鄙视的射线透过大黑墨镜朝自己投来。

"旁边那个！"

"哦！"喻明辉恍然大悟，立刻报："一米七，身材偏瘦，气质女神，你的菜？”

穆子旸咬住唇，发誓般一个字一个字地狠狠说：“就她了！”

“什么？”

“我未来老婆。”

“哈哈……”喻明辉笑得浑身打颤，手指着他：“你小子不是疯了吧！”

笑了一阵，又朝梅宛书多看了几眼，评定道：“气质大美女，看上去也不比你小，这么好的不可能等到现在还留给你，没嫁男朋友也少不了。”

穆子旸却从鼻子里哼了一声。

管她什么背景，好不容易看到跟他梦中女神长得如此相像的，必须要追啊！

他甩了甩头，毫不犹疑地迈开大长腿朝两女走去，喻明辉忙不迭跟上。

越靠近白裙飘飘的女人，穆子旸就越有种熟悉的感觉。

此时，海风吹乱了梅宛书的柔发，她抬手将额侧的几缕发丝拨到耳根后。那优雅如天鹅的姿态，那精致完美的侧颜，似乎留存了几分小时候的影子。

穆子旸拧眉，难道……还真是她？

这个念头一起，他顿时浑身血液加速，每个细胞都在兴奋地抖动跳跃。

梅宛书面朝碧浪翻卷的大海，贪婪地享受着彻底敞开心扉的这一刻，浑然不觉有人正在向她渐渐靠近。

旁边的尹歆然却惊呼出声：“我说什么来着，颜值逆天的大帅哥，还真来了！”

梅宛书一怔，顺着尹歆然的目光望去，见几米开外一个又高又挺的年轻男人正朝着自己的方向走。宽大的墨镜挡住了眉眼，架在他挺直的鼻梁上，深咖色的短发修剪整齐，淡色的嘴唇光润性感，标致的下颌如描如画。修长的四肢从简单的白 T 恤沙滩裤中露了出来，健康的小麦肌肤，流畅的肌肉线条，走在日光下的男人如同夏威夷上空灿亮的朝阳，炫目耀眼，光华灼灼。

随着他渐行渐近，梅宛书感到某种危险的气息，哪怕离了好几米远，她却知道他的目标就是她。

她看似不经意地转个身背对着那人，偏偏尹歆然还在她耳边呱噪：“哇，简直就是行走的荷尔蒙啊！”

穆子旸瞧见女人转身的动作，嘴唇不禁弯出一个大大的弧度，透着一股发自肺腑的得意。

还没走到跟前就躲，那不正是猎物对猎人的灵敏感觉？

喻明辉在一旁瞧着，觉得这人越发浪荡了，他顶了一下穆子旸的肘：“悠着点啊，别把人给吓跑了！”

穆子旸恍若未闻，目不斜视直接掠过尹歆然，往前多走了两步，转过身面对梅宛书。

又一阵海风吹过，把梅宛书的花环吹得有点歪，靠近胸口的白腻肌肤似乎透出一抹粉色。

穆子旸心脏狂跳，将墨镜架到额上，伸手指着梅宛书的胸口，声音还有点儿打颤：“嗨，你这里，是不是有只粉色蝴蝶？”

梅宛书本打算漠视穆子旸的注目，然而瞧见他唐突的动作，又听到这句莫名其妙的话，她却无法淡定了。一瞬间惊愕后，她朝他陌生的脸看去，脑子里闪过一个个影像，终于生出了某种猜测。

她嘴唇微动正想说什么，尹歆然猛地打开穆子旸的手：

"喂，有你这么搭讪的吗？没见过这么没礼貌的！"

瞬间，阳光俊美的男人形象跌到了谷底。

尹歆然又朝他瞪了一眼，拉着梅宛书就走。

一旁的喻明辉皱眉："子旸，都叫你悠着点！"

穆子旸仍一脸兴奋："她是我熟人！"

梅宛书听见这两句对话，更加确定了刚才的猜测，心头竟微微划过一丝悸动。

穆子旸迈了两大步从后赶上她，一把拉住她的胳膊，急于确认："小姐，你是不是叫梅宛书？"

尹歆然马上顶回去："什么梅宛书？你认错人了，她叫Sophia！"

穆子旸看都不看她，只看梅宛书："小姐，你有中文名吧，请问你中文名叫什么？"

梅宛书冷眼瞧着那只抓着自己胳膊的大手，手指修长，骨节分明，和小时候喜欢拉着她的那只胖乎乎的小手完全不同，但这人却还跟小时候一样喜欢耍赖皮。

她心中微叹，嘴上轻声说："先生，请放开你的手！"

穆子旸不依不挠的："告诉我你的中文名，我就放手！"

尹歆然气结："喂，你别太过分了啊，再这样我报警了！"

穆子旸毫不在意，灼热的目光只盯着梅宛书："你身上是不是有个粉色的蝴蝶胎记？"

梅宛书有点来火，那么个谦和有礼、温润如玉的人，知道他最喜欢的弟弟长成了这副肆意嚣张的无赖样？

"没有胎记，也不叫梅宛书，先生你认错人了。"她冷声道："现在可以放手了？"

见女人眉眼冷漠，面如寒霜，穆子旸心中一揪。

原来不是她……

他有些尴尬，松了手，但总觉得不死心，又盯住了梅宛书花环遮挡之处："可我刚才明明看见你胸口……"

"啪！"

不轻不重的一巴掌划过他的半边脸，阻止了他接下来的话。

穆子旸的头顺势往后一仰，有点傻掉了。

就在他愣神的当口，梅宛书搭着尹歆然的手肘，转身离去。

穆子旸摸了下脸，两道长眉纠结在一起。

喻明辉瞅着他："子旸，是你自己活该啊，人家没报警就不错了。"

脸上还残留着女人手指温软的触感，穆子旸望着梅宛书远去的背影，咬牙切齿："我就不信追不上她！"

喻明辉为难道："怎么追？没留名字，没留电话。"

"不是有英文名嘛？"穆子旸摆了摆手："她叫Sophia，夏威夷就这么几家华人旅行社，有什么查不到？"

喻明辉朝他肩头捶了一记："我可警告你，别给我找麻烦，后面几天我学校里有课，不陪你疯。"

穆子旸抬手搭上他的肩："哥们儿，那么容易的旅游管理课，翘几堂不碍事吧？刚不是还跟我说班上同学逃课的大有人在。"

喻明辉嚷："那能一样啊，人家可是当地土著人！不上学不工作政府也要养一辈子的，我一留学生敢跟人家拼待遇？"

穆子旸拍拍他肩头："Frank，昊哥让你好好招待我！"

"昊哥可没让我陪你追女人！"

"这么着吧，本来你说这两天龙哥要来他的夏威夷豪宅，要带我去看龙哥的，现在我不看龙哥了。”

　　“谁嚷着龙哥是超级偶像来着？”

　　“超级偶像也赶不上未来老婆。”

　　“人家都不待见你。”

　　“不待见更要上赶着追。”

　　“她刚才还打了你一耳光！”

　　“不疼，未来老公嘛，舍不得下重手！”

　　“卧槽——”

第004章 只会喜欢一种女孩

梅宛书和尹歆然沿着海岸走，层层翻卷的浪花打在她们的足上，软软暖暖的。

两人干脆脱了凉鞋拎在手上，赤脚踩着浪走。

尹歆然瞧了梅宛书一眼，见她面色平静淡然，似乎打了陌生男人一个耳光也不怎么在意。

她若有所思，问梅宛书："Sophia，你是姓梅吧！"

"是。"梅宛书早知尹歆然会有此一问，也就爽快地回答了她。

尹歆然又问："那你的中文名的确叫梅宛书，胸口也的确有个粉色蝴蝶胎记了？"

说着，她把梅宛书的花环撩起来看，见她胸口上方的肌肤露出了一小抹淡淡的粉色，不细瞧难以察觉。

她忍不住笑起来："那人眼睛也真够毒的，戴个墨镜还能看到这么一丁点儿。"

"从小就眼睛尖，耳朵灵，嘴巴甜，惯会撒娇的。"

尹歆然听着这句话，绵绵柔柔的，藏着某种说不出的宠溺。

"这么说，你们两还真是熟人了，那刚才你怎么不认他？"

梅宛书不答话，双眸垂了下来，脖颈弯成令人心疼的弧度。

尹歆然一见她如此，连忙挽住她胳膊："不想说就别说了哈，谁还没有点伤心事呢！"

梅宛书却轻声回了句："我和子旸，就刚才那人，还有子旸的堂哥，在我八岁那年，三个人一起玩了整整一个暑假。"

"发小啊？"尹歆然有点惊讶："那子旸那年多大？"

"七岁。"

"比你还小一岁！"尹歆然指了指梅宛书："那么小就把你记得牢牢的，今天一下子就把你认出来了，一定是心里喜欢你，一直惦记你呢！"

梅宛书摇摇头："他那会儿就是个很可爱的小胖子，喜欢跟在我身后，宛书姐宛书姐的叫我。"

"小胖子？"尹歆然嘴巴顿时成了 O 形，回头去寻找穆子旸的身影。

只见不远处的海滩上，高大挺拔的年轻男人两手插在沙滩裤的口袋里，和身旁的朋友谈笑风生，朋友一脸无奈，掏出手机开始打电话。

他的墨镜就那么随随便便地架在额上，脸上的笑容灿若朝阳，整个人神采飞扬，帅气逼人，多瞧几眼都会叫人失了神。

"你还别说，"尹歆然忍不住赞："你这个弟弟男大十八变，能迷倒一大片小姑娘。"

梅宛书顺着她的眼光也朝穆子旸看了一眼，心口却突然袭来一阵难忍的酸痛，差点眼泪涌了出来。

"我们走吧，找家店去吃 Brunch（早午餐）。"

"好啊！"听得出梅宛书这一声里的落寞之意，尹歆然立刻回应她。

两人沿着海滩附近的繁华街道，找了家自助餐馆饱餐一顿，随后回酒店休息了一会儿。

下午两点，导游准时接了她们环岛游，去了钻石山、恐龙湾、大风口、海底喷泉几个景点。

……

同一时间，穆子旸坐在喻明辉的敞篷跑车里。明灿的阳光照在他脸上，映得他五官如雕塑般立体英挺，他一只修长的胳膊沿着车门自然下垂，潇洒写意。

穆子旸正在跟喻明辉谈条件："Frank，说好了啊，我陪你上今天下午的两堂课，后面几天你就陪我到处逛逛。"

喻明辉晒道："到处逛逛？说得倒轻松。行程单你不都拿到了吗？明天波利尼西亚文化村，后天火山大岛，大后天茂宜岛，最后一天再回欧胡岛参观珍珠港。短短五天游三个岛，全程都要乘小飞机来回，还挺能折腾。"

穆子旸拍了拍喻明辉的肩头，满意地道："哥儿们不错，办事效率挺高，才两小时该打听的都打听出来了。"

喻明辉摇头晃脑，很是得意："其实也没费我多大劲。"

穆子旸呵笑一声，自然知道喻明辉抬出了他爸的名字去帮他查人。

喻明辉的父亲喻海峡，在北美各大城市的华人旅行社均有参股，而到夏威夷旅游的华人无论由哪个旅行社接单，最终都会落在夏威夷本地的那几家旅行社头上。

喻明辉既然抬出了喻海峡的名头，旅行社的老板们自然给足他便利，很快就让人从温哥华一家旅行社发来的交易单据中找到了Sophia的名字，不过这一单订购人的信息填的全都是尹歆然的个人信息，梅宛书也就捎带了一个英文名字而已。

但这已经足够了，至少，穆子旸掌握了两女的行程，足以把他的"未来老婆"锁定。

玛莎拉蒂开得飞快，不一会儿就开到了喻明辉就读的夏威夷大学。

校园占地面积广阔，几座设计别致的白色建筑物如同点缀，剩余的空地皆是碧草茵茵，绿树繁茂，一派明媚的热带风光。

穆子旸和喻明辉还穿着早上的那套闲适的装束，T 恤沙滩裤和夹脚凉拖，施施然走进教室。

夏威夷一年四季温度都在三十度左右，两人的这副打扮也很普遍寻常，倒也没人觉得奇怪。

他们来得不算早，桌子后已经坐了不少各种肤色的学生。

这堂课因为是一门选修课，同学之间不算多熟悉，但两个多月课上下来彼此的脸还是认得出的，大家自然发现了喻明辉身边的大帅哥瞧着眼生，都不由自主地行起了注目礼。

一米八七的高挺身材，小麦色的肌肤，精致的长眉细目，挺直的鼻梁，润泽的唇。他的整张脸都在洋溢着热情与性感，眸色光华潋滟，叫人一见惊艳。

穆子旸似乎早已习惯了被人聚焦，对投注在他身上的一道道目光毫不在意，随着喻明辉跟各位同学都打了招呼，好像他本来就是这个班里的一份子。

最后两人落座在教室的最后一排，其他同学才都转身收回了打量的目光，但仍有两个韩国女孩忍不住叽叽喳喳用本国话聊起来。

穆子旸前三年在国内跟着父亲走南闯北，韩国人也见了不少，有点听得懂韩语，听到她们说起韩国的两位李姓人气明星，知道她们俩正在拿男明星和自己作比较呢，不禁低头哂笑。

其实在国内，他也没少被人夸帅，可他对自己的外表却不是很在意。平时运动流汗，打扮得也随性。也只有他的一个大学老师，曾经文绉绉地说他"龙章凤姿，天质自然"，将他浑然天成的气质形容到了极致。

前排的两个韩国女同学还在嬉笑谈论，声音越发大起来，引得后面一个印度男同学用提醒她们："Please speak English in class（课堂上请说英文）。"

两个韩国女生才突然反应过来，连声说"Sorry"。

两点一到，教室里走进一位褐色头发的中年男人，正是教他们这门"景区规划"选修课的老师。

西人幽默，和学生们相互道了"Aloha"后，突然发现教室的最后一排多了一张帅气的陌生面孔，便朝着穆子旸打趣："Wow, I never had a student like you, a super star!（哇，我从来没有过你这样的学生，大明星啊！）"

穆子旸即便英文一般，这句话还是听得很明白的，知道老师在夸他帅，于是他立刻用不怎么地道的口音回："Wow, I never had a teacher like you, praising me a super star. Other teachers often call me a super trouble!（哇，我从来没有过你这样的老师，夸我大明星，其他老师都说我是个大麻烦！）"

话落，周围同学都笑出声来。

老师一瞧，新同学带动得班上气氛如此活跃，自然不愿马上放过他，问了他姓名后，又开了个玩笑："I think your girlfriend is always searching for you, where is my boyfriend? Where is Yang? Where? Where?（我想你女朋友总是到处找你找不着，我男朋友在哪儿呢？旸在哪儿呢？哪儿？哪儿？）"

边用夸张的口吻说着，边作出眉眼耷拉下来的忧虑表情，惟妙惟肖。

穆子旸却突然收敛了一脸的灿笑，郑重其事地说："I never had a girlfriend, but I have a fiancee, even she doesn't know me.（我从没交过女朋友，但我有未婚妻了，虽然她并认识我。）"

闻言，周围同学面面相觑，心里嘀咕：

没交过女朋友？谁信！

有未婚妻了？心碎……

没女朋友，有未婚妻，但她不认识你？逻辑颠倒，语意不通，显然英语没学好！

"噗！"只有喻明辉知道穆子旸在说大实话，忍不住笑喷。

上完课，两人开车回 Waikiki 海难附近喻明辉租的一套两居室的公寓。

和前几天一样，穆子旸进屋的第一件事便是走到阳台上观赏日落的美景。

温柔的海风夹杂着花草树木的清香，吹拂在脸上，舒适惬意。夕阳的余辉透过彩云的缝隙撒在粼粼的波涛上，原本白色的浪花变成了红里透金的花朵，舒卷起伏。

周围的一切皆因这落日变得淡雅而宁静，那是他此生最爱的感觉。

不多时，喻明辉拿了两罐冰啤来到阳台，一人一罐开始对饮。

喝了几口，喻明辉好奇心起，忍不住问："子旸，你在国内真没交过女朋友？"

穆子旸耸耸肩："吃饭、看电影、跳舞都不算的话，就没交过。"

"那些都算啥呀，当然不算。不过嘛，"他上下打量穆子旸："就你这里外条件，说没交过女朋友还真让人没法信！"

穆子旸笑道："你今天不是在海滩上看到了吗，我的梦中情人长什么样什么气质。”

“哦，仙范儿的！”喻明辉点点头，彻底明白了：“子旸，你说你的择偶标准怎么就那么固定呢？”

不由自主地想到自己乱七八糟的情史，好像各种类型的女孩都喜欢过一遍，尤其是主动朝他身上扑的女孩，他从头到尾都拒绝不了。这几年留学，口袋里的钞票也好比大江东去浪淘尽……想想也挺心酸的。

却见穆子旸望着远方，缓缓道：“在我很小的时候，就知道自己只会喜欢一种女孩，除了那一种，谁都没法打动我。”

这话说的，就像在温柔地念一首浪漫的情诗……

空气安静了片刻，喻明辉才又突然发笑，胳膊肘顶了一下穆子旸：“这么说，你都长到二十五岁了，还是个母胎 solo，纯情处男？”

“那是！”穆子旸慨叹，被落日映照的俊美面容仿若中古油画：“我从头到脚整个人，只会给一个女人，就是我的妻子！”

第 005 章 这辈子都不想认他

昨天的环岛游，梅宛书和尹歆然玩得太过疲倦，加上还要调时差，便一直睡到了第二天上午很晚才睁眼。

起床后，梅宛书打开房间的推拉门，走到四方的阳台上，靠着栏杆观赏夏威夷的景色。

一阵阵海风吹在脸上，清凉舒爽。蓝天一碧如洗，目眺所及皆是高矮参差不齐的棕榈树，像一把把张开的大伞，沿着公路笔直地挺立着。

不一会儿，尹歆然也走到阳台上，展开双臂，深吸了一口新鲜空气。

"饿不饿？"梅宛书问。

尹歆然看了一下时间："都十点半了，肚子饿得咕咕叫。"

"我给你做点吃的。"

"拿什么做啊，房间里就一个咖啡壶，要不我们还是出去吃？"

"不用，"梅宛书轻声说着，从壁橱里拿出了一个电热水壶，又拿出一盒鸡蛋，几包方便面和几包海苔。

"昨晚你先睡了，我出去逛了一圈，找到一个小超市，买了点东西，回来又问前台要了这个热水壶。"

"哇，Sophia，"尹歆然又惊又喜："和你一起旅行，我好幸福啊！"

见梅宛书在热水壶里装满凉水，放了四个鸡蛋在里面煮。然后用咖啡壶煮了两杯咖啡，一杯加糖加伴侣的递给她，一杯纯净的黑咖啡放在桌上留给自己。

接着，梅宛书从包里拿出两瓶包装精致的调料，一味椒盐，一味鸡精混黑胡椒。

她边井井有条地操作着，边柔声解释："旅行时自己得带一些简单的调料，以备不时之需。方便面的调料味道太重也不健康，其实面条里只要加这两味调料就很好吃了。"

话落，尹歆然脑袋里只有一种想法：如果她是男的，立马娶了梅宛书。

梅宛书煮好四个鸡蛋，用凉水冲洗后放在酒店提供的纸杯里，递给尹歆然让她剥鸡蛋，然后重新烧了一壶开水泡面。

等两人喝好咖啡吃好鸡蛋，面条也泡好了，也不知道梅宛书是怎么调的味道，就两味调料再加一点海苔，入口竟是无比美味。

吃完了胃暖暖的很舒服，尹歆然顿感别无所求，重新躺倒在床上。

上午两人哪儿也没去，尹歆然拿手机上网，梅宛书坐在阳台的一张靠背椅上阅读她的医学专业书，又是纹丝不动读了两个小时。

尹歆然时不时从遥望梅宛书的身影，想着她自打做移民律师以来，阅人无数，还没见过比梅宛书更奇葩的。时而温柔似水波，时而坚硬如磐石，她可以随时随地感化你，你却永远撼动不了她的那种。也不知是何种缘分，两年多前她帮梅宛书办理枫叶卡延期，两人彼此投缘，很快就成了关系相当亲近的朋友。

下午一点多，两人换了一套装束，梅宛书穿了一袭白底印淡绿碎花的绸纱过膝长裙，尹歆然穿了一条贴身的火红色低领短裙，准两点候在酒店门口等导游来接。

今天的行程换了一个二十来岁的年轻女导游，笑容亲和，举止活泼，一路都在用普通话、粤语和英语流利地为游客们介绍夏威夷的风景习俗。

一个多小时后，旅游小巴停在了波利尼西亚文化村门口。

导游带领着一行游客，曲折绕行于村落之间。脚下碧草如茵，奇花烂漫，四周小桥流水，瀑布飞泉，偶有假山林立，青藤盘绕，风景极为秀丽。

梅宛书和尹歆然随着队伍边观赏美景边拍照留念，又观看了几场土著人的表演，随后导游领着众人来到湖岸，安排他们坐上独木舟，梅宛书和尹歆然恰好坐在第一排。

土著人划起双桨，小舟在湖面上轻缓荡漾，在碧波中划出几道弧纹。

行了片刻，梅宛书瞧见前方有座小桥，与湖里的倒影勾勒出圆形的剪影。

她心中微动，拿起手机，正想拍一张，却见桥洞里钻出另一艘独木舟来。

梅宛书心想这艘小船来得正好，倒给宁静深幽的画面添了几许生气。她在小船钻出桥洞的那一霎按下拍照键，却在回看照片时怔愣住了。

"怎么了？"身旁的尹歆然发现了她神情有异，顺着她的眼光朝她的手机看去，惊呼："这不是你那个弟弟么？"

梅宛书不答，此刻她一句话也说不出来，只是低头望着手机屏幕。

画面中，穆子旸穿着一件翻领的白色 T 恤，配了一条舒适的灰色长裤，干净又清爽。与昨天的肆意张扬完全不同，他两只手放在两膝上，十分乖巧的样子。

他也没在笑，而是表情专注地凝视着前方。他的那双眼中，似含着某种崇敬的仰望，与他七岁时坐在小板凳上听她念诗的样子，毫无二致。

恍然间，梅宛书的眼前出现了另一幅画面，面对着胖胖的小男孩，她轻声细语地朗诵着："弯弯的月儿小小的船，小小的船儿两头尖。我在小小的船里坐，只看见闪闪的星星蓝蓝的天。"

……

两艘独木舟相对而行，越靠越近，穆子旸一动不动，始终凝视着对面小船第一排的女人。

见她拿起手机拍了一张照片后，便一直垂眸看手机，不曾抬头。

片刻，两舟交错而过，他侧转身子，只想再多看她一眼，却不经意间瞧见她的手机屏幕上沾了几颗水珠。

穆子旸心中一揪，望向女人，见她的睫毛微微颤动，似乎凝着两滴泪。

哭了？他眉毛纠结在一起。

坐在他旁边的喻明辉哀叹："好么，追了整整一下午，就为了看这么一眼。"

穆子旸吁一口气，舒展身体，两腿往前伸展，脚上的休闲鞋抵住了船头。

就这么一眼，却把女人瞧哭了，连带他心口也疼得难受。

"后面还要不要继续跟着？"喻明辉无奈地问。

"不用了，待会儿他们那个团上了岸，也就是去吃个饭，晚上看个演出，我们就不跟了。"

"那我们回 Waikiki 吃晚饭？"

"嗯，"穆子旸点点头，又问："明儿去火山岛的机票买了吗？"

"早买好了！"

“是八点零七分的那班机没错吧，可别买成后面那班八点十分的。”

“就差三分钟，买错也不碍事吧！”

“买错了就不是同一架飞机了！”

“OK，OK！”

喻明辉打开手机，找到电子机票的页面，让穆子旸看清楚。

穆子旸一看果然是八点零七分的那班飞机，满意地笑了。

……

晚上，梅宛书和尹歆然随团在波利尼西亚文化村里吃了一顿简单的自助餐，又看了一场土著人的歌舞表演，回到酒店时已是十点多。

洗了澡后，梅宛书换上了一件清凉的肩带丝绸睡衣，胸口上方的胎记露了出来。

尹歆然一瞧，胎记的面积不大，形状果然像一只小小飞舞的蝴蝶，衬着她莹白的肌肤，倒是活色生香，幽韵撩人。

尹歆然不禁叹道：“你说老天多不公平，特别优待某些人，把人都生的那么完美了，连胎记还给配个漂亮的。”

梅宛书默不作声，倒了两杯清水，递给尹歆然一杯，自己那杯一小口一小口慢慢地喝。

脑中还在回想两弯独木舟交会时，穆子旸侧目朝她投来的眼光。当时她心痛难忍，情不自禁地落了几滴泪，不想让人发现而维持着低头看手机的姿势，却还是能感到穆子旸那两道炙热的目光，像是要穿透进她的心里去。

可当时她脑海里浮现的却是另一道身影。

十一岁的他身姿秀逸，站在一旁听她念那首优美的儿童诗。

到了晚上，穆子旸睡得甜甜，穆云函便牵着她的手来到屋外的田野，和她一起凝望天上的半弦月。

周围萤火虫的微光明灭闪烁，穆云函用清越好听的嗓音重新念了一遍这首诗。念完后，他笑着问她："小书，知道这首诗是谁写的吗？"

梅宛书扬起头，也笑着回答："知道，是叶圣陶爷爷写的。"

穆云函微微矮下身，揉揉她的头发："小书一直都那么聪明。"

梅宛书得了夸赞有些羞涩，垂眸轻声说："我只要有云函哥哥一半聪明就满足了。"

"呵呵……"十一岁的少年笑得润朗，面庞染上一层柔和的月光辉芒。

那幅画面像是镌刻在她的记忆深处，让她留恋至今。

"Sophia，"尹歆然的声音打断她的思绪："你说，你那个弟弟今天是不是故意跟踪我们？否则怎么会这么巧，昨天刚在海滩上碰见，今天又在文化村里遇到。我估计啊，明天我们去火山岛还能跟他碰面！"

梅宛书不接她的话，只是提醒她："Ella，都快十二点了，快睡吧，明天还要早起。"

尹歆然仍不罢休，追问："Sophia，你那个弟弟那么帅，你真不打算认他？"

话音刚落，梅宛书熄了灯，房间里顿时漆黑一片。

尹歆然无奈，只得闭上嘴，也闭上眼。

半晌，梅宛书的语声飘来："不打算认他，这辈子都不想认他！"

第 006 章 别难过，有我陪你

第二天早晨六点半，梅宛书和尹歆然退了酒店的房间，一人拖了一只拉杆箱来到机场大厅。

在候机处两人找了座位后，尹歆然觉得严重睡眠不足，便闭上眼睛靠着椅背补眠。

梅宛书坐在她旁边，和平常一样拿出专业书来阅读。读了一会儿，感觉机场大厅温度太低，凉气袭人，便从箱子里拿出两件外套，一件自己穿上，另一件披在尹歆然身上。尹歆然浑然不觉，身上暖和后睡得更香了。

此时，穆子旸和喻明辉离她们不远，就坐在她们看不见的转角处。

喻明辉哈欠连篇，眼皮不住地往下耷拉，可一听大厅喇叭里的甜美女声发出"Aloha"的声音，他就会突然惊醒。这样连续好几次一惊一乍，睁眼闭眼，穆子旸终于忍不住笑了。

"哥们儿别睡了！"

喻明辉嘟囔："陪你到处逛逛比上学还累，这才六点多，我已经好几年没五六点起床了！"

穆子旸不理会他的抱怨，只问："火山岛的车子准备好了吗？"

喻明辉眯着眼："有个旅行社的朋友会来接我们。"

"谢了！"穆子旸确认好后，目光重新转向凝神读书的女人。

高雅、知性、宁静、柔美，简直无可挑剔。

这两天他一直在不停地琢磨，想着这个女人会不会是梅宛书。但此刻他仔细观察，又觉得这个女人比他熟知的宛书姐缺了点温度，过于清冷了。再有，她若真是梅宛书，也没理由不认他。如此美好可以怀念一辈子的发小情……

然而穆子旸已经想好了，不管她是不是梅宛书，他认定的人就绝不放手。

昨天在两艘独木舟交会的那一霎那，他还看见了一样东西，女人左手小指上戴着一枚戒指。

戒指戴在小指上代表什么？独身，不婚。

可这也给了他一个信号，这个女人至今还是单身！

只要是单身，他穆子旸就有机会。

总有一天，他要将她小指上的戒指摘下，用一枚亮闪闪的钻戒锁住她的无名指！

此时，喇叭里的女声发出了通知，请乘坐八点零七分起飞的班机乘客排队登机。

梅宛书轻拍了尹歆然的肩膀喊醒她，尹歆然一睁眼，见身上披了一件浅灰色的针织外套，雅致得很，便笑道：“这件外套借我穿一天？”

梅宛书自是答应。

尹歆然把针织衫套在身上，见长度有点长，而且裹得有点紧，毕竟穿不出梅宛书飘逸的味道来。但这件针织衫轻柔绵软，穿在身上保暖舒适又透气，她倒也舍不得脱下来。

两人排队时尹歆然问：“Sophia，你这件针织衫什么牌子的？回温哥华我也买件一样的，合我的尺寸就行。”

梅宛书道：“这件针织衫是我手织的，你要是喜欢，有空我给你也织一件。不过你穿浅灰色就觉得太暗了，我给你织一件藕粉色的，抬皮肤。”

尹歆然又高兴又觉得有点不好意思，拿头在梅宛书的背后蹭了两下：“Sophia，你怎么就这么贤惠呢，真想把你娶回家！"

梅宛书凉凉回："就算枫叶国同性结婚合法，可我是独身主义，你只好死了心吧。"

尹歆然："……"

两人上了小飞机放好箱子刚坐定，就见两个面熟的男人随着廊道里的队伍往前挪。

梅宛书一下子就瞧见了穆子旸，高大的身材在一行人中醒目出挑。好在她靠窗坐，干脆拉开窗帘，眼睛朝外看，免得相对尴尬。

喻明辉和穆子旸慢慢往前走，挪到她们身边时，喻明辉装作特别惊讶的样子和她们打招呼："嗨，Ella，Sophia，这么巧又碰见了！"

尹歆然嘲道："还真巧呢，巧得连我俩名字都知道了！"

喻明辉："……"

穆子旸朝梅宛书瞧了一眼，见她头朝窗外，对他们的一番招呼充耳不闻。不禁又回想起昨天她低头看手机落泪的一幕，表面上看清冷淡漠，心里似乎藏着许多难言之隐。

他从后推了喻明辉一把，让他走快点，喻明辉回头瞪了他一眼。

两人继续往前挪移，挪了几排座位到了他们的两个位置。

喻明辉将旅行背包放好，有点不忿道："哥们儿非要坐同一班飞机，就是为了拿热脸贴人家冷屁股。"

穆子旸悠声回："要真能贴得上，差不多就可以娶回家了！"

"噗！"喻明辉脑补了一下画面，禁不住笑喷。

火山岛离欧胡岛不远，飞机半个小时就到了。梅宛书和尹歆然下了飞机后，碰见等在机场出口处的导游，被他一路领到旅游小巴上。

穆子旸和喻明辉跟在她们后面走出机场，见喻海峡打招呼提前安排的人已经准时地等在道旁，名叫 Jason。

两人上了轿车的后座，Jason 发动好车子问："Frank，是不是一直跟着那辆旅行小巴就可以了？"

"对，对！"喻明辉连声说。

Jason 家就在火山岛上，对整座岛屿非常熟悉，跟着前面的小巴毫不费力。

小巴车行了一个小时左右，来到了火山岛南部的黑沙滩。

黑沙滩是夏威夷长年火山熔岩流下所形成的一大奇观，一众游客在导游的引领下，都脱了鞋子，三两成群行走在黑沙上。

尹歆然忙着听导游讲解、拍照片，梅宛书便独自踱步，来到了略微偏远的另一片海滩。

早上的火山岛上空乌云蔽日，脚下的沙滩是黑的，周围的岩石是黑的，连葱茏大树也像被染成了黑色。入目的风景如同一幅幽暗的水墨画，萧索而苍凉，却奇异地带给她一种辽阔壮丽的美感。

梅宛书停下脚步，伫立在一棵大树下，望着远方的海，遥远的天，好像某个人就在天的那一端和她对视，默默无言。

她沉浸在遐想中，丝毫没发觉有个人就站在她身后的不远处，和她望着同一片海，同一片天。

穆子旸也感受到了这片奇景的美妙，然而更美的，却是水墨画中那肩头微微垂落的女人。

此刻，他只是望着她娉婷却寂寞的背影，心中便淌过一股酸涩，竟特别想走上去从身后圈住她的双肩，在她耳边对她说一句"别难过，有我陪你"。

　　两人一前一后站立良久，喻明辉才过来喊他："子旸，走吧，旅行团马上要去下一站了。"

　　穆子旸点点头，问："下一站去哪儿？"

　　"火山口。"

　　"行，我们先开车过去候着。"

　　旅游小巴又开了半个小时，来到了火山博物馆。

　　游客们先随着导游在博物馆里参观熔岩标本，了解万年火山的历史，接着来到火山口，朝下远观活火山喷发岩浆的奇观。

　　博物馆地势极高，阵阵冷风吹来，萧瑟刺骨。

　　尹歆然有点受不住寒气，两臂抱在一起："Sophia，太冷了，我想加件衣服。"

　　梅宛书朝停车处看了一眼，见小巴车已经开走，被司机停到了别处。

　　"衣服都在箱子里，箱子都在车上，怕是不好拿了。"

　　说着，她挽住了尹歆然的手肘，两人靠在一起暖和些。

　　尹歆然瑟瑟发抖地又观看了一会儿火山，天空开始落下雨滴。

　　导游连忙道："觉得冷的赶紧去博物馆避避雨！"

　　不少游客都受不住低温，跑进了博物馆，尹歆然也想跟进去，但见梅宛书纹丝不动，没打算挪地方，也就陪着她一起淋雨观景。

　　梅宛书见尹歆然浑身都在打颤，便道："Ella，我向来不怕冷的，多看一会儿没关系，你进博物馆好了。"

　　尹歆然却拿手扶着她的背："我也不怕冷，你喜欢看，我就陪你看。"

　　梅宛书见她冷得厉害，正准备说不看了，却见导游拿了两个雨披来，让她们穿上。

两人谢过导游，将雨披套在身上，顿时身体暖和了许多。

离她们二十米开外，穆子旸打开后座车窗，见两女穿上雨披后相视一笑，嘴唇不禁弯出了一个大大的弧度。

坐在他旁边的喻明辉哼道："大好献殷勤的机会，干嘛让 Jason 把雨披拿给导游，绕那么大一个弯子？"

穆子旸瞅他一眼："你懂什么？"

"我是不懂，"喻明辉嚷："我就知道昨儿你花了一晚上做火山岛的旅游攻略，晓得火山口有可能下雨，巴巴的带上两雨披。原本我还以为是我俩用呢，没想到哥们儿那么细腻，瞅准机会献给了佳人。真服了你！我这谈过十个八个女孩儿的，愣是不如你一个没谈过的！"

穆子旸却没睬他，转头看向窗外，又望了半晌，叹道："Frank，别说你那十个八个，哪怕来千百个，也抵不上我这一个。我现在只担心一样，就算我把整颗心掏出来摆在她面前，也不知道她会不会多瞧一眼。"

"卧槽！"喻明辉惊叫："哥们儿你就这么想当小言的男主？"

第 007 章 最熟悉的陌生人

　　火山口之后，导游带着一众旅客去了彩虹瀑布、岩浆洞穴、热带植物园几个景点。在热带植物园里的自助餐厅解决了午餐后，车行一小时来到了火山岛上著名的兰花园。

　　一众游客走进诺大的兰花园，见数百种兰花形状各异，绚丽多姿，即刻陶醉在一片片幽兰雅韵中。

　　梅宛书和尹歆然缓缓踱步，细细观赏。其中有一种暗红色的兰花形如针叶，香气诱人，散发出一股巧克力的甜香，名为"咖啡兰"。

　　尹歆然做出凑近闻香迷醉状，让梅宛书给她拍了一张照片。

　　随后两人来到游客的必经之处，那里摆放了一株名贵的"拖鞋兰"。

　　还未靠近那株兰花，梅宛书突然停下脚步。

　　"果然，又碰面了！"尹歆然朝她眨了眨眼。

　　穆子旸和喻明辉正站在那株"拖鞋兰"前，兴致盎然地驻足观赏。

　　喻明辉用他的单反相机围着兰花照了一圈，再上下左右打量，愣没从这株兰花的外形中找到丝毫美感，便狐疑地问："子旸，你瞧出这朵兰花的名贵之处没？"

　　穆子旸表情认真："瞧出来了！"

　　"原来哥们儿对兰花也挺有研究，会的东西还不少嘛！"喻明辉兴奋道："说说看，它哪儿就那么名贵了？"

　　穆子旸弯下身，对着兰花盆前的木牌瞧了好一会儿，点点头："这朵兰花最名贵的地方就在于这张价格牌上的数字。

Frank，你说这世上有几朵兰花能值上两万美金？"

喻明辉："……"

离他们不远的尹歆然扑哧一笑，又赶忙拿手掩住嘴，附在梅宛书耳边悄声说："你这个弟弟，真够可爱的！"

梅宛书略为垂眸，忍住笑意。

穆子旸似有意似无意地往她们这边瞥了一眼，见梅宛书低着头，便对着尹歆然露出一个阳光灿笑算是打了个招呼，随后和喻明辉走开了。

两女这才挪到那株名贵的兰花前，尹歆然学着喻明辉的样子打量半天，也挺疑惑："Sophia，我怎么觉得前面那间花房里的哪朵兰花都比这朵漂亮呢？"

梅宛书微笑道："这株兰花的名贵之处在于它的珍稀，本来拖鞋兰就和大多数附生的兰花不一样，是地生兰，而且没有假鳞茎。这株拖鞋兰的花朵为金色，背萼片呈三角状，侧萼片像小勺子，这样的颜色形状哪怕在拖鞋兰里也是十分罕见的。"

"哇，听你这么一说，我顿时觉得这株兰花非常与众不同。"尹歆然颇有些崇拜的样子："Sophia，你懂的东西好多，怎么就那么博学多才呢！"

梅宛书轻声道："我曾认识一个什么都懂的人，跟他学的。"

"男朋友？"

"不是。"

"哦！"尹歆然顿时失去了继续追问的兴趣。

梅宛书却在心里补了一句，不是男朋友，是比男朋友更亲的人。

两人沿着廊道徐徐行走，行了一会儿见花房的一角盛放着一大片淡紫色的兰花，花叶红绿两色交错参差，煞是娇艳夺目。

梅宛书不由自主地被这片花海所吸引，稍稍弯下身子，在花叶上垂落了几缕发丝，脸颊映着绚烂的花丛，人比花还娇。

"咔嚓！"

喻明辉抓住了美妙的一瞬，用他的单反相机拍了一张两人同框的照片。

梅宛书一愣，见花丛的另一端冒出了一张俊脸，嘴里吐了一句话："Hello, Sophia, nice to meet you！"

梅宛书心中一叹，穆子旸，不过是她此生中一个最熟悉的陌生人罢了。

她没答话，只对他颔了颔首，便转身离去了。

喻明辉提着相机，把他刚才拍的那张人景俱美的合照放到穆子旸眼前，安慰他："子旸，以后你就抱着这张照片，好好过吧！"

穆子旸将喻明辉的相机拿过来，欣赏了好一会儿，大赞："哥们儿照相技术不错，我打算认真听你的话，每晚捧着这张照片入睡。"

"哈哈……"

喻明辉笑得前仰后合。

……

游客们看完兰花，时间已经到了下午四点多，导游聚集众人上了小巴，开到海边的酒店。

一行人办理入住后，梅宛书和尹歆然进了房间，见里面虽然没有希尔顿酒店那么豪华，但干净舒适，两张床的尺寸也十分宽敞。

尹歆然累了一天，一进屋就躺倒在大床上。

梅宛书边收拾箱子边说："Ella，刚才下车时我问了导游，这家酒店附近有个小超市，我们去买点吃的吧！"

"好啊，"尹歆然附和："Sophia，我还想吃鸡蛋面条。"

"嗯，"梅宛书柔声应道，又说："我打算再买点面包果酱，明早起来当早饭吃。"

"OK，都听你的！"

尹歆然长长地舒了口气，感觉有梅宛书在身边，这种生活上的琐事一样不用操心，都给你安排得妥妥的。

两人换了一身轻便的装束，步行五六分钟来到小超市。结果超市里物品种类稀少，价格还贵，没有太多选择。

梅宛书细心，买了食物后还买了一次性的刀叉纸盘。

回到酒店，梅宛书去前台问服务员要电热水壶，服务员告诉她前台没有，但是二楼有一间很大的休息室，里面有电热水壶、微波炉等，一应器具齐全。

上了电梯，梅宛书拿出两盒杯面、几个鸡蛋放在一个塑料袋里拎着，其他的塑料袋递到尹歆然手中，嘱咐："我去二楼泡面煮鸡蛋，你先回房间等我好了。"

尹歆然本就觉得浑身倦怠，也想早点回房休息，自是点头答应。

梅宛书拎着塑料袋走进二楼的休息室，见里面足有七八十平米，十分宽敞，四处摆放了舒适的沙发座椅。墙角处的一张方桌上，果然放置了一只微波炉，一只电热水壶，方桌旁边还有个洗碗池。

她走过去，有条不紊地用电热水壶煮鸡蛋，同时在两盒杯面里加了凉水用微波炉叮热。

正闲闲地站在一旁等着，耳朵里传来一道熟悉的男声："昊哥！嗯……怎么，不顺利？优卑诗医学院的李教授……"

梅宛书听到最后一句，心中一动，开始凝神静听。

穆子旸坐在沙发上换了个姿势："李教授是华人吧，很不好沟通？呵，专业人士就是有点迂腐，正常，价格提了吗？"

"嗯，明白了，其他户都是 400 万收购，你给他提到 500 万他还不肯松口是吧。行，我跟我爸商量一下，给他个最高价 600 万。"

"我还在旅行，大概后天晚上回去，对！没问题，今晚就能给你个准信，你明天继续操作，别耽误事，这种事就是要趁热打铁。"

"好，就这么办，先挂了！"

结束和周昊的通话，穆子旸转过头，饶有兴味地瞧着梅宛书听到他的通话后变得僵直的背影。

有意思，他嘴角弯出一个嘲讽的弧度，没想到什么都打动不了的女人会对价格数字那么敏感。

人不可貌相，这女人竟然是个爱钱的主。

本来也是，就瞧她这两天旅行期间的穿着打扮，浑身上下无一不是名牌，连脖子上的项链、小指上的戒指都是 LV 的四叶花标志。

他从鼻子里发出一声冷哼，手指按下另一串数字，拨通了国际长途，打到国内宁城他父亲穆振华的手机上。

"爸，是我。大温公寓这个项目，成本要提高一千万 RMB。嗯，就剩最后一家没说通，是个医生教授，平常收入高，钱少了打发不了。放心，六百万加币是最高预算，绝不会让他狮子大开口高于这个价。"

"未来收益？当然核算清楚了，五年内可以翻倍。是，数据可靠，我和昊哥找了本土的精算师核算过。行，您这两天有空就拨一笔款过来，直接打到公司账户。"

"好，谢了爸！"

穆子旸结束了第二通电话，见梅宛书用塑料袋装好杯面及几个煮熟的鸡蛋扎紧，两只手小心翼翼地捧着，准备离去，走过他的沙发边时，仍装作没看见他。

穆子旸突然有点上火，难道这就是世人常说的欲擒故纵钓凯子的手段？

他猛地起身，高大的身影瞬间将梅宛书笼罩："先别走！"声音低低沉沉的。

梅宛书侧过身，见穆子旸一脸的沉郁，没了素日阳光灿烂的笑容。

她表情很冷："有事？"

"有事！"穆子旸点点头，脸上显出一抹讥诮："你该看出来了，我对你感兴趣。"

梅宛书冷声回："你也该看出来了，我对你不感兴趣。"

"我知道你对什么感兴趣。"穆子旸又朝她靠近了一步，晦明灯光下，他的脸庞上一半是炫亮的光，一半是幽暗的影："说吧，多少钱可以打动你？"

闻言，梅宛书捧着塑料袋的手指不由得地微微蜷缩。

她眸中流转着冰寒的光，与她唇边清冷的笑融成了最鄙夷不屑的表情："用钱？恐怕难了，不如拿命来赌！"

穆子旸一愣，没能马上明白："你说什么？"

梅宛书转过头，以侧脸相对："我说，想要打动我，你得赌上你的命！"

话落，她连眼角都没再多瞥他，便飘然离去。

穆子旸怔忡地望着梅宛书的背影消失在门口，脑子里还在不断回放着她刚才的表情言语。

拿命来赌？这女人真够傲也真够狠！

然而他胸腔里不断翻搅、根本遏制不了的那一股愤懑之意，也只能说明一点，他这个大凯子还真给她钓上了！

穆子旸一只大手紧紧握成了拳头，重重地捶在沙发靠背上！

第 008 章　就得有人把你烧了才好

梅宛书回到六楼的房间，容色已恢复了往日的平静。

丝毫没从她脸上察觉任何异样的尹歆然笑眯眯地从她手里接过塑料袋，拿出杯面和鸡蛋，再优哉游哉地往面条里加海苔。

弄妥后，尹歆然拿出她的手机，打开一张图片竖在梅宛书面前："噔噔！"

梅宛书一瞧，竟是下午在兰花园的那片姹紫嫣红的花海中，一张穆子旸和她同时弯腰赏花的合照。

当下也不以为意，问："你和 Frank 联系上了？"

"嗯，也不知道他从哪儿弄到我的手机号，刚给我发了个微信请求，我就加他好友了。"

梅宛书质疑："你们移民律师加朋友就这么没原则？"

尹歆然眨巴两下大眼："Sophia，你知道我最大的客户资源来自哪里吗？留学生！尤其是富二代留学生，不仅能给我带一批办理留学移民的同学过来，还能介绍父母亲戚办理商业移民。这么好的客户源，又是他主动来找我，我干嘛不顺水推舟？"

"明白。"梅宛书知道尹歆然在她的专业领域素来灵敏，否则不会在二十八的年纪就在留学移民行业做得风生水起。

"不过 Ella，我记得你的职业守则里有一条保密条例，"梅宛书凉凉地提醒她："我原来是你的客户，现在是你的朋友，所有关于我的私人信息你都不可以泄露。"

"那当然，"尹歆然马上领会了梅宛书的意思："你的中文名我不会透露，你的蝴蝶胎记我也不会说，你跟我之间的一言一行我一句都不会向外人道。关于我们梅大美女的一切，全部保密，嘘——”

说着，一根食指放在红唇上，十分娇媚。

梅宛书见她拎得那么清，莞尔一笑："乖，回温哥华就给你编针织衫，保证你冬天美美的。"

"哇，"尹歆然四肢放松躺倒在床上，朝着天花板大叫："有人疼爱好幸福啊！"

另一边，穆子旸回到三楼的房间，满脸的神情不豫。

喻明辉一看他这副模样就觉得好笑："怎么啦？又在 Sophia 那里吃瘪啦！"

穆子旸坐在椅子里怔愣半晌，才问："Frank，你说她到底是个什么样的女人？"

喻明辉悠声说："就是你最喜欢的仙范儿女神咯，人美声甜个子高身段好。戒指还戴在小指上，心高气傲，独身主义，你想追她，根本就是自找罪受！"

穆子旸听了这话心里越发窒闷，悻悻地说："她让我拿命来赌！"

"什么？"喻明辉完全摸不着头脑。

穆子旸抬高声音："Sophia 说，想要打动她，用钱砸不行，得赌上我的命！"

"啊？"喻明辉瞠目结舌："这女人不会有什么黑色背景吧，奉劝哥们儿离她远点儿！"

"别乱扯，说点儿有用的！"穆子旸瞪他一眼。

"有用的？那我问你，要是 Sophia 真要你的命，你给不给？"

穆子旸不语，脸上却换成了一副慷慨就义的表情。

"哈！"喻明辉上上下下打量他，嬉笑道："没想到啊没想到，哥们儿对她竟是如此的死心塌地，Sophia 知道了一定会感动得痛哭流涕！"

"滚！"

"OK, OK, 我滚！"喻明辉穿上鞋子："我去楼下的 Pizza 店买个 Pizza，想吃什么口味的，Pepperoni 还是 Hawaii？"

"随你便！"穆子旸有点烦躁。

"行，那我做主了，就 Hawaii！"

喻明辉离开房间后，穆子旸从口袋里掏出手机，翻到兰花园那张两人的合照。

照片里的女人浑身散发出某种梦幻的美感，三百六十度无死角，每分每毫都在演绎着他喜爱的样子。

他不由地伸出手，指尖轻轻掠过她清丽的面庞，目光痴缠，流连忘返。

"宛书！"许久，穆子旸温柔地吐出两个字，接着，再三个字："宛书姐……"

他一声幽叹："想要我的命，拿去好了！"

……

翌日一早，导游安排了小巴将一众游客送到机场，飞往茂宜岛。穆子旸和喻明辉也跟昨天一样由 Jason 开车送机。

这一回小飞机的座位比较巧，四人两两分坐，正好坐在一排，只要稍微侧头就能看到对方。

梅宛书和穆子旸却都不约而同选择了靠窗的座位，一个低头看专业书，一个低头看手机里下载的财经新闻，正襟危坐，目不斜视，彼此连个眼神交汇都没有，像是素不相识。

尹歆然和喻明辉只隔着一条走廊坐，昨天两人又互相加了微信，倒是十分热络。

喻明辉得知尹歆然是枫叶国的移民律师，大为景仰："Ella，原来你这么牛，金领阶层。等我旅游管理专业毕业了，要是想去大温工作，就去找你。"

尹歆然递给喻明辉一张名片："好啊，找我准没错。我做这行四年，每年案子接的不算多但成功率特别高，高达百分之九十五。就算被拒签的那百分之五，我还在帮客人申请法庭申诉，最终的结果未必没希望。"

喻明辉一听，不禁赞叹道："Ella，你可真厉害！我一定把我周边的亲朋好友都介绍给你！"

尹歆然立刻笑靥如花："那就多谢你啦！"

就这样，两人非常愉快地聊了一波话题。

喻明辉喝了口果汁，又问："Ella，你们今天的行程是茂宜岛，我和子旸今天也正好去茂宜岛玩一圈，能不能跟你们一起？"

尹歆然转头瞧了梅宛书一眼，见她面色平淡无波，连眼睛的余光都没离开手上的书页。

于是她干脆自己做主同意了，还对喻明辉调侃了一句："当然可以了，其实前两天你们不也正好和我们同路嘛！"

"嘿嘿……"喻明辉这回被拆穿伎俩，倒是笑得十分欢畅。

他用手指戳了戳旁边穆子旸的臂弯，得意之情溢于言表。

穆子旸转过脸来："干嘛？"

喻明辉挤眉弄眼："对我今天的安排还满意不？"

"咳咳，"穆子旸清了两声嗓子，"我天生就一路盲，这回来夏威夷你是主我是客，我只能一路跟着你。"

喻明辉："……"

全程跟踪倒变成他的主意了！

此时，梅宛书突然站起身来，尹欹然会意，让她走出去上卫生间。

梅宛书缓步走到飞机的尾部，站在一个幽暗的角落，抬手托腮，遮住了嘴角边泛起的笑容。

穆子旸从小就爱装路盲，连她也给他骗过……

"宛书姐，等等我呀！"七岁的小胖子气喘吁吁跟在她身后："我得跟着你走，要不然我会迷路的。"

梅宛书立刻放慢了脚步，穆子旸跑了几步追上她，笑嘻嘻地与她并排走。

"宛书姐，你又去找云函哥啊！"

"是啊，"梅宛书一袭纯白衣裙，柔波般的长发垂在身后，怎么看都是清雅漂亮的："云函哥哥今天陪大姑看电影，这会儿差不多该结束了。"

"去电影院啊，"穆子旸挠挠头："上次我也跟大姑去过，有条小道可以省好多路！"

"哎，"梅宛书叹口气："旸旸你是个路盲，也就不指望你还能找到那条道了！"

"那也不一定！"穆子旸拉起梅宛书的手："有时候我凭感觉也能找到路，就像瞎猫碰上死耗子，巧了！"

于是，穆子旸拉着梅宛书穿过田野，穿过小树林，甚至还穿过一个大粪池，两个孩子捏紧鼻子沿着粪池的水泥边小心翼翼地一小步一小步地挪，生怕掉下去……

果然不到十五分钟，原本半个小时才能走到的电影院近在眼前！

当时电影刚刚散场，外涌的人潮中，清俊的少年站在大姑边上都跟她一般高了，他面带微笑朝他们招手，另一只手拎着的塑料袋里装着好几个蛋筒冰淇淋。

"你们俩来的正好，我还怕回到家冰淇淋就化了呢。小书，这是你喜欢的草莓口味，旸旸，你喜欢巧克力口味的……"

回忆的片段在少年隽朗的笑容中定格，梅宛书心口一酸，眼中氤氲了一层薄薄的水雾。

十五分钟后，小飞机降落在茂宜岛。

原本喻明辉安排了另一个团的导游带着他和穆子旸随团一日游，现在两人打算跟着梅宛书的那个团，便和导游解释了一番。

夏威夷就那么几个旅行社，导游之间彼此都挺熟悉，相互打了招呼后，两人轻轻松松地坐上了梅宛书和尹歆然的那辆小巴。

穆子旸风采卓卓，自带光环，小巴空间狭窄，他一进车门就得弯着腰行走，迈了几步到了最后一排坐下。就这么一小会儿，已聚集了车内一大波灼热的眼光追逐。

当场就有个日本的少女尖叫"卡酷伊"，还拿出手机要和穆子旸合照。

对这种要求穆子旸一向来者不拒，脸上挂着灿笑，半个身子往前倾和坐在前面一排的日本少女合影一张。

"瞧你那弟弟人气旺的！"坐在前排的尹歆然朝后睥了一眼。

"他不是我弟弟，"梅宛书闭上眼，身体往后靠："我和他没关系。"

尹歆然："……"

小巴启动后，尹歆然才愤愤然道："Sophia，像你这种结成冰块的人，就得有人把你烧了才好！"

第 009 章 我俩一个姓

　　夏威夷的茂宜岛是一座风景秀丽怡人的小岛，没有欧湖岛那样繁华的街道，也不似火山岛那般辽阔苍凉，而是处处鸟语花香，幽雅恬静。

　　导游先带他们来到了具有土著历史的针尖山，梅宛书和尹歆然顺着台阶爬到半山腰，穆子旸和喻明辉堂而皇之紧跟其后。

　　导游一瞧四人认识又男俊女美的，便组织四人在半山腰合照一张相。四人依着栏杆照着导游的要求各自摆出"六"这个手势，据说在夏威夷这个手势代表了"Aloha"。

　　梅宛书和穆子旸站在两侧，一个笑得淡雅清柔，一个笑得略带腼腆。穆子旸两排雪白的牙齿一颗都没露，显得有种别样的温润俊美。

　　尹歆然和喻明辉站在当中笑得开怀，整张照片倒因为这两人鲜活而明亮。

　　照片是用喻明辉的相机照的，他便很给力地提议："Ella，瞧我们四个人也挺有缘分的，要不我建个群，你把Sophia拉进来，我把子旸拉进来，这样我就好把我们四个人的合照发到群里了。"

　　尹歆然朝梅宛书瞧了一眼，见她容色淡淡的不置可否，便道："行啊，等我们晚上回酒店再操作。"

　　"那行，就这么说定了。"

　　游览完针尖山后，小巴沿着公路行驶，公路两旁都是一片片的甘蔗田，甘蔗地的尽头便是茂宜岛著名的热带植物园。

　　进了植物园，游客们自行分散观景。只见园内一步一景，处处生辉，园林正中央穿过一条碧波清澈的河流，河里水鸭成群，欢叫嬉戏。

尹歆然和喻明辉心照不宣地走在一起，时不时喻明辉停下来拿他的相机给尹歆然拍照，离梅宛书和穆子旸越来越远。

知道穆子旸一直悄悄地跟在自己身后，梅宛书也不以为意，只是闲雅踱步，观赏园内的奇花异树。

直到走到一片篱笆墙前，梅宛书才停下了脚步，望向墙上挂着的一串串异形花。她靠近了仔细端详，便想起这种植物的名称来。

"云函哥，这种绿色的小花长得像小香蕉一样！"

"是啊小书，很漂亮吧，这种花的学名叫绿翡翠！"

她伏在他的肩头，他侧过脸来朝她笑，清俊的面庞染着一层金色的霞光，不经意间便拨动了她的心弦，弹出了紊乱的节奏。

她有些害羞，转头悄悄观察他的睫毛。他的睫毛不是很浓密，但一根根长长的清晰可见，夕阳中颤动着璀璨的光，让她忍不住用指尖去轻轻撩拨。

"别闹了，小书，小心摔下来！"

"那你放我下来吧，都背了一路了！"

"不行，说好了把你背回公寓的……"

梅宛书叹息一声，面朝着篱笆墙向后退了几步，蓦地转身，继续前行。

她的周围一直都有他相伴的，如影随形；她根本不用担心自己会寂寞的，因为他早已嵌入了她的生命；她更没什么好忧伤悲戚的，那是他最不愿意瞧见的，她只需安安静静地一天天往下过就好。

梅宛书深深吸了口气，步子迈得大了些，不一会儿来到了一大片广袤的菠萝园。

她沿着田园中的小径行走，远山青黛，与脚下炽烈的红土地，与地面颗颗橙红的菠萝，交织成绮丽的画卷。

被这片奇景所感染，梅宛书浑然不觉走进了菠萝园的深处，环顾四周，皆是火红橙黄的旷野，让她再难辨别方向。

此时，她终于有些慌乱了。

八岁那年的暑假，她是在绿洲岛的乡村度过的，和穆云函、穆子旸一起。好多次她迷失在空旷的田野中，怎么走也走不出去，每回都是那两个男孩寻到她，拉着她的手走出田野。

其实真正的路盲从来都不是穆子旸，而是她！

爱迷路的，全然不辨方向的，觉得周围的景色千篇一律的，也永远都是她！

她很怕这种茫然迷失的感觉，此刻她的心跳得很快，四肢开始绵软乏力，面色也越来越苍白。

就在她心慌意乱的时候，突然眼前一片漆黑，有一只手轻轻地蒙住了她的双眼。

耳畔吹过一股炽热的气息，连带一句轻柔的低语，"别怕，闭上眼，我带你走出去！"

是穆子旸的声音。

霎时，梅宛书的一颗心踏实下来，听他的话闭上眼睛。

穆子旸的手很温暖，握着她冰凉的手指，如同小时候那样牵着她在田野中穿行，忽而转向忽而直走，很快带她走出了菠萝园。

"好了，我们已经出来了。"

梅宛书睁开双眼，面前，是一块让她安心的风景地，河水潺潺，游人攒动；转头，是穆子旸深刻俊美的面庞，含着一抹明朗的笑意。

"Sophia，原来你也是个路盲！"

梅宛书的脸薄染了一层绯红，轻声回道："谢谢你，我是路盲，可你不是。"

穆子旸略低下头，用探究的眼神打量她，带着点逗弄的口气问："你真的不叫梅宛书？"

"不叫。"否认得很坚决。

"那你姓什么？"

梅宛书不假思索地答："姓穆。"

穆子旸诧异地问："什么穆？"

"庄严肃穆的穆。"

"巧了，跟我一个姓！"

梅宛书轻哼："你也姓穆？"

"是啊，我也姓穆，"穆子旸笑得特别灿烂："既然我俩一个姓，以后也省事了。"

梅宛书一愣，省什么事？

几秒思忖，突然反应过来，是说她以后嫁人，孩子跟谁姓都无所谓了！

半嗔半怒地瞪了他一眼，可看在穆子旸眼里含娇带媚的，可劲儿诱人。

这女人，怎么看怎么像他的宛书姐，连刚才在菠萝园里茫然失措、楚楚可怜的样子也是一模一样的……

……

小巴再一次上路，开到了北美最美的度假海滨"卡亚纳帕里海滩"。

这是一片连绵三英里的黄沙海滩，许多游客都在进行水上活动，还有一些游客在用望远镜观察远海，可以看到鲸鱼喷出的水柱。

海滩的另一边是林立的欧式建筑，华丽典雅。

观赏过海景后，尹歆然便拉着梅宛书去名品店。

"又要买？"梅宛书有些无奈。

尹歆然振振有词："夏威夷可是北美消费税最便宜的地方，和温哥华差距还挺大的。在夏威夷买名品，可以省不少税费呢。"

梅宛书问："那你干嘛要在温哥华买那么多蛇？"

提到这茬，尹歆然就很不爽，沉下脸来："我就是想买了这次旅行穿，结果给你说的也没能穿上。标签都还没取下来，等着回去退！"

梅宛书莞尔："你就这么听我的话？"

"是啊，是啊，"尹歆然勾起梅宛书的胳膊肘："你的审美那么好，今天总算给我逮住一回，一定要陪我买！"

说着，兴冲冲地拉着梅宛书进了 LV 专卖店。

碰巧穆子旸和喻明辉也正在里面转悠，一见两女进来，立刻朝她们挥手打招呼。

"嘿，哥们儿，"喻明辉朝穆子旸使了个眼色："正主来了，你想给她买什么直接问她呗！"

穆子旸斜睨着他："缺心眼，给人买礼物还事先问好？那后面还能有惊喜吗？送礼也是有艺术的！"

喻明辉立刻不吭声了。想想也是，这几年他口袋里的钞票也往外流了不少，大多都是消费在女友的礼物上。他送礼也不爱动脑子，经常事先问过女孩喜欢什么，女孩收礼时不免少了新鲜感，要是不问自买，不合人家心意，又少了喜悦感。

甚至有一回有个女孩直接跟他说："Frank，送礼就不必了，你想送我多少钱的礼物，不如直接给我多少现金好了！"

气得他差点喷出一口老血！

当下叹了一口气，陪着穆子旸继续转悠。

店里的一位金发服务员阅人无数，见两人虽然打扮得休闲随意，但还是从他们的举手投足间闻到了一股富二代的味道，便满面笑容，亦步亦趋跟在两人身后。

穆子旸看了一会儿男士的背包和皮夹，又看了一会儿男士鞋，最后决定买一双黑色系带款脚后跟镶一圈细金边的休闲鞋。

服务员一看价格才八百多美金，属于鞋类里面最便宜的款，当下有点小失望。不过服务素质还在，仍然笑脸相迎地打包，准备办理收款。

穆子旸却道："稍等，我还有两样东西要买，想先喝口水再选一选。"

服务员一喜，将两人领到一张舒适的沙发上，又给他们端上清水和果盘。

穆子旸消消停停地坐在沙发上，一边小口喝水一边仔细地观察梅宛书，见她正在用英语和服务员对话，吐字发声标准流利，又一次在他面前演绎了一回什么叫完美。

"哎！"穆子旸禁不住叹了口气。

"怎么啦？"喻明辉在一旁瞧着，感觉猜到了他的心思："是不是觉得跟你家女神差距很大？就你那一口蹩脚的英语，都拿不上台面的！"

穆子旸却不以为意，满脸骄傲道："我英语差了点有什么关系，我未来老婆英语好就行了！我是在感叹自己的眼光，怎么就能好成这样呢，这里里外外的，还有啥可挑的？"

喻明辉："……"

柜台那边，梅宛书向服务员把钱包的皮质、款式、价格、适用性全都一一问清，又让服务员做了几个推荐，最后从五只钱包中选了一只黑色真皮镶金色纽扣的暗花钱包，对尹歆然说："这只钱包和你那只公文包很配，什么场合都能用，经典款。"

尹歆然大为满意，不作二想当场付款。

买好后，尹歆然拉着梅宛书走到沙发前，对两人发出邀请："我们还要再逛几个名品店，你们要不要一起去？"

喻明辉正欲答应，穆子旸却委婉地拒绝了："Frank 还想在这家店买点东西，我们小巴上会合吧。"

"那好吧，我们一会儿见！"尹歆然朝两人摆了摆手，拉着梅宛书逛下一家店去了。

眼瞧着两女婀娜多姿的倩影消失在店门口，喻明辉恨恨道："哥们儿又拿我当挡箭牌！"

穆子旸潇洒地站起身："为了让惊喜的效果来得更猛烈，哥们儿勉为其难牺牲一下！"

说着，径直朝着刚才卖钱包的服务员走去。

这个服务员是个日本姑娘，最是喜欢穆子旸这类健康阳光型的帅哥，见他朝自己走来，笑得双眼都眯成了月牙。

结果穆子旸一上来就问："请问刚才跟你交谈的那位小姐，她小指上的戒指你看清楚了吗？"

服务员立刻收敛了花痴笑，变成了八颗牙齿微露的专业微笑，"看清楚了，是我们牌子精细珠宝中的一款。"

"有同样花色的手镯吗？"

"有的，先生。"服务员蹲下身去，在存放珠宝的橱柜里找到同款手镯："三千美金。"

"包起来，谢谢！"

话落，穆子旸又走到金发服务员面前："刚才我买的那双休闲鞋，我看到女款有一模一样的，请给我拿一双三十七码的。"

还不到十分钟，穆子旸两样礼物全部选好！

喻明辉星星眼直冒："哥们儿厉害啊，怎么这么会挑礼物？"

穆子旸笑得狂放："懂了吧，Frank，想要提升自己，就得把目标定高点！想要追女神，自己也得先变成男神！"

"卧槽——"

喻明辉差点儿又喷出一口老血！

第 010 章 送给你的礼物

　　小巴车拉着一众游客启程去今天的最后一站，茂宜岛上一座古老的小镇。

　　尹歆然打开手机，开始欣赏照片。其中一张，是她和梅宛书在海滩附近的一家酒店大堂里拍的合照。

　　照片中的两人并排坐在大堂中央的水池边，水池里几只黑天鹅悠闲地来回游曳，其中有一只天鹅正在梳理自己的羽毛。

　　两人照着夏威夷的习俗，各自耳畔别一朵鲜花，一个笑得灼灼如朝霞，一个笑得皎皎如明月。

　　尹歆然感慨万分，照片里的梅宛书娇韵妩媚，优雅迷人，分明是值得任何一个男人一见倾心的佳人。

　　她忍不住转头瞧了一眼坐在最后一排的穆子旸，也是各方面都很出色，从外在相貌到内在品质，再到家庭环境都无可挑剔。

　　昨晚她和喻明辉微信聊天，向他仔细打听了一番，得知穆子旸的父亲穆振华在国内的宁城是一家鼎鼎有名的房地产开发公司的老总，宁城近两年最热的"恒仁绿洲新岛"正是出自穆振华的手笔，最新楼盘"青木园"开盘三天全部售空。

　　穆振华早在六年前就申请了枫叶国的商业移民，两年后全家获得永居身份。四年前，穆子旸一家登陆温哥华，不久后穆子旸随父亲返回国内，母亲和妹妹留在温哥华。之后，穆子旸宁城财经大学毕业，直接进入穆振华的房地产公司工作，随着父亲走南闯北累积经验。直到半年前，他才来到大温入股喻明辉表哥的房地产公司，据说短短几个月在业界的成绩已十分不俗。

不过二十五岁的年轻男人，拥有丰厚的家底，拥有自己的一份事业，这还不算，最难得的是长成这样一副好相貌竟然还从没谈过恋爱，真是阳光可爱又纯情。

尹歆然又瞧了一眼身旁正在闭目小憩的梅宛书，心中一声长叹。

多么般配的一对佳偶，从小还结下了深厚的发小情，三天前两人海滩重遇后穆子旸显然对梅宛书一见钟情，展开忠犬式追踪，如果梅宛书不是独身主义，两人这会儿就该一拍即合了，却偏偏……哎！

就这么一路惋惜，直到导游通知大家"拉海纳捕鲸镇"到了，她才收回自己的思绪。

梅宛书睁开双眼，从透明的车窗向外望去，见远处是一片无垠的大海，近处是一湾宁静的码头，渔湾中停泊着数十只捕鲸的小舟。

她随着游客们走下车来，漫步于小镇的街道，观赏着一幢幢充满文化底蕴的古老建筑，画廊，手工作坊，陶瓷店……体味着小镇独有的怀旧气息。

走着走着，她发现尹歆然并没跟上来，穆子旸和喻明辉也不见踪影。

鼻尖闻到一股诱人的甜香，侧目一瞧，香味是从一家做手工冰淇淋的小店飘出来的。

她不由自主地走了进去，见店主是一个中年白人，异常的热情好客，见到她就问："小姐喜欢什么味道的冰淇淋，我这里一共有十五种口味，你要是喜欢，每种我都可以给你加一点。"

梅宛书指了指墙上贴着的清单："不是说最多只能选三

种口味？”

店主一笑：“这个条例并不适用你这么美丽的小姐。”

梅宛书便微笑着谢过店主，道：“那就请你给我挑选几种适合我的口味吧！”

“OK！”

只见店主双手灵活地操作，嘴里念着：“香草，抹茶，草莓，咖啡，夏威夷果仁，好了！”

每念一种，梅宛书就惊奇一次，这五种口味，不那么甜腻，也不那么浓香，却恰恰都是她喜爱的口味。

她接过蛋筒冰淇淋，付好款正准备离开，店主又突然说：“等一等，小姐，我想再给你做个冰淇淋！”

梅宛书一怔，停下脚步，见店主又拿出一个蛋筒，再一次用长勺加入不同口味的冰淇淋：“焦糖，椰子，芒果，巧克力，奶油曲奇，好了！”

梅宛书有些困惑：“可是这几种口味我都不喜欢！”

店主却坚持将冰淇淋递到她面前：“小姐，这只冰淇淋是我送给你的礼物。因为，刚才那只冰淇淋是适合你的，但这只冰淇淋，才是我希望你去品尝的，香香甜甜浓浓的味道！”

店主的表情极其认真，梅宛书不好拒绝，便接过第二只冰淇淋，再一次礼貌地道谢。

走出店门，她先吃了一口第一只冰淇淋，尝到了淡淡的香，微微的苦，顿觉清凉爽口。犹豫了一下，她又去尝了一口第二只冰淇淋，浓烈的甜香让她有些发晕。

但既是别人郑重的心意，她也不舍得丢掉，于是她左手一口，右手一口，慢慢将两只冰淇淋全部吃完，然后发现自己走到了一棵巨大的榕树前。

这是一棵盘根错节、枝繁叶茂的千年古树。榕树的中央是粗壮的树干，树干散发的每根树枝又变成了扎根在地下的另一棵树，就这样，大榕树一层层铺开延伸，围成了一整个榕树公园。

午后耀眼的日光被大榕树遮挡，游客们在浓密的树荫中纳凉憩息，或有画师在汲取灵感作画，更有不少游人在榕树的枝丫间穿梭而行。

望着这棵奇异的大树，梅宛书突然生出了一些兴致，想回味小时候爬高上低的感觉。

她钻进一条大树的枝丫，行了几步后再爬高了些，正打算从枝丫的另一头跳下落地，头顶上方传来一道口哨声，接着一道清朗的男声落入耳中："嗨，Miss 穆！"

梅宛书抬起头，见年轻男人悠闲地坐在高处的树枝上，双腿微微晃荡着。阳光穿过榕树的片片绿叶，在他身上坠落斑驳闪烁的光影。

"上来吧！"他向她伸出了一只手。

仿佛岁月倒流，回到那曾经欢跳青涩的儿时年华，穆子旸也曾这般爬上高树，拉住她的手。即便脸容大变，他灿若朝阳的笑容却始终依旧。

恍惚间，梅宛书已被他拉上了树枝。

两人并肩而坐，她问："怎么突然叫我 Miss 穆?"

"就觉得这样叫很好听。"

"倒跟我的学生叫得一样。"

"你是老师?"穆子旸的口气掩不住的兴奋。

"算是吧，"梅宛书颔了颔首："有时候会代导师去上一些大学生的课程。"

"你教大学生！"穆子旸崇拜地赞叹，心想这女人为何连职业也做了他最喜欢的。

他紧盯她，突然命令："闭上眼！"

梅宛书疑惑了："我没迷路！"

穆子旸不由分说用手遮住了她的双眼，从怀里掏出一样东西，套在她的手腕上。

"好了！"

梅宛书一瞧，手腕上多了一只玫金色四叶花的半圈手镯，价值不菲。

"送给你的礼物，和你的项链、戒指配成一套！"

"我不会收！"梅宛书立刻拒绝，捋了捋手腕想把手镯取下来。

穆子旸敏捷地跳下树，远远地逃开，转身对她笑着嚷："不收就扔了吧，反正我送出去的礼物是绝对不会收回来的！"

梅宛书一怔，却见树下的男人一步步倒退着走，嘴边的笑意渐浓渐深。

"Miss 穆！"穆子旸的声音轻快而爽朗："总有一天，你会摘下小指上的戒指，变成 Mrs.穆！"

Mrs.穆？

梅宛书心头漾起一抹苦涩，她都已经是了，而他，却什么都还不知道……

……

傍晚五点多，一众游客离开茂宜岛，乘小飞机重新回到欧湖岛。

四人一起出了机场，喻明辉问尹歆然："你们俩住哪个酒店？"

"希尔顿。"

"离我住的公寓很近，都在 Waikiki 海滩边上，不如我们四个人一起打辆车回去。"

"不了，我们还是跟团回酒店。"梅宛书凉声拒绝，向他们挥手作别。

待她们走远了，喻明辉叫了辆出租。

一上车，穆子旸便问他："刚才在飞机上，Ella 把你叫走说什么话了？"

"哦，"喻明辉从裤子口袋里拿出一样东西塞进他手里，看形状圆圆的，用一块粉蓝色的丝绢包得很是细致："就是这个，你送的礼物，Sophia 说还给你。"

穆子旸心里一沉，解开丝绢两头的小活结，里面果然是他在榕树公园送给梅宛书的手镯。

"哥们儿就那么不给力，非要拿回来不可？"他忍不住怨怪。

"那我怎么办？"喻明辉挺委屈："Ella 硬往我手里塞，这么贵的东西，我还能扔地上啊？"

穆子旸板着脸目无表情，沉默了好半晌，才用丝绢将手镯重新包好，装进背包。

第 011 章 多看一眼也不过多伤一回心

穆子旸和喻明辉回到公寓，一人一罐冰啤来到了阳台上。

穆子旸声音闷闷的："Frank，我改签了机票，明晚飞机回大温。"

"嗯？本来不是三天后的飞机吗？说好这次在夏威夷多玩几天。"

穆子旸把玩着易拉罐的盖圈："公司有点事，我得回去处理。"

"不是有昊哥在吗？晚点回去没关系！"喻明辉满不在意的。

"公司是两个人的，都指望别人来做？"穆子旸口气已是相当不耐。

喻明辉转过头冷哼："得了你，不就是想跟 Sophia 她们乘一班飞机回去，多看一眼是一眼。子旸，不是我说，你瞧瞧 Sophia 这态度，多看一眼也不过多伤一回心罢了。"

这话一出，空气一阵凝滞。

穆子旸猛地一大口喝完了整罐啤酒："我这又不是玩儿，都已经认准了要当老婆的，还怕什么拒绝伤心。"

喻明辉叹口气，拍拍穆子旸的肩："哥们儿支持你，不过你也得讲究点策略，走上来就送人一只三千美金的镯子，搞得像聘礼一样，那还不把人给吓跑了？"

穆子旸气笑："Frank，我可是听说你大把往外送钻戒的！"

"哎，"喻明辉懊丧地摇摇头："甭提了，哪回我不是怀揣一颗无比虔诚的心，进行以结婚为目的的交往。可人家不那么想啊，就当玩儿，好几次我还是个备胎，哥们儿你说我这命！"

"哈哈……"穆子旸忍不住大笑，边催促喻明辉："赶紧干正事了！"

"啥事儿？"

"建群啊！"

喻明辉即刻会意，掏出手机快速建了个微信群，把穆子旸拉进群里，发了一句话：【两位大美女，我们回到公寓了，你们到酒店了吗？】

很快，尹歆然回：【到酒店了，正准备吃晚饭。】

回好后，又邀请梅宛书入群，见她还在整理行李，催促道："Sophia，你赶紧确认进群啊！"

"嗯。"梅宛书仍慢条斯理地把两人的行李全都收拾齐整了，才拿了手机，点了确认键。

"我去转角的西餐厅买两个三明治来当晚餐。"

"喂，你怎么都没在群里说句话呀！"真是皇帝不急，急死太监。

梅宛书便在群里发了一个【微笑】的表情，离开了房间。

公寓里，穆子旸进了自己的那间房躺在床上，一看到这个【微笑】的表情，眼睛一亮。

他立刻向梅宛书发送了好友请求，然后手机屏幕朝下放在床上，每隔十秒看一次。

看了差不多两百次，屏幕终于显示：【你已经添加了Sophia，现在可以开始聊天了】

看到这行字，穆子旸一个激动，猛地从床上坐起身。

手指开始敲击：【Sophia，累不累？】

肉麻，感觉像情侣间的问候，删除。

【我送你的礼物你不喜欢？】

唐突，好像在质问人家，删除。

【夏威夷的旅程玩得愉快么？】

感觉自己像导游，删除。

【明天是不是就回温哥华了？我家也住温哥华】

这不摆明了查人家么？删除。

敲了十来句话，愣是一句也没发出去。

此时，私聊框里突然又出现了一个【微笑】的表情，竟是Sophia 主动给他发消息了。

这个微笑，穆子旸感觉比刚才群里的那个微笑甜美千百倍，撩得他心里像被羽毛划过，痒丝丝的。

他开始手指翻飞地敲击屏幕。

穆子旸：【吃好晚餐了？】

梅宛书：【嗯】

穆子旸：【吃什么了？】

梅宛书：【外面西餐厅里买的三明治】

穆子旸：【我也想吃】

梅宛书：【就在 XX 街转角，十点才关门】

穆子旸：【就想吃你买的】

手太快，发出去后，立马后悔了：【旸撤回了一条信息】

正懊恼着，那头又发来一条消息：【回温哥华后，可以上我这儿来吃顿饭】

"啊！"穆子旸大叫着跳起来。

"怎么啦，怎么啦？"喻明辉打开房门，一脸的惊吓。

"没你的事！"穆子旸挥手赶他。

喻明辉瞧他满面的春风得意，立马明白了，惊喜道："这就聊上了？"

穆子旸拿眼角瞟了他一眼，喻明辉忍不住打了个寒噤，

"砰"的一声又把门带紧。

穆子旸继续发消息：【你知道我住温哥华？】

梅宛书：【嗯，Frank 都告诉 Ella 了】

穆子旸：【刚才你那句话，我可不可以理解为我们是朋友了？】

梅宛书：【可以这么理解】

穆子旸：【那干嘛退还我送的礼物？】

梅宛书：【太贵重，不适合朋友之间】

穆子旸：【鞋子行吗？】

梅宛书：【嗯？】

穆子旸：【不那么贵重的休闲鞋，想送你一双，觉得你爱穿休闲鞋】

梅宛书：【谢谢，不需要】

穆子旸只好乖乖地回：【好吧，听你的】

梅宛书：【早点休息】

穆子旸：【好，明天见】

梅宛书：【Frank 说你们前几天刚去过珍珠港】

穆子旸咬牙：【那明晚机场见】

没回话了。

穆子旸盯着屏幕半晌，突然大喊："Frank！"

……

梅宛书将手机放回床头柜上，若有所思。

尹歆然趴在床上，左右拇指同时开弓在手机屏幕上不停地点击，聊得正欢。

喻明辉刚发来一条消息：【最新消息，我朋友和你朋友聊上了！】

尹歆然笑了两声："Sophia，终于肯跟你弟弟私聊了？"

"都说了他不是我弟弟。"

"对对，不是弟弟，"尹歆然连忙附和："你们俩才差一岁都不到，算是同龄吧。"

说着，起身走到梅宛书的那张床："怎么想的，打算给穆子旸机会了？"

"没这个意思。"梅宛书的口气轻飘淡然："就是觉得这次旅行碰巧遇上了，而且子旸家也在温哥华，往后也没法子再把他当成陌生人断了联系，就做个普通朋友吧。"

"普通朋友？"尹歆然觉得梅宛书将这层关系定义得很有意思："你觉得可能吗？没瞧见人家这几天一路追踪，一看到你就两眼放光，还送你 LV 手镯。"

"正因为如此，我才想让他把不该有的念头扼杀在摇篮里。"

"哎，"尹歆然叹："什么叫不该有的念头？别说穆子旸起这个心思没什么不对，连我都觉得你死守着独身主义而拒绝这么好的男人，简直就是莫名其妙。"

梅宛书不接话，起身走到尹歆然的床头，拿了她的睡衣塞进她怀里，"你先去洗澡吧，明天我们要早起办理退房，还要去珍珠港。"

尹歆然将手中的睡衣朝床上一扔，不乐意："不洗，不开心。"

梅宛书觉得好笑："那你想我怎么样？"

尹歆然突然大叫："恋爱啊！就算是独身主义，谁规定不可以恋爱啦！不结婚就不结婚，不成立家庭、不要孩子我都能理解。说实话，做我们这行的什么奇葩没见过？变性人、同性恋都能靠着伴侣关系办移民。"

　　"Sophia，你去照照镜子看看你自己的样子，别说男人了，连女人都喜欢。本来我以为你眼光太高，不是特别出色的瞧不上眼，可明明穆子旸万里挑一的条件，又跟你从小认识，这么深厚的缘分，你还是不愿意去尝试，硬要拒绝！我就是想不通！"

　　一番爆发后尹歆然气喘吁吁，再看梅宛书，从头到尾脸容漠然，波澜不起。

　　片晌，梅宛书冷言："Ella，你已经在干涉我的私生活。"

　　尹歆然火大道："是啊，我作为你的好朋友关心你有什么不对？"

　　梅宛书凉凉回："既然是好朋友，首先要做的，不应该是尊重我的选择？"

　　话落，她从床头拿起自己的一套睡衣："我先去卫生间洗澡了。"

　　尹歆然赶忙将自己的睡衣攞起来，"别别，我先洗，今天我不洗头，洗得快！"

　　梅宛书停下脚步，莞尔："去吧。"

　　尹歆然见她没生气，便舔着脸凑到她跟前："Sorry 啊，Sophia！"

　　梅宛书笑得和婉："原谅你了！不过以后让我谈恋爱这种话就别再提了。"

　　"知道了！"尹歆然娇声应道。

　　……

　　第二天六点多梅宛书和尹歆然就起床了。吃好早餐，办理好退房，再把两只拉杆箱存放在酒店的底层，两人依旧走到酒店门口等导游来接。

七点半钟，导游准时到达，接她们上了小巴。

车行半个小时不到，珍珠港近在眼前。

这个闻名于世的港口，带着无法磨灭的战争印记浴火重生，成为夏威夷第二大旅游胜地。

珍珠港事件中，最具纪念意义的便是 Arizona 号战舰。如今，这艘沉船的残骸静静地躺在水下，残骸之上竖起了一座纪念馆。

游客们怀着庄重肃穆的心情在纪念馆里看影片，安静地缅怀那惨痛的历史时刻。之后，乘船抵达 Arizona 号，参观露出水面的炮塔残骸。时至今日，游客们仍然可以看到 Arizona 号渗出的燃油，据说那是士兵的眼泪，又被称作 Arizona 之泪。

梅宛书手拿花环，满怀诚意地放在了阵亡将士的名录墙下。逝去的人虽已逝去，但他们仍将爱与美，以及无私的奉献留存在他人的心间，永恒不散。

两个小时后，导游带着一众游客离开珍珠港，接着去参观檀香山市政厅和国王宫殿，最后带他们来到一家工艺品商店。

商店里陈列着琳琅满目的装饰品，珊瑚，翡翠，各色宝石和珍珠。

尹歆然却在一众价值不菲的珠宝中，挑中了一颗碧绿的水晶吊坠。

"要买吗，小姐？"服务员是个华人，说一口标准的普通话："这种绿水晶是夏威夷特有的，叫幸运石，价格也不贵，一颗只需一百五十美金。"

尹歆然立刻点头："好啊，我要两颗，一颗镶金边，一颗镶银边。"

　　服务员照她的要求拿来两颗绿水晶吊坠，笑道："两位小姐长得这么漂亮，一人戴一颗，会给你们带来好运的！"

　　尹歆然将那颗镶银边的绿水晶放在梅宛书的手背上，她莹白的肌肤将它衬得熠熠生辉。

　　"Sophia，你瞧这颗幸运石多漂亮，送给你！虽然不是名牌，但如果能给你带来幸运，那比什么都值了！"

　　梅宛书知道这是尹歆然的一片心意，便不再推拒，收下了。

　　结束购物后，导游将一众游客送回酒店附近。梅宛书和尹歆然下了车，站在人流不息的街道上。

　　尹歆然突然朝着天空举起双臂，放声大喊："夏威夷之旅，终于结束了！"

　　转头问梅宛书："Sophia，这次旅行，开不开心？"

　　梅宛书清浅一笑，柔柔雅雅的："很开心，毕生难忘！"

　　"嗯呐！"尹歆然双臂向前伸，笑得明媚："既然开心，来个抱抱！"

　　"呵呵……"梅宛书忍俊不禁，也展开了双臂，温柔地搂住了她亲爱的朋友。

第 012 章 生日

夏威夷的旅程结束了，时间滑到了下午一点多。

尹歆然再次查看了一下航班，晚上九点多的飞机，还有大把空余时间。

于是两人进了一家西餐厅，坐在靠窗的位置，点了两客牛排套餐和两杯红酒，还加点了鹅肝和鱼子酱。

餐厅空调凉爽，窗口阳光明媚，两位美丽端方的女士左手刀右手叉享用着西餐，时而低声交谈几句，舒适而惬意。

午餐后，尹歆然打开手机，见喻明辉发了一大串消息过来。

她快速浏览了一遍，对梅宛书说："Frank 说既然我们和穆子旸一班飞机，他干脆一并把我们送到机场。"

梅宛书也知道这恐怕都是穆子旸的主意。

"要拒绝么？"尹歆然口吻尊重。

"你做主吧。"

"要我做主我可就答应了哈。"

"嗯。"梅宛书干脆随了她的心意，心想只要是不超过普通朋友范围的交往，大可不必那么矫情。

尹歆然便给喻明辉回了一则消息:【我们在酒店附近的 XX 西餐厅，你六点钟来接我们去酒店取行李】

喻明辉立刻回了个【OK】的手势。

尹歆然看了一下时间，"我叫 Frank 六点来接我们，这还有一个多小时，我们再点杯咖啡？"

"好。"

不一会儿，侍者端来两杯手工研磨咖啡。

　　梅宛书一尝到那股醇厚芳香又苦涩的味道，便觉得十分合意。

　　尹歆然的那杯照常加糖加奶，味道也相当纯正。她抿了一口咖啡，悠叹："还真有点舍不得夏威夷，这么好的日照，回温哥华就全都没了，尽是雨天。"

　　梅宛书透过玻璃窗望着天边的晚霞，轻声道："夏威夷一年四季都是大太阳，呆长了也会想念雨季的，温哥华到了冬天总是下雨也不好。倒是澳洲的悉尼，常常一天之内下好几场雨，不下雨时都会出太阳，有时候天空半边晴半边雨，很有意思。"

　　尹歆然听出她这番话里蕴藏着某种怀念的思绪。她帮梅宛书办理过枫叶卡延期，自然清楚她的背景经历，知道八年前梅宛书曾在悉尼留过学，似是对那座南半球的城市很有感情。

　　"那下次你们俩再一起去旅行，去澳洲的悉尼、墨尔本，顺便再去新西兰玩一圈。"

　　梅宛书淡笑："看机会吧。"

　　正说着，窗外出现了一辆酷炫的敞篷跑车，车顶盖大开，前排坐着两个朝气蓬勃的年轻男人，鼻梁上都架着大黑墨镜，引来不少路人注目的视线。

　　"他们来了！"尹歆然朝窗外挥挥手。

　　梅宛书细心，早让侍者拿来账单付好款，又在桌上放下小费。

　　两人走出餐厅，穆子旸和喻明辉赶紧下车，很绅士地开车门让两位女士坐到后座上。

　　不多时，车开到酒店门口，梅宛书和尹歆然取好行李，再回到车上。

跑车一路风驰电掣，海风迎面拂来，吹得两女发丝飘飞。

梅宛书打开背包，从里面取出两根扎头发的黑色发圈，一根递给尹歆然，一根将自己的长发束成了马尾，倒显得十分的活泼俏丽。

坐在副驾驶位的穆子旸和梅宛书成对角线坐，时不时从后视镜里打量她，把她的仙姿美态全部收进眼里。当然也知道，这一路他在不停地看她，她却不曾瞧过他一眼。

正觉得有些气闷，喻明辉和尹歆然适时打开了话匣子。

"Ella，你看现在我们都算是挺熟的朋友了，能不能透露一下你的年龄？"

尹歆然大眼一转："你猜啊！"

"嗯……"喻明辉故做沉思状："本来瞧你俏皮可爱的样子，打算猜你二十四岁，但知道你做了四年的移民律师，应该不止二十四了，二十六就差不多！"

尹歆然咯咯咯地笑起来，当下一高兴，嘴巴就没了遮拦："你猜错啦，Sophia 才二十六岁，我可都二十八了！"

"哇！"喻明辉夸张地叫："真不敢相信，以为都是妹妹呢，原来都是姐姐啊！"

"哈哈……"尹歆然笑得更欢了。

穆子旸一听梅宛书的年龄心中一动，又从后视镜里看她，见她秀眉蹙起，略带嗔怪地瞅了尹歆然一眼。

尹歆然突然反应过来，抬手捂住了嘴巴。

瞧两女这番神情，他忍不住接着喻明辉的话茬问："Sophia，你九一年的？"

"嗯。"梅宛书无法否认。

"几月份生的？"

"十月。"

这个回答又让穆子旸心头一紧："不会是十月二十号吧。"

梅宛书默了一会儿，回道："不是，是十月十二号。"

穆子旸松了口气："我说世上哪有那么多的巧合。"

尹歆然却在心里嘀咕，明明就是十月二十号的生日，就这么执拗死也不肯认。

有点不甘心，她将这个话题继续下去："旸，那你的生日呢？"

"九二年八月十一。"

"那 Frank 呢？"

"我啊，不好意思最小一个，九三年十二月一号。"

尹歆然立马兴致勃勃："一个狮子座，一个射手座，都是火象星座的，难怪看你们俩火力四射的。"

"星座？"喻明辉来了兴趣："那你们俩呢？"

"我和 Sophia 也挺巧，我双子，Sophia 天秤，都是风向星座。"

"嗯？"喻明辉觉得挺有意思："难怪瞧你们俩那么飘呢，原来都是风啊！"

"呵呵……"旁边的后座的一起笑起来。

四十五分钟后，喻明辉将三人送到火鲁奴奴机场。

排队时，穆子旸又跟在梅宛书身后。

梅宛书的长发束起马尾，露出她雪白的后颈。再往下，腰肢不盈一握，体态优雅，四肢纤长，天生美人风姿楚楚。

想着这个女人和他的宛书姐长得那么像，生日也只差八天，还偏偏跟自己一个姓，穆子旸就一点儿没怪自己这么快就掉进了魔障。

一路心猿意马，终于轮到尹歆然和梅宛书办登机手续。

穆子旸正准备跟她们一起上前，梅宛书回头说："旸，你自己单独办理登机吧。”

穆子旸生生收住脚步，表情有点尴尬。

尹歆然对梅宛书小声说："你干嘛呀，一块儿就一块儿呗，防他跟防贼似的。"

梅宛书不答，只是把手中的护照递给边检员。

"Miss 梅？"

"Yes！"

听到这两句对话，尹歆然总算明白了梅宛书不让穆子旸跟来的原因。

"哎，人一旦撒了谎，就要用无数个谎话来圆。"

梅宛书凉凉回："人一旦说漏了嘴，就要用无数个小心来修补。"

尹歆然立马不吭声了。

办好登机手续后，两人进了免税店买了几样化妆品，接着去登机口候机，见穆子旸没跟来，梅宛书稍稍松了口气。

直到上了飞机，两人才重新看见他。

穆子旸表情严肃，一声不吭，直接抬起她们的拉杆箱放到上方的行李架上，轻松得跟玩儿似的。然后他彬彬有礼地点点头，低声对梅宛书说："我的座位在后面，我去后面坐了。"

"嗯，去吧！"梅宛书一贯柔柔的叮咛。

听在穆子旸耳朵里却好比"风乍起吹皱一池春水"，直到在位子上坐定，他还觉得耳后根热热的。

心湖荡漾了好一阵，飞机终于起飞升空。与此同时，喇叭里播放通知，说今晚高空有雨，飞机将会遇到较多不稳定的气流。

这架飞机是一架中小型飞机，一排六个座位，每边三个。

尹歆然一听今晚气流多，就去坐了靠窗的位置，让梅宛书坐在中间一个位置，靠走廊坐的是一位西人老先生。

飞机升空后连续颠簸，梅宛书有些紧张，拿在手上的专业书一个字都没看进去。

不一会儿，尹歆然已经沉沉入睡，她却感觉心跳得越来越快，脸颊泛出了病态的苍白。

此时，耳畔突然传来一道低沉的男声，正在用不怎么标准的英语跟旁边的西人老先生商量换座位。

梅宛书抬起头，穆子旸回了她一个灿笑。

然后她听见西人老先生谅解地说："原来你们是朋友，好吧，我去坐后面。"

"谢谢！"随着这一声，梅宛书的身边换成了高大温暖的年轻男人。

第 013 章　她的梦

　　梅宛书依然看着书页，脸上却不自觉地泛出一丝笑。窗外仍是风雨交加，飞机也还在不停地上下抖动，可她此刻却觉得心神安宁，书页上的每个单词又变得清清楚楚。

　　又看了半个小时，梅宛书眼皮沉重，不觉间靠着座位后背睡着了。

　　穆子旸轻轻地从她手中把书抽出来，瞧了一眼书页，嘴巴立时成了 O 状，原来她学医啊，高深，大赞！

　　他把书合拢放在梅宛书的身侧，又见她的头朝他这边偏，便扶着她的额侧让她靠着自己的肩头睡。

　　后面的几个小时，空气宁静而安详，穆子旸嘴角含笑，默默地欣赏她的睡颜。

　　梅宛书却在做梦。

　　她梦见穆云函和她一起坐在学校图书馆前的那片绿茵茵的草坪上，一页一页地翻阅她的试卷，一点一点告诉她错在哪里。

　　接着画面切换，她肩膀颤动着正在啜泣，穆云函蹲下身问她：“小书，怎么了？”

　　她摇摇头不说话，眼眶涌出的泪水纷纷落下。穆云函连忙伸出双手，及时接住了她的颗颗泪滴。

　　之后的一幅画面，穆云函从后拥住正在伏案做功课的她，在她耳边低喃：“小书，我喜欢你……”

　　梅宛书开始不安稳了，眉头紧蹙，身体也微微扭动着。

　　“小书，小书……”穆云函柔声唤着她，眼中全是恋恋不舍，但他却忽然转身走了，只留给她一道孤单的背影。

她想追上他，一双脚偏偏定在原地，动弹不得。

眼见穆云函越走越远，她肝肠寸断，伤心欲绝，却一句话也说不出来。

正在痛苦纠结着，又一道男声在她的耳畔响起。

"宛书！"

随着这一声清亮的呼唤，穆云函突然不见了踪影，她的眼前出现了另一个男人的面容，周身散发着灼灼耀眼的光华，是穆子旸。

梅宛书心里一揪，蓦然惊醒，错乱迷离。

"Sophia，做噩梦了？"穆子旸抚上她的额头，感觉手心凉凉的还有点湿。

梅宛书摇摇头，长吁了口气。

"你在发冷汗。"穆子旸掏出了一块丝绢，帮她拭去额上的汗珠。

"我没事。"梅宛书接过丝绢，一瞧正是自己用来包手镯的那块。

穆子旸指了指放在她前方小餐板上的几杯饮料，一杯苹果汁，一杯清咖啡，一杯加糖加奶的咖啡，还有一杯清水。

"我看你们俩都睡着了，帮你们点的。"

梅宛书正觉得口干，拿起那杯清咖啡喝了一小口，不冷不热，温度适中。

她朝穆子旸笑了笑表示感谢，他稍稍倾过身来，对她低声说："快到温哥华了，我回自己的位置去了，箱子还在后面。"

"去吧。"梅宛书依旧柔声叮咛。

此时，喇叭里传来通知，飞机准备降落温哥华机场。

尹歆然这才醒过来，伸了个大懒腰："总算到温哥华了。"

……

一个小时后，三人出了机场，接机处等着一辆亮黑色的路虎，车里探出一个男人的头来。

穆子旸举起手，朝那人打招呼："昊哥！"

周昊视线朝他们看过来，顿时又惊又喜，站在穆子旸身边的两个大美女，正是尹律师和她的朋友！

太巧了，这个世界还真挺小的……

十分钟后，路虎车沿着列治文市的大街行驶。

列治文市位于大温的最南端，是大温华人最多的一个城市，热闹而繁华。才不过才七点多钟，车流已开始出现了堵塞的迹象。

前方路口亮着红灯，周昊稳稳地踩刹停车，从后视镜里看了一眼坐在后座的尹歆然，见她身上穿了一件休闲风帽衫，却一点也遮挡不住她曼妙性感的曲线，比起在办公室穿职业装的样子另有一种妩媚诱人。

他喉头滚了一下，开始跟尹歆然搭话："真巧啊 Ella，原来你们也去夏威夷旅游，还碰巧认识了子旸。"

尹歆然笑着回："是啊，周先生，我也没想到你和旸是一家公司的。"

"这说明我们有缘啊！注定我的案子要由你来接手。"

尹歆然公事化的口吻："周先生，我平常办理留学签证和商业移民比较多，办理配偶团聚不算拿手，你和你的太太确定要指定我来做你们的代表律师？"

"太太"两个字一出，穆子旸诧异地看向周昊。

周昊顿时有些窘迫："子旸，我还没告诉你我两个月前结婚了。"

"哦！"穆子旸以最快的速度反应过来："昊哥，恭喜啊！原来你两个月前回国是去办喜事的，回头我补你一份结婚大礼。"

周昊尴笑了两声："这不你嫂子是离过婚带孩子的人，所以也没怎么铺张大办，就先领了个证。"

闻言，穆子旸心中雪亮，这个婚姻……恐怕是以移民为目的的假结婚。

他非常识时务地加了一句："那嫂子能不能来枫叶国和昊哥团聚，就要看 Ella 的本事了了。"

"是啊，是啊！"周昊松了一口气，朝穆子旸投去赞赏的目光："后天我就去 Ella 的办公室签约。"

说到这儿，他还有点不放心地回头跟尹歆然确认："尹律师，是后天正式签约吧！"

"是的。"尹歆然的声音里透着一股不情愿。

只听刚才穆子旸的只言片语，她心里已经有数，周昊假结婚的嫌疑很大，接下这个案子无疑就是给自己找麻烦。可是，现在的形势是她根本无法再推掉这个客人，毕竟周昊是她闺蜜发小的好友……

这一层层关系，尹歆然捏了捏眉心。

"那就拜托尹律师了！"周昊声音里藏不住的兴奋。

此时绿灯亮了，他动作灵敏地发动车了。

路虎车不疾不徐地行驶，周昊又问尹歆然："Ella，你家住在西温的哪条街？"

尹歆然赶忙婉拒："去西温还得过桥跨海，太远了。要不周先生把我和 Sophia 一起送到她优卑诗的公寓得了。"

穆子旸听到这句话，心中一动，不禁从后视镜里看了一眼梅宛书，见她的俏脸上没什么表情，一贯的清冷淡然。

"Sophia，你住优卑诗？"隔了一会儿，他忍不住发问。

"嗯。"

"你是优卑诗医学院的博士？"

梅宛书心中一叹，终究还是让他知道了。

"是。"简单回了一个字，不想再多说。

然而，还是阻止不了穆子旸继续往下问："你们医学院是不是有个李教授？"

梅宛书默了一会儿道："李教授是我的博导。"

这话一出，穆子旸总算安静了，脑子里回想起去火山岛游玩的那天，酒店二层的休息室里，梅宛书听到他打电话后的僵直背影。原来，不是因为她对金钱敏感，而是因为她听到了博导的名字……

"医学院的李教授？"周昊却从他们的对话中听出了某种微妙的联系，试探着问："子旸，李教授是不是……？"

"昊哥，"穆子旸不动声色地打断他："公司的事等把两位女士送到家了，我们回公司谈。"

"OK，OK！"周昊连连点头，都是精明的商人，一个眼色就能心领神会。

之后，车内安静无声，四人各怀心思，一路无话。

车子一路开过列治文，过桥后沿着温哥华市的海洋大道行驶，十五分钟后驶进了优卑诗大学。在学校里又开了一会儿，才到达梅宛书的公寓楼下。

几个人一起下了车，穆子旸把她们的行李从后备箱里拿出来，问梅宛书："Sophia，你住几楼？要不要我给你们送上去？"

"不用了，公寓有电梯，谢谢。"梅宛书仍然礼貌而客气。

穆子旸灼亮的目光锁着她，颇有些恋恋不舍："那我们微信再联系。"

"好。"梅宛书淡淡地对他点了下头，算是作别，然后和尹歆然一起进了公寓楼。

周昊站在一旁，见穆子旸一直盯着梅宛书的背影，人都看不到了他还在发愣，一副魂不守舍的模样。

他抬手搭上穆子旸的肩，笑道："你小子情况很不对劲啊！"

穆子旸这才回过神来："昊哥，我们上车聊！"

两人回到车上，周昊笑得暧昧："怎么，喜欢上人家女博士啦！"

穆子旸脸上浮起一层羞赧之色，眼睛里却带了几分得意："那女人里外都美透了，跟我女神一个样。"

"哦，原来你女神是这个气质！"周昊点点头，瞧他就像个初陷情网的纯情大男生，又觉得好笑："不过你这才认识人家几天啊，陷得可够深的！"

"哎，"穆子旸立马换了副表情，一脸的懊恼："我可认准她是我未来老婆，非她不娶。可是几天下来，人家也不怎么待见我。"

"正常，"周昊不以为意："名校医学院的女博士嘛，模样又漂亮，肯定眼睛长头顶上了。得，哥想办法帮你追她！"

穆子旸知道周昊主意多，立刻笑得满面灿光："那谢了，昊哥！"

说罢，胳膊肘顶了他一下："昊哥，你是不是也想追Ella？"

"被你小子瞧出来了，可惜啊，"周昊一声长叹："现在我是已婚的身份了，总得先把这桩事儿办妥了再谈其他。"

穆子旸好奇地问："嫂子是什么人？"

"一个命苦的女人，"周昊皱起眉头："算了不多说了，就看Ella的本事吧。"

穆子旸点点头："昊哥你看人很准，我听Ella说只要是她接手的案子，成功率高达百分之九十五。"

"这么高的成功率？"周昊惊叹："也是，一看Ella的样子就是一副聪明相，你猜我第一次找她做咨询时，她说了句什么话？"

"什么话？"

"她问，我太太知不知道我浑身上下有几颗痣，都长哪里了。"

"哈哈，"穆子旸大笑："果然专业！"

周昊掏出车钥匙发动车子，突然想起穆子旸的妹妹穆语童也在优卑诗读书，便问："小童读哪个专业？"

"生物系。"

"我们要不要去看看她？"

穆子旸看了一下时间："这会儿小童刚上课，还是别打扰她了。再说小童是个乖乖女，按时上下学，读书挺用功的，用不着太操心她。"

周昊提醒道："二十岁的小姑娘正处在恋爱敏感期，你也不能太忽略她。"

穆子旸自信满满："我专业做哥哥二十年，用不着你来教我！"

"行吧，"周昊呵笑了两声，转了话锋："李教授那边我联系了好几次，他根本都不愿意见我，就固执地说多少钱房子都不卖。"

"了解，"一谈到公司的事，穆子旸的表情严肃起来：

"让我来试试说服他。"

周昊瞥了他一眼："李教授可是 Sophia 的博导，没问题？"

穆子旸却满不在意："昊哥你是不是想多了，根本就是两码事！"

第 014 章　长得像他的人

梅宛书和尹歆然一起乘电梯到六楼。

梅宛书从背包里拿出大门钥匙，正准备开门，隔壁公寓的房门大开，走出一对母女。

女孩十五六岁的模样，扎着马尾，母亲微卷的半长头发。

一看到梅宛书，女孩眼睛一亮："Miss 穆，你旅行回来啦！"

"嗯，"梅宛书微笑着颔了颔首："上学去？"

"是啊，Miss 穆，我先送小佳去上学，一会儿回来把下个月的房钱给你。"中年女人客气地说。

梅宛书说："不着急，这两天我都在，什么时候给都可以。"

"那也行。"

母女俩礼貌地道了声"再见"，进了电梯。

尹歆然在飞机上睡眠充足，此刻精神奕奕头脑灵活，立马问："Sophia，隔壁这间公寓也是你买的？"

"确切的说，是我爸妈买的。"梅宛书纠正。

"不都一样嘛，你们家就你一个独女，这些房产不都是你的。"尹歆然大为感叹："这么年轻就成包租婆了，真让人羡慕。"

说着两人进了公寓，换上舒适的棉拖。

尹歆然已经不是来第一次来梅宛书的这间公寓了，进门就浑身放松地坐进客厅的沙发。

梅宛书凉凉地道："Ella，你自己住西温的海景豪宅，还跑去羡慕别人？"

尹歆然摆摆手："那是我父母的房子，跟我关系不大，我自己的房子还得我自己挣。"

梅宛书朝她投去欣赏的目光，轻声问："飞机上一直在睡觉，错过了机餐，这会儿饿不饿？"

被她这么一提醒，尹歆然顿时觉得饿得前胸贴后背。

"好饿——"

"我去给你下点饺子。"

梅宛书进了厨房，从冰箱里取出一袋冷冻饺子，一大瓶葡萄汁，又从餐柜里拿出两只玻璃杯。

尹歆然也跟了进来，见厨房里一尘不染，明净清爽。

看到梅宛书手上的那袋饺子，她问："在超市买的速冻饺子？"

"不是，是我买了饺子皮调了饺子馅自己包的。"

"都什么馅的？"

"一种虾仁韭菜鸡蛋馅，一种芹菜香菇猪肉馅。"

"哇，好棒！"尹歆然大赞。

水烧开后，梅宛书把形状精巧的饺子一个一个往锅里放，又拿漏勺在锅里不停地搅拌，耐心十足。

尹歆然侧身靠在冰箱上，双臂拢在胸前，赏心悦目地观赏着梅宛书轻盈灵巧的动作，看了好一会儿，突然想起隔壁那对母女对她的称呼。

"Sophia，刚才那母女俩怎么叫你 Miss 穆啊？不该是 Miss 梅吗？"

"学校里的人都是这么喊我的。"梅宛书轻描淡写。

"为什么呀？"

"可以不问原因吗？"

尹歆然眼珠一转："不问也可以，不过我觉得这世上的巧合还真多。Miss 穆，Miss 穆，为什么偏偏用穆子旸的姓来称呼你？"

梅宛书不答，拿了一只青花磁盘盛出满满一盘饺子递给她："Ella，你看这盘饺子能不能堵住你的嘴？"

"哎哟，"尹歆然忙不迭地接过盘子："什么 Miss 穆呀，是我刚才饿昏了，幻听了哈！"

梅宛书被她逗笑："去倒两杯葡萄汁！"

两人在厨房的餐桌旁坐定，吃几个香喷喷的饺子，喝两口酸爽的葡萄汁，感觉比夏威夷的高级餐厅里进餐还要享受。

正在大快朵颐，梅宛书的手机响了。

"Nancy，体育馆？"

电话那头传来略带喑哑的女声："是啊，你不是后天才去医院实习吗，今天有空就过来陪我看一会儿篮球。"

"怎么突然对篮球感兴趣了？"

"你来了就知道了。"

"什么时候看？"

"我已经在体育馆了，你尽快过来吧。"

"OK！"

挂断电话，梅宛书抱歉地向尹歆然解释："是我同一个博导的同事，让我去体育馆陪她看篮球。"

"去吧，去吧！"尹歆然挥挥手："一会儿我自己打电话叫辆出租回西温，很方便。"

"那我不招呼你了。"

"放心吧，我会自便的。"

梅宛书笑了笑，回房间换了一套衣服，米白色的圆领针织衫外面套一件短款的驼色风衣，直筒瘦版的黑色长裤，黑色绒布面的船型休闲鞋。

　　简单素色的装束，却依然显得她纤长笔直，风姿秀逸。

　　公寓和体育馆之间有一段距离，梅宛书双手插在风衣口袋里，沿着红叶飘飘的校园道路缓步而行，刚走到足球场边，身后突然传来一道怯生生的声音："Morning，Miss 穆！"

　　梅宛书转过身，见两米开外站着一个十分年轻的女孩，身上套一件粉色的薄呢大衣，衣襟敞开，露出里面淡灰底色的针织长衫，下身一条深灰色包腿长袜，脚上穿一双乳白色翻绒短靴。

　　女孩手上抱着两本厚厚的书，脸容娇白细嫩，一双眸子黑幽幽的，鼻子小巧，粉唇柔润，有种小宠物般惹人怜爱的气质。

　　这张脸梅宛书颇有印象，她脑中回想了一下，便道："你是生物系的学生吧，这学期选修李教授的微生物学那门课？"

　　女孩一听梅宛书竟然把她认出来了，惊喜道："Miss 穆怎么会记得我？"

　　梅宛书宛然一笑："微生物学的实验课都是我带的，我记得你，是因为你每次实验都做得很细心。而且，我还记得你的名字叫 Tina，和我一个姓，也姓穆。这么特别的学生，给我印象挺深的。"

　　"是啊，"穆语童高兴得眼睛发亮："我跟 Miss 穆一个姓，觉得特别巧呢！"

　　梅宛书问："那你的中文名是？"

　　"穆语童。"

　　果然是穆子旸的妹妹！也是……穆云函的堂妹。

　　"旸旸，你的妹妹小童呢？"

　　"宛书姐，小童才两岁，什么都不懂，跟我们玩不上。我妈怕她来乡下会给蚊子叮得满身是包，就没送她来。"

"哦，这样啊！"小女孩满脸可惜，"我还想着跟小妹妹一起玩呢！"

胖胖的小男孩把脸凑到她面前："有我这个弟弟陪你玩不是一样嘛？"

"那旸旸你会玩翻绳吗？"

穆子旸知道梅宛书心灵手巧，能用一根绳子编出降落伞、螃蟹、蜻蜓、蝴蝶等各种形状，可他总觉得那是小女孩的游戏，男孩玩有点娘，不怎么肯花时间去学，所以这项游戏梅宛书向来将他排除在外。

"嘿嘿，我会用绳子编一条长蛇！"

"那还是算了吧！"梅宛书转身："我还是去找云函哥哥吧，他能编出好几十种花样呢！"

"喂，宛书姐，等等我呀，我跟你一起去……"

想到这儿，梅宛书心中淌过一汪暖流，再看身旁清秀娇美的女孩，亲切感油然而生。

两人并肩行走在枫树下，落叶纷飞，风景如画。

"Tina，你去哪儿？"梅宛书问穆语童。

"去体育馆。"

梅宛书一怔："去看篮球？"

"嗯。"

"喜欢看篮球？"

穆语童轻声道："更准确地说，是喜欢看某人打篮球。"

听懂了小姑娘话里的意思，梅宛书一笑，柔声问："正好我也去体育馆看篮球，介不介意告诉我某人是谁？"

穆语童面颊飞起了一抹彤色："Miss 穆，其实用不着我来告诉你，你一眼就能看出他是谁。"

此时，两人已经走进诺大的体育馆，见一楼的健身房里有许多师生正在各种器材上做着健身运动。两人顺着蜿蜒的楼梯上了二楼，来到了篮球场。

一进门，梅宛书见观众席的前几排座椅里稀稀落落地坐了二十几个学生，蒋南音正坐在第一排的座椅中，看得目不转睛。

穆语童手指了指后排座椅："Miss 穆，我坐后面去了。"

"去吧！"

穆语童听得出梅宛书这声叮咛比在实验室里还要温柔。

她又朝球场中的某人看了一眼，心里像吃了蜜一样的甜。

整个学校她最喜欢的两个人，都在她眼前了。

梅宛书走到蒋南音旁边的一个位置坐下，悄声问："认识你好几年了，没见你看过篮球？"

蒋南音不答话，下巴抬了抬让她看球场上。

梅宛书将视线转向篮球场，瞬间脸色大变。

场中有个身穿明黄色球衣的年轻男人，额头上系了根海蓝色的发带，身姿俊秀，英气勃发。他随手接过队友的传球，不急不躁地运了两下，在对方过来拦截时突然加速，接着急停急转间高高跃起，没怎么瞄准就潇洒投篮。篮球在空中划出一道弧线，精准地落进篮筐。

"哇哦！"看台上响起一片喝彩声。

男人侧过头，朝观众席望了一眼，梅宛书终于看清楚他的脸。

那是一张令人一见难忘的面孔，眉目精致，鼻梁高挺，两片薄唇微微抿着，衬着他略显清瘦的脸部轮廓，男人宛如秋日夜空高悬的繁星，清辉皎皎，秀逸卓绝。

他的气质略显冷淡，就这点和穆云函不太像，可他的五官脸型、身形体态简直就是穆云函的复制。

他对着观众席怔愣了几秒钟，直到队友喊他的名字把球传给他，他才回过神来，及时地接住球。接下来便是一连串行云流水的动作，躲闪走位，奔跑跳跃，抬手投篮一气呵成，如同猎豹一般矫健迅捷，充满了爆发力。

"Yeah——"队友们欢呼雀跃，都跑过来和他拍 Five，看台上的观众也沸腾了，尖叫声、口哨声此起彼伏。

从头到尾，梅宛书都在一瞬不瞬地望着他。望着望着，她的眼中浮起一层薄薄的泪雾。

而场中的邵星泽哪怕在不断地奔跑跳跃，仍察觉到了那两道投注在他身上脉脉柔情的目光。

他又忍不住朝观众席看了一眼，这一次，他几乎定在当场。

从不知道世上还有这样动人心魄的眼神，双瞳剪水，流波清荡，温柔而怅惘，凄迷而感伤，仿佛在委委婉婉地诉说着一个缠绵悱恻的故事……

"Kelvin！"一个队友跑过来，用广东话责怪："有没有搞错啊，干嘛不接住我的传球？"

邵星泽拍了一下队友的肩，回道："Sorry，Johnny，我不打了！"

又一个队友 Matthew 也跑过来，问他："Kelvin，干嘛不打了？"

邵星泽随意解释："上次我帮 Ms. 蒋修好电脑，恐怕今天又出问题了。"

"哦，"Johnny 了解地点点头，"难怪她今天又来看我们打篮球了！"

邵星泽的目光转向观众席，"我去跟 Ms. 蒋说几句话，你们继续！"

"OK！"Johnny 和 Matthew 重新回到场中。

邵星泽把额上的发带取下，半湿的头发散了开来，像从漫画里走出来的男子，性感又迷人。

他小跑到观众席前，胳膊搭在围栏上，面对着蒋南音和梅宛书，神态自若地问："Ms.蒋，电脑还有问题吗？"

蒋南音推了一下鼻梁上的细框眼镜："没问题，运转正常！"

随后她扭头对梅宛书道："Sophia，我给你介绍一下，这是计算机系的硕士生 Kelvin，中文名邵星泽。"

梅宛书稍稍平定了心口翻涌的情绪，可一双眸子就像被秋雨洗过一样，两颊也泛出不正常的嫣红。

"Hi，Sophia，nice to meet you！"邵星泽按正常礼节，自然大方地向梅宛书伸出一只手。

他的手，白皙纤长，骨骼清秀，和穆云函的手形也几乎一模一样。

梅宛书深吸一口气，轻轻握住了这只手："Nice to meet you，Kelvin！"

清俊的男人和秀雅的女人两手相握的画面竟是如此的和谐优美，坐在不远处的穆语童哪怕心中一抽，还是偷偷地用手机拍下了他们的合照。

第 015 章 睡美人

从篮球场出来，梅宛书和蒋南音并肩而行。

蒋南音今年三十五岁，已经是两个孩子的母亲。她和梅宛书不同，梅宛书是在五年前优卑诗大三在读时直接考进了医学院，而蒋南音则是在大学毕业后工作多年，于四年前进入优卑诗的医学院学习。

两人一见如故，又一起跟着李教授学习了四年，关系极为亲厚，而蒋南音也是除了李教授外唯一知道穆云函的人。

对梅宛书的遭遇，她时常感怀叹息，年纪尚轻里外都很出色的女人却没能得到老天的眷顾。原本如此相爱又般配的一对，因为三年多前的一场意外天人永隔。从那以后，梅宛书将她的一颗心冷藏冰封。

作为这些年最靠近梅宛书的同僚兼好友，蒋南音当然也最了解她的想法。正常人恋爱结婚成立家庭的流程早已被梅宛书摒除在她的人生计划之外，这辈子她只打算安心做一名妇产科医生，守着她的病人罢了。

蒋南音曾见过梅宛书对待妇女婴儿的样子，说是爱心泛滥也不为过……

一阵秋风迎面吹来，比前几日更加寒凉了些，多了几分冬日的萧瑟。

"都十一月末了，怎么还穿这么少？"蒋南音关心地问。

"凉凉的才舒服。"梅宛书甚至敞开了风衣衣襟，痛快地感受着寒风袭人的刺痛，连带把她身上在篮球馆里积累的灼热感也带走了不少。

安静了一会儿，梅宛书开口问："Nancy，你怎么认识的

Kelvin？”

　　蒋南音回道：“也是凑巧，前几天我研究室的台式电脑坏了，就去询问了计算机系的一个老师，他推荐了 Kelvin 过来帮我修。当时我一见到 Kelvin 的样子就吓了一跳，真的是太像了……”

　　梅宛书垂下双眼，脚步轻悄，刻意避过踩踏落叶。

　　“即便长得很像，但毕竟不是他。”

　　“不过这个男孩子真的很优秀。今年刚考进优卑诗的硕士生，二十四岁，脑子聪明，人有礼貌，做事也沉稳高效。整个修电脑的过程都没怎么说话，直到把事情办好了才跟我聊了几句。我得知他喜欢打篮球，就问他平常什么时候去练球，他马上就告诉我了，还跟我说只要我的电脑出问题随时可以找他。这么好的男孩子，Sophia 你能不能上点心考虑一下？”

　　梅宛书摇摇头：“才二十四岁有着大好前程的学生，我怎么可能考虑？”

　　蒋南音叹：“那什么样的人你才会考虑？”

　　梅宛书淡笑：“随缘吧。”

　　蒋南音不言语了，也知道她话里的意思。

　　所谓“随缘”，不过是随了她那份早已逝去的缘……

　　默了一会儿，蒋南音转了话题：“Sophia，你知不知道教授家房子的事情？”

　　梅宛书显然对这个话题更为关心：“我碰巧知道一点，有房地产商想买教授的独立屋，但教授不想卖。”

　　“是啊，”说到这件事，蒋南音颇为气恼：“最近教授一直被一个房地产商缠着，不胜烦扰。你说这些商人都什么人呢，脸皮可真够厚的，一点也不尊重别人的意愿。教授都说不卖了，还是每天电话追踪，甚至有两回人追到学校来，都是我给挡回去的。”

梅宛书没接话，只问：“上周我去旅游前，教授是不是叫我们这个周末去他家做客？”

“对，说李太太想请我们去观赏他们家的花园，顺便享受一顿美味烧烤。”

梅宛书不由得赞叹：“教授家的花园特别漂亮！”

“都快称得上温哥华之最了！哦对了，忘了告诉你，”蒋南音想起来有件事要通知梅宛书：“教授明天下午在列治文开讲座，我们一起去听！”

“好！”梅宛书答应下来。

回到公寓，梅宛书见四下空空荡荡，已没了尹歆然的身影。

厨房餐桌上的杯盘碗勺都被尹歆然自觉地清理干净了，整整齐齐地放在水池边的碗槽里。

梅宛书宛然一笑，走进卧房。进门的第一件事便是从梳妆台的抽屉里拿出一本相册。

她缓缓打开相册，第一张照片便是穆云函的一张半身照。他的背后是斯丹佛大学黄砖红瓦的拱廊建筑，再远一点是大学的标志性建筑胡佛塔。

照片里的男人面容隽秀润朗，澄净的眼睛里泛着柔光，嘴唇弯出好看的弧度，安静地笑着，连周围的阳光都被温柔了。

梅宛书的指尖一点一点地拂过他的脸庞，只不过几天没见，思念已是泛滥成灾。

她和往日一样慢慢地翻看相册里的每张照片，默默地细数着纯净美好的旧时光。

看了一会儿，她开始对着照片说话：“云函，我从夏威夷旅行回来了，离开了好几天，你想不想我……"

她娓娓倾诉，说了很多，说到了穆子旸，穆语童，甚至还提到了邵星泽。

"云函，世界那么大，你说怎么会这么巧，突然间跟你有关的人全都被我遇上了。我猜，是因为你怕我一个人过得太寂寞，故意这么安排的。想给我多找点事做，丰富一下我的生活，我明白你的这份心思。还有啊，你想要怎么照顾他们，我都会代你做好的，你放心吧！"

说完这番话，梅宛书觉得特别的踏实安心，将半边脸颊枕在相册上，闭上了双眼。

睡梦中，她放在客厅桌子上的手机不断地传出微信铃声，全是穆子旸发来的一条一条的消息。

【Sophia，今天温哥华没下雨，阳光晴好】

【把你送回家后，我就和昊哥就去公司了，可你猜怎么，我无心办公】

【嗯……某人就是罪魁祸首】

【这么好的天气，特别想和某人一起去渔人码头晒晒太阳，吹吹海风，那里的枫树超美的】

【哎，就算不想跟我一起秋游，也不至于一条消息都不回我吧】

【心碎】【心碎】【笑哭】【大哭】

【好吧，不打扰你了，睡美人。】

……

翌日下午，列治文市的某幢大楼。

蒋南音停好车，和梅宛书一同乘电梯到达三楼。

两人进入面积阔大的讲座会场，见里面已坐了不少同行业的专业人士，有些相互熟悉的正在低声交流。会场主席台上空无一人，李教授还未到场。

梅宛书看了一下时间，还有十五分钟讲座才开始，便对蒋南音说："我去休息室泡两杯咖啡来。"

"OK！"蒋南音从公文包里拿出一叠医学资料。

梅宛书出了会场，沿着廊道走到尽头转了个弯，来到左侧的一间休息室。

一进门，她便在靠近咖啡台的地方看见李教授的对面站着一个熟悉的身影。

穆子旸今天衣服穿得格外规整，一身笔挺熨贴的西服勾勒出他修长挺拔的身体线条。

休息室的窗口透进几缕淡柔的阳光，映得他短发光亮，眉目俊朗。

他两手插在裤子口袋里，正在用稍微俯身的姿势跟李教授说话，显得沉稳又庄重，和他平时恣意张扬的模样十分不一样。

"李教授，目前你的住宅是一处年份为七十五年的旧宅，政府的评估价为 198 万，其中土地价格 195 万，房屋只值 3 万。我还看过验屋师半年前给出的评估报告，你这幢房子从屋顶到地面再到各处管道需要维修的地方多达 63 处，再往下住，你和你太太的生活不仅会出现诸多不便，陈旧的房屋配套设施也不利于你们的身体健康。"

"所以我建议你接受我们公司提供的最高收购价在附近买一处新房。600 万，足够你买到一幢新建的独立屋，土地面积和房屋面积均可以达到你现有住宅的两点五倍。这么优厚的条件，希望你能再慎重考虑考虑。"

穆子旸的一番话有理有据，方方面面为李教授考虑得都挺周全。

李教授耐心地听完他整番话，才道："穆先生，在你之前，你们公司的周先生也找了我好几次，我都跟他讲得很清楚了，我的住宅不进行买卖，并不是因为金钱的原因。"

穆子旸立刻问："那您可不可以把不愿交易的原因告诉我？"

李教授微微一笑："私人原因不便透露。"

他低头看了一下手表："抱歉，穆先生，我的讲座要开始了。"

说着准备起步离开，穆子旸却挪动身体挡住了他的去路："教授，讲座还有十分钟才开始，能不能再给我五分钟时间。"

梅宛书听到这里终于忍不下去了，径直走到两人面前，眼角都没瞥穆子旸，只对李教授说："教授，会场里专家学员差不多都到齐了，大家都在等你！"

李教授一看自己的得意门生来给自己解围了，松了一口气："Sophia，我先进会场，你冲好咖啡也快点来！"

"好的，教授。"

直到李教授出了休息室的门，梅宛书才转向穆子旸，冷声质问："不是说无心办公？我瞧你准备得还挺充分的！"

看到她，穆子旸原本冷肃的一张脸顿时漾满阳光的笑意，说出来的话却带了点可怜兮兮的味道："Sophia，昨天我连表情一共给你发了七条消息，你看到了都不回我。"

"那会儿我睡着了。"梅宛书淡声回答他，边开始操作咖啡壶。

"我猜也是，睡美人！"穆子旸的嗓音突然变得温存而魅惑。

他一只手扶着咖啡台的边缘，整个身体向下倾，嘴唇靠她的耳朵也只有几厘米的距离。

咖啡壶开始往纸杯里加开水，暖热的雾气氤氲缭绕，慢慢晕红了她的脸颊。

穆子旸心中得意，又朝梅宛书贴近了一些。忽然，一缕好闻的香气猝不及防地钻进他的鼻尖，他心里一颤，赶紧立直身体。

"拿好！"耳畔传来梅宛书的吩咐。

"什么？"穆子旸还有点晃神。

"咖啡，帮我拿一杯。"

"哦！"

穆子旸见放在台面上的两杯咖啡冒着滚烫的热气，干脆两手各拿一杯，嘴里提出申请："我也想听李教授的讲座。"

梅宛书轻嘲："我看你是醉翁之意不在酒！"

穆子旸被她点破心思，不仅没尴尬，还笑嘻嘻得盯着她看。

梅宛书突然反应过来，赶紧澄清："你是不是打算讲座结束后继续骚扰教授？"

说着转身往外走，穆子旸跟在她身后，悠悠地说："想要我不去骚扰教授也行，Sophia 你来代替他被我骚扰好了。"

梅宛书语气凉凉："可以啊，以后教授房子的事，你跟我谈，只要别再打扰他就行。"

穆子旸一愣，没想到梅宛书把话题又转到房子上去了。

他心里一沉，哼道："Sophia，你还挺会揽事的么，你倒说说看你拿什么身份来替教授谈他的私人交易？"

这句随口说出的话中夹杂着某种轻慢侮辱，某种唯利是图，可穆子旸却丝毫察觉不到。

梅宛书蓦地顿住脚步，穆子旸也赶紧稳住身体停下来，才没让咖啡洒出来。

梅宛书转过身面向他，声音透着一股刺骨的寒冷，令穆子旸心中凛然："所以像你这样的人，根本没办法想明白无关乎金钱的许多事。教授为什么不愿意把房子卖给你，子旸，恐怕你得穷尽一生来做这份功课了。"

话落，她朝他走了两步，伸出手，冷漠淡然："咖啡给我吧！"

就在穆子旸怔愣间，梅宛书从他手里取走了两杯咖啡，飘然进了会场的大门。

"草！"穆子旸在走廊里伫立良久，咬牙切齿地发出一声低咒。

这女人凭什么理直气壮地教育他？自以为是高高在上的女神，不过就是脑子聪明一点，学历高一点，气质好一点，长得像他的宛书姐而已……

他甩了甩头，昂首阔步从楼梯下到停车场，很快找到了他的那辆宝马，打开车门正准备上车，两只脚却不听使唤定在地上。

"草！"随着他的又一声咒骂，"砰"的一声，车门又关上了。

随后，穆子旸脚步匆匆顺着楼梯重新往上爬，一边怪自己没出息，一边又为自己开脱。

就凭他以上总结的那几点，她还真就能当他的女神了！

第 016 章　误会

梅宛书端着两杯咖啡回到座位，台上李教授的讲座已经开始。

她从文件夹里拿出一叠讲座资料，开始专心听讲。

听了还不到十分钟，左边的空位突然多出一个人来。梅宛书朝那人瞥了一眼，见他如雕塑般的侧脸表情也跟雕塑差不多生冷。他不吭声也不瞧她，就两眼直勾勾地望着台上的幻灯片。

幻灯片正扩大放映一张女性子宫的解剖结构图，穆子旸专心致志地对着图片听了一小会儿，竟听出一些兴致来。

他用手肘轻轻碰了一下梅宛书，压低声音说："Sophia，借我一杆笔一张纸。"

梅宛书便从文件夹里取出一张纸，又从包里拿了一杆墨水笔递给他。

见穆子旸在纸上照着幻灯片画出女性的子宫形状，然后用英语一一标识出卵巢、输卵管、子宫等部位，有点奇怪地问他："你记这些干什么？"

穆子旸粗声回："学英语！哪儿都学不到这些单词！"

梅宛书低头抿了抿嘴角，她右边的蒋南音已经忍不住扑哧一声笑出来。

她凑近梅宛书，附在她耳旁悄声问："这谁呀？长得可真够帅的。"

梅宛书用更低的声音回："他就是找教授买房子的房地产商。"

蒋南音奇怪地问："不是周先生吗？"

“那家公司有两个股东，还有一位就是他了。”

“哦，”蒋南音明白过来，又瞧了穆子旸一眼：“这个老板可年轻多了。”

梅宛书表情有点无奈，穆子旸虽然年轻，可跟周昊纯属一类人。

梅宛书不怎么懂商人的套路，但兰质蕙心的她往往从人的只言片语、一举一动的细节中推知人的品性。穆子旸诚然是明朗可爱的，可无疑也是奸商一枚。

接下来的两个小时，梅宛书和蒋南音始终认真听讲，在提问与回答的环节，作为李教授的亲传弟子，两人积极地提出问题，参与学术探讨。

而坐在她身边的穆子旸，在画好一张完美的子宫图后，就趴在桌子上睡着了，头一直闷在胳膊里瞧不着脸。

讲座结束后，会场里的人陆续散去，梅宛书才拍拍穆子旸的肩头喊醒他。

穆子旸朦胧间睁开双眼，眸色混沌。

梅宛书瞧见他的半边脸上给衬衫袖口压出了一个圆圆的印子，特别可喜。

蒋南音又忍不住笑起来，穆子旸揉揉眼睛，迷迷糊糊地问：“怎么啦？”

梅宛书伸出一根手指点了点自己的右脸：“这里！”

穆子旸心尖一颤，她的意思是……？

他瞧了一眼蒋南音，颇觉羞涩地转过脸：“Sophia，这还有旁人在，要不我们换个场合？这样吧，一会儿我送你回优卑诗，我们车上也行！”

梅宛书被他这番莫名其妙的话说得怔愣住了，几秒后才又反应过来，一下子绯红了脸。

她非常无语地对蒋南音道："我们走吧！"

蒋南音笑得更欢了，抿了抿嘴，点点头。

两人顺着楼梯台阶往下走，穆子旸跟在她们身后，还没搞清闹哪出。一边觉得心里特高兴吧，一边又感觉梅宛书刚才的那个举动可真不像她一贯矜持高雅的风格。

一直到了停车场，见梅宛书打算上蒋南音的车，他才急了，嚷道："Sophia，不是说好了我送你回优卑诗？"

梅宛书凉凉回："我没那个意思，是你弄错了。"

穆子旸一下子感觉失了面子，顿时脸色铁青。

蒋南音此刻也瞧出来这两人绝对不止刚刚认识的关系，明显眼前这位热力四射的大帅哥对梅宛书颇有意思。

于是她对小声梅宛书说："Sophia，要不就让这位先生送你吧，我直接回本那比。"

梅宛书一听，自是不好再麻烦蒋南音，便叮嘱了一句："那你路上小心开车。"

"嗯，拜拜！"蒋南音上了自己的车子，发动后开出车库，从倒车镜里看到梅宛书上了一辆宝马。

"哎，"她叹了口气，自言自语："富二代开发商，不是Sophia喜欢的类型。"

梅宛书上了穆子旸的车子，坐在车后座，系上了安全带。

穆子旸朝后视镜瞟了一眼，却看到了自己右脸上的纽扣印子，这才知道他刚才误会了梅宛书的意思，一时间恨得他牙痒痒的。可想到梅宛书刚才巧笑嫣然指着脸颊的娇媚模样，又觉得心痒痒的。

车子上路半晌，穆子旸不说话，闷声开车。

梅宛书也不说话，拿出讲座上记录的笔记仔细翻阅。

穆子旸随着下班高峰的车流行了一小段路，天色逐渐暗了下来。

他忍不住向身后的梅宛书道："天都黑了，看书有损视力！"

梅宛书莞尔，将资料整理好，重新收回文件夹。

穆子旸见梅宛书很是温婉听话，得意地笑起来。

又见她乖巧地坐在后座上，娴静端庄，心里觉得甜蜜蜜暖融融的，不禁开始脑补画面：她左边的加高式儿童座椅上，坐着一个甜美文静可爱的小女孩；她右边的包裹式儿童座椅上，坐着一个好动调皮精灵的小男孩。

梅宛书对着左边的小女孩和声细语，右手拿着吸管式儿童水杯喂小男孩喝水。

当然了，小女孩和小男孩正是他穆子旸的一双儿女！

正美滋滋地想着，梅宛书嗓音轻柔地提醒他："子旸，你好像开错方向了！"

穆子旸一怔，一看周边路牌，果然刚才无限神往间没注意转向。

"哦，"他赶忙打方向盘将车子换到左转道上："Sorry，我不小心往自己家开了。"

"你家住温西？"梅宛书问。

"对，离优卑诗不远。"

"家里还有其他人吗？"梅宛书关心的语气。

穆子旸脸上的笑意更深："我父亲在国内，家里有我妈和我妹。对了，我妹也在优卑诗读书，生物系的大二学生。"

"嗯，"梅宛书的表情平静："我这学期带过生物系大二学生的一门实验课，有个女孩叫 Tina，姓穆，应该是你的妹妹吧！"

"这么巧？"穆子旸又惊又喜："Sophia，原来你在认识我之前，就先认识我妹了！"

突然又想起来什么："难怪，最近我妹经常挂在嘴边，说她有门实验课的女老师长得太漂亮了，气质也好，说的就是你！"

闻言，梅宛书宛然一笑，原来，小童也喜欢她。

……

穆子旸把梅宛书送回学校后，车开了十五分钟回到家。

穆家的住宅共四百多平米的面积，是一幢双车库高级别墅。

一进门，穆子旸换了一双棉拖，脱下西装外套，穿过半弧状的大客厅往内走。

客厅朝里是一间靠近厨房的长方形餐厅，只摆了一张长桌、几张座椅，墙上挂了几幅油画。

此时，何虹佳正端坐在一张椅中，听她的"营养师"Ms.陈在给她述说着什么。她表情认真，频频点头，显然十分认可 Ms.陈的话。

看到这幅场景，穆子旸的眼里划过一丝不屑。然而等他走到何虹佳的身边时，他的表情已变成了露出两排雪白牙齿的灿笑。

他将西装搭在椅背上，两只手从背后握住了何虹佳的两边肩头，轻声问候："何女士，今天过得好不好？"

何虹佳一看到她这个英俊潇洒、聪明灵活、完美无缺的大儿子，一双眼睛就眯成了弯弯的彩虹状。

"子旸回来了！"她拼命克制住看到儿子后兴奋骄傲的感觉，声音也只是拔高了一度而已。

Ms.陈看到穆子旸，客气地从椅子中站起身来："穆先生旅游回来啦！”

“嗯，”穆子旸瞥了一眼放在方桌上的一堆营养品。

何虹佳见儿子回来了，便再也无心营养品，拍了拍穆子旸的手背，转头说：“妈炖了鱼汤，你先去厨房喝一碗，等你妹妹回来我们开饭。”

Ms.陈一听，便不再坐下来，笑道：“那穆太太，我先告辞了，这些营养品……”

“哦，”何虹佳随意应道：“这些营养品我都要了，怎么吃到时候微信问你吧。”

“好的！”Ms.陈的这一声中，透着藏不住的喜悦和轻松。

何虹佳上楼去拿钱，穆子旸坐了下来，将营养品一瓶一瓶拿起来看，嘴里悠悠道：“这个牌子的营养品挺有名的，公司股票在纳斯达克的市值也不低。”

Ms.陈赶忙应道：“穆先生，我们这个牌子的营养品口碑和品质都是有保证的。”

“嗯，”穆子旸漫不经心地点点头：“不过，这个牌子的营养品销售模式是传销吧！”

Ms.陈笑容一敛：“穆先生，只要营养品的品质好……”

“放心，”穆子旸冷冷打断她：“给我妈滋补营养花多少钱不是问题，但想要通过她认识一堆富太太搞什么‘上线下线’的，这个心思劝你最好别起。”

Ms.陈被他点破心思脸有点绿，勉强陪笑说：“穆先生，我哪有这个想法啊，就是单纯地从营养师的角度给穆太太配点适合她的营养品。”

听了这话，穆子旸轻笑两声：“据我所知，你们公司每个销售员都是营养师。”

Ms.陈表情更尴尬了，好在此时何虹佳从楼上拿了钱下来。

她把信封塞在 Ms.陈手里，道了一句"费心了"，Ms.陈才舒了口气，向两人告辞。

出了穆家大门，她才打开信封，见里面除了营养品的两千元，何虹佳还多给了一百，算是她的辛苦费。

她嘴角抽了抽："妈妈这么单蠢，倒生了个这么精明的儿子！"

厨房里，穆子旸一边喝着炖得奶白的鲜美鱼汤，一边装作随口问："妈，Ms.陈没让你搞传销吧！"

何虹佳一愣："什么叫传销啊，以前在国内倒是听到过这个词。"

穆子旸放下勺子，笑道："我家何女士就是有五十岁还能活出十八岁少女心态的本事。"

"去你的！"何虹佳嗔道："你倒是跟我说说，这营养品靠谱吗？"

穆子旸点点头："挺靠谱的！吃着吃着，我以后就认不出我家何女士了，以为我又多出一个妹妹来！"

"哈哈……"何虹佳大大被取悦，再瞧一眼大帅儿子，心里简直比喝了十罐蜂蜜还甜。

"妈，"穆子旸喝好鱼汤，用餐巾纸擦了擦嘴，又问："Ms.陈有没有让你去参加什么聚会诸如此类的？"

"咦？你怎么知道的，儿子？"何虹佳颇为惊讶："我刚跟她约好了后天带两个朋友去她家 Potluck。"

穆子旸一听何虹佳嘴里蹦出个英语单词，倒是一喜："不错啊，老妈，还学了个新单词！"

"那是，"何虹佳很是得意："Potluck 就是每人带一样自己的拿手好菜去聚餐，大家一起吃。我觉得这个活动挺好的呀，交交朋友也挺开心的。"

　　穆子旸一听，倒也不忍心阻止她："那老妈你就开开心心地去聚餐。但是，一旦听到她们说起'上线下线'之类的话，你就装作不懂就行了。"

　　何虹佳一怔："儿子，'上线下线'是什么呀，我是真的不懂诶！"

　　穆子旸赞叹道："我家何女士就是单纯！"

　　何虹佳斜睨着他："少来了儿子，你不就是想说我单蠢！"

　　"哟妈，几天没见，你又长进了，还学会了新潮网络用语！"穆子旸惊喜道。

　　何虹佳耸耸肩："整天听你妹妹说起，有几个词耳朵都听出老茧了！"

　　"哈哈……"穆子旸笑得开怀。

　　"妈，哥，我回来了！"厨房门口传来一道细柔的嗓音。

　　穆子旸转头，见穆语童从大客厅踩着毛茸茸的动物拖鞋走进厨房。

　　她身后背着黑色真皮书包，手上抱着个黑色的塑料袋，袋子里圆滚滚的好像装了个球。

　　穆子旸走到她面前，指了指她手中的塑料袋，逗弄着问："这里面装着什么？"

　　穆语童赶忙把球抱紧："哥你管不着！"

　　穆子旸好笑："不就是个篮球嘛！"

　　穆语童顿时满脸飞霞，一个晃神，怀里的球被穆子旸手指一顶飞到空中，接着他又将球稳稳接住。

　　穆语童知道自家哥哥是篮球高手，当场就急了："哥你快还给我！"

　　穆子旸笑嘻嘻的，非但不还，还准备解开塑料袋。

　　穆语童脸都变白了，叫着："妈，哥又欺负我！"

正在炒菜的何虹佳背对着两人随口说："子旸你让让你妹妹！"

穆语童一听脸涨得通红，差点哭出来："妈你说什么呀，哥他抢我东西！"

穆子旸看她这么紧张，倒也不便继续和妹妹开玩笑，将塑料袋重新塞回她怀里，奇怪地问："什么篮球这么宝贝？"

穆语童狠狠瞪了他一眼，转身就朝楼上跑。

穆子旸几个大步追着她上了二楼，在她背后问："小童，你的书包好像换了一个，怎么感觉变了种风格？原来没见你买过黑色的包。"

穆语童听穆子旸不再追问篮球的事，松了口气，转过身来解释："书包啊，因为我上次在学校里看 Miss 穆背得很好看，就买了个跟她差不多的。"

"Miss 穆?"穆子旸眼光闪动。

"是啊哥，就是我跟你说起过的，那个教我们实验课长得特别美的女老师。我昨天在学校里碰见她还跟她聊了几句，原来 Miss 穆跟我们一个姓，也姓庄严肃穆的穆！"

"嗯，还真巧！"穆子旸两根手指搭在嘴上，遮住了唇边溢出的笑。

楼下传来何虹佳高分贝的叫唤："子旸，小童，吃饭了！"

穆语童对穆子旸挥了挥手："哥你先下楼，跟妈说我换身衣服再下来。"

话落，一溜烟进了她的房间。

一进房门，她放下书包就解开了塑料袋，从里面拿出一个黄灿灿的篮球。

随后，她痴迷地用手指抚过篮球上刻下的一排手写体英文字母：Kelvin。

第 017 章 天阳地产

第二天一早，穆子旸开车朝着列治文的公司出发。

已经七点多了，天色还灰蒙蒙阴沉沉的。大温的冬季日短夜长，一路都需把车前灯和车后灯全部打亮。

穆子旸一边开着车，一边脑补着梅宛书端丽娴静坐在后座的画面，觉得自己像着了魔。

昨晚，他吃好晚餐回到自己的房间，花了两个小时看她的照片，把她的每个姿态、每个表情都细细品味了一遍，感觉重温了七岁时就在脑中建立的女神形象：什么叫温柔，什么叫什么叫高雅，什么叫知性，什么叫完美。

本来在看照片前，穆子旸下定决心晚上绝不主动给梅宛书发消息，可是看完照片后，他心情激荡，难以平静，还是忍不住在私聊框里发了一个【呲牙】的表情。

十五分钟后，他终于收到了梅宛书一个【微笑】的表情。

穆子旸立马问：【在干嘛？】

梅宛书：【看照片】

穆子旸：【夏威夷的照片？】

梅宛书：【不是】

穆子旸咬牙，自己又自作多情了一把:【那看什么照片？】

梅宛书：【家人的照片】

穆子旸稍稍宽心。

他却不知道，梅宛书的手上正拿着穆云函二十二岁时在悉尼拍的一张照片。

照片中穆云函靠着海港边的栏杆，脸上的笑容比海浪还温柔。他的身后是形状独特的悉尼歌剧院，瓦片状的外墙映着港湾的碧波，在阳光下灿烂地闪耀着。

穆子旸却画风一转：【我今天喝了我妈炖的鱼汤，想起你上次跟我说的话了，特别想尝尝你的手艺】

梅宛书看到这句，不禁叹了口气，把穆云函的照片放回了相册，回：【等我哪天有空，请你来吃顿饭】

穆子旸：【那还不如我先请你吃，明天好吗？】

梅宛书：【明天开始我要去妇幼医院实习，会比较忙一些】

穆子旸：【那周末呢？】

梅宛书：【周末我要去教授家】

穆子旸顿了一会儿，才发：【今天下午你在会场外说的话还算话吗？】

梅宛书稍加思索，便明白了他的意思：【算话】

穆子旸：【我明天就想骚扰你】

看到"骚扰"两个字，梅宛书的脸颊微微发热：【我明天下午四点结束实习，你在医院门口等我吧】

穆子旸咧嘴一笑，回了个【OK】的手势。

……

车行了半个小时，穆子旸到达列治文的公司。

"天阳地产"是穆子旸半年前带着穆振华的大笔资金注入后重新更名的一家公司。但实际上，这家公司早在六年前就成立了，当时的股东是周昊的父亲周吉诚。

周吉诚早在十年前就申请了枫叶国移民，彼时枫叶国商业移民的各项政策还比较宽松，周吉诚既没花多少成本，也没花多少时间就办理好了全家移民。之后，周吉诚和大多数第一代商业移民人士一样，将妻子孩子留在大温，自己继续忙于国内的生意。

之后大儿子周昊大学毕业后接手公司，小儿子周宇也进了名校西弗泽大学读书，周昊的母亲便在蹲好移民监后回到国内陪伴周吉诚。

穆家和周家的交情非同一般，在宁城穆振华和周吉诚的两家公司有好几个联合开发的大项目合作，"恒仁绿洲新岛"只是其中之一。

有了这层深厚的关系，穆子旸前几年每回到枫叶国度假都是周昊尽心竭力地款待，还随着周昊认识了不少大温华人的留学生圈层、商业圈层的富二代。

半年前穆子旸长登温哥华，目的就是做跟周昊一样的事，将穆家这些年积累的大笔资金转移到枫叶国。当然还有一个原因便是国内的房市已达高峰，而大温却迎来了一波新移民不断涌入爆炒房市的潮流。

大温开始在原本广袤无垠的土地上大兴土木，开发新区，渐渐的各座城市高楼四起，大厦林立。原本大温繁华的老城区比如温哥华市、本那比市、列治文市陈旧的独立屋也大片被开发商们买下，重新建成公寓楼卖出。

"天阳地产"鉴于前几年周吉诚和周昊的逐步积累，从项目规划到人员设施，再到各方资源配备都建立了稳固的基础，已经发展成一家集住宅置业、商业地产、土地开发和物业管理为一体的新型房地产公司，半年前穆振华大笔资金的投入无疑如虎添翼，公司规模一下子扩张到原来的两倍。而周昊和穆子旸也顺理成章地成为了这家公司各占百分之五十股份的富二代老板。

公司成员包括了商业分析师，财务分析师，会计师，项目开发协调人员，房地产经纪和行政人员共二十多个。穆子旸和周昊既是"天阳"仅有的两位大股东，加上两人灵敏的商业嗅觉和超强的工作能力，自然担任了公司 CEO 的职务。

"天阳地产"的办公地点在列治文最繁华的三号路，占地 400 平米，共设有十个办公室，两个会议室，还有一个开放式的办公室。

办公室大门全为落地透明玻璃，入门便是大理石地板和大理石接待台面，明光锃亮，清爽简约。

穆子旸今天来得虽然早，但前台的两个女孩 Sandy 和 Linda 已经服饰齐整地站在接待台后，一见他便笑容可掬地喊："Morning，穆总。"

穆子旸很矜持地回了她们一个宛若初冬凉风一般的微笑，径直往里走。

两个小姑娘目送他进了办公室的门，才开始瞪大眼睛谈论起来。

"今天穆总怎么笑成这样，感觉背后都凉飕飕的！"

"我倒觉得他更迷人了！浑身上下散发出斯文儒雅的气质，还略显高冷禁欲，正是当下时髦的男人款型！"

"今天还穿个长风衣那么飘！"

"他这件军绿色的长风衣是今年 Purry 的新款，也只有他那么高的个子才穿得出这种玉树临风的感觉！"

"平常没见你成语用得那么好啊！"

"没机会用啊，穆总平时打扮得都挺休闲的，笑得又跟一米阳光似的，再帅看多了也就那么回事。哪知道他今天受了什么刺激，风格大变。"

"没准交女朋友了，想跟女朋友穿一个风格！"

"哇，穆总这么帅，那他女朋友得长成什么样啊，好好奇哦！"

两个女孩正兀自喋喋不休，背后突然传来一声沉沉的咳嗽。

两人大惊回眸，见周昊也是一袭藏蓝色新款 Purry 长风衣，潇洒如风地站在她们背后。

"Morning，周总！"

"周总今天来得可真早啊！"

两个女孩立马态度毕恭毕敬。

周昊冷哼："不比你们来得早，就还不知道你们平常是怎么议论公司老板的。"

"呵呵，周总，我们平常议论穆总是比较多的，但真的没议论过你什么。"

周昊的脸色更沉："是说我没他帅？"

"哦，不是，你也很帅！"

"帅得不一样！"

周昊唇角一勾："哪儿帅得不一样？"

"你属于那种……呃……不怎么好议论的帅！"

周昊："……"

气结地瞪了两个小姑娘一眼，抬步进了穆子旸的办公室。一进门，就见他对着电脑若有所思。

穆子旸正在优卑诗的网站上搜寻李教授的个人信息。昨天他听了一小会儿李教授的讲座，今天再看网站上的信息，感觉有了点眉目。

周昊走到他桌前："子旸，李教授房子的事昨天谈得怎么样？"

穆子旸眼光没离开电脑："既然李教授不是为了钱，那就得想法子从别的渠道打动他。"

周昊眼睛一亮："你有法子？"

穆子旸道："看了李教授的个人介绍，又听了他的讲座，我觉得一个对妇女和婴儿的身体充满关怀、深入研究的专家，应该会同情弱势群体。昊哥你不如去帮我查查他家周围亲戚的情况，他的孩子，他的兄弟姐妹，甚至老父老母，看谁需要帮助。"

周昊满脸惊奇："嘿，子旸，你这脑子！"

穆子旸灿然一笑："有人提醒我，这世上还有无关乎金钱的许多事。"

周昊嗤了一声："这种文绉绉的话，一听就是那女博士教你的。"

穆子旸眉角扬起："怎么，我未来老婆说得不好啊？"

周昊算是服了他："好，不仅好，还艺术，还给人醍醐灌顶，洗脑伐髓！"

"哈哈……"穆子旸爽朗的笑声充斥了整个办公室。

周昊随他笑了一阵，便正色道："还有两件正事。"

"什么事？"

"第一件，高贵林靠港口有块地打算筹建酒店项目，你知道吧。"

"有耳闻。"

"公司的项目规划部起报告说这个项目能拿。"

"嗯，"穆子旸点头，高贵林是大温近期竭力发展的新城，酒店靠近会议中心，市口好，完全可以在建造的过程中就找到酒店的投资者。

"政府审批没问题？"

"没问题，"周昊很肯定："和我们公司三年前的另一个本那比项目是同一拨官员审批，我就担心这个项目会出现不少竞争者。"

"那就先下手为强，"穆子旸往椅背上靠，两只手放在脑后，将整个身体舒展开："那块地的地产经纪 Kelly 办公室就在 downtown，我尽快跟她约时间见面。"

周昊手指着他："你确定你去谈，不用我去？"

穆子旸轻笑："昊哥，你没觉得我对女人的杀伤力更大一些？"

"卧槽，"周昊一脸受不了他的样子："行吧，多发挥你的迷弟气质，女人都吃那一套！"

说起这个，穆子旸有点挫败的："哎，就除了我家那位不吃我这套！"

"哈哈……"这回轮到周昊乐不可支，随后他道："还有件事，公司一会儿来个新人。"

穆子旸坐直身体，有点惊讶："你招的？怎么都不跟我知会一声？"

周昊解释："客户的亲戚，留学生，想拿个工作雇佣信办理枫叶国移民，反正也是最低工资，就让她在会计师底下做个记账员。"

"嗯，"穆子旸淡淡地回："招个新人来不是不行，不过现在留学生想办移民的，很多第一年的工资可都是自己出，算是用一年的免费劳动力来换取办理移民的资格。"

周昊两手搭在办公桌上，笑得像只狐狸："所以，客户昨天签我们公司的楼花，多付了十万的预售款，这不就滴水不漏，哪儿都查不到？"

穆子旸道："办法不错！"

两个男人心照不宣，笑得很是狡黠。

办公室门口传来很有节奏的敲门声，周昊向穆子旸使了个眼神："来了。"

穆子旸立刻正襟危坐，摆出老板的架势。

周昊也几个大步走到靠墙的沙发上坐下，这才提高嗓门说："请进。"

门口走进一个年轻的女孩，长发披肩，气质文静，一张瓜子脸面白净娟秀。身上穿了件米色的羊毛长衫，深褐色的铅笔裤将两条纤细的腿裹紧，颇有种"小荷才露尖尖角"的意思。

一进门见两个老板一个坐在沙发上，一个坐在皮椅中，都是大长胳膊大长腿的，虽然年轻可气势迫人。

女孩不敢多看，低声问候："周总，穆总。"

"叫什么名字，哪个大学毕业的？"周昊一看小姑娘有点害羞，便把声音放柔放缓。

"中文名林薇，英文名 Irene，在兰加里专科学院学的会计。"

"嗯，专业还是对口的，"周昊颔了颔首："一会儿你直接去会计部找 Sherry，今后跟着她就行了。"

"谢谢周总！"林薇抬起头，正好与穆子旸的眼神对在一起。

当下心里就有点紧张，刚才在门厅坐着的时候就听前台那两个女孩小声议论着什么，时而发出嬉笑声。她耳朵尖听到了只言片语，两人在夸"穆总"大帅哥一枚。

这么一瞧，穆子旸脸容俊美，轮廓分明，眸色如漆黑夜空中灿亮的星河，闪得她一阵炫目。

只是对视了这么一下，林薇便赶紧低头躲避。

耳朵里传来穆子旸磁性的语声："刚毕业的留学生，只靠自己在枫叶国立足也挺不容易。你好好做，只要能过了前三个月的考察期，我们发你一封雇佣信是没问题的。"

"谢谢穆总！"只这一番话，林薇已感觉得到穆子旸对下属员工还是温和照顾的："那我先去会计部了。"

话落，她安静地退出房间，走时还把办公室的门带紧。

周昊这才跷起二郎腿，悠声道："才二十一岁的小姑娘，文文静静，有礼有节，留学生里倒不多见。"

"嗯，"穆子旸不以为意，又去看电脑："还好客户没给我们找麻烦。"

门外，林薇舒了口气，迈着轻松的步子往会计办公室走，脑子里回想起阿姨的谆谆嘱咐："靠自己办移民，得先花出去一大笔钱不说，还要考雅思才能达到移民的门槛，而且工作一年后才能提出移民申请。这一年你就得小心翼翼，还不如想办法在公司里好好踅摸个当地的男孩子嫁了，结了婚身份轻松搞定。"

第 018 章　最美的医生

早上七点半，梅宛书提前半个小时到达妇幼医院。

这家医院是枫叶国卑诗省最大的一家妇幼保健医院，位于温哥华市的西部，占地面积广阔。医院外圈全都是停车处，可还是由于病人人数众多导致车位紧张。

梅宛书本来就不爱开车，且温哥华市交通极为便利，她便从学校坐了一部公交车直接抵达医院门口。

从医院正门走进，底层是一间开放式的咖啡厅，空气里四处飘散着浓郁的咖啡香气。

梅宛书是个路盲，虽然来过这家医院很多次，可还是会被医院里蜿蜒曲折的廊道绕得不辨方向，于是她早就做好功课将医院的内部地图带在身边，随时拿来和医院里的指示牌比对。

找到正确的电梯上楼，梅宛书来到产妇住院部，去实习医生的休息室换好一套藻绿色的医生制服。

李教授明天上午九点有一台剖腹产手术，明天早上八点半她就要到达手术部，与孕妇做术前交流，之后观摩手术。所以她今天的安排便是来住院部进行另一个产妇的临床问诊。

梅宛书普通话说得标准流利，因此李教授给她安排的基本都是华人女病人。

和负责产妇的护士交流了几句病人的情况后，梅宛书走进病房。

苏怡姗正坐在床头手脚忙乱地给孩子喂奶，见门口走进一位年轻的女医生，瞬间惊艳了她的双眼。

她的体态风姿雅然，面容白净无瑕，而她那双明澈的眸子，漾着暖融的水波，令人一见心安。

她微笑着坐到床沿上，柔声问："第一次当妈妈？"

苏怡姗有点窘迫，笨手笨脚的都被看出来了。

梅宛书给了她一个安抚的眼神，又将目光转到她怀里的宝宝身上，见小家伙因为吸不到奶而张开眼轻声叫唤，四肢也开始扭动不安。

她便伸出一只手，用柔和的力道托住宝宝的后脑勺，帮助她含住苏怡姗的左乳。

调整好姿势后宝宝终于吸上了奶，便安静地闭上眼睛，小嘴巴时动时停地吮吸。

"谢谢医生！"苏怡姗松了口气。

"注意她的鼻子别被堵住，容易引起窒息。"梅宛书提醒她。

苏怡姗一看自家宝宝鼻头没那么高，自己本来罩杯就不小，生了孩子后更丰满了，孩子吸奶时鼻孔与她的胸部贴得很近，于是赶忙用右手扒拉左乳。

"用食指和中指的指尖来操作会比较好一些。"梅宛书耐心地指导她。

"哦，好！"苏怡姗照做，果然轻松多了。

第一天产妇奶水量不大，女宝宝的胃口小，不到十分钟两边奶水喂好，宝宝很快睡熟了。

梅宛书从苏怡姗怀里接过婴儿，动作轻缓地把宝宝放进病床旁边的婴儿床里。见她身上的毛巾一直裹到脖子，便把毛巾被拉到婴儿的胸部，边道："宝宝醒来后四肢会乱动，毛巾被裹到脖颈部位容易盖住她的脸引起窒息，所以一定要注意毛巾被要塞在宝宝的腋下。"

苏怡姗不好意思，羞赧地道："我怕她冷！"

梅宛书莞尔："这世上有一种冷，叫妈妈觉得我冷！"

"呵呵……"苏怡姗没想到眼前这位斯文秀雅的女医生还会跟她说冷笑话，忍不住发笑。

梅宛书坐回床沿，柔声问："感觉怎么样？"

苏怡姗脸上笑意未减："身体还好，就觉得自己笨手笨脚的。"

梅宛书见床头柜上放了一叠医院发的资料，便从里面抽出一本育婴手册，翻到了其中喂奶的一页递给苏怡姗："第一次当妈妈还是要学习的，英语应该还不错吧！"

苏怡姗回道："我跟着我老公技术移民来的枫叶国，他英语还不错，我就大学毕业马马虎虎的水平吧。"

梅宛书拿起挂在床脚的记录本看了一下："你是昨晚十点二十七分顺产生的孩子，按照医院的规定，没有特殊情况明天就该出院了。这样吧，明天早上我再来看你，顺便给你带一本中文的育婴手册。"

"那谢谢医生啊！"苏怡姗喜不自禁。

梅宛书又问："Pee 和 Poo 有问题么？"

苏怡姗英语不算好，但已经来大温一年多，Pee 和 Poo 还是熟知的，马上回答："小便很顺畅，也大了一次便。"

"嗯，"梅宛书觉得病人状况良好，便点点头，继续问："下面的出血怎么样？量大不大？"

苏怡姗回道："比平常例假多一点。"

随后又烦恼地皱起眉头："唉，真没想到做妈妈这么难受，上面涨奶，下面流血，更别提昨晚上生孩子把我疼得死去活来。"

梅宛书淡笑："母亲就是伟大啊，你妈妈生你时也是这样的。"

"是呀，"苏怡姗赞同："自己做了妈妈，才知道当妈有多辛苦。我妈这会儿回家去给我炖汤了，说医院的饭食都是冷的，不适合产妇。"

梅宛书柔声道："省妇幼的配餐营养还是丰富的，冰牛奶冷水果可以不吃，但主食甜点还是可以吃一点的。"

苏怡姗和梅宛书谈到现在，只觉心里暖暖的如沐春风，立刻应道："我听医生的话。"

此时病房门打开，送餐的女工送了一盘早餐过来，梅宛书起身："你用餐吧，别忘了下午两点半带着宝宝去讲座厅，有一堂育婴讲座。"

"我知道的，"苏怡姗连忙点头："每个产妇都要听的。"

梅宛书又朝婴儿床里熟睡的新生儿看了一眼，小脸白嫩，鼻子小巧，小嘴巴微微翕动着很是可爱。

见宝宝眉头轻蹙，她便从婴儿床的底部拿出一块干净的纸尿裤，苏怡姗连忙说："我来换，我来换！"

梅宛书笑得温柔："我来吧！"

随后，苏怡姗赏心悦目地观看了一场标准完美的婴儿尿布更换示范。

看完后她只想说，她这辈子见过最美的医生，便是眼前这位了。

……

中午十二点，穆子旸和公司员工们一起去公司附近的一家面馆吃面。

列治文市沿着三号路开了一大排中餐馆，汇集了大中华天南地北的口味，港式早茶比比皆是，辣味川菜罗列街头，让生活在大温的华人们大饱口福，并未因为移民到另一个国度而失掉品尝中华美食的乐趣。

这家面馆也颇具特色，光面条的口味就有二十来种，另外鸡蛋饼各种小吃，韩国泡菜各色小菜品种丰富，因此一到中午，面馆便吸引了大批附近的上班族，人满为患。

穆子旸年轻，平时做老板为人随和，常和员工们打成一片，中午一起聚餐也是常有的事。

此时，他脱下长风衣搭在椅背上，面馆老板娘亲自给他斟茶倒水，还给他的风衣套上衣罩，热情地招呼他："旸，今天想吃什么口味的？"

穆子旸朝她一笑："老板娘给我配什么口味，我就吃什么口味。"

"那就牛肉羊肉片都来一点，冬天到了，进补！"

穆子旸爽快道："行啊，老板娘说了算！"

坐在他旁边的 Sandy 朝他打趣："穆总是不是交女朋友啦，连穿衣风格都变得那么高雅绅士，这还要大补身体，是不是消耗过度啊！"

"哈哈……"Sandy 肆无忌惮的玩笑话引来员工们的一片嬉笑。

穆子旸倒也不以为意，举起茶杯一饮而尽，高声说："女朋友是没有的，倒是相中了未来老婆！"

"Oh——"员工们一片惊叹声。

"被穆总看上的姑娘，那得多优秀啊！"

"能不能哪天带来给我们看看呀！"

"肯定长得很漂亮！"

穆子旸笑得一米阳光："等我追到手就带给你们看！"

坐在他对面的 Linda 瞪大眼睛："穆总，听你的口气，这还没追上呢！是哪家姑娘那么高傲，我还以为只要穆总勾勾小指头，姑娘们就会上赶着做你女朋友呢！"

"喂！"穆子旸睨了 Linda 一眼："不带这么诋毁你家老板的啊！都半年处下来了，还没搞清楚你家老板的风格？第一，挑战高难度，不难的事不做，不难的人不追；第二，冰清玉洁，宁缺毋滥！"

"哈哈……"

员工们一片欢声笑语，整个面馆的气氛都变得温馨热闹。

林薇也跟着大家一起笑，才短短半日，穆子旸又给她看到了他的另外一面，原以为这种身份这样相貌的男人都该是高冷骄傲的，旁人近不了身，可眼下看完全不是那么回事。

她将双手捂在茶杯上取暖，心里涌起一阵羡慕。

她很羡慕穆子旸嘴里的那个女人。是谁那么好的福气，被如此阳光迷人、帅气多金的男人追逐……

第 019 章 育婴讲座

一大群人一起回到公司，穆子旸抬看了一下时间，已经一点多了，周昊出去了一上午这会儿应该回公司了，便直接进了周昊的办公室。

和穆子旸的那间办公室设计完全相同，周昊这间也是一整面的落地窗。时值午后，办公室阳光明媚，温度怡人，周昊已经坐在真皮长沙发上等他。

"回来啦，和 Ella 签好约了？"

周昊心情颇为爽朗："签好了，她让我先准备我这边担保人的资料，等申请批下来才可以进行下一步。而且我还听 Ella 说移民局发布了最新消息，现在配偶类团聚移民办理速度加快，一年内就可完成所有流程。"

"那好啊，一年内嫂子就能来了。"

"嗯，等她来了就办离婚！"

"果然是假结婚！"穆子旸丝毫不意外。

"喂，"周昊指指他："你可得给我保密啊，我爸妈都不知道我领证这件事。"

"明白！"穆子旸回给周昊一个心领神会的眼色，坐到了他旁边的单人沙发上，揶揄道："就跟 Ella 签个约花了你一上午？"

周昊拍了一下沙发扶手："哪儿能效率那么低啊，我是帮你去打探李教授的亲戚去了。"

"哦？"穆子旸挺惊喜："这么快就打听到了？"

周昊面色狡黠："子旸，你别忘了那片住宅区，除了李教授以外的其他人可都变成了我们公司的客户。这种事，问李教授的左邻右舍不是最有效吗？"

"昊哥，你行啊！"穆子旸笑得灿光满面："说说看，有没有我们可以操作的地方？"

"你还别说子旸，李教授真有那么个穷亲戚！"

周昊向穆子旸详细解释了一番，原来李太太哥哥的儿子 Simon 早年办理移民来到枫叶国，一直勤劳刻苦地做装潢工人，结婚生子也算过得顺利。半年前，李太太的兄嫂到大温探亲，因为属于旅游者的身份，所以只是在出发前在国内买了份旅游保险。

结果事出意外，李太太的哥哥突然脑梗塞送进医院，之后半身不遂，而这种大病却不属于旅游保险的范畴。

于是，这半年为了给父亲治病，李太太的侄子欠了医院一笔巨额款项，具体数字不知道，只知道李教授这半年不断地在给李太太的侄子填补欠款。

穆子旸听完后满脸兴奋，问周昊："病人住哪家医院？"

"李教授为了就近照顾，送病人进了温哥华综合医院，离妇幼医院只有几分钟的车程。"

穆子旸立刻从沙发上起身："我现在就去瞧一眼，顺便……"

"找你的女博士去？"

穆子旸扬了扬眉梢："本来今天就约好的。"

周昊笑："瞧你那股子骚劲！"

……

穆子旸开车去了温哥华综合医院，很快就打探到了他想知道的消息。

他一进医院的脑梗病人住院部，便看到一个三十多岁的男人愁眉苦脸坐在外厅的沙发里，两手正在翻看一叠医院的账单。

再看他的那双手，干燥粗粝，老茧密布，正是做装潢的工人常有的手相。

"先生，请问你是不是 Simon？"穆子旸上前就问。

男人有点惊讶地抬起头，满脸的疲态，看似很久没好好休息过了。

"先生，请问你是谁？"

"我是李教授的一个学生，听说了你的事，想给你送点钱过来。"穆子旸神色自若坐在 Simon 身边："能不能给我看看你的账单？"

心情低落的 Simon 并没有怀疑什么，只想着有人能赶紧为他解决燃眉之急，便毫不犹豫地把账单都递给了穆子旸。

穆子旸一页一页地翻阅账单，一个没有医疗保险的外乡人，在枫叶国的治疗费用恐怖得惊人，诊疗费、医药费、仪器材料费……一叠账单的日期跨度一个月都还不到，金额加起来却将近四万加元。

四万，普通装潢工人一年的薪酬，哪怕是资深教授，一年也就四十万到五十万的收入，堪堪够付医疗费，这对谁来说都是太沉重的负担……

他当时就把皮夹里的两千元现金给了 Simon，还得知了他的电话地址和家庭背景，并跟他约好了下次来医院探望的时间。

Simon 十分感激，更觉得自己的姑父德高望重，竟有学生悄悄地给他捐款赞助……

穆子旸心情愉快，吹起了口哨，十分钟不到，宝马车已开到妇幼医院。

下了车，关上车门，风衣下摆在空中旋转出一个弧度，穆子旸迈着潇洒的步伐走进医院。

乘电梯来到产妇住院部，正好听见喇叭里播放："请产妇们去讲座厅听育婴讲座，讲座将在两点半开始。"

穆子旸走到前台问护士："请问 Doctor 穆在么？"

护士以为他是某产妇的先生，便微笑有礼地回答他："先生请去讲座厅，两点半的讲座由 Doctor 穆主讲。"

穆子旸心里一喜，随着一群产妇、婴儿和产妇的先生们走进讲座厅。

育婴讲座每天都有，这堂由梅宛书主讲的讲座来的新生儿父母不算多，也就十来对，每对父母都推着医院标配的移动婴儿床进入讲座厅，家庭的气氛温馨浓厚。

梅宛书走到讲台上，一旁辅助讲座的护士准备好塑胶婴儿，奶瓶，纸尿片，婴儿护肤套装和一个婴儿澡盆。

梅宛书帮着护士把几样示范物品整理摆放，一抬头突然发现有个无妻无子的年轻男人端坐在第一排最左边的椅子上，正是穆子旸。

其他的父母也都奇怪地打量这位单身男人，有个西人妈妈忍不住问："Where are your wife and baby?（你的妻子和宝宝在哪里？）"

穆子旸朝讲台上努努嘴，再一个词一个词地往外蹦："I am Mr. Mu（我是穆先生）。"

"Oh！"众父母恍然大悟，原来台上的 Doctor 穆就是这位穆先生的太太！

年轻的父母们感叹唏嘘，为着穆先生对妻子的支持和深爱……

讲座厅的气氛变得活跃起来，而讲台上的女医生却并未朝她的"先生"多看一眼，只是忙着手里的工作，真是无比敬业！

两点半一到，梅宛书脸上露出恬淡的微笑，开始简单地做自我介绍，并特别强调了她还是单身。

众父母齐刷刷地朝穆子旸看去，他有点窘迫地举起了双手："fiancee！"

"Oh！"众父母再次明白过来，两人还未结婚，只是订婚。

"OK，"梅宛书拍了拍手，请大家把注意力集中在台上，然后用标准流畅的英语开始了讲座，从如何给新生儿喂奶换尿片，为什么婴儿会哭开始讲起……

她的嗓音悦耳动听，动作轻盈灵巧，只是一个塑胶婴儿，在她的怀里却如同一个充满生命力的小婴儿，生动鲜活。

半个小时后，梅宛书讲到了给婴儿洗澡的环节，告诉父母们新生儿要一手托住他的头颈背部稍向下倾斜，先给婴儿洗头发，小心缓揉并避开眼睛，清洗干净后再把婴儿放入澡盆洗身体。

"Mr.穆，"突然梅宛书点名穆子旸："请你来给大家示范一下。"

穆子旸刚才一直目光灼灼地盯着她，从头到尾都没怎么眨眼，这一下梅宛书点到他的名字，他一个紧张倏忽站起身，还有点不敢相信地指着自己问："Me？"

惹得众父母哄堂大笑，有的更说："Your fiancee invited you to practice for your future family！（你的未婚妻邀请你为你们未来的家庭做练习呢！）"

穆子旸顿时一脸灿笑，大步走上台。

"要知道，妈妈在刚生好宝宝的那个阶段，身体是比较虚弱的，给孩子洗澡这件事爸爸们就得多承担一点，"梅宛书微笑着对父母们说："所以我想请 Mr. 穆为大家做个示范。"

梅宛书优雅地抬起一只手，做了个邀请的手势。

穆子旸从护士手里接过婴儿，第一个动作，就引得台下满堂哄笑！

穆子旸一瞧，他的左手捏住了婴儿的小屁股，塑胶婴儿立刻发出了"嘤嘤嘤"的哭声！

他呵呵一乐，满不在乎，竟用中文对着梅宛书撒娇："Doctor 穆教教我！"

梅宛书便拉住了穆子旸的一只手放到婴儿身上正确的部位，然后又抬了抬手让他继续。

穆子旸踌躇满志地将婴儿的身体对着澡盆略微向下倾斜，另一只手开始在婴儿头上的软毛上洒水，结果不小心水珠溅到了婴儿的眼睛里，塑胶婴儿又开始"嘤嘤嘤"地哭！

穆子旸一个慌张手一滑，竟把整个婴儿都丢进了澡盆！

水花四溅中，台下的父母笑声一片，还夹杂着被吵醒的宝宝们的哭声，讲座厅顿时乱哄哄的。

梅宛书凉凉地看了穆子旸一眼，轻声嗔怪："真不知道你哪来的自信当人家的 fiance！"

穆子旸心中一荡，眉眼温柔地回了一句："You tell me how to be a best fiance（你来告诉我如何当一个最好的未婚夫）！"

顷刻间，梅宛书的脸颊好似点染了两抹绯色的胭脂，芳菲妩媚，娇艳动人。

连台下一群年轻的父母都看出了两人之间暗流涌动的微妙情愫，于是，他们心怀诚挚的祝福为这对"相爱的人"鼓起了掌。

第 020 章　女孩的心思

穆子旸听从梅宛书的嘱咐，讲座结束后下电梯到医院底层的咖啡厅等她。

四点多，果见梅宛书换好了衣服，风姿楚楚地朝他走来。

她今天的打扮比较休闲，里面一件淡蓝色圆领羊绒衫，外面简单地套了一件军绿色的夹克，斜背白色跨包，一身的清新爽落。

梅宛书在穆子旸的对面一坐下，他就笑着逗她："喂，怎么今天跟我穿了情侣装？"

梅宛书不接他的话茬，直接转入正题："子旸，李教授房子的事，我想先帮你去问问，过几天再跟你具体谈。"

闻言，穆子旸略感不悦，其实他从头到尾都不想让梅宛书插手这件事。生意归生意，恋爱归恋爱，两码事根本没必要搅和在一起。

于是他也不接她的话茬，只殷勤地问："想喝什么咖啡，我去买。"

"清咖就好。"

"要不要来点甜点？Tim Horton 的甜甜圈很好吃。"穆子旸知道她口味偏苦，就想让她多吃点甜的。

梅宛书却摇摇头："不用了，三明治就可以了。"

"好吧。"

不一会儿，穆子旸用托盘端了一大堆食物来，除了梅宛书要的清咖啡，三明治，还买了一整盒 Tim Horton 十二种口味的甜甜圈。

梅宛书有点好笑："你喜欢吃那么甜的？"

穆子旸回她："这么甜的不都是女孩爱吃嘛！你要是真不喜欢，我就带回家给我妈和我妹吃！"

梅宛书柔声道："你还是带回家给 Tina 和阿姨吃吧！"

穆子旸便又提议："那喝完咖啡我请你吃晚餐好不好，我们去列治文的三号路，火锅、烧烤、粤菜、川菜，什么好吃的都有。"

梅宛书把三明治外层的塑料薄膜打开："一个三明治足够饱了。"

穆子旸不满地皱眉："我第一次请你吃饭，你不会就让我拿几块钱的东西打发吧！"

可梅宛书已经开始咬三明治了。轻咬一口，抿在嘴里慢慢品尝，吃相很是文雅，不露齿，也不跟穆子旸说话。

于是穆子旸一边喝着咖啡，一边观赏了美女优雅进餐的全过程。

直到梅宛书将一整个三明治吃完，她才端起杯子，小小地喝了一口咖啡。

"我吃饱了，晚餐很好吃，谢谢！"女人眉如远山，目含秋波，嘴边的笑意雅淡如烟。

她是想告诉他，晚餐并不在贵，而在于她吃得满不满足，朋友间的情意也并非用金钱来衡量。

穆子旸懂她的意思，望向她，一瞬间仿佛回到了儿时年华，他也是这样痴迷地望着他的宛书姐，就像在看一个天使。

他情不自禁地脱口而出："Sophia，你真的特别像我认识的一个人。"

梅宛书淡淡地说了一个名字："梅宛书？"

穆子旸一个激动，一把抓住她的手。

"你怎么知道？"他颤声问。

“你忘了，在夏威夷你好几次提到过她的名字，还把我错认成她。”

被梅宛书这么一提醒，穆子旸立刻想了起来，眼里不禁流露出失望之色。

世上不会有那么巧的事，分别了十八年的两个人，还能在另一个国度重遇……

穆子旸有些烦恼地挠了挠头发，举起杯子将咖啡一口喝尽。结果，被咖啡呛到，开始大咳特咳……

梅宛书递给他一张餐巾纸，等他声嘶力竭地咳完了，才轻柔地说：“子旸，你对我有好感，我知道，可那是因为我长得像你的熟人，你只是在移情。所以，我请求你一件事，你们俩……不要超过普通朋友的界限，行吗？”

就这样用温温婉婉的口气说着刀子戳人心的话。

穆子旸脸涨红了，心也纠结成一团，然而他却无言以对。

或许她说得对，他一直都把她当做他的宛书姐去喜爱，这似乎对 Sophia 并不公平……

穆子旸认真思考了半晌，最后咬咬牙，沉声说：“好，我答应你！”

梅宛书松了一口气，起身将挎包背好：“子旸，我们走吧！”

穆子旸望着她，目光有些怔忡，他面前的女人是那么的美，美得他每次见她都根本挪不开眼……他几乎立刻就想反悔。

“走吧！”梅宛书再一次柔声催促。

她的手搭在挎包的背带尾端，纤秀细长，小指上的戒指却太过刺目。

穆子旸深吸了口气，蓦地起身，拿起放在咖啡桌上的车钥匙："我送你回优卑诗！"

这一次，梅宛书没有拒绝。

车子一路向西，虽值下班高峰却出奇地顺利，半个小时后停在了梅宛书的公寓楼下。

穆子旸打开车窗想透口气。刚才他情绪低落，一路一句话都没说，梅宛书自然也不会主动跟他说什么，原本就不愿意让他靠近，想尽办法把他往外推。

普通朋友？穆子旸嘴里发酸，与其如此，还不如做陌生人的好。

"谢谢！"后座传来和婉的语声，却透着一丝冷漠疏离。

穆子旸咬牙："不客气！"

随后，他听到车门打开关闭的声响。

穆子旸没动，狠下心来也没目送梅宛书的背影，只是望着公寓前足球场的那片草坪。

秋末初冬的傍晚，整个草坪染了一层淡淡的橙色，笼着日落黄昏的静美。操场上仍有不少学生在做运动，跑步的，踢足球的，玩飞碟的。

他却看到一个熟悉的不能再熟悉的身影。女孩纤秾合度的身材，柔发齐肩，身后背着黑色的双肩书包，站在操场边观望着什么。

片响，三个玩飞碟的男生结束运动离开了，看样子是要去吃晚餐。

等他们走远，女孩突然飞奔到他们刚刚玩飞碟的地方，从草坪里捡起一样东西，急促地放进了她的书包。

穆子旸皱了皱眉，掏出手机，拨通了穆语童的电话。

"小童？"

"哥，是你啊！"娇柔的语声中透着兴奋。

"这会儿在哪儿？"

"还在学校，准备乘公车回家了。"

"嗯，"穆子旸声音淡定，"你别去乘公车了，我正好来优卑诗办点事，你在哪里，我来接你。"

"我在足球场那一块！"

"好，等我！"

穆子旸将车子转了个方向，绕着公寓楼一大圈行到学校的主干道上，穆语童站在路边朝他挥手。

上了车，穆语童的小脸有点红却带着笑意，"哥，这么巧你来优卑诗！"

"见一个教授谈买他家房子的事。"穆子旸随意回答，又道："饿不饿，后座有甜甜圈。"

"哇，太好了！"穆语童把后座的纸盒拿到前座，从里面挑了一只巧克力口味的。

穆子旸斟酌了一会儿言辞，才小心地问："小童，加上语言班的学习，你上大学也两年多了，有没有碰到什么合适的男孩子？"

穆语童咬了一口甜甜圈正准备往下咽，一听这句问话立刻把那口甜甜圈喷了出来。

穆子旸连忙抽了一张餐巾纸递给她，穆语童擦了嘴后说："哥，我还没想过这件事。"

穆子旸一笑，大手揉了揉她的头发："别紧张，有喜欢的男孩子就跟哥说，都长到二十岁了，谈个恋爱很正常嘛！"

穆语童急了："我真的没有！"

"好吧，"穆子旸哄她："没有就没有，我家小童长得这么漂亮，不能轻易喜欢上什么人，除非跟你哥一样帅，哈哈！"

穆语童瞥了他一眼："自恋！"

……

邵星泽和 Johnny、Matthew 玩好飞碟后，一路穿过操场的跑道，走进校园的枫树道中。

行了几步，他突然说："你们俩先去麦当劳，我等会儿来。"

"什么事啊？"

邵星泽将了捋前额几缕汗湿的头发："我发带不知道丢哪里了，我去找一下。"

"那好，我们先帮你点餐。"

邵星泽点了点头，往回走，见刚才一直在看他们玩飞碟的女孩站在学校主干道的路旁，不一会儿，来了一辆带尾翼的宝马将她接走。

他慢慢踱到刚才他故意扔下发带的地方，果然不出所料，发带已经无影无踪。

邵星泽两手插在运动裤的口袋里，若有所思。

沉思中的男人眉目秀朗，凝着秋冬薄暮寒凉的光，侧影清隽迷人。然而他轻抿的薄唇边却浮起了一丝冷诮之意。

昨天下午他结束打篮球去了趟卫生间，将篮球放在离观众席很近的场边。

从卫生间出来时他正好碰到了同系的学长，多聊了几句，之后再回到篮球场，却发现刻有他英文名的那只限量版篮球不翼而飞。

已经两个月了，他不是没注意到那个喜欢脸红害羞的女孩。基本上每次他打篮球她都会出现，偶尔用手机对着场中拍照。

但女孩显然不是因为喜欢看篮球才来的篮球场，今天她甚至跟到操场看他玩飞碟，然后又捡走了他的发带。

明白了女孩的心思，邵星泽忍不住冷哼一声。

发带就算了，那只篮球还是得想办法拿回来……

第 021 章 她喜欢的人，在哪里

梅宛书回到公寓，把有关剖腹产的医学资料温习了一遍。

拿了睡衣正准备洗澡，肚子却开始酸痛起来。

她去壁橱里取出一包卫生巾，看了一下存量，带护翼的卫生巾余量不多了。于是她去卫生间处理妥当后，拿了钥匙出门。

电梯从六楼降到一楼，门缓缓打开，一时间梅宛书恍然失神。

眼前仿佛播放着带有怀旧气息的老电影，清俊的男人笑意温润，柔声唤她："小书！"

如此相似的面容混淆着她的视线，梅宛书还未挪动脚步，电梯的门又在缓缓合拢。

一只手，却夹在了缝隙中。

邵星泽重新打开电梯门，笑着向她打招呼："Hi,Sophia!"

梅宛书这才蓦然清醒。

她走出电梯，有些疑惑地望向他："Kelvin？你怎么在这里？"

邵星泽简单地解释："我昨天刚搬到这幢公寓住,703。"

梅宛书一想也是，每年临近年底都会走掉一些公寓的租客，也会进来一批新的租客，其中不乏优卑诗的大学生，优卑诗附属中学的学生，也有陪读的家长。

"你也住这幢公寓？"邵星泽问她。

"嗯，我住605。"

"挺巧，"邵星泽神情自若，又问她："准备去哪儿？"

"我去学校的超市买点东西。"

"一起去吧！"邵星泽轻松自然地说："我也要买点东西。"

梅宛书点点头。

两人并肩行走在校园的道路上，秋末晚间的温度还不到五度，风却是柔和的。

梅宛书穿着单薄的外套，低领的羊绒衫，露出她的脖颈。

邵星泽却丝毫没觉得她冷，也没觉得她这么穿有什么不合适，实际上他自己也只穿着单薄的一套运动装。

深秋的寒意，融在两人周围的空气中，仅仅变成了一种清凉的浸润。

梅宛书不喜多言，邵星泽也就安静地陪着走了一路，一直来到学校的小超市。

邵星泽取了一个购物篮，去饮料货架上拿了几瓶果汁，又去冷柜里拿了一瓶牛奶。

梅宛书自去日用品货架拿她常用牌子的卫生巾。

很快两人完成了购物，排队结账。

梅宛书细心，自己带了一个手工编织的黑色拎包，专门当做购物袋来用，颇为精巧。

但既然要结账，几包卫生巾还是被收银员全都拿了出来，一个一个扫描。

梅宛书再将几包卫生巾重新收回购物袋，脸色不禁微微泛红，有些尴尬。

跟在她身后的邵星泽就像没瞧见一样，一瓶一瓶拿饮料让收银员算账。

直到两人从超市里出来，邵星泽这才问了一句："Sophia，你的购物袋在哪儿买的？"

梅宛书轻声答："我自己编的。"

"很精致！"

由此梅宛书绝不相信邵星泽没看见那几包卫生巾。

这样体贴的心思，和穆云函还真差不多了。

随后两人又是一路无声，直到上了电梯，邵星泽按下 6 和 7 两个数字。

电梯升到六楼，梅宛书对他道了声"bye"，正准备出去，邵星泽却按住了合拢按钮，电梯门重新合上，继续上升。

梅宛书有些不解地望着他。

邵星泽的一双眸子深深幽幽，漆黑的瞳，像是他们刚刚踏过的夜色。

"有个问题想问你。"他声音低低地开口。

"问吧！"

"前天在篮球场，干嘛用那种眼神看我？"

梅宛书心中一叹，就知道是这个逃不过的问题。

"你长得，特别像我认识的一个人。"

终是说了实话。

邵星泽沉默了，眸光暗淡下来。

电梯很快升到了七楼，他出了电梯门，说了句"bye"，声音平淡而冷漠，好像他和她刚成了邻居，又要重新变回素不相识的陌生人。

电梯返回六楼，梅宛书进了自己的公寓。放下购物袋，她揉了揉眉心，真不明白自己为什么会在半天之内伤了两个男人的心。

进了卧房，梅宛书拿了睡衣去洗澡，洗好后一看时间已经九点半了，赶紧打开手机，开始和母亲每日必不可少的视频对话。

此时是国内下午一点半的时间，许慧茹正坐在她的董事长办公室里喝茶午休。

一看到女儿的脸，许慧茹喜笑颜开："小书！"

"妈！"梅宛书柔柔地唤了一声。

"今天去医院实习的怎么样，累不累？"

"不累，挺好的。"

"我女儿终于开始当枫叶国的医生啦！"满满骄傲的口吻。

梅宛书淡笑："只是实习医生。"

"实习医生也很厉害了！"许慧茹对女儿向来不吝赞美，又道："小书，圣诞节妈妈过来看你好不好？"

梅宛书一愣："妈，你前段时间不是说忙得没空，今年就不过来了吗？"

许慧茹表情神秘："计划有变！"

"什么事啊？"

"方雅淑阿姨你记得吧！"

梅宛书有点不好意思："妈，你也知道我功课忙，你要是不来温哥华，我和雅淑阿姨都不怎么来往的。"

"以后恐怕要多来往了，妈妈打算入股你雅淑阿姨的房地产公司！"许慧茹突然爆出了一条新消息。

"怎么这么突然？"梅宛书惊讶了："前面都没听你说起过。"

许慧茹颇为得意："其实这件事筹划了快一年了，想着你读的是医学，又不懂商业，就一直没跟你说。但这次不一样，我打算以我和你两个人的名义入股她的公司。"

梅宛书稍加思索，便想通了原因："妈，你是不是怕你长期呆在国内，如果这边需要一些商业操作的话我可以代你行使？"

“是这个意思，我女儿就是聪明！”许慧茹大赞。

“再说你很快就要医学院毕业了，手上拿些股份也有保障嘛！”

梅宛书柔声道：“妈，我当枫叶国的医生已经是最大的保障了！”

“哎哟，知道女儿本事大，对妈妈给你的股份还瞧不上眼！”许慧茹调侃着说。

梅宛书有点无奈，只能表示感谢：“没有瞧不上眼，谢谢妈！”

“呵呵……”许慧茹笑着解释：“小书我跟你说，其实我决定这个时候入股你雅淑阿姨的公司，是因为她可以拿到一个大项目！高贵林靠港口有一块地要建一座酒店，你雅淑阿姨和那块地的地产经纪关系不错，所以拿下这个项目不是问题。但她公司的资金量不足，所以我们此时入股恰是最好的时机！”

梅宛书虽然不懂商业，但毕竟聪明，一听就明白过来：“资金一旦投入很快就有高回报，妈当然不会放过这个好机会！”

“所以我这次圣诞节会过来跟你雅淑阿姨把入股的事情办理好。”

“嗯，”梅宛书点头：“妈什么时候来？”

“机票都买好了，十二月二十三号过来，过完元旦把事情全部处理好再走！”

“那就还剩一个月不到，我就能见到妈妈了！”

想着母亲来温哥华陪她过新年，梅宛书心里暖暖的，攒在眉间的一抹忧思也消散殆尽。

“爸呢，能和你一起来吗？”

"你爸不行，越到年底单位事情越多，越忙。"

"知道了。"梅宛书也明白父亲身在公职高位，轻易动不了身。

结束跟母亲的视频对话后，梅宛书又看了一会儿穆云函的照片，慢慢的心境安宁下来。

……

翌日中午，蒋南音研究室的工作告一段落，拿了包正准备去学校的西餐厅点一份午餐，手机铃响了。

一看名字，有点诧异，邵星泽还是第一次主动给她打电话。

"Kelvin？"

"Ms.蒋，有空吗？"邵星泽的声音平静，但不知为何蒋南音竟从他淡淡的语气中听出一丝着急的感觉。

"正打算吃午餐。"

"我请你吃吧，有事请教你。"

"好，就学校的意大利餐厅，我们一会儿见。"蒋南音挂了电话，想了一会儿，大概明白了邵星泽找她的原因，一抹了然的微笑浮上嘴角。

十五分钟后，蒋南音和邵星泽面对面地坐在学校的意大利餐厅里，邵星泽选了一张靠窗的座位，点了两份鱼排套餐。

年轻的男人干净俊朗，两只手十指交叉握着放在餐桌上，脸上的漠无表情恰恰变成了最认真的表情。

小伙子这副样子是惹人疼爱的，蒋南音忍不住轻笑起来。

邵星泽皱眉，不懂她在笑什么。

蒋南音笑完又叹："我做的好媒！"

一句话，点破了邵星泽的心思。

"Ms.蒋那天是刻意把 Sophia 叫来看我打篮球的，"邵星泽终于开始说话了，不温不火的语气："这里面一定有原因。"

蒋南音透过厚厚的镜片促狭地看着他："嗯，有原因。"

"能告诉我什么原因吗？"

蒋南音先问他："这么说，你对 Sophia 有感觉？"

邵星泽慢慢吐了四个字："一见钟情！"

"哈哈……"蒋南音终于憋不住大笑。

邵星泽被她笑得扭头看向窗外，耳朵都有些泛红。

半晌，蒋南音止住了笑："都怪我不好，到现在还有点后悔让你们俩认识。"

"Why？"邵星泽这才转过头来面对她，有点自嘲的："因为虽然我喜欢上 Sophia，Sophia 却没喜欢上我？因为……"

他顿了一下："我长得像她喜欢的人？"

蒋南音惊讶了："你知道了？"

邵星泽淡定的："我搬到 Sophia 公寓的楼上住了。"

"动作真快！"蒋南音不知是惊叹还是赞美。

邵星泽身体略微向前倾："她喜欢的人，在哪里？分手了，异地恋，跨国恋？"

被逼问到这个份上，蒋南音无法再隐瞒。她抬头朝上看："在天国！"

就在邵星泽听到这三个字的那一瞬间，他的墨眉蓦地聚敛，显然这个答案还是出乎了他的意料。

"什么时候的事？"

"三年多前，"蒋南音缓缓说："我看了她三年多心如死灰的样子，看得都心疼。现在是谁来救她我就感谢谁，谁愿意把她从深坑里拉出来，我就支持谁！”

“如果是这样，”邵星泽连一秒钟都没犹豫：“Ms. 蒋不用考虑其他人了，从现在开始，你支持我就行！”

蒋南音还有点怀疑：“真的这么喜欢 Sophia？”

邵星泽轻哼：“篮球场中 Sophia 看我的眼神，Ms. 蒋不也看到了吗？”

蒋南音叹道：“可她看的不是你！”

邵星泽勾了勾唇：“那有什么关系？现在除了我，已经没有人可以代替他了，不是吗？”

蒋南音默默地望了他一会儿，漆黑的瞳，泼墨的颜色，深深幽幽。

看得出，他是无比认真了。

蒋南音伸出了一只手，邵星泽立刻直起身，很郑重地握住：“Done！”

第 022 章　教授家的花房

说好了做普通朋友，穆子旸果然没再发微信来"骚扰"她，梅宛书便安安静静地又去医院实习了两天。

周四早上七点半，梅宛书仍是提前半个小时到达医院。

她先去产妇住院部将中文育婴手册拿给苏怡姗，和昨天一样问诊后再下楼到了医院底层。

顺着标识牌，梅宛书经过急诊室，门诊室，X 光室，来到剖腹产手术室。

今天李教授的病人是一位三十八岁的孕妇，名叫沈兰，这一胎是她的第三胎。

梅宛书换好无菌服走进手术室的外间病房，见一位身材瘦削的孕妇已躺在病床上，被三个西人护士围着，看年纪应该就是沈兰。

其中一位护士正在给沈兰吊针输液；另一位护士刚帮沈兰换好衣服、测好体重、量好温度，跟第三位护士说："孕妇的身体温度偏低。"

于是第三位护士准备帮沈兰穿上保暖的长筒棉袜。

穿袜子前，护士见沈兰的脚卜搽了深色的指甲油，便问："你是什么时候涂的指甲油？"

沈兰脸色有些苍白，不太听得懂护士说的英语，眉头微微皱起。

梅宛书快步走到病床前，帮忙翻译了这句。

沈兰一看总算来了一个会说普通话的华人医生，原本有些紧张的脸色缓和下来。

"哦，我一个星期前涂的指甲油，这几天一忙也忘了擦掉。”

“没关系的。”梅宛书柔声安抚她，又把沈兰的回答传达给护士。

护士点点头，拿了一只医用检测仪对着沈兰的十个脚趾甲一一检测，检测完笑着说：“没关系，指标不超，不用擦掉了。”

随后帮沈兰穿上了长筒棉袜。

三位护士很快完成了术前的一系列准备工作，暂时离开。

梅宛书这才开始和沈兰进行术前交流。

沈兰望着眼前这位年轻的女医生，觉得她好看极了，气质也特别高雅，令人不由自主地心生亲切之意。

她浑身舒适放松，一一回答梅宛书的问题。

“是沈女士吧，我是穆医生。”

“你好，穆医生。”

“你其他两个孩子都是女儿吧，多大了？”

“一个十岁，一个三岁。”

“那两个孩子是顺产还是剖腹产？”

“老大在国内顺产的，老二在枫叶国剖腹产，所以第三胎我也选择剖腹产。”

梅宛书脑子里跟昨晚温习的病人资料核对了一下，准确无误。

于是她继续问：“那你算是有些经验了，这次还紧张吗？”

沈兰摇摇头：“一点也不紧张，上次生老二感觉就像喝了一杯咖啡的功夫，手术就做好了。”

梅宛书淡笑：“上回做手术时，是先生陪着你聊天了吧。剖腹产手术实行的是半身麻醉，最好的状态就是头脑清醒身体放松，一直和人说说话。”

“是啊！”沈兰笑起来。

“今天先生还来陪吗？”

“已经来了，正在换衣服。”

“那很好！”梅宛书微笑颔首，声音宛如和风细雨。

正说着，沈兰的先生穿着蓝色的无菌服走过来，准备和妻子一块进手术室。

八点五十分，护士们将沈兰推进了手术间，诺大的手术室里，所有的医生护士全部到齐，包括主刀医生李教授，副刀医生，麻醉师，麻醉助理医师，小儿科医生，四个护士，两个实习护士，以及梅宛书这个实习医生。

整场剖腹产手术一共只花了四十五分钟的时间，医生护士各司其职，安静而有序。

沈兰的先生坐在靠近手术床床头的座椅上，小声陪着妻子说话，沈兰意识清醒，情绪放松，手术状态良好。

在一旁观摩的梅宛书放下心来，直到李教授压腹后从子宫里取出身体软软的小婴儿，她才走上前去动作轻柔地将婴儿抱过来，横放在沈兰的脖颈下方，让母子进行第一次亲密的肌肤相亲。

这是个五官漂亮的男孩子，眼睛闭着“嘤嘤嘤”的哭了几声，就安静地趴在母亲的胸口上方，汲取母亲身体的温暖。

虽说是沈兰的第三个孩子，但却是她的第一个儿子，她和先生脸上都露出了欣喜的笑，两双眼睛一直锁在孩子身上，越看越可爱。

五分钟后，小儿科医生再把婴儿抱走进行一系列的测体重、检查，而剖腹产手术已经到了末尾阶段，由副刀医生进行伤口缝合。

手术结束后，产妇被推出手术室，进入专门的哺乳间里。

孩子重新回到母亲的怀中，由两个护士帮助婴儿去吮吸母亲的第一口初乳。

一切的过程温馨而美好，最后母子被平安地推进了产妇住院部的病房。

梅宛书一路跟随，温柔如水的目光由始至终未曾离开这对母子。

妇产科医生，是她深爱的职业，她这辈子每天都愿意像今天这样，陪伴妈妈们度过她们一生中最艰难也是最幸福的时刻——孩子生命的最起初。

……

周六，梅宛书开了自己的那部蓝色 mini，来到李教授的独立屋。

从外面看，这幢房子的确相当陈旧了，褪色的外墙泛着青苔，细微的裂痕到处可见。

房子两侧的木栅栏倒是翻新过，整整齐齐的很牢固。

进了门，李太太和颜悦色招呼她，蒋南音已经坐在客厅的沙发里。屋子里布置得十分温馨，除了细致精巧的装饰物，处处点缀着缤纷的鲜花。

四个人坐在客厅里聊了一会儿天，气氛融洽随意。但凡能被李教授请到家里来的学生，都是他非常欣赏的，既在家里，李教授也就温煦随和，不像在学校里那么严肃谨慎。

梅宛书和蒋南音这几年也来了教授家好几次，丝毫不觉拘束。

两人各自拿出小礼物，蒋南音带的是几幅装饰油画，李太太一看就特别喜欢："Nancy 还真有心，原本我们的客厅就缺几张油画，你就送来了。"

梅宛书则从包里拿出一个普通的塑料袋，塑料袋里装着一个小纸包。

李教授接过来，轻轻捏了捏，微微一笑："是花种吧！"

梅宛书点点头："兰花的种子，拖鞋兰。"

李教授有些惊讶："拖鞋兰的种子？Sophia，不会是你这次去夏威夷旅游带回来的吧！"

梅宛书莞尔："教授，带种子回枫叶国可是犯法，是我去专门的兰花市场购买的。"

李教授松了口气，却又有些不满："在枫叶国买拖鞋兰的花种，价格不菲！"

梅宛书回道："因为在枫叶国，没多少人能把拖鞋兰种活，不过教授就是例外。"

李教授觉得此话深谙他心，呵呵笑了。

谈笑间，梅宛书留心打量了一番房子的屋内设计，见整幢屋子分上下两层，玄关处螺旋式上升的楼梯，屋顶垂落三层透明玻璃的长吊灯，素雅精美。最特别的地方便是房屋东西两侧靠顶端之处安置了两大块三角状的装饰玻璃，哪怕冬日光线也很充足，显得整幢屋子宽敞明亮。

于是她开口问："教授，看你这幢房子的设计与众不同，不知道出自哪位设计师的手笔？"

李教授很乐意地为她作了解答，"这幢独立屋是我祖父亲手设计的，采光比一般的独立屋好很多，最近十年建造的新屋子可没有这样明亮的设计了，都是以实用为主。"

梅宛书颔首会意，心道原来如此。

四人又畅聊了一会儿，李太太发出邀请："我们去后院吧，可以开始烧烤了，我还准备了 Nancy 和 Sophia 都爱喝的葡萄汁！"

"谢谢！"

梅宛书和蒋南音起身，随着李教授和李太太来到后院的花园，只是踏足其中，便觉恬静舒畅。

李教授的屋子庭院面积阔大，足有七八十平方米，在西南角辟出一块铺上青石板，放置了大半圈藤椅沙发，靠着木栅栏支起一座烧烤炉。

花园的最外圈种了十数棵苍松翠柏，蓊蓊郁郁。临近圣诞，松树上挂了一串串装饰彩灯，颇有节日的气氛。

最惹眼的莫过于花园东南角的那棵红枫树，秋风卷过，片片金红的叶子飘离了树枝，随风旋转翻飞。

几处拱形的白色栅栏巧妙地将整个花园分隔成四块：茵绿的草坪，碧青的灌木群，春夏开放的鲜花丛，以及一间透明玻璃的阳光花房。

时值秋冬寒季，郁金香、百合、石竹、铃兰早已成残花，然而花房内温暖怡人，还如春天那般姹紫嫣红，浓郁馨香。

四人走进花房，梅宛书见花房内种满了李教授夫妇精心培育的上百种花卉，枝条交疏，绿叶圆润，花团锦簇。

梅宛书虚心向教授夫妇讨教花房里花卉的种类，生长习性，栽培方法，教授夫妇谈得兴起，知无不言，言无不尽，连蒋南音也听得兴致盎然。

出了花房，李太太点着烧烤炉，拿出烤串，牛羊肉、火腿肠、鸡中翅、海虾、鱿鱼准备得极为丰富。

梅宛书本就是烹调高手，自是帮衬着李太太一起烤串，片刻间花园里香气四溢。

诱人的香味很快引来了隔壁的邻居，一个北方口音的中年女人隔着栅栏向李太太打招呼："李太太，家里来客人了！"

李太太立刻笑着回她："是啊，都是我先生的学生！"

“哇，都是学医的，都是博士，真棒啊！”邻居太太赞叹，又关心地问李太太：“你大哥怎么样啦，身体好转一点没？”

说起这件事李太太不禁忧心忡忡：“唉，就还是那样。”

邻居太太唏嘘：“也不能像无底洞一样地继续填钱啊，总得想个法子。”

李太太摇摇头，叹道：“我和侄子商量着要是能把人送回国就好了，国内有我侄女照顾，我大哥在国内也有医保。可是他现在躺着动都动不了，也只能再观察一阵子。”

两人又小声谈论了一阵，梅宛书一直在帮李太太撒作料，倒是听去了不少，原来李教授家遇到了这样大的困难。

转头朝不远处坐在藤椅中的李教授望去，见他正和蒋南音相谈甚欢，从容安定，云淡风轻。

第 023 章　送钱

周一的下午，李教授和蒋南音正在研讨室里做师生之间的指导交流，快结束时，教授的手机铃响了。

李教授一看号码，便对蒋南音说了声"Sorry"接听了电话，越听眉头皱得越紧。

"姑父，有个天阳地产的穆老板，说愿意补贴我三十万的医疗费，还答应我想办法近期内帮我把父亲送回国。他唯一的条件就是希望姑父你能把房子卖给他，而且他说了，600万最高收购价不变。"

李教授终于失去了淡定，有点急："Simon，是不是这个月的账单又来了？差多少？"

"四万。"

"嗯，"李教授低声回："我一会儿叫人先把支票送过来，房子的事后面再谈。"

Simon 松了口气："谢谢姑父。"

李教授挂了电话，脸色沉重。

蒋南音听出了端倪，有些气愤："教授，是不是房产商又来骚扰你？"

李教授看了一下时间："Nancy，我十五分钟后要去给学生上课，你能不能帮我个忙，帮我送张支票去综合医院？"

"好！"蒋南音立马答应下来。

李教授查询了一下自己银行账户的余额，发现到了年底各种缴费，余额只剩下两万多加元。

他立刻取出支票本签了一张两万的支票，"Nancy，你到了医院就联系我侄子 Simon，跟他说先付两万给医院，还欠两万我会尽快补齐。”

　　说着，又把 Simon 的电话写了一张纸条，连同支票一起给了蒋南音。

　　"好的，教授，我这就去！"

　　待李教授离开研讨室，蒋南音看着手上的支票想了一会儿，便拨通了梅宛书的号码。

　　"Nancy？"梅宛书今天值晚班，正在乘公交车去妇幼医院。

　　"Sophia，有件事麻烦你。"蒋南音把李教授的事简略说了一下："看样子是房产商从教授的亲戚下手了。"

　　"这么说，医院欠费还差两万是吗？"

　　"对。"

　　"好的，我知道了，一会儿是你把教授的支票送来吗？"

　　"我刚和教授结束研讨，打算整理资料，会让一个朋友把支票送过来给你。我把你的电话给他没问题吧！"

　　"没问题。"

　　"你现在人在哪儿？"

　　梅宛书朝公车外看了一眼，有点晕："好像快到妇幼医院了。"

　　"呵呵，"蒋南音笑，知道梅宛书是个路盲："你干脆下车吧，把站牌发给我，我让朋友去接你。"

　　"OK！"

　　公车快停时，站牌名自动显示在车头的屏幕上。梅宛书发了消息下了车，等在公交车站。

　　十一月末的温哥华，三点还不到天色已是灰暗阴冷，天空中飘着几朵黑色的云，看似又要下雨。

　　立在寒风中的女人衣衫单薄，身影孤寂。

邵星泽开车到达时，便看到这样一幅画面，女人仿若风中摇曳的花朵，飘零了整个雨季，迎来的却是冬季更刺骨的冰寒。

一波酸楚的柔情在他的心头漾了开来，他心底发软，按了一下喇叭，打开了右边副驾驶座的车门。

"Sophia，上车！"

梅宛书走到车门前，俏白的脸微微发怔："Kelvin，怎么是你？"

邵星的眉间笼着笑意："有问题吗？我是 Ms.蒋的朋友！"

梅宛书顿时释然："没问题。"

说着，上车坐到副驾驶座位上。

系好安全带，见邵星泽穿了一件蓝灰格子的薄呢大衣，眉清目秀，斯斯文文，修长的双手反手握住方向盘，与穆云函更像了几分。

此刻，空中飘起了淅沥的小雨，一颗一颗打在车窗上。邵星泽用中指拨了一下雨刷控制杆，车窗在雨刷的左右摇摆中逐渐清晰。

随着他有条不紊的动作，梅宛书的眸中涌起一层迷蒙的雾色。

"直接去综合医院？"邵星泽柔声问。

"哦，"梅宛书恍然清醒："我想先去一下丰汇银行。"

"医院附近就有一家。"邵星泽启动车子，将马力十足的保时捷开得缓慢平稳。

下了车，他拿出一把黑色的长柄大雨伞罩在她的头上，梅宛书虽高，但被一米八五的男人罩着，也显得纤细柔弱。

进了丰汇银行，梅宛书去柜台排队，邵星泽便坐在一旁安静地等她，见梅宛书办理好私人业务后手上拿着一个厚厚的信封，他才突然反应过来。

忍不住问："信封里装了两万？"

"嗯。"

邵星泽的眼里划过一道亮光："你挺伟大的。"

梅宛书问："你是在赞美我？"

"百分百赞美。"

梅宛书浅淡地笑："走吧，早点把事情处理完，四点我还要去妇幼医院实习。"

邵星泽看了一眼手腕上的钢表："一会儿办完事我送你，来得及。"

十分钟后，邵星泽将车停在了靠近医院主门的停车场。

梅宛书接过他带来的支票，嘱咐："你在车上等我一会儿。"

"OK ！"邵星泽很乖的样子。

然而等梅宛书的身影刚进了医院主门，邵星泽便立刻下车跟了进去，脑子里记着蒋南音的叮嘱："Sophia 是个路盲，哪怕她每天都去的医院，不带地图她都会迷路。"

一路跟着梅宛书，原本怕她迷路，可梅宛书英语流利，到了前台就问路，中途绕不清楚的时候又问了两个医院护工，倒也很快就找到了脑梗病人的住院部。

邵星泽暗笑，"鼻子底下一条路"，算是给梅宛书实践得很彻底。

到了住院部的外厅入口，梅宛书停下了脚步，站着不动。

邵星泽也随之停了下来，保持和她七八米的距离。

梅宛书站在入口处，见厅内的长沙发上坐着两个男人。陌生男人三十五六岁的年纪，神色憔悴而疲惫。而坐在他身边的那位却是气宇轩昂，神采灼灼。

穆子旸今天一套年轻活泼的全黑色装扮，黑色羊角扣大衣，黑色牛仔裤，黑色金边休闲鞋，修长笔挺，阳光帅气。

Simon 还在犹疑不定："穆先生，你真的能在一个星期内就把我父亲送回国？"

"对，其实前两天我已经联系过国内沪城的专家医生，他们肯派出一个五人的医疗团队来专门接你的父亲，准备把你父亲接到沪城的人民医院。人只要回了国，后面都不是事了。当然，这里面所产生的费用都由我们天阳来出。"

穆子旸口吻笃定："这明显是一件对所有人来说都有利的事，三十万，差不多可以弥补这半年你和李教授的金钱损失，你的父母安全回国，老有所养，李教授买到更大更新的房子，何乐而不为？"

Simon 低头思忖了一会儿，像是下定了决心："好！我回去跟我姑父好好商量，一旦他答应卖房，你就联系国内的医疗团队。"

穆子旸大喜，志得意满地拍了拍 Simon 的肩头："就这么说定了！"

梅宛书这才进入外厅，走向长沙发，面色寒凉。

穆子旸一眼就看见了她，倏忽起身，惊喜交加："Sophia，你怎么在这儿？"

梅宛书瞧了他一眼，眼神像凝了冰，瞧得他心里发慌。

随后，她轻轻地将信封放在 Simon 腿边的沙发上，用一种平常安抚病人的口吻对他说："你好 Simon，我是李教授的学生 Sophia。这个信封里面有四万元，两万元支票，两万元现金。教授把他最后的余款都拿出来贴补你，他的心意我想你都能明白。"

Simon 拿起信封，感觉到里面厚厚的一叠，顿时羞愧难当。

他面有惭色地对穆子旸说："Sorry，穆先生，我看房子的事你还是直接找我姑父谈吧。"

又朝着梅宛书连声道谢。

"不客气。"

"那我先去缴费了。"

Simon 脚步匆匆，离开时也没好意思再看一眼穆子旸。

梅宛书却转头向他看去，见他两手插在大衣口袋里，眼底铺满了沉沉的暗色。

梅宛书开始质问："子旸，不是说好了房子的事你跟我谈，不去骚扰教授的？"

穆子旸被她坏事也是一肚子恼火，冲口而出："Sophia 你能不能别插手这件事？"

"不能，"梅宛书回答得斩钉截铁："这件事我恐怕会管到底。"

她看了一眼手表，见已经三点半了："我要去妇幼医院了，有空我再联系你。"

话落，梅宛书利落地转身就走。出了外厅，见邵星泽正站在入口处等她。

"现在走吗？"

"嗯。"

梅宛书没停下脚步，邵星泽跨了一大步跟上，与她并肩。

外厅里，穆子旸只愣了几秒，就迈着大步追出去，却看见一个高秀挺拔的男人与梅宛书并肩而行，两人的背影竟是无比的协调。

他胸口一室，抬步跟在两人身后，直跟到医院的主门外，远远瞧见两人上了一部银灰色的保时捷。

男人很绅士，为梅宛书打开副驾驶座的车门，还抬臂帮她挡住细雨。就在他侧过脸的一瞬间，穆子旸望见他的脸容白皙清俊，长得有点像他熟悉的一个人。

很快保时捷驶出了停车场，穆子旸盯着车尾精致漂亮的尾翼，咬牙恨骂："草！"

保时捷仍然开得平稳缓速，邵星泽转头瞧了梅宛书一眼，见她的脸上像凝了化不开的霜冻。

他的眸子沉了下来，若有所思。

车行了四五分钟，就快开到妇幼医院时，后面突然窜出来一辆宝马狂掠而过，喷出两团尾气，留下一串刺耳的马达声奔远了。

邵星泽拧眉，这辆咖啡金的宝马车加装了飞翘的尾翼，他并不是头一回见，他可以肯定那天在优卑诗接走那个女孩的也是这辆车，而车里的人……

估计就是刚才在医院里笑得一脸灿光的男人！

第 024 章　你又打我

　　保时捷稳稳当当地开到妇幼医院，梅宛书跟邵星泽道了声谢，与他招手作别。

　　邵星泽目送梅宛书进了医院，下车在停车场里逡巡一圈，果然发现了那辆咖啡金的宝马。

　　哪怕天色灰暗，这部车还是骄傲得像阳光下的阿波罗般熠熠生辉，跟那个男人嚣张跋扈的气质绝壁搭配。

　　邵星泽冷哼一声，迈开大步沿着长廊往医院的主门走。

　　医院的自动感应门打开再关闭，底层是一间敞开式的咖啡厅。

　　下午三四点的时间，咖啡厅的客人尤其多，所有的座位都满了。人们在暖香四溢的咖啡厅里低声交谈，气氛恬静温馨。

　　咖啡厅直通医院电梯的廊道中，杵着一个高大挺拔的男人，目光就像两道强烈的射线，紧紧锁住迎面而来的女人。

　　女人长发飘飘，身形优雅地向男人走去，脸庞却冷若冰霜。

　　两人擦肩而过，梅宛书当穆子旸不存在一般，对他视若无睹。

　　穆子旸头也没回，一只大手往后伸，拉住梅宛书的手腕："别走！"

　　梅宛书挣扎了一下，却根本摆脱不了他钳紧的束缚。

　　穆子旸转过身，沉声说："Sophia，我们做个交易？"

　　梅宛书表情冷淡："说吧！"

　　"想我不去骚扰李教授，不去骚扰他的亲戚都行，房子的事圣诞节前你帮我跟李教授谈妥，五十万，作为你的中间人费用。”

“啪！”梅宛书的手指划过穆子旸的脸颊。

这一次，在他的肌肤上留下了淡淡的指印。

“你又打我？”穆子旸胸口气血翻涌，眼眶蓦地通红。

“你凭什么？”咬牙切齿间，手上的力道也加重了。

梅宛书的手腕被他掐得生疼，双眸立时浮起了一层淡薄的雾气，嘴里却在说：“子旸，如果你不知道自己为什么挨打，那就更该打！”

她的声音仍如往日那般温柔和婉，并不像在跟谁置气，而是有种恨铁不成钢的埋怨。

“旸旸，你怎么掉到池塘里了？差点淹死！你这么胖身子这么重又不会游泳，在池塘边瞎玩什么呢，你说你蠢不蠢啊！”

时光荏苒，多年以前他的宛书姐也曾用这样的口气埋怨过他，俏生生的小脸因为担心变得苍白。

霎时，穆子旸心里软软的，软得一塌糊涂。

他紧紧咬住牙关，大手却随之松了开来。

“我先去上班，明天我再给你发消息约个时间见面谈房子的事。”

梅宛书终是交代了一句，才转身离去。

穆子旸深吸一口气，吸进了满堂咖啡的浓香。随后，他甩了甩头，排进买咖啡的队伍中。

买好咖啡他找到了一个位置，拿出手机拨通了何虹佳的电话：“妈，我今天晚点回来，差不多要过夜里十二点。嗯，跟公司同事聚会，吃夜宵唱卡拉 OK。"

　　邵星泽面色冷冽，远远望着那个男人，见他神情落寞，举着咖啡杯一口一口喝得很慢，似乎并不打算从医院离开。

　　他站在门口思忖了一会儿，也排进了人群中，买了两杯清咖啡两个三明治，外带。

　　……

　　夜里十一点多，梅宛书结束了医院的工作。

　　换好衣服打开手机，里面发来了好几条消息。

　　有几条穆子旸的微信：

　　【Sorry】

　　【挨打的人跟你道歉，挨打的人还等了你一晚】

　　【已经喝了十杯咖啡了，今晚估计要失眠】

　　【你什么时候结束工作了，就来医院底层的主门找我吧，我送你回家】

　　还有一条是邵星泽发来的消息：【我在停车场等你】

　　梅宛书叹了口气，拨通了出租车公司的电话。

　　十五分钟后，她从医院的侧门上了出租车，分别给两人发出同一条消息：【Sorry，我已经乘出租回家了】

　　穆子旸正坐在医院底层大厅的沙发上，看到这条消息大手猛地拍了一下沙发扶手，嘴里低声咒骂了两句。

　　车里的邵星泽灭了灯正靠着座椅后背闭目养神，接到消息后漆黑的眸子闪了一下，又暗了下去。

　　穆子旸做了几口深呼吸，揪心挠肺浑身不舒服的感觉却丝毫未减。他抓了两下头发，拨通了周昊的电话："昊哥，快出来陪我！"

　　周昊已经洗好澡上床准备睡了，听到这话呵笑了两声：

"陪你干嘛？这里又不是国内，没什么人过夜生活！"

"我心里难受！"穆子旸的鼻音浓重，似乎受了很大的委屈。

"被女博士呛了？"这头倒是悠然自在。

"她又打我一耳光！"

"哦？又？"周昊顿时兴致盎然："这么说，她以前也打过你？有意思啊——"

"你出来！"穆子旸嚷嚷。

"OK，OK！"周昊懒懒地回："我发个地址给你，温东有家饭店专做夜宵，开到凌晨四点才关门，我们就去那儿吧！"

"好！"

二十分钟后，周昊和穆子旸同一时间到达饭店。

周昊一看到穆子旸满脸惆怅的表情，笑得肩膀颤抖。借着饭店明亮的灯光打量他的脸，比对半天后确定地说："左脸，一定是打左脸了！"

"错！"穆子旸挑眉："这回是右脸，上回左脸！"

周昊赞叹："一边一下，还挺会搞平衡的嘛！"

"那是，"穆子旸落寞中又带着点得意："我未来老婆是天秤座的！"

"哈哈……"

正乐不可支，老板娘走过来招呼他们："周老板，穆老板！"

穆子旸怔了怔："你认识我？"

老板娘乐道："当然了，穆老板，我可是你们公司的客户！"

周昊赶紧介绍："子旸，这位就是林薇的阿姨，张太太，买了我们公司的楼花。"

“哦，”穆子旸立马微笑招呼：“张太太！”

环顾了一圈规模不大的饭店，见里面装潢得虽然一般，可夜里十二点多了饭店里十来张桌子基本满座，生意倒是很好。

张太太递给他们一张菜单：“两位老板，火锅炒菜什么都有，你们看想吃什么。”

“就火锅吧！”周昊脱了大衣坐了下来：“一人再来三罐啤酒。”

张太太答应一声，又问：“火锅口味要辣的么？”

穆子旸也落了座，回道：“要辣，要重辣！”

“好嘞！”张太太自去厨房准备。

周昊闷笑：“怎么，给女博士还没呛够，还要用辣椒来呛？”

“我就是要体验一把辣得通身滚热、头皮发麻的感觉！”

正说着大话，有个长发披肩的女孩走到他们这桌，轻声问：“周总，穆总，菜选好了吗？”

两人抬眼一看，正是他们公司的新人林薇。

女孩穿了一套粉红色的休闲套装，在这间热气腾腾的喧闹饭店中，倒显出几分清新的气质来。

周昊表示了一下作为老板的关心：“林薇，都这么晚了，你还在帮阿姨打工啊？”

林薇笑得腼腆：“每天晚上就这会儿最忙，光叔叔阿姨两个人忙不过来，等这波客人走了，我就可以休息了，叔叔阿姨还要继续忙到早上五六点。”

说话间，她朝穆子旸瞧了一眼，见他开了一罐啤酒抿了一小口，性感的嘴唇泛出润湿的光泽。手指还把玩着盖圈，小动作都特别可爱。

感觉两颊发热，心脏也开始小鹿乱撞，林薇赶忙收回视线。

却听见穆子旸懒洋洋地说："林薇，重辣口味的锅底，配什么菜好吃，你随便帮我们点几样就行了。"

林薇有点惊吓。"穆总，你确定……要重辣口味？你平常吃面都不加辣的！"

这话？

穆子旸和周昊对视一眼，周昊的表情变得诡谲起来。

穆子旸看了她一眼，目光有点凉，嘴里淡淡地夸："嗯，心细如发，是个做会计的料！"

腾的一下，林薇就像被火点着了一样，从脸一直红到脖子根："我去给你们配菜！"

脚步急促，几乎是狼狈而逃。

"呵呵，"周昊轻笑："子旸，你说你小子没谈过恋爱，心思倒还挺灵敏的，就这么把人给呛跑了！"

穆子旸耸耸肩："昊哥，要不是这样，我还怎么留着我纯洁的处男身给我未来老婆呢！"

"哈哈……"

大笑间，周昊举起啤酒罐，与穆子旸碰了一下，两个男人一饮而尽。

第 025 章 赌场迷醉

邵星泽发动保时捷，二十分钟后开到列治文河岸边的一家赌场酒店。

他穿过金碧辉煌的大堂，解下左腕的钢表放进口袋，再脱下蓝灰格子的大衣，露出了里面的短袖 T 恤。小 V 领的黑色 T 恤，略微紧身的款式，将他清瘦紧绷的身材勾勒得十分性感。

走进赌场，光影觥筹的喧嚷繁华迷蒙了他的视线，邵星泽的眸子眯了起来，跳跃着危险的光芒。

站在门口的他太过惹眼，正在一堆富豪中周旋的赌场经理 Eric 一下就看到了他，脚步急促地迎了上来，惊喜道："Kelvin，好久没来了！"

邵星泽将大衣递给他："开学后功课一直忙！"

"是，是，"Eric 接过大衣，毕恭毕敬地征求意见："先吃点东西再玩？"

邵星泽站着不动，凝神想了一会儿才吩咐："大衣的口袋里有我的车钥匙，你找人去车上把我的热水杯和一个纸袋拿来，里面有咖啡和三明治，我就吃那个！"

"OK！"Eric 心里奇怪，嘴上殷勤地答应。

酒店的少东家，名牌大学计算机系的硕士，人又长成这样，自然说什么都好了。

当下找了一个服务生去取邵星泽吩咐的金贵食物，又引着邵星泽去了吧台。他亲自调了一杯五彩缤纷的鸡尾酒，里面加了不少酒精含量较高的伏特加和朗姆酒，调成邵星泽喜爱的辛辣口味。

邵星泽坐在高脚椅上，手握酒杯，赌场里的灯光投射在他的脸上，晦明闪烁。

等服务生把他的热水杯和纸袋都拿来了，Eric 开始怀疑自己的眼睛。

不过是满大街都能买到的咖啡三明治，加起来十块钱不到的东西，怎么就入了大少爷的眼了？

还有他那个热水杯，最近大学生特别流行用的那种杯子，上面还印了些唯美素锦图案，这画风有点……

Eric 颇感费解地摇摇头。

邵星泽打开热水杯，里面的清咖还飘着热气。他动作十分缓慢，喝一口杯子里的苦咖啡，吃一小口三明治。

良久，热水杯终于喝空了，邵星泽指腹慢慢摩挲着杯子上的图案，冷笑："这滋味真的好吗？"

话落，他举起鸡尾酒杯，喝了一大口烈酒。

"还是这个滋味好！"他自言自语："干嘛打他？不就是个奸商，犯得着打他吗？"

赌场里喧闹嘈杂，很快将他的低喃声淹没。

邵星泽盯着酒杯，杯中的残酒在靡丽的灯影下泛出流光溢彩。

怔忡了一会儿，他突然叫："Eric！"

Eric 会意，立马又调了一杯烈性鸡尾酒。

他再次一饮而尽，嘴里自嘲："我不也在犯傻吗？"

回想着自己曾经跟蒋南音振振有词，当时可是下定决心要代替梅宛书心里的人。

然而他今天看到了另外一幕，梅宛书的冷若冰霜是为了那个男人，梅宛书的气恼怨怼也是为了那个男人。

那个男人诚然是漂亮的，一身装扮加宝马车证明他的家世不俗，可也并不比自己更好。

全身上下一股子商人的俗气，偏偏梅宛书为了他操心伤神。

到底那两人之间结下了何种渊源？

邵星泽在喝下第三杯鸡尾酒后，纷乱的脑子终于冷静下来。

想打听那个男人的背景倒也不难，只需去找那个女孩就行……

想到这里，邵星泽又是一声冷哼，那个女孩竟然偷偷摸摸地拿走了他的限量版篮球！

"Kelvin，要玩老虎机吗？赌场来了一台新型老虎机，很刺激！"Eric 见他连喝了三杯酒，怕他喝醉，便向他提议。

"试试吧！"邵星泽终于放下酒杯。

他将磁卡塞进老虎机，手指灵活地按下按钮启动转盘，脑子转得比手速还快，不一会儿功夫，老虎机不停地往外吐更多的筹码。

换了新型老虎机，赌局更刺激也更难计算概率了，但邵星泽今天晚上的运气好到爆，只用了一百元的成本，两个小时后回到卡上的资金多达五六千。

Eric 知道邵星泽一向很节制，玩得很小，今天的回报率已足够高。

于是他笑着恭维了一句："Kelvin，瞧你今天手气这么好，是不是学校里碰到什么好事啦！"

邵星泽的目光没从老虎机上离开，冷声回道："哪里有失意，哪里就有得意！"

Eric 立马敛了笑，闭了嘴。

心下咂舌，素来高冷到谁都近不了身的大少爷，竟然也有情场失意的一天！

那个拒绝他的女人，可真牛啊……

嘴上继续殷勤地问："Kelvin，今晚喝了酒，是不是还跟以前一样在酒店住一晚？"

"不用，"邵星泽的嗓音沙哑："一会儿帮我叫辆出租，我回学校的公寓。"

……

翌日早上，梅宛书接到尹歆然的电话。

"Sophia，什么时候有空来市中心？Grace 让我们一起跟她吃个饭。"

"Grace 最近有空了？前段时间还忙得焦头烂额的。"

"前段时间一堆做资产审核的客户，她加班加点都忙不过来，现在这批客户的材料终于在最后期限前交到移民办公室了，年末又没什么新客户，她一下子就轻松了！"

"嗯，正好我明天休息不去医院，就明天吧，中饭还是晚饭？"

"Grace 说吃中饭，把下午的时间留出来去购物！"

"好啊，"梅宛书答应下来："去哪里吃？"

"就游轮港我们常去的那家西餐厅好了，十二点见。"

"OK。"

梅宛书挂了电话，斟酌了一会儿，给穆子旸发了条微信：【明天上午十点半，在市中心游轮港的星巴克见】

很快，穆子旸回了一个字：【好】

这么简短这么乖，倒是少见。

这一头，穆子旸刚发了一个【好】字后，就懒洋洋地放下手机，钻回了被窝。

窗外灰蓝幽暗，细雨绵绵，他的心情也是蓝色的，忧郁而忧伤。

昨晚夜宵吃了一嘴的辣味也没让他热血沸腾，整晚血液就像凝结了一般，凝结在梅宛书寒如冰霜的眼神中。

一想到她对他生气，失望，他的心就揪成一团。

就算用五十万去侮辱她是他不对，可她无端坏了他的大事不说，还跟别的帅哥走在一起。

不过就是个清秀一点斯文一点的小白脸，就算开着保时捷，可也并不比他更好。

只是，那人的相貌气质还真有点像他的堂哥穆云函，宛书姐从小就喜欢的穆云函。

想到这里，穆子旸一把用被子闷住了头，宛书姐，云函哥，都已经离他太远太远了……

梅宛书对着梳妆镜，用牛角梳慢慢地将长发梳理整齐，想着昨天穆子旸被她甩了一耳光，又等了她一晚上没等到人，一定委屈得很，她都能脑补得出他满脸沮丧的样子。

她放下梳子，又发了一条消息给穆子旸：【昨天喝了十杯咖啡，晚上失眠了？】

穆子旸听到微信铃声，摸出手机一看，立刻从被了里蹦出来。

他高举手臂，做了两下伸展运动，才连发了两条语音，嗓音喑哑慵懒：

【Sophia，我这会儿好困，一夜都没睡】

【一夜都在 miss……you】

梅宛书听了两条语音，笑着摇了摇头。这人从小就这副德行，逮到机会就向她撒娇。

不过，从小她就知道怎么整治他这毛病。

于是她简短地回了一条消息：【睡吧，我上班去了】

那头果然没回音了。

穆子旸将手机重重地砸在床上，哀叹一声，突然大喊："蜀道之难，难于上青天！"

正想着下一句是什么呢，门口传来轻轻的敲门声："哥，能进来吗？"

"进来吧！"穆子旸立马端庄严肃地直起身。

穆语童已经换好了去学校的衣服，左手臂上搭了一件黑色大衣，右手拎着装了篮球的黑塑料袋，书包背在肩上。

"哥，我今天要晚一点才回来，约好了和同学一起吃晚饭聊会儿天。"

"嗯，"穆子旸点点头："平常是该和同学多社交，别忘跟妈说一声。"

"OK！"

穆子旸又问："怎么带个篮球去学校？"

"哦，"穆语童的脸有点发红："这个篮球是我上次在学校里捡到的，得还给人家。"

"好，去吧！"穆子旸和颜悦色。

穆语童关门下楼，脚步急促而雀跃，下到一楼的时候，到底还是没能忍住掏出书包里的手机，想多看一眼刚刚收发的几条消息。

【Hi，Tina，我是 Kelvin，今晚七点我会去体育馆打篮球，你来看吗？】

【你怎么会知道我的名字，还有我的手机号？】

【特意找的】

　　看到这条消息的时候，穆语童听到了自己"咚咚"剧烈的心跳声。

　　片晌，邵星泽又发来一条消息解释：【其实是我帮学生管理处的老师维护过学生信息数据库，所以我有一份 copy，只需输入相应的查询条件，就能找到你】

　　穆语童顿时克制不住自己的星星眼。

　　光是心动和喜欢再也难以表达她对他的感觉，应该还有崇拜、仰慕，以及……渴望。

　　足足过了五六分钟，她才稍稍平定自己的心跳，回了邵星泽一条消息：【晚上七点，篮球场见】

第 026 章　她梦着别人，他梦着她

穆语童一走，穆子旸便懒懒地往下滑，再度钻回被窝。

想着明天又可以见到漂亮女人，心里一阵酥，又一阵甜。

昨晚一夜忧思失眠，此刻浑身畅快放松，又想着她叫他"睡吧"，穆子旸也就很听话地进入了梦乡。

迷迷糊糊间，他被周昊的来电吵醒。

"子旸，昨晚跟着你小子吃得太辣，我生了满嘴火气！"周昊抱怨。

穆子旸睡眼惺忪，含糊地回道："公司有事么？没事我继续睡！"

周昊冷哼："大家昨晚都是三点才回家，你就不来上班啦！"

穆子旸嘟囔："我昨晚失眠了。"

"哈哈，"周昊释然大笑："你小子就那点出息！"

随后话锋一转："谈正事，酒店那个项目，公司的经纪跟我说，有家'新雅地产'的行动很积极，恐怕已经跟高贵林那块地的经纪谈妥了。"

"哦,是吗？"穆子旸立刻张眼："那我马上联系Kelly！"

"行，等你消息！"

周昊挂断电话后，穆子旸迅速起身，打开书桌的抽屉，里面放着一叠名片盒。

他思索了一会儿，拿出了紫色的那只名片盒，从里面找到了 Kelly 的名片。紫色，代表着大温 40 到 50 岁之间跟他公司有生意来往的女性。

拨通电话，那头传来 Kelly 悠然的声音："旸？"

"Kelly，谢谢你还记得我。"穆子旸呲牙，不得不佩服对方的精明专业，早就把他的电话存到她的手机里。

Kelly 笑了两声："怎么可能不记得，全大温都很难找到比你更帅的男孩子！"

男孩子？穆子旸头皮有些发麻。

"哈哈，我年纪轻，就靠 Kelly 姐多加提携了！"他嘴里打着哈哈："想去 downtown 拜访你，有时间吗？"

"稍等啊，我查一下我的时间表。"足足等了两分多钟，Kelly 回话了："哎呀，旸，最近几天我都很忙呢，时间表满满的。"

穆子旸不假思索地回道："那 Kelly 姐给我个机会请你吃饭呗，明天中午我请你吃大餐，整个 downtown，你想去哪儿吃，我们就去哪儿，行不？"

"嗯……"

"我诚意十足的，真心想向 Kelly 姐请教。"

"那好吧，帅哥总是有 priority（优先权）。"

"那谢了 Kelly 姐，你想好地方就给我发消息，我准时到。"

"OK！"

挂了电话，穆子旸松了口气。

楼下何虹佳的高分贝声音传了上来："了旸，起床了！不去上班，就陪妈出去喝下午茶！"

……

下午五点多课程结束后，穆语童去了学校的麦当劳。

排队点餐时，她突然看到一个熟悉的身影，正在柜台后来回忙碌。

男孩子年纪跟她差不多大，一头微卷的短发，脸上带着温和的笑容。

他笑起来的时候，还露出两颗可爱的小虎牙，令人一见暖心。

这个男孩，正是穆语童语言班的同学杨岳宁，英文名Ryne。

他是独自漂洋过海从十年级就开始在大温留学的留学生，努力又刻苦，在语言班里成绩出类拔萃，最后进了优卑诗录取分数线极高的数理统计系。

穆语童随着队伍慢慢往前挪，一直听着杨岳宁在和各种族裔的学生对话，英语、普通话、粤语都说得都那么流利。

"Next！"

穆语童走上前，杨岳宁眼睛一亮："是你啊，Tina！"

"嗯，"穆语童点点头，问他："Ryne，你怎么在这里打工啊？"

杨岳宁笑着回道："在这里打工不是最方便挣钱吗，都不用出校门。"

边说着，边拿好了托盘："想吃什么？"

"就简单的套餐吧，鸡块、薯条加可乐。"

"稍等。"

杨岳宁动作麻利地将三样东西准备好放在托盘上，又多放了一个巧克力圣代。

穆语童疑惑地看他："我没点圣代？"

"这个圣代我请你吃，我们好久都没见了，哪怕在一个学校读书，都很难碰到呢。"杨岳宁笑得眉眼弯弯："Tina，如果我没记错，你是喜欢巧克力口味的吧！"

"是呀，Ryne，你记性可真好！"穆语童回了他一个甜笑。

付好款接过托盘，穆语童找了个靠窗的位置，开始细嚼慢咽。

她却不知道，杨岳宁一边招呼着其他客人，一边不停地朝她凝望。

她梦着别人，他却在梦着她。

半个小时后，穆语童吃好晚餐，将空餐盘放到回收台。她远远地朝杨岳宁看了一眼，见他仍忙着招呼客人，便没跟他打招呼，转身走出餐厅。

然而就在她出门口的那一霎，杨岳宁又将目光投注在她身上，直到她的身影消失在外面的一片漆黑中，他才收回视线，喊道："Next！"

……

时间指到六点半，穆语童走得很慢，然而每往前踏一步，她的心就灼热一分。

怎么办？还没见，就紧张得发慌，满脑子都是他的影子。

他在篮球场中奔跑的样子，他一连串行云流水的动作后投篮的样子，他往观众席随意瞥一眼的样子，他喝一口矿泉水就抿一下嘴唇的样子，他扯下发带手捋额前半湿发丝的样子，每一种都是令她眷恋着迷的样子。

神思恍惚中她来到体育馆，上了螺旋楼梯，走进了篮球场。

刚进入观众席的第一排座位，一道清朗的声音传入耳朵："Tina！"

穆语童抬眸，见身穿白色运动服、额上系着黑色发带的邵星泽将手上的篮球扔给自己的伙伴，轻松地跑了几步来到她面前，随后将两只胳膊搭在栏杆上，靠她很近。

刷的一下，穆语童的脸彻底红了，根本不敢与他对视，低下头去。

"你来早了十五分钟，好在我也来早了，没让你等我。"邵星泽瞧着女孩羞怯的模样，心中好笑，脸上的神情倒是坦然自若。

穆语童两手拧着塑料袋，有些无措。

"我……"嗫嚅地吐了一个字，突然举起大黑塑料袋挡住自己的脸："篮球，还给你！"

邵星泽一怔："什么篮球？"

"你上个星期二不小心丢在篮球场了，我见你没回来拿，就先捡回去了。"穆语童总算说话顺溜了些。

邵星泽心里一动，倒没想到女孩会主动把蓝球还给他。

他接过大黑塑料袋，穆语童打开书包，又拿出一个透明的小塑料袋，里面装着他丢在足球场的那根蓝色发带。发带看上去很干净，整整齐齐地折叠好，袋口还用一根蓝色的绢带扎成了蝴蝶结，看着像新买来的精包装礼物。

"还有你这根发带，是那天你玩飞碟的时候不小心掉在操场上的，我已经洗干净了。"说着，穆语童又将发带递给他。

脸上的表情还是那么害羞，可她就像完成了一件大事一样，特别开心地笑了，笑得很甜，苏苏萌萌。

猝不及防的，邵星泽有点懵。

他左手拿着篮球，右手拿着发带，愣了一会儿，才道："这两样东西我都买了新的，好像都不需要了。要不，送给你吧，既然都是你捡到的。"

穆语童眼睛张大，一副不可置信的样子："送给我？"

"对，送给你了，"邵星泽歪着头问："不喜欢吗？"

"当然喜欢！可是……你这个篮球是限量版的，很珍贵……"

"那就先帮我收着好了，"邵星泽不等穆语童说完，就将两样东西塞进她的怀里："如果哪天我没篮球用了，就找你要！"

"哦，好！"穆语童傻愣愣的，两只手却不由自主地抱紧了怀里的东西。

"Kelvin，开球了！"邵星泽的两个伙伴在叫他。

邵星泽朝他们挥了挥手，又回头笑着问她："Tina，今晚看好我打球，我们一起去麦当劳吃宵夜，怎么样？"

"哦，好！"穆语童满眼都是他好看的笑容，全然忘了自己刚从麦当劳出来。

"那就这么说定了！"

话落，邵星泽转过身，一步一步走进篮球场，嘴角勾出一个邪魅的弧度。

第 027 章　我喜欢你

第二天早上，穆子旸七点多起床，出房门时，正好何虹佳也从卧室里出来。

何虹佳见穆子旸一身笔挺的咖啡色西服，手臂上搭着着黑色翻领大衣和驼色方格羊绒围巾，便问他："儿子，今天去公司啊！"

"嗯，"穆子旸回道："昨天没去公司，今天有点事要处理。"

"哦，"何虹佳朝穆语童的房间瞧了一眼，悄声说："子旸，你妹妹昨天说跟同学吃晚饭聊天，结果聊到十一点多才回来！"

"这么晚？"穆子旸昨晚又和周昊一起宵夜，谈事情谈到十二点多，回来时穆语童和何虹佳已经休息了，还不知道这回事。

他有点紧张地问："那小童是怎么回家的，那么晚了都没什么公交车了吧！"

何虹佳脸色神秘："我昨晚担心她给她打电话，她跟我说同学会送她回家。正好我十一点多出去扔垃圾，看到有辆保时捷把她送回来，还挺拉风！"

"保时捷？"穆子旸眼光闪烁："什么颜色的保时捷？开车的是男孩子还是女孩子？"

何虹佳说："那么黑哪儿看得清啊，感觉是辆银色的保时捷。"

穆子旸眉头皱起："知道了，妈，我有空会问问小童。"

两人的交谈声随着他们下楼的脚步声越发轻细，后面穆语童就没听清他们在说什么。

她今晨醒得早，六点多睁开眼睛就再也睡不着了。她打开床头灯，调成了暖融的光色。

她有些害羞地拿被子遮住了半边脸颊，脑子里不断回想着昨晚在麦当劳和邵星泽一起吃夜宵的一幕一幕。

他的眼中含着脉脉的温情，柔声细语地问了她许多事。她家里有什么人，叫什么名字，长什么样子，甚至开什么车。

"你大哥很帅？"

"嗯，挺帅的。"

"跟我比呢？"说这话的时候，他的语调中有种莫名可爱的傲娇，像是要跟她的大哥 battle，像是急于得到她的肯定和赞美。

穆语童垂下眼睫，红着脸说："你更帅一些。"

这个回答显然让邵星泽很满意，他的眼睛闪闪发亮，脸上的笑意也更深了。

"你大哥那么帅，有女朋友吗？"

穆语童摇摇头："应该没有，从来没听他提到过什么女孩子，也没见他带过女孩子回家。"

听到这个回答，邵星泽的身体似乎舒缓下来，有一种如释重负的轻松。

之后，他还关心地问了她的学习状况。

"你是说，这学期教你们微生物学实验课的是 Miss 穆？"

"是啊，"说到梅宛书，穆语童星星眼直冒："我可喜欢 Miss 穆了，那么漂亮温柔，知性文雅，我还是第一次见到那么完美的人呢。对了 Kelvin，你也认识她呀，上次在篮球场跟你握手的就是她。"

"哦，"邵星泽恍然大悟的样子："原来 Sophia 就是

Miss 穆。”

“是呀，很巧吧，Miss 穆跟我一个姓呢，也姓庄严肃穆的穆。”

“是吗？”邵星泽的目光闪动：“这个姓不常见，还真挺巧的。Tina，你们家除了你和你大哥，还有同一辈的兄弟姐妹也姓穆吗？”

穆语童的眼里涌起一层伤感：“我有个堂哥，叫穆云函，长得也很帅。Kelvin，其实你长得跟我那个堂哥还挺像的。唉……很不幸，三年多前他在旧金山留学时发生车祸，人就那么去了。他特别优秀呢，是斯丹佛大学的学霸。”

“是这样……”邵星泽的眸子沉了下来，似乎也在为逝去的人哀恸叹息。

他们一直聊到十点多，麦当劳的客人换了一茬又一茬。

杨岳宁忙碌了一晚，也观察了那两人一晚。他瞧见了穆语童对那个男人真诚的仰慕喜爱，也瞧见了那个男人对穆语童不真诚的柔情似水。

　　……

穆子旸开车到列治文的公司，和周昊一起与公司的房地产经纪、商业分析师、财务分析师开会，以“新雅地产”为主题，从其成立开始，对其规模、资金流、项目参与、人员配置等方面进行了细致深入的讨论，十点钟会议结束时，穆子旸已对这家公司有了全面的了解。

“我走了，去 downtown。”穆子旸神色有些匆忙。

“约了 Kelly 几点？”周昊问。

“约了吃中饭，”穆子旸套上大衣戴好围巾：“十点半还约了人谈李教授房子的事。”

　　明明讲的是公事，偏偏他的眉梢眼角漾出几许缱绻的柔情。

　　周昊一见便知他约了谁："女博士？"

　　"嗯。"

　　"好好谈！"周昊拍了拍他的肩："争取美人房子一并拿下！"

　　"放心吧，"穆子旸笑得晴光灿烂："我未来老婆会心疼我的，绝不至于让我人财两空！"

　　"哈哈……"周昊大笑着指着他："就特别欣赏你这小子无厘头的自信！"

　　半个小时后，穆子旸开车到达游轮港。

　　梅宛书先一步到达，已坐在店外的遮阳棚下，耐心地等着他。她两手抚在咖啡杯上，望着海上的游轮，恬静而闲雅。

　　穆子旸脚步轻悄，一直走到梅宛书的对面坐下，她才回转了目光。

　　"来了。"

　　"Sorry，迟到了十分钟。"

　　"没关系，我已经帮你点了咖啡。"梅宛书将放在桌边的一杯摩卡递给他："上次见你在医院喝的是这种。"

　　"谢谢！"穆子旸彬彬有礼地接过咖啡杯，就在两手交接的那一瞬，他的手指触到了她冰凉的指尖。

　　他的眉头皱了起来，再过两天就到十二月了，她身上却只穿着单薄的衬衫风衣，脖子上也没系条保暖的围巾，还偏要坐在室外，两手和鼻尖冻得都有点红。

　　"冷不冷，要不要坐到咖啡店里面去？"他提议。

　　梅宛书摇摇头："不用了，我喜欢吹海风。"

　　穆子旸不说话了，望着她清丽的面容。这个女人，总是让他没由来的心疼。

两人静默了片刻，还是梅宛书先说到了正题："子旸，教授为什么不愿意卖房子，我可以告诉你原因，也希望你能找到妥善的办法来解决。"

穆子旸心里一动："你知道原因？"

"嗯，"梅宛书点头："上个星期六我去教授家做客，问过他。他的房子是他的祖父设计的，设计风格和最近十年新建的独立屋大相径庭。所以，哪怕你出高价让教授去买一处新房，他都很难买到合他心意的房子，除非……"

梅宛书故意顿住不说，慢悠悠地喝了一小口咖啡。

穆子旸目光闪亮，立刻就想到了什么："Sophia，你是说，如果我能在别的地方按照李教授祖父的设计，为他建造一座新房，他就有可能愿意搬家？"

"嗯，"梅宛书见他领悟得如此之快，浅浅地笑了起来："还有，教授家的花园堪称温哥华的一绝。后院的花园里种了红枫树，松树，柏树，草坪维护得也很好。最特别的是花园里的阳光花房，里面种植了一百多种花卉，其中名贵的花卉多达四五十种。这座花园凝结了教授夫妇几十年的心血，他又怎么舍得让你们拿推土机将之毁掉？"

"哦！"穆子旸恍然大悟，脸上露出了兴奋之色："Sophia，这个问题也不难解决。都已经打算给李教授造一幢新房，那就再给他造一座一模一样的花园好了！"

"子旸，不是你想的那么容易，"梅宛书放下咖啡杯，缓缓地说："教授夫妇的花卉栽培技艺已经达到了园艺师的级别，你想要重建花房，就必须请到枫叶国最高级别的园艺师来做规划，最好能将花房里的所有花卉全部移植。"

"哇，"听了梅宛书这一席话，穆子旸忍不住惊叹：

"Sophia，你的脑子不去从商太亏了！"

梅宛书却道："从商的人和从医的人心性大不相同，从商讲脑，从医更讲心。"

这话说得文雅，可穆子旸却听出了其中的意味，是在内涵商人精明算计、唯利是图的本性。

他不由得有些发窘，低下头去，讪讪地道："学霸骂人可真够狠的，都不带脏字，就想让人找个地缝钻进去！"

"呵，"梅宛书忍不住轻笑："好吧，我是想说，商界都是强者之间的竞争，适合子旸你，却不适合我。"

穆子旸仍低着头，闷声说："Sophia，你这算是在安慰我？"

"不止安慰，还有赞美，"梅宛书柔声说："子旸你是聪明的，一点就通。"

这话说的，简直让他从地缝里直接窜上天了！

"所以，子旸，你想要买到教授的房子，就必须提供两份专业的报告。"

穆子旸果然一点就通，接着说："一份是设计师的独立屋设计方案，另一份是园艺师的花园规划方案。"

"对了！"梅宛书的眼中流露出赞赏。

这一刻，穆子旸心里简直说不出是什么感觉，震撼和感激都不足以形容。但有一点他很清楚，她在帮他，花了许多时间和心思帮他，她果然心疼他，舍不得他……

他炽热的目光锁紧了她，只见对面的女人眼波盈盈地回望着他，看得他心都碎了。

突然，他两只大手将她冰冷的双手包裹，连同她小指的戒指也一并包在手心。

他想捂热她，想融化她，想疼爱她，不想让她再冷再孤单。

“Sophia，我喜欢你，”穆子旸冲口而出：“很喜欢很喜欢。”

就这样猝不及防、毫无征兆地表白了。

然而梅宛书听了这话却没表现出太多的诧异，她甚至都没把手从他的手中抽出来，只是柔声回了他一句话：“子旸，你要是真喜欢我，就请你尊重我的选择。”

穆子旸眉头蹙紧，忍不住问出了埋在心里面好长时间的问题。

“你的选择？你是说独身主义？”

“是。”

“你不想结婚？”

“是。”

“也不想要孩子？”

“是。”

“连恋爱都不能谈？”

“是。”

每问一个问题，他就捏一下她的手，越捏越重。

最终，他问：“那就告诉我，这辈子你最想做的是什么？”

梅宛书的嘴边浮起一丝凄清的笑：“我最想做的，就是赶紧变老，变成白发苍苍的老太太。”

第 028 章 隐婚一族

穆子旸按照 Kelly 指定的地点，开了七八分钟车从游轮港来到一家日式餐厅。

这家餐厅为现代庭院设计，后巷绿植环绕。露台摆放了十来张古朴的方桌，庭院顶上的紫藤花色泽亮丽。

Kelly 坐在庭院里的一张方沙发上，正在悠闲地翻看一本财经杂志。不经意间抬眼，便瞧见一个年轻男人风姿翩翩地朝她走来，表情却如同雕塑般生冷。

穆子旸脱下大衣解下围巾，在她的对面坐下，跟她打了招呼后，便客气地问她："要不要先来碗味增汤？"

Kelly 摇摇头："不用了，喝米茶就行。"

又朝他上下打量，问道："怎么，心情不好？"

穆子旸从鼻子里哼了一声，一脸委屈相："我没想到高贵林的那块地刚刚敲定要建酒店，Kelly 姐就和新雅地产达成了交易意向。"

Kelly 忍不住笑起来："旸，你也知道我们这行的交易规则，新雅地产虽然只成立了两年，但发展迅速，信誉口碑都不错。这两年和我们公司往来频繁，手上的几个项目进展顺利。这样的交易伙伴，不正是大家都喜欢的吗？"

"但是新雅地产目前手上的项目都不是什么大项目，一旦接手酒店项目就会出现资金短缺的问题，Kelly 姐有没有考虑过？"穆子旸一针见血。

Kelly 欣赏地看着他："看来你已经做过功课了。我可以告诉你，新雅地产的 CEO 方雅淑和我私人关系很不错，她跟我说很快就会有一笔来自国内的资金注入她的公司，资金短缺已不是问题。"

此时，侍者端上了 Kelly 刚点的寿司和生鱼片拼盘，穆子旸在小碟子里倒上日本酱油，调了点芥末进去，又拿了一双干净的筷子，先夹了一块鳗鱼寿司沾了点调料放进 Kelly 的盘子，恭敬又殷勤。

Kelly 十分满意，尝了一口鳗鱼寿司，喝了一口米茶，才道："旸，我也知道你今天是为了这个酒店项目才来找我。说说吧，你有什么想法？"

"我们这行最大的交易规则，永远不都是利益最大化？"穆子旸的语调轻描淡写，可 Kelly 却看得出他胸有成竹。

"嗯，"她不动声色，颔了颔首同意他："当然了，商界一切利益至上。不过，谁拿项目都要考虑成本，新雅地产已经给出了我们十分满意的交易价，别家公司想要从价格上超越，恐怕会得不偿失。"

穆子旸淡淡地回："从价格上来竞争，从来都是最低级的手段。我们天阳地产实力雄厚，没必要用价格来碾压竞争对手。"

Kelly 问："旸，你是说你有更好的 offer？"

穆子旸十指交叉握住，与 Kelly 对视："没有更好的 offer，我今天又怎么会约 Kelly 姐见面？"

Kelly 心如明镜，放下茶盏："旸，我们虽然只见过几次面，但大家同行中人，我想要什么，你很清楚。"

穆子旸点了点头："我和我们公司的另一个大股东周昊商量好了，拿出我们公司最新公寓开发项目让 Kelly 姐参股，来换取高贵林的酒店项目。至于股份的占比，一定会谈到让你满意为止。"

果然，Kelly 满脸动容，目光闪亮，嘴上却还刁难了一句：

"你们公司的那个项目我也有所耳闻，到现在为止所有居民搬迁的问题还没有解决好。"

穆子旸朗然一笑："Kelly 姐，偏偏在一个小时前，这个问题已经顺利地解决了！"

"是吗？"Kelly 思忖片刻，终于做出承诺："旸，如果你们这个项目能在年底之前顺利展开，酒店的那块地不是问题。"

穆子旸伸出一只手："Done！"

……

同一时间，梅宛书和尹歆然、叶依丹在游轮港的西餐厅里享用牛排套餐。

叶依丹，英文名 Grace，出生在枫叶国，算是正宗的移民二代华裔。大学会计专业毕业后，加入了枫叶国的四大会计事务所之一。工作五年，因为她认真敬业，加上会说流利的华语，公司便让她来负责华人商业移民的资产审核这一块，由此她和尹歆然成为关系良好的合作伙伴。

梅宛书是通过尹歆然才认识的她，三人差不多的年纪，一块吃吃谈谈，很快就结成了好友。

三个女人的气质完全不同，梅宛书恬淡优雅，尹歆然活泼跳脱，叶依丹精干沉稳。

三个人切牛排的方法也截然不同，梅宛书切一小块牛排品尝一口，直到吃完了再切下一块；尹歆然先将一大块牛排分成四块，然后随意切开，随意叉一小块放进嘴里；叶依丹却将一大块牛排全部切成方方正正的小块，再一块一块地品尝。

"Sophia，"叶依丹好奇地问："听 Ella 说你们在夏威夷旅游时，有个大帅哥一路追着你跑！”

梅宛书淡淡地回：“那是 Ella 的错觉！”

尹歆然：“……”

只这一句，叶依丹差点绷不住笑，把嘴里的清水喷出来。

不过还是忍不住继续问：“听说，大帅哥还送了你一只 LV 手镯？”

梅宛书拿了一张餐巾纸优雅地抹了抹嘴角：“Grace，我记得去年圣诞节也有个帅哥送了你一只卡地亚的手镯，你还戴着吗？”

叶依丹顿时有些尬：“喂，我可是有男朋友的，怎么会收其他男人的礼物啊！”

梅宛书浅笑：“我跟你一个性质。”

“怎么一个性质啦，”尹歆然嚷：“Grace 有固定的男朋友，都快结婚了，你又没有男朋友！”

“独身主义，可是比有固定男朋友还要稳定的状态。”梅宛书凉凉地反驳。

尹歆然和叶依丹：“……”

午餐后，尹歆然事务繁忙，回了办公室，梅宛书陪着叶依丹逛街。

“我有多久没购物啦，今天一定要逛个够！”叶依丹一想到重头工作全部处理完毕，又快要放圣诞假了，浑身都觉得轻松自在。

梅宛书柔声问：“想先去逛哪家？”

“Purry，想去买几件冬装。”

“走过去好么？”梅宛书提议。

“OK！”

两人慢悠悠地行走在市中心人潮如涌的街道，沐浴在初冬午后暖融的阳光下，舒适惬意。

行了差不多二十分钟走到 Purry 专卖店，服务员 Jessica 一看两个客人都是她熟知的，立马笑意盈盈地迎了上来："Sophia，Grace，难得你们俩一起来！"

"嗯。"两人都是不怎么爱说话，购物却十分爽利的性子，眼光好，也很会挑，Jessica 每次为她们服务都觉得特别轻松。

"今天想买什么？"

"想买件冬天的大衣。"叶依丹边说着，边往里走，很快就走到了展示女士大衣的橱柜处，显是对这家店的布局非常熟悉。

眼见这两位女士挑东西是不需要人来做推荐的，Jessica 便去为她们倒了两杯咖啡。

叶依丹和梅宛书看了一圈女士大衣，低声商量了几句，便向 Jessica 招手："就这件黑色的吧！"

Jessica 惊叹："Grace，你眼光超好，这件披风式的大衣是今年的新款，玫红色镶边，又大气又有女人味，很多客人都喜欢的。"

叶依丹穿上大衣照了照镜子，也很满意。她的身材比较单薄的，一米六八的个子，短发，方卜颌。穿上披风款的大衣遮盖了她身材的缺陷，倒显得大方英气，和她本身内敛中带着飒爽的气质十分相符。

当下朝旁观她试衣的梅宛书问了一句："行么？"

"不错。"

叶依丹转身跟 Jessica 说："我买了。"

"好，我这就给你包好！"Jessica 的口气越发热情，真心觉得像这样的客人实在太省心了，有多少来多少。

“我还想买件白色的衬衫。”叶依丹坐进了沙发：“我的尺寸你知道的，直接拿一件最简单的款式就好。”

“好的！”Jessica笑容可掬，又去仓库里帮叶依丹拿衬衫。

叶依丹喝了两口咖啡问梅宛书：“你有没有什么想要买的？”

梅宛书默了一会儿，轻声说：“其实我每年都到这家店来买一些男装。”

叶依丹一愣，不是说独身主义？

“买给你爸？”

梅宛书淡笑着摇摇头：“不是的。”

叶依丹瞧她的神色，笑容楚楚动人，却不知怎的含着些苦涩。她也就不想再往下追问，站起身说：“我陪你选。”

“嗯！”梅宛书挺开心，难得有眼光那么好的朋友能陪她一起购物。

两人一起来到男装部，看了一圈后梅宛书挑中了一件藏蓝色的大衣，金色刻花的纽扣，带肩章的设计，很帅气，一看就是适合年轻男人的款式。

此时Jessica拿好衬衫后回来了，一看梅宛书挑中了今年最流行的男款，兴奋道：“Sophia，又给你先生买衣服啊，他的尺寸我知道的，这件一定适合他！”

叶依丹瞬间惊愕，却听梅宛书轻声说：“他的气质比较斯文，但我觉得换一种风格给他穿肯定有另一种惊艳的效果。”

“是是是，你的眼光没话说！”Jessica赶忙取下大衣看了一下商标：“这件就是你先生的Size，要吗？”

梅宛书点头：“要。”

“那今年羊绒围巾还给你先生买吗？”

梅宛书毫不犹豫：“买，跟这件大衣配起来穿。”

“那就深蓝格子的最配了，还是和往年一样要绣你先生的名字缩写 MYH 是吧。”

“是。”

“那今天你先把大衣带走，围巾下个星期再来取货，行么？”

“行。”

就这样，Jessica 在半个小时内卖出了四件货品！

Jessica 忙着打包衣服，叶依丹狐疑地瞧着梅宛书，悄声问：“Sophia，你是隐婚一族？名花有主？”

梅宛书微微一笑：“算是吧，所以你和 Ella 以后别再操心我了。”

叶依丹恍然大悟，原来这人已经结婚了！本来也是，这么漂亮的女人，怎么会不愿意恋爱结婚呢，早被人娶走了才符合常情！

她忍不住追问：“你先生在哪儿工作啊？”

梅宛书只好回答：“在旧金山。”

叶依丹点点头，现在像这样的两地婚也挺流行的：“所以你故意在小指上带个戒指，就是想把那些对你有企图的男人全赶跑是吧！”

“嗯。”梅宛书对朋友的脑洞颇感无奈。

“那干嘛不直接把戒指戴在无名指上，那样不是更好？”

梅宛书轻声道：“既然是隐婚，就低调点吧。”

“哦，明白了！”叶依丹一副了悟的神情。

“Grace，这件事就在你这里封口了，Ella 也别去说。”梅宛书郑重提醒。

叶依丹做了一个 OK 的手势：“没问题！”

第 029 章 委托

日餐店里，穆子旸和 Kelly 达成了协议。

午餐结束后他和 Kelly 作别，脚步轻快地走到外面的街道上，打算先逛一圈再开车回公司。

午后的空气暖和了不少，他将大衣的衣襟解开，手上拿着羊绒围巾，心里却又开始念起那个让他忽喜忽忧的女人。

明明手冻得快跟冰块差不多了，却不肯多穿衣服，还说一辈子她最想做的就是赶紧变成白发苍苍的老太太。

话里的意思他全明白，就是觉得生活没意思，想早点进坟墓！

但穆子旸却觉得，Sophia 说出这种决绝的话来，无非就是一种拒绝他的借口，想让他趁早死了心，让他别再对她有所妄念，她一定会把独身主义贯彻到底！

穆子旸冷哼一声，两只脚却不由自主地朝 Purry 专卖店走。无论如何，李教授房子的事她还是帮了他大忙的，送份礼物聊表心意也是应该的。冬天到了，送条 Purry 的经典羊绒围巾总归没错。

快走到专卖店时，店门口走出两个女人，牢牢地抓住了他的视线。

他看见他心心念念的女人手上拎着一个大纸袋，和她的朋友并肩而行，谈笑风生。早上在海边还是一副清冷淡漠的表情，此刻她的嘴角却噙着明媚动人的笑意。她的长发在她的背后随风飘动着，划出一道迷人的弧线，划过他颤动的心尖。

瞬时，穆子旸将刚才积累的恼恨之意全部抛到九霄云外，抬脚悄默默地跟在她们身后。

跟了几步，就听见她的朋友说："你怎么只买了男装，也不给自己买几件衣服？"

梅宛书柔声回道："我的衣服本来就多，够穿了。"

她的朋友调侃："呵，还是更心疼你家男人！"

听到这句话，穆子旸蓦地顿住了脚步，脸沉了下来。

他倏忽转身，大步往 Purry 专卖店走，不一会儿就来到店门前。

他猛地推开门，把站在门口的两个服务员吓了一跳，都忘了跟客人说声"欢迎光临"。

惊吓过后，又见新来的客人尽管一脸黑线还是帅出了天际，再加上他身上穿的大衣和手上拿的围巾正是自家店的品牌，马上又笑脸迎了上去。

"先生，想看什么吗？"一个小姑娘和声细气地招呼他。

穆子旸粗声问："刚才从你们店里出去的那两位女士，是谁招待的？"

小姑娘立刻唤来 Jessica。

"先生你好，我是 Jessica，有什么能为你服务的？"

Jessica 一看到穆子旸，眼睛就是一亮。这么帅的男人她有好几年都没见过了，容貌、身材、气质全都无可挑剔，跟那几个经常来店里做活动的影视明星相比都毫不逊色。

穆子旸压了压胸中的怒焰，脸色略微缓和了些，斟酌了一会儿才说："Jessica，刚才我在店门口碰到了两位女士，听见她们说买了几件男装，我想看看同款。"

"好的，先生，请随我来！"

Jessica 把穆子旸带到男装部，将刚刚挂出来的藏蓝色大衣取下："刚才那位长得很漂亮的女士买的就是这款大衣，先生要试吗？”

穆子旸一看，金纽扣带肩章的设计，非常帅气的一件大衣，一看就是适合年轻男人穿的款式，令他不由自主地想起那个开保时捷的小白脸。

他心里暗暗咒骂，手上接过大衣套在西装外。对镜自揽，见里面的男人潇洒倜傥，玉树临风，浑身上下还散发出一股军人的酷炫气质。

“嗯，”穆子旸满意地点头，不得不赞叹 Sophia 的眼光好得出奇，又感觉这款大衣简直就是为了自己量身定做，不太像那个小白脸的风格。

突然间，他的心脏猛地一抖，难不成，大衣是 Sophia 是买给他的？送给他的圣诞礼物？

这个念头一起，穆子旸顿时眸光闪亮，满面灿光。

“除了这件大衣，那位女士还买了什么？”穆子旸的声音也不像刚才那般生硬，变得柔缓下来。

“她还买了一条深蓝格子的羊绒围巾来配这件大衣。”Jessica 回道。

“知道了，谢谢！”穆子旸彬彬有礼，把大衣脱了下来。

Jessica 接过，也没问他要不要这件大衣，见他自行往羊绒围巾的专区走，便亦步亦趋地跟了上去。

穆子旸想着 Sophia 今天身上穿的那件淡粉色风衣，把她的肌肤衬得白皙娇嫩，于是选了一条藕粉色的方格围巾，递给 Jessica。

Jessica 接过围巾，脸上露出服务员的标准微笑：“先生买给女朋友吗，需要绣她的名字吗？”

穆子旸思忖了一会儿，点头道：“绣两个 M，两个 M 中间加一颗心。”

"那先生得等到下个星期再来取货。"

"可以快一点吗？"

"绣名字的话最快也要等两天，还要付加急费用。"

"加急费没问题，只要保证我两天后能取到货。"

"好的，先生。不过你得留下你的姓名，电话，最好跟我加个微信，我通知你比较方便。"

"OK！"穆子旸爽快地答应了。

刷了信用卡付好款后，穆子旸当场就加了 Jessica 的微信，又把自己的姓名和电话从微信里发给了她。

……

两天后，梅宛书从医院实习回到学校，便被李教授特意叫到研讨室。

简短地问了她实习情况后，李教授从抽屉里拿出一张两万元的支票递给她，感激道："Sophia，谢谢你帮我垫付了两万的医药费。"

梅宛书接过，又关心地问："教授，Simon 父亲的事，还是得想办法解决才好。"

李教授微微一笑："Sophia，还有一件更重要的事，被你解决得差不多了。"

梅宛书有点诧异，又有点惊喜："教授是说你房子的事？"

"嗯，"李教授笑道："昨天，天阳地产的穆先生带了两位专家来我家，一位建筑设计师，一位高级园艺师，和我太太谈了一整天，一直聊到昨天下午我回到家。我仔细听了这两位专家的建议，觉得重新建造设计风格相同的独立屋，重新整修一座花园，再把我花房里的所有花卉全部移植，是个可行的方案。"

梅宛书没想到穆子旸的动作如此之快，欣喜道：“我也是希望教授和太太能舒舒服服地住在新房子里，生活便利许多。”

李教授心情舒爽，竟然口气揶揄地问了她一句：“Sophia，这么完美的解决方案，你拱手送给了穆先生，是什么原因？”

梅宛书有点羞赧地解释：“教授，其实穆先生是我的一个朋友。”

“难怪……”李教授频频点头，又语含深意地说：“Sophia，穆先生是商人，商人逐利是本能，无可厚非。总体来说，穆先生有经济基础，有能力，是个非常不错的年轻人。”

“教授！”梅宛书难以置信，跟着李教授学医四年，她曾经的遭遇教授不是不知道，但从未像今天一样将她的私事拿到台面上来说。

李教授叹了口气：“Sophia，你还这么年轻，过去的事情，该放下就得放下，否则会错过再度幸福的机会。穆先生昨天在我家，都一点都没掩饰对你的好感。”

闻言，梅宛书的脸颊微微泛红，语气却还是很坚决：“教授，我现在还不想考虑这些。”

李教授知道此事不能勉强，也知道他这个女弟子的性子，温婉柔和的外表下藏着一颗十分执拗的心。

于是他没再继续这个话题，只道：“Sophia，既然我房子的事是你提供了完善的解决方案，我希望你能全权代表我和我太太与天阳地产进行下面的交涉。”

对于这件事，梅宛书早已想过要管到底，于是毫不犹疑地答应下来。

李教授颇感欣慰，当场就写了一封委托书。

两人签名后，梅宛书问：“教授希望你的房子获得多少补偿金？”

李教授淡然地说："Sophia，穆先生既然专门为我请了两位专家来达成我和我太太的心愿，这场交易就变成了一场充满人性化的特别交易，我和我太太都愿意将交易的金额放低到跟其他住户一个数目。"

梅宛书深知李教授持重高华的品性，倒并不觉得意外，只是确认了一下："教授，你是指 400 万的普通交易价？"

"嗯，"李教授点头："这个价格我已经非常满意。"

梅宛书语声清和地回："明白了，教授，我会将你和李太太的意愿转达给天阳地产。"

第 030 章 任何人，都绝不可能

邵星泽和两个朋友正在足球场踢足球，奔跑走位，传球射门，一连串的动作敏捷流畅，让站在场边观看的穆语童顷刻间便迷失了双眼。

踢了一会儿球，穆语童见邵星泽向她跑过来，赶紧打开矿泉水的瓶盖给他准备好。

邵星泽从她手中接过矿泉水，笑着道了声谢，开始仰头喝水。

他喝水的样子也特别迷人，脖颈间线条紧绷，饱满的喉结轻微地上下滚动，喝几口便抿一抿润湿的嘴唇，不经意间便流露出撩人心扉的性感。

邵星泽瞧穆语童又开始害羞脸红，便忍不住逗她："Tina，待会儿去哪吃晚饭？"

穆语童心里猛地一跳，嘴里却温吞着："我……我妈烧好了在家等我。"

"呵，"邵星泽觉得好笑，搞不懂这女孩连别人约饭的意思都听不明白，怎么就有那么大一股子劲一直追着他跑。

他正准备提议"大家一起去学校的西餐厅"，却突然望见前面的枫树道出现了一个熟悉的身影。

"把书包给我，我得走了。"邵星泽嘴里跟穆语童说话，眼睛却没朝她瞧一眼。

"哦！"穆语童赶紧从草坪上捡起他的书包，递给他。

邵星泽匆忙地拿好书包，向还在场中踢球的两个朋友挥了挥手，随后飞快地朝行走在道旁的女人奔去。

Matthew 和 Johnny 走到穆语童的身边，三人见邵星泽追上了一个长发飘飘的女人，与她并肩行走。

Matthew 用生硬的中文问："Kelvin 追的是谁啊？"

Johnny 回道："最近 Kelvin 搬到前面那幢公寓去住了，可能是邻居吧。"

穆语童傻愣愣地望着那两人一起走向公寓楼，邵星泽边走边笑，是那种发自肺腑的笑，连周围淡薄的霞光都被他的笑染成了璀璨的颜色。

邵星泽追上了梅宛书，笑着朝她打招呼："Sophia，回公寓吗？"

"嗯。"梅宛书见他反手勾着书包搭在肩上，眉目秀朗，很是清俊好看。

"那我们一起走，我也回去。"

梅宛书点点头，和邵星泽并肩而行。

邵星泽的脚步很轻快，和穆云函步履稳重的走路姿势不太一样；他的笑容带着些微张扬，和穆云函内敛和煦的笑容不太一样；他半长的头发因为运动有些湿，像漫画里走出来的男子，身上有种令少女们忍不住尖叫的迷人气质，却和穆云函斯文儒雅的书卷气不太一样。

梅宛书浅浅一笑，笑自己前几次迷失的心绪，这么多的不一样，她又怎会辨别不出，怎会把他当做他？

邵星泽也在侧目打量着她。单薄的衣衫，柔软的发丝，轻缓的脚步，还有她嘴角边的浅笑中含着的那一抹淡淡的忧伤。

到底是怎样的一个男人，令她过了三年多的时光还念念不忘，令她竟然为了他去照顾他的亲戚。穆子旸也好，穆语童也好，只因是他的亲人，现在却也变成了她记挂的人。

到底是怎样的一个女人，明明心肠比水波还要柔软，却固守着自己的执念，将一颗心冰封冷藏。

惘思间，两人走进公寓楼，上了电梯。

邵星泽只按下了 6 这一个数字。

梅宛书瞧见了，用目光问他，邵星泽耸了耸肩，神情自若地说："先把你送到 6 楼，我直接从楼梯上 7 楼更快。"

"谢谢！"梅宛书礼貌地回道。

邵星泽却毫不在意，电梯门一开，就跟着她出了电梯。

"Bye！"梅宛书甚至还没开房门，就转过身先跟他说再见。

邵星泽却突然说："Sophia，我有个东西要给你。"

他卸下书包，动作敏捷地拉开拉链，从包里拿出了一袋芒果干塞在她手上："我澳洲的朋友送给我的，味道不错，你也尝尝吧。"

梅宛书问："不是刻意的？"

邵星泽转过脸，躲开她探究的目光："不是刻意的，就是邻居间的友爱。"

梅宛书点点头："好吧，我收下了，谢谢！"

邵星泽指了指楼上："那我回去了！"

"去吧。"

邵星泽对她挥了挥手，三步并两步从楼梯上了一层楼，没马上打开公寓门，而是背靠着房门，薄唇翘起。

梅宛书进了公寓，仔细看了一下芒果干的包装，连牌子都是她爱吃的那种。

她叹了口气，将芒果干放进餐柜，从口袋里掏出手机，拨了蒋南音的号码。

"Sophia？"

"Nancy，有件事我想问你。"

"你说！"

"Kelvin……好像知道了我的一些生活习惯，是你告诉他的？"

"对，"蒋南音一点都不打算隐瞒："是我告诉他的。"

"为什么？我是怎么想的，上次不都告诉你了吗？"梅宛书有些怨怼。

"唉，那个男孩子我简直没法招架。你是不是跟他说过，他长得像你喜欢的人？就这一句话，他就什么都明白了。"

梅宛书愕然："他已经全都知道了？连云函也……？"

"嗯，全都知道了，还特别跟我表明了他坚定的态度，所以我支持他。"

"Nancy！"

"Sophia，"蒋南音的声音柔和却很坚决："给 Kelvin 一个机会，也给你自己一个机会，试一次！"

"不行，我试不了，绝不！任何人，都绝不可能！"

梅宛书激动地喊，三年来第一次失掉了所有的淡定。

蒋南音一听她情绪失控，有点着急："Sophia，你先平静一下！"

"Nancy，我挂电话了。"

梅宛书说完就掐断了电话，奔到卧室扑倒在床上，把脸埋入软枕，任泪水狂涌泛滥……

她曾有过那样一个完美无瑕的爱人，曾经历过那样一段刻骨铭心的爱情，她的生命和血液，早已在那一场爱情中全部耗尽！

爱情是毒药，她梅宛书，早已中了解不了的毒，真的没办法再试一次！

梅宛书默默地流泪，口袋里的手机不停地发出微信铃声，她却置若罔闻，任凭揪心的疼痛漫延全身。

不知过了多久，她终于止住了泪，头昏昏沉沉的，眼眶也发疼。

她走到梳妆台前对镜看了一眼，见自己眼皮浮肿，眼里血丝密布，鼻尖也红红的，一点都不好看了，不像云函喜欢的样子。穆云函不喜欢她总哭，曾经花了一年的时间用手去接她的眼泪，疼爱她，抚慰她，才慢慢治好了她的抑郁症。

三年多前穆云函刚去的那一阵，她抑郁症复发，整整一个夏天都没怎么说话，父母不在她身边也不知道穆云函的事，是蒋南音一直陪伴她，开解她，疏导她。在她的心里，蒋南音已不只是同僚那么简单，更像她的姐姐，亲人……

蒋南音的意见在她的心目中份量很重，这也是她今天为什么在听到蒋南音的想法后，突然情绪爆发的原因。

梅宛书重新掏出手机，果然见蒋南音发了几条消息来：

【Sophia，是我不好，我不该勉强你】

【你稳定一下情绪，有空就给我回个消息】

【Kelvin 那边我会跟他说清楚，让他以后别去打扰你】

【也希望你别太怨怪我，我真是心疼你才会这样】

看了这几条消息，梅宛书心头一阵酸楚，蒋南音又有什么错，只是太关心她罢了。

她赶紧回了蒋南音两条消息：

【Nancy，我没事了，你放心。我当然不会怪你，是我自己没控制好情绪】

【至于 Kelvin，既然他已经知道了，就让他去吧。那个男孩子并不是谁可以左右的性子，我自己会处理好，你不用再担心，也别再费心】

说得再清楚明白不过。

　　蒋南音知道，梅宛书是让她别再插手这件事。于是，她立刻回：【好，听你的】

　　梅宛书舒了一口气，又去看别的微信，有一条是 Kelvin 发来的好友验证，她点击了接受键。

　　还有几条是穆子旸发过来的：

　　【Sophia，明天周六，我们见面好吗？】

　　【李教授房子的事你帮了大忙，我想请你吃顿大餐】

　　【其实是……我想你了】

　　【想跟你去渔人码头一起看海，一起喝咖啡，晚上我也安排了节目】

　　中间隔了十来分钟的时间，也许是因为她没回消息，穆子旸又发了几条信息过来，急于解释：

　　【Sophia，我不勉强你，只跟你做普通朋友】

　　【你独身主义，你不想恋爱我都会尊重你】

　　【我打算把喜欢你变成我自己一个人的事】

　　【不过普通朋友也可以一起看海，一起吃饭，一起聚会什么的】

　　【Sophia，我把立场表明得这么清楚，就别再拒绝我了】

　　【微笑】【握手】

　　看完后，梅宛书吁了口气。不知怎的，每回看到穆子旸的消息，她的心情都会变得轻松愉快一些。总会让她想起他小时候胖乎乎可爱的样子，眼眸微眯嘴角含笑逗她的样子，宛书姐宛书姐跟在她身后撒娇喊她的样子，瞧着她和穆云函聊得丝丝入扣自己却被冷落一旁委屈的样子……

　　她回了一条消息：【明天下午三点，你来学校接我吧】

　　穆子旸秒回：【OK】【跳跳】【转圈】

　　此时，邵星泽发来了一条消息：【芒果干好吃吗？】

梅宛书:【还没尝】

邵星泽:【我尝过了，很甜】

梅宛书犹豫了一会儿，还是狠下心来发了一句:【Kelvin，其实我现在已经不喜欢吃芒果干了】

过了一会儿，那边又问:【那你现在喜欢吃什么？】

梅宛书:【我喜欢吃什么，我自己会去买，以后，别再送了】

那头没了回音。

邵星泽盯着梅宛书的最后一条微信看了许久，眼里染了一层厚厚的墨色。

突然，他猛地把手机扔了出去，砸在壁橱上，砸出了一个小小的坑。

随后他仰倒在床上，一只胳膊挡住眼睛。

良久，他突然起身，想到有人曾送过他一套紫砂壶茶具。

他到处翻找，终于从某个橱柜里将茶具寻了出来，又拿出一包铁观音，打算泡一壶苦茶。

慢慢等着热水烧开，还没泡呢，手一松"哐当"一声，热水壶砸到了紫砂壶，茶具全碎了不说，整壶开水都倒在台面上。

有一股热水沿着台面的边缘往下流，最后一滴一滴落在他的脚面上。

片晌，邵星泽的肌肤被烫得通红。

第 031 章 做我的女伴

　　周六的下午，日色晴朗，穆子旸的车准时开到梅宛书的公寓楼下。

　　梅宛书早已等在公寓前，手上拿着一个长方形的银色手包，很是雅致。

　　穆子旸下了车，绅士地帮她打开副驾驶座的车门，梅宛书指了指后车门："我还是坐后座吧！"

　　穆子旸俊脸一沉，委屈地抱怨："Sophia，那天在综合医院，我远远看你上了一辆保时捷，坐的就是副驾驶座。那个开保时捷的男人，也是你的普通朋友吧，你得一碗水端平！"

　　说着，抬了抬下巴示意她上车。

　　梅宛书莞尔，按他的意思坐到了副驾驶位置上，穆子旸这才满意地笑了。

　　宝马车沿着海洋大道一路往南，不到半个小时就开到了列治文的渔人码头。

　　梅宛书刚下车，一阵海风掠过，吹乱了她的长发，吹散了她领口的衣襟。

　　她便从手腕上取下一根发圈，将头发盘起，纤长的脖颈全部露了出来。

　　穆子旸一看，举了举手："稍等，我去车里拿样东西。"

　　转身回到车里，拆开包装盒拿出他新买的那条羊绒围巾，走到梅宛书的面前，将围巾在她脖子上绕了两圈，又再扎了一道。

　　见她的整个脖颈都给裹得密不透风，他终于满意了："好了，这样才暖和！"

梅宛书见围巾上绣了"M 心 M"的图案，心头划过一丝悸动。

也是凑巧，不管是穆，还是梅，开头的字母都是 M。

嘴里仍是嗔怪："普通朋友送 Purry，是不是太贵重了？"

穆子旸笑得明朗："这条围巾就当感谢你在李教授房子的事情上帮了我们公司大忙，算是我们公司送给你的一份谢礼。"

这么一说，梅宛书自是不好再推拒。

两人沿着海岸边的枫树道漫步而行，道上积了厚厚的一层枫叶，橘黄与嫣红交织，宛如一堆堆燃烧的篝火，璀璨而热烈，温暖了周遭的清冷。

冬日的码头，海水静谧深幽，港湾渔船停泊，千桅林立，偶有海鸥穿梭觅食，也是那般宁静而祥和。

不觉间，两人走到一间水上咖啡馆的门前，蓝色的外墙别致清新。

穆子旸提议："进去喝杯咖啡？"

"好。"梅宛书柔声应道。

穆子旸为她打开咖啡馆的大门，梅宛书点头致谢，走了进去。

下午三点多的时间，咖啡馆里人不多，穆子旸挑了一个靠窗的座位，可以眺看整个港湾的美景。

"喝蓝山怎么样？抹茶味的点心也来一份，都不太甜的。"穆子旸贴心地提议。

"好，谢谢！"梅宛书浅浅地笑了笑。

或许是穆子旸退了一步，收敛了张扬的热情；或许是他说了要把喜欢她变成他自己一个人的事，梅宛书觉得轻松了许多。

不一会儿，侍者端上两杯牙买加蓝山咖啡，两份抹茶蛋糕，请他们好好享用。

梅宛书喝了一口咖啡，便从手包里拿出李教授的委托书递给穆子旸："关于教授的房子，后面由我来代表他和李太太与你们天阳地产交涉。"

穆子旸看浏览了一遍委托书，眼睛亮亮地问她："Sophia，你会继续帮我的，是吧！"

口气里全是笃定，像是看透了她对他那份柔软的包容。

梅宛书面色清淡："我只是站在客观的立场，代教授夫妇处理这件事。教授说，他们愿意将交易价格降低到和其他住户一个数目，也就是 400 万。"

"哦？"穆子旸颇感惊喜："李教授愿意接受普通交易价？没有其他附加条件？"

梅宛书摇摇头："教授说，既然你专门为他请了两位专家，这场交易就变成了一场充满人性化的交易。400 万的价格他已经很满意了，并没有提出任何附加条件。只是……"

欲言又止。

穆子旸似笑非笑，帮梅宛书说出了下面的话："只是你还是希望我能解决 Simon 的父亲回国就医的事。"

梅宛书轻声问："你肯不肯？"

穆子旸两只胳膊环在胸前，身体一点一点地向她靠近，直到彼此呼吸可闻。

梅宛书却没有往后退，直直地与他对视相望，不想在气势上输给他。

"我有个附加条件，"穆子旸的声音低低的，带了几分蛊惑："答应我这个条件，我就去解决 Simon 的事。"

说话间，他温热的气息在她周围萦绕，梅宛书却纹丝不动，凉凉地回：“说吧！”

一股口齿的清香迎面扑向他的脸颊，穆子旸顿时浑身燥热，身体赶忙后退，靠在了椅背上。

梅宛书心里好笑，抿了抿嘴角：“是什么条件？”

穆子旸故作轻松地耸了耸肩：“答应今天晚上陪我参加一个Party，做我的女伴，不难吧！”

梅宛书淡淡一笑：“不难，一言为定！”

穆子旸听到梅宛书如此爽快地答应了他，不禁喜出望外。

今晚的Party，可是周昊专门为了他特别准备的。

三天前，他一从downtown回到公司就向周昊诉苦：“昊哥，你说我该怎么办，我今天不小心跟我未来老婆表白了，结果被她狠狠拒绝了。唉，我扎心啊！”

周昊不以为意：“早跟你说女博士难追了。”

“不行，昊哥你得帮我。”

“那就看你哥的本事吧，”周昊爽快地应承下来：“也算犒劳你家女博士帮了我们公司这么大一个忙。就这个周六，哥给你们俩攒个Party，把我们那堆朋友都喊过来，每人都带上自己的女伴，你只要把女博士带过来就行。”

穆子旸面有难色：“把Sophia带过来有点难度，我尽力而为吧！”

周昊诧异地瞥了他一眼：“瞧你这点出息，拿出你往日的自信来！我可跟你有言在先，每位男士必须带女伴，你要是领不来女博士，就去找其他姑娘来！”

此刻，穆子旸望着梅宛书，心想如此清丽典雅的女人，根本就是无可替代的。倘若她不肯答应，他也绝对不会放低要求去找其他姑娘……

……

六点不到，周昊打来电话："子旸，我们这儿可都到齐了啊，就差你和女博士。"

穆子旸朝身边的梅宛书看了一眼："已经在路上了。"

"你小子行啊，"周昊夸道："那我们等你。"

挂了电话，把他的弟弟周宇叫过来问："你带的那几个同学，层次够不够高，子旸领来的可是个优卑诗的女博士！"

周宇吐了吐舌头："哥，没那么高的层次的，最高硕士生。不过我们西弗泽倒是不比优卑诗差多少。"

周昊瞅他一眼："有什么用？你瞧你都二十四了还在读语言！"

周宇有点不忿："我都道格拉斯专科毕业了，你和爸硬要逼我去读学士，西弗泽对语言要求又那么高！"

"家里不靠你赚钱，就指望你拿个高学历，还不知道等到猴年马月！"

提到这事儿周昊就闹心，他这个弟弟跟穆子旸差不多大，可脑子就比穆子旸差太远，没什么经商天赋。想让他去读个技术专业，脑子还是不够用，现在成了不上不下吊在名校语言班的局面。

"哥，"周宇打了个哈哈："今天大家又不是来拼学历的，不是来展现才艺的嘛，我带来的这几个都是有才艺的，女朋友也都不错，人靓歌甜的。"

"嗯，"周昊点点头："待会儿女博士来了，你就照我的吩咐，想办法把她请上台。"

"小事儿，交给我！"周宇一口答应下来，和他的小女朋友开始摆弄会场的一套音响装置，话筒、音箱一一试音检查。

周昊环顾了一圈，除了天阳地产的几位高管，来的都是与天阳有往来的业界人士，富二代老板、银行经理、保险专员、商业律师、政府官员都有，其中有个律师的太太正好也是医生，虽然是牙医。就算和妇产科医生不一个专业类别，但可以和梅宛书达到同一个职业高度。

三天内请到这波高大上的人士，周昊也算是煞费苦心，他还怕这些人过于老成持重，气氛不活跃，才又让周宇带了一帮小年轻过来，算是考虑得相当周全。

最让他高兴的，便是他以梅宛书为借口请到了尹歆然来做他的女伴参加酒会。

今晚的尹歆然十分亮眼，一身宝蓝色镶紫水钻的短款晚礼服将她火辣的身材勾勒得曼妙无比。此时，她正端着一杯红酒，眉飞色舞地跟业内律师们聊天，性感撩人，活色生香。

周昊只是远远地望着她，便有种强烈的冲动，很想把她拽过来狠狠地吻一通。

可惜，他也只敢想想而已。

"今天晚上的 Party 在哪儿举办？"宝马车上，梅宛书轻声问。

"就在列治文河旁边的一家法餐俱乐部，属于那种高雅范的酒会，适合你。"穆子旸眉眼含笑地说。

法餐俱乐部离渔人码头并不远，他才开了十多分钟，俱乐部已近在眼前。

两人一下车，穆子旸便伸过来一只手，牵住了梅宛书。

梅宛书抬头看他，见他的瞳眸掩映着街头的路灯，晶莹闪亮。

似乎看出了她的疑问，穆子旸弯下腰，在她耳边悄声说："Sophia，今晚你的角色是我的女伴，可不能让我失了面子。"

话落，轻轻捏了一下她的手。

　　感觉到指尖传来温暖的力度，梅宛书有些无奈，叹道："说好了，就今晚。"

　　"嗯，"穆子旸笑得无比灿烂："说好了，就今晚！"

　　话落，他一路拉着她的手，走进了俱乐部的会场。

第 032 章　就让我来爱你，好吗

　　梅宛书这几年的生活环境很单纯，学校、公寓、医院三点一线，很少参加什么社交活动，一进这样灯红酒绿的地方，见到一堆人衣香鬓影，人头攒动，便有些陌生羞怯。

　　好在尹歆然一看到她，就向她挥手打招呼，走了过来。

　　见梅宛书和穆子旸手牵手，她神色诡谲："诶诶，Sophia，情况很不对呀，什么时候的事啊！"

　　梅宛书第一次感觉维持淡定不是那么容易，她轻声回："就今晚一次，答应做子旸的女伴。"

　　旁边穆子旸一直在笑，还趁梅宛书不注意将两人的手转成了十根手指交叉相缠的握法，心里又得意又满足。

　　梅宛书瞪了他一眼，还说不勉强她，尊重她的选择，结果却让她有种掉进陷阱的感觉。

　　她动了动手指想把手抽回来，却被穆子旸骨骼坚硬的手指一捏，钳得更紧了。

　　一旁的尹歆然又嚷起来，"Sophia，怎么今天参加酒会你都不穿件礼服啊？"

　　梅宛书还没回答，穆子旸便炫耀地说："我的女伴不用穿礼服，已经是全场最美了！"

　　卧槽——

　　离他们不远的周昊心中暗骂，瞧这小子的德行嘴脸，都要上天了！

　　表面还是要客客气气的，显示绅士风度。

　　周昊走上前来，跟两人打了招呼后，对梅宛书说："Sophia，今天这个酒会，是天阳地产为了感谢你而特别准备的，还喜欢吗？”

梅宛书点头致谢：“多谢周先生费心。”

“一会儿让子旸带你认识一些朋友。”

周昊拍了拍穆子旸的肩头，低声说：“别太腻歪恶心人，赶紧脱衣服。”

“呵呵。”穆子旸这才放开梅宛书的手，细致地帮她解下围巾。

梅宛书有点窘：“我自己来。”

穆子旸不依不挠的：“别忘了，今晚我是你的男伴。”

随后走到梅宛书的身后，帮她除下了淡粉色的风衣。

梅宛书里面一件雪白的收腰长款衬衫，下摆快及膝盖，领口挂着两根飘带，她便将之结成了蝴蝶结状。再往下是一条修身的淡灰色长裤，黑白相间的平跟尖头船鞋，整个人犹如一只白天鹅，蹁跹摇曳，尽态极妍。

再看穆子旸，除下围巾大衣后，里面是一套笔挺的黑色西服，领口系了紫红色的亚光领带，风度翩翩，俊美潇洒。

他走到酒桌前，取了一杯蓝色的鸡尾酒递给梅宛书，对她说：“这种酒叫‘蓝莓布卡西’，酒精成分很少，你就当饮料喝吧。”

自己拿了一杯如血一般鲜红的鸡尾酒。

梅宛书抿了一口鸡尾酒，有点酸，也有点甜，是她可以接受的味道。

再抿一口，穆子旸的手已经抚在她的腰间，贴着她的衬衫传来了火热的温度。

顷刻，她心跳得有点快，身子也变得僵直了。

他稍稍使了点力气推了她一下：“Sophia，我介绍几个朋友给你认识。”

梅宛书只得被动地跟着穆子旸走。

这是他的主场，他谈笑风生，挥洒自如，无论商界政界还是专业界人士，都对这个神采飞扬、气势迫人的年轻人尊敬和客气。一圈走下来，穆子旸俨然成了所有人瞩目的焦点，场中的王者。

连带她梅宛书，也被扣上了大名鼎鼎的穆总"女友"的称呼。

这一晚，她不得不配合他，不得不接受这个新角色，可她也不得不承认，只在此时，她被他的灼灼光彩所吸引，而忘记了她本应该记得的人和事。

梅宛书喝完了一整杯鸡尾酒，吃了一些法式点心，随后她手里又被穆子旸塞了一杯法国香槟。她两腮晕红，神思也有些恍惚。

直到台上的几个年轻人搬出几只立式的话筒，全场终于安静下来。

周宇首先致辞："今天欢迎各界人士来参加天阳地产的酒会活动。这次的酒会，除了让大家彼此认识，相互交流，天阳还提供了一个机会让大家展示各自的才艺！下面，酒会将进入高潮，才艺表演开始！"

"哇哦！"

台上的年轻人挥动手臂，台下的观众们一齐鼓掌。

热烈的掌声后，周宇开始报幕："第一个才艺表演，由我们西弗泽的学生为大家跳一段群舞！"

接着，音响里放出劲爆的音乐，台上五个男生和五个女生跟着音乐的节奏跳起了街舞，变换了 Hiphop, Poping, Breaking 好几种舞姿，将整个会场燃爆！

大家随着五对年轻人的舞步有节奏地跟拍鼓掌，一场下来，台上的男孩女孩气喘吁吁，台下的每位观众蠢蠢欲动。

很快，有一对夫妻上台表演了一支拉丁舞；接着又一对男女朋友合奏了一段钢琴曲串烧。

大多数的人选择了唱歌，场中的音响效果很好，背景音乐浪漫动人，

一对接着一对，大家似乎准备得都挺充分。

梅宛书一边喝着香槟，一边静静地观赏节目，丝毫没发现众人的目光已经朝她聚焦。

而站在她身边的穆子旸，从头到尾都没怎么看节目，只是望了她一眼又一眼，浑然不知自己的眼光早已成了缠绵。

终于，轮到周昊和尹歆然合演一个节目。

梅宛书是知道尹歆然的，从小就开始练小提琴，但她没想到周昊会弹钢琴，还弹得那么熟稔流畅。

两人合奏了一曲经典的"爱的礼赞"，如同事先练习过无数次一般配合默契。

美妙的音符从琴弦上缓缓流淌，仿若徐徐清风，吹进众人的耳朵，时而委婉低沉，时而曼妙悠扬。

直到最后一个音符流泻，场中依然鸦雀无声，众人只觉荡气回肠，余韵缭绕。

良久，场中惊叹声、赞美声、喝彩声交织成一片，而周昊和尹歆然站在一起向众人额首致谢的样子，宛如天造地设的一对璧人。

第一次，尹歆然仔细地打量身边的男人，厚实挺拔的身材，立体分明的五官轮廓，平头短发也不那么扎眼了，反而有种酷酷的男人味。

氤氲的灯光下，周昊朝她一笑："Ella，你刚才拉小提琴的样子简直美得不可方物！"

尹歆然双颊赤红，尴尬地回了他一个笑，匆匆将手上的小提琴收好。

直到回到梅宛书的身边，心跳得还是那么剧烈。

梅宛书称赞："Ella，你今晚太棒了，好像比我听过的任何一次拉得都好！"

尹歆然不说话，眼里却横波流转，胸口也在微微地起伏。

半晌，她才嘟囔了一句："可惜，他是有太太的！"

梅宛书一怔，听尹歆然这话的语气，有惋惜，有怨怼，还有不甘。

正愣神间，台上的周宇又对着话筒报幕："今晚的压轴节目，我们有请全场最重磅的一对嘉宾，穆子旸先生和他的女伴 Sophia 为大家进行表演！"

听到这句话，梅宛书就像个木头人一样定在当场，似乎看了整晚精彩的节目，都没想到自己也要上台表演。

身边的穆子旸一声轻笑："傻愣着干嘛，轮到我们了！"

说着，他再次牵起了她的手。

梅宛书被动地被穆子旸拉上台，有点心慌意乱，蹙眉问："子旸，我们什么都没准备？"

穆子旸像是很随意地说："我俩不用特别准备，人人都会唱'雪绒花'，你肯定也会唱吧。"

被他这么一提醒，梅宛书心下稍安："嗯，我会唱。"

穆子旸又将她的手指一根一根缠绕在他的指缝间，柔声说："那我们就一起唱'雪绒花'。"

场边，周宇知趣地开始播放雪融花的背景音乐，随着一段悠扬动听的前奏，穆子旸先唱了起来，第一段用的是英文：

【Edelweiss, Edelweiss

Every morning you greet me

Small and white,

Clean and bright

You look happy to meet me】

这里，梅宛书的声音加了进来，变成了双人合唱：

【Blossom of snow may you bloom and grow

Bloom and grow forever

Edelweiss, Edelweiss

Bless my homeland forever】

一段插曲后，梅宛书开始用中文唱第二段：

【雪绒花，雪绒花，

每天清晨迎接我。

小而白，纯又美，

总很高兴遇见我。】

这里，穆子旸的声音加入，两人合唱：

【雪似的花朵深情开放，

愿永远鲜艳芬芳。

雪绒花，雪绒花，

为我祖国祝福吧。】

最后，台下的观众们被两人的歌声所感染，一起唱了一段英文：

【Blossom of snow may you bloom and grow

Bloom and grow forever

Edelweiss, Edelweiss

Bless my homeland forever】

终于，一首耳熟能详的歌曲在众人的合唱中结束，也为这场酒会画上了完美的句点。

可此时，梅宛书胸臆间激荡澎湃，难以自抑！

这首合唱，她仿佛和穆子旸练过了千百遍，实际上，她的确和他们练过了千百遍！

小的时候，三个人就特别迷恋这首优美经典的歌曲，他们曾一遍又一遍用中英文练过，排练的方式和今天一模一样！

第一段英文，由穆云函起头，然后梅宛书加入；第二段中文，由梅宛书起头，接着穆子旸加入，最后三人一同合唱一段英文。

那浓厚醇美的相知，死生契阔的相恋，似乎都可以用这首"雪绒花"来诠释。

只可惜他们三人，一人已逝，身在云端，只余从空中传来锦书，来表达他深切的爱意。

云函，云函，从云中寄来信函，让子旸来代替你，你是这个意思吗？

是吗，是吗？

梅宛书心潮翻涌，千回百转而不能言。

突然，她用力地甩开穆子旸的手，跑下了表演台，穿过了簇簇人群，奔到了会场外。

点点泪光模糊了她的视线，她昏昏沉沉，推开了俱乐部的大门。

一股冰冷刺骨的寒风袭来，她白色的衬衫在风中鼓荡，柔弱纤细的女人似乎要被这阵寒风吹得飘起来，飘向天际。

偏偏在此时，空中落下了片片雪花，大温今年的第一场初雪，来临了。

雪花宛如蝴蝶的翅膀，落上她如蝶翅的眼睫。

耳畔，传来穆子旸轻柔喑哑的呼唤："宛书姐，是你吗？"

身上，披上了他的大衣，终于暖和了些。

然而泪珠连同着雪花却被含在了他炙热的唇间。

"是你么，宛书？"穆子旸一边吻着她的眼睫，一边叹息着低喃："要不你怎么会那样唱'雪绒花'？"

他喃喃地说着，又吻住了她另一只泪光涟涟的眼。

泪是咸的，可夹杂了雪的清寒，尝起来竟变成了甘甜的滋味。

下一刻，她被揽进了他宽阔温暖的怀抱，耳边唏嘘着他动情的音色："你若真的是宛书姐，就让我来爱你，好吗？"

第 033 章　天真无辜的小白兔

梅宛书伏在穆子旸的怀里，浑身上下软软的，一动都不想动，默默流淌的泪水浸湿了他胸口的衣衫。

路边昏黄的灯光微熏出她朦胧的剪影轮廓，柔美而凄凉。

"小书，让我来爱你，好吗？"

一道清润柔和的声音从空中飘落，传入她的耳中。

梅宛书心中一凛，猛地推开了穆子旸，周遭温暖的气息也随之飘散。

只在一瞬间，她脸寒如冰，声寒如雪："抱歉，子旸，我不是你的宛书姐，你认错人了。"

一抹深深的失落划过穆子旸的双眼，他忍不住冷哼："那你干吗哭？"

梅宛书有点艰难地回答："因为这首歌，让我想起我一个逝世的亲人。"

穆子旸心里一揪，突然觉得自己很荒唐，很可笑。

今晚这么看下来，的确他情根深种的是他的宛书姐，却跟面前的这个女人毫无关系。

前面一段时间，包括今晚，他只是寄错了情！

他的声音越发冷漠："明白了，既然你不是宛书，那我们就还按照之前的约定，做普通朋友！"

话声刚落，尹歆然和周昊拿好了几个人的衣服和包从俱乐部里走出来，见外面飘起了鹅毛大雪，梅宛书和穆子旸却在寒风中相对无语地站着。

尹歆然快步走到梅宛书的身畔，挽起她的胳膊："Sophia，你今天没开车吧，我送你回去。"

梅宛书点了点头，脱下身上的大衣还给穆子旸，尹歆然赶忙将她的风衣披在她身上。

周昊把那条羊绒围巾递给她，梅宛书却道："这条围巾，我不需要了。"

说罢，和尹歆然一块坐上了她的奔驰车。

眼见车子上了路，渐行渐远，穆子旸终于收回视线。

周昊在一旁冷嘲："子旸，我费了那么大劲给你搞了一场酒会帮你追女博士，你最后就给我看你怎么被人甩啊？"

穆子旸突然对着周昊爆发："草！"

……

俱乐部门前发生的一切，全被保时捷里的邵星泽和穆语童看在眼里。

穆语童见自家大哥对周昊发脾气爆粗口后，火大地上了他的宝马车，倏忽间车子奔远了，显然超速驾驶。

她有点担心，却一句话也不敢跟邵星泽说。这会儿，他的脸色比冰块还冷。

今晚的事本来就有点莫名其妙。

半个多小时前，她正在房间里温习功课，突然接到了邵星泽的电话。

当时看到号码她便心如擂鼓，邵星泽还是第一次给她打电话，而且在这么晚的时间。

"Kelvin？"她声如细蚊。

"Tina，这么晚打扰你不好意思，有点事想问你。"

"哦，没关系的，才九点半我还没睡呢。你说吧，想问什么？"她脸红红的，还好对方瞧不见。

"你哥在家么？"

“不在，你有事找我哥？”

“嗯，”邵星泽声音淡淡的：“你哥什么时候出门的？”

“哦，大概下午两三点的时候。”

“那你知不知道你哥去哪儿了？”

“我听我妈说，哥他们公司今晚要在列治文的法餐俱乐部举办一个酒会。”

“好，我知道了，谢谢你！”邵星泽很客气。

耳听着他要结束谈话，她有点急，不知哪来的勇气说：“Kelvin，你是不是想找我哥啊，我陪你去吧！”

邵星泽顿了一会儿，才又开口：“不麻烦吗，都这么晚了，你妈会不会担心你？”

“没事的，我会跟我妈说清楚，去列治文找我哥。”

“那好，过会儿我来接你。”

“OK！”

十五分钟后，她坐上了邵星泽的保时捷后座。

邵星泽开车一路狂奔，超速了也不管，不到十分钟就开到了法餐俱乐部。

结果，令人惊异的一幕发生了，就在俱乐部的门口，大哥竟然吻住了 Miss 穆的眼睛！然后，他又把她搂进怀里轻怜密爱地抱了好一会儿。

穆语童整个人都有点懵，大哥是什么时候认识 Miss 穆的？两个人好像恋爱了呢，却一点都没听他提起过。

不过这些她暂时都得抛诸脑后，因为她看到了邵星泽瞧见穆子旸吻上 Miss 穆的眼睛后，那可怕的脸色。

阴沉，森冷，惨白，平常温润的眉眼也变得狠戾，令人不寒而栗。

懵懵懂懂间，穆语童好像猜出了原因。

昨天傍晚，Kelvin 和 Miss 穆走在一起的时候，脸上的那种笑，是因为喜欢一个人才会那么笑吧……

想到这里，穆语童心中一阵纠痛。

"今晚晚点回家行吗？"过了好久，邵星泽突然问她。

穆语童呐呐地回："行吧……"

"到底行不行，不行就送你回家！"邵星泽的口吻已是极为不耐。

"行的，没问题。"吓得穆语童赶紧这么回他。

"那就陪我去喝酒。"

邵星泽边说边启动保时捷，车子一瞬间冲到了车道上，势头很猛。

穆语童一个没平衡好，额头撞到了副驾驶座的后背上。

保时捷风驰电掣，呼啸狂奔，原本七八分钟的车程邵星泽只花了三四分钟就开到了。

急停急转间，穆语童的身体来回摇晃，只好抓紧了车门上方的把手。

到了赌场酒店，邵星泽下了车，穆语童还喘息未平，他便把她从后座拽了出来，一路拉着她大步而行，走进豪华的酒店，穿过金碧辉煌的大堂，进入人声鼎沸的赌场。

穆语童一路跟跟跄跄地跑着才能跟得上他的脚步，一只手也给他捏得生疼。

这是他和她之间的第一次拉手，邵星泽却动作粗暴，让她心惊胆颤。

直到进了赌场，邵星泽才放开她，她也才敢瞧一眼他的脸。平时那般清俊润朗的面容，这会儿却成了撒旦的魔鬼面孔。而她，似乎也不小心变成了他黑弥撒的祭物。

穆语童的眼中泛起了一层薄薄的泪雾。

瞧见她的泪眼，邵星泽的嘴角勾起一抹嗤笑，抬手开始给她抹泪。

穆语童心中酸苦，泪水越流越多，邵星泽却一直很有耐心，动作轻缓，用指腹、用衣袖将她的泪珠一点一点地全部抹去。

赌场里的 Eric 远远瞧见这幅光景，不禁有点好笑，早就知道他家少爷的性子是有点虐的，想当他的女朋友可没那么容易。

这个女孩看着就像一只天真无辜的小白兔，感觉给大少爷当个小宠物是不错的，要打、要骂、要哄、要宠全凭着他的心意。

终于，穆语童收干了泪水，邵星泽一把搂住了她的肩头："走吧，陪我喝酒。"

穆语童被动地让他揽着，完全像个牵线木偶，头脑空白，四肢绵软，浑不知身在何处。

最后，邵星泽把她安置在吧台的一张高脚椅上。

Eric 已经恭敬地等在吧台里，表情似笑非笑，颇为复杂。

邵星泽瞧了他一眼，吩咐："Eric，给她调一杯酒精含量不超过百分之十的鸡尾酒。"

"好咧！"

穆语童却摇摇头："我不喝酒的！"

邵星泽勾着唇问："一点都不能喝吗？就算陪我也不行？"

没想到穆语童又一次坚决地摇头，对 Eric 说："麻烦你给我一杯不含酒精的饮料。"

Eric 笑了笑，从冰柜里拿出一瓶椰汁放在穆语童的面前："喝这个吧！"

穆语童道了声谢，打开瓶盖，轻声细语地对邵星泽说："Kelvin，我用这瓶饮料陪你喝，行吗？"

邵星泽从鼻子里冷哼一声，向 Eric 招了招手："给我来十个！"

Eric 瞠目结舌："十杯？Kelvin，你会喝醉的！"

"就是要醉！"四个字说得恶狠狠的。

好吧，你是少爷你老大，Eric 十分无奈，只得从酒柜里取出十只玻璃杯。

他调酒的本事很是不凡，只一会儿就调出了十种颜色十种口味的烈性鸡尾酒，装进了十只形状各异的玻璃杯。

一排流光溢彩的玻璃杯放置在邵星泽的面前，他的指尖一一划过酒杯的杯口，像是弹奏一首放浪形骸的乐曲。最后，他的指腹停在一杯鲜黄的鸡尾酒杯上，手指顺着酒杯的弧度下滑，再一手托起酒杯，一饮而尽。

头顶光影斑斓，周围喧嚷嘈杂，周末的赌场尤为热闹。穆语童还是第一次来这样乱哄哄的地方，不免有些心悸。

此刻，她做梦都在喜欢的男孩大口大口地灌着酒，不肖片刻，他的上下眼睑都泛出浓浓的彤色，沾了酒的嘴唇也变得鲜艳妖娆，跟她平常喜爱的样子那么的不一样，却仍然好看得要命。

穆语童小小地抿了几口椰汁，眼波流转间，将他的颓废，挫败，沮丧，懊恼，全部埋进她的眸底深处。

"Kelvin，"她终于忍不住问了出来："你喜欢 Miss 穆？"

邵星泽瞥了她一眼，冷嘲道："再看不出来，你就是傻子了！"

穆语童难过地垂下头去，偏偏她还真是傻了很久，直到今晚才全明白过来……

半晌，她又小心翼翼地问："你对我大哥，很生气吧！"

闻言，邵星泽突然将手上的酒杯砸在吧台上，"砰"的一声，玻璃杯四分五裂，杯中的酒花到处飞溅，把穆语童吓了一跳。

"Sorry……"受惊的女孩竟然先道了歉。

一旁看着的 Eric 无奈地摇了摇头，吩咐服务生把玻璃碎片和洒在吧台上的鸡尾酒收拾干净，转头见邵星泽已经喝到了第八杯。

"Kelvin，悠着点！"他劝道。

邵星泽却恍若未闻，一手一杯，左右开弓，将最后两杯鸡尾酒迅速地倒进嘴里。

随后，他整个人倒在了吧台上，昏昏沉沉，醉生梦死。

穆语童赶紧从高脚椅上下来，走到邵星泽的身边，见他整张脸连带脖颈都是嫣红的，却诡异的俊美。

Eric 安慰穆语童："别担心，Kelvin 也不是第一次喝醉了。我让人给他在酒店开间房，再叫辆出租车送你回去。"

"我还是陪他吧！"穆语童的声音怯生生的，语调却十分坚决。

"那也行，你陪他在房间里呆着吧，万一吐了什么的也有个照应。"

"嗯。"

Eric 正准备喊两个服务生来扶邵星泽，他却突然睁开猩红的双眼，满脸惨兮兮的，声音也软软的："Tina，我想回学校公寓……想看看她回来了没……"

"好吧，"穆语童叹了口气："我带你回学校找 Miss 穆。"

第 034 章　你也打我啊

　　Eric 叫了一辆出租，服务生帮着穆语童将邵星泽扶上车。

　　邵星泽已醉得不省人事，一路双眼紧闭，靠在穆语童的肩头，偶尔嘴里低声嘟囔几句，也是语无伦次。

　　他墨色的眉蹙起了深深的皱褶，他白皙的脸庞像涂了一层胭脂，他的嘴唇嫣红而靡丽。

　　穆语童瞧着瞧着，忍不住伸出一只手抚上了他的额头，触感烫烫的，好像发烧了。

　　她有点着急，对前面的司机说："能不能快一点，这位男士生病了。"

　　"那要不要去医院？"

　　穆语童一想梅宛书就是医生，便道："家里有退烧药，就麻烦你开快一些。"

　　司机看夜里路上的车辆不多，便加快了速度，不到二十分钟就将两人送到了优卑诗的公寓。

　　穆语童艰难地扶着邵星泽，他身体颀长，压在她身上很重。她只扶他走了几步，两人便一个不平衡，一起摔倒在地。

　　邵星泽侧躺在冰冷的地上，突然间撕心裂肺般地咳了起来，咳得整个身体都蜷缩在一起。

　　穆语童跪在他的身边，拼命叫他的名字，拉他的胳膊，又想哭。

　　邵星泽却在一番大咳后清醒了一些，望见迷离的夜色下，灯光的微芒中，有一张娇柔秀美的女孩脸庞，她那双要溢出水来的眸子，充满了惶急与担忧。

他认得出这个女孩是陪了他一晚上的 Tina，他顶讨厌她的大哥，但却一点也没办法讨厌她。

"Tina……"他轻声唤她的名字。

穆语童抽泣了两声："Kelvin，你认得出我了！现在能起来吗，学校公寓已经到了。"

邵星泽借着一点回笼的意识挣扎着爬起身，手臂环住了她的肩膀，两人缓缓挪步，终于走进了公寓电梯。

"几楼？"

"六楼。"

穆语童按下 6 这个数字，又问："六零几？"

"605。"

电梯升到六楼，穆语童扶着邵星泽走出电梯："你房门钥匙呢？"

邵星泽却没再回答她，而是开始重重地敲 605 的门。

不一会儿，门开了，梅宛书柔发披肩，身上只穿了一套单薄的棉质睡衣。

"Kelvin，Tina，怎么是你们俩？"梅宛书惊讶了。

她的脸色也不好，毫无血色的苍白，眼睛还有点浮肿。

邵星泽一看她的样子便崩了。

他从穆语童的肩头抽回手臂，猛地抱住了梅宛书，抱得很紧很紧。

嘴里低喃着："Sophia，我找了你好久，你去哪儿了？"

他意识混沌，神志不清，却并不妨碍他贪婪地汲取她身上的清幽香气。

像是着了魔，他把她抱得更紧了点："Sophia，I miss you，I miss you so much！"

梅宛书被这猝不及防的拥抱扰得有些惶然，一转眼却瞧见了站在门口茫然无措的女孩，清灵的双眼，心碎的目光，像只楚楚可怜受了伤的小动物。

鼻尖也闻到了邵星泽身上浓重的酒味，她用力推了他一下："Kelvin，你喝醉了！"

"你别嫌弃我！"邵星泽大声嚷起来，眸色泛红，咬牙切齿："你要是真讨厌我，你也打我啊！"

"Kelvin！"梅宛书拽他的胳膊，却被他反手缠得死死的。

"你能打他，干嘛不能打我？"邵星泽伏在她的脖颈边，很想就这么咬她一口，想尝尝她的血是什么滋味。

"你打我啊，你也来打我！"他的声音凄厉而疯狂。

"Tina，快来帮忙！"梅宛书知道无法再跟醉酒糜烂的人多说什么，根本就是对牛弹琴。

被梅宛书这么一喊，穆语童这才缓过神来，上前就去拉邵星泽的胳膊。

两女使了蛮力，这才将邵星泽拉开，而他似乎也失去了狠劲，任凭她们一边一个将他扶到七楼。

"大门钥匙！"梅宛书命令的口气。

"大衣左边的口袋。"邵星泽总算变乖了。

梅宛书拿了钥匙打开门，和穆语童一起将邵星泽扶到客厅的沙发上，帮他脱掉大衣让他躺下，这才松了口气。

穆语童仍是忧心忡忡的："Miss 穆，Kelvin 发烧了。"

梅宛书冷静地点点头："我到下面去拿退烧药，你在这里守着。"

"好！"有梅宛书在，穆语童觉得很安心。

不一会儿，梅宛书拿了药片上楼，从公寓的厨房接了一杯清水，喂邵星泽吃了退烧药，又去他的卧室拿了一床被子给他盖好。

邵星泽乖顺又安静，很快进入了沉沉的梦乡。

见穆语童还蹲在沙发边痴痴地望着他的睡颜，梅宛书轻叹："Tina，今天太晚了，你就住我家吧。"

"那他呢？"

"刚才 Kelvin 吃的退烧药能管六个小时的睡眠，我们把他的房门钥匙拿着，明天一早再来看他。"

"嗯。"穆语童这才依依不舍地站起身来。

……

穆子旸脸容冷峻，宝马车一路飙飞，不多时就开到了家。

进了大客厅，见何虹佳正坐在长沙发上看大温中文频道播放的电视剧。

何虹佳看他回来了，赶忙迎上来问："子旸，小童去列治文找你了，你没碰到她啊？"

穆子旸一愣："没碰到啊，小童找我干嘛？"

"说是她同学找你有点事，她就坐了她同学的车，两人一起去了你们公司办酒会的俱乐部。"

穆子旸觉得奇怪："什么同学，妈你问过吗？"

"没问是谁，不过她从家里出去的时候，我特意跑到阳台上看什么车来接她，你猜怎么着，还是上次的那辆保时捷！"

何虹佳兴奋地猜测："子旸啊，这都快十一点了小童还不回来，你说她是不是交男朋友啦！"

一听是"保时捷"，穆子旸心里咯噔一下，从大衣口袋里掏出手机，拨了穆语童的号码，却没有人接听。

"子旸你别打了，小童走的时候没带手机。"何虹佳说着，又坐回沙发上："我一边看电视一边等她，你赶紧上楼洗澡休息吧。"

"嗯。"穆子旸答应一声，上了二楼。

回到房间洗好澡换好睡衣，穆子旸听穆语童的房间仍然毫无动静，不禁有些担心。

他走出房门，见隔壁的房间门没关紧，门缝中透出幽淡的灯光。

穆子旸推门而进，环顾一圈，见整个粉色调的少女风房间给穆语童收拾得干干净净。床铺整洁，梳妆台清爽，书桌一角的台灯亮着，散发着暖融的光色。桌面除了一台笔记本电脑，还摆了一本摊开的教科书，书旁边放着的正是穆语童新买的手机。

借着灯光穆子旸四下打量，桌脚的一个黑色塑料袋紧紧抓住了他的视线。

他走到书桌前，弯腰拾起塑料袋，打开一看，里面果然有只篮球，上面刻了一行手写体英文字母，是某个男孩的英文名：Kelvin。

穆子旸若有所思，将塑料袋重新扎好放回原处，又拿起了穆语童的手机。

打开手机，需要输入图形密码。

穆子旸凝神想了一会儿，记得前几天在楼下的小客厅里，穆语童打开手机时，手指划出的形状好像是一颗五角星。

于是，他按照五个点一组试了两次，密码很快解开了。

他先翻看穆语童的最新电话，果然，九点半的时候给她打电话的人正是Kelvin。

穆子旸心里一紧，手指点开了手机相册。

不看则已，一看他的眉间拧成了川字。

相册里百分之八十的照片拍的都是同一个男人，他打篮球、踢足球、玩飞碟、跑步运动，甚至吃饭、走路、看书的样子都有。

男人脸容清瘦，皮肤白皙，眉目秀朗，五官精致，不仅长得十分漂亮，而且面容身材都跟穆云函像极了，只是两人的气质相差甚远。穆云函温润斯文，这个年轻的男人却冷淡高傲。

穆子旸按照时间顺序从后往前一张一张地翻看照片，心里的怀疑也越来越浓，直到他看到一张 11 月 20 日穆语童拍的一张合照，他的猜测终于被证实。

照片的背景是优卑诗大学的体育馆篮球场，Sophia 穿着驼色的风衣，长发飘飘，眼波如水；而年轻男人身穿亮黄色的运动服，额上系着一根海蓝色的发带，表情自然地与 Sophia 握手。

凭这张照片，穆子旸就可以肯定那天开保时捷接送 Sophia 去医院的人就是 Kelvin，而这两次接送穆语童的人也是 Kelvin！

Kelvin，正是那个最近经常让他感到不安，感到有所威胁，偶尔会去好奇他到底是什么人的小白脸！

一时间穆子旸恨得牙痒痒的，这个小白脸，竟然把手伸到了他世上最在乎的两个女人身上，他爱慕的女人，他的亲妹妹。

穆子旸脸如寒冰，干脆翻遍了穆语童手机里所有跟 Kelvin 有关的照片、信息和电话记录。

他发现最近几天，Kelvin 和穆语童的短信和微信联系变得频繁起来，不过从收发信息的内容和口吻上看，两人还只是普通朋友的关系。

全部看完后，穆子旸将穆语童的手机放回原处，走回自己的房间，坐在床沿凝神思索。

不一会儿，门外传来何虹佳上楼的脚步声，接着何虹佳敲他的房门："子旸，你睡了吗？都快十二点了，你妹妹还没回来！"

穆子旸打开门，一秒钟笑容满面："妈，我已经找到小童同学的电话了，我一会儿就打给他。"

何虹佳松了一口气，打了个哈欠："那好，我先睡了，困死了。"

穆子旸两只大手从后面扶住何虹佳的肩头推着她进了卧室，温柔地哄道："何女士快睡觉吧，超过十二点睡对女士们的皮肤不好，小童我来等。"

何虹佳忍不住乐道："孝顺儿子！"

安抚好老妈后，穆子旸回到房间，拿起手机正准备拨 Kelvin 的号码，手机铃声恰在此时响了起来。

穆子旸一看来电号码，心脏就是一阵狂跳，赶紧接通："Sophia？"

"子旸，跟你说一声，Tina 今晚在我这儿睡，明天上午再回家，你让阿姨别担心。"

穆子旸故作轻松地问："小童怎么跑你那儿去啦？"

梅宛书解释："小童今晚本来和同学在一起的，结果同学喝醉酒小童把他送回来。正好她的同学就住在我的公寓楼上，我们碰见了。我看时间太晚了怕小童路上不安全，就让她在我这儿住一晚。"

"那麻烦你了。"穆子旸语声很平静。

"别客气，我们还是朋友。"梅宛书淡淡地回。

挂了电话，穆子旸对着手机凝思了好一会儿。

Sophia 刚才并未察觉，她跟着他把穆语童的称呼从

“Tina”改成了“小童”。

她不仅没对“小童”这个称呼感到奇怪和陌生，而且她喊“小童”这个小名的时候，声音是那么的温柔而自然，好像曾喊过很多次一样。

第 035 章 约战

穆语童睡在梅宛书隔壁的一间房里。

看房间的布置，两米的豪华大床，深色实木雕花的床头柜和地柜，宽大的壁橱，这间房应该是 Miss 穆父母来的时候住的房间。

她轻轻叹了口气，Miss 穆怕她夜里回家路上不安全把她留下来，又让她住这么好的房间，可见对她关爱有加。

Miss 穆那么聪明，那么漂亮，气质也那么好，简直就是无可挑剔的完美……是男人都会喜欢的吧，所以她大哥喜欢她，Kelvin 也喜欢她。

Miss 穆是让她连妒忌都不想去妒忌的人，哪怕知道 Kelvin 喜欢她，她也没法子减少一分对 Miss 穆的喜爱和崇拜……

就这样胡思乱想了一阵，穆语童迷迷糊糊地睡着了。

早上自然醒来的时候，已是天光大亮，一看手表已经七点多了。

她赶忙起身，整理好被子出了房门。

梅宛书不在公寓里，客厅的玻璃方桌上放了一张纸条和一把大门钥匙。

穆语童拿起纸条，见上面写了两排娟秀的小字："Tina，我去楼上看一下 Kelvin，然后出去买点东西。你醒了后就到楼上去叫 Kelvin 一起到厨房里吃早餐，早餐都放在餐桌上了。另外，洗手间给你准备了新的牙刷和毛巾，就放在水池的边上。"

读完，穆语童的心里淌过一波温热的暖流。

走进厨房，果然梅宛书已经盛好了两碗白米粥凉在餐桌上，还准备了奶黄包、小馒头、小笼包几样点心，以及韩国泡菜、酱瓜、雪菜几样小菜。

如此的周到、细致、温柔……

穆语童眼眶有点酸酸的，不禁想，既然Kelvin喜欢的那个人是Miss穆，她连一分想去争的心思都没了。

她缓缓地走进盥洗室，刷好牙洗好脸，拿了钥匙乘电梯上了七楼。

按下门铃，很快门被邵星泽打开了。

"Morning，Tina！"

"Morning，Kelvin！"

隔了一夜，两人似乎都忘了昨晚的事，相互轻松愉快地打招呼。

穆语童见邵星泽身上换了一套干净的休闲服，头发有点湿，看样子刚洗过澡。脸容也完全恢复了平日的常态，眉眼温润，笑容清朗。

"身体觉得怎么样？"她关心地问。

"精神奕奕！"邵星泽将她让进客厅："谢谢你昨晚送我回来！"

穆语童也朝他笑了笑："不客气。"

奇迹般的，知道Kelvin心有所属后，她竟然可以不害羞自自然然地跟他说话了。

走进客厅，穆语童没瞧见梅宛书，便问："Miss穆来过吗？"

邵星泽道："她刚才上来叮嘱我吃药，又把钥匙还给我，就说要去超市里买点东西，走了。"

"哦！"穆语童点点头："Miss穆让我叫你下楼吃早餐。"

邵星泽眼睛一亮：“那正好，我肚子还真饿了。”

话落，迫不及待地拿了钥匙关好房门，和穆语童一前一后从楼梯下到六楼。

进了梅宛书的公寓，见地上铺着舒适的地毯，客厅里摆放着雪白的沙发，透明的玻璃桌，洁净明亮。玻璃方桌上摆了一瓶鲜花，墙上挂着几幅素锦装饰画，处处透着温馨宜人。

再走进厨房，见餐桌上已经摆好了温热的白粥，丰富的小吃。

顷刻间，邵星泽觉得心底发软，软成了一片。

他和穆语童分坐在餐桌的两边，面对着面安安静静地进餐，一言不发。偶尔抬头视线对在一起，也是相视一笑。

此时，两人都存着同一个心思，喜欢梅宛书，感激梅宛书。

于是，静默无语中两人达成了某种默契。

片刻后，桌上所有的餐点被两人一扫而空，穆语童将碗筷收到水池里清洗，邵星泽两手插在裤子口袋里靠着冰箱，看着女孩纤秀的背影。

“Kelvin——”

“Tina——”

两人同时发声，又一起笑起来。

“Tina，你想说什么？”邵星泽柔声问。

穆语童仍背对着他，轻声说：“Kelvin，我想帮你去追Miss 穆，她是个特别好的女人，我没见过比她更好的。”

“嗯，”邵星泽鼻子有点酸：“那你哥呢？”

穆语童说：“如果我哥也喜欢 Miss 穆，我就没法子阻止了，我只能做到不帮他。”

邵星泽默了一会儿，喑哑地说：“Tina，I really

appreciate you（我真的感激你）。"

　　……

　　周二下午，穆语童还是和往常一样下了课去看邵星泽打篮球。

　　自从两人达成了默契后，穆语童和邵星泽相处起来倒是比以往自然融洽了许多。穆语童把她的一腔痴念深埋在心底，下定决心只做他的朋友加铁杆粉丝，别无其他。

　　此时，穆语童一手拿着矿泉水瓶，一手拿着汗巾，坐在观众席的第一排座位，目光追逐着场中潇洒的身影，嘴角含着一抹浅笑，笑里除了欣赏，还有那么点掩饰不住的小骄傲。

　　Kelvin 走到哪里都自带光环，闪耀夺目，自动聚焦周围所有人的眼光。

　　穆语童正眼冒星星地神往着，身后突然传来一声清亮的口哨。与平时她听到的表示赞美的口哨声不太一样，这一声似乎含着讥讽、轻蔑、挑衅的意思。

　　场中的邵星泽朝观众席瞄了一眼，不禁皱起了眉头。随后他突然开始了一套闪电般的动作。只见他躲闪、走位、运球、奔跑一气呵成后，猛的高高跃起，一只手有力地抓住篮圈，另一只托着球的手往篮圈里砸下去，仿佛在篮圈里掷了一枚炸弹，炸响全场！

　　邵星泽的这个灌篮动作就像 NBA 的明星做出来的一样，标准优美，霸气十足。

　　场中有一瞬间的雅雀无声，接着，观众席突然爆出一阵响亮的鼓掌喝彩声，夹杂着惊叹声，尖叫声，此起彼伏。

　　穆语童放下手中的矿泉水瓶和汗巾，也开始"啪啪啪"地鼓掌。

　　耳边突然传来一声冷哼："小童，一个灌篮就把你迷成这样？"

　　随后，一个高大的身影坐进她旁边的座位。

　　穆语童吓了一跳："哥你怎么来啦！"

　　穆子旸朝篮球场中抬了抬下巴："来看看你的偶像有多了不起！"

　　"哥！"穆语童的小脸一下子憋得通红，好半天才憋出一句质问的话："哥你怎么知道的 Kelvin？"

　　穆子旸冷嗤："那么大一个黑塑料袋放在家里多久了？说还又不还，我瞧着碍眼！"

　　穆语童的脸涨得更红，急得眼里水汪汪的："哥你怎么乱翻我东西！"

　　穆子旸一看妹妹急了，立马转变表情，呵呵一笑，安抚性地揉揉她的头发："小童，你要是喜欢限量版的篮球，哥给你买一个就是了，别藏着人家的不还么！"

　　"篮球是我送给她的！"

　　邵星泽一手夹着篮球放于腿侧，步伐闲散地向两人走来。

　　随着他的渐行渐近，穆子旸眼里的两团火焰越烧越旺。

　　邵星泽不疾不徐，一直走到观众席前，与穆子旸和穆语童面对面。

　　他微微一笑："你是 Tina 的大哥？"

　　穆子旸从鼻子里哼了一声："明知故问！"

　　邵星泽悠声说："就算是大哥，也没权利干涉妹妹交友吧！Tina 喜欢做我的粉丝看我打篮球，我愿意送她一只篮球鼓励她，朋友之间礼尚往来，好像和其他人没什么关系！"

　　穆子沉声回："如果是正常的交友，我非但不阻止，还会鼓励我妹妹尽量去社交，但这里面并不包括某些居心叵测的人靠近我妹妹是为了其他龌龊的目的！"

"龌龊？"邵星泽冷笑："怎么叫龌龊？我和 Tina 之间从没超过朋友的界限，不过 Tina 算是我的知己，我心里想什么，倒从来没瞒过她。"

说着，他转向穆语童，笑容瞬间变得温和："Tina，你说是吗？"

穆语童刚才被穆子旸挑起的恼羞之意还未散，小脸依然红扑扑的，又想起自己说过要帮邵星泽，于是她重重地点头："就是这样的，哥！我是 Kelvin 的朋友加粉丝，我就是喜欢看他打篮球，这是健康的爱好，没什么不好！请你不要干涉我正常交友！"

卧槽！

穆子旸转头怒视着穆语童，气得嘴都有点歪，却见穆语童转过脸去，看都不看他，还从旁边的座位拿汗巾递给邵星泽擦汗，又打开矿泉水瓶盖服务他喝水。

邵星泽来者不拒，很有礼貌地跟穆语童道谢，然后擦汗，喝水，抿唇，一连串的动作自然流畅。

他还故意问穆语童："Tina，我刚才的灌篮帅不帅？"

穆语童夸张道："哇，帅呆了！可惜我刚才没用手机拍下来！"

"那好办，一会儿我再做个灌篮，空中停留的时间长一点，方便你拍照！"邵星泽笑意盎然，口气里还有股浓浓的实力宠粉的意味。

一旁的穆子旸被彻底无视，两只手不禁紧握成拳头。可毕竟大学的篮球场是公众场合，他只好拼命压制住胸中升腾的熊熊怒火，突然插了一句话："Kelvin，你们俩比一场！"

邵星泽这才饶有趣味地转过头来，挑眉问："比什么？

怎么比？”

　　穆子旸道："比篮球，你喊你的朋友组一队，我叫上我的朋友组一队，打四节十分钟的比赛！"

　　邵星泽觉得很有意思，回道："这个可以！不过，赌注呢？"

　　"两个女人！"穆子旸一个字一个字掷地有声。

　　邵星泽瞬间敛了笑，脸寒如冰。

　　穆语童也立刻领会了穆子旸的意思，马上急了，她拉住他的衣袖："哥，你们拿我做赌注就算了，可别牵扯到……"

　　"就这么定了！"穆语童的话还没说完，邵星泽突然打断了她，声音冷冷的，口气却毋庸置疑。

　　"好，这周六上午十点我会带我的朋友过来，如果我赢了，"穆子旸气势迫人，傲慢张扬："你就离我妹远远的，离她也远远的！"

　　邵星泽眸光犀利，毫不退缩地与穆子旸的眼光胶着对视："You too！"

第 036 章　暴风雨来临前的节奏

从篮球场出来，穆子旸板着脸开车，穆语童坐在他旁边的副驾驶座上，一张小脸也冷着，不说话也不理他。

十五分钟后，宝马车停到车库，穆语童瞧都不瞧穆子旸就打开车门准备下车。

"小童！"穆子旸脸色铁青，斥道："那个 Kelvin 不是什么好人，他耍你玩你知道吗？"

"他才没有！"穆语童激烈地反驳："哥你不了解他就别乱说！"

穆子旸手敲了一下喇叭，车里发出响亮的鸣笛声。

"我看你喜欢他喜欢得昏头了！你看出他的样子没有，他长得像云函哥！"

"就因为他长得像云函哥我才觉得他好，云函哥本来就是个大帅哥！"

"那心肠呢，品性呢，他哪一点能跟云函哥比？"

穆语童嘴角撇了撇："不同性格而已，Kelvin 有 Kelvin 的好！"

说着，穆语童又要下车，像是不屑再和穆子旸争辩。

穆子旸一把拉住她的胳膊，深吸了几口气逼自己冷静下来，换成了语重心长的口吻："小童，其实 Kelvin 喜欢的是其他女人，你就别再傻下去了！"

没想到穆语童听闻此言丝毫不感到惊讶："我知道啊，Kelvin 喜欢的是 Miss 穆！"

"你知道？"这回，轮到穆子旸错愕了。

穆语童继续说："我不仅知道 Kelvin 喜欢 Miss 穆，我还知道哥你也喜欢 Miss 穆！上个星期六，我和 Kelvin 在法餐俱乐部门口，看到你亲了 Miss 穆，还抱了她。所以你才那么讨厌 Kelvin，所以你今天除了拿我，还拿 Miss 穆当赌注！"

这番话说得让穆子旸瞠目结舌，好半天，他才闷声问："既然你全都知道了，你还要继续犯傻喜欢 Kelvin？"

穆语童毫不犹豫地回："我喜欢 Kelvin，并不一定要他反过来回报我！喜欢一个人，不就是喜欢他本身吗？"

穆子旸顿时哑口无言。

他怔怔地望着穆语童秀美的脸庞，清灵的双眼，眼中含着少女一腔纯真的痴念，还有一股子义无反顾的坚决。

穆子旸突然发现，不知不觉中他的小妹妹已经长大了，有了自己独立的人格和想法……

穆语童说完后，叹了口气，终于打开门下了车。

穆子旸也赶紧熄火拔出车钥匙，迈了两步追上穆语童，还是像往常一样伸胳膊揽住了她的肩："小童，你们俩的这些事儿，都别告诉妈！"

穆语童抬眸对他笑了笑："哥，这个我懂，你也别当我真傻！"

"呵呵，"穆子旸疼爱地揉了揉穆语童的头发："我们家小童不仅不傻，还特别有智慧，随便蹦出来两句话把哥说得　愣　愣的！"

穆语童轻笑："哥，想说我单蠢你就直接说，绕那么大弯子干嘛？"

"不蠢不蠢，一点也不蠢，你这叫大智若愚！"

穆语童："……"

两人在大客厅的玄关处换好拖鞋，走进厨房，何虹佳正在热火朝天地烧晚饭。

"妈！"两人齐声喊。

何虹佳一见到一双出色的儿女就忍不住喜笑颜开："哎哟巧了，今天兄妹两一起到家！"

穆语童走到何虹佳身边，见锅里正炒着她爱吃的鸡尾虾，便拿筷子夹了一只放进嘴里，觉得味道鲜美极了，连心情都变得轻松愉快起来。

她一边吃一边跟何虹佳解释："妈，我和哥不是在门口碰上的，是哥今天下班后，特意到学校把我接回来！"

何虹佳立刻来了个网络流行用词，"你哥这就叫妹控属性！"

"哈哈……"穆语童和穆子旸被何虹佳逗得直乐。

此时穆子旸的手机响了起来，他一看号码，脸色马上严肃了几分，接通后走出厨房，上二楼进了自己的房间。

"大伯？"电话那头是穆子旸的大伯穆振中，沪城人民医院的院长，脑科专家，穆云函的父亲。

"子旸，是我。"穆振中醇厚低沉的声音从电话里传来："五人的医疗团队枫叶国的签证全部办好了，随时可以出发，你看我们什么时间来温哥华比较合适？"

"哇，大伯，你可真是神速啊！"穆子旸惊叹。

"呵呵，"穆振中轻笑了两声："子旸，其实前段时间你跟我提到这件事，我就开始着手准备了，防患于未然。"

穆子旸顿时肃然起敬，如此的心细如发，未雨绸缪，比自己的父亲穆振华有过之而无不及。

穆子旸和穆振中商议决定，本周四医疗团队到达温哥华，周五去综合医院办理交接手续，下周一医疗团队携 Simon 的父母回国，且此次行程所产生的所有费用全部由天阳来承担。

这对 Simon 来说实在是太意外的惊喜，没想到穆子旸和李教授在房屋交易一事上已经达成了协议，还能额外给予他这么大的帮助，半年来压在他肩头的沉重负担终于可以卸下了。

李教授一家也十分感激，教授夫妇还特为此事去了一趟天阳地产公司跟穆子旸道谢，并与天阳地产正式签订了房屋买卖合同。

梅宛书这个星期的电话和微信倒是清净了不少，穆子旸和邵星泽鲜少发消息给她，即便有也只是几句普通朋友的问候。

梅宛书颇感欣慰，想着穆子旸终于肯踏踏实实地跟她做普通朋友了，而周日那天她刻意给邵星泽和穆语童创造机会，邵星泽就此转了心意也说不定。

周五，梅宛书接到李教授的电话，就 Simon 父亲一事对她表示感谢，最后很委婉地说了一句："Sophia，我想穆先生愿意为我们一家做到这个地步，应该是受了你很大的影响。"

哪怕在电话里，梅宛书都能感受到教授对她"感情一事"的关爱。

结束和李教授的电话后，梅宛书放下了心中的一块大石，教授家的事终于得到了圆满的解决。

她立时拨了一个电话给穆子旸："子旸，Simon 父亲的事我听教授说了，很感谢你。"

穆子旸正经严肃、有礼有节地回："既然是承诺你的事，我一定会办到，放心。"

梅宛书的嘴角边不禁浮起一抹浅笑，感觉通过购房这件事，穆子旸变得越发成熟稳重有担当了，然而他接下来的话就让她的俏脸变了色。

"Sophia，你要是真想感谢我，不如明天到你们学校体育馆的篮球场来看我打球吧！我打篮球的样子你还没见过吧，说不定会让你疯狂尖叫！"

穆子旸得意洋洋，自信满满，梅宛书却像没听见，直接问重点："你跟谁打？"

"Kelvin，就上次用保时捷送你去医院的小白脸！"

梅宛书气结，难怪两人这几天如此安静，原来是暴风雨来临前的节奏！

她眉头蹙起："子旸，你是怎么知认识的 Kelvin？"

穆子旸气愤填膺地说："小童是他的狂热粉，她房间里收着一个刻了 Kelvin 名字的限量版篮球，宝贝的不得了。所以我要干赢他，让小童瞧瞧那小子甘拜下风的嘴脸，看他以后还敢不敢在我妹面前充偶像！"

原来是因为穆语童。

梅宛书稍稍松了口气，却又不由自主地开始脑补穆子旸飞扬跋扈、肆意嚣张的模样。

这人从小就勇武好斗，那年在乡下和隔壁邻居家的几个小男孩成天拿着铁棍树枝打打杀杀，也就在她和穆云函的面前才会变得乖顺一些。

心里毕竟放心不下，又问："你们明天几点开始打篮球？"

"十点，我们篮球场不见不散。"穆子旸口气顿时柔缓了好多，像是预定浪漫的约会。

"好，明天我准时到。"

穆子旸挂了电话，两边嘴角都翘了起来。

已经一个星期没见到漂亮女人了，心里早就想她想得发慌。然而，这次他却沉住气变得十分有耐心，因为他心中雪亮，只需通过明天篮球场上和 Kelvin 的决斗，他就可以判断出 Sophia 到底是不是他的宛书姐！

楼下的客厅隐约传来谈话声，穆语童正在陪着穆振中说话。

对他这个大伯，穆子旸是由衷地钦佩和感叹。

三年多前的一场车祸，让穆振中痛失了唯一的爱子，里外都那么优秀出色的穆云函。当时他的大伯母黎玉洁伤心欲狂，差点失去了求生的欲望。而心性坚毅的穆振中不仅坚强地挺过了巨大的伤痛，去美国办理了穆云函丧礼的一切事宜，亲手送走了爱子，还在之后的漫长时间里一直坚持不懈地对罹患了忧郁症的黎玉洁进行心理治疗，目前黎玉洁的精神状况稳定。

可以说，无论是作为父亲、作为丈夫还是作为医生，穆振中都尽心尽责，做到了完美。

想到这里，穆子旸放下手机，眸光炯亮，像是作出了某个重大的决定。

他出了房间，缓步走下楼梯，下到一楼时他的脸上已变成了阳光灿笑的表情。

"大伯！"

"子旸，电话打好了？"穆振中放下茶杯，微笑着调侃："接个电话还非要跑上楼，是不是女朋友打来的？"

"呵呵，"穆子旸笑得爽朗，干脆顺水推舟："大伯，我是喜欢上一个女人，你想不想见见？"

"好啊，肯定是个很漂亮的姑娘吧！"

"嗯，特别漂亮！约好了明天上午到优卑诗的体育馆看我打篮球，不如大伯也一起去，看我怎么大显身手！"

"好，"穆振中一口答应下来："正好我刚才和小童也说到这件事。"

"是吗？"穆子旸转头望向穆语童，却见她一脸的娇羞。

　　"哥，"穆语童红着脸解释："刚才 Kelvin 给我打电话说明天篮球比赛的事，大伯问我 Kelvin 是谁，我就告诉他了，连 Kelvin 的照片都给大伯看了。"

　　穆振中颔了颔首，叹道："子旸，没想到这世上还有人长得那么像云函，我一定要去见见真人。"

　　三人正说着，厨房里传来何虹佳高分贝的大嗓门："开饭啦！子旸，小童，喊你们大伯吃饭！"

第 037 章 日与星的争辉

这是一个周六，日色晴朗，大温气温回升，大街小巷前几日凝结的冰雪逐渐融化。

九点半钟，优卑诗大学体育馆二楼的篮球场来了许多学生，观众席人头攒动，座无虚席。

因为半个小时后，这里将要举行一场别开生面的"友谊篮球赛"，由优卑诗刚组建的一支学生篮球队"星队"对战西弗泽大学另一只刚组建的篮球队"日队"！

虽然每支队伍只有七人，但两支队伍的实力都颇为不俗。

星队包括了来自优卑诗计算机系的硕士生三人和本科生四人，这七人自打这学期开学以来经常在一起练习磨合，三个月下来，彼此熟悉，配合默契。

而日队包括了来自西弗泽工商管理系的本科生五人以及天阳地产公司的两个年轻人，其中一位更是天阳地产的大老板。

都是名校背景、成功人士，这也就罢了，最值得大家称道的便是这两支队伍的主心骨，Kelvin 和 Yang，他们俩不仅是这场篮球赛的发起者，还都拥有逆天的颜值，一个仿若星辰般清辉皎皎，一个宛如太阳般光华灼灼！

所以，这两只篮球队自动引用这两个人中文名字的寓意作为篮球队的名称，这一场篮球赛，成了昼与夜的角逐，日与星的争辉！

队员们都还没出场，篮球场中已是热闹非凡。

原来，四天前穆子旸和邵星泽定下这场篮球争斗赛后，穆子旸就请周宇来帮忙策划这场篮球赛事，而邵星泽和穆语童则去联系优卑诗的学生管理处和场地管理处，将这场篮球赛安排妥当。学生处一听对方大多都是来自西弗泽的学生，大温两大名校同场 PK，算是一场篮球盛事，干脆印发传单将这场篮球赛大肆宣扬，宣传单上更印上了穆子旸和邵星泽两大帅哥的照片，于是今天一早众多学生纷至沓来，整个场地爆满！

此时，场中两个大学的女生啦啦队走进场地。

首先上场的是主场优卑诗大学的啦啦队，十人的队伍中有金发碧眼的性感妹子，也有黑发黑眼的清纯姑娘，她们身穿白色短上衣黑色短裤，随着柔美的音乐舞动着手中斑斓的星星彩带，婀娜蹁跹，姿态优美，吸引了全场观众的眼球。

接着上场的是来自西弗泽大学的啦啦队，姑娘们身穿大红色的上衣，大红色的短裙，手拿火红的太阳花球，配合着劲爆的音乐激情舞动，带给观众们更强的视觉冲击，点燃了整个球场！

随着她们舞动的节奏，观众席上的欢叫声，喝彩声连绵不断，此起彼伏。

音乐结束后，啦啦队员退到场边，身穿白色球衣的星队和身穿红色球衣的日队从篮球场的东西两扇角门同时入场。

为首的两人一进门，观众席中发出了声声尖叫！

"Wow, Man！"

"Too charming！"

"So attractive！"

啦啦队员们也开始大声欢呼邵星泽和穆子旸的名字，还将之变成了朗朗上口的口号：

"Kelvin, Kelvin, Super Star！"

"Yang, Yang, Sun, Sunny！"

　　就在这一片热烈的气氛中，两只队伍走到了一起，汇集成面对面的两行，穆子旸和邵星泽也变成了面对面。

　　两个男人一个脸如雕塑，另一个眸如刀剑，但是既然名为两大名校的友谊篮球赛，基本的礼节还是要有的。于是，两个男人非常不情愿地伸手相握。

　　穆子旸骨节分明的大手一握住邵星泽修长的手，就有一种想要绞碎这只手的冲动。

　　于是，他使出洪荒之力将邵星泽的手捏得很紧，邵星泽猝不及防手给他捏得很痛，可他却安之若素，悠然道："旸，你这种跟男人握手的方式也太特别了，不怕会让人产生歧义？"

　　"草！"穆子旸呲牙咒骂，忙不迭地将邵星泽的手甩开。

　　就在队员们相互握手表示友好之际，篮球场第一排正中间的嘉宾座位来了几个人，先是穆振中和穆语童，接着是蒋南音、梅宛书、尹歆然、周昊。

　　这几个位置，本就是穆语童跟学生处讲好事先安排的嘉宾位，所以六个人的座位靠在一起。

　　梅宛书一坐下，身子便是一颤，脸色也瞬间变得煞白。

　　因为她看到隔着两个座位坐着一个五十多岁的中年男人，沉稳的风度，斯文的气质，俊挺的眉眼，正是她熟悉的，穆云函的父亲穆振中！

　　梅宛书和穆云函恋爱的那几年，她和他因为在两个国度各自留学，并没有拜见过双方的父母，总想着以后有的是机会，却偏偏一错过便成了永远。

　　此刻，梅宛书心潮翻滚激荡，这个人，是她应该去喊一声"爸"的人呐！

　　而穆振中也发现了隔了两个位置，有个十分漂亮的年轻女人盯着他看，不禁投过去好奇的目光。

穆语童赶忙站起身作介绍："大伯，这就是 Miss 穆！"

穆振中恍然大悟，原来这个年轻女人就是穆子旸嘴里一直念叨的他"喜欢的女人"，的确长得很美啊，气质清婉飘逸，高雅脱俗，而且还是名校医学院的女博士，难怪把他的侄子迷成那样。

穆振中脸上挂着温润的笑意，站起来向她点头致意，那种笑，如同夏日的清风，又如冬日的暖阳。那种笑，梅宛书曾在穆云函的脸上见过千百回，如今终于又在穆振中的脸上看见了。

"Miss 穆，这是我的大伯，也是沪城人民医院的院长，这次到温哥华就是来接走 Simon 父亲的。"

随着穆语童的介绍，梅宛书起身走了两步来到穆振中的面前，伸出一只手，喊了他一声："伯父，你好！"

一上来就那么亲切，仿佛她认识了他许多年。

穆振中微微一怔，礼貌地握住了梅宛书的手："你好，Miss 穆，子旸经常跟我说起你。"

梅宛书笑得清柔，口气却有些急迫："伯父这次来温哥华准备呆几天？"

"按计划后天周一就要和医疗团队把 Simon 的父母带回国。"

"那明天周日，你是有空的？"

"嗯，"穆振看了一眼篮球场中的穆子旸："子旸说明天带我到处逛逛。"

梅宛书立刻道："我可以和伯父同行吗？"

穆振中从容不迫地道："当然好，荣幸之至！"

心下却有些奇怪，这个年轻的女人，听穆子旸的口气似乎很高傲很难追，到目前为止穆子旸也只是单相思而已，又怎么会对他如此热络？即便因为李教授，也不至这样。

但奇怪虽奇怪，想着正好可以为穆子旸创造机会，也就不动声色地略过。

此时，场中裁判哨声响起，两支队伍各自派出五人上场，另外两人作为替补暂时候在场边。

穆子旸和邵星泽分别作为两支队伍极为重要的中锋，又因为身材高大，由两人站在篮球场中圈跳球。

两人微微躬身，怒目对视，裁判将球抛上高空，邵星泽第一时间轻捷地跃起，穆子旸稍微落后，然而他的手臂更长更有力一些，两人的手掌几乎同时触到篮球。

亮灿灿的篮球在空中有一瞬间的定格，随后，穆子旸的力道占了上风，篮球略微向邵星泽的半场倾斜飘飞。

穆子旸的脸上禁不住浮起一抹得意的笑，可又在下一瞬冻结。

原来就在篮球开始下落的霎那，邵星泽灵活的指尖在篮球的底部轻轻一拨，篮球立刻转向，朝着穆子旸身后的半场飞落！

接着，邵星泽战队的 Johnny 和 Matthew 靠着对场地的熟悉，立刻和邵星泽打了个三角传递中间突破的完美配合，邵星泽手腕翻飞，标准的三步篮，投进了这场篮球赛的第一个球！

星队两分领先！

场边的啦啦队和台上的观众同时爆发出热烈的掌声，毕竟是优卑诗的主场，邵星泽表现出色，没让优卑诗的同学们失了面子。

穆子旸脸色铁青，因为他看到穆语童不仅为邵星泽鼓掌，还跟优卑诗的啦啦队一起挥舞着手中的星星彩带，简直了……

更令人气愤的是，连穆振中也为邵星泽的精彩表现而鼓起掌来！

穆子旸心情郁闷，视线继续挪移，终于挪到了梅宛书身上，却见她一双美眸雾蒙蒙的，道不尽的脉脉柔情，尽数投注在自己身上。他心中一喜，立马眉飞色舞，浑身是劲。

周宇跑过来拍了拍他的肩："兄弟，加油！"

穆子旸闭起一只眼睛，抬起一根手指向他瞄准："Piu——"

周宇会意，穆子旸是让他跟他来个特殊配合。要知道，周宇和穆子旸十几岁时就相互认识了，两人一同长大，多年来篮球场上配合过无数回，心意相通之处同场无人可比。

果然，轮到日队开球，穆子旸冲锋在前，最大程度地用他高大的身躯拦住了对方的防守队员，保证周宇畅通无阻地带球过人。直到周宇快到达篮下，大家都以为他要抢攻投篮时，他却突然转身，将球传给了早已站在三分线处的穆子旸。

穆子旸一把接过周宇精准的传球，接着双脚略向后蹬，高高跳起，左手托球，右手手腕一翻，篮球在空中划出一道精准的弧线，空心入篮。

就这样，日队一上来就投进了本场的第一个三分球，反超一分领先！

观众席上优卑诗的学生们都为一开场两队就形成势均力敌、激烈厮杀的局面所震撼，抱着友谊至上的态度，高素质的大学生们同样为穆子旸鼓起了热烈的掌声！

第 038 章　会撒娇的人有糖吃

接下来，比赛精彩纷呈，场中的喝彩声、尖叫声、惊叹声接连不断。

而比赛的分数却始终在两队你追我赶、节节攀升中激烈胶着，难分上下。

打到前面两节结束，两队竟然以各自 58 分打成平局。

终于到了中场十五分钟的休息时间，穆子旸大汗淋漓，邵星泽汗流如注，两人相互漠视对方，行动却出奇地一致，都向观众席的第一排走去。

穆子旸径直来到梅宛书的面前，一边用手抹汗一边得意地炫耀："Sophia，我篮球打得是不是很棒，很帅？"

梅宛书莞尔，从风衣口袋里拿出了一块粉蓝色的丝绢递给他。

穆子旸一瞧眼熟得很："这是不是夏威夷的那块手绢？"

"嗯。"梅宛书的声音轻轻柔柔的。

穆子旸接过手绢擦拭额头和脖子上的汗水，嘴里撒着娇："Sophia，看来这条手绢跟我特别有缘，你就送给我吧！"

梅宛书觉得好笑，轻声说："拿去吧！"

这人还跟小时候一样，只要是她手上的小玩意，他都觉得是好东西，经常问她讨了去。

穆子旸笑得越发灿烂，露出了两排雪白整齐的牙齿。

旁边蒋南音见两人如此亲昵，不由得有些疑惑，而尹歆然和周昊见两人旁若无人，眼光一直对视在一起，不禁各自在心里默默地吐槽一番……

梅宛书的嘴角边始终噙着一抹浅笑，又说："这场比赛看来是要平局收场了。”

穆子旸下巴一抬，傲娇地道：“怎么可能，看我下半场怎么收拾那小子！”

说着，恶狠狠的眼光朝着站在不远处的邵星泽投去。

那小子，站在他的家人面前跟他们谈笑风声，好像那两位也不是他的亲妹妹，亲大伯，全都成了那小子的亲人似的，让他心里甭提多膈应了。

邵星泽取下发带，正在喝着穆语童递过来的矿泉水。他从穆语童的介绍中得知了穆振中的身份，笑容愈发亲切温润，左一声“伯父”右一声“伯父”叫得很是亲热。

穆振中跟他聊天谈话间便觉得自己的儿子似乎回来了几分，心里又酸又喜，无限感慨，一双眼从头到尾都没离开过邵星泽的脸。

这个男孩子不仅跟儿子长得很像，连优秀的程度都差不多，也是名校的硕士生，甚至运动方面比穆云函还强很多……

邵星泽感觉旁边飘来穆子旸敌视的目光，便毫不退缩地迎了上去，两个男人在电光火石间向对方丢出无数凌厉的眼刀。

只听穆子旸一声冷哼，转头又去和梅宛书说话，邵星泽的眸子凉了下来。

他慢悠悠地喝着矿泉水，望着梅宛书秀丽精致的侧颜。

可梅宛书从头到尾都没朝他看一眼，只顾看那个小子，也只跟他说话。

那种纵然过了多少时光年轮却怎么也割不断的深厚情谊，如同一根解不开的纽带将两人紧紧地捆绑，外人无从插足。

邵星泽的内心又一次涌起一股挫败失落的情绪，一颗心也纠痛起来。

"Kelvin，快上场了，你那根发带都湿透了，要不要换一根？"穆语童细心，把邵星泽送给她的发带带过来以备不时之需。

邵星泽却脸色凉凉的："不用了，我用发卡，书包给我吧！"

穆语童赶紧把脚边邵星泽的书包递给他。

邵星泽打开书包，拿出一只弯弯的黑色铁质发卡戴在头上，将前额所有头发向后卡住，露出了他整个白皙光洁的额头。

"子旸，上场了！"场中的周宇向穆子旸挥手。

穆子旸到最后还跟梅宛书撒了个娇："Sophia，我上场了，你可要一直看我，不要看别人！"

梅宛书不置可否，淡笑着说："去吧！"

穆子旸一听她习惯性的柔声叮嘱心中便是一荡，眉目含情地再对她笑了笑，转身上场。

邵星泽跟着从梅宛书的面前走过，他闭着双眼，右手的食指和中指揉着眉心，似乎觉得头痛。

梅宛书心里一动，不由自主地叫住了他，"Kelvin！"

邵星泽抿了抿薄唇，转过脸对着梅宛书，眼神是忧郁而落寞的。

"你头疼？"梅宛书轻声问。

邵星泽勉强地笑了笑："有点。"

梅宛书的嘴唇有些发颤，还是没能忍住说："你过来！"

邵星泽微一怔愣，两脚却很听话地走到梅宛书的面前。

"蹲下来！"梅宛书柔声命令他。

邵星泽立刻蹲下，像一只乖顺的宠物。

梅宛书用两根中指按住了邵星泽两边额侧的太阳穴，给他做缓柔而有力度的按摩。

这个动作她做得如此流畅自然，仿佛曾做过几百遍。

按了十几下，场中的裁判开始吹哨，梅宛书便问："好点了吗，可以上场了？"

"嗯，"邵星泽的声线如春雨般温润："好多了，我去了。"

"去吧！"又是一声温柔的嘱咐，跟刚才嘱咐穆子旸毫无二致。

邵星泽站起身，稍稍低头，脚步轻快地走进了篮球场。他的眉梢扬起，星眸闪着晶亮的光芒。

远远看到这一幕的穆子旸感觉胸口闷得都要窒息了。

梅宛书竟然当众帮邵星泽指压按摩，加上赛前梅宛书看到穆振中惊愕的样子，已经可以证实他所有的猜测。

Sophia 就是他的宛书姐，甚至她连姓都甘心换成了穆，一定是因为她跟自己的堂哥穆云函曾经在一起过。

所以她才会从头到尾都不愿意认他，却又忍不住关爱他，关爱小童，甚至关爱那个长得像穆云函的小子；所以她才会在穆云函过世后，在小指上套了一枚代表独身主义的戒指；所以她才说想赶紧老去，快点变成白发苍苍的老太太，只是为了想早点进坟墓去陪伴穆云函……

所有的一切，所有的疑问，都得到了合理的解释。

可尽管如此，他也见不得她对别的男人好。一看到梅宛书刚才对邵星泽温柔体贴的样子他就受不了，心里一揪一揪的难受极了，整个人就像沉入了无底深渊……

裁判又是一声哨响，篮球赛的第三节正式开始。

这一节，两支队伍都换了两个替补上场，轮到日队开球。

周宇将球带到底线，松松地向穆子旸传出一球，可穆子旸神思恍惚，什么动作都没做，白白的让他身边的 Matthew 拿到了球。

Matthew 沉稳地运了几步球，转身传给了不远处的邵星泽，邵星泽接过后，并没有像前两场那样展开一气呵成的突破进攻，而是疲软地在原地运了几下球又传给了附近的 Johnny。

观众席传来一片唏嘘声，大家都看出来两个队的主力突然变得不在状态，估计是体力在前两节比赛中消耗过多，还没能恢复过来。

梅宛书的双眸晕着一层淡淡的水雾，望着场中两个略显颓废的男人，一个俊脸上满是落寞的表情；另一个清瘦的脸庞越发苍白，估计头还在痛……

坐在梅宛书右边的尹歆然云笼雾罩，尤其刚才看到梅宛书给邵星泽指压按摩的一幕，感觉莫名其妙。什么时候又出来了一个漂亮出色的年轻男人，也变成了 Sophia 的追求者……

坐在梅宛书左边的蒋南音朝梅宛书看了一眼，见她眼光总在篮球场中的那两个男人之间来回徘徊，似在纠结着。

蒋南音在心中深深地叹了口气，突然感到很后悔。

四年前的梅宛书是很爱笑的，不是像现在的那种浅淡优柔的笑，而是那种发自肺腑的欢笑，她曾是那样一个明媚，开朗，温暖又迷人的女孩……

陷在幸福爱情中的她，时时美目流盼，巧笑嫣然，也一点都不介意跟朋友分享她的感情世界。

那一年恰逢穆云函即将硕士毕业，虽然梅宛书和穆云函分在两地读书，但相隔并不算远，从旧金山坐飞机到温哥华只需两个多小时。所以梅宛书经常会去旧金山看望穆云函，有时候穆云函也会来温哥华看她。

他们互相拍了不少有趣的视频，梅宛书偶尔也会发给她几个，里面记录了穆云函很多习惯性的小动作。比如穆云函冬天时最爱穿的是一件灰蓝格子大衣；他开车时喜欢用中指拨雨刷控制器；他阅读时喜欢在头上戴一个铁质黑色的发卡，将前额的头发全部拢到后面；看书看多了，他会闭上眼睛用食指和中指揉揉眉心，有时梅宛书会给他指压按摩太阳穴……

这几个视频，四年来一直存在蒋南音的电脑里没删除，却在她答应支持邵星泽的那天冲动地全都发给了他。却没想到，邵星泽为了博得梅宛书的关注，宁可去学穆云函的习惯和动作，他完全用错了追求梅宛书的方法而浑然不自知……

整个第三节的比赛，由于两队的主心骨不在状态，每个队都只得了十几分，最终以星队领先三分的弱小优势结束。

第三节和第四节比赛之间只有三分钟的休息时间，所有队员们只来得及在场边喝一点水，切磋交流一会儿下一节的打法。

周宇皱眉问穆子旸："哥们儿怎么啦，前面两节打得好好的，怎么突然就蔫了？"

穆子旸不说话，冷着一张脸，一直猛灌矿泉水下肚。

周宇冷声道："是不是看到女博士给那小子做指压按摩你心里膈应啊，人家是医生，看到运动员身体不舒服现场治疗一下不是很正常吗，你也别想多了！"

见穆子旸还是沉着脸不说话，周宇终于发飙了："你小子别太不像话，你也不想想我们哥几个都是来帮你的，帮你把女博士追到手！你可别忘了，我们要是输了，女博士可就不是你的了！"

这句话，宛若一道惊雷在穆子旸的耳边炸响！

他突然间想起了他和邵星泽之间的赌注：两个女人！

这句话，宛若一道惊雷在穆子旸的耳边炸响！

他突然间想起了他和邵星泽之间的赌注：两个女人！

第 039 章　又是一巴掌

周宇一语惊醒梦中人，穆子旸的眼中点燃了两团熊熊火焰，斗志昂扬。

他不再看观众席的任何一个人，只是站直身体，气势睥睨，沉沉地对日队的队员们发了一声命令："上场！

队员们一看穆子旸显出如狮子王一般的王者之风，就知道他又来劲了，于是大家一齐做了个挥臂的姿势，高声叫："上场干赢他们！"

另一边，星队的队员们在低声讨论好战术后，目光冷静地重新登场。

邵星泽忍不住又朝梅宛书看了一眼，见她柔柔的眸子正在望着他，似乎还在担心他，牵挂他。

果然，只要他每次装得像穆云函，立刻就能抓住她的视线她的心。此刻，他一点也不介意梅宛书心里想的那个人是谁，只要她能看他，关心他，让他一辈子扮演穆云函他也甘愿！

第四节比赛，星队获得底线发球权。

邵星泽深吸了一口气，想到他和穆子旸之间的赌注是梅宛书，必须不能输。于是，一开场他接下了 Matthew 的传球，就开始发力，急停急转，运球过人，躲闪走位，一路带球来到篮筐下，每个节奏都卡得刚刚好，整个篮球场变成了他个人炫技的舞台。

他的动作如猎豹般迅捷，如燕鸟般轻盈，他舒展臂膀，双腿一蹬，轻松跃起准备将篮球送进篮筐。

可就在此时，他的身后却突然蹿出一个高大雄壮的身影，挡在了他和篮板之间。

穆子旸从邵星泽的身后跳起，就在篮球撞击篮板后准备进篮筐的那一霎那，他的两只大手紧紧握住了篮球，生生拦截了邵星泽的投篮！

观众席上发出一片惊叹声，却见穆子旸拿到球后毫不停歇，身如旋风，力量和速度完美结合，冲破重重防线，如若无人之境，最后到达星队半场的篮筐下。

穆子旸做了个投篮的动作，星队的防守队员跳起拦截，却未料到穆子旸这是个假动作，下一秒，他趁着防守队员跳起的那一霎打了个时间差，从他的腋下钻过，再猛地高高跃起，凌空双手将篮球扣进篮筐！

灌篮后，穆子旸并没有马上落回地上，而是两手抓住篮筐，来回荡了几下，如同儿时他抓着树枝荡秋千那般悠然自得。

"Oh——"

观众席传来一阵阵狂热的欢呼声，中间夹杂着嘹亮的口哨声和激烈的尖叫声。

这一连串精彩之极的从抢篮板到扣篮的动作，穆子旸点亮了所有观众的双眼，燃爆了整个球场！

场边西弗泽的啦啦队又开始助威大喊："Yang，Yang，Sun，Sunny！"

穆子旸这才从篮筐上飘然落下，浑身上下洋溢着炫目的灿光，成了篮球场中最耀眼的太阳！

从这里开始，日队一路气势旺盛，节节领先，五分钟过后，日队已领先星队十分。

优卑诗的啦啦队员们一直在给邵星泽鼓劲："Kelvin，Kelvin，Super Star！"

可是，邵星泽却眉头紧皱，脸容苍白，精神萎靡。

也只有邵星泽自己最清楚，他的偏头痛真的发作了。

自从他十九岁那年家里发生了那件让他心痛欲绝的事情后，饮食不规律，经常喝酒，黑白颠倒的生活，导致这几年他的偏头痛越来越厉害……

实际上刚才他走过梅宛书的面前时，并非完全在装，而是那时他已经感到头部的左侧一阵抽痛，正是他偏头痛发作的前兆。

梅宛书的指压按摩让他舒服了很多，真想就那么一直蹲着让她揉下去，但毕竟时间有限，很快剧烈的头疼再度袭来……

邵星泽弯着腰，两只手捂住两边膝盖，微微喘气。

星队的队员们个个都面容沮丧，Johnny 是最了解邵星泽的，跑到他面前拍了一下他，用粤语悄声问他："Kelvin，你还好吧，是不是头很疼？要不换一个人来替你？"

邵星泽摇摇头，慢慢站直身体，缓缓吐出一句话："防守反击，我来盯住旸！"

星队的队员们各自有数，都点了点头。

下面的几分钟，邵星泽运用了各种技巧，将穆子旸看得很紧，穆子旸束手束脚，没有了发挥的空间。

而星队剩下的四位队员，技术略胜日队一筹，星队慢慢地缩小差距，终于在临近终场时将比分拉为 98 平。

还只剩下 30 秒不到的时间，轮到星队开球。

穆子旸心里开始着急了，因为他知道，如果还像刚才那几分钟的打法，星队完全可以在这 30 秒内把时间磨掉，最后进一球赢他们日队！

最关键的时刻到了，场中安静一片，唯有篮球不断击打地板的声音在空中回荡。

果然，Johnny 运球后不着急投篮，只是将球传给了 Matthew，Matthew 运了几步球，又将球传给了另外一个队员，大家都在心里数秒，只等着最后几秒发出攻击！

星队的队员们不慌不忙，因为球控在他们手中，最多进不了球两队平局。

穆子旸却在这时突然发力窜出，往拿球的队员那里跑，邵星泽立刻跟上拦住，可一阵剧烈的疼痛猛地袭来，他眼前一黑，感觉穆子旸还在极速奔跑想要越过他，他一个情急，干脆一只手拉住了穆子旸的球衣！

裁判一声哨响，邵星泽犯规，球权转到了日队手上。

穆子旸的脸上立时露出了灿笑，因为他看见计时器上还有 15 秒的时间，足够他组织一波反攻！

周宇拿球站到边线外准备发球，同时和穆子旸两人相对交换了一个心领神会的眼神。

接着，两人展开了一波旋风般的双人配合！

只见周宇将球传给穆子旸后，开始迅速地穿插跑位，跑了几步，又从穆子旸手上接过了篮球，他立刻来了个急停，原地旋转运球，摆脱星队防守队员身后的紧逼。

穆子旸长腿飞奔，很快来到了星队的篮下，周宇突然将篮球上抛，抛得很高，篮球在空中划出一道优美的圆弧，眼看着就要落到穆子旸的手中。

然而就在这一瞬，邵星泽恢复了清明，他精准地判断好了篮球的落点，在穆子旸身前不到一米的地方高高跳起，篮球终于落入了他的手中。

观众席的学生们爆发出一阵欢呼，等着迎接最后的平局。

然而欢呼声还未停歇，穆子旸却跟着跳起，修长的臂膀最大化地伸展，宽大的手掌充满了力量，朝邵星泽手中的篮球拍打。

邵星泽手一软，篮球再度抛飞，两人的身躯同时落地。

随后，两人一起仰望空中的篮球，再一次腾空抢球，邵星泽轻盈灵动，穆子旸威武霸气，两人的手又一次同时触到了篮球。篮球在空中一秒定格，穆子旸猛地发力，大手一把将篮球搂进怀里，同时胳膊肘向邵星泽的脸部顶去！

穆子旸的胳膊肘撞到了邵星泽的鼻尖，他却完全没感觉到，也没朝邵星泽看，他威猛如狮、迅捷如豹地朝篮下运了两步球，接着单手翻腕，凌空将篮球砸进了篮筐！

Slam dunk！

穆子旸又一次完成了漂亮的灌篮！

随即他落回地面，宛若神祇一般傲视全场，全身上下都在熠熠发光！

与此同时，邵星泽却被他撞倒在地，一只鼻孔涌出鲜血，一颗一颗不断地往下滴落，染红了他白皙的手臂，染红了他雪白的球衣。

观众们都被这一幕惊呆，有那么一刻整个球场鸦雀无声，落针可闻。

就在此时，裁判的哨声吹响，宣布篮球赛的终结！

这时候观众们才反应过来，哀叹的哀叹，鼓掌的鼓掌，惊叫的惊叫，嘈杂而纷乱。

梅宛书却在第一时间站起身来，朝篮球场中走。

这一刻，她的眼睛里什么人都没有，只有那个头晕目眩坐在地上不停地淌着鼻血，却还不知道赶紧处理的人。

她是医生，她知道他病了，而且病得还不轻。

梅宛书脚步匆匆，径直向邵星泽走去，一只手已从风衣口袋里拿出另一块白色的丝绢。

突然，一个高大的身影挡在她的面前。

梅宛书抬眸，见穆子旸满脸的兴奋骄傲之色。

"嗨，Sophia，我赢了！"他叫嚷着邀功。

然而梅宛书只是凉凉地瞧了他一眼，打算从他身边绕过。

穆子旸呼吸一室，顺着她的眼光转头看去，终于看到他身后脸色惨白、淌着鼻血的邵星泽。

突然间，他反应过来，梅宛书走进篮球场不是为了祝贺他，而是为了那个小子！

意识到这一点的穆子旸浑身都像着了火，不受控制地迈了两大步拦住梅宛书："Sophia，你今天是为我来的，只为我一个人来的，是不是？"

梅宛书脸若寒霜，对他的话置若罔闻，依然要绕过他往邵星泽那里走，却被穆子旸的手臂又一次拦住，他的声音低哑而颤抖："Sophia 你别去！这场篮球赛是我赢了，你是我和 Kelvin 的赌注，谁输了谁就必须离你远远的！"

"啪！"

这一次，梅宛书的手结结实实地打在了他汗湿的脸庞上，发出了一道响亮的耳光声。

穆子旸感到脸上的汗水随着她指尖的抽离四处迸溅，切实的让他感到一阵强烈的疼痛，从脸到心。

"让开！"

梅宛书容色淡淡的，声音冷冷的，让他如同被一盆冰水从头浇到尾，伫立当场，动弹不得。

第040章　又仙又美又坏的女人

穆子旸呆愣当场，梅宛书却没再瞧他一眼，绕过他走到了邵星泽的身边。

"躺好！"她轻声命令。

邵星泽刚才一直处于剧烈头痛、意识模糊中，周围同伴们跑过来对他嘘寒问暖，穆语童也跑过来眼含泪水对他说着什么，观众席一片喧嚷嘈杂议论纷纷，他恍若未闻。鼻子里的血一直往身上滴，他却有种畅快淋漓的感觉，好像自己的头痛可以随着血液一起流走。

直到他的耳畔传来梅宛书的语声，他才突然间意识回笼，就像宠物的条件反射一般，主人发令，立马服从。

梅宛书让他躺好，他即刻躺倒在地，乖得令人心疼。

随后，梅宛书问星队的一个队员要来一瓶矿泉水，用丝绢沾湿后，帮邵星泽清洗脸部和手臂上的血液，动作快速而轻柔，不一会儿就将他脸上和身上的血全部清理干净。

接着，她又从风衣口袋拿出一小包纸巾，撕了一条塞到邵星泽的鼻孔中，见他双目紧闭，脸色惨白，然而薄唇却因为刚才沾了血透出鲜红的颜色，整张脸有种病态的俊丽。

"头疼得很厉害？"梅宛书柔声问。

"嗯。"邵星泽虚弱地回了一个字，微睁双眼，想看清楚美丽的女人，却只能朦胧地望见她长发飘逸的剪影轮廓，依旧宛若天使。

梅宛书立刻转到邵星泽的头后，两手的食指和中指一起按在他的太阳穴上，给他进行力度较强的指压按摩，片刻后邵星泽的头痛舒缓下来，长长地吁了口气。

梅宛书又从风衣口袋里拿出一个小小的方盒，打开盒盖，里面精巧的隔断将整个方盒分为几格，每格中都放着日常生活必需的药品。

她取出三粒红色的止疼药片，让邵星泽吞下，随后对 Matthew 和 Johnny 说："可以了，你们带他回公寓休息吧。"

Matthew 和 Johnny 一边一个扶着邵星泽，和穆语童一起，带他离开了篮球场。

梅宛书舒了一口气，见尹歆然和蒋南音一起朝她走过来。再扭头去看穆子旸，见他的四周围了一圈人，有周昊、周宇还有日队的其他同伴，有的在祝贺他，有的在安慰他，他却杵在当地一言不发，脸色沉郁。

观众席的学生们都没走，还在津津乐道地谈论着刚才的那场精彩赛事。

尽管最后优卑诗输给了西弗泽，但整场球赛比拼激烈，精彩纷呈，穆子旸和邵星泽从颜值到球技为他们贡献了一场视觉盛宴。而球赛结束后发生的戏剧性的一幕也大大出乎了他们的意料，美丽的女人甩了阳光大帅哥一个耳光，就是为了去挽救另一个大帅哥。

再回想整场球赛，两个帅哥从头到尾对这个女人都特别在意，似乎两人为何发起这场篮球赛的原因也不明自喻，恐怕就是为了争抢这位大美女。

不多时，观众席上口口相传，梅宛书的来历背景火速传开，此美女不是别人，正是优卑诗医学院的学霸女博士 Miss 穆！

尹歆然和蒋南音走到梅宛书身边，听到观众席上不断传来嗡嗡的谈话声，隐约夹杂着"Miss 穆"的称呼。

蒋南音笑叹："Sophia，看来这场蓝球赛把你给捧火了！"

梅宛书无奈地看了她一眼，很无语。

尹歆然也唯恐天下不乱，眨巴着大眼问："Sophia，你干嘛又打了你弟弟一耳光，这么不给他面子！"

蒋南音好奇了："什么弟弟？Sophia，那个旸到底是你什么人？"

尹歆然也急切地问："Sophia，那个Kelvin，到底是怎么回事？"

梅宛书向左边看看蒋南音，向右边看看尹歆然，叹口气道："你们俩互相解答吧！"

话落，她朝穆子旸走去。

她知道，这次和前两回不同，前两次一次在海滩一次在医院，虽然都是在公众场合打了穆子旸耳光，但毕竟周围都是陌生人，还不至于太杀他面子。可这一次，就在穆子旸赢了篮球赛，众人瞩目的时刻，她却一时情急打了他一巴掌，还打得特别重，他那么要面子的一个人肯定会受不了。

穆子旸的一堆好哥们见梅宛书走了过来，都自动让开了道。

周宇拍拍他的肩膀，挤眉弄眼地悄声说："女博士过来了哈，你们俩好好谈，把她追到手才不枉我们帮你一场！"

穆子旸却目无表情，纹丝不动，还像一座雕塑般杵着。

终于，梅宛书走到他面前，见他一张俊脸硬板板的，眼睛四十五度角朝上看，那模样，就跟他小时候受了极大的委屈时完全一个样，一点都没变。

梅宛书心中好笑，嘴里柔柔地吐了一句："子旸，抱歉……"

"哼！"她的道歉被他的一声冷哼打断。

穆子旸没再理会梅宛书，连眼角都没朝她瞥，便迈开大步离开了球场，只留给梅宛书一个潇洒无匹的帅哥背影……

这样可笑的稚气，把朋友们的好心全都当做驴肝肺，将梅宛书诚恳的道歉彻底无视掉，完整复制了穆子旸小时候对梅宛书闹脾气的全过程。

因为他已经知道了，这个最善于打一巴掌给颗糖，又仙又美又"坏"的女人，不是别人，就是他的宛书姐！

随着两大帅哥的离去，观众席的讨论终于慢慢消退了热度，一批一批的学生开始离场。

片刻后，周昊接到了穆子旸的一条消息，让他把穆振中送回医疗团队住的酒店。

周昊原本就认识穆振中，再加上这次医疗团队都是天阳地产来安排接待的，于是他接到消息后便朝还坐在观众席第一排的穆振中走去，却见梅宛书先他一步走到穆振中的面前。

"伯父，我送你回酒店吧！"她很有礼貌地主动提议。

穆振中刚看了一大场闹剧，也算是看明白了穆子旸、梅宛书、邵星泽、穆语童之间的复杂关系，他有心想帮穆子旸一把，便不再婉拒，微笑着点点头："那就多谢 Miss 穆了！"

听到这一句，周昊也就不再多事，停住脚步。

梅宛书跟蒋南音、尹歆然打了招呼后，带着穆振中先行一步；蒋南音跟尹歆然加了微信，说好了"私信慢慢聊"，也走了；周宇带着一帮小年轻也离了场，最后诺大的篮球场空空荡荡，只剩下寥寥数人。

周昊走到尹歆然身边，两手插在大衣口袋里，脸上似笑非笑："Ella，我请你吃午饭，赏不赏脸？"

尹歆然居然脸微微发热，嘴里却别扭地问："是不是要谈你和你太太的案子啊？"

听言，周昊竟呵呵一笑，倒往尹歆然跟前凑近了一步，在她耳畔低声问："我倒底有没有太太，你不是比谁都清楚？"

一股灼热的气息吹进她的耳朵，尹歆然感觉耳根痒痒的，绷不住"扑哧"笑了。

她大眼亮闪闪的："不管怎么样，从法律的角度讲，你就是有太太的人！"

周昊叹了口气，手臂一伸扶住了尹歆然的腰肢，哀怨地解释："Ella，我什么都不想再瞒你，那就是一个住在我家对面十几年的可怜女人。家暴，离婚，一个人带着孩子一辈子也苦不出头。"

尹歆然被周昊搂住了腰，不由自主地随着他的脚步走，嘴里娇声埋怨："早猜到你是假结婚，也知道一接你的 case 我就要惹麻烦上身，却没料到你是因为好心。"

周昊呵笑："怎么，我不像好心人啊？"

尹歆然睨了他一眼："你不照镜子的吗？好心人能长成你这样？先撤了你的大猪蹄子！"

周昊瞧着尹歆然含娇带媚的样子心里就是一荡，不仅没撤了他的"大猪蹄子"，还大手一用力将她搂得更紧了。

随后他眉目诚恳地对她说："Ella，这些天我一直都在感谢上苍，感谢让我遇见你，感谢你现在还是单身。"

尹歆然一颤，心里顿时软软的像一团棉花。

她放轻了语声，不过说出来的话还是那样："我是单身，可你不是！"

"嘿！"周昊恨恨的，手在尹歆然的腰间挠了一把。

尹歆然怕痒，"咯咯咯"的笑得满场皆春。

……

梅宛书从公寓的车库取了她 mini 车，没有直接将穆振中送回酒店，而是征求了他的意见后，将车子开到了北温。

北温和西温一样，依山傍海，风景优美。

梅宛书带他来到一家靠海的日餐馆，老板一见到她就是一怔："Sophia？"

梅宛书也没想到隔了三年多老板还能将她认出来，顿时觉得心口酸酸的："是我。"

老板看了一眼穆振中，笑着问她："还和以前一样来一份套餐吗？"

"好。"原来老板不仅记得她人，还记得她和穆云函喜欢吃什么。

梅宛书和穆振中面对面坐下，梅宛书细心周到，给穆振中准备小碟子倒上日本酱油，还拌了少量的芥末在酱油中，似乎很了解他的口味。

穆振中瞧着她，温婉娴静，高雅端庄，是个十分难得的才貌俱全、品性端正的好姑娘。

他若有所思，半晌不语。

待老板将一盘加尼福尼亚寿司卷端上，穆振中终于忍不住问："Miss 穆，你今天这么招待我，不是因为子旸吧！"

梅宛书一双雾蒙蒙的眸子望着他，温柔得令人心疼。

她轻轻地回答："不是的，伯父。"

"那恕我冒昧地问一句，你这么做，难道是为了云函？"

梅宛书一颤，倒底和穆云函一模一样的玲珑剔透心，这么快就全明白了。

"嗯，"她颔了颔首，眸中的雾气更浓了："是因为云函。"

穆振中的声音微微颤抖："云函交过女朋友，我却一点都不知道！"

又突然想起她的称呼，忙问："Miss 穆，你把姓都改成了穆？"

"嗯，"梅宛书再次点头："因为我和云函领过证，我其实是你的儿媳妇！"

穆振中震惊了，不可思议地问："这么重要的事，我怎么没听云函提起过？"

"因为……"梅宛书深深吸了口气，非常艰难地吐出一句话："在我和云函领证的第二天，云函就去了。"

第 041 章　眷恋情深

　　周昊带着尹歆然来到温西的一家中餐馆，为她脱下白色的大衣，见她里面穿了一件藕粉色的针织衫，配着下身烟灰色的微喇长裤，色系清淡而素雅，和尹歆然平时的穿衣风格不太一样。

　　然而，这样小清新蕴含着雅致女人味的着装，不仅衬得尹歆然皮肤水灵娇嫩，还若隐若现地勾勒出她性感曼妙的身体曲线，别有一种撩人的风情。

　　周昊默默地喝着茶，将胸口生出的那一丝躁动随着茶水一并咽下，眼里却掩饰不住那份灼热的渴望。

　　尹歆然从小到大凭着她聪明的脑子，活跃的性格和一副性感的好身材，一直拥有极好的异性缘。至今未婚的原因不为别的，却是因为她身后追逐的男人太多，谈恋爱谈得都嫌累。

　　二十八岁的她，不会再像少女时期那样只顾一时的热情便开始一场有头没尾的恋爱，她开始变得谨慎，斟酌条件，考虑未来，希望一次性地找到可以结婚的对象。

　　就在这些天尹歆然整理周昊担保人材料的过程中，她已经对这个男人的背景经历、家世财富掌握得比周昊妈还清楚，要不怎么说移民律师往往知道最亲密的家人都不知道的秘密呢。她也已经考量过，这个男人无论从年龄还是里外条件，都是适合结婚的。

　　尹歆然当然也清楚，周昊目前所谓的"妻子"曲静怡不论从哪方面条件上看都与周昊天差地远。曲静怡的照片她看过，人长得还算清秀但绝对算不上很有吸引力的那种。如果她是移民官，也不会认为周昊会因为男性荷尔蒙的冲动而娶了这个女人。最有可能的，便是他们以移民为目的而办理了假结婚。

从公事上讲，尹歆然算是碰到了一个非常棘手的案子，最后的结果很可能会拉低她的成功率。但从私情上说，自从看了周昊完整的背景材料，加上上周六的酒会周昊在社交场合言辞得体，风度翩翩还弹得一手好钢琴，她便情不自禁地动了心。

此刻，她端着茶杯，悠悠地喝着清香的菊花茶，任凭暖热的水雾迷蒙了她的双眼。

喝了两口，耳畔传来周昊的赞美："Ella，你这件针织衫特别漂亮，从来没见你穿过这种风格的衣服。"

尹歆然放下茶杯，笑笑说："这件针织衫是 Sophia 专门为我织的，合身又保暖，比买的都好多了。"

说到梅宛书，周昊不禁叹气："Sophia 什么都好，就是独身主义不好，苦了我的兄弟。"

尹歆然悠声道："每个人都有自己一套对生活的态度和想法，作为朋友也只好尊重她的选择了。"

周昊点点头，问她："那 Ella 你呢，对生活的态度和想法是什么？"

"随遇而安咯！"尹歆然倒是自然又大方："我有独立的职业，养得起自己，不靠男人也能过。这样就可以把主动权掌握在自己的手中，遇到合适的男人呢，恋爱结婚也不错，遇不到呢，单着过也行，都 OK！"

随性又洒脱，还带着一股子骄傲的自信，对面的男人想不欣赏都难。

周昊忍不住脱口而出："那我呢，算不算得上是合适的男人？”

问完这句话后，他的手指不由自主地捏紧了茶杯，突然变得很紧张。

尹歆然明显看到他紧张得喉结上下滚动，忍不住扑哧一笑，顿时明艳动人。

“哎，”她故意叹了口气：“你呢，原本也算是挺合适的男人，但现在你有太太，就变得很不合适了。”

听到这个答案，周昊相当满意，目光炽热闪亮，一把握住了她的手。

尹歆然稍微用力抽了一下，没抽出来，也就让他握着不再挣扎，嘴里继续埋怨：“周昊，明知你是假结婚我还接下你这个 case，已经违反了移民律师的守则。不过从你之前百折不挠的态度来看，我就知道即便我推了你的案子，你也会找其他律师去办理，却绝不肯放弃做这件事。总之，这件事已经成了你人生中的一个 milestone,不完成你就没法离婚，自然也不会再去结婚。”

听了这话，周昊感觉像找到了人生知己，咧着嘴笑，还把尹歆然的手放到自己的脸上捂着：“Ella，知我者莫若你。”

尹歆然撇了撇嘴，满脸委屈：“最近几天，我也算是为了你的 case 操碎了心，总觉得难以找到一个合适的理由，让移民官相信你和曲静怡之间是真实婚姻。不过，刚才听你说她是你十几年的邻居，我倒是想出了一个突破口。”

“哦？”周昊又惊又喜：“是什么突破口？”

“你先放手，我再讲！”

周昊无奈放开她的手，心里倒越发的痒：“快说吧，早点办成，我早点跟她离，早点跟你结！”

尹歆然又被他逗得“咯咯”直笑，喝了两口茶，才慢悠悠地道："这个突破口，就是打感情牌。你和曲静怡从小一起长大，青梅竹马，两小无猜，后来因为你移民枫叶国，两人有一阵没见，她便不小心嫁错了人。之后，你因为公司业务的需要经常回国，又和曲静怡再度相遇，而她那时刚好离了婚重新变成单身。你因为同情她的遭遇，怜悯她的孩子，不知不觉中爱上了这个善良娴淑的女人。周昊，你说，这个如同戏剧般的理由，编的好不好？"

"不仅好，简直绝了！"周昊抚掌大赞。

……

下午五点多，梅宛书将穆振中送回酒店。

穆振中下车时，脸上挂着温煦的笑："小书，你别下车送我了，直接回去，我们明天见！"

"好的，伯父！"

梅宛书嘴里柔柔地答应着，还是目送穆振中的身影进了酒店大门才发动了车子。

穆振中回到酒店房间，第一件事就是打开手机，一张一张地翻阅着今天下午梅宛书给他拍的照片。

她带他走过穆云函曾经踏足的好几处景点，他们沿着蜿蜒曲折的吊桥行走，穿过幽绿的森林；他们踏进林深处，观赏壮丽的峡谷瀑布；他们来到雪山顶，眺望海天一色的美景。

这一路，他们一直在谈论着、回忆着他们共同爱着的一个人，穆云函。

穆振中这才知道，眼前这个清雅秀丽的年轻女人竟是和他们家颇有渊源的梅宛书。

"伯父，还记得那一年么？"

"当然记得！云函的妈妈和你妈妈是宁城师大的同学，

同一个宿舍住了四年。虽然毕业后分在两个城市工作，但沪城和杭城离得不远，两人又都做中学教师，感情还是那么好。那一年暑假，她们俩约好了一起去山区支教，我和你父亲工作忙，所以干脆把你们托给我宁城乡下的大姐照看一个暑假。子旸的爸爸看子旸和你们差不多大，就把子旸也送到乡下去了。那一年，云函十一岁，你才八岁，子旸七岁，三个孩子来自三座不同的城市，倒是投缘得很，玩到最后都不肯分开。你知道么小书，我很少见到云函哭，但我把他从乡下接回来的那天，他却哭了。"

"云函哭了？"梅宛书难以置信。

"嗯，"穆振中点点头，眼角微带笑意，皱起了几道深深的褶："云函还怕我们瞧见，在他自己房间里悄悄抹泪。后来他从房间出来的时候眼睛还红红的，一看就哭过，我和他妈妈当做不知道罢了。"

梅宛书不禁想像着十一岁的穆云函抹泪的样子，她好像还从来没见他哭过。云函总是习惯性地去捧她的泪水，自己的心有多累一点都不会说，也绝不抱怨一句，对她是永远的呵护，安慰，支持……

"还有件事我一直觉得奇怪，现在回想起来，倒觉得情有可原了。"

"是什么事？"梅宛书好奇地问。

"就是云函斯丹佛大学毕业的那一年，明明已经申请好了本校的硕士，他却改变了计划，说要去澳洲的悉尼读硕士。我和他妈妈当时就觉得奇怪，现在想想，多半是因为你的原因。"

"是因为我？"梅宛书有些疑惑："可云函说，他想到另一个国家积累学习经验，所以才来的悉尼。"

穆振中微微一笑："没有那么巧的，小书。你刚去悉尼留学不久，他正好也去悉尼。你读新南威大学，他申请的也是新南威大学的硕士，一定是他打听到你的消息。"

"原来是这样……"梅宛书恍然明白过来。

原来云函对她，比她想得还要眷恋情深……

穆振中一张一张地翻阅照片，不知不觉眼角凝了两滴泪。

最后，他翻到了那张他每天必看的照片，是他在斯丹佛大学和穆云函的一张合照。他的指尖一点一点地抚过穆云函温润俊秀的面容，他走的时候才二十六岁，还那么的年轻……

然而今天，穆振中感觉心里多了一丝慰藉，因他终于知道在这个世界上每天记挂着儿子的不仅是自己和他妈妈，还有那样一个美丽的女孩子。只为了一天的婚姻，她便许下了终身的承诺，在小指上戴上了代表独身主义的戒指，打算一辈子想着云函那么往下过……

小书，实在是个傻孩子，也太让人心疼。

他默默地叹了口气，手机铃声响了起来。

穆振中一看号码，微笑着接起电话："子旸？"

"大伯，"那头传来的声音闷闷的："不好意思，今天没能好好招待你。"

"没关系，有人帮你招待了我一下午。"

"谁啊？昊哥？"

"不是，是 Miss 穆。"

"是她？"穆子旸的声线明显高了起来。

"嗯，Miss 穆还说，明天和我们结伴同行，一起游玩一天。"

"真的？"

"真的。"

“哇，大伯！”穆子旸兴奋地嚷：“你就是我的神助攻！太谢谢你了！”

“那我们明天见！”

“好，明天见！”

挂了电话，穆振中对着手机上“穆子旸”的名字看了良久。

这两兄弟，小时候就都那么喜欢梅宛书，长大了还是一个样。

耳边却回响起梅宛书的话：“伯父，我和云函的事，子旸一点都不知道，他甚至不知道我就是他的宛书姐。所以我希望，他永远都不要知道。”

第 042 章　不离不舍，永不言弃

梅宛书回到公寓，翻看了一下手机，见穆语童发了几条微信给她：

【Miss 穆，Kelvin 服用了你给的止疼片，现在感觉好多了】

【我给 Kelvin 煮了一包方便面吃，他现在睡着了】

【害羞】【捂脸】

【我什么都不会烧，只好煮方便面了】

【Miss 穆，你回公寓了吗？Kelvin 现在醒了，你能不能上来看看他的病况？】

梅宛书一看最后一条微信是十五分钟以前发的，便换了一套舒适的休闲服上了七楼。

按下门铃，穆语童的小脸出现在门口。

"Miss 穆来了！"她欢快地叫着。

梅宛书微笑着轻拍了一下穆语童的肩膀，走进客厅。

见换了一套棉质休闲服的邵星泽从沙发上起身，面容稍许恢复了血色，再不像球场上那么苍白。

"Sophia，你来了！"他笑着打招呼，又变成了乖乖大男孩的模样。

梅宛书柔声问："你们俩还没吃晚饭吧？"

穆语童吐了吐舌头："你们俩中午一人吃了一包方便面，正打算下楼去麦当劳吃一点。"

"麦当劳没营养，不太适合病人吃，要不你们到我那里吃点饺子。"

"Miss 穆，又要麻烦你！"穆语童怪不好意思。

　　梅宛书拉起了穆语童的手："饺子早就包好了，一点也不麻烦。"

　　又转头问邵星泽："饺子喜欢吃吗？有没有什么忌口的？"

　　邵星泽肚子早就饿得咕咕叫，听到"饺子"二字，喉结滚动了一下，轻声回："饺子喜欢吃，没有忌口的。"

　　心里却说，只要是你烧的，我都爱吃。

　　穆语童瞧他那副浑身不自在的样子就好笑。是她崇拜的偶像诶，每回见到 Miss 穆就变成了另外一种样子，像只宠物一样特别乖巧听话。

　　三人分前后下楼来到梅宛书的公寓，穆语童和邵星泽已经不是第一次来吃饭了，倒也不怎么拘束。两人也没听梅宛书的嘱咐坐在客厅里说话，而是陪着她在厨房里呆着。

　　邵星泽靠着餐桌站着，穆语童帮梅宛书烧开水，一个一个将饺子丢进锅里。

　　"Miss 穆，这些饺子都是你自己包的吗？"

　　"嗯，其实饺子包好了很方便，放在冷冻箱里好多天都不会坏，随时拿出来下着吃。"梅宛书一边说一边用漏勺在锅里搅拌，防止饺子粘在一起。

　　不一会儿，饺子从锅底全部浮到水面，她用青花磁盘先给邵星泽盛了二十个，问他："够不够？"

　　"足够了。"接过盘子放在餐桌上，却不马上吃。

　　梅宛书叮咛："你先吃，我和 Tina 再下一锅。"

　　邵星泽却道："等你们一块吃。"

　　梅宛书说："也好，凉一会儿不烫嘴。"

　　片晌，第二锅饺子也下好了，梅宛书又给每人倒了一杯葡萄汁，三人围一桌吃得很是温馨。

　　不过穆语童发现，整个进餐的过程梅宛书都没朝邵星泽瞧一眼，只是柔声细语地跟自己说话；而邵星泽却总是去看梅宛书，一眼又一眼。

　　餐后，穆语童很自觉地帮梅宛书清洗碗盘，梅宛书这才将邵星泽叫到客厅，问他："你的偏头痛经常发作？"

　　邵星泽回："本来没那么频繁，最近几个月差不多十天就要发作一次。"

　　梅宛书冷言："常去喝酒？"

　　邵星泽不好意思地转过脸，从鼻子里"嗯"了一声。

　　"晚上是不是睡得很晚，忙着编程？"梅宛书再问。

　　邵星泽吞吐着回："有时候编程，有时候打游戏，看视频。"

　　"一般几点睡？"

　　"三四点。"

　　"起床后早餐怎么解决的？到麦当劳买着吃？"梅宛书的语调越发严厉了。

　　邵星泽心里发怵，但还是实话实说："我一般不吃早餐。"

　　梅宛书不再问了。

　　客厅的空气静默半晌，直到穆语童从厨房里出来了，邵星泽才有勇气朝梅宛书望一眼。

　　只见她坐在桌边，手里拿着一只墨水笔正在一张白纸上写着什么。

　　穆语童刚才在厨房里听见了他们的对话，对邵星泽吐了吐舌头。

　　两人就像犯了错被训导的学生一样并排站在方桌前，头低着都有点惭愧。梅宛书不说话，两人也一句不敢吭声。

　　十分钟后，梅宛书终于停笔，将写满字的纸张递给邵星泽："从今天起，按照这张纸上的时间表饮食作息，Tina 来监督你。做不到的话，我会跟学校提出让你休学的建议，把身体调整好再来读书。"

邵星泽已经开始一目十行地查看新的时间表，除了梅宛书让他调整到每晚十一点睡觉早晨七点起床外，他竟然看到了每日三餐的菜单，看得他的眼睛发光。

七天二十一顿，梅宛书只允许他中餐在学校的各个餐厅解决，其他十四顿似乎都是她准备烧给他吃？

……

翌日上午，穆子旸带着穆振中到优卑诗的公寓来接梅宛书，顺便把穆语童送过来。

自从昨天篮球赛后，穆语童去照顾邵星泽，又在梅宛书家吃了一顿晚饭才回家，这小丫头的表情就神神秘秘的。问她什么事她也不肯说，可穆子旸知道必定又是为了那小子。

宝马车停下后，穆语童下了车，跟站在公寓门口的梅宛书打了声招呼："Morning, Miss 穆！"

梅宛书清浅淡笑："Morning, Tina！"

接着，两人小声交谈了几句，似乎梅宛书在交代穆语童什么事，穆语童频频点头。

之后两人相互道别，穆语童进了公寓大门，梅宛书走到宝马车前。

她拉开车后门，正准备上车与穆振中坐在一起，穆振中却道："Miss 穆，你坐前面的位置吧。"

梅宛书一怔："伯父……"

穆振中微微一笑，对她轻轻地颔了颔首。

梅宛书立刻明白了穆振中的意思。云函的父亲，竟然要自己放下过去，放开云函，给穆子旸一个机会……

　　梅宛书顿时觉得眼角酸涩，默默地听从穆振中的话坐进了副驾驶位。看了一眼穆子旸，见他平日齐整的短发有些凌乱，面容倦意浓浓，表情也是懒懒淡淡的，好像还没从昨天的沮丧中恢复过来。

　　梅宛书心里叹口气，转头拉了一下安全带，卡得太紧了没扯动，穆子旸立刻绅士地为她调整安全带扣好。

　　宝马车很快奔远了，邵星泽这才从门厅暗处走了出来。

　　"Kelvin！"穆语童惊喜地喊他。

　　邵星泽点了点头，容色淡淡的："Sophia 又跟你大哥出去了？"

　　"哦，"穆语童怕他难过赶忙解释："他们俩不是去单独约会，只是陪我大伯游玩一圈，我大伯难得来一趟温哥华。"

　　"所以 Sophia 让你今天来陪我？"邵星泽的声音依然闷闷的。

　　"嗯，Miss 穆担心你的身体没完全恢复，还给你准备了早餐和晚餐。"

　　说着，穆语童转身去了公寓管理处，问管理员要了梅宛书留下的保温汤壶。

　　"Miss 穆说了，让你以后每天早上七点十分，晚上六点半到管理处取早餐和晚餐。"

　　邵星泽看着穆语童手中精致的保温壶，一时间心里面不知是何滋味，不禁苦笑："她想得可真周到。"

　　"是啊，Miss 穆很关心你呢！"

　　"只是把我当做病人来关心。"

　　"那也比不关心好吧！"穆语童伸手拉住了邵星泽的衣袖："走吧，上楼吃早餐。"

……

穆子旸开车一路穿过史丹利公园，越过狮门大桥，沿着蜿蜒的海滨大道行驶。

融雪后的冬日天气明媚晴朗，海面波光粼粼，海浪舒卷起伏。

梅宛书和穆振中一路透过车窗静静地观赏着浩瀚无垠的海景，某种深长而悠远的思绪在车里的空气中弥漫，三人同时在心中默念着一个名字：穆云函。

只在此刻，穆子旸突然领悟到穆云函在梅宛书心中留下的烙印是如此深刻，她随时随地都在想他，在夏威夷的黑沙滩，植物园；在温哥华的邮轮港，咖啡馆。

穆云函，早已深深嵌入了她的生命，如影随形。

然而对于穆云函，穆子旸却从未想过要去跟他争什么，从小就只有仰望崇拜的份，从来都是争不过的。包括在梅宛书心中的份量，他也从来都比不过。

昨天他从篮球场回到家后就一直在左思右想，内心也在做激烈的挣扎。他甚至想过既然穆云函已经在梅宛书心里扎下了根，他是不是应该及时放手。

不过那种念头也只是闪现几秒，很快便被自己鄙视否决。她可是他的宛书姐，是多年来他心心念念的白月光，在他的生命中早就成了永恒的无可替代。所以他才会相隔十八年后还能一眼就把她认出来，所以他才会一见到她就情不知所起，一往而深……

最后穆子旸思虑一晚的结果，便是他这辈子恐怕也只会喜欢命中注定的这一个女人，他穆子旸既然已经知道了所有的真相，就更要紧紧握住她的手，不离不舍，永不言弃！

第 043 章　去惠斯勒滑雪

周一，穆子旸和周昊送走了医疗团队，穆振中临走时还颇有深意地嘱咐了一句："子旸，好好照顾 Miss 穆，她是个很好的姑娘。"

"我会的，大伯！"穆子旸口吻笃定。

穆振中从他的眼中完全读懂了他的心意，释然地笑了。

送走众人后，穆子旸和周昊回到公司，一起进了穆子旸的那间办公室。

两人讨论了一会儿公司各项目的进展后，周昊说："子旸，李教授家的房子一搞定，公司的公寓项目总算可以顺利开展了。"

穆子旸轻松地往皮椅后背上靠："我和 Kelly 达成了协议，只要我们公司的公寓项目能在本月内顺利开展，她就把高贵林的那块地皮卖给我们。最近几天，我们得安排她来一趟公司，谈谈她的项目参股。"

周昊道："其实这几天我想到一个更好的办法，不用损失我们公司太多的项目股，一样能达到目的，Kelly 还不用得罪她的老朋友。"

穆子旸一瞧周昊的神情，立刻领悟他的意思："昊哥，你是说，既然新雅地产缺资金，不如我们赶在他们国内的那笔资金注入之前，先一步与方雅淑达成交易，入股她的公司，然后一同拿下高贵林的酒店项目？"

周昊指了指穆子旸："知我者莫若兄弟你！"

穆子旸面色狡黠："昊哥，恐怕你醉翁之意不在酒……"

被穆子旸猜中了心思，周昊大感快意："说说看！"

"新雅地产虽然才成立两年，但手上的各个项目进展顺利，势头发展迅猛。而我们天阳地产资金雄厚，与新雅地产恰好优势互补。新雅地产目前急于扩大公司规模，此刻正是入股他们公司的大好时机。方雅淑这个人，从她这两年运营新雅地产的手法来看，绝对是个充满野心的人，为了未来考虑，她也不会拒绝我们天阳这样实力雄厚的合作伙伴。不过再往后……"

穆子旸故意欲言又止。

周昊接着往下说："再往后，随着新雅规模的不断扩大，必然需要越来越多天阳的资金去填补缺口，只要我们天阳的股份超过了百分之五十一，那新雅地产就不再是方雅淑的了！"

"呵呵……"两个男人笑得十分愉快。

"哎——"穆子旸向上伸展手臂，姿势慵懒："昊哥，既然是去应付女人，看来又得我出马了！"

周昊拍了两下他的肩头："兄弟，哥相信你。Kelly 都能轻松拿下，方雅淑又有何难？"

穆子旸瞟了他一眼，总觉得周昊今天特别的意气风发，不禁揶揄地问："昊哥，那天酒会你让 Ella 做你的女伴，她答应了；前天你约她去看我的篮球赛，她又答应了，你们之间……有进展？"

周昊终于藏不住笑："被你小子看出来了。Ella 现在已经知道我是假结婚，还肯把我的案子负责到底，你说这算不算一大进展？"

"就这？"穆子旸鄙视道。

"这还不够好吗？"周昊立马反问他："那你小子呢，前天刚被女博士甩了一巴掌，昨天又一起出行游玩，有没有进展？"

　　穆子旸顿时无言以对，默默地垂下了双眼。

　　昨天，他开车一路沿着海滨大道行驶，穿过一座座港湾和小镇，最后抵达马蹄湾。

　　就在那个风景如画的海港小镇，他们三人去了西温博物馆参观当代雕塑家们的作品，去了艺术之廊观赏当代摄影师们的作品；他们还漫步到灯塔公园，欣赏令人叹为观止的国家历史灯塔遗址。他们在木屋里喝着浓香的咖啡，享用着传统的鳕鱼薯条套餐，他们边吃边聊，言笑晏晏，一切都是那么的亲切和谐。

　　到了晚上，他们一起漫步于海港码头，周围灯火四起，映照得整个港湾如梦似幻。

　　有那么一刻，他靠她很近，影影绰绰的灯光下，她正在跟穆振中说些什么。

　　在那一刻，他只知道傻傻地望着她。

　　他嘴唇颤抖，胸口窒息，根本没办法说话，连呼吸都觉得困难，只觉惊涛骇浪层层卷来，从头至尾将他淹没。

　　他感觉自己快要溺死了，溺死在她的似水柔情中，哪怕那片柔情不因他而起。

　　在那一刻，他恍然惊觉，爱上这个女人，真的要赌上他的命。

　　……

　　还有一个星期就要到圣诞长假了，大温家家户户开始在室内布置圣诞树，在花园里挂上七色彩灯。

　　这一周，穆子旸和周昊将 Kelly 请到天阳地产公司，跟她谈妥了项目参股和地皮买卖的所有细节。而 Kelly 听说天阳有打算入股新雅地产的计划，倒是颇为欣喜，毕竟共同发展更符合商场的王道。

而方雅淑在和穆子旸见面了解到天阳地产的意图后，却在犹豫不决。虽然天阳的提议让她十分心动，但毕竟她和许慧茹有一层朋友关系，她不能出尔反尔的食言。于是，方雅淑跟穆子旸说让她多考虑一段时间，圣诞节后再给他回复。

临近圣诞，梅宛书医院的工作尤为忙碌，经常加班，然而她依然每天帮邵星泽做好早餐和晚餐，一天不拉。

邵星泽知道这阵子梅宛书工作繁忙，一点都没打扰她，很听话地按照梅宛书制定的时间表饮食作息。一道道美味的点心、菜肴吃进嘴里，心中却五味杂陈，不知是酸是甜还是苦涩。

周四，梅宛书结束医院的工作时，已经快要六点了。她去休息室换好衣服后拿出自己的饭盒，里面装了她一大早就做好的晚餐：煎荷包蛋，奶酪土豆，糖醋小排，还有一道凉拌色拉，和邵星泽吃得一模一样。

打开饭盒，她小小地尝了一口奶酪土豆，口感软软糯糯的，味道香醇可口，不禁泛起一丝浅笑，心想自从给邵星泽烧饭后，自己的厨艺又长进了，还连带自己的晚餐也一并解决了，倒是一举两得。

正吃着，手机响了起来。

梅宛书放下饭盒，一看名字是尹歆然打来的，立刻接起："Ella？"

电话里轻快爽落的语声传来："Sophia，周末就要开始放圣诞假了吧，想好了去哪儿玩没有？"

"还没定。"

"那就和我们一起去惠斯勒滑雪，我和 Grace 已经定了丽晶酒店的两间房，她跟他男朋友 Allen 也去。"

梅宛书有点犹豫："惠斯勒年年都去玩的，今年还要去吗？而且我又不会滑雪。"

"可是我想滑雪啊，你不会滑就坐在烤炉边看雪景呗，就当陪我了，行嘛？"

尹歆然的声音酥软，由不得梅宛书不答应："好吧！"

"那后天上午我去优卑诗接你。"

"嗯。"

尹歆然心满意足地挂了梅宛书的电话，立刻又给周昊拨了过去："喂，Sophia 我可搞定了哈，说好后天我接她去惠斯勒，跟你们住一间酒店。这回可要让穆子旸加把劲了，三天两晚的时间呢，让他好好规划规划！"

周昊咧嘴笑："我家 Ella 就是这么能干！"

尹歆然娇嗔："谁是你家的？你家那位还在国内望眼欲穿地等着你呢！"

"Ella！"周昊的声音顿时提高了八度。

尹歆然却毫不在意，轻哼两声，手指一摁直接把电话挂了。

这一头，周昊腾地从皮椅中站起身，叫嚷："我看这小妮子都要上天了！"

"哈哈！"坐在沙发上的穆子旸大笑："昊哥，你这都是活该！没事非要搞个假结婚出来，你现在用已婚男人的身份去追求人家美女律师，不给人踩扁才怪！"

周昊咬牙切齿地指着穆子旸："你小子还好意思说我，你自己还不是任凭你家女博士把你搓扁捏圆。你瞧你现在这个熊样，骂不还口，打不还手，现在连主动约人家出去玩的勇气都没了，这种事还来找我帮忙。"

穆子旸顿时敛了笑，眉宇紧锁。

自从他知道了 Sophia 就是他的宛书姐，知道了她心里深处藏着一个穆云函，他便时常纠结不安，一边着实心疼梅宛书，一边又觉得自己前途一片迷茫。

这些天他日思夜想，想着怎样才能不触及梅宛书的伤痛而慢慢靠近她，想着怎样才能淡化她深刻的记忆让她转身只看他，越想越觉得艰难。

但有一点他心里很清楚，他现在还不能在梅宛书面前提到穆云函，也不能告诉她他已经知道了她就是宛书姐，他暂时只能将这一切先埋在心底，等待合适的时机。

周昊瞧他一脸愁容，还有那么点无助无奈的样子，心下也明白穆子旸陷得更深了，根本回不了头。

他叹了口气道："这次去惠斯勒，除了你我，周宇和他小女朋友也会去。还有圣诞假 Frank 也会来大温，再加上你妹妹小童，我们六个人一起。酒店我也定好了，丽晶酒店，三间房。"

"Frank 也来大温？"穆子旸问。

"嗯，夏威夷一年四季都是夏天，你让 Frank 上哪儿去滑雪？那小子那么贪玩，每年圣诞假都来大温，只是前几年你不在不知道。"

"哦！"穆子旸淡淡地回了一个字，似乎也不怎么兴奋。

周昊颇感不忍，拍了拍他的胳膊，安慰他："了旸，有我们哥三个帮你，再难追的女人也帮你追上！"

穆子旸有口难言，勉强扯出一丝笑："那多谢了，昊哥！"

第 044 章　遗憾

梅宛书挂了尹歆然的电话，吃好晚餐，拨通了蒋南音的电话。

"妈咪，小猫咪弄得乱七八糟！"电话里传来细嫩清脆的女孩声音，是蒋南音五岁的小女儿 Catherine 嫌弃他们家的小猫弄乱了她好不容易整理好的玩具。

接着又传来一道成熟一点的男孩声音："没关系，我来帮你收拾吧！"

却是蒋南音七岁的大儿子 Stewart 在对妹妹说话。

"Nancy，忙着吗？"梅宛书一听到两个孩子的声音，嘴角不禁弯了起来。

"唉，刚吃好晚饭，正在收拾屋子，家里又是孩子又是小狗小猫的，跟在后面都收拾不过来。"蒋南音嘴里抱怨，声音里却尽是愉悦欢喜。

没有什么比一对可爱的儿女更让一个母亲再苦再累也觉得甘之如饴。

"快要放圣诞假了，打算带孩子去哪儿玩？"

"和 Martin 打算带他们去洛杉矶迪士尼、环球影城玩几天。"

"什么时候出发？"

"下周三走。"

"那这周末带孩子去滑雪好不好？"

"去惠斯勒？"

"嗯。"

蒋南音笑了："恰好 Martin 也有这个打算，就不知道他有没有订到酒店房间。"

此时，蒋南音的先生 Martin 在一旁听到了她的话，立马用有点生硬的普通话说："订到房间了，周六和周日两天。"

"那正好，"蒋南音对梅宛书说："我们去两天，你也要去？呆几天？"

"三天两晚，和 Ella 一起去，还有我的另外一个朋友。"

"那行，我们周六惠斯勒见。"

"OK，周六见！"

梅宛书挂了电话，长长地舒了口气。感觉最近几天日子虽然忙碌，但一切都似乎变得顺利起来。教授家的事圆满解决，穆子旸和邵星泽篮球场一战后都收敛了锋芒，也没再来烦扰她，她终于可以安安静静地回到原本静如止水的生活了。

她却不知道，这一切，不过她自己美好的愿望罢了。

第二天周五，穆语童就把周六一群人要去惠斯勒滑雪场度三天假的消息告诉了邵星泽。

邵星泽一听，便问："你大哥有没有提到 Sophia？"

穆语童回道："那倒没有，只是说我们一群六个人一起去。"

邵星泽忖了一会儿说："知道了，谢谢你告诉我。我和 Johnny，Matthew 商量一下，看他们有没有兴趣去滑雪。"

"嗯，等你的回音！"穆语童的口吻中含着明显的期盼。

闻言，邵星泽的心头划过一丝微微的悸动，嘴里却淡淡地道："很快回你！"

挂了电话后，他斟酌了片刻，开始给梅宛书发微信：【Sophia，周末两天的早晚餐就不用帮我准备了】

梅宛书此刻正在六楼的公寓里，看到了消息立刻回：【圣诞假要和朋友一起出去玩吗？】

邵星泽：【还没想好，只是想着圣诞假你有可能要出去旅游吧。天天帮我烧饭烧菜，太辛苦了。我保证，会一丝不苟地执行你定的时间表，你放心去玩吧】

隔了一会儿，梅宛书才回：【最近几天感觉身体怎么样，偏头痛有没有发作？】

邵星泽：【一次都没发作，精神状况无比健康】

梅宛书：【那好，我出去玩几天，周二开始恢复给你做早晚餐】

邵星泽：【OK，谢谢！】

与梅宛书结束微信对话后，邵星泽从鼻子里发出一声冷哼。

果然，只要有 Sophia 的地方，那小子就会像只哈巴狗一样巴巴地跟去。

他立刻给 Johnny 和 Matthew 打电话，跟他们约好了周六到周一三天两晚的惠斯勒滑雪之旅。接着，他拨通了 Eric 的电话。

“Eric！”

“Kelvin？圣诞假期要不要来酒店住几天，在赌场里痛痛快快玩个够！”Eric 提议。

“不用了，我要去惠斯勒滑雪，打算呆三天两夜，但这会儿惠斯勒人满为患，酒店恐怕订不到了，你有没有办法？”

“这个容易！”Eric 向他打保票：“惠斯勒丽晶旅馆的老板和邵老板是老朋友了，就算是旺季肯定也会留一间高级套房以备不时之需。我跟他联系，让他把套房留给你。”

“行！”

挂了电话，邵星泽拧着眉，一脸不悦。

邵老板？世界上他最讨厌的人。

如果可以，他一点都不想当那个人的儿子，如果可以，他也一点都不想沾那个人的福荫。

……

周六一早，日色晴朗，尹歆然开着她的奔驰车来接梅宛书，一路沿着海天公路行驶，左侧是湛蓝浩瀚的海水，右边是悬崖峭壁的山林，蜿蜒盘绕，一路相随。

两个小时后，车子终于开进了雪山中的小镇惠斯勒，这个北美极富盛名的滑雪胜地，素有"小瑞士"之称。

尹歆然将车停在小镇外围诺大的停车场里，两人沿着众多游人的足迹，踏进了这座充满了欧洲风情的小镇。

到了滑雪旺季，整座小镇游人处处。雪坡上，人们穿着滑雪服，戴着滑雪手套，脚下踏着滑雪板，感受着速度与激情。

大雪坡旁的小陡坡上，孩子们坐在最简单的塑料滑雪板上，由父母们推着往下滑，他们欢笑着，尖叫着，体会着同样兴奋刺激的感觉。

山坡下，餐厅、咖啡馆、俱乐部、礼品店游客簇簇，享受着闲暇的度假时光。

梅宛书深吸了一口山间寒冷的空气，顿觉沁润透凉。

尹歆然一看她身上还穿着秋天的风衣装束就忍不住皱眉，赶忙取下自己的羊绒围巾绕在她的脖颈上，嘴里念叨："就搞不懂你，大冬天的不肯穿大衣就罢了，连围巾手套都不肯戴，再不怕冷这都零下十几度了，穿得这么单薄怎么受得住？"

梅宛书浅淡一笑："习惯了就好。"

尹歆然勾住她的胳膊肘："我们赶紧进酒店，酒店里暖和。"

十五分钟后，两人办好了 check in，住进了舒适温暖的房间。

梅宛书整理好行李后，闲步走到阳台上，透过明净的落地玻璃窗看着外面热闹非凡的景象，思绪飘到了四年前……

那年的圣诞假，她和穆云函也来过这里，他们俩都不会滑雪，但他们可以一起赏雪景、堆雪人、坐缆车、看冰湖，围在烤炉边手握着手喁喁细语……

她记得当时她一边喝着热巧克力，一边吃着蛋糕，嘴里是甜的，心里也是甜的。

穆云函含笑看着她吃，吃了一半，他突然伸过手来，先用食指，再用大拇指一点一点地帮她抹去嘴角边残留的蛋糕屑。

他的指尖不经意间拂过她的唇瓣，痒丝丝的。

"小书，怎么害羞了？"他柔声问。

"我哪有？"梅宛书有点不自在地调开了目光："是火烤的！"

"是吗？"他轻笑着，包裹住她的一只手。

他的手骨骼清秀，手指纤长，手心温软，让她特别迷恋，常常握住了就不想放开。

"嗯……"穆云函欲言又止。

"怎么啦？"梅宛书好奇起来。

"我在想……"他突然身子靠她近了点，凑在她耳边轻语："今晚我们睡一间房，行不行？"

梅宛书的脸腾得一下变得通红，她心里有些慌乱，拒绝的话脱口而出："不行的！"

穆云函口气哀怨："非要等到结婚不可？"

"嗯，必须的！"娇音浓浓，却毋庸置疑。

"那说好了，我硕士一毕业你就嫁给我！"

梅宛书不好意思看他，垂下眼睫，嘴里却毫不犹豫地回答他："好！"

穆云函笑着将她搂进怀里，在她的发丝上亲了一记："小书，还有半年呐，我都等不及了！"

她闻着他身上干净的气息，幽声说："云函，就只剩下半年了，会很快过去的。"

想到曾经那温存旖旎的一幕，梅宛书的指尖不觉间划过自己的嘴角，突然感到特别后悔。

早知道会是那样的结局，她当时为什么要拒绝他，不肯答应他？

哪怕只有过一回，她也就没那么遗憾了，也算真真正正地做过他的妻……

"喂，Sophia，你看那边，好像是周昊和子旸他们来了！"

尹歆然惊喜的语声打断了梅宛书的思绪，她顺着尹歆然的目光望去，果然见到窗外的不远处，穆子旸一身军绿色的滑雪装，头戴一顶黑色的小圆帽，帽子边沿露出他一排齐整的刘海，说不出的好看迷人。

哪怕这样臃肿的装束，也丝毫不掩他全身夺目的灼灼光华，他只是随随便便地一笑，便让人挪不开眼，只想看他灿烂的笑，融了冰雪，化了山色，连带周围的世界都变得璀璨明亮。

……

穆子旸、周昊一行六人走进丽晶旅馆办理入住，三间房都在三楼。

周昊和周宇兄弟两一间，穆子旸和喻明辉一间，穆语童和周宇的女朋友 Terrisa 一间。

Terrisa 是西弗泽工商管理系大二的留学生，和穆语童一样大，身材娇小玲珑但很匀称，笑起来像只猫咪一样可爱又讨喜。

"Tina，"她一进门就开始和穆语童八卦："你知不知道我们这次到惠斯勒是带着任务来的？"

穆语童脱了羽绒衣，好奇地问："是什么任务啊？"

Terrisa 抿嘴笑："就是帮你哥追那个美女博士！上次天阳的酒会，我看你哥全程牵着她的手，还以为她已经是你哥的女朋友了呢，结果不是的，原来你哥一直都是单相思！"

穆语童一愣："你是说 Miss 穆吗？她也来惠斯勒了？"

"那是，"Terrisa 挺得意，自己竟然知道连穆子旸妹妹都不知道的事："就因为那个美女博士来惠斯勒度假，你哥才会巴巴地追过来！而且啊，我还知道女博士就住在我们楼下底层。"

"哦！"穆语童顿时明白过来："我去一下洗手间。"

一进卫生间，她便掏出手机给邵星泽打电话："Kelvin，你到惠斯勒了么？"

"到了，"电话里传来邵星泽的一声轻笑："就在你头顶上！"

穆语童心脏突的一跳，仰头朝天花板望了望，才反应过来："你也住丽晶酒店？"

"顶楼套房。"

"哇，真巧！Kelvin，还有一件很巧的事呢，Miss 穆也来惠斯勒了，而且也住这间酒店！"

"是吗？"邵星泽的口气似乎并不意外。

"对呀，她住在底层，我们住三楼。"

　　"知道了，"邵星泽语调轻快："我一会儿就和 Johnny、Matthew 去滑雪。"

　　穆语童懂他的意思，很配合地说："我会想法子把 Miss 穆带到滑雪场。"

　　"那多谢了！"

第 045 章　失控

梅宛书透过落地窗瞧见穆子旸一行人走进丽晶酒店，双臂抱在胸前，转身开始质问尹歆然："Ella，你把我拉来惠斯勒，还和子旸住同一家酒店，是你跟周昊商量好的？"

尹歆然知道瞒不过她，眨巴两下大眼道："我是怕你圣诞假期一个人过得太寂寞无聊，才把你带到度假胜地来，正好周昊他们也想来惠斯勒滑雪，那就干脆大家一起呗，人多热闹才好玩嘛！"

梅宛书明眸仿佛看穿了一切："其实我并不介意你带我来惠斯勒，我只是想提醒你，周昊是有太太的人。"

尹歆然俏脸泛红："可你也明知道周昊是假结婚！"

梅宛书反问："假结婚就不是结婚了？"

"喂，"尹歆然有点羞恼："我都二十八了哈，什么都明白！"

梅宛书瞧着尹歆然窘迫不安的样子，心中好笑，走到她面前柔声道："Ella，我不是想干涉你的私事，就是想从朋友的角度给你点意见。其实，周昊如果不是已婚的身份，倒是个很不错的对象。"

尹歆然一喜："你也这么觉得？"

"嗯，那天酒会我就看出来了，你喜欢上他。"梅宛书笑得清柔，嘴里吐出的话却客观冷静："不过，一个男人能为一个女人做到假结婚也非要把她带到枫叶国来，他们俩之间恐怕相交非浅。"

尹歆然满不在乎："你放心，那个女人的背景资料我全都看过，心里有数！"

梅宛书还想说点什么，门口传来轻细的敲门声。

尹歆然趁机逃开她的追问，三步并两步走到门口。

打开房门，见门外廊道里站着一个女孩，纤秾合度的身材，容颜秀美，气质干净，臂弯上搭着一件半长的白色羽绒衣。

"请问 Miss 穆在吗？"女孩问，声音也很好听。

尹歆然想了起来，篮球赛那天这个女孩和她们一起坐在第一排，听周昊说过是穆子旸的妹妹。

她立马笑着回："你找 Sophia，她在！"

又客气地问："要不要进来坐坐？"

穆语童摇了摇头，朝里张望了一下，看到梅宛书眼睛一亮："我想约 Miss 穆一块出去走走，观赏雪景。"

此时梅宛书也走到了门口，问她："Tina，你怎么不去滑雪？"

穆语童有点害羞："我不会滑雪。"

梅宛书莞尔："巧了，我也不会。"

"那你们俩正好凑一块儿！"尹歆然赶忙把梅宛书推出门外："你们俩去看雪景吧，我等 Grace 他们来了，和他们一起去滑雪！"

……

梅宛书和穆语童出了酒店，沿着雪坡徐徐上行，天地远山银白一片。

穆语童时而侧头望向梅宛书，见漫步行走的女人眉目清丽，身姿秀雅，偶有凝雪从树梢洒落，沾湿了她的发丝，沾上了她的肩头。

她的双眸仿佛笼了一层轻雾，含着淡淡的惆怅，静静地凝视着远方，似乎在思量些什么。

　　不知不觉穆语童停下了脚步，看愣了神。

　　"怎么了？"察觉到她的注视，梅宛书轻声问。

　　"Miss 穆，"穆语童赞叹："你真的好美！"

　　"傻孩子！"梅宛书淡笑着，伸手帮她拂去衣服上的雪片。

　　穆语童依然望着她，眼波流转。忽然，她的瞳孔映出了一道蓝色的身影。

　　梅宛书瞧见她动容的神色，便顺着她的眼光看去，见一个蓝衣蓝帽的年轻男人，脚下踏着滑雪板，身姿矫健，迅速地由远至近。

　　雪板在雪地上划出两道笔直的痕迹，倏忽转瞬，那人已滑到她的面前，抬手扯掉了头上的绒帽，让她清楚地望见他秀逸卓绝的容颜。

　　一时间梅宛书神思恍惚，心尖颤抖得厉害，或许是刚才一路行来，一路想着云中的男人，却未曾料到他会带着绵绵不绝的思念踏雪而来，宛如梦境。

　　邵星泽脱下雪板，见梅宛书衣衫单薄，便又脱掉身上的滑雪衣给她披上，随后握住了她的一只手。

　　穆语童的目光落在两人牵在一起的手上，心里不由得一阵纠痛，嘴里却快速地说："Miss 穆，我想去一下洗手间，让 Kelvin 陪你赏会儿雪景吧。"

　　话落，她不等梅宛书的任何回话，转身就走，白色的背影与周围的白雪融成一片。

　　邵星泽牵着梅宛书的手往坡上走，经过刚才一场激烈的滑雪运动，他浑身上下都在冒汗，温热的手心很快将她冰冷的手指捂暖。

走了几步，邵星泽见梅宛书并没有将手抽回的意思，高兴地飞身跃起，从树梢上抓了一把雪下来，在手中捏成了雪球。

他把雪球塞进她的手里，兴奋道："Sophia，有一种让手快速热起来的法子，就是紧紧地捏住雪球，让它在你手中融化，你的手就会感觉烫烫的。"

梅宛书说不出话来，脑海里浮现出那年冬天一模一样的场景。穆云函牵着她的左手，抓了一团雪塞进她的右手中，含笑道："小书，你的体质偏寒，手老是冰冰凉凉的。其实雪可以让人体升温，你现在就拿我的手和雪团比一比，瞧瞧是我的手先把你的左手捂热，还是雪团先把你的右手捂热。"

结果，她的右手竟然更快地升温！

雪球在梅宛书的指间渐渐融化，伴随着某种刺骨的疼痛，沿着她的手臂，钻进她的心脏。

顷刻间，她眼眶酸涩，泪雾模糊了她的视线，模糊了他的身影。让她再也分不清，他是天上的云，还是夜空的星。

"怎么哭了？"邵星泽心疼了："是不是感觉手更冷了？"

梅宛书摇摇头，更多的泪水纷纷坠落。

邵星泽忙从口袋里掏出了一块白色的丝绢帮她擦泪，擦着擦着，叹息一声，将她轻轻地揽入怀中。

"是不是想他了？"他柔声低语："Sophia，以后你就把我当做他好了，想他了，你就来找我！"

这话，却让梅宛书浑身一颤！

他不是他，她不可以把他当做他，绝对不可以！

"啊！"

梅宛书正准备推开邵星泽，背后却传来一股大力，将她从邵星泽的怀里拉了出去。

眼前放大了另一张男人的脸庞，原本那般阳光灿烂，此刻却如同寒风般凛冽，眼中的火星似要迸出来。

穆子旸一言不发，发狠劲将她身上的滑雪衣扯下来扔在地上，接着脱下他自己的滑雪衣裹在她身上，把她包成一个粽子，头上还扣上了他的圆帽。

顿时，他灼热的气息将她包裹，她浑身上下就像被火炉炙烤，胸口窒闷地喘不过气来。

下一刻，穆子旸攥紧她的手腕，拉着她就往雪坡下奔，她稍微用力试图将手抽出来，可换来的却是更压迫的钳制。

梅宛书手臂给他拽得生疼，头也昏昏沉沉的，嘴唇失去了血色，身上却给突如其来的热力烧得发烫。

她一路被穆子旸拉着跟跟跄跄往坡下滑，快到坡底了，她才气息虚弱地吐出一句："子旸你放开我！"

然而这一声太过轻细，很快被周围的风声淹没。

身后却传来邵星泽的叫喊："你快放开她，她都要晕过去了！"

穆子旸这才停下脚步转过身，只拿眼角轻蔑地睨了一眼邵星泽，又瞧了一眼身边的梅宛书。见她娇喘细细，额头上渗出了一层薄薄的汗珠，脸颊泛出异样的嫣红，两片唇却是苍白的，还在不停地颤抖着，柔弱楚楚。

穆子旸心口一揪，满腔的愤懑还没散去，一股子浓浓的舍不得又涌了出来。他二话不说，一把将梅宛书打横抱起。

梅宛书闭上了双眼，身心都觉得太倦太累太疲惫，将头靠在他的肩窝。

追到他们身后的邵星泽看到了梅宛书的表情，见她连一丝的责怪和埋怨都没有，反而安静地埋进穆子旸的怀中，好像他随便把她带去哪里，她都心甘情愿。

他心中一寒，两脚生根，定在雪地里。

穆子旸迈着大步来到孩子们嬉戏玩耍的小陡坡。陡坡下有一条笔直的长廊，生了几处火炉，游客们围炉喝啤酒，喝咖啡，吃着热腾腾的烤鸡翅，蒜香面包，四处欢声笑语。

他找了一张长椅坐下，仍然把梅宛书抱在怀中，用手臂圈着她，另只手从怀里掏出蓝色丝绢，擦拭她的额头。

梅宛书的眼睛仍然闭着，呼吸却随着他的动作越来越舒缓，只感觉浑身上下暖融融的，不想动也不想思考，不一会儿便进入了深沉的梦乡。

她柔软的发丝垂落在他的脖颈间，面颊褪去了不正常的赤红，变成了娇嫩的粉色。

穆子旸也总算松了一口气，他的宛书姐近在咫尺，就在他的怀里，没有丢下他走得太远。

他盯着前方的火炉，两簇火苗在他的瞳孔中攒动。

刚才发生的一切并非他的本意，整个状况似乎都失去了控制，就像滑雪者极速下滑时突然失掉了重心，摔成了人仰马翻。

这一次来滑雪场，他本想好好追求她、疼爱她的，可是在看到她靠进别的男人怀里的那一刻，他所有的情绪都失控了……

穆子旸凝视着怀里的女人，良久，轻唤她一声："宛书！"

梅宛书丝毫不觉，依然睡得十分香甜。

穆子旸又低低地唤了她几声，终是没能忍住心中一波涌动的渴望，低下头去，在她的唇角落下一个悸动的轻吻。

第046章　就喜欢自找虐

穆子旸抱着梅宛书坐在火炉边，凝望着她的睡颜，直到中午。

阳光遍洒茫茫雪地，越来越多的人群滑下雪坡，涌入各个酒吧、旅馆、餐厅。

一堆人谈笑风生朝着火炉走过来，却在看到火炉旁的一幕后一起愣住了。

只见穆子旸身上仅穿了一件单薄的长袖 T 恤，却把所有暖和的衣服全部捂在怀里的女人身上，梅宛书阖目靠在他的肩头，睡得香甜。

大家相互传递眼神，心照不宣，脚步轻悄，围着火炉一圈坐下，开始打起了哑语。

周昊、喻明辉竖起大拇指给穆子旸点赞，周宇和 Terrisa 一起在头顶上比了个爱心，穆子旸挑了挑眉，得意洋洋。

尹歆然坐在两人对面，嘴里轻声说了句"祝贺"，穆子旸用嘴型回了她一句"谢谢"。

叶依丹一脸惊讶，小声问尹歆然："这就是那个夏威夷一路追着 Sophia 跑的大帅哥？"

尹歆然偷笑着朝她点点头。

叶依丹顿时风中凌乱，心想 OMG，Sophia 旧金山隐婚的先生该怎么办啊？

只有叶依丹的男朋友 Allen 完全不了解状况，吹了一声响亮的口哨。

周围一阵动静，梅宛书终于有了知觉，睫毛微微颤动着，张开了眼。

最先映入眼帘的是穆子旸脉脉含情的目光，梅宛书这才发觉自己竟然一直坐在他的腿上被他搂在怀里，两人的姿势极为亲热。

尴尬地动了动想要起身，一扭头又瞧见一圈好友围着火炉盯着她看，神色各自诡异。

简直了……

这还怎么淡定得下去？

偏偏穆子旸根本没有放她起来的意思，胳膊把她圈得紧紧的，压着嗓子柔声问她："十二点多了，饿不饿？"

梅宛书脸颊晕红，找了个合适的理由："我想去下 washroom。"

穆子旸笑眯眯的，终于放开了手。

梅宛书尽量保持姿势优雅从他的怀里站起身，尹歆然、叶依丹立马说："跟你一起去！"

三人进了一间西餐厅的卫生间，梅宛书对着镜子洗手，见镜里的人尽管一身臃肿的装束，可面若桃花，眸光流转，娇艳得惊人。

两个朋友一左一右，或新奇或怀疑，都忍不住问："Sophia，这是什么新情况？"

梅宛书脱下穆子旸的滑雪衣，取下穆子旸的小圆帽，缓缓悠悠地说："就你们刚才看见的，我太累了，睡了　觉。"

"喂！"

这算什么解释啊？

梅宛书却不欲多说，洗好手就先行一步走出卫生间。

尹歆然和叶依丹面面相觑，各自怀揣梅宛书的秘密有口难言。

等回到火炉附近的长廊，穆子旸一群人已经拼好了几张桌子，点了意面、烤鸡翅、牛羊排等西餐，以及可乐、果汁等饮料，大家靠着火炉一起吃得欢畅。

梅宛书把衣服和帽子还给穆子旸，穆子旸却随意放在旁边的凳子上，梅宛书嗔怪：“就穿一件衣服不冷么！”

穆子旸拉她坐在他身畔的椅子中，贴着她耳朵悄声问：“你怕我冷啊？”

梅宛书被他握了一下，感觉他手心灼烫，热力十足，也就放下心来，淡声说：“我怕人生病，白白浪费国家的医疗资源！”

“呵呵……”众人笑。

穆子旸毫不在意，伸臂搭在梅宛书的椅背上，下意识地亲近环绕她，同时昭告这个漂亮女人的归属。

梅宛书却不再看他，拿起刀叉，把盘子里牛排旁边的意面切开了，叉着送进嘴里。

尹歆然终于逮到个机会嚷起来：“喂，Sophia，刀叉不是你这么用的哈！”

梅宛书：“……”

手机铃声恰在此时响了起来。

梅宛书接通，电话是蒋南音打来的：“Sophia，我们到了，两个孩子吵着要跟你玩！”

梅宛书问：“你们住哪家酒店？”

“代尔塔酒店，你不用过来了，一会儿我和 Martin 带他们去小雪坡滑雪，我们那儿见吧。”

梅宛书浅笑：“我倒是可以陪他们玩儿童雪板的。”

蒋南音笑道：“就怕两个孩子都抢你一个人。”

“那我一人陪着玩一次好了。”

“好，我们十五分钟后见。”

挂了电话，梅宛书也无心吃东西了，拿叉子卷着意面随便吃了两口，又喝了一点热咖啡，就向众人告辞。

穆子旸怜惜地问："吃这么少啊？"

梅宛书莞尔："已经饱了。"

旁边尹歆然看她盘子里的牛排一点都没动，意面还剩下三分之二，又嚷了起来："Sophia，你这不是浪费食物吗？"

"不浪费！"穆子旸把梅宛书的盘子和咖啡杯全部端到自己面前："我帮她吃！"

说着卷了一大口意面下肚，嘴砸吧砸吧吃得特香，又喝了一大口梅宛书喝剩的清咖啡，舌尖舔了一圈嘴唇："这味道就是不一样，超级爽口！"

"呕——"对面喻明辉做呕吐状。

Terrisa 在一旁挤眉弄眼："旸，你是想和 Miss 穆间接打 kiss 吧！"

闻言，已经站起身的梅宛书身形一顿，嗔怪地瞪了一眼穆子旸，不过还是跟他打了个招呼："我先走了。"

"嗯，去吧！"穆子旸故意学她平常的口吻，柔柔地叮咛："我一会就来。"

"呕——"旁边周宇也做呕吐状。

梅宛书无奈，轻轻摇了摇头，转身朝小雪坡的方向走。

一群人继续拿穆子旸嘲笑打趣，穆了旸　边吃着梅宛书的剩食，一边眉飞色舞，笑得欢畅。

就在一群人的不远处，长廊里坐着另外四个人，不停往他们这边看。

见穆子旸兴高采烈地吃着梅宛书剩下的食物，邵星泽不屑地冷哼一声，手握着啤酒瓶，仰头一口将整瓶酒喝干。

Johnny 用粤语跟他说："Kelvin，喝慢一点，唔太野了。"

坐在邵星泽身边的穆语童一脸担忧："Kelvin，你不是答应过 Miss 穆不喝酒了吗？"

邵星泽沉着脸一言不发，目光却投向梅宛书的背影。

见她朝着儿童滑雪区的方向去了，他突然站起身来："你们先吃，我等会儿再来。"

这一次，Johnny 和 Matthew 都没问他想干什么，篮球场一战，两人心知肚明，每回 Kelvin 不正常都是为了那个 Miss 穆，这回肯定又要去追着 Miss 穆跑了。

穆语童到底不放心，用桌上的纸袋包了两个三明治，又拿了一瓶矿泉水："我跟你一起去。"

邵星泽点点头，两人并肩走到雪地里。

Johnny 目送着两人的背影，叹口气："都不知道 Kelvin 怎么想的，这么好的女孩子不要，非要追那么难追的。"

Matthew 耸耸肩："Kelvin 你还不知道嘛，就喜欢自找虐！"

梅宛书缓步走到小雪坡下，见孩子们坐在各式各样的船型滑雪板里，从陡坡上飞速地滑下，放声尖叫着，开怀欢笑着，或和父母撒着娇，耳语说着悄悄话。她不由自主地笑了起来，小孩子都好可爱啊……

又情不自禁地想，若云函没有离她而去，这会儿他们也该有个孩子了，眉眼鼻子像他，嘴唇脸型像她，肯定又漂亮又聪明……

"Sophia！"耳中传来两道兴奋的童声。

梅宛书转头望去，见蒋南音的两个孩子 Stewart 和 Catherine 都在向她挥手。他们身后站着蒋南音和 Martin，一人手上拿着一只儿童滑雪板，一红一绿，颜色鲜艳。

梅宛书走到他们面前，半蹲下身子，一手拉着一个孩子，和声细语地和他们交谈起来。

站在不远处的邵星泽和穆语童凝望着她，觉得周围遍布的皑皑冰雪全都融化在她温柔的笑容中。

第 047 章　抢人

　　梅宛书和蒋南音一家一起走上小雪坡顶，Catherine 坐上了她红色的滑雪板，对梅宛书说："Sophia，我想第一个跟你滑。"

　　梅宛书微笑着问 Stewart："可以吗？"

　　Stewart 大方地说："当然可以啊，这次我先跟爹地滑。"

　　梅宛书揉了揉 Stewart 的头发，夸道："好孩子！"

　　随后坐在了 Catherine 的身后。

　　她双腿放在 Catherine 的两侧，环紧她的身体，然后两手扶住滑雪板的边沿。

　　蒋南音在她们背后一推："Go！"

　　滑雪板沿着陡坡飞速下滑，梅宛书的长发随风飘扬。

　　Catherine 在她的胸前咯咯咯笑得无比欢畅，雪板在雪地上留下一道笔直的痕迹，顺利地滑到了坡脚。Stewart 和 Martin 紧跟其后，从坡顶滑下。可是 Martin 的身材有点圆，份量也过重，雪板滑得没那么顺畅，整个滑行轨迹是歪的，中间还碰到了一块突起的小雪块颠簸了一下，吓得 Stewart 大叫一声。好容易滑到坡脚，速度已经减得很慢了。

　　Stewart 觉得十分不过瘾，小嘴巴撅了起来，转头问梅宛书："Sophia，现在轮到我和你滑了，是吧？"

　　"嗯。"梅宛书笑着点点头。

　　Catherine 闷闷不乐："Sophia，我还想跟你滑一次。"

　　Stewart 不乐意了："Catherine，你去跟妈咪滑。"

　　Catherine 皱了皱小鼻子："妈咪连爹地都不如！"

　　还是抢起人来了。

梅宛书正准备跟 Catherine 说"一人一次"，邵星泽走上前来，蹲下身，对 Stewart 说："Hi，我叫 Kelvin，是你妈妈的好朋友。我来陪你玩，比她们滑得还快！"

Stewart 一看邵星泽的样子就喜欢，睁大眼睛问："真的吗？"

邵星泽很郑重地道："我保证！"

Stewart 眼睛发亮。

"来，拍个手！"邵星泽举起一只手。

"Yeah！"Stewart 的小手朝他的大手拍去。

邵星泽起身搂住了 Stewart 的肩头，手一挥："我们出发！"

"好哦，出发！"Stewart 兴致勃勃。

邵星泽和 Stewart 父子两一同往坡顶走，一边轻松自如地和 Martin 交谈起来。

梅宛书见穆语童站在坡脚下，目光一直锁在邵星泽身上，便问她："Tina，儿童雪板会不会玩？"

穆语童有点害羞地摇摇头："我胆子小，不敢滑！"

梅宛书觉得挺惋惜，原本想着这倒是让她和邵星泽相处的大好机会。

"没关系，Miss 穆，我负责给你们拍照！"穆语童很乖巧。

"好！"回了穆语童一声，梅宛书一手拿着滑雪板，一手拉起 Catherine 的小手，带着她重新爬上雪坡。

Catherine 兴奋地叫嚷："Sophia，我们是要和 Stewart 他们比赛吗？"

"对。"

"哇，我好激动！"

两人一路走到坡顶，梅宛书见邵星泽正在和蒋南音打招呼。

随后，邵星泽让 Stewart 先坐上滑板，自己坐在他身后，两腿把他夹了个紧实，Stewart 超级有安全感的。

梅宛书和 Catherine 也像前一次一样坐好，蒋南音和 Martin 一起喊："准备好了吗？"

"准备好了！"

"Go！"

一声令下，蒋南音和 Martin 同时将两块滑雪板推出。

果然，这一次邵星泽运用了滑雪的技巧，两手灵活地操纵着雪板，时不时还用手在雪地里扒拉两下，绿色的雪板风驰电掣，Stewart 高兴地放声尖叫，最后滑到坡底时，整整比梅宛书她们领先了三四米。

"我赢了，我赢了！"Stewart 举起两臂欢呼。

Catherine 羡慕得星星眼直冒，崇拜地仰望着邵星泽，忍不住央求："Kelvin，你可以陪我玩一次吗？"

好么，又抢起人来了！

四人坐在滑雪板里没起身，邵星泽笑着问梅宛书："怎么办，两个孩子都要我！"

梅宛书莞尔："现在你成了香饽饽，要不你陪他们俩轮流玩吧！"

"Yeah！"Catherine 开心得举手欢呼。

Stewart 却不开心了："我不想跟任何人分享 Kelvin！"

"那——"

梅宛书正为难着，另一道清朗的声音响起："那我来陪你们玩！"

听到这一声，梅宛书心下一松，见穆子旸披着一身的阳光朝她走来。

他迈了几步来到她面前，向她伸出一只手，梅宛书并未犹豫就将手放进他的手中。

穆子旸一把将她从滑雪板里拉起来，还故意拉得特别用劲，梅宛书一个踉跄扑到他的怀中。

穆子旸顺手搂着她，将她发丝上沾着的雪片用手指一点一点捻去。

梅宛书嗔道：“你快去陪 Catherine 滑雪，孩子都等急了！”

“嗯，听你的！”声音透着一股子温存爱怜。

话落，穆子旸放开了梅宛书，这才傲娇地朝邵星泽瞥了一眼，果见他的面孔表情沉郁，双眸暗藏了无数蓄势待发的冰刀。

穆子旸大感快意，拉起 Catherine 的小手，自信满满地说：“Catherine，相信我，我比 Kelvin 更厉害！”

Catherine 仰头望着穆子旸，觉得这个大哥哥比 Kelvin 一点都不差，也是又高又帅又亲切，当下无限欢喜地点点头。

两个男人一人牵着一个孩子爬上雪坡，表面不动声色，嘴里你来我往地交锋几句。

邵星泽：“不如我们再比一场！”

穆子旸：“某人赌品不好，赌输了也不遵守约定！”

邵星泽：“你是说那场篮球赛？你不过才赢了一个球而已。当时如果不是我偏头痛发作，你以为你能赢？”

穆子旸：“你今天头不疼？别真比起来又要装病，骗取我女人的同情心！”

邵星泽：“你的女人？她自己承认了吗？”

穆子旸：“还需要承认吗？你看不出来？”

邵星泽："没看出来！我只看出，她心里装的人不是你我任何一个！"

穆子旸默然，半晌，咬牙回："那就再比一场，五局三胜，赌注不变！"

邵星泽毫不犹疑："Done！"

雪坡下，梅宛书和穆语童并排站立，望着他们高挺的背影。

两个男人之间相隔有一米之远，看上去井水不犯河水，可周围的磁场却显得没那么太平。

梅宛书隐约不安，开口问穆语童："Tina，上回的篮球赛，子旸和 Kelvin 之间是不是有什么赌注？我好像听子旸提起过。"

穆语童点点头："Miss 穆，其实我哥和 Kelvin 拿你和我当赌注，约定谁输了谁就离你们俩远远的。"

梅宛书一听，顿时觉得头疼，不禁蹙起眉头。

穆语童也很无奈地叹口气："他们拿你们俩当赌注，也不问过我们同不同意。"

高坡上，两个男人一人带着一个孩子，在两只滑雪板里稳稳坐停当，穆子旸抬了抬眉，向邵星泽挑衅："Kelvin，既然是正规的比试，就不许用辅助力量，不用人来推，我们自己启动！"

邵星泽道："正合我意！"

两个孩子一听，都兴奋地欢呼："哇，太棒啦！"

Martin 有点摸不着头脑，问蒋南音："Nancy，怎么回事？"

蒋南音微笑着回他："Martin，放心，这两位都是运动高手，不会有问题的！"

Martin 会意，大声问两个孩子："准备好了没？"

两个孩子大叫："准备好了！"

Martin 嘴里发出命令："Go！"

穆子旸和邵星泽早已蓄势待发，都将手臂撑在了雪地上，听 Martin 一声令下，双手在雪地上用力一拨，滑雪板如离弦之箭，飞速冲下雪坡。

站在坡脚的梅宛书和穆语童瞧见一红一绿两只雪板并肩疾速而来，在雪坡上划出两道整齐的平行线，竟然难分上下。

两个孩子挥动着手臂，兴奋地尖叫，穆语童立刻用手机抓拍了这一刻生动的画面。

直到两只雪板滑落坡脚，梅宛书才看清红色的滑雪板比绿色的滑雪板领先了半个雪板的长度。

第一局，却是穆子旸凭着他更有力量的臂膀，从出发时便取得了微弱的优势。

两只雪板停稳后，穆子旸一脸的灿笑，朝着 Catherine 问道："Catherine，是不是我更厉害？"

"Yeah！"Catherine 高声欢呼："我们赢咯，旸是超人！"

"哈哈……"穆子旸放声大笑，得意洋洋。

却见邵星泽毫不在意，对面色有些沮丧的 Stewart 悄声耳语了两句，Stewart 顿时两眼放光，还给了他一个心领神会的 OK 手势。

穆语童毕竟牵挂邵星泽，问他："Kelvin，你肚子饿不饿，要不要吃点东西补充能量？"

"好！"邵星泽脸上的笑容又变得十分温润。

穆语童将三明治递给他，又为他打开矿泉水瓶盖，服务周到。

穆子旸带着 Catherine 来到梅宛书面前，看到穆语童一

副小跟班的样子，忍不住冷哼一声，

又故意向梅宛书夸耀："Sophia，我厉不厉害？"

梅宛书不答，双手环抱着反问他："子旸，你和Kelvin一共要比几局？"

穆子旸展开五根手指："五局三胜！"

梅宛书眸色凉凉："这次的赌注，还是我和Tina吗？"

这句质问的话一出，邵星泽立刻转过脸去，装作没听见。

穆子旸却浑不在意，笑嘻嘻的："你都知道啦，赌注没变！"

梅宛书点了点头："可我刚才跟Tina商量好了，既然你们拿你们俩当赌注，那游戏规则是不是应该由我们来定？"

穆子旸爽快地道："行啊，你来定，你说什么就是什么！"

梅宛书转头问邵星泽："Kelvin，你同意吗？"

邵星泽很小声地回了个"嗯"。

"那好，我和Tina重新定了新规则，刚才那局不算，现在重新比，就比一局，哪个人滑得更慢，就算他赢！"

"啊？"穆子旸和邵星泽同时怔愣，目瞪口呆。

穆子旸急得舌头打结："Sophia，这……这……怎么比啊？"

梅宛书悠声反问："自行车可以比慢，滑雪怎么就不行？"

邵星泽喝了一大口水，将嘴里的三明治快速解决，立马表态："我可以！"

"你行我就行！"穆子旸怒瞪他一眼。

"去吧。"梅宛书一如既往地柔声叮嘱。

结果……

穆语童手捂着嘴，笑得浑身打颤，看着雪坡上的两个男人大长腿在雪地里一点一点扒拉，异常艰难地控制着滑雪板，一红一绿两只雪板滑得比虫子爬还慢。

　　Catherine 先忍不住了："旸，我可以不跟你滑嘛，我觉得还是 Sophia 比较好。"

　　Stewart 也随着妹妹的意思说："Kelvin，我想自己玩！"

　　更糟糕的是，许多家长在两人背后催促："你们俩可以下去了吗？把道都堵死啦！"

　　两个男人十分汗颜，只好把滑雪板挪到道旁，停止了这场无聊的比赛。

　　至此，穆语童才止住了笑，侧目一瞧，见梅宛书仍是双手环抱的姿势，眉目清雅，云淡风轻。

　　她心下大赞，也只有 Miss 穆才能把这两个骄傲得尾巴翘到天上的男人给整治得服服贴贴！

第 048 章　换房

周昊一群人结束午餐后，天气晴好，周宇、Terrisa 和喻明辉三个小年轻继续去滑雪，尹歆然、周昊、叶依丹、Allen 四人则去大雪坡半山腰乘坐横渡峰顶高空缆车。

叶依丹和尹歆然上午一起滑雪时已经发现周昊对她百般殷勤，此时找了个机会对她悄声道："喂，新交的男朋友，看着不错！"

尹歆然横了她一眼："什么男朋友，就是一客户！"

"得了你，"叶依丹和尹歆然相交三四年，最是了解她："我还不知道你吗，春心都荡漾了！"

尹歆有点窘迫："Grace，还真不是你想的那样！"

"那是哪样？"叶依丹瞧着前面跟 Allen 走在一起谈笑风生的周昊："你走哪儿那个周先生就跟到哪儿，连酒店都跟我们定在一家，就算不是男朋友，我看也快了！"

尹歆然也知道瞒不过叶依丹，便不再矫情，轻声问："你觉得他怎么样？"

"总算承认啦！"叶依丹笑了几声，又多打量了周昊两眼，赞叹："Ella，你眼光不错！三十岁，有钱有事业，年龄合适模样也不差，可以直接奔着结婚去！"

这番评价正说到尹歆然的心坎上，她不由自主地将视线转向周昊，怎么看都很合意，可惜啊，还不能马上嫁……

叶依丹又在她耳畔揶揄地说："Ella，一会儿坐缆车，风光无限好，你们俩……"

"Grace！"尹歆然瞪了她一眼："不是我们四个人一辆缆车嘛！"

“No，No！”叶依丹伸出一根食指来回摇晃：“这会儿中午乘缆车的人最少，我和 Allen 打算单独坐一辆缆车过二人世界，不想被人打扰！”

尹歆然：“……”

四人来到了缆车站，果然不出叶依丹所料，大多数游客都还在餐厅或旅馆里，乘缆车的人寥寥无几，于是叶依丹如愿以偿地和 Allen 单独坐上了一辆缆车，上缆车前还给尹歆然使了个促狭的眼色。

尹歆然略微不自在地跟周昊上了另一辆缆车，走进去就坐在缆车座位的最边上，眼睛也直勾勾地朝窗外看，都不瞧周昊一眼。

周昊嗤笑一声，也不在意，贴着尹歆然坐了下来。

缆车徐徐开动，从惠斯勒山向黑梳山出发。

惠斯勒的缆车是世界上离地最高，行程最长的缆车系统，冬日观景，尤为壮丽。

在这令人眩晕的高空，包厢的气氛也逐渐变得暧昧起来……

尹歆然坐姿未变，脸颊却越来越烫，呼吸也越来越急促。

周昊的手先是搭在她身后的椅背上，过了一会儿就忍不住落在她腰肢的一侧。

尹歆然被他的动作弄得浑身一颤：“喂，你干嘛？唔……”

轻怒薄嗔，未说完的话被男人啃在齿间。

周昊的吻来得激烈而狂猛，像是有太多汹涌的情绪爆发出来，唇舌带着强势的力道，扫过她的牙关，随后长驱直入捣进她的口中，卷住她的舌，狠命地吮吸，绞得她舌尖发麻。

大脑缺氧的感觉一波一波，胸口一股子热力直往上窜，全都堵在喉咙口，竟是她从未尝过的一种澎湃的感受，令她不由自主地回应他。唇舌交缠彼此挤压发出的喘息声，在包厢里分外清晰。

好容易得了一个空隙，尹歆然怒嗔："周昊你个疯子！"

柔媚诱惑的声音入耳，挑拨得他越发不可收拾，两只大手钳紧她的蛮腰，再次将她吻了个彻底。

尹歆然整个人被钉在包厢的一角，微微睁开眼眸，外面一片白茫茫的冰冷雪色，身体却像火焰般燃烧起来。

半晌，耳朵里传来周昊混沌不清的沙哑低语："早就想这么干了……呀！"

嘴里涌进丝丝鲜血的腥甜味，尹歆然直接咬破了他的唇。

一刻钟后，两人一前一后从缆车里走出。

尹歆然的嘴巴肿胀起来，鲜红饱满；周昊更好了，上唇被咬破了一个裂口，触目惊心。

叶依丹和 Allen 瞠目结舌：

"They fought a battle（他们打了一仗）？"

"I guess a war happened（我猜发生了一场战争）！"

……

梅宛书、穆子旸和邵星泽轮流陪着蒋南音的两个孩子玩了一下午，穆语童帮他们拍照，一群人倒是和乐融融。

五点多，天色灰暗，山里飘起了鹅毛大雪，游客们撤退的撤退，住下来的都涌进了各个餐厅、旅馆和酒吧。

梅宛书四人和蒋南音一家一块享用了一顿丰盛的晚餐，各自回酒店。

四人走进丽晶酒店的大堂，穆子旸还恋恋不舍的，想拉一下梅宛书的手，旁边却有个碍眼的盯着，自是不便，只好跟她说："Sophia，我回房了，待会儿我们微信再聊！"

"今天大家都玩累了，早点休息吧。"梅宛书柔声回了一句，自行先回底层的房间。

两个男人一同目送她的背影消失在门口，才狠狠地瞪了对方一眼。

穆子旸搂住了穆语童的肩膀，高声说："小童，我们走楼梯上三楼！"

邵星泽冷哼一声，正打算去乘电梯，穆语童却扭过头，含笑跟他打了个招呼："Kelvin，晚安！"

邵星泽纠结的眉目立时舒展，回了她一句："晚安，Tina，明天见！"

穆子旸满脸不悦，加重了手上的力道，揽着穆语童上了三楼。

梅宛书进了房间，见尹歆然已经回房了，愣神坐在床上。身上换了一套舒适的休闲服，头发半湿，显然已经洗过澡了。

梅宛书瞧她两颊嫣红，唇色娇艳，心中有数，也不说什么，只是问："晚饭吃了吗？"

尹歆然扑哧一笑，她这朋友什么时候最关心的都是周围人有没有把肚子填饱，医生的职业病。

"没吃，也不饿！"

梅宛书淡淡地瞥了她一眼："恋爱可以当饭吃啊！"

尹歆然风情万种地回了她一眼："又被你看出来了！"

"你自己这副样子，生怕别人看不出来。"梅宛书嘴里轻嘲着，从行李包里拿出一盒压缩苏打饼干，又给尹歆然倒了一杯清水。

尹歆然笑眯眯地接过，吃了几块饼干，喝了几口水。

梅宛书的手机不断传来微信铃声，她从衣服口袋里掏出来扫了一眼，穆子旸发来了一连串的微信：

【Sophia，告诉你一件好笑的事】

【昊哥的上嘴唇被人咬破了！哈哈！】

【亲亲】【亲亲】【亲亲】

【好想……】

【亲……】

梅宛书脸上不由自主地浮起一抹笑意。

尹歆然一瞧她的表情，突然间想起来什么，质问："对了，你还没交代你的事呢，怎么一大早的就躺在你弟弟怀里睡得天昏地暗的？"

梅宛书凉凉回："我那是困不择床，你却是饥不择食！"

一句话，堵得尹歆然再不敢吭声，嘴巴只敢用来吃东西喝水。

这一头，穆子旸正坐在周昊房间的沙发椅中，发了几条消息后，转头继续看周昊，越看他上唇的裂口越好笑。

一旁喻明辉和周宇还在毫无顾忌地调侃：

"昊哥，你和 Ella 跟哪儿弄的，那么鲜艳！"

"哥，那个 Ella 可够辣的，一点儿不带顾忌的！"

"肯定是昊哥先惹的人家，人家反咬一口，哈哈！"

"我说呢，哥怎么这两天骚动不安的……"

"不过 Ella 那身材……啧啧，昊哥艳福不浅！"

"……"

坐在另一张沙发椅上的周昊对两人的话置若罔闻，喝了几口茶水后抿了抿嘴，感觉上唇还在痛，不禁回想起缆车包厢里的一幕，顿时心潮澎湃起伏……

"咳咳，"他清了两声嗓子，翘了个二郎腿，摆出大哥的架子："你们几个小子都帮帮忙，成全你们大哥，将 Ella 一把拿下！"

　　穆子旸见周昊眼中闪过一抹狡黠，就知道他又有主意了："昊哥，你什么想法？"

　　周昊瞟了周宇一眼："小宇你去换个房间住，给哥把地方腾出来！"

　　周宇一愣："那我上哪儿住啊，整个惠斯勒人满为患的。"

　　穆子旸笑道："周宇你不是有女朋友吗？"

　　"嘿嘿，"周宇挠了挠头，一脸憨笑："我是想跟 Terrisa 一间，不过小童怎么办？"

　　"小童好办，我让她去跟 Sophia 住一间！"穆子旸笃定地说。

　　周昊赞赏地看了穆子旸一眼："还是子旸聪明，搞得定不？"

　　穆子旸回："今晚有点难，明晚应该没问题！"

　　"行，我就再忍一天！"周昊叹。

　　喻明辉瞧周昊颇为遗憾的样子，忍不住又嘲他："不要太猴急嘛，昊哥，别到时候吃不消兜着走！"

第 049 章　我不会再喜欢别人

大雪纷飞了一夜，终于在黎明时分停了下来，给小镇重新铺上了一层银白色的外衣。

十点多，梅宛书和尹歆然在房里刚洗漱好，准备和叶依丹、Allen 一起出去吃早午餐，房门传来"咚咚"的敲门声。

梅宛书打开门，见穆子旸和穆语童并排站在门口。

穆子旸笑得晴光灿烂，穆语童却微微低头，带着点羞赧。

"进来吧！"梅宛书和煦地招呼他们俩。

穆子旸一进门，便一把拉住了梅宛书的手。霎时，手心的触感细腻柔滑，一夜的想念也总算找到了归宿。

梅宛书瞧着他，见他的眉梢眼角都含着浓浓的欢喜和眷恋，那副样子真和小时候拉着她的手时如出一辙。

她便也没立即把手抽出来，只轻声问他："你们俩早饭吃了没？"

"还没呢，"穆子旸从鼻子里发音："就想和你一起吃。"

"喂喂，"旁边的尹歆然看不下去了："这房间里不是只有你们两个人啊！"

穆子旸依旧旁若无人，清亮的目光在梅宛书的脸颊上来回打转，流连忘返。

半晌，他才再度开口："Sophia，有件事想麻烦你。"

"说吧。"

"周宇想跟 Terrisa 一间房睡。"穆子旸说得很直白，很自然，面不改色心不跳。

听言，梅宛书看了一眼一旁还在害羞的穆语童，颔了颔首："行吧，让 Tina 搬来我们房间。"

"三个人两张床怎么睡？"尹歆然不满地嘟囔。

"晚上我在地上打个地铺吧。"梅宛书温婉地提议，尹歆然自是不好意思再反驳。

穆语童连忙乖巧地道："Miss 穆，晚上我睡地铺！"

梅宛书这才把手从穆子旸手里抽出来，拍了拍穆语童的肩头："晚上再说。"

穆子旸一喜，没想到事情这么容易就解决了。

几人出了房门，叶依丹和 Allen 已经等在酒店大堂，大家找了一家港式早茶店吃了一顿丰盛的早午餐。

吃好后，梅宛书用纸巾抹拭嘴角，曲线优美的两瓣唇抿在一起，粉润娇美。

穆子旸情不自禁地在餐桌下牵起她的手，继而十指交缠，手心相贴，亲密的触感难以言喻。

身子也凑近了些，在她耳根悄声问："Sophia，你今天有什么活动？"

梅宛书的面色倒是平静无波，淡声回道："还和 Nancy 他们一家一起玩个半天，他们下午就要回大温了。"

穆子旸立马道："那我和你们一起。"

坐在他旁边的穆语童却瞅到了两人缠在一起的手，马上说："Miss 穆，我和 Kelvin 他们也跟你们一起玩，好不好？"

"好。"意料中的回答。

穆子旸转头瞪穆语童："干么做什么都要拉上那个小子？今天不带他玩。"

穆语童白了他一眼："哥，这又不是你说了算！"

旁边的尹歆然扑哧一笑。

梅宛书动了动桌下的手，轻声说："子旸，我要打个电话。"

“嗯。”穆子旸这才依依不舍地放开了她。

梅宛书拨通了蒋南音的号码：“Nancy，今天你们一家有什么安排？

蒋南音回：“一会儿我们准备去坐缆车看雪景，半个小时后我们缆车站见吧。”

“OK！”

梅宛书挂了电话，隔着穆子旸对穆语童道：“Tina，你跟Kelvin他们说，半个小时后，我们缆车站汇合。”

“好！”穆语童声调欢快雀跃。

见穆子旸又在瞪她，她吐了吐舌头，对他做了个可爱的鬼脸。

半个小时后，梅宛书、穆子旸和穆语童三人到达半山腰的缆车站，果见邵星泽和Johnny、Matthew已经等在里面。

邵星泽头上戴了另一顶灰蓝条纹的针织帽，眼光远远地锁住了梅宛书，嘴角噙着一抹温润的笑容。

穆子旸不得不承认，某些时候，邵星泽真是和穆云函惊人的相似，连他都差点恍然失神，比如……现在。

他深吸口气，突然抬臂搂住了梅宛书的肩头。

梅宛书感到肩膀上传来穆子旸强势占有的压力，沉甸甸的；侧目看他雕塑般的脸容，刻板板的。

再望一眼站在不远处的邵星泽，只见他顷刻间敛了笑，眸色沉沉。

梅宛书一声低叹，抬手将穆子旸的臂膀卸了下去。

穆子旸心里一沉，转过脸来，见梅宛书的容色清冷淡漠，好像从昨天到今天两人之间涌动的种种柔情一瞬间烟消云散，甚或，从未发生过。

他压抑着胸口窜上的愠怒，垂落的手直接抚上她的腰侧。

梅宛书蹙眉道："子旸，别这样！"

"怎么不能这样？"穆子旸挑眉："从昨天起，你不是已经默认了吗？做我的女朋友！"

"那只是你的以为！"梅宛书冷言，开始一根一根掰扯他的手指，直到将他掐在她腰间的束缚全部解除。

随着梅宛书不留情面的动作，穆子旸的心不断往下沉，仿佛坠落冰湖，一沉到底。

从她身上撤回的手似乎也无处安放，最后只好尴尬地放进裤子口袋。

走在穆子旸另一边的穆语童见大哥被拒绝后满脸的失望落寞，不由得有些心酸，然而当她望见不远处的邵星泽逐渐黯淡下去的一双眼，却更觉得心疼。

没办法了……

穆语童吐了一口气，嘴角扬起了甜美的笑，故作雀跃奔到邵星泽三人面前，口气轻松欢快："Hi，Kelvin，Johnny，Matthew！"

"Hi，Tina！"Johnny 和 Matthew 也愉快地和她打招呼。

邵星泽却只是淡淡地朝穆语童点了点头，眼光又重新回到梅宛书的身上。见她和穆子旸并肩行走，然而两人之间已隔开了一段距离，他长长地吁了口气。

"Kelvin！"

"旸！"

缆车站的入口处传来两道清脆的童声。

Stewart 和 Catherine 看到昨天陪他们玩耍了半日的两个大哥哥，兴奋地朝他们跑过来。

穆子旸和邵星泽顿时换了两张面孔，蹲下身将两个孩子抱了个满怀。

蒋南音夫妇一人手里拿着一只滑雪板跟着走过来，Martin 和他们一番寒暄。

蒋南音瞧着两个男人，一个阳光俊美，一个秀逸润朗，不同的气质各具魅力，怎么比都难分高下。

她忍不住小声问梅宛书："怎么两个人又一起跟来啦？"

梅宛书一脸无奈："两个人腿都太长！"

蒋南音不禁捂着嘴笑，瞧梅宛书挺为难的样子，她提议："要不你跟我们一家坐一辆缆车？"

梅宛书却摇摇头："躲得了一时躲不了一世，总得跟他们俩都说清楚了。"

听了这话，蒋南音笑不出了，叹了口气："你啊……"

此时，两辆缆车缓缓移动到众人面前，蒋南音一家四口先上了一辆缆车。

第二辆缆车挪到六人面前时，穆语童给 Johnny 和 Matthew 使了个眼色。

Johnny 和 Matthew 会意，和穆语童先行一步上了缆车，三人占了包厢一边的座位。

梅宛书、穆子旸和邵星泽随后跟进，见包厢的另一边空着一整张座椅，都是一怔。

三人将目光转到了穆语童身上，见她神情自若地坐在 Johnny 和 Matthew 的中间，和他们聊得正欢。

直到此时，梅宛书才算真正了解了穆语童的用意，心口一酸，真是个傻孩子……

她深吸了口气，干脆按照穆语童的意思坐到了长条座椅的正中间，与她面对面。

剩下的两个男人别无选择，只好在梅宛书的两边落座。

服务员关闭缆车门，缆车徐徐启动，沿着轨道缓速滑行。

穆子旸和邵星泽长腿往前伸展，不约而同一个朝左一个朝右脸对着窗口，望着窗外雪山绵延的冬日美景。

透明的玻璃窗映出了他们的脸庞，均是漠无表情，冷若冰霜。

Johnny 和 Matthew 见对面的两人这副样子，也收了声，开始安静地观赏风景。

包厢的气氛渐渐冷凝，冷得如同外面的冰雪世界。

穆语童正对着梅宛书，见她坐下后既不朝左看，也不朝右看，而是始终望着自己的身后，似乎沉浸在某种缅怀的思绪中……

"Miss 穆！"穆语童终是忍不住喊了一声梅宛书。

"嗯？"梅宛书将视线转到了她身上。

"你以前，来惠斯勒坐过缆车吗？"

"来过。"梅宛书的声音里透着一抹淡淡的伤感，听着就让人心中酸楚。

身畔的两个男人立刻竖起了耳朵。

"和谁一起来的？"

"和我喜欢的人，"梅宛书惆怅地说："我想，这辈子除了他，我不会再喜欢别人。"

第 050 章 两只小奶狗

尹歆然、周昊一行七人又一起滑了一下午的雪，直到天色昏暗，酒家饭馆灯火通明，他们才结束了这一场刺激有趣的滑雪运动。

晚餐后，七个人一同回酒店，一进大堂周昊就攥住了尹歆然的手腕。

叶依丹意味深长地跟尹歆然道别："Ella，晚安咯！"

喻明辉、周宇和 Terrisa 也各自神色暧昧，嬉笑着先上了三楼。

尹歆然不晓得是因为运动还是因为发窘，脸颊染了两片浓烈的红晕，对周昊嗔道："放手啊，我要回房间洗澡，浑身都是汗！"

周昊俯身贴住她的耳根："我房间空出来了，去我那儿？"

"不去！"尹歆立马拒绝，眼角流泻的媚色却极尽撩人。

听得出话声中的欲迎还拒，周昊心痒难搔，胳膊一把搂紧了尹歆然的细腰，带着她上了电梯。两人拉拉扯扯，尹歆然终是被周昊圈进了他房间。

"叮！"一声轻响。

就在灯光亮起的那一霎，周昊把尹歆然抵在门上压着她亲，很快撬开她的齿，吮住她的舌。

"唔……唔……"

尹歆然被吻得透不过气来，推攘着他胸膛的两只手也软得像棉花，使不出任何力道。

难分难解中，两人踢掉了鞋，尹歆然的光脚踩住周昊的脚背，身上的滑雪衣落到地毯上。不一会儿，里面长 T 的下摆也被撩起。

周昊的手从衣角伸进，长驱直入，掌心的温度犹如星火燎原，每到一处，肌肤都好似点燃一团旺盛的火焰。

耳朵边传来他越来越急促的喘息，夹杂着断断续续模糊不清的话："Bra……怎么……这么……难解？"

边说着，还是单手操作，"啪"的一声，胸口紧绷的一圈突然松垮。

"果然有 D！"他发出一声满足的叹息。

尹歆然浑身都在颤抖，哆哆嗦嗦地开口："周昊……别啊……唔……"

性感的唇珠又被咬住，淹没了她接下来想说的话。

战火不断蔓延，从房门口辗转到卫生间，周昊两只手扶住尹歆然的腰肢，将她抵在洗手台边狠狠地亲。

灼热的鼻息不断喷在她脸上，他的嗓音嘶哑低迷："一起洗澡，嗯？"

听到这一句，尹歆然突然撤了唇，头略微向后仰。

只见周昊胸膛剧烈地上下起伏，喉结不停地滚动着，眼角也被浓重的欲望熏得泛红。

忽然，她伸出一只手抚上了他的半边脸颊，缓缓地揉捏起来。

周昊的手也不闲着，开始解她滑雪裤的扣子。

尹歆然的那只手顺着他脖颈的线条慢慢滑下，落在他的肩头，就在裤子松开的那一刹，她突然重重地推开了他。

周昊猝不及防地往后仰，咚的一声，撞上了背后浴室的玻璃门，不禁愕然地张大眼。

迷离灯光下，尹歆然头发散乱，衣衫不整，上身的长 T 因为两人刚才一番激烈的动作而变得皱皱巴巴。脖颈处领口大敞，里面 Bra 的肩带勾在她一边的肩头上，腰部的肌肤也露了一点出来。最惊艳的是她雪白笔直的两条腿，映着她玫瑰色的蕾丝内裤，显露出某种摄人心魄的美。

就在他的眼前，尹歆然弯下腰，默默地将滑雪裤重新拉起，挡住了她性感诱人的身体曲线，随后她两只手从后面伸进衣服里，将 Bra 重新扣紧。

整理好一切后，尹歆然吐出一口浑浊的气息，慢悠悠地走到他的面前。

她盯着他仍带着迷醉的双眼，突然踮起脚尖，舔了一下他的唇角。

周昊浑身一颤，耳边传来她略带讥嘲的语声：

"Sorry，周昊，现在还不行。毕竟，你是有太太的人。"

"就算再怎么喜欢你，我也不能打破我的人生原则。小三，我绝不会做。"

"假结婚也是结婚，再说，那个女人到底和你什么关系，我还没有百分百搞清楚，来了枫叶国后她愿不愿意跟你离婚，也还是个未知数。"

"我不能稀里糊涂地把自己交到一个未来都不清楚的人手里。"

一句一句，每一句都像一鞭子，狠狠地抽打在他的心口上。

"走了，"尹歆然最后说："我向你保证，等你离婚变成单身的那天，我一定把自己给你。"

……

梅宛书一行六人和蒋南音一家四口在黑梳山游玩了一下午。

作为冬奥会的滑雪圣地，黑梳山拥有各种类型的雪道，小孩子玩的滑雪道也不像惠斯勒的那么陡峭，而是平滑的长线条。

Stewart 和 Catherine 滑得酣畅淋漓，极为尽兴。

尤其是穆子旸和邵星泽大叫"Ready？Go！"出发的那一刻，每回两个孩子都忍不住放声尖叫，小脸兴奋得通红。

而那两个男人，似乎要把胸中积攒的所有憋屈都发泄在滑雪板上，明明只是两块普通的儿童雪板，硬是给他们驾驶得如同赛车，风驰电掣，呼啸奔腾，刺激又惊险。

到后来两人竟玩上了瘾，感觉浑身都在热血沸腾，梅宛书缆车里说的话也被他们抛到了九霄云外。

于是，五点多一行人回到惠斯勒时，两个男人看似完全恢复了常态。

待蒋南音一家离开惠斯勒，邵星泽提议："旸，今晚我们去酒吧喝酒？"

穆子旸睨看他："怕你吗，喝就喝！"

梅宛书在一旁瞧着，见这两人就像即将开斗的公鸡，这场斗酒怕是阻止不了，于是跟 Johnny 和 Matthew 交代了几句，才面色淡淡地跟两人说："你们去酒吧喝酒，我和 Tina 就不去了，回丽晶酒店吃点东西。"

穆子旸想着今晚周昊恐怕会把尹歆然留在他房间，这会儿让梅宛书把穆语童带回房也好，便点了点头。

梅宛书带着穆语童回到丽晶酒店，在小餐厅吃了一点越南米粉，又到三楼取了穆语童的行李，回到底层她的房间。

打开房门，见房间里空荡荡的，尹歆然还没回来。梅宛书用小拇指想也知道她去了哪里，心里叹口气，也知道这种事无法劝阻。

穆语童却有些不好意思，问道："Miss 穆，Ella 姐是不是因为我要来，怕三个人太挤，所以才晚点回房间啊？"

梅宛书莞尔，安抚她道："你还真是想多了，Ella 是因为有自己的事情。"

"哦！"穆语童点点头，想着自己占用了别人的空间，总是有些局促不安。

梅宛书柔声叮嘱："Tina，你去椅子上坐，我泡点茶喝。"

"嗯。"穆语童乖乖地听从嘱咐，坐到了落地窗前圆几一侧的沙发椅上。

梅宛书从行李包里取出一罐碧螺春，手指捻一些碧翠的茶叶放入两只白色的茶杯。耐心地等水烧开后，她将热水慢慢倒入茶杯，动作舒缓而优雅。茶泡好后，她将两杯茶端到圆几上，自己在圆几另一侧的沙发椅中落座。

穆语童端起茶杯，见杯中的螺旋状茶叶徐徐舒展，银澄碧绿，茶杯上氤氲着暖热的水雾，清香袭人。

她沿着杯口小小地抿了一口，一股甘甜的茶香浸入舌尖，胃部也暖了起来。

再品一口，不由得赞叹："Miss 穆真细心，旅行还带着这么好的茶叶。"

梅宛书也抿了一小口茶水，微笑道："旅行必备的三样物品，药品、调味品和茶叶。"

穆语童望着她清婉如玉的面庞，还有她总是带着几分惆怅的淡笑，想起她在缆车里说的话，不知怎的有些心疼。

她开口抱歉："Sorry 啊，Miss 穆，我都不知道你已经有男朋友了。"

梅宛书柔声道："是啊，Tina，我已经有喜欢的人了，所以你以后可别再做傻事了。"

穆语童吐了吐舌："Miss 穆都猜到啦！"

"嗯，今天坐缆车的时候，就猜到了。"梅宛书怜爱地看着她，缓缓说："Tina，Kelvin 的心思还得靠你来扭转。以后，你要多陪伴他，安慰他，体贴他。Kelvin 的心中有着不可告人的伤痛，你要想办法让他向你倾诉。"

一说到邵星泽，穆语童便动了容，立刻问："Miss 穆，Kelvin 心里的伤痛，他跟你说过？"

梅宛书摇头："Kelvin 什么都没跟我说，都藏在心里面了。但是你看他生活得这么不规律，又爱喝酒，甚至得了严重的偏头痛都不知道爱惜自己。这样的男孩子，心里一定受过伤。"

"Miss 穆……"穆语童心口一酸，眼眶都湿润了。

梅宛书拍拍她的肩头，正想安慰她两句，门口传来磁卡扫门的声音。

尹歆然满面嫣红地走进房间，手臂上搭着她的滑雪衣，身上的长 T 皱巴不整。

梅宛书瞧她这副样子，大约也能猜到刚刚发生了什么事，倒是颇感惊讶："Ella，你怎么回来了？"

尹歆然耸耸肩："听你的话咯！"

……

夜晚，小镇四处燃起星星点点的灯火，空中又开始飘落细碎的雪花。

房间里温暖如春，尹歆然、梅宛书和穆语童轮流洗好澡后，时间滑到了十点钟。

穆语童自觉地打了个地铺，梅宛书坐在床沿，调暗了房间的灯光，想想还是觉得放心不下，便给穆子旸拨了个电话。

接电话的是 Johnny，口气有些急："Miss 穆，旸和 Kelvin 都快喝醉了，还不肯停下来，还在拼酒。"

梅宛书站起身问："你们在哪家酒吧，我这就过去。"

"塔普利。"

"好，我十分钟后到。"

挂了电话，梅宛书开始换衣服，依然是单薄的风衣长裤胶底鞋的装束。

尹歆然睡眼朦胧，见她又要出去，不满道："外面下着大雪，你还要往外跑？"

穆语童也担心地问："Miss 穆，是不是我哥和 Kelvin 喝醉啦，我和你一起去酒吧！"

"你就别去了，外面冷。"梅宛书阻止她，想了一会儿又说："Tina，要不你去顶楼等 Kelvin 他们回来，看有什么可以帮忙的地方。"

"好。"穆语童乖乖地答应，也起身换衣服。

尹歆然滑了一天的雪，困倦不已，打了个哈欠，闭上眼睛："这么说没我什么事了，我先睡了哈。"

耳朵里传来梅宛书清柔的语声："快睡吧。"

三个字仿佛催眠一般，尹歆然立马睡熟了。

梅宛书和穆语童悄声出了房门，一个出了酒店，一个乘电梯上楼。

片刻后，梅宛书走进热闹喧哗的酒吧，很快在熙熙攘攘的人群中，发现了相对而坐的四个人，邵星泽和 Johnny 坐在两张木椅上，穆子旸和 Matthew 坐在他们对面的长沙发上。

两个男人都喝得醉态醺醺，满脸赤红，可还是各自举起满满一杯啤酒，"砰"的一声响亮地碰杯，随后几大口一干而尽。那模样，简直就不是在喝酒，而是在倒酒。

一旁的 Johnny 和 Matthew 表情无奈地看着这两人，连劝阻的想法都没了。

梅宛书远远瞧着就忍不住皱眉，走上前去，两手分别握住了两人的啤酒杯。

"都别喝了！"声音低低柔柔的，口气却很坚决。

结果……

两个男人一起抬眸，用小奶狗般可怜兮兮的眼神望着她，眸色朦胧而迷离，含着几分忧郁，几分失落，还有道不尽的苦楚委屈……

第 051 章　点绛唇

　　穆子旸和邵星泽一起抬眸，用小奶狗般可怜兮兮的眼神望着她，眸色朦胧而迷离，含着几分忧郁，几分失落，还有道不尽的苦楚委屈……

　　见两人如此，梅宛书心中一软，柔声对他们说："走吧，我们一起回酒店！"

　　穆子旸沾了酒的嘴唇打着颤，抬手覆住了梅宛书握在酒杯上的左手，恳求道："Sophia，留下来陪我！"

　　邵星泽脸色顿时变了，毫不示弱地取下梅宛书右手中的酒杯，攥住了她的手腕："Sophia，我跟你一起回酒店！"

　　梅宛书语调凉了下来："都给我把手放开！"

　　一声令下，两个男人如同条件反射一般，一秒钟乖乖放手。

　　梅宛书冷言问他们："走得动吗？"

　　邵星泽猛地站起身来，却感觉头晕目眩，身体站立不稳，左右摇晃。他赶紧用手扶住桌沿，一不小心打了个酒嗝，一股子浓重的酒气扑向梅宛书的脸颊。

　　邵星泽顿时惶惶然："Sorry，Sophia！"

　　梅宛书却柔声安抚他："让 Johnny 和 Matthew 扶你回酒店，听话！"

　　"嗯。"邵星泽乖顺得像只小猫。

　　Johnny 和 Matthew 总算松了口气，一边一个扶着邵星泽出了酒吧。

　　梅宛书这才去看穆子旸，见他终于没了对手，撑不住头倒在臂弯间，趴在桌上像是睡着了。

她坐到他的身旁，推了推他的肩膀："子旸，醒一醒，我扶你回酒店。"

穆子旸却一动也不动，真的睡熟了。

梅宛书无奈，从口袋里掏出手机，准备喊喻明辉过来帮忙。

突然，一只大手伸了过来，从她手中拿走了手机。

就在她错愕的瞬间，整个人被揽进温暖的怀抱，湿热的酒气迎面拂来，一只耳垂也微微的又痛又痒。

穆子旸含着她一侧的耳珠轻轻啃咬，边咬着边喑哑地唤她：

"宛书，宛书，宛书姐……"

一声声，好似梦呓，凄迷而苍凉，一下一下地搅拌着她深埋心底的片片感伤，揉成了一团团的心乱如麻。

须臾，他的唇沿着她的脸颊滑到了她的唇瓣上，轻轻地吮了一下，噙到了她齿间的一缕幽香。

梅宛书却被他身上的酒味熏得有些醉。

亲了一下，穆子旸略微抬起头，又沙哑地唤了一声："宛书姐……"

这一声，蛊惑得她心尖不停地战栗。

见他的唇又一次覆了下来，梅宛书有些慌张地转过脸去，灼烫的吻便落在她冰凉的颊上。

继而，她的下巴被捏在他炙热的手指间。

穆子旸的动作强势，硬是将她的脸转过来与他相对。

"喜欢我吗？"他柔柔地问，再笃定地自己回答："宛书姐，你是喜欢我的！"

话落，他头低下来，打算再次捕捉她的唇。

一只手却将两人生生隔离，挡住了他的再度席卷。

“抱歉，子旸，”梅宛书终于可以说话了，尽管气息那么的不稳，语声却还是那般婉柔：“我不是你的宛书姐。”

“我喜欢的人，也不是你。”

“你只是喝醉了，神志不清。”

她轻飘淡然的声音入了他的耳，听着竟是那样的凉薄无情。

穆子旸心中一揪，随之一股酒气猛地升腾到胸口，难受极了。

蓦地，他浑身松垮下来，垂头将脸颊埋在她的颈侧，感觉酒气控制不住地涌上了喉咙。

“哇”的一声，他吐了梅宛书满身。

……

一个小时后，喻明辉总算把穆子旸收拾干净，弄上床安稳地睡觉。

梅宛书也回房整理了一下，换了一身干净的休闲服。

此刻，她正用冷水挤了一条毛巾敷在穆子旸的额上。

她刚刚摸他额头的温度，估计发烧有三十九度那么高。好在她随身备着退烧药，喂他吃了两粒。

喻明辉一看穆子旸的死样，心里已经默默地吐槽了一百遍，真够糟心。

追不上美女，还弄得自己一身病，还吐得人家全身都是，脸都给他丢尽了。

无奈地摇了摇头，他对梅宛书说：“Sophia，都快十二点了，你赶紧回房休息吧，我来看着旸就行了。”

梅宛书把药盒递给喻明辉，嘱咐道：“每六个小时给他喂两粒药，让他多喝点水。”

“明白。”喻明辉接过药盒。

梅宛书又看了穆子旸一眼，见他双眼紧闭着睡得很沉，倒是十分安静，乖得像个孩子。

“那我走了。”

“好的，晚安。”

梅宛书下了两层楼回到房间，见尹歆然睡得喷香，地上的床铺却还空着。

打开手机，果见穆语童发来一条消息：【Miss 穆，Kelvin 醉得很厉害，我不放心，打算今晚陪着他】

梅宛书立刻回了一条消息：【自己当心】

很快，接到穆语童的消息：【嗯嗯，晚安】【月亮】【星星】

梅宛书浅浅一笑，放下心来。

……

顶层套房，客厅的壁炉燃着火，一室的温暖。

Johnny 和 Matthew 住在隔壁一间房，邵星泽单独住这一间。

可能是在做梦，他睡得不是那么安稳，墨眉拧着，薄唇抿成了一条直线，显得有些生冷。

穆语童两手托着下巴坐在床边，痴痴地望着他的睡颜，许久，伸出食指，轻轻地划过他的唇瓣。

邵星泽的嘴唇翕动了两下，唇线总算变得自然而柔和。

穆语童微微一笑，再用指尖来回拂过他的眉宇，终于将那一道川字抚平。

又欣赏了一会儿他的睡颜，终于眼皮打架，头埋在臂弯里睡着了。

邵星泽半夜里醒过来，便看到床沿有个女人的身影。

她的脸埋在手臂间，乌发柔软，身姿婀娜，竟觉秀美难言。

邵星泽心脏猛烈地跳动，手颤抖着抚上了她的头发。

穆语童迷迷糊糊抬起头来，轻声唤他："Kelvin……"

好似天籁的声音，他在梦里不知听到过多少回。

"Sophia……"他低声呢喃。

"头还疼吗？"见他神思恍惚，叫错了人，穆语童关心地问他。

"疼，很疼，疼得要命。"

耳听他一连串的撒娇，穆语童赶忙抬手抚上他的额，温度不冷不热，没在发烧，她松了口气，放下心来。

邵星泽却再也难忍思念，一下子将她抱进怀里，紧紧的。

"我好想你！"他嗓音颤抖。

脸颊的肌肤紧紧相贴，鼻尖弥漫着他身上微醺的气息，亲密的感觉难以言喻。

穆语童屏住呼吸，一动都不敢动，心跳得宛若擂鼓。

突然，邵星泽低下头，嘴唇轻点了一下她的绛唇。

"Kelvin……"

穆语童不敢置信地张大眼。

可在下一刻，她便用手捂住了嘴，剧烈地咳嗽起来，咳得声嘶力竭。

邵星泽一惊，立刻放开她，用力甩了甩头，终于看清楚了怀中女人的脸。

秀美的一张脸，双眼因为剧烈的咳嗽涌了许多泪出来，楚楚可怜，竟然是穆语童。

他的眸子黯淡下去，掩饰不住失望，然而他还是一下一下地拍着她的背部，嘴里连声道歉："Sorry，Tina，吓到你了，呛到了吧！"

穆语童摇摇头，还在止不住地咳嗽，喘息的间隙，她断断续续地说："Kelvin……我要回房间……吃药……"

"我送你回去！"邵星泽忍住头痛，起身扶住她。

两人乘电梯从顶层下到底层，穆语童咳得小脸涨得通红，咳得他心里一阵阵的抽痛。

终于来到梅宛书的房门口，邵星泽从穆语童外衣的口袋里掏出房卡开了门。

屋子里灯光幽暗，梅宛书素来浅眠，听到开门的声音，即刻醒过来，从床上起身。

见到穆语童咳得呼吸不畅的样子，她赶忙上前拉住她的手问："是不是吃了什么过敏的东西？"

"酒……咳咳咳……"

梅宛书再问："你对酒精过敏？"

穆语童捂着嘴点点头。

"药呢，随身带着吗？"

"带着……咳咳咳……在行李箱里……"

梅宛书迅速地从穆语童的行李箱里找到了一盒止过敏药，端来清水让她吃下去。又拿出一瓶止过敏喷雾，对着她的口腔喷了几下，让她做了几口深呼吸。

随后，梅宛书一只手拉住她的手腕，一只手轻拍她的背部，片晌穆语童终于舒缓下来。

杵在一旁的邵星泽却窘得满脸通红，原来是因为他刚才意识不清时的那个亲吻……

他突然想起上一回穆语童陪他去赌场，死活也不肯陪他喝酒，原来是因为她对酒精过敏。

梅宛书看了一眼邵星泽，见他表情忸怩，立刻明白了其中的缘由。

她没多说什么，只轻描淡写地道："Kelvin，Tina 已经没事了，你回房间休息吧。"

声音凉凉的，像一盆冷水将他从里到外浇了个透，也让邵星泽彻彻底底地清醒过来。

惭愧得无言以对，他只好轻声说了句"take care"，便讪讪地离开了她们的房间。

梅宛书拉着穆语童坐在她的床上，一只手继续抚在她的背部做舒缓的按摩，直到她的咳嗽完全停止，才柔声问："Tina，你上一次发作是多久以前？"

穆语童平稳了呼吸，想了一会儿说："上一次啊，还是我在国内上初中的时候，有一次不小心吃了一颗同学给的酒精巧克力，全身都起了红斑，喉咙肿胀，咳嗽不止。后来我爸妈带我去医院进行治疗，才好起来。"

"嗯，"梅宛书点点头："说明你对乙醇有强烈的过敏反应，这一辈子都不能碰酒的。下次 Kelvin 要是喝了酒，你得离他远一点。"

穆语童有些羞赧："下次我会注意的。"

梅宛书莞尔，轻拍一下她的手："快休息吧，好好睡一觉有利于恢复身体。"

"嗯。"穆语童正欲起身去地铺睡，梅宛书立刻把她按住："你睡床，我去睡地铺。"

"Miss 穆……"

"听话，我是医生。"

穆语童不再吭声，乖顺地按照梅宛书的意思躺倒在床上。

灯灭，穆语童悄悄地将薄被拉至脖颈处，脑海中不由自主地放映着刚才在邵星泽房间里那如梦似幻的一幕，他的薄唇轻触她的嘴唇，带着丝丝撩人的酒味，令她心神俱醉。

只是，那一刻的醉，是因为他把她当做了 Miss 穆……

一片漆黑中，穆语童的思绪飘散，忽而高兴，忽而忧伤，忽而惶然，忽而不安，就在这样百般交缠的惘思中，渐渐地进入梦乡。

地上，已经清醒的梅宛书却再也难以入睡。

不曾想，穆子旸酒后的醉吻竟是那般撩拨她的心扉。她不由得怨怪自己，又觉得十分内疚，在那一刻，她竟然又一次忘记了她时刻应该摆在心里的人。

第 052 章　你看找我成么

这是一个令男人们郁闷沮丧的夜晚。

周昊独守空房，房间的空气里还残留着一股馥郁的香水味。因着这股子香气的刺激，他涌动的情潮久久难以褪去，哪怕他狠命地用冷水冲澡，还是散不去浑身那股子燥热不安。

周昊穿着睡衣坐在床沿上，恨恨道："什么小三不小三？哪里来的小三？"

"我和曲静怡有什么关系，什么关系都没有！"

"邻居，邻居，就是普通邻居而已！"

大声喊完，他挫败地两只手捂住了头。

一生顺遂、一世骄傲的男人，终于第一次体会到了什么叫哑巴吃黄莲，作茧自缚。

而在他的内心深处，也知道这一切根本就说不过去……

真的只是邻居？只是邻居又何至于为她做到这个地步！

眼前，仿似飘过十五岁的曲静怡那小鹿般清纯无辜的眼神，带着一抹可爱的羞怯，还有一丝发自肺腑的惊喜……

那一年，他十七岁。自信张扬的少年走到哪里都是众星捧月，一群同学，一堆朋友，还有几个弟弟。那样的他，是曲静怡不敢轻易靠近的，却无数次在角落里默默偷看他的时候被他逮了个正着。

从那时起，他的心底就有一块怜惜的角落留给了她。人们常说，同情是会变成爱情的，然而他却硬是没让这件本该自然而然水到渠成的事情发生。

在她十八岁高中毕业的那年暑假，他已长成二十岁的英俊青年。

曲静怡终于鼓足了所有的勇气向他表白："周昊，我喜欢你……"

他却笑得凉薄："我知道。"

曲静怡一张清秀的脸红得仿佛要滴出水来，含娇带怯地问他："有没有可能，做你的女朋友……我知道你没交过正式的女朋友，哪怕玩玩的那种也可以……"

周昊却摇摇头，冷静地说："静怡，你不是那种能玩玩的女孩，我也不忍心跟你玩了就算。其实我想过你们俩，但又觉得既然不能给你个承诺，还不如维持现状做邻居做朋友更好。"

"我不怕！"曲静怡声如细蚊，态度却很坚决："哪怕只跟你做几天的男女朋友都行，我就希望我的初恋，那个人是你……"

周昊却又一次摇头："静怡，我爸申请枫叶国的移民已经批下来了，三天后我们一家就要去枫叶国。下一次见面，还不知道是什么时候……"

这话一出，曲静怡原本绯红的双颊一下子失去了所有的血色，变得煞白。当时就控制不住眼里涌出了许多泪，捂着嘴转身跑了，只留给他一个少女芳心破碎后楚楚可怜的背影……

两人下一次见面，已是五年之后。

彼时，周昊刚在列治文昆特兰大学的商学院读完本科，周吉诚的公司也刚成立了不久。那一段创业的时间，父子两国内宁城和温哥华两地来回飞，忙碌不堪。

也就在那时，他每次回国都能听见对面屋里的鸡飞狗跳，男人粗鲁暴躁的打骂声，婴儿哇哇的啼哭声，偶尔在楼梯口遇见曲静怡，她脖子手臂上全是遮不住的斑驳伤痕……

那一份埋藏心底的怜惜之意，终于涌成了翻江倒海……

那段时间他总是自责，如果当年不是那么斩钉截铁地拒绝曲静怡，或许她不会变得那么悲惨……

就在前年，曲静怡终于成功离了婚，除了房子，她用她最后所有的积蓄摆脱了那个烂赌鬼男人的纠缠。两人生的女儿也已经长到四岁，圆圆的脸很可爱，经常带着甜甜的笑叫他"周叔叔"。

时光飞逝，当年那个清纯的少女已变得憔悴沧桑，嘴边眼角都起了丝丝细纹，脸上的笑容也总是含着一抹无力的幽怨。

她甚至变得不愿跟他多说话，即便碰见也只是跟他淡淡地点个头，喊一声"周先生"算是打了个招呼，态度冷淡而疏离。

直到今年年初，周昊实在忍不住问她，"静怡，你女儿六岁了吧，快上小学了，学校找好了吗？"

曲静怡的嘴角扯出一丝无奈："我们这片住宅区都不算学区房，找不到什么好学校，先凑活着上一所普通学校，后面再想办法吧。"

当时周昊心里就是一阵酸痛，鬼使神差地提议："想不想带女儿换个新环境？枫叶国教育好，福利高，你们去了，你随便打个工就能养活她。"

曲静怡淡声问："就我们母女现在这个条件，怎么去枫叶国？根本想都不敢想。"

"最快的一条道，就是找个枫叶国的男人嫁了，立马就能去。"

"找谁？"曲静怡声音微颤："谁还愿意接受我们母女？"

当时的情境，周昊记得清清楚楚，她单薄的双肩低低地垂着，似是不堪重负。一双眸子也布满一层淡淡的血丝，透着凄切的愁苦。

望着她，他不由自主地冲口而出："你看找我成么？"

……

隔壁房间，喻明辉被穆子旸的梦呓扰得一夜不得安宁，耳听着他深情款款不停地唤着一个名字："宛书，宛书……"

早上六点的时候，他把穆子旸推醒，喂他吃了两粒退烧药后，实在忍不住问："哥们儿一夜都在喊'宛书'，'宛书'，你是不是又移情啦，把 Sophia 当做你从小喜欢的宛书姐？"

穆子旸的眼神黯淡，嘴角浮起一抹苦笑："Frank，其实 Sophia 就是我的宛书姐。"

"什么！"喻明辉顿时惊愕："那 Sophia 干嘛不认你，从夏威夷开始就把你甩得老远？"

穆子旸眼皮耷拉下来，一脸的懊丧："因为我脸长得不白，也不是学霸，所以宛书姐嫌弃我。"

"卧槽！"

明知穆子旸身体虚弱，喻明辉还是忍不住重重地捶了他肩窝一拳，捶得穆子旸大叫一声。

"哥们儿怎么这么没出息，是不是打算输给那个小白脸啊！人脸白，又是学霸，所以你准备给他让道？"

这话把穆子旸刺激得不轻，一脸鄙夷地道："那哪儿能啊？就凭他，来一个劈一个，来两个斩一双！"

"那是因为……？"喻明辉彻底疑惑了。

穆子旸默了半晌，一声长叹："宛书姐心里面有个喜欢的人，那个人，完美得不行。”

“哦！”喻明辉恍然大悟：“Sophia 原来有男朋友啊！”

忖了一会儿又说：“在夏威夷海边第一次碰见，我就跟你说过吧，那么好那么漂亮的女人，年纪也不比你小，早被人追走了，还等着你呢！不过，怎么从来没见她跟她男朋友在一起呢？这都两次旅行了，她都是跟 Ella 一块儿，明明现在是圣诞假，她男朋友怎么不陪她呀？”

穆子旸闷闷地说：“她男朋友不是不想陪她，而是没法子再陪她。她男朋友什么都很好，就是命不好，三年多前在一场车祸中去世了。她男朋友，就是我曾经跟你说过的我堂哥，宛书姐从小就喜欢他。”

“哦！”这一次，喻明辉算是真正明白过来，不禁眉毛纠结在一起：“那还真是难了……哥们儿你知道么，跟谁比都不能跟过世的人比，永远比不过的。”

听了这话，穆子旸胸口堵得慌，眉头紧蹙，默然不语。

空气安静了半晌，他突然从床上站起来，身躯直挺挺的，头都快要顶到天花板了。

他高举一只手臂，像发誓般大声叫喊：“不行，我要变成学霸！我要继续努力学习！”

“噗！”喻明辉笑喷。

没想到穆子旸言出必行，从惠斯勒回到温哥华后，身体一恢复他就鼓起精神，在优卑诗的网站上开始浏览他可以就读的课程。

而梅宛书这两天趁着假期的空闲一直泡在学校的图书馆看书，查阅资料，似乎回到了从前清净无波的日子。

然而到了周四，她手机的微信又开始变得忙起来，先是穆子旸发来了两条消息：

【Sophia，我打算报一个优卑诗的进修课程深造学习】

【你帮我看看，我读哪个专业好？】

梅宛书看了这两条消息，不禁微笑起来：【你认真的？】

穆子旸立马回：【再认真不过了】

梅宛书又问：【你本科学的什么专业？】

穆子旸准备充分，将他在国内宁城财经大学四年成绩单的扫描件发了过来。

梅宛书一瞧这人果然认真了，立刻用图书馆的电脑开始帮他查询优卑诗大学商学院的相关课程。

最后终于帮他找到了一个学制为半年的管理课程，每周三晚上和周六上午上课，一点也不耽误穆子旸平时的正常工作。

梅宛书十分细心，帮穆子旸把网上的相关资料下载整理后，做成了非常清楚的文档，还把申请流程、学费、课程表一一做成附件，一并发到穆子旸的邮箱里。

穆子旸打开邮件一看，所有的资料内容全面，条理分明，字里行间都透着梅宛书对他细致的关怀，脉脉的温情。

看完后，穆子旸在椅中怔愣良久，满心满脑地只想着：这样的女人，如何才可以不爱？

只是这样远程的距离，他也觉得自己爱得越来越惨兮兮……

这一头，梅宛书的手机里接到了另一条邵星泽的消息：

【Sophia，怎么办？我家厨房快着火了！】

第 053 章　财才貌兼备的女婿

　　梅宛书接到邵星泽这条消息，立刻收拾书本回到公寓楼，乘电梯直接到七楼。

　　进了门，一股浓烈的烟气迎面扑来，整个公寓都充斥着一股焦糊味。

　　邵星泽正用手掩着嘴不停咳嗽，显然被呛得不轻。

　　梅宛书一见这种状况，赶忙屏住呼吸，快步走进卫生间。

　　她用冷水沾湿自己的一条丝绢和邵星泽的一条毛巾，两人分别用丝绢和毛巾捂住口鼻，进了厨房。

　　厨房烟气弥漫，一片狼藉，架在电炉上的两只锅，一只煮锅里面全是黑色的粘稠状物质，另一只炒锅冒着滚滚浓烟，里面全是黑色的残渣。

　　梅宛书吩咐："Kelvin，这两只锅不能再用了，你把它们扔到楼下去。"

　　邵星泽立刻听从吩咐，将两只锅端走，梅宛书打开厨房的窗户，又去客厅打开阳台的门窗，让烟味迅速散去。

　　散了一阵后，屋子里的空气清爽了很多，梅宛书回自己的公寓取了两块百洁布，强力去污粉，戴上塑胶手套，开始清理厨房的灶台，一点一点把黑色的焦状物擦拭干净。

　　邵星泽扔完锅回来后就杵在厨房门口，两道目光一直追逐着梅宛书来回忙碌的身影。

　　望了好一会儿，他忍不住道歉："Sorry，Sophia！"

　　梅宛书手上的动作不停，嘴里问："怎么，是不是怕麻烦我，所以想着自己烧饭烧菜吃？"

　　邵星泽被她点破心思，面孔微微泛红，闷闷地说："没想到烧饭烧菜那么难弄，我本来就想下一锅面条，烧一只鸡……"

梅宛书："……"

半晌，她才问："你那个炒锅里是一只鸡？"

"嗯，一整只。"

"我以为是一只鸡蛋。"

邵星泽："……"

梅宛书忙活了大半个小时，总算把灶台收拾妥当，还顺便把油烟机、水池、餐柜全都擦了一遍。

邵星泽一看，整个厨房明光蹭亮，比原来洁净清爽了不少。

心中越发的愧疚，嘴里做出保证："Sophia，我一定一日三餐定点吃，按时作息不熬夜，也不去喝酒，以后你就别再为我做饭了。我真的不想欠你太多的人情，也不想你总是把我当成病人。"

梅宛书莞尔，语气却是凉凉的："也好，已经长到二十四岁的大男生，都读到硕士了，本就不该让别人把你当孩子一样来照顾。"

邵星泽："……"

梅宛书从口袋里掏出一张名片递给他，是她刚才回自己公寓时专门从抽屉里取出来的。

邵星泽接过一看，有点瞠目结舌地念出名片抬头的一行字："兰孕月子中心？"

"嗯，"梅宛书解释："这是我一个名叫沈兰的病人开的一家月子中心，专门为国内到温哥华来生孩子的妈妈们服务，她自己也生了三个孩子。"

"这家……月子中心……和我有关？"邵星泽舌头打结，

聪明的逻辑脑回路却完全弄不懂梅宛书的用意。

梅宛书浅浅一笑："这家月子中心还雇了几个特别会烧饭烧菜的阿姨和两个司机，给住在里面的孕妇产妇提供营养餐和外出服务，所以沈兰和她的先生干脆将业务拓展，也提供电话外卖送餐服务。"

"哦！"邵星泽恍然大悟，明白过来后，撇撇嘴："Sophia，你是让我和那些孕妇产妇吃一样的营养餐？"

梅宛书忍不住轻笑出声："怎么，不相信我的推荐？"

邵星泽又瞅了名片一眼，才把名片放进裤子口袋，耸了耸肩："既然是你推荐的，我照办就是！"

"嗯，"梅宛书松了口气："建议你每天的晚餐就跟这家月子中心订，比学校的任何一家餐厅做得都好吃，而且营养丰富。"

"OK！"邵星泽爽快地应下来，接着自自然然地发出了邀请："Sophia，前一阵子你给我烧了那么多顿饭，我也想回请你吃一顿大餐，你最近有空吗？"

梅宛书忖了一会儿说："后天我妈要从国内来温哥华，过了新年才走，这段时间我恐怕都没什么空。"

邵星泽立马道："那就过了新年，等阿姨回国了，我们再一起吃，行吗？"

梅宛书望了他一眼，见他的眼里闪动着期盼的光。

"好！"默了片刻，梅宛书终于答应了他。

……

周六上午十点多，梅宛书开了她的那部 mini 到达温哥华机场，坐在等候大厅。半个小时后，终于看到许慧茹推着行李车从机场甬道走出。

许慧茹今年已经五十三岁，可保养得宜的她看上去也就四十多岁，大波浪的中短发，标致的瓜子脸，身材依然苗条。她身上穿了一件米色的半长大衣，脖颈间系一条彩色抽象图案的爱马仕方丝巾，手臂上挎着一只经典的爱马仕铂金包，整个人雍容华贵，典雅端方。

只看许慧茹的样子，就知道梅宛书清丽秀美的相貌一大半都传自母亲，然而她举手投足间散发出的那股子高雅的书卷气却更像她的父亲梅听南。

许慧茹一走出机场大厅，就看到了等候在密密麻麻人群中的梅宛书。

她展露笑颜，向梅宛书挥动手臂，梅宛书也立刻朝她笑了："妈！"

一声轻柔的呼唤，倒让许慧茹心口一酸，想念的感觉喷涌而出。

终于，两人在甬道口会和，梅宛书接过许慧茹的行李车推着走，许慧茹轻轻松松拎着她的包走在梅宛书的身畔，一眼一眼地朝女儿看，怎么都看不够似的。

梅宛书心情愉悦，见行李车上装了两个大箱子，便柔声问："妈，这次你怎么带了那么多行李？"

许慧茹微笑道："小书你可别忘了，妈妈这次来温哥华，是要办理公司入股那么重要的事，方方面面都得打点，礼物还能少吗？"

"哦，"梅宛书明白过来，也知道自己的母亲，说她有一万个心眼都不为过。

想当年她才不过才十二三岁，许慧茹就火眼金睛看到了房地产市场巨大的潜力和商机，毅然从中学辞职下海。之后短短十年间，她便从一个教书育人的中学教师成功转型，成为杭城颇具规模的一家房地产公司的董事长兼总经理。

现如今，国内的房市趋于稳定，利润空间不断压缩，许慧茹又独具慧眼，想将梅家在国内积累的资金转移到大温的房地产市场，赚取她人生第二波的满桶金。

此刻，她踌躇满志，对方雅淑公司的股份志在必得，根本没想到会有人从中作梗，暗暗下了绊子……

第二天是十二月二十四号，圣诞节的前一天，许慧茹和梅宛书母女俩打扮得当，一起到方雅淑家里做客。

方雅淑家的豪宅坐落于西温的半山腰，从二楼的阳台便能观赏浩瀚无垠的美丽海景。

许慧茹和梅宛书一进门，方雅淑就给了她们一人一个热情的拥抱，又拉起梅宛书的手上下打量，见她穿了一件黑白条纹的圆领针织衫，酒红色的半身裙，面容清丽，气质高雅，不由得赞叹："小书是越发的漂亮了！"

许慧茹将手上的两大袋礼物递给方雅淑，顺着她的眼光瞧了一眼梅宛书，觉得女儿今天美出了新高度，心里不能再满意了，嘴里却嗔怪："越是漂亮，眼睛越发长在头顶上，什么男孩子都瞧不上眼，都二十六了还单着。"

梅宛书颇感无奈地看了许慧茹一眼。

方雅淑笑眯眯地拍了拍梅宛书的手，转头对许慧茹说："慧茹，你也别着急，小书太优秀了，一般的男孩子配不上她。不过，我最近倒是碰到一个男孩子，各方面条件都无可挑剔，正想着介绍给小书。"

边说着，边将两人让进了书房。

"哦？"许慧茹来了兴趣，一坐进沙发椅就忙不迭地问："那个男孩子什么背景啊？"

方雅淑为她们沏了两杯茶，道："那个男孩子才二十五六岁，跟小书差不多的年纪，父亲是国内宁城一家房地产公司的老总，他自己也是大温一家房地产公司的老板。这还不算，人也长得又高又帅，配小书正合适。"

"是么？"许慧茹又惊又喜，嘴上却说："这么好的条件，应该有女朋友了吧。"

"呵，"方雅淑轻笑："我原来也担心这个，所以前些天我跟他见过面后就留了心，稍稍打听了一下。结果巧了，这个男孩子啊，眼光也跟小书一样的高，一般的女孩子瞧不上眼，竟然从来没有交过女朋友！"

听到这句，梅宛书已经有了某种预感，心里一紧。

果听许慧茹继续问："那个男孩子叫什么名字？"

"他姓穆，叫穆子旸。"

果然是子旸……

梅宛书微微垂下眼帘。

此时，方雅淑的先生 Brighton 走了进来和她们笑着打招呼。

许慧茹连忙起身客气地问："Brighton，雅淑，你们的两个孩子呢，怎么没瞧见？"

Brighton 无奈地摇了摇头："这两个熊孩子一到放假就钻到地下室打游戏，夜里两三点才肯睡，要睡到中午才得起床！"

梅宛书细心，从包里拿出包装精美的一套适合中学生读的英文小说递给 Brighton："这是送给他们俩的圣诞礼物。"

"谢谢你啊，Sophia！"Brighton 欣然接过，坐进了另一张沙发椅。

许慧茹知道方雅淑的先生 Brighton 是丰汇银行的高级经理，这两年新雅地产的融资如此顺利，少不了 Brighton 的大力支持。

于是，她面带温煦的微笑，首先将谈话转入正题："Brighton，雅淑，我和小书入股你们新雅地产的事，我们也共同筹划了快一年了，等过了圣诞节，我们就去办理正式的入股手续，怎么样？"

没想到方雅淑回道："慧茹，这件事我们恐怕还要再商量。"

许慧茹一听事有蹊跷，敏感地问："是不是出了什么变数？"

方雅淑喝了一口热茶，详细解释："慧茹，就我刚才提到的那个男孩子，穆子旸，他的天阳地产公司也看中了高贵林的酒店项目，所以提出入股我们新雅地产。你也知道，新雅地产即将进入高速发展的时期，需要大量的资金来填补项目的支出，天阳地产资金丰厚充足，与我们新雅地产优势互补。我也实在很为难，不想拒绝这么好的，而且是主动送上门的合作伙伴。"

"原来是这样……"许慧茹听了这番话后不急不躁，脸上的笑容丝毫未减，倒是向坐在她身边的梅宛书瞧了一眼。

见她气定神闲的，便问她："女儿，肯不肯帮妈妈一把？"

知母莫若女，只这一句，梅宛书已明其意。

她稍加思索了一会儿，终于点了点头："如果妈的意思是想和天阳地产合作，共同入股雅淑阿姨的公司，我愿意促成这件事。"

许慧茹和方雅淑心里一喜，相视一笑！

梅宛书话里的意思已经很明显，她同意和穆子旸试着交往！

如此一来，爱情事业不分家，大家一起赚钱的同时，说不定许慧茹还能得个财才貌兼备的女婿！

不定许慧茹还能得个财才貌兼备的女婿！

第 054 章 震惊

许慧茹想得美美的，圣诞节一过，她就让方雅淑去联系穆子旸。

穆子旸接到方雅淑的电话，一声嗤笑："方总，你的意思是，哪怕我们天阳地产肯和你们合作，你都不愿放弃国内的投资者？"

"子旸，许总是我多年的好友，你也知道我们这一行，不光做生意，还要讲人情。"方雅淑的语气里带了些许恳求的意味："不如你哪天到我们公司来，大家一起坐下来谈谈，看看有没有合作的可能？"

没想到电话里穆子旸竟用一种睥睨的语气说："方总，你没觉得，既然是你们那方想谈合作，不应该你们主动到我们公司来谈，才更合适？"

此时许慧茹正坐在方雅淑的办公室里，见方雅淑的脸色一下子变得很难看，还直接把电话给掐断了。

她面上带着一丝疑问："怎么，对方什么态度？"

方雅淑冷哼："穆子旸不肯到我们公司来，要我们上他们公司去谈，态度嚣张得很，搞得像我们求他们天阳地产似的。"

许慧茹面色沉敛，眼眸划过一道精光。

片晌，她笑道："这个穆子旸年纪轻，条件又好，心高气傲、目中无人也是有的。我倒特别想会会这个年轻人，看他是不是真的骄傲到能配得起我女儿。"

"嗯，"方雅淑同意地点点头："那我就跟他约定一个去他们公司洽谈的时间。"

“好的，越快越好！”

十二月二十八日，圣诞刚过，新年将至，大多数的公司都还在放假，天阳地产却因为今天有一个重要的会谈让公司全体员工都必须来上班。

客人还未到，各部门员工已经开始议论纷纷，前台的 Sandy 和 Linda 一直在小声嘀咕个不停。

“听说今天来的是新雅地产的方总啊！”

“嗯，周总和穆总要和新雅地产谈入股合作的事，准备一起拿下高贵林的酒店项目。”

“是不是还有国内的一个房地产公司的女老板也一块儿来？”

“对呀，那个女老板姓许，一会儿我们喊她许总就行了。”

“我还听说啊，那个许总有个女儿，要跟她一块儿来，说是也有参股的。”

“这就叫天生好命的大小姐了，一出生嘴里就含着金汤匙。什么都不用愁，不用学习不用工作都 OK，我们挣一辈子工资也赶不上人家的一个小拇指。”

“啧啧，人比人，气死人！”

两个女孩聊着聊着便聊得一脸忧伤，开始唉声叹气。

刚上好卫生间顺路走过的林薇将两人的一番对谈全部听在耳中，不禁对这个“许总的女儿”产生了好奇。

辛辛苦苦在底层工作的小职员，平日里小心翼翼，生怕行差踏错失掉宝贵的工作机会。抱着这样的心态，林薇这一个多月以来，一直勤勤恳恳，兢兢业业，除了偶尔经过穆子旸的办公室会刻意慢下脚步，想知道里面那个男人正在做些什么。

终于在几天前，她在办公室门口听到了穆子旸和周昊的一番对谈：

"子旸，就为了追女博士，你还真打算去优卑诗继续学习啊？"

穆子旸的声音里含着某种幽怨的情绪："昊哥，我一个国内普通大学的本科毕业生，跟人家大温名校医学院的女博士相比，这个学历差距是太大了。"

"瞧你那点儿出息！"周昊嘲道："男人难道靠学历来追女人？我们靠的是实力，是雄厚的资本！"

"哎，"穆子旸一声长叹："昊哥你又不是不知道，我未来老婆对金钱无感，人家就喜欢学霸怎么办？"

"哈哈……"周昊乐不可支："行吧，哥支持你去。对了，你报的是哪个课程？"

"一个半年制的管理学课程，就周三晚上和周六上午上课，一点也不耽误我工作。"说到这个，穆子旸又得意起来："昊哥，这可是我未来老婆给我选的课程，超级适合我的，你说她对我好不好？"

周昊却道："我看那个 Sophia 就是那种特别自诩清高的女人，最爱端着架子吊人胃口，若即若离，欲擒故纵。我也看出来了，你小子算是完了！"

"昊哥！"穆子旸的声音顿时提高了八度，不忿地嚷："你别乱诋毁我未来老婆！我告诉你，这世上就找不出比她心肠更好，更完美的女人！"

"行行行！"周昊语气尽是无奈："就你未来老婆好，无人可比！你就好好学习、天天向上去吧！"

听到这里，林薇的心里一阵波动，总算知道了穆子旸爱慕的女人叫 Sophia，是优卑诗医学院的女博士，还知道了穆子旸报了优卑诗的管理学课程……

林薇正思忖着，忽然听到门厅前台传来 Sandy 和 Linda 的惊呼：“哇！大美女啊！”

林薇转过身，见公司的玻璃门被人推开，走进三个人来。

她的眼光一下子被其中一个年轻的女人所吸引，清丽秀雅的容颜，精致完美的五官，纤长高挑的身材，飘逸婉柔的气质，而她那双清润如水的眸子，仿佛会说话一般……

林薇的感官是十分震惊的，尤其当她听到美丽的女人对前台的两个小姑娘说了一句话：“Hi，我叫 Sophia，我们和穆先生有约！”

……

十分钟后，天阳地产公司诺大的会议室里，面对面坐着六个人。

一边坐着天阳地产的两个大股东周昊、穆子旸和一位做会议记录的秘书 Rosa，另一边坐着代表新雅地产的方雅淑、许慧茹、梅宛书。

穆子旸与许慧茹正面相对，根本不敢直视她，心里发怵。他抬手揉了揉眉心，真没想到自己一番盘算，算计到未来丈母娘身上去了。

“穆总，可以称呼你子旸么？”对面许慧茹的声音倒是温和慈爱的很，与她精明的双眼形成极大的反差。

“哦，”穆子旸赶忙坐直身体：“好的，阿姨！”

许慧茹见她们三人一进公司，穆子旸就对自己招待殷勤，谦恭有礼，心里对他颇感满意。又见他不停地将灼灼的目光投注在女儿身上，也知道他态度的巨大转变全都是因为梅宛书。

果然，自己完美无缺的女儿走到哪里都能汇集男人的视线，无论多优秀的男人，只要见到梅宛书，也只有拜倒臣服的份。

又见穆子旸确实如方雅淑所描述的，人长得又高又帅气，再加上身家丰厚，公司规模也不小，果然是女儿的良配。几分钟衡量后，许慧茹便开始对这个年轻人用丈母娘的眼光上下打量，真是丈母娘看女婿，越看越欢喜。

她微微一笑，不温不火地说："关于高贵林的酒店项目，子旸你的眼光可是跟我们不谋而合。"

许慧茹只引了这上半句，就想听穆子旸怎么接话。

穆子旸即刻明了她的用意，立马正经严肃道："高贵林的酒店项目，本就是新雅地产的方总先和对方经纪达成了交易意向。我们天阳地产后期才加入，自然完全尊重方总和许总的意愿。天阳地产诚心想和你们合作，共同持股新雅地产。至于占股的比例，也全都由你们来决定。"

简直是一百八十度的大转弯！只要 Sophia 一来，这人就成了狗腿子！

坐在穆子旸身边的周昊心里大大地吐槽一番，鄙视一番，又忍不住咳了两声，脸上的表情似笑非笑。

坐在周昊对面的方雅淑悠声问："周总是不是有其他意见？"

"哦，没有没有！"周昊连忙摆手："穆总的意见也代表了我的意见。大家都是老朋友了，一切以合作共赢，利润分享为目的。"

"老朋友？"方雅淑奇怪地问。

周昊抬起一只手指向梅宛书："Sophia，我们早就认识了，前阵子她还帮了我们公司一个大忙，天阳地产特别为她举办了一个酒会表示感谢。就在上个星期，我们大家还一起去惠斯勒的滑雪场玩过。”

这条消息对方雅淑和许慧茹来说不啻是一个大大的惊喜，难怪前几天梅宛书答应帮忙的时候态度那么笃定！

许慧茹嗔怪地看着梅宛书，轻声问她：“女儿，这些事怎么没听你提起过？”

梅宛书云淡风轻：“就觉得那些事，和我们今天讨论的参股问题无关啊。”

听见她轻飘淡然的语声，穆子旸忍不住瞅了她一眼。

心里嘀咕着，怎么无关啊？简直太有关了！

梅宛书却对他飘来的幽怨眼神视而不见，轻声提醒许慧茹：“妈，是不是可以进入会议的下一个流程了？”

“嗯，”许慧茹含笑点头，对穆子旸道：“子旸，我和方总已经商量好了，希望你们天阳地产以百分之二十的比例入股新雅地产，同样我和我女儿也以百分之二十的比例入股，而方总仍然是新雅的大股东，占股百分之六十。股份按这个比例进行分配，你们同不同意？”

穆子旸又忍不住瞄了一眼梅宛书，见她容色依然清淡无波，似乎对公司啊占股啊等商场的种种丝毫不感兴趣，也明白她今天之所以来他的公司完全是为了她的母亲。

于是他站起身来向许慧茹伸出手，诚恳地说：“许总，我们天阳地产非常乐意接受你们的提议。”

周昊也起身说：“希望大家今后合作愉快！”

许慧茹、方雅淑也站起身来，分别与穆子旸、周昊握手。

终于，众人在一片友好和谐的气氛中，结束了这场重要的会谈。

第 055 章 狡诈奸商

送走梅宛书三人后，天阳地产的全体员工都炸开了锅！

从没见过他们阳光俊美的穆总对哪个女人如此在意过，然而自打那个 Sophia 走进公司大门，穆总的眼光就压根没从她身上转开过。

那种眼光，连傻子都能看得出，是倾倒，是迷恋，是爱慕，是深情啊……

而且听做会议记录的秘书 Rosa 说，因为 Sophia 的原因，两位老总全番改变了公司高层的决策。对那个许总，也就是 Sophia 的妈言听计从，人家怎么说穆总就怎么照办，简直就变成了那对母女的忠犬……

前台的 Sandy 和 Linda 又开始兴奋地滔滔不绝：

"Linda，你说那个 Sophia，是不是就上回穆总提过的他相中的未来老婆，但还没有追上的那位？"

"肯定啊，除她没别人了！果然长得漂亮，气质又好，家里还有钱，所以才那么高傲，连穆总那么优秀的男人都瞧不上眼！"

"唉，我都开始心疼我们穆总了，的确是在挑战高难度啊！"

"Sandy，你还不知道吧，刚才项目部的 Peter 告诉我，他上次和穆总去优卑诗参加篮球赛就见过那个 Sophia，她可是优卑诗医学院的女博士！"

"哇，这条件也太好了吧，难怪我们穆总单相思呢！"

"……"

就这样，整个公司都在沸沸扬扬，口口相传，不一会儿，穆子旸单恋 Sophia 这件事传得人尽皆知。

穆子旸的办公室里，周昊正在严厉地质问他："你小子，就是 Sophia 的一条哈巴狗！为了她，钱也不想赚了，方雅淑的公司也不想要了。你有没有想过，你要是追到了 Sophia 把她变成老婆也就罢了，这要是没追上，我们天阳地产的损失怎么算，都白白地给你陪葬啊！"

说着说着，周昊气不过，捶了穆子旸的肩头一拳。

穆子旸一声闷哼，赔笑道："昊哥你别急啊，我自有我的打算！"

周昊瞥他一眼："你什么打算？"

"昊哥，我是想着，天阳吞并新雅地产的原计划不变！"

"嗯？"周昊来了兴趣，喝了一大口热茶："接着说！"

穆子旸的眼里精光闪烁："其实许总和 Sophia 加入新雅地产只有对我们更好，只要有机会，我们可以连她们母女的股份一并吞了！"

"什么！"周昊震惊大叫，满脸的不可思议："你连你未来老婆未来丈母娘都不放过！"

"嗯！"穆子旸语气肯定："我追求 Sophia 是一回事，可抓住商机运营公司又是另外一回事。从小我爸就教我，商场如战场，没什么情面可讲。"

听了他这句商场上的至理名言，周昊不知道是什么感受，又是敬佩赞叹，又觉得鄙夷不耻。

简直了……

今儿他才算真正见识了穆子旸的真面目，是比他更心狠手辣的狡诈奸商！

"兄弟，"周昊忖了一会儿，嘴边也勾起一抹奸猾的笑："要真是这样的话，对天阳是大大的有利，可你把 Sophia 的股份都吞了，你还指望能追上她？你不怕她又赏你三巴掌！”

“哈哈！”穆子旸浑不在意，反而笑得傲慢张狂：“我就是要把我未来老婆的股份吞了，然后再当做聘礼双手奉送给她，这才显出我男人的本事！昊哥，不瞒你说，只要Sophia肯嫁给我，我把我所有的家当全都送给她又怎样，我眉头都不皱一下！”

这一头，穆子旸气焰嚣张、信誓旦旦，铆足了劲打算对梅宛书展开新一轮的攻势；那一边，梅宛书和许慧茹回到公寓后，许慧茹便开始了对梅宛书的盘问。

“小书，那个穆子旸，你是怎么认识他的？”

“上个月去夏威夷旅游时碰上的。”

“那个穆子旸，一看就知道他就对你很有意思，你是怎么想的，有没有考虑过他？”

“没考虑过。”梅宛书语气凉凉。

许慧茹又是惊讶又是疑惑：“小书，穆子旸可是万里挑一的条件，你还有什么不满意的？”

“妈，”梅宛书轻声回：“子旸不像你今天看到的表面那样，他并不适合我。”

“那他是怎样的人？”

梅宛书轻叹：“他是怎样的人，过一段时间，妈就会明白了。”

许慧茹没再继续往下问，因为她知道她这个女儿表面温柔内心却十分执拗的性子。

她望着梅宛书宁静秀雅的容颜，眉间还如同往日一样，敛着一抹淡淡的轻愁。

她不禁一声叹息，颇感无奈地摇了摇头，进了自己的房间。

客厅里，梅宛书也幽幽地叹了口气。

许慧茹听到"穆子旸"的名字时，根本就没想起来他就是穆云函的堂弟，是小时候与她一起共度美好时光的玩伴。

自打母亲下海经商，就慢慢的与穆云函的母亲黎玉洁失去了联系，连云函过世这件事她恐怕都不知道。

这，就是商人，也是穆子旸身上令她感到害怕不安的地方。

……

二〇一七的年底，大温又下了一场大雪。就在这银装素裹的纯白世界，大温的市民迎来了二〇一八年的新年。

元旦过后，方雅淑、许慧茹和梅宛书与周昊、穆子旸找了薛律师顺利办理了三方持股新雅地产的手续。

许慧茹达成目标，心满意足，于一月八日乘飞机返回国内。

机场大厅，梅宛书一直把母亲送到安检的入口，临别时许慧茹舍不得地抱住了她。

梅宛书眼角酸涩："妈，今年我就要从医学院毕业正式参加工作了，更没时间回国，你和爸有空就来看我，我天天想着你们。"

许慧茹抱了她好一会儿，终是忍不住说："小书，你要真想让爸妈放心，今年交个男朋友给爸妈看。"

梅宛书明白许慧茹的暗指，是不希望她错过穆子旸那么好的男人，可她却怎么也过不了心中的那道深重的坎……

然而她还是和婉地回道："妈，我尽量。"

许慧茹稍觉安慰，放开了梅宛书，抬手疼爱地抚着她的面庞："小书，自己保重。"

“妈也是。”

许慧茹倒退着走了几步，两人依依不舍地挥手道别。

梅宛书目送母亲的背影进了安检的入口，伫立良久，才转身准备离开机场。

一回头，却望见前方十米开外站着一个十分帅气的年轻男人，身上穿了一件黑色短款皮夹克，脚上一双黑色皮短靴，两只手插在牛仔裤的口袋中，朝她这边凝望。

见她终于瞧见了他，穆子旸对她挥了挥手，迈着大步朝她走过来。一步一步，每一步都像踩在她的心坎上。

待他走到她面前，梅宛书才收敛了心神，轻声问他：“这个时间，你怎么跑来机场了？”

穆子旸笑道：“我就是想来送送阿姨。”

梅宛书嗔怪：“那干嘛不过来跟我妈道个别，站在那么远的地方，我们都没看见你。”

穆子旸解释道：“我也想过来，但看见你和阿姨抱在一起舍不得分开，又觉得还是不要打扰你们母女话别为好。”

倒是细心体贴得很。

梅宛书微微一笑，看了一眼手表，十点还不到，便问他：“要回公司上班了吧？”

“我刚才乘天车来的机场，没开车，也没打算回公司。”

梅宛书一听就明白了他的用意：“那我送你吧，打算去哪儿？”

穆子旸顿时一脸灿笑：“本拿比有一家保龄球俱乐部，我想去打保龄球，你跟我一块去玩吧。”

梅宛书立马拒绝：“我不去了，把你送到俱乐部，我就回学校。”

话落，先行一步。

穆子旸赶忙追上她，从后拉住了她的风衣袖口，来回摆了几下："Sophia，我问过李教授，你今天没有研讨也没有实习，就陪我玩一会儿都不行吗？"

梅宛书回眸瞟了他一眼，柔声训斥："怎么总那么贪玩？"

听到"总"这个字，穆子旸心中一荡，温柔的责备，包容的埋怨，也只有他的宛书姐，才会用这样的口吻跟他说话……

穆子旸心里甜蜜蜜的，牵起梅宛书的一只手，加快脚步："Sophia，只要你肯跟我一起玩，我保证你开心到不想回家！"

梅宛书被穆子旸牵着跑起来，穿过簇簇人群，越跑越快。

她突然想起多年前的某个傍晚，穆子旸也是这样牵起她的手，信誓旦旦地对她说："宛书姐，只要你肯跟我一起玩，我保证你开心到不想回家！"

就在那个彩霞漫天的傍晚，穆子旸带着她爬上一棵大树，然后用木棍去捅马蜂窝，还充英雄装好汉，用木棍与一群马蜂格斗……

结果可想而知，两人被马蜂蛰了满头满手的包！

两个孩子狼狈不堪地蹲在那棵大树上，疼得哇哇乱哭，还是两个村民大叔找到他们俩，把他们送回家……

第056章 做我的女朋友

四十五分钟后，梅宛书稳稳地把车停在了保龄球俱乐部的停车场。

拿下车钥匙，见穆子旸脸上似笑非笑，表情有点奇怪，便问他："怎么啦，有什么不对吗？"

穆子旸倾过身来问："半个小时的车程，你要开四十五分钟啊？"

梅宛书顿时有点窘迫："在夏威夷你不就知道了吗，我是个路盲，开车自然慢一些。"

穆子旸一只手臂放在驾驶座的靠背上，圈着她："以后就让我来当你的车夫呗，随叫随到！"

话落，却见梅宛书脸色一凉，别过头打开车门，自己先下了车。

穆子旸愣在座位中，他只是想跟她开个玩笑，逗她开心，却没想到随口一句话，还是触及到了她的伤心事……

梅宛书自行往俱乐部里走，脑中回想起穆云函的话："小书，你是个路盲，就让我来当你的车夫吧！"

"云函，你可不止是我的车夫哦，你还是我的厨师，清洁工，辅导老师，还有心理医生！"

"呵，小书，这么说，你是完全离不开我了！"

"那当然！"梅宛书毫不掩饰地道："云函，我这辈子就赖上你了！你哪天离开我，我哪天去跳海！"

可是，他却依旧抛下了她，离她远去……

一刻钟后，穆子旸才进了保龄球场，见场内灯光明亮，人头攒动，哪怕周一上午，来保龄球打球的人还是很多。

　　梅宛书已经站在其中的一条保龄球道口，五根手指扣紧了一只紫色的保龄球，目向前方，轻飘飘将球甩出，看似毫无力道，然而保龄球缓缓直线前行，滑到球道尽头时游走出一条精准的抛物线，十只目标瓶全部倒下！

　　穆子旸在一旁看得瞠目结舌，一开始还以为是梅宛书运气好，可当她第二次，第三次，继续用同样的方法连续又打了两次全中，他明白了那绝对是梅宛书高超的技术。

　　梅宛书连续打了三个保龄球，胳膊有点酸，左手开始给自己的右臂做指掌按摩，舒缓肌肉的酸痛。

　　穆子旸走到她身旁，惊叹道："Sophia，没想到你保龄球打得这么好！"

　　梅宛书淡淡地回道："曾经有个人，专门教过我一种特别的保龄球技术，不用花太多力气就能打全中。"

　　听了这话，穆子旸心里一紧，忍不住问她："那个教你打保龄球的人，是不是你原来的男朋友？"

　　梅宛书默了一会儿，然后像是下定了某种决心，抬起头，直视着他说："子旸，你猜对了，是我原来的男朋友教我打的保龄球。上次我在惠斯勒的缆车里也说过，这辈子除了他，我不会喜欢别人！"

　　她的语声仍如往日那般清柔和婉，然而言辞中的决绝却大大刺伤了他。

　　穆子旸一咬牙，抓起梅宛书的手腕："Sophia，既然你说是原来的男朋友，表明你们现在已经分开了？他也没办法再陪你做任何事！你干嘛死守着过去不放，干嘛一点机会都不肯给我？现在我才是这个世上最喜欢你的人，是可以陪你继续往下走的人，你就不能眼睛朝前看，朝我看！"

　　穆子旸一连串的话冲口而出，越说越激动。他的整张脸都涨红了，双眼燃烧着两团热烈的火焰。

此刻，他就像一个愚蠢的孩子，毫无顾忌，不理后果，只想问她要个答案。

梅宛书的手腕被穆子旸掐得生疼，然而他猝不及防的一番话，每个字都像滚烫的烙铁，一下一下地灼烧着她的心。

她有些错愕，眼睛酸酸的，双眸不自禁地涌上了一层迷离的泪雾。

穆子旸一瞧她的表情便是一阵强烈的心疼，松开了她的手腕，握住了她的肩头。

他的声音低低地恳求："Sophia，给我个机会来照顾你，好不好？"

说着，他将她揽进怀里，再用一种斩钉截铁的口气说："Sophia，忘掉过去，做我的女朋友！"

梅宛书靠在穆子旸宽阔的胸膛上，感受着他散发的体温，张扬的热力，手臂也情不自禁地环住了他的腰。

她的心头泛着微微的甜，心底却涌着酸涩的苦。

挣扎了这些年，最难过的时候，她曾想过买张飞机票一径飞到悉尼，爬上她和云函定情的海边悬崖，从上面跳下去一了百了；最迷惘的时候，她也曾想过一把火将云函的照片全烧了，消除他所有的痕迹，忘却一切，碰到有缘人就恋爱成家，过自己该过的日子。

然而最终，她却什么也做不了，抛不下父母亲友，抛不下她医生的职责，更抛不开对云函刻骨的思念，最后也只能不停地摇摆于天平的两边，把自己活成了半死人的可笑模样。

然而此刻，她却不得不承认，她的生命已经无可阻挡地闯进这样一个男人，热情洋溢，痴心不改，像是要把她的生命再度点燃。

有那么一瞬，她很想答应他，似乎只需说一个"好"字，她人生的轨迹就能全然转变了方向，朝着明亮的道路走。

然而……

那漆黑、冰冷、孤单的世界，她又如何忍得下心让云函独自去过？他们曾许下终身的承诺，相守一辈子，即便天人分隔，她也下定决心当生命走到尽头时，能与他好好地在一起。

想到这里，梅宛书牙齿紧紧咬住了嘴唇，将那一个"好"字生生吞回。

良久，她感觉心绪平定了些，才轻声开口："抱歉，子旸，我不能答应你，我抛不下他……我总是想着他。我现在这副样子，答应你，就是对你不公平。"

听了她的回答，穆子旸一阵揪心的疼痛，却无论如何也舍不得责怪她，因为他知道她说的那个人是谁，知道那个人有多好，也知道那个人现在在哪里。

他抬手慢慢地抚顺梅宛书的长发，就在她的头顶上方，柔声低语："Sophia，我不逼你，你什么时候把他淡忘了，什么时候再接受我。你只要记住，我会一直等着你！"

"子旸……"梅宛书哽咽了。

穆子旸怜惜地轻拍她的背，温柔地安抚她，如同他平时经常对母亲、妹妹做的一样。

梅宛书就在他的怀里又静静地靠了一会儿，才说："子旸，轮到你打球了！"

穆子旸灿然一笑，放开梅宛书，拿了一只红色的保龄球，又开始得意地炫耀："Sophia，让你看看什么叫以雷霆万钧之势击溃敌军！"

梅宛书莞尔，见他一边吹嘘着，一边迫不及待地大力将保龄球抛出，结果……

鲜艳的红色保龄球以雷霆万钧之势冲向了边沟，穆子旸完美演绎了什么叫快速"洗沟"！

梅宛书绷不住扑哧一声笑起来。

穆子旸挠了挠头："我这次纯属没发挥好，再来两个，让你瞧瞧我无敌的实力！"

接着，他以大鹏展翅的雄壮气势，以玉树临风的潇洒姿态又打出了两回洗沟，以三球零中的成绩垫底整个保龄球场！

周围打球的人一波一波的笑声传来，偶尔还夹杂着"so funny"的轻嘲。

穆子旸却混不在意，一点儿没觉得丢人，还朝梅宛书抬了抬下巴，耍赖皮说："Sophia，你在我旁边，我就发挥失常打不好，你得负责！"

梅宛书笑问："怎么负责？"

"手把手地教我打呀！"穆子旸理所当然地说："你打三个全中，我打三个零中，你不该教我嘛？"

梅宛书颇感无奈，走到他面前，跟他讲解发力的要点，又拉住他的手，两人一起打出一球，全中！

"Yeah——"

穆子旸高声欢呼着，伸出两手朝向梅宛书。

梅宛书会意，也伸出两手，跟穆子旸拍 Five。

两人愉快地在保龄球场玩到下午，欢声笑语，融洽自如。而他们之间的气氛似乎也有了微妙的转变，虽然彼此都没有戳破对方，却仿佛一起回到了儿时两小无猜、亲密无间的时光。

三点多，梅宛书将穆子旸送回天阳公司，自己回到公寓。

倒了一杯清水喝，再打开手机，看见邵星泽和穆语童分别发了一条微信过来。

邵星泽问她:【Sophia，今天阿姨回国了吧，我们什么时候一起吃饭？】

梅宛书斟酌了一会儿,回复他:【这周六中午,地点你定。】

邵星泽秒回:【那周六中午十二点列治文的法餐俱乐部,不见不散!】

梅宛书一怔,心想这个地点选得倒有些巧。再思忖片刻,明白过来,那天晚上邵星泽喝了很多酒,醉得神志不清,举止都有些疯狂，怕是因为看到法餐俱乐部穆子旸和她的那一幕⋯⋯

她心下叹口气,又去看穆语童的那条微信:【Miss 穆,这周有空么，我妈想请你来我家做客。】

梅宛书略感奇怪:【阿姨怎么会邀请我？】

穆语童立刻回:【上次我在你家住了一晚,又在你那里吃了好几次饭,我妈说这段时间给你添了不少麻烦。她还知道你是我的实验课老师，所以想请你来我家吃顿饭,表示一下谢意。】

梅宛书:【好，就这个周六吧，我下午到，可以吗？】

穆语童:【OK，就这么说定了!】【跳跳】【转圈】

第 057 章　求个抱抱

周三的晚上，梅宛书按照李教授的安排给申请医学院的相关院系学生做一场专业定向讲座。

不大不小的教室坐满了人，不仅打算申请医学院的学生全部到场，连别的院系学生也看了校园网上发布的讲座消息慕名而来，坐不下的就站在教室的后方。

六点钟，梅宛书准时走进教室，看到黑压压的满屋子人，大为惊讶。却不知因为穆子旸和邵星泽那场激烈的篮球赛，她现在在学校里已拥有极高的人气。

满场的人群中，有两个年轻的男人极为扎眼，竟是穆子旸和邵星泽同时到场，而且人高马大的两个人还偏要坐在第一排。好在一个靠左边坐，一个靠右边坐，倒没什么视线交战。

梅宛书见教室后面站了十几个学生没位置坐，放下教案后，对着教室讲台的话筒说："我发现今天来的学生中，有些不是医学院相关院系的。因为教室的位置有限，请非相关院系的学生尽快离开。"

她的声音是和婉的，可语调却是冷厉的，有种不可违逆的气势。

很快，有几个学生不好意思了，从教室的前排位置中站起身来离开教室，站着的几个学生终于得以入座。

然而穆子旸和邵星泽听到梅宛书这话就像没听到一样，在座位上岿然不动。

梅宛书有点恼火，干脆点名："计算机系的 Kelvin，管理学课程的 Yang，你们俩都不是医学院相关院系的学生，请你们离开教室！"

她的话音一落，两人顿时一脸尬，不情不愿地从座位上起身。

教室里立刻发出齐齐的惊叹："好帅啊……"

而此刻，两人也终于看到了对方，眼神立刻胶着在一起，相互瞪眼怒视。

教室又发出一片哄笑声，大家开始窃窃私语，议论着那场篮球赛双龙抢珠的精彩戏码，看来这场好戏还没结束，两个男生又抢到讲座上来了。

梅宛书做了一个请他们离开的手势，穆子旸和邵星泽只好离开座位，百般无奈地沿着教室两边的廊道朝后门走。可两人仍不死心，到了教室后方便停下脚步，和剩下站着的几个学生并排而立，打算站着也要听梅宛书的讲座。

然而讲台上梅宛书的语声再度放大传来："Kelvin，你的课程表中，今晚有一堂 Java 语言编程课；Yang，今晚是你管理学的第一堂课，请你们不要缺席本专业的课程，尽快离开！"

闻听此言，两人心里俱是一惊，再也不敢执拗下去，乖乖地走出教室，各自去了各自的课堂。

穆子旸悻悻地来到管理学课程的教室，发现授课老师已经开始讲课了，他便从后门安静地走进去。

尽管他低调入门，但总归发出一些动静，引来几个学生的回头注视。其中一位坐在后排的女生一看到他眼睛便是一亮，用口型默吐了"穆总"两个字。

穆子旸一怔，见这个女生正是他公司的新员工林薇。

这倒是很巧。

他迈了几步走到她旁边的位置坐下，低声问："Irene，怎么是你，你也选了这门课？"

"嗯。"林薇忙垂下眸子，紧张得嗓音都有点哑。

此时，穆子旸靠她很近，胳膊弯起摆放在课桌上，离她的手肘也只有几寸的距离。

穆子旸微笑着说："Irene，你还挺上进的！"

"不是……"林薇声如蚊呐，但仍然把早已预备好的理由说出来："是我阿姨说，读这个课程对办移民有利。"

"哦，明白了！"穆子旸会意地点点头，按照台上老师放映的 ppt 翻到了相应的书页。

这会儿，他不再摆出在公司时的老板架子，而是把林薇当做同学，随和而友善。

这就是穆子旸在公司外一贯的样子，也是林薇极其喜爱的样子。

明知道他喜欢的是 Sophia，那个女神级别的人物，然而她的内心深处仍存了一线希望。到目前为止，穆子旸还只是单恋，他和 Sophia 并不是男女朋友，这就代表了自己还有机会，或许某一天在他被 Sophia 拒绝后伤心的时候，能让她慢慢靠近他……

林薇深吸了口气，将视线调整到讲台上，想好好听讲，然而老师流利清楚的英语发音在她耳中全都变成了混沌机械的音符。听了好一会儿，愣是一个字也没听进去。

"Irene，"突然，穆子旸小声叫她。

"嗯？穆总，什么事？"

"老师说，这门项目管理学需要分组作业，每两人一组，干脆你们俩一组吧。"

只是正常同学间的提议，却叫林薇心如鹿撞。

"好的，穆总，"她毫不犹豫地答应下来，还尽量保持了语气的平静："你们俩一组，还可以用天阳公司的实例来做这门课的作业。"

"好主意！"穆子旸赞道，又温和地说："Irene，现在我们在同一个课堂听讲，就是同学关系。不在公司你就别喊我穆总了，叫我旸就行了。"

林薇这才有点勇气朝他看，见穆子旸脸上又露出了他一贯的灿烂笑容，神采飞扬，自信又迷人。

她有些挪不开眼，随着他的话轻声应道："OK，旸！"

第一次，她喊着他的名字，却那么的自然流畅，只因在她心中早已这么喊过他千百遍。

穆子旸却浑然不觉，拿了一张白纸，将两人的名字写在纸上交给了授课老师。

九点钟上完课，穆子旸和林薇道了声"bye"，便匆匆离开了教室。

林薇目送他的身影消失在楼梯转角，不自禁地感到一阵失落，也晓得穆子旸这副急不可耐的样子，一定是去找 Sophia 了。

她猜得没错，穆子旸一下到底楼，便从怀里掏出了手机，拨打梅宛书的电话。

电话响了好几声，才传来她好听的声音："子旸，课上好了？"

穆子旸听着梅宛书的语调里并无责怪之意，心里一喜，忍不住撒起娇来："上完了，三个小时呢，觉得好累哦！"

"进修课程是这样的，"梅宛书语声平静："一个星期才上两次课，你不会连这点压力都承受不住吧！"

穆子旸哼道："这点压力对我来说不算什么，我是说这三个小时想到你离我不远，我却见不着你，心累！"

梅宛书嘴角微微上扬："我的讲座一个小时前就结束了，已经回公寓了，你也赶紧回家休息吧。"

穆子旸不愿，提出要求："Sophia，我能不能去你的公寓见见你？"

梅宛书踟蹰了一会儿，才说："今天太晚了，你还是先回家吧，我们三天后见。"

穆子旸知道梅宛书指的是周六到他家做客的事，却依然不死心："Sophia，就让我看你一眼行不行？看一眼我就走！"

果然，梅宛书经不住他的软磨硬泡，终于说："那你来吧，我们就在公寓楼下见一面。"

"好，我马上就到！"穆子旸加快步伐，变成了小跑，朝梅宛书的公寓楼奔去。

快到公寓时，他远远望见梅宛书已站在大楼阴影的一隅。

大楼透出的似明又暗的光圈熏染出她纤秀的轮廓，她只在休闲服外面套了一件针织开衫，身形单薄。

穆子旸心脏狂热地跳动，阔步疾走，只几步便来到了梅宛书的面前。

他望着她清润如水的双眼，便觉得，所有惆怅相思的苦痛，所有患得患失的纠结，在这一刻，烟消云散。

两人就这么静静地对望了一会儿，梅宛书说："见过了，心里踏实了，可以回去了。"

穆子旸不满地努努嘴："你就知道赶我走！"

梅宛书莞尔，抬头看了看漆黑的夜空："都这么晚了，天又冷，你还打算站到什么时候？"

穆子旸展开双臂："那就什么都不说了，求个抱抱！"

梅宛书低头浅笑，还没来得及走上前，穆子旸已跨了一大步，一把将她搂进怀里。

霎时，他身上散发的炙热气息将她笼罩，驱散了她满身的萧索与清寒。

贴着他胸膛的耳朵听到了强健有力的心跳声，一下一下，宛若擂鼓。

某种柔软的情绪从她的心底生出，似乎渐渐习惯了他温暖的怀抱，再也不想抗拒。

穆子旸抱了梅宛书好一会儿，觉得心里真的踏实了，才舍得放开她，笑着说："我走了！"

"去吧，路上开车小心。"梅宛书一如既往柔声叮咛。

穆子旸倒退着走了两步，朝她挥手道别，见她还站在原地，他又大声说："你快回去，外面冷！"

梅宛书双臂环抱，却依旧纹丝不动，目送着他。

穆子旸心里一甜，跳跃着转过身，就像来的时候一样奔着跑远了。

第058章 每天多爱你一些

一阵寒风袭来，掀起了梅宛书的衣角，吹散了身上弥留的炽热气息。

梅宛书用手拢了拢针织衫的衣襟，整理妥当后走进公寓大楼，神思有些恍惚，一个没注意撞到了一个人身上。

"Sorry！"梅宛书连忙道歉，却在看清楚眼前的人后愣住了。

邵星泽脸色苍白，漆黑的双眸藏着某种愤恨妒忌的情绪，隐忍未发。

"Kelvin，是你。"

梅宛书见他身上背着书包，知道他是刚下课才回的公寓，恐怕目睹了刚才她和穆子旸的一幕。

空气凝结片刻，邵星泽冷冷发声："Sophia，你不是知道的吗，我也是今天晚上的课，就是这个点回公寓。你却一点也不担心被我瞧见，是下定决心接受他做男朋友了？"

梅宛书凉声说："Kelvin，我和子旸之间是什么关系，好像用不着向你交代。"

话落，她绕过他的身畔，朝电梯走。

手腕却被一股猛烈的力道攫住，梅宛书不由自主地随着这股力转过身，对上了邵星泽泛红的双眼。

他一字一字咬牙切齿："你和他是什么关系，我早就知道！他是你的发小，是你心里面那个人的弟弟，你就因为这个才照顾他，关心他，给了他很多追求你的机会。你之所以对我这么不公平，就是因为他也姓穆，他和那个人有血缘！"

每个字，都像机关枪发射的子弹，一连串地摧残着梅宛书的耳，锤击着她的心。

她张大了双眼，脸上瞬间失去了血色，变得煞白。

然而邵星泽并没有停止，而是愤恨交加地继续说："不过再怎么样，穆子旸都代替不了你心里的那个人，永远无法替代！你哪怕跟他在一起，我也不相信你是因为真的爱他，你不过是在移情，把对哥哥的感情移到弟弟身上罢了！"

听到这里，梅宛书一阵头晕目眩，某种强烈的自责、内疚、懊恼的情绪紧紧抓住了她的神经。

"放手！"她轻声说，嘴唇发抖，双眼全都是迷离的泪雾，视线模糊不清。

"我不放！除非你告诉我，你不爱他！"邵星泽仍牢牢攥着她的腕，步步紧逼。

"我求你，放手！"终于，梅宛书绷不住嘶声大叫，完完全全的失控了。

邵星泽恍然一惊，松开了手。

再看梅宛书的脸，惨白，悲伤，串串泪珠沿着眼角坠落，楚楚可怜。

霎时，邵星泽心头一阵强烈的纠痛，他即刻后悔了，后悔刚才因为恼恨嫉妒而失去理智，口不择言。

"Sophia，"他神色惶然地道歉："Sorry，是我不好，我乱说的，你别介意！"

可是梅宛书的脚步一直在朝后退，像是要躲他远远的。

邵星泽一急，几个大步上前，想搂住她，想安慰她。

然而梅宛书还在不停地往后退，不停地摇头，更多的泪水纷纷洒落。

此时，她身后的电梯开了门，梅宛书脚步踉跄地上了电梯。

　　她昏昏沉沉，迷迷糊糊，根本不知道自己怎么回的公寓。等她再度意识清醒时，发现自己趴在床上，身边摊开的全是一本本穆云函的相册。

　　脑海里又开始回响邵星泽在楼下说的话，只觉得他的每个字都如同针尖刺痛着她的心脏。

　　明明说好陪伴云函一辈子的，这些年，为了陪他住在冰冷的世界，她冬天也不愿穿大衣。

　　她又怎能将对云函的一腔痴情，转到他的弟弟身上？

　　不可以……

　　梅宛书挣扎着爬起身，打开手机，见里面发来了一大堆消息，全都是穆子旸和邵星泽的。

　　穆子旸：

　　【Sophia，我已经安全地回到家了，你放心吧】

　　【想到还有三天才能见你，我心里就难受。要不，我俩每天视频对话？】

　　【我发了视频连接请求，可你都不理我】【捂脸】【大哭】

　　【我猜，一定是睡美人又睡着了，不打扰你了，祝好梦】【月亮】【星星】

　　邵星泽：

　　【Sophia，刚才在楼下是我胡言乱语，你千万别放在心上】

　　【我给你打了好多电话，你怎么都不接？】

　　【我敲你的门，你也没开门，是不是生病了？】

　　【Sophia，你再不回我消息，我要报警 911 了！】

　　梅宛书十分无奈，还是给邵星泽回了一条消息：【我在家里，刚才睡着了，所以没听见声音】

　　邵星泽秒回：【那就好，你没事吧？】

梅宛书：【没事，一切如常】

邵星泽：【那，周六约好一起吃饭，不变？】

梅宛书凝了一会儿，回：【不变，照旧】

谢天谢地！

邵星泽放松紧张的身体，朝后仰倒在大床上。

他的手指捏紧了手机，指尖一点一点地划过【不变，照旧】那四个字，包括中间的那个逗号，都变得如同天上月牙那般皎洁。

……

周六，邵星泽提前三个小时到达列治文的法餐俱乐部，布置好了一切，安安静静地在一间雅致的包间等待着梅宛书。

梅宛书十二点准时到达，被侍者领进包间时，不由得张大了眼睛。

见房间顶部贴满了装饰星星，闪闪发亮；房间四周，摆满了娇艳芳香的玫瑰；而在餐桌上摆放的精致花瓶里，插着几根红梅，枝头盛放着朵朵梅花。

邵星泽坐在房间一侧的长沙发中，身穿笔挺的白衬衫黑西服套装，连半长的头发都剪短了些，显得十分的斯文儒雅。他的薄唇边噙着一抹温润的笑意，一瞬不瞬的凝望着她。

梅宛书有些怔忡，目光转向他清俊的面容。

这似曾相识的一幕，早已刻在她的记忆深处，从未曾淡忘。

她的嘴唇微微翕动着，正想说些什么，邵星泽却从身畔拿起了一把吉他，开始弹奏起来。

动人的音符从他的指尖流泻，他唱起一首《复刻回忆》：

窗外的树，爱哭的风

烦恼的我，聪明的你

爱是什么，什么人懂

所以，别难过

心还痛吗，请忘了吧

所谓幸福，是个童话

后来的我，一切随意

所以，没关系

在不同的城市努力

偶尔也会想想你

这样的我，那样的你

要很久才相聚

我们都没说那遥远的曾经

我们也没提那故事的原因

青春的复刻回忆像一片云

没法子抓在手里

我们的眼泪在复习着过去

我们的微笑是彼此的氧气

复刻的回忆是封挂号信

多远都可以找到你

午后的闷热的窗外的一场大雨

让我们看见了以前的自己

把时光倒转回那一季

那年的梦，他乡的你

唱着唱着，梅宛书心潮跌宕起伏。

这一句句歌词，都好似那飘在云端的男人回到她的身边，娓娓诉说着他对她悠长的思念，又让她别在意过去，别再为他难过……

泪水迅速迷蒙了她的视线，然而邵星泽仍在继续弹着同一首曲子，歌词却变成了粤语《每天多爱你一些》：

而每过一天每一天这醉者

便爱你多些再多些至满泻

我发觉我最爱与你编写

以后明天的深夜

而每过一天每一天这情深者

便爱你多些然后再多一些

我最爱你与我这生一起

哪惧明天风高路斜

这一段，邵星泽加快了节奏，不停地重复着，越唱越高亢。梅宛书明白，这回，他是在倾诉着自己的心声……

越来越多的泪水纷纷滑落，梅宛书柔肠百结，心痛不已。而在这一阵阵揪心的疼痛中，她却清楚地意识到，这样的情形绝不能再继续下去！

终于，邵星泽停止了弹唱，双眸闪亮地盯着她。

看到她眼角的串串泪珠，他心疼了，走到她面前，用指腹为她一点一点抹泪，嘴里低喃："怎么又哭了……Sophia，我好像总是惹你哭……"

梅宛书摇摇头，轻轻地拉下了他的手。

"Kelvin，"她开始婉转地说："从现在起，我不会再把你当做云函，再也不会了。"

邵星泽心头一颤，这还是他第一次听见梅宛书主动提起穆云函的名字。

"我不介意你把我当做他。"他柔声说。

"但是我介意！这样对你不公平，对云函也不公平。我只想把云函藏在心底，慢慢地回忆和思念，也请你以后别再做云函曾经做过的事。"梅宛书清清楚楚地说。

闻言，邵星泽默了半晌，点点头："好，从今天起，我不会再学他。以后，我的一切举动都只代表我自己，与穆云函无关。"

说罢，他拉开了餐桌旁的座椅，很绅士地请梅宛书入座。

梅宛书松了一口气，坐进椅中。

邵星泽见她情绪稳定了些，心下欣慰，手指摁下餐桌上的响铃按钮。

第 059 章 拒绝

不一会儿，两位侍者端来一道道精致的法式餐点，司康、法式柠檬派、马卡龙等，又为两人倒了两杯法国香槟。

梅宛书进餐时素来安静，邵星泽便也不说话，目光时不时地投向她，观赏着她举止优雅进餐的样子。

半个小时后，梅宛书将她的那份餐点全部吃干净，随后抿了一小口香槟，唇色愈加的粉润诱人。

邵星泽心里一动，朝她举起酒杯，微笑着说："Sophia，看来今天的法餐很合你胃口。"

"我不喜欢浪费食物，尤其是别人诚心诚意请我吃的美食。"梅宛书语气平静，却没有拿起酒杯与他碰杯。她的一双秋水明眸直直地与他对视着，含着某种意味深长。

她这样的表情邵星泽不是第一次见，不由得心口一紧。

梅宛书像是在斟酌言辞，缓缓开口："Kelvin……"

"别说了！"似乎预感到她要说什么，邵星泽打断她："Sophia，如果你打算拒绝我，这种话，我不想听。我刚刚下定了决心，以后，我会用我自己本来的面貌追求你。也请你以后不要把我当成长得像穆云函的人，不要把穆子旸当成穆云函的弟弟，给我一个和穆子旸公平竞争的机会！"

可是，梅宛书的话声依然传来："没有这个机会，Kelvin，从来就没有！"

这话实在太扎心，邵星泽握着酒杯的指节泛白。

突然，他仰头灌下一整杯香槟酒，随后将酒杯扔在地毯上，神色激动地握住了梅宛书放在餐桌上的一只手。

"为什么我就没有这个机会？"他哑声问。

梅宛书的神色却没有丝毫的变化，似乎下定决心要快刀斩乱麻，把一切说清楚。

"Kelvin，从我认识你的那天开始，我对你所做的一切，都只是为了另一个女孩子。我一直希望你的眼睛不要只盯着我，能朝周围看看，看到那个始终默默地喜欢你，为你付出了很多的女孩，那个更适合你的女孩……"

邵星泽越听手捏得越重："所以说，你是因为Tina，才不肯给我机会？"

梅宛书手疼得眉头蹙起，然而她依然往下说："Kelvin，我想你理解有误。其实，如果没有Tina，我恐怕连话都不会跟你多说几句。"

"我不信！"邵星泽猛地甩开她的手，大叫。

梅宛书收回被捏得通红的手，起身拿包，狠心丢下一句话："Kelvin，即便你不信，可这就是事实。"

话落，她不再迟疑，一眼都没再看邵星泽，转身离开了包间。

就在她走出门口的那一瞬，她听见了背后桌子翻到、杯碟相撞的巨大声响。

邵星泽一脚踢翻了整张餐桌，泛红的双眼盯着空荡荡的门……

过了良久，他才低下头，见花瓶倒在地上，有几朵梅花落下枝头，四下散落。

他慢慢地蹲下身，小心翼翼地将那几朵梅花捡起，捧在手心。

"梅宛书……"第一次，他轻声呼唤她的中文名字，语声中尽是眷恋与不舍："这个名字，真好听！"

门外跑进几个俱乐部的侍者，看到地上一片狼藉，连忙关心地问他有没有受伤。

邵星泽慢慢站起身，目无表情地道："我没事，麻烦你们收拾好，所有损毁的东西我一律赔付。"

说着，他将手上的几朵梅花捧给他们："请你们找一个密封的容器，帮我把这几朵花收起来，我要带走。"

几个侍者见他眼神空洞，失魂落魄，心下不禁恻然，又问他："邵先生现在要离开吗？"

邵星泽摇摇头，两肩微垂着挪向长沙发，拿起了吉他："这个包间我定了一整天，我还想呆一阵子。"

"好的，先生。"侍者们轻声说，安静地扶起餐桌，开始收拾地上的碎片残渣。

收拾到一半，忽听邵星泽开始弹起了吉他，边弹边唱：

"心还痛吗，请忘了吧

所谓幸福，是个童话

后来的我，一切随意

所以，没关系……"

……

梅宛书离开俱乐部后，心绪也有些紊乱，方向开错了好几次，最后干脆把车停在路边。

她打开车窗，让冬口的寒风吹进，车里一片清凉。

她一遍又一遍用理智告诉自己，刚才她如此伤了邵星泽，并没有做错。明知道没有结果，明知道越往下只会让他陷得越深，明知道这一天必定要来临，明知道他的身后还有个女孩在痴痴地等……

终于，她深吸了一口新鲜的空气，重新发动了车子。

半个小时后，车子开到了穆家的豪宅。

穆语童一直在二楼阳台上张望，一看到她的 mini 车立刻跑下来迎接她。

"Miss 穆，你来啦，我等得都望眼欲穿了！"穆语童脚步轻快雀跃。

梅宛书宛然一笑，看到穆语童纯真可爱的样子，她的心情就变得愉快起来，更觉得刚才在法餐俱乐部所做的一切都很值得。

她从车里拿了一大袋礼物随着穆语童进门，见何虹佳己等在玄关口。

"阿姨！"梅宛书立刻礼貌地打招呼，将礼物袋递给她："谢谢你特意请我吃饭！"

"Miss 穆，千万别客气，早就该请你来了！"

最近一段时间，何虹佳耳朵里不断听到儿子女儿谈起这个 Miss 穆，知道她是儿子的心上人，是女儿崇拜的偶像，今日一见，果然不俗。

虽说 Miss 穆比儿子大了十个月，但从样貌上一点也看不出来，看着比穆子旸还小些。她面容秀美，气质高雅，还特别懂事客气，细心周到，晓得带礼物去别人家做客。

等何虹佳打开礼物袋一看，更是又惊又喜，原来梅宛书带来的礼物十分丰厚：两瓶高档红酒，一瓶法国产一瓶意大利产；两罐国内的高档茶叶，分别为碧螺春、龙井；还有两套高级化妆品，看牌子正是她和穆语童常用的那两种。

难怪儿子女儿都把她夸上天，的确无可挑剔，完美无缺！

当下将梅宛书让进客厅的沙发上入座，让穆语童陪在旁边。

"我去叫子旸下来哈！"何虹佳笑吟吟的，开始用婆婆看儿媳的眼光来打量梅宛书，越瞧越满意。

　　有这么个文雅人在，她也不好意思大嗓门在楼下喊了，脚步轻悄地上了二楼，在穆子旸的房门上敲了两下，却没有人答应。

　　何虹佳将房门打开一条缝隙，见书桌上摊了一堆书，穆子旸脸埋在胳膊肘里，趴在桌上睡着了。

　　她有点心疼，不忍心喊醒他，下楼对梅宛书解释："不好意思啊，Miss 穆，子旸今天起得早去优卑诗上课，这会儿太累了睡着了。"

　　梅宛书连忙起身："没关系的阿姨，我跟 Tina 说说话也是一样的。"

　　"Miss 穆，你快坐下来，"何虹佳招呼她："我去厨房泡点茶给你们喝。"

　　梅宛书却不肯再坐下，而是走到何虹佳身边，温婉地道："阿姨，不如我们一起尝尝我带来的龙井，是今年的新茶，味道很清香。要不，我跟你一起去厨房泡茶吧。"

　　"好！"何虹佳乐滋滋地答应着，两只眼睛都笑得弯了起来。

　　心下大赞，真是贤惠又大方！如今这年头，二十多岁的姑娘简直找不出这样的了！

　　接下来的时间，梅宛书和何虹佳一起泡茶，饮茶，聊天，又在厨房帮忙何虹佳烧晚饭。

　　穆语童在一旁瞧着，见梅宛书说话轻声细语，有礼有节；动作轻盈灵巧，无微不至。

　　再看老妈从头到尾笑声不绝，就知道只是短短的两小时，何虹佳的心已经给 Miss 穆收走了。

　　不过她一点也没觉得奇怪，Miss 穆想收谁的心，不都是那么容易吗？

正眼冒星星地望着梅宛书，她的手机响了起来。

穆语童一看是邵星泽打来的，连忙走出厨房，来到偏厅，接起电话："Kelvin？"

"Tina，"那头的声音十分的消沉落寞："你能不能来陪我？"

穆语童心脏一跳："你现在在哪里？"

"赌场酒店。"

穆语童有点急："Kelvin，你又跑去喝酒啦！"

邵星泽的语气开始不耐起来："你到底来不来？"

穆语童立刻将语声放轻放软："我马上就来，你等我一会儿，别喝那么多酒。"

邵星泽冷冷的："我等你过来。"

却对喝酒的事只字不提，直接把电话挂了。

穆语童一声轻叹，走进厨房，很不好意思地对何虹佳和梅宛书说："妈，Miss 穆，我得出去一趟，同学找我有事。"

梅宛书一看她的神色，就知道找她的人是谁。

心想此时邵星泽需要安慰，穆语童去了倒也正好。

何虹佳不开心了："小童，家里来了贵客，马上都要开晚饭了，你还随便往外跑。你去跟同学讲，今天家里有事，不去了！"

梅宛书忙劝道："阿姨，我没关系的，你就让 Tina 去吧，她同学这个时候找她，肯定是挺急的事。"

何虹佳一听，梅宛书都不介意了，她也就没什么好阻拦的。又想着穆语童走了也好，一会儿给儿子和准媳妇多一点单独相处的时间，也就答应下来。

梅宛书把穆语童送出厨房，轻声问："是 Kelvin 找你吗？"

穆语童点点头，有些担心地说："Kelvin 又去喝酒了。"

梅宛书却神情淡然，似乎并不意外，只是轻轻拍了拍她的肩头："他可能碰到了什么伤心事，你去安慰安慰他。你自己也要当心，千万别沾酒。"

"知道了。"穆语童乖巧地答应着，穿上大衣，打电话叫了辆 Taxi。

梅宛书回到厨房，见何虹佳正在炒最后一道芦笋蘑菇，整个厨房都弥漫着炒菜的香气。

何虹佳一边热火朝天地翻转锅铲，一边对梅宛书说："Miss 穆，麻烦你上楼去喊一下子旸，叫他下来吃饭，他差不多该醒了，他房间就是正对着楼梯口的那间。"

"好的，阿姨！"梅宛书柔声回，缓步上了二楼。

第 060 章　可以喜欢到，陪我去死吗

来到穆子旸房间门口，梅宛书扣了两下门，轻声喊："子旸，吃饭了。"

里面却没有任何的回音。

她忖了一会儿，轻手轻脚地打开房门，果见穆子旸依然趴在书桌上熟睡。

梅宛书莞尔，进了房间，悄步来到他的身后。正准备推他的肩头喊醒他，摆在他手边的一本相册蓦地映入她的眼帘。

相册是从中间打开的，梅宛书清楚地看到了两张本不该放在一起的照片。相册左边是她和穆子旸在夏威夷的兰花园低头赏花的合照，而相册右边，却是他们俩小时候在乡下玩耍的一张发黄的旧照片。

照片里两个孩子蹲在一丛狗尾巴草边，八岁的她盈盈浅笑，秀气的手指上绕了一根狗尾巴草；而七岁的穆子旸那会儿还是小胖子的模样，肥溜溜的手中拿了一大把狗尾巴草，脸上笑嘻嘻的，眼睛却在朝着她凝望。

看到这张旧照片，梅宛书心里一动，情不自禁地拿起相册，将那张照片抽了出来。

她静静地凝视着这张照片，不知不觉地沉浸在记忆的河流中，无数画面从她的眼前闪过。

一只麦色的大手却突然伸了过来，紧紧捏住了这张旧照片的一角。

梅宛书一惊，转过头，见穆子旸已经睁开双眼，瞳眸中蕴着一层一层的光晕。

"这张照片，是我的！"他沉声说。

梅宛书有些慌乱，连忙松手，照片重新回到穆子旸的手上。

他小心翼翼地把照片放回相册，再将相册收到书桌顶部抽屉的最里面，似乎对这张旧照片十分珍爱。

梅宛书忍不住开口问："子旸，照片里的小男孩，是你吗？"

穆子旸挑起眉角，笑着反问："Sophia，你是不是也没想到，小时候胖乎乎，看上去还有点蠢蠢的小男孩，长大了能成我这样？"

梅宛书却温声回道："看照片，没觉得你蠢蠢的，眼睛里就透着一股机灵劲，倒是和你现在的样子如出一辙！"

听出了这话里含着些宠溺的意味，穆子旸精神一振，握住她一只手。

"Sophia，"他声音低低的，带着点试探问："你怎么不问我，照片里的小女孩是谁？"

梅宛书缓缓地摇头："我没有那么多的好奇心去挖掘别人青梅竹马的故事。"

这话，似乎是宛书姐又在教他该怎么处理两人长大后的关系，可是，他虽不想违背她的意愿，却更加要坚定自己的心念，尤其在她无意之间吐出"青梅竹马"这四个字！

连他自己都不曾敢这么想，梅宛书却告诉了他专属于他们小时候的那段时光该如何定义。

"能看得出我对她的仰慕和喜爱吗？"穆子旸拉着梅宛书的手放在自己脸上，追问着她，不想放过挖掘她心底哪怕一丝对他温情和留恋的机会。

他脸上灼热的温度渗进她手心的肌肤，令她的手指微微蜷缩起来。

"看得出，"半晌，梅宛书声音淡淡地回："不过有些人，有些事，还是放在心里怀念更合适。"

说罢，她转了话锋："阿姨让我喊你下去吃饭！"

穆子旸知梅宛书不愿再继续照片的话题，便也不想勉强她，只是笑着应道："知道啦！"

他站起身，却也不肯松开她的手，就这么牵着她往楼下走。

梅宛书挣了两下，没挣脱开，不禁嗔怪："你快放手，阿姨看见了要误会的！"

穆子旸悠声说："你以为我妈今天喊你来吃饭，是把你当做小童的老师请你啊！"

梅宛书一愣："不是小童的老师，还能是谁？"

"准儿媳咯！"

他的声音故意喊得大大的，惹的何虹佳从厨房里跑出来。见两人手牵手相亲相爱的样子，顿时喜笑颜开。

……

穆语童打了一辆出租，不多时车子就开到了列治文河岸的赌场酒店。

六点还不到的时间，天色已是暗沉一片，街道处处华灯初上，酒店的赌场迎来了每日最繁盛的时光。

穆语童已经是第二次来这里了，可一进赌场大门，见里面光影觥筹，弥漫着一片霏靡之气，还是感到陌生羞怯。

她四下张望着，吧台边没有邵星泽的身影，连 Eric 也不在，只有几个调酒的服务生来回忙碌。

她在赌场外圈缓缓挪步，视线继续逡巡着，终于在赌场边角的一个老虎机前发现了邵星泽的身影。

他身上穿了一件雪白的衬衫，领口解开两颗扣子，露出他修长的脖颈；清瘦的两根锁骨从敞开的衣领中稍稍显露，若隐若现；衬衫的两边袖口被他卷到肘上，腕骨也露了出来，竟是说不出的性感。

穆语童脚步轻悄，慢慢向他靠近，邵星泽却还没注意她的到来，眼神专注地盯着老虎机，一只手飞快地在机器的按钮上操作着，另只手时不时地托起鸡尾酒杯，灌一大口酒。

穆语童一看他失落低迷的样子就忍不住心疼，加快了脚步走到他身边，这才借着赌场闪烁的灯光看清楚他的脸。

只见他从突起的眉骨开始，到眼睑，再到双颊，嘴唇，全都染了一层浓浓的彤色，透着股妖娆邪异。

原本发亮的星眸，也因为喝了太多的酒，眼神都有些涣散。

再看老虎机上磁卡里的钱币数目，如同流水般一泻千里，不到十分钟的时间，七八百加元无影无踪。

这样的邵星泽，穆语童不是没见过，可没有一次像这一刻令她心惧心寒。

深吸口气，她走上前拿走了他的酒杯，又压住了他打老虎机的手，不让他继续颓废萎靡。

邵星泽这才用眼角瞥了她一眼，冷冷地说："松手！"

"Kelvin……"

穆语童嗫嚅着，却不肯松手。

邵星泽眉头紧皱："我叫你松手！"

穆语童不说话，咬着唇，坚决地摇了摇头。

邵星泽猛地挥动手臂，穆语童一个趔趄，差点摔倒在地。酒杯里的鸡尾酒四下飞溅，洒了她一身。

一股浓烈的酒气钻进鼻尖，穆语童的喉咙一紧。

她赶忙拿出随身带着的一包湿纸巾，一边擦拭身上的酒花，一边调整着呼吸，片刻后才觉得喉咙渐渐舒缓。

见邵星泽朝吧台挥了挥手，服务生又端来一杯烈性鸡尾酒，穆语童急了，脱口而出："Kelvin，你答应过 Miss 穆的！不喝酒也不玩老虎机！"

然而"Miss 穆"这个称呼一出，邵星泽突然转过头，眉间迸发了一股骇人的狠戾。

"Miss 穆，Miss 穆！"他朝她喊："我不想再听到这个名字！"

穆语童吓了一跳，肩膀瑟缩着，往后退了一小步。

可这个动作，彻底激怒了邵星泽。

他扣住了她的手腕，猩红的双眼紧盯着她："Tina，你知道你很会装吗？装天真，装无辜，装可怜，装得人人都爱护你，关心你，同情你，连我也上了你的当！"

邵星泽一个字一个字地咬着牙说，每个字都刺得穆语童心口生疼。

她的嘴唇不停地哆嗦着，很想说点什么，可什么都没能说出口。

邵星泽加重了手上的力道，吐出润湿的酒气："Tina……你成功了……成功让 Sophia 甩了我！其实一直傻乎乎的那个人是我！……到今天我才知道……你说喜欢我，并不是想要得到我，甚至帮我去追 Sophia……这一切，恐怕都是你的伎俩……目的，是为了让她更心疼你，更讨厌我！"

说着，他的手臂一紧，穆语童整个人跌进了他的怀里，脸颊贴上他脖颈的肌肤。

和他这样姿势亲密，她连梦里面都不敢想，然而此刻带给她的却不是少女的甜蜜悸动，有的只是酸痛苦涩。

　　"你想得到我吗？"邵星泽的薄唇压着她的耳根继续说，说得很轻很缓慢："Tina，只要你点点头，我就是你的，怎么样？"

　　"不……"穆语童知道他喝多了酒在胡言乱语，可心里还是纠成了一团乱麻，她昏昏沉沉地说："Kelvin，我没想过要得到你……从来没有，我只是喜欢你……很喜欢你……"

　　这个女孩，是真的太纯真，都不知道该怎么为自己辩解，只会说着"我喜欢你"、"很喜欢你"这样的傻话。

　　邵星泽突然觉得自己可笑又可怜，到了这个时候，他的心底竟然还有那么一处柔软留给了她，竟然也一点都恨不起来她。

　　他的头稍稍向后仰，终于看清楚她近在咫尺的面容。她的双瞳依然那般纯净，连一丝一毫的杂质都没有。

　　"真的那么喜欢我？"他盯着着她的眼问。

　　穆语童没有回避他，非常肯定地点了点头。

　　"可以喜欢到，陪我去死吗？"他又问，呢喃的。

　　穆语童遵从了自己的心，毫不犹豫地再次点头。

　　"那好，我们就一块儿去死！"

　　邵星泽轻飘淡然地吐完这句话，再次端起了鸡尾酒杯，一饮而尽。

　　随后，他沾了许多酒的唇覆上了她的唇，他的舌撬开她的齿，舌尖长驱直入，舔舐着她嘴里的角角落落，连她的喉咙都不放过……

　　很快，穆语童难以呼吸，被呛得开始翻江倒海地咳嗽起来，而邵星泽的嘴角也缓缓溢出一丝殷红的鲜血……

第 061 章 很亲近的人

穆家，梅宛书、穆子旸和何虹佳三人一起在偏厅吃晚餐。

何虹佳见梅宛书进食的样子十分端庄文雅，又瞧着儿子嘴边始终含着一抹浓情的笑意，一眼又一眼地朝她看，就知道儿子陷得不浅。

也是，这样优秀完美的女孩子她还是第一次见，相貌美、学历高、职业好，善解人意，知书达理，从里到外实在挑不出什么毛病来，更遑论还有一手的好厨艺。可以想象，穆子旸要是能娶到这个 Miss 穆，婚后的日子定是舒坦好过，作为母亲有这样的儿媳，也大可放心了。

于是，何虹佳一直笑意盈盈地招呼着梅宛书，殷勤地给她夹菜，盛汤，而梅宛书每一次都会说声"谢谢阿姨"，对长辈着实尊重。

吃完晚饭后，梅宛书很有礼貌地站起身："阿姨，我帮你洗碗吧。"

何虹佳忙让她坐下，拿了个托盘将所有碗筷收拾进去："就这几个碗，我顺手洗掉了，你和子旸多说说话。"

"好。"梅宛书恬柔地应了一声。

等何虹佳进了厨房，穆子旸立马嘴巴凑到梅宛书的耳边："看出来了吧，我妈特喜欢你！"

梅宛书微笑道："我也很喜欢阿姨！"

穆子旸心里一乐："这么快婆媳关系就处得那么好了，看来全世界男人都觉得烦恼的问题，在我这里就不算事儿！"

梅宛书嗔了他一眼，凉凉地回道："阿姨人很单纯，厨艺又好，对小辈又和蔼，我自然喜欢她。只有一点，我觉得稍有欠缺！”

　　穆子旸一愣：“哪一点？”

　　“就是她的儿子还不够好！”

　　“嘿！”穆子旸气结，眉毛鼻子皱在一起，表情滑稽。

　　两人正笑语温馨着，穆子旸的手机铃声响了起来。

　　他一看号码，立刻按下接听键：“小童？”

　　电话里传来的却是一个陌生男人的声音：“是穆先生吗？我是列治文赌场酒店的赌场经理 Eric，你的妹妹 Tina 因酒精过敏导致休克，救护车刚过来接她去了列治文综合医院！”

　　……

　　一个小时后。

　　穆子旸和梅宛书坐在医院急救室外厅的沙发上，梅宛书见穆子旸忧心忡忡，便柔声安慰他：“子旸，你也别太担心了。刚才我询问过医生，Tina 经过抢救已经度过了危险期，再过一两个小时她就会醒。”

　　穆子旸眉头紧皱，咬牙恨骂：“臭小子，混蛋！”

　　梅宛书心里也挺沉重，没想到邵星泽会如此激烈，被她拒绝后，竟然会去怪责穆语童，还伤人伤己，做出这么危险的事来。

　　不仅穆语童因为摄入酒精后，喉头水肿引起过敏性休克；邵星泽也因为喝了过量的酒而导致胃粘膜大量出血，一并送到医院抢救。

　　这两个孩子，简直就是一起去鬼门关走了一遭。

　　眼看穆语童马上不会醒过来，梅宛书想着邵星泽那边没什么家人过来照顾，还是觉得放心不下。

　　她轻拍了一下穆子旸的胳膊：“子旸，我去看一下 Kelvin

怎么样了。”

穆子旸立刻瞪眼，气恼道："你去看他干嘛？他根本就是咎由自取，还把小童也害得那么惨！"

梅宛书内疚道："子旸，你要怪，就怪我吧。今天中午我和 Kelvin 一起吃午餐，我说了一些很严重的话，伤他心了，所以他才会失去理智，做出伤害 Tina 的事情来。"

穆子旸这才明白了这件事的由来。

他望向梅宛书，见她眼里透着担心又自责的情绪，就知道这个女人又要把所有的错往她自己身上揽了。

而且，从她的表情中，他也猜到了今天中午她跟邵星泽说了什么话，以至于那人有如此疯狂的反应。

默了一会儿，他拉起了梅宛书的一只手，郑重交代道："Sophia，你去看 Kelvin 可以，但是今天中午你跟他说过的话，绝不能反悔！"

"嗯。"梅宛书神色凝重地点了点头。

五分钟后，梅宛书走进邵星泽的病房，见他经过止血急救后，吊着输液袋，双眼紧闭睡着了。

她拉了一张椅子坐在病床边，搭上他的手腕，看手表给他测量脉搏，一分钟七十八下，基本正常。

她又去观察他的脸，见他的面孔毫无血色，嘴唇也泛出青紫色，看上去十分虚弱。

睡梦中他眉毛始终拧着，似是睡得不怎么安稳。

过了一会儿，他开始低喃："Sophia……"

梅宛书听邵星泽在神智不清地呓语，便抬手抚上他的额头，手心濡湿，他还在发冷汗。

她去病房的卫生间拿了一块白毛巾，回到床沿，将他额头、下颌、脖颈处的汗水全部抹拭干净。

邵星泽恍恍惚惚，鼻子闻到一股清幽的香气。仿佛回到儿时，他生病的时候总有个女人一直守在他的身畔，疼爱他，照顾他，温存地叫他"星儿"，叫他"宝贝"……

他心里酸酸甜甜的，哪怕胃部一直在抽痛，但好在他渴盼思念了好久的那个人总算回来了。

他微微睁眼，视线模糊中看到一个熟悉的身影，轻盈的身姿，灵巧的动作，温柔的气息……

他嘴唇颤抖着，费了好大的劲，终于唤出声来："蓉姨……"

梅宛书一怔，但凭着医生的职业敏感，她立刻判断出，邵星泽把她当做了他一个很亲近的人。

于是，她顺着他的话往下问："是我，你感觉怎样？胃很疼吗？"

"很疼，像火烧一样的疼！"邵星泽嘟囔着。

他委屈地撇撇嘴，抓住了梅宛书的一只手，顿觉手心凉凉的，很舒服，一颗心也安定了下来。

他断断续续着哑声问："蓉姨……这些年你去哪儿了？我找了你好久……可哪里都找不到你。"

梅宛书问："你都去哪儿找我了？"

邵星泽鼻子一酸，眼眶红了："我去了好多地方，跑遍了广东、福建，到你的老家，你的亲戚朋友家去找你，你都不在，我还以为你失踪了……"

梅宛书安抚地拍了拍他的手，轻声说："我现在回来了，你就放宽心吧。你这会儿身体弱，不能多说话，要多休息。听话，闭上眼睛再睡一觉。"

宛若和风细雨的声音吹进了耳朵，犹如催眠一般，邵星泽觉得心里很踏实，很安详。五年来一直被某种焦虑紧张的感觉抓牢着，挣脱不开，却在这一刻，轻松释放。

"嗯。"他低低地应了一声，听梅宛书的话乖乖地闭上眼，片刻间重新进入了梦乡。这一次，他睡得很沉，很香。

梅宛书长长的吁了口气，陷入了凝思。看来，邵星泽心里那道沉重的伤口，唯有这个"蓉姨"才能治愈……

……

一个小时后，梅宛书接到穆子旸的消息，穆语童醒了。

梅宛书见邵星泽睡得安稳，便跟值班护士交代了几句，来到了穆语童的病房。

一进门，见穆语童眼睛睁着，苍白憔悴的小脸上戴了氧气罩。

穆子旸正坐在病床的床沿，一只手抚在她的头发上，心疼地说："小童，这次，你可把妈和哥都吓坏了！"

穆语童眨了两下眼睛，手指缓缓地在穆子旸另一只手上写了一个"妈"字。

穆子旸立刻明白她的意思，柔声说："我没让妈来，也没告诉她你酒精过敏的真正原因，怕她受惊吓。而且今天都这么晚了，我怕她累着，明天我再接她来看你。"

穆语童轻轻点了下头，视线转到了病房门口，看到了梅宛书，顿时眼睛一亮。

梅宛书缓步走到病床的另一侧，见穆语童的目光始终追随着她，知道她心里面惦记邵星泽，便和声细语地对她说："Tina，我刚从 Kelvin 那边过来，他的胃出血早就止住了，情况稳定，你别太担心他。"

听了这句话，穆语童明显放松了身体，眼睛又轻轻眨了两下。

梅宛书明白她的意思，微笑着问：“你想去见Kelvin？”

穆语童点点头。

梅宛书劝道：“Tina，你的情况可比 Kelvin 严重多了，他要是看到你现在的样子，肯定会很自责。等明天好不好？你们俩都好好地睡一觉，明天你摘了氧气罩，我再带 Kelvin 过来看你。”

她的话有着极大的安抚力量，穆语童心情立刻舒缓下来，安静地闭上了双眼。

穆子旸松了口气，帮穆语童捻了捻被子，起身走到梅宛书的面前，拉住她的手：“Sophia，你今天累了一天，很疲倦吧，我送你回学校公寓。”

梅宛书摇了摇头，直视着他说：“子旸，今天晚上，我跟你一起在医院里守夜。”

第 062 章　彼此看得更清楚

清晨六点多，穆语童缓缓睁开双眼，感觉喉咙和胸口都舒适了许多。

她稍稍转过头，便看到了一幅十分温馨的画面：梅宛书身上披着穆子旸的大衣，头枕在他的肩头正在熟睡；穆子旸一只胳膊搂着她的肩，头靠在沙发上睡得也很酣甜。

她不禁微笑起来。怎么看，大哥和 Miss 穆的感情越来越好，向前迈了一大步。

然而，一想到另外一个病房躺着的邵星泽，她的心头便泛起一阵酸楚，那人对 Miss 穆竟是那么痴恋……

她叹了口气，轻轻挪动了一下身体。只是这个轻微的动作，梅宛书似乎感应到一样，也慢慢地张开眼睛。

看到躺在病床上的女孩正目不转睛地凝视着她，梅宛书动了动身体，发现自己身在一个温暖的怀抱中，整夜睡得踏实安宁。

梅宛书浅浅一笑，轻轻拉下穆子旸的胳膊，又将大衣盖在他的身上，随后走到穆语童的床沿坐下，伸手摸了一下她的额头，干燥温凉，说明她身体机能恢复得很快。

她柔声问："Tina，感觉怎么样？"

穆语童抬手取下了氧气罩，长长地吁了口气："感觉好多了。"

梅宛书又问："肚子饿不饿，想不想吃点早餐？"

穆语童小声回："现在还不饿。Miss 穆，我想跟你说会儿话。"

"说吧。"

“Miss 穆，Kelvin……”

只是说出这个名字，穆语童的眼中便流露出百般的不舍：“Kelvin 真的一点机会都没有了吗？”

梅宛书摇摇头：“Tina，如果我再给他机会，就是害了他。”

听出了梅宛书话里的决绝，穆语童心里一揪：“Miss 穆，我担心 Kelvin 继续做傻事。”

梅宛书冷静地说：“Kelvin 心里的结，不能由我来帮他解开，否则只会越缠越紧。”

穆语童明白梅宛书话里的意思，也知道她说得对，可是邵星泽竟然因为被梅宛书拒绝而难过痛苦到想要去死……

看出了穆语童眼里的惶然，梅宛书拍了拍她的手，轻声问：“Tina，我上次在惠斯勒跟你说过的话，你还记不记得？”

穆语童回：“我记得，你说，Kelvin 心里有不可告人的伤痛，还让我多陪伴他，安慰他，照顾他。”

“嗯，”梅宛书再问：“Tina，这件事，你愿不愿意继续做下去？”

“可是 Kelvin 现在讨厌我……”穆语童声音越来越低。

梅宛书安慰道：“Tina，其实 Kelvin 并不讨厌你，他只是需要一些时间来平复自己的心情，想清楚自己真正想要的是什么。所以 Tina，你不能放弃他，也别放弃你自己。”

“Miss 穆……”

就在此时，病房门口传来一道呼唤：“Tina！”

梅宛书和穆语童一同转过头，只见邵星泽颀长的身体靠在门口。经过一整夜的休息，他的脸色虽然还有些苍白，可精神恢复了不少。

随着他的这一声呼唤，穆子旸也睁开了双眼。

见邵星泽一步一步地走到病床前，清亮的目光与穆语童相对。

然后，他用一种十分诚恳的、忏悔的语调对穆语童说："Sorry，Tina，昨天是我做错了，错得离谱！"

穆子旸和梅宛书相互对视，心领神会，悄悄地退出了病房，把空间让给了邵星泽和穆语童。

两人身在医院的走廊，并排靠在墙壁上，一起长长地舒了口气。

"总算度过危机了！"灿烂的笑容回到他的脸上。

梅宛书只是看着他神采奕奕的面容，便觉得心情犹如晴天那般明朗。

她微笑着点头："希望他们俩经历了一场劫后重生，能将彼此看得更清楚。"

穆子旸转头看她，目光炯亮："那你们俩呢，是不是也该将彼此看得更清楚？"

梅宛书凉声回："不需要！你什么样子，我一清二楚！"

"哦，是吗？"穆子旸眼里含了促狭，悠声问："我脱光的样子你也一清二楚？"

梅宛书顿时俏脸泛红，瞪了他一眼，转过身："我去买早餐！"

一只手却被紧紧地握住："我陪你一起去！"

梅宛书没再拒绝。

他们手牵手一同走出医院，外面，是一个阳光明媚的大晴天。

梅宛书突然想起多年前也是那样一个艳阳天，她不小心瞧见穆子旸赤身裸体在林间的池塘里玩水，头上挂着几根水草，浑身上下肉乎乎肥溜溜的，滑稽又可爱……

……

　　穆语童又在医院里住了两天，期间邵星泽干脆也不出院，陪了她两天。

　　何虹佳继见过完美的"准儿媳"后，又见到了女儿"男友"的真容，不免惊喜交加，心花怒放。

　　这个男孩子，不仅帅得跟穆子旸有一拼，而且是名校计算机系的硕士生，前程一片大好。虽然还不清楚他家里的背景，可邵星泽开保时捷车她是知道的，家世必定不俗。

　　这条件，何虹佳如获至宝，私下跟几个阔太太聊起时，也一直合不拢嘴。本以为自己的儿女已是天下无双，怎么还能找到更优秀出色的人做她的"准儿媳"，"准女婿"呢，简直了！

　　她想得美滋滋的，时常做家务都忍不住笑出声来，却不知道她的一双儿女前途漫漫，任重而道远……

　　医院里，邵星泽给穆语童削了一个苹果，他手指托着苹果的样子，简直比托着篮球还要迷人，穆语童看着一整条苹果皮顺着他的指尖缓缓落下，看得入了神。

　　"喏，给你！"邵星泽将削好的苹果递给她。

　　穆语童道谢接过，一小口一小口地咬着吃，边吃边问他："Kelvin，你自己怎么不吃一个苹果？"

　　邵星泽笑着解释："我的胃还没全好，暂时不能吃太生冷的东西。"

　　"哦！"穆语童明白过来，不禁绯红双颊。心想同样是病人，这两天一直都是他在照顾她，或许是因为他心中歉疚，总想弥补些什么。

　　念及此，她开口说："Kelvin，其实你不用对我感到抱歉。我想过那天你说的话，也许就是因为我的存在，阻碍了你去追求 Miss 穆。"

"所以，"她故作轻松地耸耸肩："这两天我考虑清楚了，等我出院了，不会老是跟着你，也不会再看你去打篮球，踢足球，跑步运动。也只有你们俩疏远了，你才有机会重新追求 Miss 穆。"

听了这番话，邵星泽心里咯噔一下，竟然觉得非常的不舒服，闷声问："Tina，你的意思是，以后你不当我的粉丝了？"

"那倒不是！"穆语童的小脸露出了甜美的笑容，又咬了一大口苹果："我还是你忠实的粉丝，不过就变成不出现在台面上，就在暗处默默支持你的那种。"

听言，邵星泽默然不语，心口开始发酸发痛。

……

周三下午，穆子旸把穆语童从医院接回家不久，就收到了一条梅宛书的消息：【子旸，这周有空吗？想请你到我的公寓来吃顿晚饭】

穆子旸激动地从客厅的沙发上跳了起来，立马回：【怎么突然想起来请我吃饭？是不是知道我等了好久，盼了好久？】

梅宛书：【上回在夏威夷就说过这件事，一直没能兑现，所以现在想补请你】

穆子旸：【今晚我要上课，明天好吗？我下了班就过去。】

梅宛书：【OK】

穆子旸笑得晴空万里，看了一眼手表：【从现在开始倒计时，还有二十七个小时】

梅宛书看了这条消息，莞尔一笑。

发好消息后，穆子旸转头对何虹佳说："妈，明天我不回家吃晚饭，有人请我吃。"

何虹佳一瞧儿子眉飞色舞的样子，便笑着问他："是不是 Miss 穆请你吃啊？"

穆子旸打了个响指："Yes！"

何虹佳呵呵直乐，好奇地问："儿子，你倒是跟妈说说，你跟 Miss 穆进展到哪一步了？"

穆子旸得意地抬了抬眉："上回在家里妈你不是瞧见了吗？我俩手牵手。"

"啧啧，"何虹佳不满地咂嘴："儿子，你们俩怎么进展得这么慢啊？看来 Miss 穆对你不怎么上心啊？"

说到这里，她脸色一变，怀疑道："子旸，难道 Miss 穆还有其他条件很不错的追求者，所以她还在左挑右选？"

"何女士，你想多了哈！"穆子旸赶紧嬉笑着否认，"人家那是文化人的矜持！"

"嗯，"听了这个解释，何虹佳赞同地点点头，"到底是女博士这么高的学历，一门心思扑在读书上，架子端得高一点也很正常。"

"就是！"穆子旸两只手搭上了何虹佳的肩头，顺手给她捏了两把："老妈，Sophia 明天可是单独请我到她家里去吃晚饭，可不就是在给我机会嘛！"

何虹佳一乐："是这个理！"

两人正说着，穆子旸又接到几条新微信，他一条条看过，都是不怎么重要的消息。

然而有一条却引起了他的注意，正是 Purry 专卖店的服务员 Jessica 发来的促销信息：【Purry 史上最大一次打折！超 800 种商品！明天中午 12 点开始，我邀请穆先生来！请告

诉我能有时间来吗？进店请找我 Jessica，谢谢！】

　　若在以往接到这样的消息，穆子旸一定不予理会，然而，他突然想到了梅宛书在 Purry 专卖店里购买的男士大衣和围巾。

　　他坐回沙发凝思了一会儿，脸上的笑容渐渐收敛。

　　片刻后，穆子旸回了 Jessica 一条消息:【明天下午四点，我准时到场！】

第 063 章 我是你的堂嫂

第二天下午四点，穆子旸准时踏进市中心的 Purry 专卖店。

Jessica 知道他会在这个点过来，已经等候在店门口，穆子旸一进店她就满面笑容地迎了上去："穆先生，你真准时！"

穆子旸朝她颔了颔首，就开始环顾整个店面。

今天因为搞打折活动，来的客人真不少，看衣服、试衣服、付款的人都有些摩肩擦踵的，店里的气氛很是热闹。

然而专卖店的客人大多数都是具有高消费能力的三十到五十岁之间的女性，男人很少，更别说像他这么年轻帅气的男人。

"穆先生，我帮你把大衣挂起来吧！"Jessica 殷勤备至，服务周到。

穆子旸脱下大衣，里面是一件做工精致的休闲衫，质感极好；下身一条深色的修身长裤，清晰地勾勒出他宽肩细腰大长腿的好身材。

这一下，穆子旸吸引了店里很多客人欣赏的目光，有一个女客人忍不住问服务员："今天的活动是不是请了什么明星来啊？"

服务员露出标准的职业微笑回答客人："这位先生不是明星，只是我们店的一个常客。"

几个客人一起发出惊叹："这也太帅了吧！"

服务员们喜上眉梢，穆子旸带来的轰动效应，一定会增加专卖店的营业额。

Jessica 也挺得意，毕竟穆子旸是她的顾客。她连忙把他的大衣挂好，又将他引到里面的打折专柜。

穆子旸却从头到尾表情淡漠，看了一圈打折商品，似乎也不怎么感兴趣，还是去正品专柜那里买了一条女士丝巾。随后他便转悠到男士大衣的专柜，像是寻找着什么。

Jessica 察言观色，跟进问道："穆先生，你是不是想买一件男士大衣？"

这句话倒问到穆子旸的心坎上，他脸上展开一抹灿笑："Jessica，上次我试过的那件男士大衣，你还记得是哪件吗？"

Jessica 虽然已经将近两个月没见到他，然而穆子旸给她留下的印象实在太深刻，她又怎么可能淡忘？

望着他的笑颜，她有点挪不开眼，回道："当然记得，就是那件藏蓝色金纽扣带肩章的大衣，很合你的气质。"

"不过，"她有点可惜的样子："这款大衣太好卖了，枫叶国全都卖空了，连英格兰的原仓库都没货了。"

"哦！"穆子旸点点头，接着她的话问："Jessica，你还记不记得那天买那款大衣的女士？其实，我认识Sophia。"

"你认识Sophia？"Jessica 挺惊讶："Sophia 每年都到我们店里来给她先生买衣服，冬天的衣服买的最多！"

穆子旸心里咯噔一下，紧张地问："她先生？不是男朋友吗？"

Jessica 神情疑惑："我听 Sophia 说的一直都是她先生啊？"

闻言，穆子旸心里一揪，快步走到卖男士羊绒围巾的专柜，拿起一条深蓝格子的围巾，口气焦灼："Jessica，上次Sophia 是不是还买了一条这个花色的羊绒围巾？上面绣了什么字母？"

Jessica 脱口回道："Sophia 每年都给他先生买条羊绒围巾，每次都绣 MYH 三个缩写字母。"

MYH，穆云函！果然，那件大衣和那条围巾都是梅宛书买给穆云函的！

人都去了，还每年给他买衣服，竟是如此的痴心！这还不够，还把自己的姓改成穆，在外人面前说自己是穆云函的妻子……

Jessica 在一旁瞧着穆子旸脸色大变，又想起他曾经买过一条女士的羊绒围巾，上面绣了 M 心 M，突然有点明白过来，这个穆子旸恐怕喜欢上了别人的太太！

看他的神情有些失魂落魄，不知怎的她竟有些心疼，便小心翼翼地安慰他："穆先生，其实不奇怪，我们有很多女客人都直接把男朋友说成先生的。"

穆子旸却没接话，默了一会儿，他才又一次发问："Sophia 的信用卡上，她的姓是梅还是穆？"

他在做最后的确认。

Jessica 如实回答："是梅，Sophia·梅是她的全名。"

听到这个答案，穆子旸脸色更加阴沉，一言不发，转身就走。

Jessica 目送着他的背影出了店门，不禁叹了口气，摇了摇头。

从停车场出发后，穆子旸将宝马车开得风驰电掣，在傍晚密集的车流中穿插而行。

这会儿，他胸口窒闷难当，连心肺都纠结在一起。

其实自打过完圣诞节，梅宛书对男士大衣和围巾的事只字未提，他就大概猜到那两样礼物她是送给谁的，但毕竟没有今天亲耳听到那么刺激他。

而且，一想到她明明姓梅，却非在外人面前说自己姓穆，说穆云函是她的先生，他便觉得自己满腔的热情和诚意都没了去处。感觉如同一辆疾驰飞奔的列车，最终撞上了冰山，自己撞得七分八裂，只剩下破碎的残骸，而那座冰山却依旧冷硬得岿然不动。

原本这些天看到的一线希望，似乎又变得十分渺茫，此刻，他整个人仿佛陷进了无底的黑洞……

一直开到梅宛书的公寓楼下，穆子旸的心情还是很糟糕。

上了电梯，来到 605 室的门口，他低着头，长长地吐了一口气，像是要把烦闷沮丧的情绪全部疏散。

按下门铃，穆子旸还在做心理建设。

"咔嗒"一声，大门很快被梅宛书打开，他还没来得及抬头，耳畔便传来令他心尖酥软的语声："子旸，来了！"

穆子旸终于抬起眼来，不禁呼吸一滞。

今天梅宛书像是刻意打扮了一番，穿了一件雪白的 V 领针织衫，下身一条墨绿色的天鹅绒半身裙，宛如秋日碧波中亭亭玉立的芙蓉，清纯无瑕，高贵典雅。

只看了她一眼，穆子旸便被惊艳得说不出话来，刚才一肚子的懊丧郁闷也突然间不翼而飞。

怔了好一会儿，还是梅宛书先对他和婉地说："愣着干嘛，快进来吧！"

"嗯。"穆子旸这才应了一声，跟着她走进公寓。

环顾四周，见客厅一尘不染，透明的玻璃桌上摆放了一瓶清香的百合花，布艺沙发雪白干净，墙上的装饰画温馨怡人。

梅宛书淡声招呼他："子旸，你先在沙发上坐一会儿，我还在炖鸡汤，炖好就可以开饭了。"

　　穆子旸遵从她的叮嘱，坐到沙发上，竟有那么点拘谨，完全失去了平时神气活现、潇洒自如的气度。

　　梅宛书略觉奇怪，提醒他：“子旸，怎么不把大衣脱了？还有你的包也拿下来吧。”

　　“哦！”穆子旸赶忙脱了大衣，又把单肩背包从身上卸下来。

　　他从包里拿出一条新款的 Purry 方丝巾，粉色和米色交织，色调十分的素雅。

　　“送你的，”穆子旸将礼物递给她，总算自在了些，微笑道：“觉得这个颜色配你特合适。”

　　梅宛书接过，见这条丝巾很符合她的审美，觉得穆子旸很有心，心下甚喜，嘴里却嗔怪：“就过来吃顿饭，却送这么贵重的礼物，下次我可不敢请你了。”

　　穆子旸咧嘴笑：“Sophia，你的意思是，下次只要我不带礼物，就可以随时过来蹭饭吃了？”

　　梅宛书莞尔：“你倒挺会曲解别人的意思。”

　　话落，朝厨房走。

　　穆子旸干脆跟着她进了厨房，鼻尖顿时闻到了令人垂涎欲滴的香气。

　　梅宛书打开汤锅锅盖，往里面放入木耳，金针菇，腐竹各种配料。转过身来，见穆子旸已经自行坐在餐桌旁，目不转睛地盯着桌上的一道道美味的菜肴。

　　她不禁觉得好笑，柔声问：“是不是肚子饿了？要不我先盛碗鸡汤给你喝？”

　　穆子旸抬起头，眼睛亮晶晶的，脸上却似笑非笑，表情颇有些复杂。

　　梅宛书有点奇怪，问他：“怎么了？是不是这些菜不合你的口味？”

穆子旸很缓慢地摇了摇头："不是不合口味，而是太合口味了！"

他一道菜一道菜地数着说："西红柿炒蛋，蛋多一点西红柿少一点；酸辣土豆丝，土豆丝切得跟天上飘的小雨一样的细；干切牛肉，牛肉要带筋的那种，有咬劲；酱鸭，整个温哥华都没的卖，一定是你自己拿酱料腌制后做的；花菜炒五花肉，五花肉里面有肥肉，炒出来香喷喷的；还有砂锅里炖的一锅鸡汤。整桌菜没有一点绿色，恰好我从小就讨厌吃绿叶菜，觉得人吃绿叶菜就跟牛吃草差不多。"

"Sophia，"他目光灼灼地盯着她："你好像对我的口味十分了解！"

梅宛书却一点也不回避他的注视："子旸，我其实是按照我一个发小的口味烧的，他就跟你差不多大，小时候长得胖胖的。"

"是吗？那还真巧，我小时候也长得胖胖的。"

"我知道，那天在你家，我看到你小时候的照片了，还挺可爱的。"

穆子旸立马接着她的话说："Sophia，你真的不想知道那张照片里的小女孩是谁？我上次就想告诉你了。"

梅宛书转过身，拿了一只大汤碗开始盛鸡汤，嘴里轻声说："那个小女孩，就是你的宛书姐吧，你一直对她念念不忘。"

说着，她将汤碗端到餐桌上，在穆子旸的对面坐下，脉脉地望着他："子旸，你把你那张小时候的照片和我们在夏威夷兰花园拍的照片放在一起，是不是早就猜到了，我是谁？"

"嗯，"穆子旸不再否认，点了点头。他静静地凝视着她，终是忍不住伸出一只手，抚上她如豌似花的脸庞。

"宛书姐，这么多年，我一直很想你，还经常梦见你。有时候我在想，你长大后会长成什么样，是不是还跟小时候一样，像个仙女？"

梅宛书轻声问他："我和小时候，像不像？"

穆子旸叹息："一模一样！"

感觉还没形容到位，又立刻改口："哦，不是！是更漂亮了！"

梅宛书宛然一笑，轻轻地拉下他的手，柔声说："子旸，吃饭吧，这些菜，我都是照大姑做菜的方法烧的。"

一听到"大姑"这个亲切的称呼，穆子旸不禁兴奋起来："宛书，你知道吗？大姑现在还住在绿洲岛，不过老房子拆了，建了一幢又大又新的三层楼别墅。"

梅宛书叹息一声："我时常念起大姑，总想着哪次回国去绿洲岛看看她，都过去十八年了。"

穆子旸不假思索地道："你想看她也容易，我随时陪你去！"

"嗯。"梅宛书答应着，拿筷子夹了几样菜到穆子旸的碗里，自己也夹了一些土豆丝含在嘴里，嚼着嚼着，便低下了头。

穆子旸见她的肩头微微耸动，知道她在哽咽，知道她一定想起了从前那段纯真烂漫的儿时年华，属于他们三个人的美好时光。

然而到了如今，三人无法再在一起，只余他们俩，还能幸运地久别重逢，再度相聚⋯⋯

一时间，空气安静下来，两人都在默默地缅怀着穆云函，仿佛和小时候那般，他就坐在他们的身畔，和他们一起吃着这顿团圆饭……

他们就这么静静地吃着，最后，梅宛书帮穆子旸盛了一碗汤放在他的手边，自己收拾碗筷去水池那边洗碗。

穆子旸却没拿起汤碗，只是凝望着她纤薄的身影，望着，望着，他的眼眶便有些湿润。

终于，他默默地起身，一步一步，向她走近。

梅宛书听到了穆子旸的脚步声，停下了手里的动作。

身前，水还在哗哗地流淌着，背后，传来他喑哑的呼唤："宛书姐……"

腰间，缠上了他的手臂，他温暖的身体从后面拢着她，他灼烫的呼吸扑向她的后颈。

"宛书，我很想你，一直都在想念你……"他呢喃低语着。

"I love you！"他倾心地吐露着，炙热的唇一下一下地亲吻着她的脖颈、耳根，吻得她浑身都在颤栗。

"忘了他，和我在一起。"

梅宛书情不自禁地闭上了双眼。

身后，是令她心动的缠绵悱恻的恳求；眼前，是令她心碎的不忍抛却的执念。

肝肠寸断，缠绕纠结，不知该如何是好，不知该何去何从。

可是，有件事，她却必须要告诉他，不能再瞒着他。

就在穆子旸将她的身体转过来，动情地想要吻住她的唇时，梅宛书说了一句话，让他停止了所有的动作，以及……放弃了所有的念想。

"子旸，"她幽幽地说："我其实，是你的堂嫂。"

第 064 章 哑巴吃黄连

二零一八的一月末，大温的气候越来越冷，天寒地冻，四处结冰。

周六早晨七点钟，邵星泽被手机的闹铃声吵醒。

他睁开迷蒙的双眼，手指点击屏幕，停止闹铃功能，头又重新埋进被子里，想继续往下睡。

可不知怎的，明明困得要命，心里却好似有个时钟在滴滴答答响个不停，每秒每分都是那么清楚精确。

他叹了口气，从床上坐起身来。

怔忡了一会儿，他的视线转向了摆在书桌上的透明容器，那里面存放了几朵干枯的残梅，带着几分孤独和凄凉，如同他此刻的心境。

起床后，他用微波炉热了一杯牛奶，又用烤面包机烤了两片吐司，在里面加了黄油，火腿片，做成简单的三明治。这份早餐曾经在梅宛书给他写的饮食作息表里出现过，简单快速又有营养，所以邵星泽现在每天都拿这个当早餐。

自打从医院回来后，他痛定思痛，开始一丝不苟地执行梅宛书制定的饮食作息表。因为他深切地体会到，一个人如果连身体都不能保持健康，何谈其他？不过害人害己罢了。

对梅宛书，他是由衷的爱慕和痴恋，如今只能将这种感情埋在心底，不做他想。

对穆语童，他是深深的抱歉和自责，如今也只能自行忏悔，女孩竟然连补偿的机会都不给他。

吃好早餐后，他去水池洗杯子，打开龙头放水，他的手指无意识地摩擦着杯口，脑海里不禁浮现昨天中午下课后，他和 Johnny、Matthew 一起去麦当劳吃午餐时的场景。

穆语童身上系了条围裙，脸上始终挂着一抹甜笑，在柜台后来回忙碌。和她一起打工的是个年纪跟她差不多大的男孩，穿着朴素，气质清新，笑起来眉眼弯弯，亲切而温暖。

这个男孩子他见过不少次，已经在麦当劳打了好几个月的工，却没想到他和穆语童早就认识。

当时，他正准备点餐，发现穆语童在打工有点惊讶，而她的态度倒是很自然，大方地向他介绍："Kelvin，这是我语言班的同学 Ryne，是他介绍我来麦当劳打工的。"

穆语童说这句话时，他瞧见那个 Ryne 用含情脉脉的眼光看着她，怀揣着什么心思不言而喻。

当时他心里就有点膈应，不禁脱口而出："Tina，你家不缺钱吧！"

现在想想这句话说得可真够 low 的，可是，话已蹦出口，收不回来了。

穆语童却毫无芥蒂，笑着向他解释："我不是为了钱，我就是想多体验社会生活，哪怕打 labor 工，积累一点工作经验也好的。"

站在她身旁的 Ryne 眼里流露出一抹赞赏，对穆语童说："Tina，你要是不想打 labor 工，想做更轻松的工作，我还有好介绍给你，兼职文员怎么样？"

穆语童顿时满脸的敬佩："Ryne，你现在一共打几份工啊？"

"三份！还有一份在一家中餐馆做服务生。"

"不累吗？会不会影响学习？"

Ryne 对她一笑，露出两颗可爱的小虎牙："只要把时间管理好，不玩游戏也不到处娱乐，是不会耽误读书的。"

言者无意，听者有心，邵星泽突然想到自己平常花大把时间去喝酒、打老虎机、过夜生活，不由得有些惭愧。

随后吃午餐时，他瞧见穆语童和 Ryne 言笑晏晏，两人相处得似乎十分融洽，顿时让他感觉嘴里的食物味同嚼蜡。

想到这里，邵星泽手一滑，牛奶杯掉进了水池，砸破了一个小缺口。

他烦闷地甩了甩头，扔掉了杯子。

回到房间，他打开电脑，开始高效率地做编程作业，三个小时很快滑过，他又打电话点了外卖。

打完电话后，他没放下手机，对着屏幕凝了一会儿，终于进了和穆语童的私聊框，开始给她发消息：【在家吗？】

穆语童却没有立刻回他消息，大概过了二十分钟，她才回：【Sorry，我今天跟语言班的同学聚会，没及时看到你的消息。】

邵星泽的眸子沉了下来，忖了一会儿，还是忍不住敲了一句话：【你跟那个 Ryne 在一起？】

穆语童：【我们是一大堆同学一起玩，Ryne 也在。】

邵星泽没再回话，嘴里发苦，突然尝到了哑巴吃黄连的滋味。

中饭后，他百般无聊，打电话约 Johnny、Matthew 去体育馆打球。

电梯才下了一层楼，门开了，梅宛书低着头走了进来。

邵星泽的心脏开始剧烈地跳动，身体却不自在地侧转过去，假装没看到她。

梅宛书整理好手上的文件夹，一抬头，瞧见了邵星泽，见他将书包背在胸前，目不转睛地盯着电梯的侧面，不禁莞尔。

她开口跟他打了个招呼："Kelvin！"

邵星泽这才转过脸来，略带尴尬地笑了笑："Sophia。"

"去打篮球？"

"嗯，你怎么知道？"

梅宛书指指他的书包："书包鼓鼓的，只好背在前面了。"

邵星泽闷闷地回："观察得那么仔细，不怕我误会？"

梅宛书柔声说："Kelvin，你很聪明，不是那种撞了南墙还不知道回头的傻瓜。"

"切！"邵星泽撇撇嘴。

"呵呵，"觉得今晨他的样子十分可爱，梅宛书忍不住轻笑出声，心里放下了一块大石。

终于，她和邵星泽能以朋友的姿态相处了。

出了电梯，梅宛书和邵星泽同路走了一段，看似不经意地问："今天是周末，没和 Tina 一块儿吗？"

邵星泽故作轻松地耸耸肩："她去跟她语言班的同学聚会去了。"

"嗯。"梅宛书却听出了他话里的一丝落寞沮丧。

快到体育馆，邵星泽跟她说了一声"bye"，便大步奔向体育馆的大门。

梅宛书目送着他的身影，心想现在这样很好，邵星泽这一路都没有问她要去哪儿，要干什么，说明他终于学会了慢慢放下。

她却不知道，就在她收回视线，转身继续往前走的那一瞬，邵星泽的脚步停了下来，扭头望着她，直到她的背影成了一个小点。

梅宛书沿着学校的枫树道行走，冬日萧索，枝丫光秃秃的，偶尔树梢上的冰柱坠下几颗水珠，落在她的头发上，冰清寒凉。

她浅浅一笑，笑容带着几分凄清。每到最冷的时节，也是她最想他的时候。

然而今年的心绪，似乎变得不太一样，总是好像在期待着什么，盼望着什么。

又能有什么呢？

梅宛书自嘲地想，自打上次她告诉了穆子旸她和云函的真实关系，穆子旸就再也没给她发过一条消息，没给她打过一个电话。

她的生活终于回到了从前，彻底安静了。

不知不觉间，梅宛书走进了学校的图书馆。

诺大的图书馆分为三层，哪怕周六，名校的泱泱学子们还是很勤奋，在图书馆里用功苦读。

梅宛书沿着旋转阶梯拾级而上，到了二楼，却一下子怔愣在楼梯口。

只见不远处的一张方桌边，坐着一对年轻的男女。

男人面容俊美，表情认真，正在跟坐在他身旁的女生讨论着什么。而那个女生长发披肩，眉清目秀，时不时地点头，偶尔用一种崇拜的目光看着男人。

不知怎的，梅宛书突然觉得心口窒闷，如鲠在喉。

她就站在楼梯口望了穆子旸一会儿，他却始终没发现她，一直在跟那个女生说话，中间还笑了一下，仍如往日那般灿烂的笑，却让她有种久违的想念感。

梅宛书深吸口气，终于转过身，往书架的方向走。

就在她走进一排书架的深处时，穆子旸终于抬起头，望见了她楚楚动人的背影。

那一瞬，他的心跳漏了半拍。

旁边的林薇奇怪地问："旸，你怎么了？"

穆子旸勉强笑了笑："没什么，我们继续。"

林薇看了一下时间："现在已经快一点了，我们要不要先去吃个午餐，再回来讨论？"

穆子旸默了几秒，回道："要不我们今天就讨论到这里吧，剩下的等下周上班时，我们在公司里讨论。"

林薇心里一凉，却也不好多说什么，只道："那好，我先走了。"

"好的，bye！"穆子旸嘴上在和她道别，可眼睛已经不在看她，而是望向了某个书架的方向。

他的目光带着几分痴迷，让林薇顿时明白了他在看谁。

胸口泛起一股子浓烈的酸意，她无奈地往楼梯口走。然而就在她下了两层台阶的时候，突然停下了脚步。随后她转过身，重新回到二楼，也走进了一排书架的深处。

第 065 章　无言以对

梅宛书一目十行地查找参考资料，见到相关书籍就拿出来翻看几页，确定是自己需要的，便搭在手腕上。

十多分钟的时间，她已经找了四五本书。

高高堆积的几本厚书挡住了她前方的视线，她正准备找一张离穆子旸远远的书桌坐下，却不小心撞到了一个人的身上。

书撒了一地，梅宛书赶紧蹲下身去捡，嘴上连声说"Sorry"。

一只麦色的大手伸到了她的手边，是他的手。顿时，梅宛书心跳得有些快。

穆子旸一本一本地帮她把书捡起来，捧在自己手上，悠声调侃道："Sophia，没想到你在自己学校的图书馆都能迷路！"

梅宛书嗔怪："你故意的吧，挡住我的去路！"

穆子旸笑嘻嘻地说："我就是条件反射，一瞧见你，两只脚就不由着自己了，自动往你那儿挪，你说我怎么办？"

梅宛书瞥了他一眼："凉拌！"

"哈哈！"穆子旸开心地大笑起来。

"嘘——"

梅宛书做了个噤声的手势。

穆子旸吐了吐舌，将音量放低，在她的耳边撒娇："Sophia，我饿了！"

梅宛书凉凉地回："你去跟同学吃饭吧，我准备开始看书了。"

穆子旸一愣，感觉这话里有话，侧目朝她瞧去，见她的面容又变得清冷淡漠。

可他却从她刚才的话里闻到了些许酸酸的味道。

他心里一甜，用胳膊肘轻轻碰了一下梅宛书的手臂："你现在陪我去吃午饭，我下午陪你看书，好不好？"

"不好。"梅宛书回绝得很干脆。

两人来到了一张空着的书桌，穆子旸将一摞书放在桌上，梅宛书坐了下来，打开其中的一本开始阅读，目不斜视。

穆子旸无奈，坐到她旁边的椅子上，低声抱怨："Sophia，你现在是越来越不心疼我了！"

梅宛书没抬头，淡淡道："那也要看你值不值得！"

"哎——"

穆子旸整个身体向后靠，仰天长叹："枉我日思夜想，连续失眠了九个晚上！"

梅宛书心中一动，仔细去瞧他的脸，果见他两边下眼睑处晕出一层淡淡的青色。

她眉头蹙起，问他："失眠了怎么不吃安眠药？"

穆子旸见梅宛书终于肯理他了，立马坐起身，嘴里嘟囔："安眠药我可舍不得吃，怕真的睡着了，我脑子里的仙女就飞走了，不来找我了！"

梅宛书的嘴角忍不住翘了起来。

片晌，她轻声说："子旸，去我公寓吧，我下饺子给你吃。"

林薇透过书架的缝隙望见了穆子旸和梅宛书相处的样子。

只要与那个 Sophia 在一起，穆子旸的眉梢眼角都透着柔情蜜意，整个人都变得温存而乖顺，与他平日里肆意张扬的模样不太一样，却是她从未见过的样子。而且，两人之间的气氛甜蜜又温馨，Sophia 的表情虽然清冷，可也完全掩藏不住她对穆子旸的关爱。

只观察了这一小会儿，林薇便可以断定，那两人即便不是情侣，可也绝非穆子旸一个人在单相思。

她叹了口气，心口酸涩的感觉却越发强烈。她在书架旁站立良久，突然想到了穆子旸刚才跟她说的那句话："剩下的等下周上班时，我们在公司里讨论。"

她思忖半晌，觉得自己还是有机会的，毕竟要同学半年的时间，只要她有足够的耐心，总能等到柳暗花明的一天。

想到这里，林薇干脆没离开图书馆，而是找了一张书桌，将她和穆子旸剩下没讨论完的功课查资料，做笔记，仔细研究起来。

梅宛书和穆子旸走到公寓楼，这次穆子旸轻车熟路，让梅宛书先上电梯，按下 6 这个数字，又让梅宛书先出电梯，一套绅士的动作做得行云流水。

进了公寓门，自然还是粘着梅宛书进了厨房，靠在冰箱上看她下饺子。

他望着她纤秀柔雅的身影，望了一会儿，目光沉了下来。

真是从没有一刻心思像现在这般复杂纠结。

如此令他魂牵梦萦的女人，他恨不得时刻抱在怀里好好疼爱，然而，他们之间却横着一道鸿沟，生生将他们拉远隔离。

嫂子？小叔？

这是什么样令人尴尬的身份！

只要想想就会令他心烦意乱，挫败沮丧！

这些天，穆子旸左思右想，夜夜失眠，也没找到一个好办法。

他甚至懊恼地想，如果 Sophia 不是梅宛书就好了，或者，自己不是穆云函的堂弟就好了。

这些天，他多少次拿起手机，想给她发条消息，或拨个电话听听她的声音，最终又灰心丧气地打消了念头。

在没有想到如何解开这个死结之前，恐怕做什么都是无用功，只会将这团乱麻越缠越紧。

然而真见到了她，他却依然不受控制的为她心跳加速，为她牵肠挂肚。

终于，他忍不住唤她："宛书。"

梅宛书动作一滞："嗯？"

"有没有想过，每天就像现在这样过日子？过普通平凡的家庭生活？"

梅宛书继续用勺子在锅里搅拌，半晌，说出了她的答案："想过，但没能实现。"

穆子旸顿时呼吸一窒，心塞无语。

梅宛书将二十几只饺子盛到一只椭圆形的白色瓷盘里，招呼他："子旸，过来吃吧。"

穆子旸瞥了一眼桌上一整盘晶莹剔透的饺子，问她："怎么只有一盘饺子，你不和我一起吃吗？"

梅宛书回："我去图书馆之前已经吃过了。"

穆子旸点点头，三两步走到桌前坐下，低下头开始大口地吃饺子，吃相狼吞虎咽，好像几天没进食似的。

梅宛书提醒他："子旸，吃慢点，会烫到嘴！"

穆子旸头也没抬，含糊道："宛书姐，你帮我弄点醋，饺子我喜欢沾醋吃。"

梅宛书立刻从碗柜里拿了个小碟子，倒了一些醋在里面。

穆子旸接过小碟子，一个一个饺子沾着醋塞进嘴里，边自嘲道：“你还别说，我就喜欢吃醋！”

闻言，梅宛书一愣。

穆子旸看似漫不经心地接着说：“宛书姐，你的厨艺这么好，吃了你烧的菜，还有你包的饺子，就吃不下外面的西餐、快餐。往后，我能不能时常到你这儿来叨扰你？”

梅宛书柔声回：“你随时来吧。”

“嗯，”穆子旸埋头苦笑：“谁叫你是我的宛书姐，又是我的堂嫂，只好多照顾我一点。”

这话一出，梅宛书心口一窒，竟无言以对。

穆子旸吃完饺子，两人之间的气氛也凉了下来。

梅宛书将磁盘放在龙头下冲洗，洗得很慢，直到盘子明光蹭亮得能当镜子照了，才放进碗槽里。

心里也跟明镜似的，她和穆子旸之间的关系，就在她那天说出“我是你的堂嫂”这句话时，就注定了结果。

似乎这些天来她内心深处涌动的期待也变得十分可笑。

穆子旸并不明白，其实在她说出那句话的时候，她已经将决定权交给了他。若是他还像从前那样够执着，够勇敢，不在乎他们之间所谓“叔嫂”的身份，接受她和云函的过往，或许，她还能继续给他机会，渐渐向他敞开她的心门……

然而，他毕竟退缩了。

洗好碗，梅宛书收敛了紊乱的心绪，面色又变得平静淡然。

她轻声对他说：“子旸，你上了一上午的课，挺辛苦的，早点回家休息吧。”

穆子旸道：“说好了下午陪你去图书馆看书的。”

“不用了，”梅宛书一口拒绝：“感觉你坐在我旁边，会打扰到我。”

“明白了。”

一时间，穆子旸心灰意冷，鼓不起劲来向梅宛书撒娇，逗她开心。因为，她已不再是单纯的 Sophia，也不再是他单纯的宛书姐。

“我回去了。”穆子旸闷闷地说。

“路上开车小心。”依然是一句温柔的叮嘱，不知为何听到耳朵里却有了种冷淡疏远的味道。

穆子旸没再接话，转身离开了公寓。

“啪嗒！”

关门的声音震颤了梅宛书的耳膜。

她抬手揉揉眉心，突然感觉浑身不适。

第 066 章 我们就演场戏吧

　　穆子旸感觉心里像被掏空了一般，整个开车回家的路上都有些魂不守舍，有一个红灯差点没踩刹车停下来。

　　半个小时后，他才将宝马车停进了车库。

　　"妈。"一进家门，他打起精神跟何虹佳打招呼。

　　"儿子，回来啦！"何虹佳没像往常那样迎上来。

　　穆子旸一瞧，原来客厅的长沙发上还坐着一个人，正是何虹佳的"营养师"Ms.陈。

　　Ms.陈一瞧见他就有点紧张，连忙从沙发上起身："穆先生，你上课回来啦。"

　　"嗯，"穆子旸颔了颔首，神色冷淡，似乎也没什么心情招呼她。

　　Ms.陈素会察言观色，立马向何虹佳提出告辞。

　　何虹佳将她送出别墅大门，回来第一句话就问："儿子，午饭是不是在 Miss 穆那里吃的？"

　　"是啊，妈！"穆子旸神情懒懒的。

　　知子莫若母，穆子旸自从上周四去了 Miss 穆家吃晚饭后，心情就一直比较低落，何虹佳是看在眼里的。今天听他说又去 Miss 穆家吃了午饭，回来后竟然还是一副没精打采的样子，看得她都心疼。

　　她忍不住问："儿子，你和 Miss 穆是不是闹矛盾啦？"

　　穆子旸勉强一笑："妈你怎么这么问，闹矛盾我今天中午还上她家吃饭啊？Sophia 今天给我下饺子吃，她自己调的馅包的，味道超好，我都吃撑了。"

　　何虹佳点头赞道："Miss 穆的手艺是没话说的。"

"不过啊，"她叹了口气："我最近觉得你们兄妹两都怪怪的，小童和那个什么 Kelvin，好像也在闹不愉快，这些天提都不提他的名字了。"

"哦？"穆子旸有点惊讶，环顾了一圈没见到穆语童的影子："小童又出去啦？"

"嗯，早上八点多就出去了。"

"那么早？"

"是啊，说是跟她原来语言班的同学聚会去了。"

穆子旸觉得不对劲："妈，最近小童突然跑去学校的麦当劳打工，说是要积累一点社会经验，搞得特别忙，整天见不着人影。"

"她打的那份工也是她语言班的同学介绍的，好像是个男孩子的名字，叫 Ryne。哎，"说到这件事，何虹佳颇为感慨："女儿大了，心思难猜！明明在医院里我看她和 Kelvin 关系挺好的，不知怎么就变了，最近几天倒经常提到这个 Ryne。子旸，你说小童是不是换男朋友了？"

"不会的，妈！"

穆子旸语气肯定，因为他太知道穆语童对邵星泽的痴心苦恋，哪怕这次邵星泽害得她差点丢了性命，穆语童也一点都舍不得责怪他，立刻原谅了他。如果穆语童躲着邵星泽，恐怕也只有一个原因会让她这么做，这个傻丫头！

……

穆语童和语言班的十几个同学在市中心临海的一家俱乐部聚会，他们唱歌，跳舞，打牌，娱乐，谈笑风生，享用美食，一整天都过得很愉快。

这次的聚会是杨岳宁发起的，由于他在语言班里成绩优秀，表现突出，所以同学们对他的印象都挺深的，他一向众人发出邀请，大家都如约而至。

聚会期间，杨岳宁一直像个护花使者一样，寸步不离地守着穆语童，让她突然间明白了他的心思。

明白了后，她却开始惶然不安。

离那天已经过去整整两个礼拜了，所有知情人都认为那天对她来说是可怕的一天，感情受到了伤害，还差点丢了命。然而只有她自己心里最清楚，那一天，邵星泽在她的生命中留下了不可磨灭的印记！

他醉后的致命一吻，并没有让她感到害怕，惊恐；相反，这些天她每晚临睡前都会重温那一刻激动的感觉。她浑身酥软地坐在他的怀里，他带着酒味的迷醉气息笼罩着她，他的唇舌是那般的撩人，他强势的深吻，令她全身的每个细胞都在战栗……

由此她彻底明白了，她对 Kelvin 早已不再是崇拜迷恋，而是入了骨的相思爱慕……

"Tina！"耳畔传来清和的语声。

穆语童从恍思中惊醒，见坐在驾驶坐上的杨岳宁朝着她微笑："到你家了！"

"哦！"穆语童赶忙解开安全带。

"那我们后天见！"杨岳宁有些恋恋不舍。

"哦，好！"穆语童这才想起来，周一她又要与他一起去麦当劳打工，"周一见！"她打开车门下了车。

杨岳宁也跟着下了车："我送你到门口！"

"不用送了，就两步路。"穆语童有些局促，这一整天，杨岳宁都是这样对她呵护备至。

听见她拒绝，杨岳宁脸上的笑意丝毫未减，反问她："就两步路，都不让我送送？"

说话间，他迈了两大步先来到栅栏前，很绅士地帮穆语童打开了屋子前院的小门。

"谢谢！"穆语童甚至都不好意思再多看他一眼，低着头，脚步匆匆往家门口走。

背后却突然传来了杨岳宁的呼唤："Tina！"

穆语童回过头，见路灯下杨岳宁开怀地笑着，还弯起两只手臂，在头顶上比划了一颗大大的心。

然后，他一边慢慢朝后退，一边向她挥手："Tina，我今天很开心！因为我心里想什么，你全都知道了！我好开心！"

他欢快地叫着，不遗余力地表白着，似乎并不在乎结果，只要她能了解他的心意就好。

直退到车门前，他才向她挥手作别。

……

穆语童走进家门，心里乱糟糟的。

"妈！"进了客厅，她喊了何虹佳一声。

何虹佳正坐在长沙发上看电视，身上穿了一套睡衣，脸上还敷了面膜，完全没注意到穆语童奇怪的表情，随口说："小童回来啦，赶紧上楼洗澡！"

"嗯。"穆语童答应一声，换了拖鞋，刚上了二楼，却瞧见穆子旸站在她的房门口，高大的身子把门挡了个结实。

看到她，穆子旸面色冷肃地开口："小童，你们俩谈谈！"

穆语童一凛，也知道躲得了初一，躲不了十五。

两人一起进了房间，穆子旸坐在书桌前的靠背椅上，穆语童坐在床沿上。

"刚才我在阳台看见了，"穆子旸沉声说："那个男孩，表白得可够招摇的，比划那么大一颗心，还叫得那么大声，在我们家门口，胆子倒不小！"

"哥……"穆语童声如蚊呐，两手紧张地绞在一起。

"小童，跟哥说说，你到底什么想法？"

"我……"穆语童嗫嚅着："我没什么想法……"

"那你是打算接受这个 Ryne 了？"

穆语童沉默不说话。

"这个 Ryne，是个留学生吧！"

穆语童点点头。

"你就不怕他追求你，动机不纯？"

穆语童眼神疑惑不解。

"傻丫头！"穆子旸冷哼："留学生哥可是见得多了，有不少都想找个当地的结婚，移民身份也直接解决了。也用不着焦头烂额地找工作，考雅思，看人眼色！"

听到这话，穆语童有些气恼，反驳他："哥，Ryne 不是这样的人！他以前在我们语言班成绩就出类拔萃，现在是我们学校数理统计系的高材生，还同时打三份工。像他这么优秀的人，毕了业才不愁找不到工作，也不愁移民！"

穆子旸一瞧妹妹是这个反应，立马厉声问："小童，你别告诉我你这么快就变心了，喜欢上这个 Ryne！"

穆语童毫不示弱地与他对视："是啊，哥！我准备接受 Ryne，让他做我男朋友！"

穆子旸来火，质问道："那 Kelvin 呢？你前面要死要活喜欢的 Kelvin 呢？你可别告诉我现在你不喜欢他了！那天你从医院里醒过来，一点都没责怪他不说，嘴里还一直念着他，这么快就忘了？"

听到"Kelvin"这个名字，穆语童瞬间动容，然而，她却生硬地说："我和Kelvin之间，从来就只是偶像和粉丝的关系，以前是这样，现在是这样，以后也是这样！"

"扯淡！"穆子旸拍了一下书桌，斥道："你什么心思我还不明白？你躲着 Kelvin，就是不想妨碍他继续追求Sophia！你被他害得丢了半条命，还一直想着帮他完成他的心愿！"

"小童，"他痛心疾首："你为了 Kelvin，把你自己的感情放在什么位置？你又把大哥的感情放在什么位置？甚至，你把那个 Ryne 的感情又放在什么位置？难道这个世界，就只有 Kelvin 这一个男人最重要？其他人都只能当他的牺牲品？"

穆语童却不为所动，深吸了一口气，缓缓说："哥，我在医院里就下定了决心，绝不会再阻碍Kelvin去追求Miss 穆。我既然喜欢他，就要为他做彻底！我不想 Kelvin 后悔，也不想自己遗憾。所以哥，你别再劝我了，我不会改变想法的！"

这番话一出，穆子旸错愕了。看着穆语童一脸坚决的神情，他心里清楚地知道，他是无法再用劝服的方法说通她了，除非……

他放缓了口气问："小童，如果 Sophia 做了我的女朋友，你是不是可以改变想法？"

穆语童心里一动，见穆子旸脸上的表情很认真，似乎有了十足的把握。

默了一会儿，她点点头："除非 Miss 穆亲口承认她是你的女朋友，我才信！"

……

晚间，梅宛书刚洗好澡，就接到了穆子旸的电话。

正觉得讶异，电话里传来焦灼的声音："Sophia，我有个不情之请！"

"说吧。"

"能不能做我的女朋友！"

梅宛书心里一颤，可又听出穆子旸这话的口吻和上次在保龄球场完全不同，似乎不是出于热烈的情感，而是带着几分担心和忧虑。

她立刻问："子旸，发生什么事了？"

穆子旸把他刚才和穆语童的一番对谈说了一遍，接着口气迫切地说："Sophia，就当我不知道你是我的宛书姐，你只是 Sophia，可不可以答应我这个请求？"

梅宛书心口一酸，沉默了一会儿道："子旸，我答应你，但不能是真的男女朋友，我们就演场戏吧！"

第 067 章　要甜，要齁甜

周一的下午，穆语童上好课后，仍然去麦当劳打工。

进门时，看到杨岳宁已经换好了黑色长 T 制服，在柜台后来回忙碌了。

穆语童笑着朝他打了个招呼，便也去员工室换上同样的制服，系上围裙，和他并排站在收银处。

刚服务好几个学生，门口走进一人，立刻攫住了她的视线。

邵星泽一身黑色的运动装，头发半湿，额上系着黑色的发带，搭在肩头的书包圆鼓鼓的，穆语童便知道这人刚打完一场篮球从体育馆过来的。

见他进门后径直朝自己走来，穆语童心跳得有些快，面上还是露出了甜美的笑容，喊道："Next！"

邵星泽走上前，神情自若地跟她打招呼："Hi，Tina，今天也轮到你打工？"

"嗯，"穆语童点点头，正打算开始点餐服务，可看到邵星泽取下发带，习惯性的用手指捋顺额前的发丝，不经意间便流露出几分撩人的性感，她还是有些害羞地垂下眼睑。

"想吃什么？"她故意看着点餐机的屏幕问。

"你不是知道吗，我喜欢吃什么。"不知不觉，邵星泽又如同往日那般带了些逗弄的口吻。

旁边的杨岳宁走了过来，对他笑着说："是一份麦辣鸡超值套餐吗，Kelvin？"

他指了指另一个收银机："我那边已经帮你点好了，可以过来结账。"

邵星泽睨了他一眼，冷声道："Sorry，不是麦辣鸡超值套餐。"

杨岳宁："那是……？"

"我喜欢吃什么，只有 Tina 知道。"

说着，邵星泽的目光盯在穆语童脸上。

穆语童却一脸疑惑，明明邵星泽最喜欢点的就是麦辣鸡超值套餐？

可被邵星泽这么盯着，她自然不敢讲，小脸却涨红了，她是真的不知道除了麦辣鸡，邵星泽还喜欢吃麦当劳的什么餐点？

突然，她想起了梅宛书曾经给邵星泽写的那张饮食作息表，里面有不少顿都配了鱼虾之类的海鲜。

她眼睛亮了，对着邵星泽笑起来："我知道了，Kelvin，你喜欢吃的是鱼块超值套餐！"

"Yes！"邵星泽眸光闪亮："还是 Tina 你最了解我！"

"好的，马上就给你准备！"穆语童欢快地开始在收银机上操作起来。

一旁杨岳宁的脸色顿时变得有些尬，默默地回到了他的收银位。瞧着穆语童在后厨来回奔忙，为邵星泽准备所谓他最喜欢吃的餐点，他心里真是说不出的酸涩。

这么纯真无邪的女孩，偏要给这种男人骗得团团转而不自知！

邵星泽却连一眼都没再看他，从穆语童手上接过餐点，很有礼貌地说了声"谢谢"，然后坐在穆语童的收银台正对着的位置，温文尔雅地进餐。

之后，杨岳宁便看到穆语童一边为客人服务，一边眼光总是飘向他那桌，那眼神，含着少女的羞涩和仰慕，根本没法掩饰。

而在这一刻，穆语童似乎忘掉了她和穆子旸的那一场争论，忘记了她曾说过，打算接受杨岳宁做男朋友……

直到门口又走进两个人。

这两人走在一起十分的般配养眼，男人脸上挂着阳光灿烂的笑，一只手扶在了女人的腰间；女人的气质清婉飘逸，正眉目温柔地跟男人说着什么。

竟是穆子旸和Miss穆！

两人一进来就聚焦了餐厅众人的目光，正好有一桌医学院的学生对梅宛书比较熟悉，便向他们打招呼：

"下午好啊，Miss穆！"

"哇，终于看到Miss穆的男朋友了！"

"Miss穆，你男朋友可真帅！"

"好像就是上一回篮球赛打赢的那队队长！"

"……"

窃窃私语的声音不绝于耳，就在穆语童诧愣间，穆子旸和梅宛书已经走到她的收银台前。

"小童，点餐！"

穆子旸意气风发，因着怀中的女人，他眉梢眼角都透着一股子得意。

穆语童睁大眼睛，难以置信地看着他们："Miss穆……"

梅宛书婉柔一笑："Tina，我听子旸说你最近在学校的麦当劳打工，就想让他带我来吃一顿麦当劳，顺便看看你的工作环境。"

"Sophia这还是第一次来麦当劳吃东西，没办法，平常厨艺太好，都自己烧着吃！"穆子旸掩饰不住的骄傲："小童，今天我们可是专门为你来的，你可要好好为我们服务！"

“哦，”穆语童应了一声，朝他俏皮地皱皱鼻子，便开始向梅宛书介绍麦当劳的菜单以及一些新品，还做了几个推荐。

梅宛书柔声细语地询问清楚，点了两份超值套餐，和穆子旸在餐厅比较僻静的一张桌子面对面坐了下来。

帮他们准备餐点的时候，穆语童忍不住又去看邵星泽那桌，却发现桌子已经空了，她都不晓得他什么时候离开的。

杨岳宁明白她的心意，告诉她：“Tina,Kelvin 是在 Miss 穆点餐的时候走的。”

穆语童的眸子顿时暗淡下来，心想，邵星泽看到刚才的那一幕肯定很伤心，可她很想告诉他，穆子旸和 Miss 穆未必真的在一起，毕竟，Miss 穆在惠斯勒缆车里说过她喜欢的另有其人，这才过了一个半月，Miss 穆不可能那么快就接受了穆子旸。

可当她转头向他们那桌望去时，却恰好瞧见穆子旸伸手去解掉梅宛书脖子上的长围巾，而那条围巾上，醒目地绣着“M 心 M”。

一时间，穆语童又不能确定了……

餐桌那边，穆子旸亲昵地帮梅宛书解掉了围巾，随后拿了一份套餐摆到她面前，又帮她把清咖啡的小盖打开，一套动作自然流畅，一场戏演得丝毫没有压力。

梅宛书却有些局促：“我自己来吧！”

“那怎么行！”穆子旸立马不肯了，振振有词地说：“Sophia，既然是演戏，那我们就得入戏，得有感情，这样才能打动观众，让他们觉得一切都是真的！”

“是吗？”听了他一番话，梅宛书竟有些跃跃欲试：“那我刚才的表现，不算有感情，不算入戏？”

穆子旸似笑非笑地摇摇头，点评道："感情是有一点的，但投入得还不够多，还不够细腻。不过嘛，对于刚进入恋爱初阶段的一对男女，你的表演还算合格。"

梅宛书瞥了他一眼，嗔道："你倒挺有经验的，是真的以前没交过女朋友？"

"哈哈，"穆子旸两手一拍，笑得晴空万里："这样子就像多了，Sophia，你吃醋的样子超级可爱！"

梅宛书："……"

半晌，她脸色郑重起来，叹道："希望这样能让小童尽快转了心意。"

穆子旸立马警告："Sophia，你这样可就出戏了啊！"

说着，他握住了梅宛书的一只手，明目张胆地与她十指交缠在一起："别忘了我们扮演的是一对刚陷入热恋的情侣，时时刻刻都要甜！"

"要甜？"梅宛书喃喃重复着，甜蜜的感觉似乎离她太过遥远，对她来说早已变得陌生。

"对，要甜，要齁甜！"

说着，穆子旸把自己的那杯法国香草换给了梅宛书，命令道："从今天起，你要习惯甜甜的滋味，就从喝甜咖啡开始！"

梅宛书曾经尝过法国香草，对她来说实在是难以下咽，她有点为难地看着咖啡杯，讨价还价地问："可以先只喝一口吗？"

扑哧一声，穆子旸被她可爱的样子给逗笑了。

仅仅两份套餐，他们却喁喁细语地吃了一个多小时，即便两人没什么亲热的举动，可甜蜜温馨的氛围感拉满，任何旁观的人都不会误解两人之间的关系。

最后，穆子旸和梅宛书手牵手来到收银台和穆语童打了个招呼，才一同离开餐厅。

穆语童怔愣地望着两人的背影，犹在狐疑，旁边杨岳宁关心地对她说："Tina，现在客人不多，你可以休息一会儿。"

"哦，好！"穆语童反应过来："那麻烦你帮我看一下收银台！"

"没问题！"杨岳宁给了她一个 OK 的手势。

穆语童便从员工休息室的后门追了出去，步子有些匆忙，不小心撞到了一个人身上。

"Sorry！"她连忙道歉，却在看到那人的脸孔时愣住了。

"Kelvin，怎么是你？"

"嘘——"邵星泽对她做了个噤声的手势，眼睛却望向那两人的身影。

穆语童会意，小声提议："我们跟上去看看？"

"嗯，"邵星泽颔了颔首，嘴角勾起："看着还挺像那么回事！"

穆语童皱皱小鼻子："是吧，我刚在麦当劳观察了好久，还是觉得真假难辨！"

说着，两人脚步轻悄地跟了上去。

……

穆子旸和梅宛书走出麦当劳，梅宛书挣了一下想要把手抽出来，却被穆子旸骨骼坚硬的大手握的更紧。

梅宛书有点急："子旸，你快放手，会碰到我学生的！"

"刚才在麦当劳不是已经碰到几个了嘛？"穆子旸毫不在意地悠声说："放心吧，都是大学生，不会影响你形象的！"

"再说，"他笑得有些狡黠："根据我对小童的了解，这会儿她应该跟在后面了。”

“哦，”梅宛书心领神会：“那我是不是又该入戏了？”

“聪明！”穆子旸大赞。

两人沿着学校的枫树道走回公寓，就在公寓楼下，停下了脚步。

穆子旸恋恋不舍地拉起梅宛书的双手，借着斜阳的余晖打量她，见她衣衫仍是那么单薄，可脖子上到底围上了他重新带给她的那条爱心围巾，瞧着暖和了许多。

此刻，她眉目如画，眼波流转，柔声对他说：“子旸，就送到这里吧，我进公寓了，你也回去好好休息。”

穆子旸却不肯松手，反而一把将她拉进怀里。

梅宛书的鼻尖撞上了他的胸口，闻到了他身上炙热的气息。

头顶传来他略带喑哑的声音：“Sophia，今天还不能结束，还有最后一幕没演完。”

“是什么？”

“告别吻。”

话落，更灼烫的气息迎面扑来，穆子旸一手扶着她的腰，一手抚着她的后颈，含住了她的两片唇。

一下一下，辗转缠绵，他动情地吻着她，不愿放开她。

“Sophia，I love you……”

“如果可以，每天都想和你在一起……”

他在她耳畔低喃着表白，早已忘却，这不过是场戏。

第 068 章 你吻的，只是戏中人

邵星泽和穆语童站在不远处的树荫下，将穆子旸和梅宛书告别的一幕全部看在眼里。

穆语童看得有些愣神，直到两人分开，一个进了公寓一个去了停车场，她还有些缓不过来。

半晌，她嗓音发颤地开口："Kelvin……他们好像……是真的……"

邵星泽不答话，站在她身边犹如树桩。

穆语童悄悄地转头，瞧见了他的神色，脸色很苍白，眼里却没了往日的那种疯狂，而是带着一抹了然。

"不管他们是真是假，都好像和我无关了。"

终于，邵星泽开了口，似乎还挺冷静。

穆语童有些心疼，轻声问他："Kelvin，要不我陪你到哪儿散散心吧，只要不是赌场酒店都可以……"

话还未讲完，邵星泽便摇了摇头："不需要，Tina！"

他两手插在裤子口袋里，转过身来朝着她："往后，你都不需要陪我疗伤了，你自己还有很多事情要做吧，就算今天，你麦当劳打工都还没做完。"

"你怎么知道……"

邵星泽笑了笑，仍如往日那般好看的笑："麦当劳的排班表，我手上有一份！"

"啊？"穆语童张着嘴，满脸诧异。

可心里也清楚，凭邵星泽的本事，弄到一份学校餐厅的排班表不是什么难事。

只是，他为什么要这么做……

看明白了她眼里的疑问，邵星泽耸了耸肩，解释："我不喜欢你跟那个语言班的同学一起打工，所以弄来一份排班表，打算只要你和他一起打工的时间，我都过去点餐！"

说得如此坦白，穆语童想不听懂都难，她小脸微红，手却捂着嘴开心地笑起来。

"所以，Tina，往后别再躲着我，"邵星泽闷闷地说，似乎前阵子为这事受了不少委屈："还来看我打篮球，跑步，运动；或者和我一起去图书馆做功课。"

"嗯！"穆语童眼睛亮亮的，重重地点了点头："我还是你忠实的粉丝！"

"就这么说定了！"邵星泽伸出一只手来，脸上的笑意弥漫到了眼睛里。

穆语童含羞带怯的，与他的手握在了一起。

……

梅宛书回到公寓，怔怔地坐在梳妆台前。镜子里的女人两颊娇艳，嘴唇嫣红。她不自禁地抬起双手捂住了脸，羞赧极了。

刚才的那一吻，她竟尝到了他口中甜甜的滋味，一直甜到了她的心里去。

这不过是在演戏，她告诫自己，千万不能人戏不分，只要穆语童转了心意，就该她出戏了……

想到这儿，梅宛书习惯性地打开抽屉，将穆云函的相册拿了出来。

她喃喃低语："云函，你不会怪我吧，我向你保证，这只是暂时的……过了这段时间，我还会和从前一样，好好陪着你……"

和穆云函说了一会儿话，手机叮叮当当地响了起来。打开微信，果见穆子旸的消息发了过来：

【Sophia，我到家了，明天还去你那儿】【爱心】【爱心】【亲亲】【亲亲】

梅宛书脸颊又开始发热，连忙回：【不需要这么频繁，今天给小童看的已经足够多了】

穆子旸：【你也看到了他们俩？】

梅宛书：【看到了，就躲在树下面】

穆子旸：【知道吗，今天可是我真正意义上的初吻】

看到这句，梅宛书不禁抿了抿嘴角，想起酒会那天穆子旸曾亲过她的眼睛，在惠斯勒的酒吧里也曾因为醉酒吻过她的唇，还有那天在她公寓，他从身后抱住她，吻她的脖颈……

她有些不解：【？】

穆子旸：【前几次，我亲的是宛书姐，今天我吻的是Sophia】

梅宛书心里一颤，突然明白了穆子旸话里的意思。他是希望，自己摆脱与云函紧紧相连的宛书的身份，而用 Sophia 这个名字重新开始，和他好好在一起。

通过今天的这场戏，穆子旸终于找到了解决他们之间复杂关系的方法，而今，决定权又重新交回到她的手里。

要她放下云函……

梅宛书的目光投向了相册里的人，心肺又纠结在一起。

良久，她才回了穆子旸一条消息：【你吻的，只是戏中人】

这一头，穆子旸一直在焦灼地等着梅宛书的回音，看到这一句，他的手垂落下来。

梅宛书还是放不下过去，也只是想做他的宛书姐，等这场戏结束，他们俩是不是就要曲终人散……

许久，他深吸一口气，打起精神发了一条消息：

【我妈最近一直担心我们之间的关系，周五下午有空吗？来我家陪陪她好不好？】

梅宛书立刻回：【OK】

……

周三的下午，天阳地产的几个高层开好公司月会后，周昊和穆子旸便开始谈论起公司近来主要参与的大温公寓项目和高贵林酒店项目。

由于顺利地参股新雅地产，大温公寓项目最后只分给了 Kelly 的经纪公司百分之五的股份，Kelly 心满意足，整个项目已经开展了一个月，进展顺利。

至于高贵林酒店项目，是他们未来想要扩大投资的重点目标，穆子旸很是上心。

"昊哥，最近政府对酒店的建设和布局有了新的要求，这个项目的投资成本会比原来的预算要增加百分之十。"

周昊坐在会议室的主位上，转了一圈椅子，悠声道："那不是正好，我们趁此机会追加投资，争取把我们在新雅地产的占股比例增加五个百分点。"

"不够！"穆子旸两手放在会议桌上，手上握着一杆派克笔，看上去竟有那么些斯文儒雅的气质："我算了一下，我们要想办法将占股比例增加十四个百分点，才有可能入主新雅地产。"

周昊笑道："你小子，野心勃勃啊！可你别忘了，我们目前才占股百分之二十，想要达到你的目标，太难了！心急吃不了热豆腐，我们还是得一步一步来。"

穆子目光炯亮："我就喜欢做有挑战性的事，要是事情不难，我还觉得无趣了！"

周昊一听，这小子话里有话，立马问："你是不是有什么主意啦？"

穆子旸气定神闲地说："昊哥，你忘了新雅地产的属性吗？特别喜欢投资一些具有良好发展潜力，可资金量却不用投入太多的小项目。我们可以建立一个天阳的子公司，然后……"

话倒这里，他故意停住不说，看周昊怎么接话。

周昊会意，惊喜地拿手指着他："你小子行啊，能想到这么个出其不意的主意来！倘若我们天阳能用子公司的名义，暗中购买几个新雅投资的小项目，那在短期内，占股比例增加百分之十四也不是没有可能！"

"Yes！"穆子旸得意地挑眉。

"可是，即便如此，我们天阳占股也不过才百分之三十四，还需要百分之十七，从哪儿来？"周昊提出疑问，脑子里又盘算了一下，哼道："不要告诉我你的算盘又打到了女博士头上！"

提到梅宛书，穆子旸便一脸的动容，眉间竟漾出几分惆怅来，叹道："Sophia 还不知道能不能成我老婆，我哪能动这个心思？"

周昊一瞧他这个熊样，就知道最近他在梅宛书那边又受了不少挫，不禁嘲道："你在优卑诗都上了好几个星期的课了，怎么和女博士还没什么进展？"

"怎么没进展？"穆子旸急了，立马反驳："前天我连初吻都献出去了！"

"啊，哈哈……"周昊忍俊不禁："终于啊，也太不容易了！"

即便是在演戏，可一想到那个缠绵悱恻的吻，穆子旸还是不由得心神荡漾，终于真正尝到了梦中女神的滋味，竟是那般的温软馨香……

瞧着他脸上浮起一层又是羞涩、又是温柔的神色，周昊忍不住叹了口气，心想这小子，在商业上简直就是个奇才，可一旦陷入恋爱，不过就是个纯情男大……

便在此时，周昊手机的铃声响了起来。

周昊一看号码，眼睛一亮，立马接起："Ella，怎么想起来给我打电话？"

一旁穆子旸一听他惊喜交加的口气，忍不住闷笑起来。刚还说他没什么进展，自己岂不是进度更慢？显然和尹歆然很久都没通电话了，更别提见面了。

电话那头尹歆然公事公办的口吻："周先生，您好！打电话是想通知您，您的担保人申请已经获得批准，下一步就要开始准备您太太那边的资料，请您把曲女士的联系方式给我，包括微信，QQ 号等，方便我随时与她取得联系。"

周先生？您？

卧槽——

不管怎样，在惠斯勒他们曾经那般亲热，现在她竟然这样称呼他，转眼就成陌生人了？

周昊暗自咬牙，嘴上却丝毫不敢发作，只说："谢谢尹律师，效率确实很高。我一会儿就把曲静怡的联系方式都发给你。"

电话那边顿了一下，尹歆然才又说："好的，周先生。等我与曲女士取得联系后，会再给您打电话，跟您沟通后面的相关细节。"

"那就谢谢尹律师了。"

"不客气。"

话落，尹歆然挂断了电话。

周昊听着手机的"嘟嘟"声，脸色变得十分难看。

话落，尹歆然挂断了电话。

周昊听着手机的"嘟嘟"声，脸色变得十分难看。

第 069 章　一举三得

尹歆然的办公室里，梅宛书瞧着尹歆然挂断电话后揉揉眉心，似乎很头疼。

她不禁有些担心，问尹歆然：“你怎么用这种口气跟周昊说话啊？”

尹歆然有点懊丧：“那我该用什么口气跟他说话？他都是有太太的人了，所以我们之间也就是律师和客户的关系。况且，下一步我主要的服务对象就是曲静怡，自然要跟周昊保持距离。”

梅宛书安慰地拍了拍她的肩，柔声说：“这样也好，先把这个 case 处理完，再跟周昊然谈后面的事，一步一步来吧。”

尹歆然耸耸肩：“也只能这样咯！”

说着朝梅宛书眨巴了两下大眼：“说说你呢？和你那个弟弟怎么样啦？”

梅宛书淡声道：“没怎么样。”

话是这么说，可一想到前晚公寓楼下的那个吻，白玉的脸颊还是薄染了一层绯红。

尹歆然瞧她神情有异，立马来劲了，大声问：“什么没怎么样？赶紧老实交代，发生了什么新情况，弄得我们大美女都害羞了！”

梅宛书轻声回道：“没什么，就是，演了场戏给他妹妹看……”

当下简短地向尹歆然解释了一些。

尹歆然看过那场篮球赛，还和梅宛书一起去过惠斯勒，当然知道穆子旸和邵星泽双龙抢珠的戏码，如今见穆子旸竟想出这么个绝妙的法子，既帮了妹妹，又扫除了竞争对手，还能以正牌男友的名义追求梅宛书，简直一举三得！

她心下大赞，不禁夸道："你这个弟弟可真够聪明的！"

说着，拿手肘碰了一下梅宛书，神色诡谲："喂，你们进展到哪一步啦？"

"就……"梅宛书难以启齿，脸上的红晕更深了些。

"哈哈！"尹歆然大笑："是不是 Kiss 了，肯定是吻了！"

梅宛书不好意思地转过头去。

尹歆然却不放过她，盯着她问："喂，和穆子旸接吻的感觉好不好？他的嘴巴软不软？"

梅宛书只好站起身："我走了，不打扰你办公。"

"喂喂，我今天办公结束了呀！"尹歆然赶忙拉住她，撒了个娇："好啦，Sophia，再陪我一会儿嘛，等我整理好文件，我送你回学校！"

梅宛书只好又坐了回去。

手机又开始叮叮当当地响了起来。

尹歆然给她使了个暧昧的眼色，催促道："快看啊，你男朋友给你发消息了！"

梅宛书无奈地瞧了她一眼，掏出手机，果然是穆子旸发来的：

【Sophia，你在哪儿】

【在干嘛】

【想你】【爱心】【抱抱】【亲亲】

梅宛书只回了一个词：【downtown】

穆子旸便知她和尹歆然在一起，也是，周三梅宛书不去医院，和朋友一般都约在这天。

穆子旸：【我马上下班去 downtown 找你，我们一起吃个饭】

梅宛书：【不用了，你今晚还要上课】

穆子旸：【我现在出发来得及，吃好饭正好把你送回学校】

梅宛书还在犹豫，穆子旸又发：

【别忘了我们现在的关系，就别拒绝男朋友的好意了，好不好？】

梅宛书没法不答应，给他回了个【OK】的手势。

这边穆子旸高兴地从椅中跳起来，朝周昊笑道："我下班了啊，要去约会！"

周昊一看才三点多，手指了指他："算你早退！"

"嘿！"穆子旸睨了他一眼："那你要不要和我一起早退？Sophia 这会儿正和 Ella 在一块儿！"

周昊脸色微变，沉声说："公司总得有人看着吧！"

"那我就先走了！"穆子旸穿上大衣，潇洒迈步，又来了一句："昊哥，我真走了！"

背后传来周昊的脚步声："子旸，等我一下，我坐你车！"

"哈哈！"穆子旸乐不可支，和周昊一起出了公司。

……

半个小时后，宝马车停在了尹歆然的办公大楼下面，两女已经等在街边。

穆子旸下车绅士地为梅宛书开了副驾驶的车门，尹歆然给了她一个鼓励的眼神，小声说："快上车吧，约会愉快哈！"

梅宛书虽有些害羞，可一想到在演戏期间就要把穆子旸看成男友，得随时入戏，便跟尹歆然点了个头，回了个"嗯"。

尹歆然瞧她一反独身主义的常态，变得如此温顺，心下大慰，心想穆子旸的这个高招最好能让两人修成正果。

正乐滋滋地想着，车后座下来一人，发亮的眼睛紧盯着她，嘴里却称呼："尹律师！"

尹歆然一看是周昊，立马收敛笑容，脸绷得紧紧的："周先生，你好！"

周昊微笑道："想请你吃个饭表示感谢，赏脸吗？"

尹歆然表情正经严肃："周先生别那么客气，我就是在做职责范围内的事，吃饭就不用了。"

话落，见梅宛书摇下窗子在看她，便向她挥手作别。

却听周昊又说："尹律师，不吃饭的话我请你喝杯咖啡吧，谈谈我这个 case 后面的细节，好不好？"

说到最后，语气里带了几分可怜兮兮的恳求味道。

既是公事，尹歆然也不好拒绝，便说："那好吧，我们到对面喝杯咖啡。"

听到这话，车上的穆子旸和梅宛书放了心，穆子旸笑了笑，启动了车子。

尹歆然和周昊一同过了街，进了对面的喷泉咖啡馆。

天气冷，周昊便选了靠窗的位置，可以观赏外面城市的风貌。

不一会儿，侍者端来两杯浓香的咖啡和两小碟提拉米苏，尹歆然拿起小勺尝了一口蛋糕，一如既往的甜香可口，入嘴即化。

或许是因为太久没见，周昊不知怎的有些紧张，两手绞在一起，一双眼却很诚实地望着她，生平第一次对思念这种东西有了些真实的感受。

半晌，他终于先开口："Ella，我现在最想知道的是，我这个 case 什么时候才能结束？"

尹歆然喝了口咖啡，悠声道："不好说，得看当事人的配合程度和移民官的处理速度。"

"不过吗，"她笑了笑，习惯性地眨了下大眼："你要是想加快速度，也不是没有办法。"

周昊眼睛一亮："什么办法？"

尹歆然解释："现在你的担保人申请已经通过，以这个为基础，我可以先帮曲静怡母女办理旅游签证，让她带着孩子跟你先行团聚，只要你们能在同一屋檐下住上几个月，在移民官的眼里你们就是和睦的一家三口，案子的成功率会大幅提高，审理速度也会加快。还有一个好处就是，出了任何问题都可以及时找到我来解决。"

听完，周昊心下竟有些感动，这番话没有参进一丝一毫尹歆然的个人感情因素，听上去是很冷漠，可也足以表明她对这个案子的重视，以及她极其负责的专业素养。

于是他配合地问："那最快曲静怡和她孩子多久能来？"

"一个月左右！"

"真快！"周昊赞道，可是他也有一层顾虑："是非要住在一起吗？"

"是！"尹歆然笃定地说。

周昊沉默了一会，忍不住握住了她的一只手，触感柔滑细腻，是他想念已久的感觉。

他舒了一口气，诚恳地说："Ella，相信我，即便同一屋檐下，我也不会跟她有什么，我只喜欢你。"

尹歆然瞧着他认真的神色，有些动容，便没把手抽回去，只说："周昊，全当这番经历是对我们的考验，度过了，我们才有未来。"

……

穆子旸带梅宛书去了一家菜品精致的泰餐店，享用了一顿丰富的美食。

梅宛书看了一下时间，已经五点了，便催促穆子旸："你六点就要上课，我们走吧！"

穆子旸笑眯眯地问她："吃饱了吗？"

"很饱。"

"好不好吃？"

"很好吃。"

穆子旸满意地点点头，抬手点了一下梅宛书的鼻尖，表情宠溺地说："真希望每天都把你喂得饱饱的。"

梅宛书莞尔："我又不是你的宠物。"

"可你是我的女友！"穆子旸的声音又轻又柔。

说着，他站起身，帮梅宛书穿上她的风衣，见她从包里掏出一条米粉相间的方丝巾系在脖子上，和她的米色风衣完美搭配，心下一喜，笑道："倒没忘记男朋友送的礼物！"

梅宛书有点别扭道："也不需要时时刻刻强调你是我什么人，这会儿又没别人在旁边。"

穆子旸没理她的话，霸气十足地搂住她肩膀，把她揽在怀里，嘴上振振有词："就算没别人在旁边，可要想把一场戏演得让观众刻骨铭心，就要时时刻刻地培养感情！"

梅宛书嗔了他一眼，心下倒觉得他讲的也有几分道理，因而等两人上了车，穆子旸帮她系安全带时，她也就没阻止。

可是下一秒，穆子旸便趁机贴过来攫住她的唇瓣，软软糯糯地开始亲吻她，梅宛书还是惊了一下，下意识地抬手推他。

"别动，"穆子旸哑声说："Sophia，你得习惯男朋友索吻。”

话落，绵柔的亲吻再次袭来。

梅宛书心里慌慌的，脑子乱乱的，在他炽热气息的包围中，闭上了双眼。

第 070 章 温柔又伟大的人

尹歆然从周昊那里获知了曲静怡的微信号，在第二天的下午加了她为好友。

曲静怡前阵子就从周昊那里得知这次帮她做移民案子的是一位年纪虽轻但专业水平很高的移民律师，心下也是充满了尊敬的，因而看到尹歆然发的第一句话，她便有些紧张。

尹歆然：【曲女士，现在可以视频连接吗？】

曲静怡回了句:【不好意思尹律师,这会儿不太方便讲话。】

尹歆然：【打字可以？】

曲静怡：【可以】

于是尹歆然便把她和周昊商量好要给她们母女办理旅游签证，先行到枫叶国与周昊团聚的事跟她说了一下。

曲静怡得知如果顺利的话呀一个月后就可以带着女儿贝贝去枫叶国，不免有些激动，对尹歆然更是感激，问:【真的能这么快就过去？】

尹歆然:【是，但过来后你们母女需要和周先生在一起住一段时间，对你办移民有利。】

曲静怡忍不住心里一跳，这事出乎她的意料，让她有些不敢置信，可隐隐约约又觉得惊喜。

半晌,她才犹犹豫豫地回:【这样会不会麻烦到周先生？】

尹歆然一看到曲静怡称呼周昊为周先生，便知周昊所说全是实话，这两人之间毫无男女之情。可又觉得以曲静怡目前卑微、怯懦的心态去面对移民官的面试拷问，是绝对通不过的。还是得让她先过来，慢慢适应了枫叶国的环境后建立自信，再加上自己的亲自指导，才能完成整套复杂的移民过程。

这会儿却不便跟她多说什么，只发了句安慰的话：【周先生既然已做出这个决定，就不会觉得麻烦】

随后指导曲静怡需要准备母女俩的哪些资料，尤其强调她和前夫离婚后，孩子的监护权归属于她的法律文件，这是能把女儿带进枫叶国最关键的资料。

曲静怡一一答应下来，一番微信交谈后，对尹歆然也是佩服得五体投地。

……

周五的中午，穆语童照常去麦当劳打工，邵星泽和Johnny、Matthew 也照常过来点餐。

可杨岳宁明显感觉到了和上周的画风不一样，穆语童和他们的相处又变得自然而熟稔，似乎回到了往日几个人经常一起来吃麦当劳的时候。

杨岳宁特别留意他们的对话，听到了邵星泽约穆语童某天下午去看他打篮球。

于是等三人走后，杨岳宁便笑着对穆语童发出邀请："Tina，上次我们语言班的同学聚会，大家玩得很开心，说是往后周末经常聚，你看明天下午好不好？我去组织一下。"

穆语童立马回道："抱歉啊，Ryne，明天下午我已经约了其他朋友了！"

杨岳宁笑容还是那么清和："没事，那就以后抽空再安排就是了！"

"嗯！"穆语童回了他一声，脚步轻快地奔到后厨忙碌去了。

直到她四点打工结束，她的脚步仍轻快得像只小飞鸟，丝毫不觉得疲倦。

"我走了，Ryne！"她脸蛋红红的地跟他打招呼："下周一见，拜拜！"

杨岳宁目送她的背影离开，自己也去员工休息室换衣服下工，随后坐在椅子上思量了好一会儿，拿出手机拨了个电话给他数理统计系的一个好友："Hi，Levon！"

平日里数理统计系功课难度高，Levon 时常向杨岳宁请教，有时分组作业两人在一组，同学关系不错，Levon 立刻回道："Hi，Ryne！有什么事吗？"

"我想问问你，你平常什么时候在体育馆打篮球？"

Levon 有些奇怪，Ryne 是个学霸，平常不是在做功课就是在打工，对运动似乎没多大兴趣，但还是告诉他："一般周三和周六吧！"

杨岳宁又问："那你认不认识计算机系的硕士生 Kelvin？就是两个月前和西弗泽那场友谊赛打我们学校主力的那个？"

一听到这个名字，Levon 就有些不服气："就他们计算机系的那几个，能代表我们学校的篮球水平？最后还不是输给了西弗泽，笑死！"

杨岳宁知道 Levon 是校篮球队的，篮球水平极高，便道："那你和 Kelvin 打过吗？他平常周六也喜欢去体育馆的！"

"打过一两回吧，次数不多，不过当时我身边几个都不是校队的，也没比个什么结果出来！"

"那你想不想正式和 kelvin 他们比试一次？我可以帮你们组织。"听出了 Levon 口气中的跃跃欲试，杨岳宁鼓动道："明天下午，你把能约上的校队队友都约上，我来约 kelvin 他们，咱们比一场！"

Levon 一听"咱们"二字，有点来劲了："Ryne，你是说你也要参加这场篮球比赛？你会打篮球？"

杨岳宁谦虚道："我个子才一七八，不够高，所以平常就没好意思跟你们一块儿玩，不过我防守技术还是可以的。"

"真的？那太好了！"Levon 爽快地答应下来："行，那你赶紧去安排，我也去喊几个校队的队友，定好了我们再联系！"

"OK！"杨岳宁挂了电话，给邵星泽拨了过去。

邵星泽第一句话就挺不客气："Ryne，你怎么知道我的电话？"

杨岳宁不温不火："kelvin，你以前不是经常从麦当劳点外卖吗，我们这里是存着你电话号码的。"

邵星泽冷声道："也难为你把客户的电话存进你自己的手机。"

杨岳宁慢条斯理地回道："那是因为以前有好几回都是我亲自送外卖到你的公寓门口，而那时你并没有注意到送外卖的人是我。"

邵星泽一噎，一时间说不出话来。半晌，才问："你今天打电话给我是有什么事吗？"

"应该是你感兴趣的事，"杨岳宁说："我想组织一场高水平的篮球比赛，比赛一方是你们计算机系，另一方的主要成员是校篮球队的，就定在明天下午两点学校体育馆，你看你能不能参加？"

听出了这小子温和的口吻里带着几分挑衅的意味，邵星泽怎会退缩，立马回话："行，明天下午两点，我们一定准时到！"

……

穆语童心情愉悦地乘公交车回到家。

这几天，重新恢复去体育馆看邵星泽打篮球后，他们之间的关系也似乎恢复到了从前。不，是比从前更要好了。

邵星泽像是终于抛下了对 Miss 穆的执念，几乎不再提到 Miss 穆，他努力地学习，健康地生活，积极地运动，嘴角经常挂着温润秀朗的笑容，整个人都在发光。

这一切的改变，穆语童心知肚明离不开 Miss 穆所做的一切。甚至几天前 Miss 穆和她大哥那般亲热，她到现在都不能确定是不是为了想成全她和邵星泽。

如果真是那样，她也不会觉得奇怪，Miss 穆就是那么一个温柔又伟大的人呢。

边想着，穆语童打开家门，换了鞋正打算进客厅，耳朵传来里面的说话声，不禁杵在玄关口。

穆子旸和梅宛书正并排坐在长沙发中，和坐在单人沙发上的何虹佳愉快地交谈着，穆子旸始终亲昵地握着梅宛书的一只手，时不时拿一颗果盘里的水晶提子给她喂上一颗，眉梢眼角都透着满满的宠溺。

再看何虹佳，显然对大儿子的恋爱进展十分满意，笑得合不拢嘴。

见到她，何虹佳马上向她招手：“小童，你回来啦，快来陪陪 Miss 穆！”

穆语童脚步迟疑地走上前，看着两人缠在一起的手，又想起亲眼目睹两人的那个热吻，有点羞涩地开口：“Miss 穆，你什么时候来的？”

何虹佳笑着接话：“Miss 穆早就来了，陪我聊到现在。”

梅宛书柔声道：“小童回来了，时间也差不多了，阿姨我们一起去厨房做晚饭吧。”

穆语童发现梅宛书把对她的称呼改成了和妈妈、大哥一个口吻，叫她"小童"，还叫得如此的亲切自然，似乎也意味着她的身份已从她的老师转变成了她大哥的女友。

既是如此，穆语童下决心要看得更清楚，便道："Miss穆是客人，还是和我大哥多说会儿话吧，我去厨房帮妈烧饭。"

"哎哟，我家小童变这么懂事了！"何虹佳又惊又喜，站起身拉住穆语童的手。

见梅宛书极有礼貌地陪着一起站起来，连带穆子旸也站直了人高马大的身躯，对她表示尊敬，她连忙对他们摆摆手："Miss穆，不要每次都那么客气嘛，都快成一家人了，呵呵……"

边笑边又对穆子旸说："子旸，要不你带Miss穆到你房间坐坐吧！"

穆子旸立刻铿锵有力地回道："遵命，何女士！"

"呵呵……"

何虹佳心花怒放，拉着穆语童进了厨房。

第 071 章 细数美好时光

　　何虹佳和穆语童一进厨房，穆子旸便捏了一下梅宛书的手，笑道："走吧，去我房间！"

　　梅宛书瞧见他眼里的促狭，想起他说过"男朋友索吻"，不由得耳根发热，欲待说不去，穆子旸强调："我妈让你去我房间！"

　　梅宛书无奈，被他揽上楼。果然，一进房门，整个人便被打横抱起。

　　梅宛书有些别扭，开始推他："子旸，你干嘛？快放我下来！"

　　穆子旸怎肯听，直接将她抱到书桌旁坐下，让她坐在自己腿上。

　　这么亲密的姿势，梅宛书浑身不自在，身体僵直得像个木头。

　　穆子旸知道她脸皮薄，不由得心生怜惜，大手抚着她的脊背，柔声道："Sophia，帮我把那本相册拿出来吧！"

　　梅宛书看了他一眼，带了几分疑惑。知道在演戏的这段时间，她的身份只是"Sophia"，穆子旸是绝对不会想提到他的"宛书姐"的，可那本相册里却有一张他两儿时的合照。

　　穆子旸懂她的犹疑，笑道："那本相册我重新整理了，里面只有我们在夏威夷的照片。"

　　梅宛书放下心来，打开了书桌顶层的抽屉，将放在最里面的那本相册拿了出来。

　　相册第一页，便是在 Waikiki 海滩，两人长大后初遇的那天，虽然没能拍到梅宛书，穆子旸还是拍了许多海景照作为留念。

梅宛书想起那天就在那片阳光明媚的海滩上，她却因为穆子旸的无礼打了他一耳光，忍不住嘴角微微上扬，身体也渐渐放松下来。

之后便是波利尼西亚文化村，穆子旸果然沿着她走过的足迹一路追踪……

见她看得入了神，穆子旸轻声唤她："Sophia，能给我看看你在小船上拍的那张照片吗？"

梅宛书便拿出手机，给他看了他坐在船头、表情十分庄严的那张照片。

穆子旸晓得当时梅宛书触景伤情，拍完照后便低头落泪，此刻也不愿提起她伤心的原因，只是打趣道："Sophia，你把我拍得帅是帅，可表情姿势好像有点傻不溜秋的！"

扑哧，梅宛书被他逗笑了。

再下来便是火山岛的黑沙滩、火山口、兰花园，接着是茂宜岛的针尖山、植物园、榕树镇……

两人边看照片边细数着那几天度过的美好时光，看过的美丽风景，一时间屋内欢声笑语，绵延不绝。

穆语童悄悄上楼，见穆子旸的房门没有关紧，便轻步走过去，透过门缝看到的便是这幅温馨满满的画面。

一时间，她竟被那两人蜜意柔情的氛围吸引住，挪不开脚步。

伫立良久，她才默默地走开，回到了自己房间。心下确定，这回，大哥和 Miss 穆是来真的……

手机铃声响了起来，穆语童一看号码，立刻接通："Kelvin？"

邵星泽语声轻快："Tina，跟你说件事，明天下午你来看我打篮球，会有一场我们和校篮球队的比赛！”

“哇，这么劲爆，那我可以大饱眼福了！”穆语童一听邵星泽的对手，便有些兴奋，可同时又有些担心：“校篮球队的水平那么高，很难打败吧！”

“Tina，你是对我没信心吗？”邵星泽傲娇道：“就算是校篮球队，照样打他们落花流水！”

“嗯嗯！我相信我的偶像最棒了，肯定所向披靡，无人能敌！”

“呵呵……”得到鼓励的邵星泽笑得很开心。

随后他想起什么，问：“Tina，你大哥在家吗？”

穆语童心里一紧，嗫嚅道：“他在，还有 Miss 穆也在……”

“他们在做什么？”邵星泽的口吻凉了下来。

“他们……在我大哥房里……一起看照片……”

听着她吞吞吐吐地说话，邵星泽似乎猜到了什么，默了半晌说：“Tina，麻烦你一件事，请你帮我邀请你大哥和 Sophia 一起来看我的篮球赛。”

“哦，好！”穆语童立马答应下来，可是心中疑惑，不由得问：“让他们一起来看吗？”

“对！”邵星泽肯定地道：“让他们一起来看，看我到底是为谁而打这场篮球赛，让他们彻底放心！”

挂了电话，穆语童还在疑疑乎乎，和校篮球队比赛？邵星泽到底是为谁呢………

……

梅宛书看到门缝里穆语童的衣角缩了回去，知道她离开了，便舒了口气，微笑道：“子旸，你故意把门留了条缝？”

穆子旸朝往门口斜了一眼，一脸惊讶：“怎么房门没关紧？啊，我太不小心了，Sophia，刚才我们……不会被人看去了吧！”

梅宛书瞧他装得像模像样，不禁失笑，手握成拳锤了他胸口一下，穆子旸大叫：“好疼……Sophia，你谋杀亲夫！”

说着，把她的手放在自己心口上，撒娇：“Sophia，你给我揉揉，前段时间我这里疼得要命，这几天才略微好些，可还是会时不时的发作！”

梅宛书被他半真半假的话弄得哭笑不得，见书桌上的相册已经翻到了最后一页，便轻声问：“子旸，这本相册里的照片，你能不能送我几张？”

穆子旸闻言眸光一亮，高兴地道：“你尽管拿，想拿几张拿几张！”

梅宛书从相册里取了几张有穆子旸的照片，每张他都笑得阳光灿烂。

穆子旸见她拿了这几张照片，乐得眉飞色舞，不禁语带暧昧地问：“是想每晚看着我的照片入睡吗？”

梅宛书笑得清淡，声音也很清淡：“只是想留住那些值得回忆的时光。”

话落，她从他怀里站起身，说：“小童上楼了，厨房里没人帮阿姨，我下去帮她吧！”

穆子旸知道梅宛书素来尊敬长辈，温婉贤淑，让她在楼上等着吃饭，她肯定过意不去，便点了点头，柔声说：“去吧！”

梅宛书又嘱咐了一句：“你一会儿和小童一块下来吃饭！”

说罢，下楼来到厨房。

何虹佳正在热火朝天地炒最后一道菜，炉灶上炖着一锅排骨汤，旁边放了切好的冬瓜，海带，平菇等，梅宛书便把这些辅料一一放进汤里，然后拿汤勺搅拌均匀。

见何虹佳炒好菜后额头上出了一些汗珠，她又拿了一张纸巾，帮何虹佳一点一点抹拭干净。

这么的温柔细致，何虹佳是越看越爱，想着今天梅宛书和穆子旸倒是亲密了许多，恐怕不久就要变成自己的儿媳，不由得喜上眉梢，心下对梅宛书更加亲近了几分。

突然她想起一事，便拉住梅宛书的手，说道："Miss 穆，有件事我想让你帮我参谋参谋。"

梅宛书柔声回："阿姨尽管说！"

何虹佳脸上带了点神秘，小声说："这件事可别给子旸知道，他肯定会反对！"

梅宛书倒有些好奇："是什么事？"

何虹佳便把她最近一段时间，跟着她的营养师 Ms.陈去参加了几次阔太太们的聚会一事说了，然后又说："这些有钱人的太太，除了喜欢买名牌，还特别喜欢买高档营养品，每个人都有自己的营养师，那些个营养师专门喜欢弄什么上线下线的搞传销，这不也给我安插了一个位置，说是我什么都不用做，她们会把我的左分支、右分支都弄好，让我坐享其成，往后吃这些营养品都不需要花钱了！"

说着，何虹佳掏出手机，给梅宛书看了一张树状结构的图形。

梅宛书虽然不懂传销的套路，可毕竟聪明，多看了一会儿图形便明白了其中的原理，想了一会儿说："阿姨，传销是暴利，天上也不会掉馅饼。这个 Ms.陈给你安排的左右分支，都是什么人，你知道吗？"

何虹佳指着图形里她名字下面的右边分支："这个人我认识，就是我们经常聚会的其中一个阔太太，她自己每个月都会花大把钱买营养品吃，可是左边这个叫 Jessica 的，我就从来就没见过。"

梅宛书柔声劝道："阿姨，你看，你连和你一起共事的人也不是完全认识，却能坐享其成，说明这种销售制度本身就有它不合理的地方。我想最好的办法就是阿姨尽快地从传销中退出来，如果阿姨只是想多交一些朋友，那就让 Ms.陈带你去参加她们的聚会，你也只是从她那里买营养品就好。"

"好，我照着你说的做！"何虹佳对梅宛书是百分百地信任。

随后她对梅宛书眨了眨眼，悄声说："Miss 穆，千万别让子旸知道，他其实很反对我搞上线下线的。"

梅宛书瞧着何虹佳小心翼翼很紧张的样子，不禁失笑，她反手握住了何虹佳的手，柔声安慰："放心吧，阿姨，我不会跟子旸多说什么，如果阿姨后面还因为这件事有所困扰，尽管跟我说就好。"

"好！"何虹佳笑眯眯地应道。

心里赞叹，她这个准儿媳啊，真是比自己的一双儿女更贴心呢！

第 072 章 最后一天的恋人

吃好晚饭后，梅宛书见天色已晚，天空飘起了细雨，便向何虹佳提出告辞。

何虹佳和穆语童把她送到车库，见她上了穆子旸的车，才和她依依不舍地挥手告别。

穆语童还多提醒了一句："Miss 穆，我们明天学校体育馆见！"

梅宛书微笑着答应下来。

穆子旸启动宝马车，在灰色的道路上行驶，道路两旁路灯影影绰绰，细雨漂浮在空中，前方的视线迷蒙不清。

穆子旸把车开得很慢，是为了安全，也是想和梅宛书单独多呆一会儿。

梅宛书明白他的心思，也不多说什么，只道："子旸，小童代 Kelvin 传话，让我们明天一起去看他打篮球比赛，你觉得是因为什么？"

穆子旸哼道："和学校篮球队打比赛，挑战高难度，不就是想在我们面前耍酷，想在小童面前显露他的威风，一雪他上次被我打败的耻辱！"

梅宛书一听他这话充满了孩子气，不禁轻笑出声："你明知道不是因为这个。"

穆子旸撇撇嘴，不怎么开心地嘟囔："是什么理由不重要，我也没兴趣知道。反正明天还能跟你约会就行了！"

梅宛书道："我倒是觉得 Kelvin 邀请你们俩一起去看他打篮球，是因为他想通了，想以新的姿态展现在我们和小童面前。再说，小童帮 Kelvin 传话，也不再躲着他，说明这两孩子的关系已经恢复得差不多了。所以……”

下面的话梅宛书没说，可穆子旸心如明镜般清楚得很，所以……他们俩的这场戏也临近结束了。

车里安静下来，只有雨刮器时不时地发出两下"咔嚓"声。

良久，穆子旸才深吸了口气，声音低低地问："Sophia，我们就不能将这场戏演一辈子吗？"

没有回答。

可是不回答也是一种回答。

一时间，穆子旸胸口像堵了一块大石头那般窒闷，呼吸都开始不畅。车里的空气也如同凝结了一般，本就剩下不多的时间也在两人的沉默中悄悄流逝。

穆子旸神思不属，就在车子快开到优卑诗的时候，道旁的树林里突然窜出一只小松鼠，小小的一只，奔跑速度却极快，眼见就要被他的车撞上。

穆子旸一惊，来不及多思考立刻打方向盘、踩刹车，车子呲的一声，歪歪斜斜地滑到了路边，驶进灌木丛后停了下来，车头离前面的参天大树仅仅只有十几公分的距离。

由于车刹得太猛，两人的身体都在往前冲，系在身上的安全带也把他们的胸口勒得很紧。

穆子旸惊魂未定，第一反应就是暗自庆幸，今晚他开车的速度很慢，否则车子一定会撞到树上，出严重的车祸！

他赶忙侧头去看梅宛书，却见昏暗灯光下，她的脸色变得跟白纸一样的白，失了血色的嘴唇颤抖着，一双眼睛只盯着前方。

穆子旸即刻解下自己的安全带，也解下了梅宛书的，将她身子转过来，紧张地问："Sophia，你没事吧！"

　　却见梅宛书丝毫没有反应，目光呆滞，失魂落魄。

　　穆子旸心疼极了，把她圈进怀里，在她耳边一连串地说："对不起，Sophia，对不起，让你受惊了！你别害怕，我们现在没事了，已经安全了……"

　　可梅宛书在他怀里却像个木头人，像是没听见他的话，动也不动，只是眼里大颗大颗的泪珠往下滴落。

　　穆子旸着急了，有些惊慌失措，他抬手去擦她的眼泪，嘴里不断地自责："别哭了，Sophia，别哭……都怪我，是我乱开车，吓着你了！要不我送你去医院吧！"

　　一听到"医院"这个敏感的词，梅宛书像是恍然惊醒了过来，喃喃地说："去医院？去医院也没用了！人已经走了，救不活了……"

　　话落，她突然崩溃了一般，捂着嘴放声哭起来，边喊着："为什么呀，云函！为什么就为了一只小动物，就不要自己的命！你怎么这么傻，这么傻啊……"

　　"云函，你为什么要抛下我？你不是答应我要和我在一起一辈子的吗……"

　　她声嘶力竭地喊叫着，歇斯底里地哭泣着，像是要把这几年埋在心底的苦痛委屈全部发泄出来。直喊到筋疲力尽，她才虚弱地闭上眼睛，晕倒在穆子旸的怀里。

　　……

　　晚上十点多，穆子旸终于安顿好了梅宛书，给何虹佳打了个电话，说今晚不回家了。

　　听到这个消息，何虹佳喜出望外，没想到就这几天的功夫，儿子和准儿媳的发展速度就像火箭升空，简直了……还是儿子的本事大啊！

穆子旸挂了电话，目光凝在了梅宛书清丽秀美的睡颜上。此刻的她安静乖巧得如同一只小猫，根本不敢相信就在一个小时前，她竟会那样的大声嘶喊……

这是该有多么的心痛，才会那样失态，甚至晕厥。

穆子旸的目光往下挪，停驻在她抱着相册的双手上。

把她抱回公寓后，梅宛书短暂地苏醒了一会儿，什么都没说，只是让他帮她拿梳妆台抽屉里的相册。穆子旸打开一看，一整个抽屉装满了十几本相册，每本的封面都有些旧了，已不知被翻看过多少回。

当时他又是心酸又是心疼，照她的要求拿了其中的两本，梅宛书并没有翻看，就紧紧地攒着那两本相册，乖乖地吃了他喂的两粒安眠药，沉沉地睡去。

穆子旸凝望了梅宛书好一会儿，长长地叹了口气，也终于明白今天她拿走了他在夏威夷拍的几张相片，说是"想要留住值得回忆的时光"到底意味着什么。

原来，在演这场戏的每时每刻，她都做好了随时分离的准备……

穆子旸两腿弯了下去，跪在梅宛书的床边，伸出一根手指，指尖滑过她的眉，她的鼻，她的唇……

这么美这么好的女人，他这么喜欢这么爱慕的女人，为什么偏要把自己的一半埋进坟墓……

可今晚目睹了她撕心裂肺的喊叫，耳听她痛彻心扉地唤着"云函"那个名字，他便明白了，自打和她重遇后，他所做的一切，他付出的所有热情，跟那个人相比，都不值一提。

穆子旸从心底生出一种挫败无力的感觉，头渐渐垂落下去，一股强烈的疲倦感席卷了全身。不一会儿，他趴在梅宛书的床边，睡着了。

　　……

　　翌日早晨，穆子旸睁开朦胧的双眼，模糊的视线里，出现了一个清婉如画的女人，她在用极为柔和动听的声音叫他："子旸，你醒了！"

　　穆子旸不知是梦是真，只觉心潮涌动，下意识地抬起手臂，勾住了女人的脖颈。

　　梅宛书竟丝毫没有抗拒，两片唇覆在他的唇上，清润柔软，令他如痴如醉。他厮缠着她，吻了她好久，甚至撬开她的齿，吮她的舌尖，忘乎所以地汲取她口齿间的清香。

　　穆子旸的吻火热密集，片晌，梅宛书被压在了他身下。动了情的男人浑身热力债张，吻得她也血液沸腾起来……

　　直到他喘息着吻上她的脖颈，梅宛书才轻声开口："子旸，够了！"

　　穆子旸这才清醒了些，他停下动作，有点羞惭地坐起身，看了下周围，疑乎道："Sophia，我怎么睡在你床上？"

　　梅宛书莞尔："昨天夜里我醒过来，看你趴在床边睡，怕你不舒服，就叫你上床来睡。"

　　"哦？"穆子旸顿时喜笑颜开："Sophia，这么说，我俩同床共枕了一夜！"

　　梅宛书摇摇头："没有同床共枕，你睡了我的床，我就到另外一间卧室睡了。"

　　"哦！"穆子旸又垂下头去，满脸的郁闷丧气。

　　梅宛书觉得好笑，拍了拍他的肩膀，"现在已经七点多了，赶紧起来吃早饭吧，一会儿还要去上课！"

　　耳听她的柔声细语，穆子旸不禁盯着她看，见她眉目含情，笑靥如花，昨晚的伤心悲痛不翼而飞。

想起刚才那个缠绵悱恻的吻，他忍不住喉结滚了滚，直接问："Sophia，我们现在算是什么情况？还要继续演戏吗？"

"对，还有最后一天，"梅宛书回答："子旸，我们就做最后一天的恋人吧！"

想起刚才那个缠绵悱恻的吻，他忍不住喉结滚了滚，直接问："Sophia，我们现在算是什么情况？还要继续演戏吗？"

"对，还有最后一天，"梅宛书回答："子旸，我们就做最后一天的恋人吧！"

第 073 章 无论如何都不可以输给情敌

下午一点四十，蒋南音踏进学校体育馆的篮球场。

昨晚她接到邵星泽的电话，邀请她观看今天的这场篮球比赛。蒋南音一听邵星泽的对手是校篮球队，比赛一定会非常精彩，便毫不犹豫地答应下来。

挂了电话后，她忍不住弯起嘴角，心想这场比赛邵星泽纯粹是因为喜欢篮球运动，还是他又要炫技给谁看呢……

上一回和穆子旸那场比拼激烈的篮球赛，邵星泽虽以一球之差输给了穆子旸，可也因此在学校里人气高涨，越来越多的学生喜欢看他打篮球，为他助威呐喊。

那场篮球赛后，她还和尹歆然加了微信，两人私下交谈了一番。尹歆然从她这里得知，邵星泽因为帮她修电脑，她觉得邵星泽各方面条件不错便介绍给梅宛书认识；而她也从尹歆然那里得知，梅宛书并不是因为李教授买卖房屋一事认识的穆子旸，而是在夏威夷旅行时穆子旸便对梅宛书展开了追求，而且两人从小就认识，曾和穆子旸的堂兄一起度过一整个暑假，三人是发小的关系。

蒋南音知道穆云函就是穆子旸的堂兄，可她却不忍心告诉尹歆然，梅宛书和穆云函那段令人唏嘘悲叹的过往……

邵星泽长得像穆云函，穆子旸是穆云函的堂弟，两个男人各有机缘，还在篮球赛上、滑雪场中公然竞争梅宛书，倒让她们这几个梅宛书的好友观看了不少双龙抢珠的精彩戏码。

可事到如今，蒋南音只希望那两个男人不管是谁，只要梅宛书愿意忘掉过去，做出选择，她都会乐见其成。

因而，当她踏入篮球馆，望见梅宛书和穆子旸亲昵地手握手坐在第一排的位置上，倒没觉得很惊讶，而是长长的舒了口气。到底，梅宛书还是选择了和她缘分更深厚的穆子旸……

远远看到梅宛书的右边空出了一个位置，蒋南音知道是留给自己的，便径直走到了第一排。

路过穆子旸左边的那个女孩时，女孩抬起头，朝她打招呼："Hello，Ms.蒋！"

蒋南音推了下细框眼镜，看清楚女孩正是穆子旸的妹妹。

"Hi，Tina！"蒋南音笑道："惠斯勒后我们就没再见了，都快两个月了吧！最近过得好吗？"

"嗯嗯，很好，谢谢 Ms.蒋关心！"穆语童很有礼貌地回道。

蒋南音知道她是邵星泽的粉丝，以前但凡邵星泽来篮球馆打球，她几乎每次必到。在滑雪场也跟邵星泽一起陪着她的两个孩子玩耍，性格温顺乖巧，十分讨喜。

如今，梅宛书既然选择了穆子旸，她倒挺希望邵星泽能和穆语童多接触，多培养感情。

于是她对穆语童悄声说："我们今天一起为 Kelvin 多加加油，这次他的对手可不弱啊！"

"好！"穆语童重重地点头。

蒋南音指了指前面的空位："那我过去坐了，比赛快开始了！"

穆语童给了她一个 OK 的手势。

蒋南音又跟穆子旸打了声招呼，在梅宛书的身边坐了下来，目光却不由得落在两人十指交缠的手上。

"终于选好了？"她小声问。

梅宛书却不好说是为了穆语童才和穆子旸装作恋人，演了一场戏，而且今天就是最后一天。这么复杂的状况她无从解释，只得对蒋南音浅浅一笑，算是承认了。

蒋南音又对场中的邵星泽努了努嘴："Kelvin，真的没机会了？"

梅宛书轻声回："他的机会不在我这里。"

蒋南音会意，朝穆语童瞧了一眼，问："是在 Tina 那里？"

梅宛书轻轻地点点头。

两人相视一笑，前段时候一团乱麻的局面豁然开朗。

穆语童却紧张地将目光再度投向了篮球场，见邵星泽身穿白色球服，额上系着根蓝色发带，正和 Johnny、Matthew 几个在篮球场的南端做热身。

他身姿俊逸，动作舒展，还是那个只要一出场，就能抓住所有观众视线的 super star。

而在篮球场的北端，有五个人高马大、身穿紫色运动服的球员也在做热身，走位、传球、投篮，每个动作都是那么的标准、放松、配合无间，一看就是长期在一起训练后培养出来的默契。

穆语童不禁皱起眉头。校篮球队的几个队员具有明显的身高优势，技术上也看似胜了一筹，计算机系的球队要打败他们，简直太难了……

正发愁着，旁边穆子旸突然"咦"了一声，对她说："小童，你快看看那人，是不是 Ryne！"

穆语童转头望去，果然看到一个也穿了紫色运动服的男生走上场，他头发微卷，笑容清和，一上场就和校篮球队最高壮的球员拍了个 Five，两人显然相互熟知。

"怎么 Ryne 也来了？"穆语童惊讶地张开嘴："我都不

知道 Ryne 会打篮球。"

穆子旸瞧她一副懵懂的萌样，不禁嗤笑一声："你啊，什么情况都还没搞清楚，就喊你大哥和 Miss 穆过来看球，Kelvin 没跟你说他的对手是 Ryne 吗？"

穆语童一脸迷惑地摇摇头："Kelvin 只是说，让你和 Miss 穆看他到底是为谁而打这场篮球赛，让你们彻底放心。"

倒是把邵星泽在电话里跟她说的话记得一清二楚。

穆子旸一听就全明白了，笑着反问道："小童，你倒是说说，Kelvin 到底是为谁而打这场篮球赛？"

穆语童看了一眼邵星泽，又看了一眼杨岳宁，突然醒悟过来，结结巴巴地开口："不会是为了…为了……"

那个"我"字却怎么也不好意思说出口。

穆子旸悠声接口："小童，既然明白了 Kelvin 是为了你才打这场篮球赛，就不会赌气接受那个 Ryne 了吧！"

"不是的……我没有……"穆语童心里突突直跳，完全不敢置信，说话也开始语无伦次。

穆子旸戏谑道："小童，你也别太紧张。这样吧，今天他们两个谁赢了，你就选谁做男朋友吧！"

"哥你乱说什么！"穆语童急了，一张小脸涨得通红。

"哦，原来你心里早就想好了选谁，"穆子旸恍然大悟的样子："那就这样吧，大哥帮你的心上人赢这场比赛，好不好？"

穆语童脱口而出："哥你打算怎么帮啊？"

"哈哈，"穆子旸忍俊不禁，这么轻松就把穆语童的心里话全都掏出来了。他抬手揉了揉她头发，安慰道："你先别急，等我问过 Sophia，就知道怎么帮了。"

说罢，他脸转向梅宛书，手指着场上的杨岳宁，介绍道：

“Sophia，那个新上场的就是 Ryne，小童语言班的同学，那天和小童一起在麦当劳打工的也是他。”

梅宛书正是因为这个 Ryne 的出现，才配合穆子旸演了这场戏，哪有不关心的。那天在麦当劳没怎么注意他，此刻定睛向杨岳宁看去，见他笑容亲切，举止温和，让人一见便很容易产生好感。这样的男孩，对邵星泽来说还真是个强劲的竞争对手。

不过，邵星泽总算不再盯着穆子旸，转而把杨岳宁看作对手，什么心思不言而喻。

想到这儿，梅宛书欣慰地说：“只要小童能明白 Kelvin 的用心，那这场比赛，谁输谁赢都没关系了！”

“那怎么行？”穆子旸带着一股傲视睥睨的气势道：“对我们男人来说，无论如何都不可以输给情敌！”

梅宛书瞧他的架势，有点好笑，忍不住提醒他：“子旸，今天不是你上场打比赛，你只是个普通观众！”

穆子旸霸气回复：“那我也要站个边，拿这场比赛做个赌注！”

梅宛书知道这人从小胜负欲就很重，不禁嗔了他一眼，凉凉地问：“那你打算站哪边？又拿什么做赌注？”

穆子旸毫不犹豫地道：“当然是站 Kelvin 那边，那个 Ryne，我看他不顺眼不是一天两天了！”

梅宛书刚才就在观察两边球员的状况，排除感情因素，纯粹以一个中立的观众来看，觉得邵星泽那队输多赢少，便道：“我倒觉得 Ryne 赢的机会很大。”

穆子旸捏了一下她的手：“Sophia，那我们就赌一场，我赢了，你就答应我一个要求；你赢了，我就答应你一个要求。”

说了那么多，原来为此。

梅宛书心下叹口气，说："可以，不过不能提过分的要求。"

"明白，"穆子旸见她答应了，立刻一脸灿笑："最多就跟陪我参加酒会那次一样，不会比那个更过分了！"

"一言为定！"梅宛书放下心来。

此时，时钟指向了两点整，场上一声哨响，比赛正式开始了。

第 074 章 此一时彼一时

根据双方的约定，今天的篮球比赛只打两场，每场十五分钟，中场十五分钟时间休息。

这次的裁判杨岳宁请的是学生会的体育部长，他一声哨响，校队的四名主力和杨岳宁上场，留下一名校队球员做替补。

而邵星泽的队伍还和上次一样为七人，其中两名替补。

两队队员站定后，裁判将球抛到空中，由双方各派出一名队员在中圈开球。

邵星泽先前看到对面身高足有一米九三、肌肉强壮的 Levon，心知跳球己方不占优势，自己便没去开球，而是守在了自己半场的中央。

Levon 果然身高力大，只是轻轻跃起，大掌一拍，篮球便以极快的速度飞向星队的半场，邵星泽在第一时间飞身跃起，长臂伸展，指尖碰到了篮球，只那么轻轻一拨，篮球便转了方向，朝着离边线不远的 Johnny 飞去。

"Yeah——"

观众席发出了齐声的喝彩，没想到邵星泽面对强劲的校队也不遑多让，直接在空中拦截了对方的开球！

可喝彩声还未停息，旋转的篮球便被 Jonny 身边的校队球员凭着身高的优势抓在了手中，下一秒，篮球又被他轻松地传到了正在往星队半场飞奔的 Levon 手上。

接下来，便是 Levon 行云流水般的一波奔跑运球，星队所有想去拦截他的队员全部被高壮的校队选手看牢，很难做大幅度的移动，只得眼睁睁地看着 Levon 如入无人之境，最后以极其标准的动作三步投篮，轻轻松松地拿下首球！

"Wow——"

观众席发出一片唏嘘，只这一球，就能看出两队体格和技术上的差距，不是一点半点。

穆子旸是篮球高手，自然也看出来，星队开局不利，第一球就输了，再往下很容易成为一边倒的局面。校队的实力确实不容小觑，比他上次临时组建的日队也强了许多。

穆语童不禁担忧地朝邵星泽望去，而此刻，他也在朝她看。

两人对视一眼，邵星泽神情自若地对她笑了笑，笑得如同林间清风，瞬间吹散了她心中的愁闷。

穆语童眼睛发亮，快速地从书包里拿出一条她亲手制作的星星彩带，开始摇起来，上面的每颗星星随着她晃动的节奏，发出一闪一闪耀眼的光芒。

看到这么快穆语童就站在了自己这边，邵星泽嘴角上扬，长长地舒了口气。

他收回目光，对准备开球的 Johnny 使了个眼色。Johnny 会意，邵星泽是要自己跟他打个紧密的双人配合。

他轻微地点了下头，短距离地将球传给邵星泽，然后快速地往校队半场奔跑，邵星泽只原地身体转了半圈运了两下球，又立刻将球传给了 Johnny。

球在 Johnny 手中只停留了两秒，眼见邵星泽迅捷地往杨岳宁的方向移动，Johnny 看准时机再把球重新传到邵星泽的手上。

此时杨岳宁已做出围拦的姿势，想着只需拖住他几秒，其他队友就能赶上来一起拦截，邵星泽便再无作为。

可只不过就这几秒间，邵星泽一个漂亮的晃人动作便从他身边擦过，然后身如飞燕，步如猎豹，迅捷而矫健地来到篮下，随后半身凌空，长臂舒展，轻轻松松地将篮球送进了篮筐！

"Oh——"

看台上一阵热烈的鼓掌，与此同时，许多学生想起了上回比赛为邵星泽助威的口号，一起喊起来：

"Kelvin, Kelvin, super star！"

"Kelvin, Kelvin, super star！"

蒋南音听到这片声浪，不禁感叹："Kelvin 的人气真够旺的！"

梅宛书云淡风轻："大家都喜欢看以弱胜强！"

穆子旸却很不服气："那是因为我没上场，才让那小子耍足风头！"

梅宛书莞尔，忍不住提醒他："子旸，刚才你跟我打赌好像是站 Kelvin 那边的！"

穆子旸顿时反应过来，脸色一变，噤了声。

一旁蒋南音扑哧笑出声来。

梅宛书看了一眼正在兴高采烈呐喊的穆语童，又看了一眼场中精神振奋跟 Johnny 拍 Five 的邵星泽，心下大慰。

接下来的比赛，以双方互攻为主。校队成员技术成熟，配合默契，星队很难防得住他们的进攻；可是由于校队出现了杨岳宁这个薄弱的一环，邵星泽凭着高超的个人技术，整个人就像一把刚出鞘的利剑，总能在他身上找到突破口，连连得分。

而每次星队得分，全场皆是一片欢腾，也在某种程度上打击了校队的士气。

上半场打了十分钟后，两队比分胶着，打到 28 比 25 分，校队只领先 3 分。

而身高不占优势的杨岳宁，感觉自己的体力也达到了极限。

就在星队又进一球，将比分追到了 27 时，他弯下腰，喘着粗气，神情沮丧。

就在一开场，明明星队输了一球，穆语童反而拿出了星星彩带为邵星泽加油，他的心情就已经跌到了谷底。

本想拿这场比赛来打击邵星泽，可是没想到最终打击的却是自己。而且，他的篮球水平是业余级别的，体能和技术与其他队友的差距颇大，因为他一人的存在，拖累了整个球队。

此刻，杨岳宁已经不想再把什么个人的感情纠葛放进这场篮球赛中，他现在唯一想做的就是不要再拖累队友。

于是他立起身，对裁判做了个暂停的手势。

Levon 上前来关心地问："怎么了，Ryne？身体不舒服？"

杨岳宁气喘道："感觉我在场上，你们挺难赢球的。"

Levon 拍了拍他的背，毫不在意地说："没事，兄弟！本来就是因为你来组织才有了这场篮球比赛，我们就当练习，跟他们玩玩的，况且我们还是领先的嘛！"

杨岳宁摇摇头，汗流如注："兄弟，我打不动了，你换人上吧！"

Levon 见他脸色苍白，体力确实透支了，便跟裁判说换人。

杨岳宁走下场坐到了休息区，校队的另一个成员上场，这下，五个球员齐刷刷一八五以上的高度，气势迫人。

邵星泽一看，脸色凝重了起来，没有了杨岳宁这个突破口，凭他的个人技术强势进攻的优势荡然无存。

　　果然，接下来的比赛开始一边倒，邵星泽被对方的防守队员看得牢牢的，任凭他如何灵动地移位、走步、转身，都很难凭一己之力将球带到篮下，可如果他和队友们相互传球打配合，校队因为身高碾压，很容易进行中途拦截。

　　上半场的最后五分钟，校队一路披靡，当裁判吹响中场哨时，两队的比分变成了 45 比 32，拉开了巨大的差距。

　　穆语童早已准备好了汗巾、矿泉水，干净的发带几样东西，只等邵星泽像往常一样到她这里来休息，可是邵星泽却没走过来。

　　或许是因为他晓得自己会输掉这场比赛，不愿面对她，邵星泽只是和队友们聚在一起，面色凝重地和他们交谈着什么，却连看她一眼都不肯。

　　穆语童急得眼泪都快流出来了，她拽住穆子旸的衣袖，扯了两下："哥，你快去帮 Kelvin 啊！你不是说过要帮他赢的吗？"

　　穆子旸呵呵一笑："小童，我可没说帮 Kelvin 赢，我只是说帮你的心上人赢，除非，你肯承认 Kelvin 就是你的心上人！"

　　穆语童一听，再也顾不得害羞，大声道："对，我就是喜欢 Kelvin，Kelvin 就是我的心上人！"

　　听到这么坚定直白的回答，穆子旸总算满意了，他站直了顾长的身躯，伸了个大大的懒腰，道："小童，你别急，我这就去帮他！谁叫我和 Sophia 打了个赌，赌 Kelvin 赢呢？"

　　梅宛书前面在星队一泻千里的时候就看出了穆子旸的蠢蠢欲动，早料到他下半场要一显身手，此刻也不多说什么，只柔声道："子旸，你把大衣脱下来给我，然后去跟星队的球员要一套球衣换上。我刚给 Johnny 和 Matthew 发了消息，他们应该都在那边等你了。”

穆子旸一听梅宛书不仅把他的心思码得透透的，还这么帮他，不禁喜上眉梢，将大衣递给她时，没忍住一时激动，在她脸上“啵”了一口，赞道：“还是我女朋友最聪明！”

梅宛书嗔了他一眼，穆子旸哈哈大笑，上场去跟星队的球员汇合。

蒋南音在一旁瞧着梅宛书绯红的双颊，笑叹：“Sophia，你这次的恋爱，谈得可真够高调的！”

梅宛书有点无奈地摇了摇头，怎好说，自己只是穆子旸最后一天的女友？过了今晚，她和他就又要分开了……

她清柔的目光朝篮球场投去，不一会儿，看到穆子旸换好了星队的白色球衣，加入了他们的队伍。

台上的观众看到穆子旸上场，顿时沸腾起来！

两大帅哥摒弃前嫌，并肩作战，想要在下半场逆风翻盘！可以想象，接下来的比赛将会多么精彩！

有好些学生又想起了为穆子旸助威的口号，不禁异口同声喊了出来：“Yang, Yang, Sun, Sunny！”

之后，邵星泽的口号也加了进来：

“Kelvin, Kelvin, super star！”

“Yang, Yang, Sun, Sunny！”

场中两个口号此起彼伏，绵延不绝。

观众席上热闹非凡，篮球场中气氛凝重。

邵星泽见穆子旸换好了星队球服，修长挺拔，神采奕奕，不禁冷声问：“旸，你怎么想起来要帮我？”

穆子旸耸耸肩：“此一时彼一时，现在你不是我的竞争对手，而是我妹的心上人，我当然要帮你赢回来！”

邵星泽哼了一声，算是接受了他的解释，他下巴微抬，朝着校队的方向问："上半场你也看到他们的实力了，五分钟甩了我们十几分，你看我们怎么赢？"

穆子旸镇静道："Kelvin，上半场最开始的十分钟，你的策略用得挺好，就专找他们队的突破口来赢球！"

邵星泽皱眉："现在他们把 Ryne 换下去了，那五个都是长期在一起训练的校队球员，攻击和防守都没什么破绽，哪里来的突破口？"

穆子旸一字一句地道："他们没有突破口，那我们就要出其不意，制造他们的突破口！"

第 075 章 双星荟萃，并肩作战

原来穆子旸观察细微，在上半场双方的对敌中，已经将校队几个球员的优势劣势，跑位习惯，配合战术都看得一清二楚。

他针对五个球员，制定了五种战术，而每种战术，都需要他和邵星泽完美地配合，让对方球员搞不清谁才是这次进攻的真正主力。而球队其他三人的任务就变得简单很多，Johnny 主要负责助攻邵星泽，Matthew 主要负责助攻穆子旸，剩下一位队员主要负责控球。

穆子旸花了五分钟向邵星泽解释折五种战术，邵星泽本就脑子聪明，加上上半场的对敌经验，很快就全盘明白了穆子旸的战略。

听完后，他目光闪动，第一次对穆子旸产生了某种钦佩和欣赏。

可他嘴上却不愿意承认穆子旸厉害，只是说："我们先试试你的战术，看看能否奏效。还有，就算进攻用你的战术有效，可防守呢？防不住他们，我们十几分的差距拉不回来，照样会输掉比赛。"

穆子旸潇洒地挥挥手："防守比较容易，他们目前得的 45 分里有 23 分都是中锋得的，现在场上所有队员只有我是新上场的，体力状态最佳，只要我来防住他们的中锋，其他球员不足为惧！"

Jonny 和 Matthew 精神一振，都拍拍穆子旸的肩膀，热络道："那就靠你了，兄弟！"

穆子旸对他们灿然一笑："放心，包在我身上！"

一副大义凛然的派头。

Jonny 和 Matthew 上次和穆子旸打过篮球赛，在惠斯勒还和穆子旸一起玩过滑雪板，知道他运动天赋极佳，完全不亚于邵星泽。

如今双星荟萃，并肩作战，对他们来说真是难得的机缘，当下对下半场的比赛跃跃欲试，充满信心。

于是裁判一声哨响，轮到星队开球，Matthew 站到了边线外。

他看到穆子旸用两根手指敲了敲额侧，便知道这次采用的是第二套战术，攻击针对校队小前锋位置的球员展开。

那个球员穆子旸分析过，禁区内投篮技术佳，准确率高，可他防守的技术在五人中是最薄弱的。

这次的战术便是由穆子旸从他这里突破，由 Matthew 与他打配合，冲进对方禁区，但实际上他们俩只是在为邵星泽寻找机会，本次进攻的核心其实是邵星泽！

Matthew 会意，将球传给穆子旸，穆子旸运了两下球后，晃过防守队员，朝着小前锋队员的方向带球突破。

果然，小前锋队员原本是看住邵星泽的，此刻因为穆子旸的迅猛攻势，而转而来拦截他，邵星泽趁此机会跑位到侧边篮下。

穆子旸突然身体像陀螺一样转了半圈，避过小前锋，将球传给了与他贴近的 Johnny，球只不过在 Johnny 手上停留一秒，便传给了从侧方进入禁区的邵星泽，邵星泽接到球后，做了个投篮的手势，Levon 跳起正准备高处拦截，可邵星泽只是个假动作，下一秒他便从 Levon 的臂下钻过，然后高高跃起，单手将球扣进篮筐！

"哐"的一声，篮球重重地砸在地板上，回音响彻了篮球场，终于在下半场，星队首进一球，邵星泽完成了一个漂亮的灌篮！

"Yeah——"

观众席发出了响亮的欢呼声，这回，他们大饱眼福，终于看到了穆子旸和邵星泽两大篮球高手默契的配合，实在是精彩至极！

就在这片欢呼声中，Levon 拿到球后展开了快速进攻，穆子旸立马追上，他的身高虽然比 Levon 矮了几公分，可体力充沛，弹跳力又好，Levon 冲入禁区后被他防得很紧，苦无机会出手，于是干脆带球离开禁区，冒险跃起，投了个三分球。球在篮板上弹了一下，飞出了篮筐外，被邵星泽接到，第二轮进攻开始！

邵星泽看 Levon 朝自己奔过来，便用一根手指抹了下鼻尖，穆子旸明白这一轮进攻是针对中锋展开，由邵星泽负责吸引 Levon 的注意，其实最终篮球一定会交到穆子旸手上！

果然，Levon 因为刚才没能拦住邵星泽的投篮，加上仓促间失掉了一个三分球，心里有些着急，想把球抢过来，可从邵星泽那里抢球谈何容易，被他觑准一个机会将球传给了 Matthew，球在 Matthew 手中又只停留了两秒，便传给了已经穿插跑位到禁区边缘的穆子旸。

穆子旸得到球后闯入禁区，立刻有两个球员上来拦截，可偏偏被他侧转避过，且就在他侧身之前，他已经瞄准篮筐，单用右手将篮球高高抛出。篮球在空中划出了一道弯曲的弧线，然后精准地空心入篮！

"Oh——"

观众席的欢呼声变得更加高亢，电子屏幕显示星队目前得到 36 分，与校队的差距缩小到 9 分！

　　这两球完美的配合，大大提升了星队的士气，邵星泽见穆子旸的战术管用，心下倒越发谨慎，一丝不苟地执行着第三、第四和第五套战术，结果连连奏效，星队又连续追赶了 6 分。

　　而校队那边，见对方双人配合得神出鬼没，每次都搞不清谁才是真正的主攻，心态逐渐失衡，投篮的准确率也在降低，往往己方才进一球，对方却能进两球，开始显现出颓势。

　　坐在休息区的杨岳宁观察得仔细，见穆子旸和邵星泽都会用一根手指抹鼻子，两根手指敲额侧，三根手指捏下巴，四根手指撩头发，五根手指拍肩头，渐渐看出了门道。于是，他趁着一个空档，示意裁判叫了暂停。

　　校队球员一起抬头看显示屏，球赛还剩下七分钟，可双方比分变为 52 比 54，他们已经落后了星队 2 分。

　　Levon 垮着脸对杨岳宁说：“这两人真邪门，每次进攻我们都拦不住！”

　　另外一个球员也道：“好像知道我们的弱处在哪里！”

　　杨岳宁笑了笑：“他们看出了你们的弱处，我也看出了他们的战术！”

　　队员们忙问：“什么战术？”

　　杨岳宁便详细地解释了一番，告诉他们那两人每种手势代表的战术是针对哪个球员展开的，每种手势又意味着谁才是真正的主攻。

　　队员们听完，大为叹服，对方想出来的高招，竟把他们每个人都分析得那么透彻，真是领会了篮球的最高境界，用脑打球！

　　不过，这么复杂难辨的战术居然也被杨岳宁全盘看清楚了，大家也不由得开始敬佩杨岳宁。

Levon 拍了拍他肩膀，骄傲地说："这就是我的学霸兄弟，平常我碰到什么难题都找他，是不是很聪明！"

"很聪明，很厉害！"其他几个球员都赞同地点头。

杨岳宁谦虚地摆了摆手，笑道："现在你们已经掌握了他们的战术，就不怕他们耍花样。后面他们的每次进攻，你们只要看牢那个真正的主攻，他们的战术不攻自破！"

"明白！"队员们齐声高呼，又变得信心百倍。

第 076 章　反转再反转

　　星队反超领先，邵星泽便去了穆语童那里，如同往日那般擦汗、喝水，换了根干净的发带，浑身都舒爽了许多。

　　穆语童见他系上新发带后，剑眉星目，鬓若刀裁，好看得要命，不禁心跳得快了些。

　　邵星泽瞧她小脸红扑扑的，眼睛亮晶晶的，很是可爱。想要跟她打趣两句，可又想着比赛还没结束，不能掉以轻心，便也没说什么玩笑话，只道："Tina，我和你大哥继续这么打配合，这场球赛我们赢的机会很大！"

　　"嗯嗯！"穆语童又摇了一下绚丽的星星彩带，笑道："我就说我的偶像是最棒的！"

　　穆子旸就站在邵星泽旁边，一听这话便不服气："小童，你只会夸你的偶像，怎么不知道夸你大哥两句？"

　　穆语童朝他俏皮地皱了皱鼻子："大哥不用我来夸，有 Miss 穆夸你就足够了！"

　　这话可真是说到了穆子旸的心坎上，他转过头，眼睛盯着梅宛书问："Sophia，我刚才打得是不是很漂亮？"

　　梅宛书刚就从穆语童那里要了几瓶矿泉水，这会儿打开其中一瓶递给他，柔声说："打得漂亮倒在其次，战术运用的那么到位，才是真的了不起！"

　　"哇！"穆子旸被她夸得人都要飘起来了，又管不住自己来了一句："还是我女朋友嘴最甜，会夸人！"

　　"呵呵，"蒋南音忍俊不禁，悄悄看了一眼邵星泽，见他面色泰然自若，并无芥蒂，终于放下心来。

　　此时裁判哨声吹响，所有球员回到场内。

邵星泽看到穆子旸用四根手指撩头发，知道这次的进攻是针对校队得分后卫的球员展开的，心里有数，这次的主攻是自己。

于是他让 Matthew 去开球，按照定好的战术，Matthew 助攻穆子旸，穆子旸再想办法跃过得分后卫将球传给邵星泽或 Johnny，最后邵星泽投篮。

可是 Matthew 把球传给穆子旸后，其他球员并没着急去拦他，而是五人呈现合拢之势，展开全面防守，中锋 Levon 特别去看住了邵星泽。

穆子旸带球突破了几次，却没能找到机会把球送到邵星泽手上，对方的得分后卫也没刻意挡他，而是与其他球员一起打配合进行联防。

这五名球员本就技术全面，配合默契，这一下让穆子旸很难找到可趁之机，反而在频繁出入禁区后，有一次超过三秒，被裁判判定球权转到校队手上。

校队重振旗鼓，又回到以前大家熟悉的节奏展开进攻，很快进了一球将比分拉平。

自此，校队再没有被星队的战术打乱阵脚，反而每回都像知道谁才是真正的主攻，对主攻进行严防死守。

几个回合下来，星队又开始逐渐落后，比赛还剩下三分钟时，比分变成了 68 比 62，星队落后 6 分。

穆子旸请求暂停，这已是本场球赛的最后一次暂停机会，穆子旸十分慎重，对邵星泽说：“我们的战术被看穿了，估计就是 Ryne 那小子看穿的。”

邵星泽淡淡地瞥了休息区一眼：“说明那小子不笨！”

穆子旸道：“你不会甘心输给那小子吧！”

邵星泽道：“别忘了我是为谁才打的这场比赛，输给 Ryne，以后我再也没有颜面做 Tina 的偶像！"

穆子旸嗤笑："偶像包袱这么重，你以为我妹只想做你的粉丝？"

邵星泽垂下眼睑，长睫毛微微晃动，似乎在做最后的思量，片刻后说："那我就更要赢 Ryne！"

这句话，显然已经承认了杨岳宁是他的情敌！

穆子旸心里一块大石落地，问他："你有什么对策？"

邵星泽缓缓说："还剩下三分钟，我们就拿出所有的体力打全攻全守，最有效的办法就是你们俩去吸引他们所有五个人的注意，多创造机会让 Johnny 和 Matthew 进球！"

Johnny 和 Matthew 本就是打的小前锋和得分后卫的位置，进球能力不容小觑，苦于被校队球员身高压制，一直没什么机会出手。

穆子旸一听觉得可行，拍了拍邵星泽的肩膀："就这么办！"

话落，裁判哨响，五名球员散开，各自跑位。

这次轮到星队开球，穆子旸和邵星泽都开始竭尽全力地展开个人的高超球技，球在两人的手上来回切换，整个球场成为他们炫技的舞台。

一时间校队球员看得眼花缭乱，他们五人综合实力虽强，可光论个人技术，穆子旸和邵星泽更胜一筹。就在篮球四处旋转飞舞的空档，Johnny 和 Matthew 同时进入了禁区，穆子旸找准机会将球传到没人防守的 Johnny 手上，Johnny 立刻快速朝前跨了两步，稳稳将球投进篮筐！

"Yeah——"

台上台下同时欢呼，星队的每个球员都去跟 Johnny 拍 Five，鼓励他。星队士气高昂，下一个球穆子旸和邵星泽一起回防挡住对方的进攻后，再次组织了一波强有力的反攻，创造机会又让 Matthew 进了一球，自此双方比分开始咬得很紧。

就这样你攻我守，比分交替上升，最后还剩下二十秒，两队比分为 75 比 74，星队只落后一分。

紧张的时刻到来了，观众席上大家都屏住了呼吸，观看邵星泽在原地弯身运球。此时，他的头发全部湿透，额头上、脖颈间汗如雨下，竟是说不出的性感。

篮球"咚，咚，咚"，一声声敲打在地板上，回音缭绕。

穆子旸就在离邵星泽不远的地方，人高马大的 Levon 对他进行贴身防守，两人来回挪动步伐，都盯着邵星泽手上的篮球。

邵星泽看穆子旸已经把实力最强劲的 Levon 吸引住，便站直身体，将球传给了 Johnny。

前面那几分钟 Johnny 进了好几个球，弄得校队球员一看到球在他手上便十分紧张，立刻有两名球员上去拦截他，穆子旸便趁此机会转了个身甩开 Levon，奔到 Johnny 的旁边，Johnny 立刻把球传给他，穆子旸拿到球后，奔跑运球，一鼓作气闯入禁区。与此同时，邵星泽在球场的另一边以同一节奏脚步飞奔，两人几乎同时到达篮下。

Levon 跟着穆子旸也来到篮下，准备抢篮板。

没想到穆子旸并没有投篮，而是用标准的投篮姿势将球高抛给了邵星泽！

邵星泽高高跃起，手触碰到球后丝毫没做停留，直接悬空灌篮！

便在此时，早已做好抢篮板准备的 Levon 高举双臂，生生将邵星泽手中的球扑了出去！

“oh——”

观众席上唏嘘一片，眼见最后一球就要被拦下，可就在那一瞬，穆子旸纵身跃起！

如同展翅的雄鹰，穆子旸一条长臂勾住了那只离篮筐不远飘在空中的篮球，就像变了个戏法，篮球在他的指尖轻轻跳跃，然后触上篮板，微微颠了一下，最后，落进了篮筐中！

“吁——”

终场的哨声吹响，看台一片哗然！没想到，这场球赛到了最后几秒，场上还能反转再反转！

最终，穆子旸补篮成功，星队得到了最后的两分，以 76 比 75 赢得了这场比赛！

一时间，观众席口哨声、欢呼声、喝彩声、鼓掌声交织在一起，更多的观众站起身来，向场上的球员们表示致敬。

而穆子旸和邵星泽不约而同地奔向对方，单手高举，拍了一个大大的 Five！

看到这一幕的梅宛书和蒋南音脸上都忍不住露出了欣慰的笑容，而穆语童，更是高兴得眼里泛出了泪花。

第 077 章 想你穿大衣

穆子旸随着梅宛书回到公寓，一进门，胳膊便从她身后环上她肩头，在她耳边悄声问："Sophia，今天我赢了比赛，你打算怎么犒劳我？"

梅宛书扭过头看了他一眼，嗔怪："刚在篮球场答应和小童他们一起聚餐，大家一起庆祝胜利不是挺好的吗？"

穆子旸不满地说："就没剩下多少时间，我只想和你呆在一起，才不想在旁人身上浪费时间！"

梅宛书莞尔："你妹妹是旁人啊！"

穆子旸瞧她又嗔又喜的诱人表情，不禁有些心猿意马，鼻尖埋进她脖颈，闻她发丝间的香气，边嘟囔："我们为小童已经做得够多了，再说，今天 Kelvin 赢了比赛，说不定小童也想和他单独约会呢？"

梅宛书心想也是，今天整场篮球比赛，她看得出邵星泽的心思都放在了穆语童身上，赢了篮球赛这么高兴的事情，自是两人单独去庆祝更好。

她抬手拍了拍穆子旸的胳膊，轻声说："那我做顿好吃的晚饭犒劳你吧，正好你趁这个时间去洗个澡，一身汗不舒服的。"

穆子旸不肯，用鼻尖蹭她细腻的肌肤："我不想你做饭那么辛苦，等我洗好澡，我们到温西的海边餐馆去吃。"

说着，又在她脸上亲了一口，才舍得放开她。

梅宛书有些惊喜："你已经订好座位了？"

"嗯，"穆子旸转到她身前，拉起她的手："就刚在体育馆的更衣室，我换衣服的时候订的。"

梅宛书抬头望他，看到他眼里浓浓的不舍，心知他不愿意过完今天就跟她分开，一定会想出各种法子来，让她也舍不得他。

她心中一阵酸楚，想起他们在篮球场打的那个赌，便问："子旸，今天你打赌赢了，想让我答应你一个什么要求？"

穆子旸握紧她冰凉的手，笑道："Sophia，我不想你以后在冬天的时候，手还那么冷，我你想穿得厚一些，暖一些，我想你穿大衣！"

梅宛书怔住了。

怎么都没想到他的要求竟是这个，还以为，他最想要的是延长两人演戏的时间……

穆子旸还在向她撒娇，再次恳求她："Sophia，你就答应我吧！我还从来没看过你穿大衣的样子！"

一时间，梅宛书心中又酸，又软，又暖，又甜。

望着他灿烂的笑，他浓情的眼，她情不自禁地开口："好，我答应你！"

至少在今天，剩下最后的时间里，她想满足他所有的愿望……

"真的，那太好了！"

穆子旸高兴地一把抱住她，将她举起来转了一圈："你等一下，我去车里拿样东西！"

梅宛书却双手搂住他脖颈，阻止他："是不是给我买了件大衣，一直放在车里了？"

"被你猜中了，我这就拿来给你！"

梅宛书把他的头勾下来，两人鼻尖相抵："不用特别去拿，一会儿我们去温西时，我到车里穿上就好。"

话落，她微微仰头，在他的唇上啄了一下。

这还是他们演戏以来，她第一次主动亲他，穆子旸心里一荡，怎肯放过她，手臂揽住她的腰贴紧他，绵绵不绝地延续这个吻……

洗好澡后，梅宛书拿了穆子旸换下的一身衣服去洗衣间清洗，穆子旸穿上梅宛书给他准备的白衬衫、黑长裤和黑袜子，对着穿衣镜转了一圈，浑身上下竟无一处不妥帖，不由得惊奇道："Sophia，你是什么时候给我买的这些衣服，尺寸大小这么合适！"

梅宛书一双眸子雾蒙蒙的，望着他，有点难以启齿地说："子旸，你别介意，这些，原本不是买给你的……"

穆子旸立时反应过来，这些衣服是买给谁的。

他心里一沉，脸上敛了笑。

梅宛书瞧他神色不豫，便拉住他一只手，抱歉地说："只是暂时穿一下，一会儿你的那身衣服洗好烘干，你再重新换上。"

穆子旸叹口气，柔声道："你都不介意把他的衣服给我穿，我又有什么好介意的。不过，今天我既然穿上了，衣服就是我的了，就算你送给我的，行不？"

梅宛书心中感动，默默地点点头。

穆子旸突然又想起来什么，干脆得寸进尺："Sophia，我还想要一件大衣，你也送我一件好不好？最好是今年冬季的新款。"

"嗯，好！"

如他所料，梅宛书果然拿来了那款他挂念已久的 Purry 大衣。

带肩章的军旅风大衣，穿在他身上连气质都那么搭。

穆子旸对镜自揽，感觉比起那天在专卖店试穿时，今天的自己又帅出了新高度，不禁挑着眉，洋洋得意地道："我女朋友眼光就是好，这件大衣简直就是为我量身定制！"

扑哧，梅宛书被他自恋的样子给逗笑了，眉间的一缕哀伤也随之散去。

望着她明媚的笑容，穆子旸怎会再介意这些衣服原本属于谁，只希望她每天都能对着他笑得这样开怀……

……

五点半钟，宝马车停在了温西的英吉利湾。

正值落日时分，绚烂的晚霞将海水染成了金色，海浪轻轻翻卷，舒缓起伏。

穆子旸与梅宛书肩并肩、手牵手站在海岸边，与海上落日的美景交织成一幅油画。

他们就静静地望着远方，静静地体味着时间的流逝，还有这最后一刻的相互陪伴。

直到最后一道余晖变淡，变稀，消失不见，穆子旸才长长地吐了口气，转过身来。

见梅宛书身上穿着他送的羊绒大衣，脖子上系着他送的爱心围巾，长发飘舞，眉目如画，美得不像在人间，更像是他梦里的那个人。

"知道吗？"他抬手拨开梅宛书额前的发丝："和我心爱的人一起看日出、日落，是我梦里面最多的场景。Sophia，谢谢你帮我实现了我的美梦。"

梅宛书也伸出一只手，抚上他的半边脸颊："子旸，往后每天都要好好吃饭，好好睡觉，和家里人开开心心在一起。不要太想我，不要失眠，如果心里觉得难受了，也不要喝酒，不要抽烟，就让自己难受一会儿，时间长了，就会习惯的。多把精力放在学习和工作上，这样可以排解寂寞，慢慢的消磨掉时间。然后，你会遇到更适合你的人，一切就会变得好起来。”

话落，她的手心竟濡湿了一片。

再也忍不住，穆子旸将她抱进怀里，紧紧地抱住她，不想分开。

他不敢多要求什么，可他也绝不愿往后就再也见不到她。

他嘴唇颤抖着，小心翼翼地问：“Sophia，我们不做恋人，只做朋友，行吗？”

梅宛书轻叹：“子旸，在我们已经做了一个星期的恋人后，你觉得还能回到朋友吗？”

“那就做我的宛书姐！”他执拗地继续，就是不愿放开手：“你一辈子不结婚，不恋爱，我也陪着你，就做你的弟弟！”

梅宛书再度唏嘘：“子旸，你明知道这样不行。我们只要见面，只要看着对方，就做不成朋友，更做不成姐弟。”

“那就嫁给我，嫁给我做妻子，好吗？”他恳求着，声音越渐凄厉。

“嫁给你，然后每天想着他？”梅宛书的声音和着海风，空灵而缥缈：“原谅我做不到，我已经对不起你，就不能再对不起他。”

穆子旸再也说不出什么话来，许久许久，他终于放开她，望着她的眼，缓缓说：“最后一天的恋人，还没完！Sophia，今晚就在这儿陪我一夜，明早我们看了日出，再分别，可以吗？”

第 078 章 珍贵的承诺

　　翌日早上，穆语童睁开眼，第一件事便是拿起手机看消息。

　　果然，有两条是邵星泽八点钟发来的：

　　【Tina，醒了吗？】

　　【我今天去图书馆做功课，你也一起来吧】

　　穆语童看了一下时间，九点还不到，便回：【我才醒，十点去图书馆找你】

　　那边几乎秒回：【OK】

　　过了几秒，又发来一句：【等你】

　　穆语童看着这两条简单的消息，抿嘴一笑，心里甜丝丝的。

　　她和邵星泽这样，算不算作正式交往了呢？

　　就在昨天之前，她还想都不敢想这件事……

　　昨天打完篮球比赛后，邵星泽提议大家找个地方聚餐，庆祝星队的胜利。可 Ms.蒋说要早点回家陪孩子便告辞了，她大哥也说和 Miss 穆有其他约会也走了，于是剩下的四个年轻人便一起去了列治文的法餐俱乐部。

　　邵星泽定了一个包厢，他们在里面吃甜点，喝饮料，唱歌，打游戏，心情舒畅地玩到了晚上八点多，Johnny 和 Matthew 先走了，把包厢留给了他们俩。

　　单独与邵星泽在一起也不是第一次了，可不知怎的穆语童有些紧张，手上握着饮料瓶，眼睛半垂着，有点不敢看他。

　　邵星泽瞧她又开始害羞，忍不住一笑，然后拿起了话筒，点了一首粤语歌，独自唱了起来。

　　和刚才几人大喊大叫的热闹不同，这首歌节奏舒缓，曲调婉转，经由邵星泽清越的嗓音唱出来，竟是说不出的动听。

　　穆语童被他的歌声吸引，不由得抬头看他，见他表情专注地盯着屏幕，一字一句地唱着，像是在诉说着什么。

　　她情不自禁地随着他的目光去看那首歌的歌词，歌名是《无条件》：

时日会蔓延再蔓延

某些不可改变的改变

与一些不要发现的发现

就这么放大了缺点

来让我问谁可决定

那些东西叫作完美至善

我只懂得　爱你在每天

……

因世上的至爱

是不计较条件

谁又可清楚看见

……

期待美没完爱没完

放开不必打算的打算

作一些可以约定的约定

就抱紧以后每一天

其实你定然都发现

我有很多未达完美事情

我只懂得　再努力每天

……

　　穆语童望着屏幕，听着歌声，慢慢的，似乎听懂了邵星泽想跟她说的心里话。

她一口又一口，不知不觉地喝完了一整瓶冰凉的果汁，心里却越发灼热起来。

终于，一曲唱完，包厢安静下来。

邵星泽放下话筒，起身走到她跟前，蹲了下来。

"Tina，"他仰头看她，目光专注又认真："我有话想跟你说。"

穆语童紧张得浑身僵住，像被定在了椅中。

他可是她的偶像啊，是她放在心底默默喜欢、却又不敢去更喜欢的人，为何矮身在自己面前……

邵星泽却丝毫没觉得这个姿势有何不妥，继续说："曾经在这间包厢，我被 Sophia 拒绝了。那会儿，我心里太难受了，觉得自己从小到大，这辈子只要是我喜欢的人，最后都选择了抛弃我，离开我……"

说到这里，他顿住了，显然又被那种感觉所刺伤，眼眶都开始发红。

穆语童一阵强烈的心疼，突然想起梅宛书曾经说过，邵星泽心里有着不可告人的伤痛，要她想办法让他倾诉出来。

于是，她鼓起勇气，抬手抚上了他的头发，轻声问："Kelvin，能不能告诉我，你喜欢过哪些人？"

邵星泽缓缓说："很小的时候，我当然最喜欢妈妈了，可是，我妈在我几乎没什么记忆的时候就生病离世了。"

"啊，"穆语童一声轻呼，怎么也没想到邵星泽会自小丧母，即便这样，他竟成长得如此优秀……

她忍不住问："在你几岁时，阿姨走的？"

邵星泽道："也就三四岁吧，可是很快就有一个跟我母亲一样温柔体贴的阿姨代替我母亲照顾我，所以我也并没感到童年缺失了母爱。”

“她是谁，叫什么名字？”穆语童好奇地问。

“她叫纪蔼蓉，我喊她蓉姨，她其实是我母亲的一位远亲，我母亲临终前拜托她照顾我，所以……”

说到这里，邵星泽有点难以启齿：“所以后面很多年，她的身份就是我爸的情人，可我爸始终不愿意娶她。”

听到这里，穆语童心里一酸，劝慰道：“一定是你爸爸忘不了你妈妈，才没娶蓉姨的。”

话落，却见邵星泽脸色变了，眼睛里透着一股冷意：“Tina，你把人想得都太好了！我爸可不是什么大情圣，相反，他极度利己，把蓉姨留在身边的唯一目的就是为了让她照顾我长大。后来我长到了十九岁，从澳城去了港城上大学，我爸立刻就把蓉姨抛弃了，然后把他在外面养的外室，还有他和外室生的两个孩子接回了我们邵家。”

闻言，穆语童不禁睁大了眼睛。从小家庭合睦，在父母娇宠、哥哥疼爱中长大的女孩何曾听说过如此复杂的家庭背景，她都不知道邵星泽是怎么熬过来的。

“那后来呢？蓉姨去了哪儿？”

邵星泽咬牙切齿：“这就是我最恨我爸的地方，无情地抛弃了蓉姨不说，还完全不关心她的死活。后来蓉姨就失踪了，我到处找她，可一直没能找到她。直到去年，我总算寻到了一些线索，说蓉姨曾在港城姓陈的一家做保姆，后来那家人移民来了枫叶国，我就在想，或许蓉姨也跟着他们一起来了枫叶国也说不定。”

“Kelvin，你申请到优卑诗来读硕士，是为了寻找蓉姨吗？”穆语童猜测。

“是啊，Tina，”邵星泽拉下她的手，轻轻握住：“我来到温哥华，找到了陈先生一家人，可陈先生却告诉我，蓉姨并没有随他们来枫叶国，而是很可能还留在港城。"

"那你是不是还要继续找她？"穆语童心疼地问，蓉姨就相当于邵星泽的第二个母亲，这么亲的人却失联多年，邵星泽该是有多难过……

"原本我打算学完一学期就回港城，可是，我认识了 Sophia，认识了你，一切就要重新规划。"

说到这里，邵星泽眼睛泛红："我对 Sophia 一见钟情，可她从一开始就一直在拒绝我，是我自己不甘心，要和你大哥争夺 Sophia，还害惨了你……"

穆语童立刻用手捂住他的嘴，阻止他说这些话："我不怪你，Kelvin，我从来都没怪过你，所以，你也千万不要怪你自己！"

邵星泽将她的手挪到自己的脸上，感受那细腻温暖的触感，继续诉说："我曾以为 Sophia 在这里彻底把我拒绝的那天，就是我的世界末日，可之后我们一起进了医院，你说要远离我，后来还跟 Ryne 一起打工、聚会，躲着我，我才发现，我的世界真正崩塌，并不是 Sophia 拒绝我去选择你大哥，而是我以为永远都会在我身后支持我的人，也会抛开我，离我而去……"

穆语童急忙摇头，两串晶莹的泪珠随之从眼角滑落："不会的，Kelvin，我永远都不会离开你，也不会抛弃你，我不会！"

她的表情楚楚可怜，可嘴里的话却如此的坚决。

邵星泽心中感动，抬手用指腹给她抹泪，一边温柔地说："Tina，你别哭，别再为我哭了。往后，我想你跟我在一起的时候，能一直笑，一直开心。我今天就想给你个保证，只要你永远不离开我，我也绝对不会离开你！”

　　闻言，穆语童怔愣住了，最后这句话，动听得简直超越了世上任何的情话，竟从邵星泽的嘴里说出来了，而让他做出如此珍贵的承诺的那个人，竟就是她自己。

第 079 章 戒不掉的毒

　　穆语童快速从床上起身，刷牙，洗脸，趿着拖鞋下楼来到厨房。

　　餐桌上何虹佳已经摆好了一锅皮蛋瘦肉粥，还有几根香喷喷的炸油条。

　　一看到穆语童进来，何虹佳立马道："小童，快坐下来吃早饭，妈妈有话要问你。"

　　穆语童热了一杯豆浆坐下："妈，你想问我什么？"

　　何虹佳带点紧张地问："小童，你跟 Kelvin 到底怎么样了？昨晚，妈可是看到又是他送你回家的！"

　　穆语童口气轻松地道："妈，我和 Kelvin 恢复到以前的朋友关系了，我经常去看他打篮球，偶尔也会跟他一起去图书馆做功课。"

　　何虹佳一听，立马笑开了花："那就好，那就好，恢复成朋友就好！"

　　随后忍不住又问："还有那个 Ryne 呢？你也跟他是朋友吗？"

　　穆语童点点头："我跟 Ryne 经常一起打工，关系也还不错！"

　　何虹佳立马敛了笑："小童，不是妈说你，就算是朋友关系，也不可以脚踏两只船！"

　　"我没有！"穆语童红了脸："妈你别瞎操心了！"

　　"哎，"何虹佳叹："孩大不由娘啊，你哥也是，连续两个晚上没回家了！"

　　"啊？"穆语童瞠目结舌："哥昨晚又没回来？"

"嗯，你哥昨晚又给我发消息说不回家，"何虹佳有点笑不出来了："小童，你说，你哥和 Miss 穆的发展速度是不是也太快了？"

"不会的！"穆语童语气笃定："哥肯定是有别的什么事情才不回家的！"

正说着，玄关处传来开门的声音，是穆子旸回来了。接着一阵节奏缓慢的脚步声，穆子旸径直上了楼。

何虹佳不由得有些担心："小童，你去你哥房间看看，问问他怎么样了？"

穆语童看了下时钟，三两口喝完豆浆，吃好油条："妈，我十点钟约了同学在学校图书馆看书，来不及了！我哥一回家就进房间，肯定是昨晚熬夜了，要补眠呢！"

……

穆子旸脚步沉重地上到二楼，回到自己的房间。

一进门就倒在了床上，脸埋进了枕头。感觉整个人的血液都要被抽干了，心肺也全部搅在一起，难受得呼吸困难，怎会这样的痛……

此刻，他才终于明白了梅宛书这几年遭受的都是什么样的感觉，只不过做了一个星期的恋人，已经让他痛彻心扉；而梅宛书和穆云函在一起竟长达了四年的时间……

昨晚，他们一块儿去海边餐厅吃了晚餐，然后就在英吉利湾附近找了一家二十四小时营业的咖啡馆，坐到了将近凌晨。

因为面临分别，梅宛书从头到尾都十分的柔顺，尽量满足他的每一个要求。

就在那家咖啡馆，在他的追问下，梅宛书断断续续地跟他说了她与穆云函的那段过往……

"从杭城的中学毕业后，我就被父母送到悉尼的新南威大学去留学了，"梅宛书的声音轻柔，娓娓道来："那会儿我年龄小，住在当地的一对老年夫妇家里，人生地不熟不免觉得孤单，有时候很想家，再加上水土有些不服，慢慢变得晚上难以入睡，白天吃不下东西。那会儿我并不知道，自己已经罹患了抑郁症，只觉得每天夜里窗外行驶过的车辆声音很大，很吵，就像在心头上碾过，压的我喘不过气。"

穆子旸听到这里，就开始心疼起来，不禁握住了她的一只手。

梅宛书对他笑笑，继续说："这种状况维持了半年，我整个人瘦骨伶仃，身体和精神都不太好，可也没敢跟父母多说什么，毕竟留学就是为了好好念书的，我不想让父母太担心我。可半年后，云函来了……"

梅宛书顿了一下，眼里又浮起了一层迷离的雾气，像是回到了那一年："云函来了，一切都变得好起来，他对我百般照顾，无微不至，每天烧饭烧菜给我吃，做我的车夫，指导我的功课，周末就带我四处游玩散心。那会儿我总爱哭，每次都会被他发现，他就伸出双手，去接我的泪水……"

说到这里，梅宛书哽咽了，用指尖捂着眼角，不让眼泪往卜流，穆子旸便赶紧拿出了一块丝绢递给她。

梅宛书轻轻抹拭几下泛红的眼眶，说："那段在悉尼留学的时光，现在想想，那些挫折并不算什么，可如果云函不来，或许哪一天我真的会崩溃。他来了，花了一年的时间，治好了我的心理病。一年后，我母亲办理好了枫叶国的全家移民，我便来了温哥华继续我的学业，云函也重新申请了斯丹佛的硕士课程。"

　　"接下来就是一段稳定而幸福的日子，旧金山和温哥华相隔不远，春假、暑假、圣诞假我们都会飞过去看望对方，有时候长周末也会乘飞机到对方的城市，那会儿我们就说好，云函硕士一毕业我们就结婚。"

　　穆子旸安静地听下来，心里一直在默默地计算着时间，此刻忍不住说："我记得云函哥正是在他硕士毕业的那会儿，发生了不幸的事故……"

　　"嗯，"梅宛书鼻音浓浓："2014 年的六月底，他刚拿到毕业证书，毕业典礼还没参加，就飞来温哥华找我，迫不及待地要兑现诺言。然后我们就去了公证处，谁也没有告诉，悄悄地领了结婚证书。可因为领证前有些手续要办耽搁了两天，领好证后就差不多就到了云函上飞机的时间。"

　　听到这里穆子旸有点紧张，捏了一下她的手，梅宛书深吸了一口气，鼓起勇气说下去："那班机是深夜的飞机，到了旧金山已是凌晨了，下了飞机后，云函还和以前一样，开车回学校。可因为天黑视线不清，或者因为和我刚领了证，心绪不宁，发生了车祸……"

　　梅宛书抿着嘴，终于止不住泪水往外泛出，穆子旸便拿起丝绢帮她擦泪，边劝阻："别再往下说了，我都知道了……"

　　梅宛书摇了摇头，坚持要说完："我接到医院的电话，整个人都懵了，都不知道自己是怎么去的旧金山，到的时候云函已经去了……后来，我听警察跟我说，他是因为小动物突然闯入车道而紧急刹车才出的车祸，撞上了车道旁的大树。我又听说再过两天云函的父亲就要来帮他处理后事，当时，我不想参加云函的葬礼，也不想让他父亲知道我的存在，增加他的伤痛，我便从云函的遗物中带走了几样东西，里面就有那张结婚证书……"

"现在，两张结婚证书都在我这里，他当然就是我的丈夫。我没参加他的葬礼，也没见到他去世的样子，我就当他没有走，只是去了一个很远的地方，一个我见不着的平行世界，我们彼此思念着对方就好。这么想着，我就觉得日子还可以往下过……"

梅宛书痴痴地叙说着，她痴情的话，她痴情的眼神，紧紧抓住了穆子旸的神经。

他连怎么妒忌都完全想不起来，只是陪着她一起心痛。

只恨在她最伤痛的那段时间，自己却不在她的身边……

后来梅宛书说累了，便阖上了双眼，趴在了桌子上。

穆子旸便挪了座位，坐到她身畔，让她的头枕在他的肩上睡。

可她睡得并不安稳，才过了一会儿人就惊醒过来，像是突然想起来什么，带着点恍惚说："子旸，我们可别错过了日出！"

竟心心念念地还记着她答应过他的事。

穆子旸心里一片柔软，拍着她的背安慰她："现在还早，两点都还不到，你安心睡，快到时间我喊醒你。"

梅宛书却不肯，起身亲自去结账，还买了几瓶特制的罐装咖啡。两人上了车重新开到海边，梅宛书这才踏实下来，靠着车座椅睡熟了。

穆子旸默默望着她沉静的睡颜，许久许久。知道了她经历的一切后，他心里面也奇迹般的不像前阵子那么焦灼不安，反而沉静下来。慢慢的，他觉得眼皮打架，困倦不堪，便也沉沉地睡去。

清晨，梅宛书摇他的胳膊，将他喊醒。一睁眼，穆子旸便被日出壮观的景象所震撼，那一丝瑰丽的晨辉，慢慢地从海平面升起，直到一轮红日浮在远方，然后跃升成灿烂的朝阳，在辽阔的海面洒下了万道金光。

欣赏完日出后，穆子旸转头去看梅宛书，见她脸上又浮现出那种温柔似水的微笑，把他的心都要融化了。

她递给他一罐咖啡，柔声说："口干了吧，快喝吧，已经不凉了。"

穆子旸接过，触手的温度竟然是温热的，他有些惊奇："咖啡怎么这么暖？"

梅宛书笑着不说话，只是又拿出一罐来，用双手捂着。

穆子旸心里一动："这罐咖啡，你一直用手捂着？"

"嗯，"梅宛书这才应了一声："我醒来时看你睡得很熟，就一直捂着它保温。你快喝吧，早上喝温的胃里才舒服。"

穆子旸不知说些什么好，只觉得哪怕到了最后分别，他对她的喜爱又增加了一分。

这女人，简直就是毒药；他穆子旸，只会中了梅宛书这个女人的毒，此生此世，都别想再戒掉了。

第 080 章 咖啡配火锅

周三晚，管理学课程的教室。

林薇和往常一样，早已坐在她和穆子旸经常坐的那排椅子中，等待他的到来，心下却有些惴惴不安。

上回在图书馆两人一起做功课时，明明穆子旸说好了之后会在公司里和她继续讨论小组作业的，可接下来的一个星期他却非常忙碌，几乎每天都从公司早退，别说跟她讨论功课了，连话都没说上两句。

林薇有一次从前台的那两个喜欢八卦的女孩口中听到，这些天穆总忙着约会，显然和他的心上人、那个女博士之间有了明显的进展。

林薇心里开始紧张起来，便趁着上课时多观察了几眼穆子旸，果然瞧见他的神色与往日不同，时时眉目含情，嘴角含笑，走路的姿态更加意气风发，变得更加帅气迷人了。

尤其是上周六，课一上完他连招呼都没跟她打，就忙不迭地退出教室，整份小组作业也彻头彻尾忘得一干二净，大约都记不清今晚十二点就是这份作业的最后期限了吧……

林薇叹了口气，将她一个人做好、打印好的小组作业从书包里拿了出来。不管怎样，交上去之前，还是得给穆子旸过目一下。

正想着，上课的铃声响了，她终于瞧见穆子旸脚步拖沓地走进教室，在她旁边的位置入座。

可今天他的样子却与上一周完全不同，神色懒淡，没精打采，整堂课都是心不在焉的，与她更是一句交谈都没有。

直到下课铃响，林薇都没敢把作业拿给他看。

收拾好书包后，见穆子旸头低着，眼垂着，就像个游魂似的往外走，她踟蹰着跟在了他身后。

……

穆子旸脚步迟缓地走出教室，神思恍惚间，已经来到了梅宛书的公寓楼前。

他抬头望着六楼的一处灯光，朦胧而暖融的光色，令他一见便想置身其中。

他就这么痴痴地望着那扇窗，许久，帘上映出一个柔雅翩跹的身影，穆子旸顿时心跳加速，紧张地屏住呼吸。

梅宛书似乎整理着什么东西，在窗前来回走动，不一会儿便收拾妥当，离开了房间。

穆子旸这才放松身体，嘴里轻轻吐了句"晚安"，恋恋不舍地转身离去。

刚走了几步，侧边传来一道熟悉的声音："旸……"

穆子旸顿住，扭头看见林薇站在一盏路灯下，神情怯怯的，想要和他说什么又不敢说的样子。

穆子旸皱起眉头："Irene，有什么事吗？"

林薇嗫嚅道："就是那份小组作业……"

经她一提醒，穆子旸这才突然想起来："对了，今天是那份小组作业的 deadline！"

"对，今晚十二点！"林薇总算松了口气。

穆子旸抬腕看了下手表，已经九点半了，他有点着急，责怪道："刚在课上你怎么不跟我说这事？"

林薇不敢看他，垂眸解释："我看你今天精神不太好，像是生病了，就没提……不过我已经把作业全都做好了，只是需要你过目一下，没问题我就在学校找个电脑交上去。"

"你都做好了？"穆子旸倒是有些意外，可又有些不满："小组作业又不是公司文件，什么过目不过目的，我必须也得参与的！"

话落，他大步往前走："还有两个多小时，我们去图书馆再修改一下！"

"哦，好的！"林薇立马跟上。

两人在图书馆二楼找了张带电脑的书桌，林薇赶忙从书包里拿出作业的初稿，穆子旸边看边给意见，让她在电脑上边修改。

这份作业里面林薇用到的例子全都是天阳公司的实例，可林薇的职位只是个记账员，再加上初入职场，工作经验不够丰富，自然不能和商场上身经百战的穆子旸相比。

不过初稿的框架已经搭好，修改起来倒也方便，两人忙了两个小时，终于在 deadline 前把作业交了上去。

穆子旸伸展长腿，靠在椅背上，舒了口气，累了两个小时，那种抓心挠肺的感觉倒是减轻了不少。

不禁又想起梅宛书的话：多把精力放在学习和工作上，能消磨掉许多难受的时间。

至少今晚，他是有成就感的，好像离学霸更进了一步。

电脑上的时间显示十二点，穆子旸起身说："我们走吧！"

"嗯。"林薇面上似有为难的神色。

穆子旸明白过来，问她："Irene，是不是太晚了没有公交坐了？"

林薇点点头："我回家的那班公交十一点就停运了。"

穆子旸道："没事，我用车送你回家。"

林薇心里一跳，习惯性地回道："谢谢穆总！"

听到"穆总"这个称呼，穆子旸脸上显出些微不耐烦，林薇这才反应过来，立刻改口："谢谢你，旸。"

"嗯。"穆子旸总算听得顺耳了些，到了停车场，打开宝马的后座，让林薇上了车。

两人一路无话，直到车子停了下来，穆子旸看到眼前是一家夜间饭店，才突想起来林薇就住在她阿姨家，她的阿姨和叔叔就是这家饭店的老板。

半夜时分，饭店飘出火锅诱人的香气，穆子旸不禁饥肠辘辘。想起梅宛书说过，离开她也要好好吃饭，好好睡觉。就算这几天没怎么睡觉，可好好吃饭还是可以做到的。

于是，他对车后座的林薇道："Irene，我想吃火锅了。"

林薇立马接话："旸，你想吃什么口味的？我这就去让叔叔阿姨准备！"

对着车窗里消沉的影子，穆子旸默了一会儿，才开口："要辣，重辣口味的！"

……

十五分钟后，穆子旸终于又尝到了他久违的滋味。辛辣的感觉从头到脚游走全身，身上开始发热发烫，可不知为何，额头上冒得全是冷汗。

林薇的阿姨张太太犹在一旁殷勤招待，边说："穆总，谢谢你和周总这么长时间照顾我家外甥女，前两天，公司还给她发了一份长期的雇佣信，真是太感谢了！"

穆子旸摆摆手，说了句客气的场面话："Irene 在公司工作努力，在学校里学习上进，这都是她应得的。"

张太太笑道："还是要穆总、周总往后多提携！"

说着，瞧见穆子旸一边吃着这么辣的火锅，一边只喝清水，便多问了一句："穆总，要不要来两罐冰啤酒？"

穆子旸当然知道冰啤酒与辣味火锅才是绝配，可梅宛书跟他分别时说过的每句话他都牢记在心。

她说，即便心里再难受，也别喝酒，别抽烟。

他一定会照办，可是一口清水下肚，喉咙里火烧火燎的感觉丝毫没得到缓解，胃里也不舒服。

他眉头蹙起，突然想到什么："你们店里有没有罐装咖啡？"

张太太立马回道："我们店里没有，不过隔壁一家二十四小时小超市里就有，穆总你稍微等一会儿，我这就让小薇去给你买！"

穆子旸颔了颔首，正在不远处收拾桌子的林薇听到后，立刻放下手中的托盘，奔出店去。

不一会儿，她就买了一打罐装咖啡回来，全部放在穆子旸的桌子上，气喘吁吁地道："旸，十二罐，够了吗？不够我再去买！"

"足够了，谢谢！"穆子旸没看她，拿起一罐打开喝了一口，味道不怎么像，可也凑合能喝。

于是，他喝一大口咖啡，吃一大口辣味火锅，胃里却越发翻搅起来。

正在服务客人的林薇眼睛一直在朝他看，瞧见他喝完第八罐咖啡时，人蓦地站了起来，脚步有些踉跄地往洗手间走。

林薇担心地跟了上去，见他进了洗手间后，里面便传出了一阵一阵的呕吐声，听得她心疼起来。

过了半晌，才见穆子旸脸色灰白地走了出来，她赶忙迎上去问："旸，你是不是很不舒服？"

穆子旸的头昏昏沉沉，两脚也发软，他身体下滑蹲在了地上，口里喃喃说："我没喝酒，怎么比喝酒还难受？"

林薇也蹲下身去，焦急地问：“你是不是胃里不舒服？”

“嗯，”穆子旸弯着腰，身体蜷缩起来，“胃不舒服，头也很晕！”

“要不要给你送医院？”林薇说着，双手扶了上他的胳膊。

穆子旸立刻挡开：“打电话给昊哥，就是周总，让他来接我。”

话落，他一阵头晕目眩，失去了意识。

林薇急得跪在地上，用手推他，张太太走了过来。

“阿姨，穆总好像昏过去了，他刚才在洗手间里呕吐，一定是生病了，我们得给他送医院去！”

张太太用手摸了一下穆子旸的额头，店里酩酊大醉后呕吐的客人她见得多了，丝毫不以为意，只说：“穆总就是跟那些醉酒的客人一样，有点发烧，睡一觉就好！”

“可是他根本没喝酒，怎么会跟醉酒的客人一个反应？”

张太太哼了一声：“我第一次瞧见有人用咖啡配火锅吃的，这么多罐咖啡喝下去，再加上那么辣的火锅，不吐才怪！”

“那现在该怎么办啊，阿姨？”林薇声音里居然带着哭腔。

这么多天下来了，自己外甥女的心思张太太哪有不明白的，林薇喜欢穆子旸，甚至为了和他多接触，还在优卑诗跟他报了一样的课程。

可在张太太的眼里，林薇简直就是痴心妄想，叫她找个当地的男朋友，不是让她觊觎高攀不起的人，所以从未点破她。

可是这会儿，机会似乎来了……

张太太果断地道：“小薇，我让人把穆总背到你房间去睡！”

睡！”

第 081 章　流言蜚语

翌日，天光大亮。

穆子旸从深沉的睡梦中清醒，便感觉到额头上凉凉的。

他抬手一摸，是一块湿毛巾。记得昨晚他昏睡过去之前，他在洗手间里把所有食物全部吐光，胃很难受，头也很晕，可这会儿，他感觉身体舒适放松。

眼睛环顾了一下四周，突然发现环境很陌生，床边还趴睡着一个女人。虽然长发披肩看不清脸面，可他知道绝不是他熟悉的梅宛书或穆语童。

穆子旸一个激灵，赶忙坐起身，林薇感觉到了动静，迷迷糊糊地睁眼，看到他醒了，惊喜道："旸，你醒了，身体感觉怎么样，好点吗？

穆子旸瞪着她问："这里是哪儿？"

林薇微笑道："这是火锅店的二楼，就是我阿姨家，这间是我的房间！"

穆子旸脸色一变，腾的一下从床上起身，愠怒道："Irene，我记得我昨晚让你打电话给周总，让他来接我的，你打了吗？"

林薇有些慌乱地解释："抱歉啊，旸，昨晚你晕倒时已经凌晨两点多了，我就和阿姨想先把你安顿好，早上再打给周总的。"

穆子旸再问："那你早上打了吗？"

"我……我……"林薇哑口无言。

照顾了穆子旸一整夜，不停地帮他换额上的毛巾，给他量体温，擦脸，擦手，完全把这件事忘到九霄云外。

便在此时，门从外打开了，张太太满脸笑意站在门口，她旁边还站着一个人，正是周昊。

此刻，周昊表情奇怪地盯着他，似乎在问他这是什么情况？

穆子旸一瞅自己，衣衫不整，大衣挂在房间的椅背上，脚上的鞋袜也给脱掉了，就光着脚踩在地板上。

一时间，他尴尬之极。

张太太忙殷勤地说："穆总，你醒啦，睡得好不好？"

这话一出，穆子旸脸色更难看了。

还是周昊帮他解围："张太太，Irene，能不能麻烦你们出去一下？"

"哦，好！"林薇有点慌乱地拉着张太太出了房间，顺手关上了门。

穆子旸赶忙穿上鞋袜，大衣，一分钟都不想在这间房里多呆。

旁边周昊凉声道："一大早的我接到张太太的电话，以为我耳朵听错了，你怎么会留宿 Irene 这里？"

穆子旸又气又急："回公司再说！"

周昊瞧他气急败坏的模样，知道里面恐怕有隐情，可场面功夫还是要做的，临走时依然对张太太说了几句感谢的话，才和穆子旸一起开车回到公司。

一进穆子旸的办公室，周昊便追问："子旸，到底怎么回事？"

穆子旸颓丧地坐进了转椅，眼里失去了往日的神采："昨晚，我和 Irene 上完课后，一起做那份小组作业……"

他开始陈述起来，越说越难受，最后两手捂着头，抓乱了头发，懊丧道："我明明在晕过去前跟 Irene 说得很清楚，让她马上打电话给你的，她却没有打，反而把我弄到她房间里去。”

周昊听完，倒是满不在意：“要真是这样，其实也没什么大不了，不就是你生病了，人家照顾了你一夜吗？你还得感谢人家。”

“那怎么行！”穆子旸不忿地嚷道：“这件事要是给别人知道，我的名节不就毁了！”

“哈哈，”周昊忍俊不禁，心想这小子可真够纯情的，生怕毁了他在他女神心目中的形象。

想起他刚才描述的细节，又忍不住问：“你说你用咖啡配重辣火锅吃，结果还吃吐了，谁教你这么古怪的吃法？是女博士吗？”

提到梅宛书，穆子旸便是一阵锥心的疼痛，他垂下眼睫，低声道：“我只是在 Sophia 那里喝过一罐非常好喝的咖啡，所以我昨晚就想在别处试试，能不能买到同样好喝的咖啡……”

周昊瞧着他神情落寞沮丧，跟上个星期神采飞扬的模样大不相同，便问：“你和 Sophia 最近不是经常约会吗？想喝好喝的咖啡，再到她那儿去喝好了！”

未料，穆子旸长长地叹口气，惆怅道：“我和 Sophia，分开了。”

“啊？”周昊莫名其妙：“你们不是刚好上，怎么就分了？”

穆子旸不语，不知该如何回答。心里却像明镜一般清楚，这次和以往不同，他不是在无知无畏追求梅宛书的过程中被她拒绝，而是在了解了梅宛书的一切后不得不与她分开。

而上个星期，梅宛书因为心软，为了小童还配合他演了一场戏，让他尝到了如此美好的恋情滋味……

如今，他似乎再也找不出任何理由去见她了。硬是要梅宛书以 Sophia 的身份与他在一起，也不过是他幼稚可笑、一厢情愿的想法而已。

耳畔，传来周昊的讥嘲："我早就说过那个女博士，专会故作清高折磨人罢了！"

"昊哥！"穆子旸蹙眉，厉声道："你别什么情况都还没搞清楚，就随便诋毁 Sophia！"

"不是吗？"周昊有些气愤，想不通："一会儿给你机会吊着你，一会儿又把你甩得老远，我看啊，你和 Sophia 分了倒好，也免得你整天为她神魂颠倒，一点出息都没有！"

话落，周昊不想看穆子旸那张臭脸，转头就走。

"哐！"

办公室的门被他掼得发出一声巨响，外面的职员们齐刷刷地抬头，对周昊行起了注目礼。

……

几天后的中午，尹歆然应周昊的邀约来到天阳公司，准备和他讨论曲静怡那边的进展。

一进公司门，她便被领到前台旁边的沙发上。知道是周总的重要客人，前台的两个小姑娘对她殷勤备至。Sandy 端来了一杯咖啡，Linda 端来一盘提拉米苏，两样正是她上次在 downtown 咖啡店里点过的。

尹歆然心下甚喜，觉得周昊对自己还是十分上心的。

喝了几口咖啡，她问："你们周总呢？"

Linda 笑道："尹律师，周总上午就和穆总一起去了新雅地产，说好十二点前一定会回来。"

尹歆然看了下时间，才十一点四十，便道："好的，我再等他一会儿。”

话落，便端起了那盘提拉米苏，小口小口地品尝起来。

吃完后，她去了趟洗手间。此时正是员工午休的时候，洗手间未免有些拥堵，几个女孩正在边排队边小声议论着什么。

刚开始尹歆然并未在意，可当她频繁地听到“穆总”后，不禁竖起了耳朵。

“你还别说，那种罐装咖啡的口味还挺不错的！”

“对啊，我也买了那种咖啡配火锅吃，不过就不是配重辣口味的，配微辣的或不辣的，效果还挺好！”

“是吧，只有穆总敢拿咖啡配重辣火锅，结果吃吐了，哈哈！”

几个女孩一起笑起来。

“听说那天 Irene 照顾了穆总一夜！”

“你别说她还挺会的，还和穆总选了一样的优卑诗课程，这样两人见面机会就多了！”

“那又怎么样，她怎么能跟穆总的心上人比，人家可是优卑诗医学院的女博士，天差地远！”

“难怪穆总最近都在躲着 Irene！”

“哎，也不晓得那一夜他们俩有没有发生点什么！”

“别乱说哈，我们穆总可纯情了，只喜欢女博士！”

“那也说不定啊，孤男寡女共处一室，谁知道呢……”

尹歆然听到这里，听不下去了，快速解决后，赶忙出了洗手间。

迎面就碰到穆子旸和周昊正往办公室走，周昊瞧见她眼睛便是一亮：“尹律师，你来了！”

尹歆然面色不豫地朝他点点头。

旁边穆子旸也跟她打招呼："Ella，你好，有一阵子没见了！"

尹歆然哼道："没多久，也就两个礼拜没见吧，倒是发生了不少事呢！"

穆子旸听出了尹歆然口吻里的不满，以为她说的是和梅宛书的事，便叹道："你都知道了，Sophia 最近好吗？"

尹歆然瞪他一眼："你觉得发生了那种事，她还能好吗？"

话落，见周昊已经为她打开了办公室的门，便踩着高跟鞋"蹬蹬"地走了进去。

穆子旸在门外愣了一会儿，肩膀垂了下来，回到自己的办公室。

周昊瞧着尹歆然气鼓鼓的，腮帮子都突了起来，倒是说不出的可爱，忍不住笑问："人家一对分手了，你在旁边抱那么大不平干嘛？"

"什么！"这回尹歆然真的震惊了："Sophia 和穆子旸分手了？什么时候的事？

周昊也很诧异："你不知道吗？就在我们上次见面后没多久。"

"最近我和 Sophia 都在忙工作，没怎么见面，我还不知道这件事。"尹歆然坐到椅子里，呼了一口气，有点明白过来，可还是愤愤不平："那就算穆了旸和 Sophia 分手受了打击，也不能跑出去外宿别的女人家里啊！"

周昊一听，惊讶道："你从哪儿听来的，消息这么灵通！"

尹歆然撇了撇嘴："你们公司都传遍了，你们两个老板听不见吗？"

周昊脸色沉了下来，自然清楚那天他和穆子旸在办公室里的对聊不晓得被外面哪个职员听了去，再加上他惯门发火，大家的八卦之心便熊熊燃烧起来，这几天公司里流言蜚语确实不少。

不过，是不是可以用这个来刺激一下那个高高在上，把他兄弟玩弄于股掌间的女博士？

周昊的眼里划过一丝诡谲："其实也没什么，毕竟是子旸和 Sophia 分手之后的事了。就算子旸和那个女孩真有点什么，也不稀奇。总不至于被 Sophia 甩了，还不能重新开始吗？"

闻言，尹歆然依然觉得愤懑："那也太快了吧！所以穆子旸就别装出那副痴情一片，离了 Sophia 就不能活的样子出来，恶心谁呢！"

周昊立刻软语相劝："你就别为那两人着急上火的，不值得！"

说着，从办公室抽屉里拿出一个包装精美的礼品盒，显然是为今天的见面刻意准备的。

他将礼品盒递到尹歆然面前，微笑道："送你的一份小礼物！"

尹歆然一瞧，正是她爱搽的香水牌子。

她心里一动，不由得问："做什么要送我礼物啊？"

周昊盯着她："Ella，不记得今天是什么日子吗？"

"什么日子？"

"二月十四，情人节！"

第 082 章 情人节约会

周昊本想趁着情人节的机会和尹歆然一起吃顿饭，可被她拒绝了。还好，她收下了他的情人节礼物，今天所有的精心准备他也不算无功而返。

与尹歆然谈好公事后，周昊来到穆子旸的办公室，见他对着电脑查看什么，可目光暗淡，整个人仍是一副没精打采的颓样，又不免有点心疼。

毕竟是自己从小看着长大的弟弟，合开了天阳地产公司，业务能力又是如此的出类拔萃。今天上午去新雅终于谈妥了酒店项目的追加投资，天阳地产最终在新雅的股份占比增加了百分之五，购买新雅的小项目也在顺利地悄悄进行中。

这一切，穆子旸功不可没。

可一旦碰到感情问题，这人就变成了一个大傻瓜！

什么都做了，就差把心掏给人家，却被人甩了；什么都没做，却被人议论纷纷泼脏水……

他两步走到穆子旸跟前，问："在看什么呢？中饭都不去吃！"

穆子旸扭头瞧他孤身一人，勾唇反问："昊哥你怎么也不和 Ella 去吃中饭？不是定了米其林餐厅吗？"

周昊悠声道："本来肯定能和 Ella 吃上饭的，可她在我们公司听了些闲言碎语，就着急忙慌地走了，估计去找 Sophia 了。"

穆子旸立马紧张起来："什么闲言碎语？"

"就是你和 Irene 的事喽！"

穆子旸面色变得铁青。

周昊瞥见电脑上有一份医院的值班表，心下了然，点头道："怎么，今天情人节，想跟女博士约会？哎哟，晚上九点才下班，这么晚！"

穆子旸懊恼地捏捏眉心："真是雪上加霜！"

周昊心下叹口气，这么些天下来了，他看得最清楚，这小子还真是对 Sophia 痴情一片，离了她就不能活！

他拍了拍他肩头，安慰道："不管怎样，你今天去跟 Sophia 见一面吧，把事情解释清楚！"

"嗯。"穆子旸郑重地点点头。

"那走吧，米其林都订好了，中饭我请你吃！"

"别了，昊哥！"穆子旸惊恐地缩了缩脖子："两个男的情人节一起吃饭，恐怖片都不敢这么拍！"

"哈哈……"周昊狂笑，那么多天了，他终于又看到穆子旸恢复了点活力！

……

尹歆然脚步匆匆地上了车，拨了梅宛书的电话。

那头声音和煦柔婉："Ella？"

尹歆然急道："在医院吗？有事跟你说。"

梅宛书不急不忙："我们就医院下面的咖啡厅见吧，有一个小时的午休时间。"

尹歆然抱怨："本来每周三休息不是蛮好吗，咱两还能一起吃个饭逛个街，干嘛把医院的班表排那么满，不辛苦吗？"

梅宛书淡声道："前阵子休息得有点多，总要补回来吧！"

好吧，这人一旦恢复独身状态，立马又成工作狂了。

尹歆然心下叹口气："那你等我，一会儿见！"

说罢挂了电话，发动了车子。

　　二十分钟后，咖啡厅里，梅宛书照常点了杯清咖，云淡风轻地喝着，尹歆然从她的面容上丝毫没看出什么来。

　　伤心、失意、黑眼圈一样没有，穿着一身藻绿色的医生制服，长发如瀑，还是那么的从容淡雅。

　　喝了口摩卡，她满脸不高兴地质问："你和穆子旸分手这么大的事，怎么不告诉我？不拿我当朋友？"

　　梅宛书莞尔："不是早就跟你说了，就是演场戏给子旸的妹妹看，戏演完了就分了，也没什么好多说的。"

　　"还指望你能通过演这场戏和穆子旸修成正果呢，看来是我多想了！"

　　说着，尹歆然拿小勺在杯中用力搅拌了几下："不过，分了也好，穆子旸这个人啊，可跟我们看到的不一样，才不是那么纯情呢，也根本不是你的忠犬！"

　　梅宛书轻声道："干嘛要子旸做我的忠犬，我本来就是独身主义，又不打算恋爱结婚的，还是别耽误他了吧！"

　　"哼！"尹歆然忍不住说："你是不耽误他，可他也没耽误他自己啊，前脚才和你分手，后脚就夜宿在别的女人家里！"

　　梅宛书一愣，还是不由自主地问："子旸夜宿在谁的家里？"

　　尹歆然又开始气愤不平："就是和穆子旸一个公司，还和他在优卑诗一起上课的那个女孩！"

　　当下把在天阳公司里听到的谈论说给了梅宛书。

　　听完，梅宛书垂下眼睫，抿了一小口咖啡，缓缓问："拿罐装咖啡配重辣火锅吃？所以呕吐了？"

　　"喂喂！"尹歆然真的着急上火："你听话的重点在哪里啊？他又不是病人，他是你男朋友啊，夜宿在别的女人家里，气死我了！”

梅宛书不温不火：“第一，要气也应该我气，你就别生气了；第二，他不是我男朋友，只是演戏的 partner 而已；第三，即便他夜宿女同学家里，那也是他的私事，跟我无关。”

“啊？”尹歆然张大嘴，对她的反应简直大无语。

“好了，”梅宛书安慰她：“别再为我操心了，还是操心你自己比较好。今天是 Valentine，周昊对你有没有什么表示？”

尹歆然撅嘴：“就为了跟你喝杯咖啡，我推了周昊的米其林午餐，结果你就是这个反应，早知我就不为你着急了。”

梅宛书微微一笑：“你还可以去跟周昊吃晚餐啊！”

尹歆然不解：“你今天怎么鼓励我跟周昊约会啊，别忘了他有太太的！”

梅宛书柔声道：“他太太不是喊他周先生吗？所以他们之间并没有情感上的联系。你自然可以跟周昊情人节约会，不过这种约会的意义在于，互有情感的双方在重要的节日里相互表达心意，而不是鼓励你去做惠斯勒的那些事。”

“哦，”尹歆然了解地点点头：“我懂了，就是有情人之间的一种仪式感，加深感情，但不出格。”

“对了！”梅宛书笑得恬柔，美得像个天使。

尹歆然瞧着她，心里又是感动又是叹服，不禁问：“这么懂感情的一个人，为什么偏要独身主义？Sophia，那今天你打算怎么过？就真的没有让你想加深感情的人吗？”

梅宛书平静道：“我今天要值班倒晚上九点，自然是跟我的病人加深感情了！”

……

　　晚上九点，梅宛书结束工作后，刚在休息室换好衣服，便有个护士进来对她笑着祝贺："Happy Valentine's day！"

　　说着，用手指了指外面，告诉她"你男朋友来找你啦！"

　　梅宛书心里有数，对她点头道谢，缓步走到门外。果见穆子旸身长玉立地站在走廊间，两手插在大衣口袋里，并没有手捧玫瑰花或巧克力之类的东西。

　　梅宛书心下松了口气，走到他面前，微笑着问："怎么知道我值班时间的？"

　　穆子旸带了点羞赧回："我问 Ms. 蒋要了你的值班表。"

　　闻言，梅宛书有点无奈，蒋南音为她的感情一事可真是操碎了心。

　　抬眸看他，见穆子旸脸庞消瘦了一圈，眼窝也陷进去了，整个人都显得有些憔悴，也知他这些日子因为情伤的煎熬，过得不怎么好。

　　可在情人节这天，多晚他还是要来见她一面。

　　她心头一阵发软，柔声对他说："节日快乐！"

　　穆子旸眼睛顿时亮了，露出了往日的灿笑："节日快乐！"

　　随后上前一步说："Sophia，我送你回家吧！"

　　梅宛书颔了颔首。

　　不一会儿到了停车场，穆子旸小心翼翼地问她："坐前面还是后面？"

　　梅宛书莞尔，走到了副驾驶的门旁。

　　穆子旸绅士地为她打开车门，上车后又轻手轻脚帮她系好安全带，一举一动都是克制。

　　梅宛书瞧着他谨小慎微的模样，倒有些不忍，温声问："子旸，车里有什么喝的没有？我有些口渴。"

　　话落，穆子旸就像变了个戏法似的，立马从大衣内袋里掏出一罐咖啡，递给她。

梅宛书接过一瞧，正是英吉利湾附近那家咖啡店的特制咖啡，又想起尹歆然跟她说的话，忍不住问："最近很爱喝这种咖啡？"

"嗯，"穆子旸点头："这种咖啡捂暖一点，温热的时候特别好喝。"

梅宛书轻叹："所以拿罐装咖啡配重辣火锅吃？"

穆子旸立马一脸羞惭："我不想喝酒，就换成了咖啡，可没想到比喝酒晕得还厉害！"

梅宛书凉凉道："睡不好觉，再加上吃太多味道刺激的食物，呕吐后身体虚弱，感觉就和醉酒差不多。"

穆子旸更加窘迫，垂眸低首："Sophia，那晚我晕倒前，有让我同学打电话给昊哥……"

梅宛书却打断他："子旸，不用跟我解释，我相信你！"

"嗯？"穆子旸诧异地转过头，却见梅宛书眉目温柔，嘴角含笑，竟无一丝气恼之色。

"你若真的做了什么亏心事，今晚也不会来找我了。"她的语声宛若春风细雨，瞬间消融了他心头的郁结。

Sophia 也好，宛书姐也好，对他都是那么的了解，那么的懂他。

穆子旸顿时精神一振，鼓起勇气道："Sophia，我知道今晚温东那边有个小溪谷正在举办节日灯会，我们一起去看好不好？"

"好！"梅宛书毫不犹豫地答应了。

情人节约会的意义在于，互有情感的双方在重要的节日里相互表达心意，如此就好。

第 083 章 友达以上，恋人未满

　　翌日，周昊一到公司便进了穆子旸的办公室，口气急促地问他：“子旸，昨晚你和 Sophia 去约会了吗？Irene 的事有没有跟她解释清楚？她有没有生你气？”

　　话里话外都透着浓浓的关心。

　　穆子旸撇他一眼，奇怪道：“昊哥，你不是一直对 Sophia 有偏见，说她故作清高，怎么今天口风变掉了？”

　　周昊喜滋滋地道：“Sophia 人不错，昨天竟然是她给我和 Ella 创造了约会的机会！”

　　穆子旸一听，忍不住好奇地问：“她是怎么给你们创造机会的？”

　　周昊笑道：“Sophia 说了一番文绉绉的话给 Ella 听，说是情人节约会的意义在于表达心意，加深感情，两人之间的一种仪式感什么的。总之，Ella 听了后，便答应和我一起吃晚饭。昨晚我和 Ella 聊了好久，气氛特别好，感觉两人之间亲密了不少。”

　　见穆子旸眼神似有暧昧，他立马澄清：“不是你想的那种亲密啊，是心灵上的，心灵！Soulmate！”

　　穆子旸脸上又显出那种藏不住的骄傲之色：“我当然知道了，Sophia 什么水平，没人比我更清楚了！昊哥你以后可不许对她那么大成见了！”

　　“是，是！”周昊这次服了：“你家 Sophia 就是人类心灵的洗涤大师！”

　　话落，对穆子旸上下打量一番，见他一扫前阵子的颓丧之色，双眸明亮，神采奕奕，便指了指他：“你小子，昨天肯定和 Sophia 约会成功了！是不是 Sophia 听了你的解释后，原谅你了？跟你和好了？"

穆子旸却摇摇头，缓缓说："Sophia 并没有听我解释什么，而是直接选择相信我，然后我们一起去温东看了场灯会。我和 Sophia 的约会也不是男女朋友的那种约会，而是……"

一时间，穆子旸不知怎么形容那种感觉好。

昨晚天淡星稀，溪畔灯火阑珊，他们随着成双成对的情侣们缓步行走，耳听潺潺流水声，观赏着各色各样的花灯。

他时不时地转头朝她看，朦胧的灯光掩映在她的脸上，身上，显得她那般的圣洁美好。

一股柔情在他的胸臆间涌动，想着那段两人做恋人的时光，竟觉恍如隔世。

直到他们来到许愿树下，每人各自拿了颗心形的粉色纸片，写下愿望，挂在树梢，梅宛书这才与他对视相望。

她笑意温柔地对他说："子旸，不要急于去界定我们之间的关系，只要好好地去过每一天的生活，好吗？"

"好！"

看了一场花灯，像是又经历了一场心灵的洗涤。

脑子里突然浮现出一句话：顺其而自然，水到而渠成。

"而是加深感情的那种约会，对不对？"周昊打断了他的思绪，接着他的话说。

"对！"穆子旸笑道："总之，我现在已经知道怎么和 Sophia 相处才是最舒服自然的。"

周昊不禁感慨道："咱哥两也不知道怎么回事，人家谈个恋爱到后面都是加快速度，我们呢，进度条还能往回拉！哎，现在整个成了友达以上，恋人未满！"

正说着，门口传来两声轻轻的叩门声。

两人立马收敛神色，正经严肃。

"请进。"穆子旸沉稳道。

进来的是林薇，眉头微蹙，神情有些局促："周总，穆总。"

穆子旸一看到她就有些尴尬，对周昊使了个眼色。

周昊会意，轻咳了两声，问："找我和穆总有什么事吗？"

林薇微微垂下眼睛，说："周总，穆总，多谢这几个月你们对我的照顾，可是对不起，我现在要提出辞职。"

这话一出，周昊和穆子旸都有些惊讶。

尤其是穆子旸。

就在那晚的事情后，他不是没想过要把林薇从公司里开除掉，毕竟如果林薇一直对他抱有那种心思，就会对他的生活产生不小的困扰。

这些天公司员工议论纷纷，他也有所耳闻，可后来转念一想，如果把林薇开除，显得他好像真做过什么亏心事似的。他穆子旸行得正坐得直，没必要理会那些无中生有的闲言碎语。

好在梅宛书深知他的为人，没有误会他，那他就更不用在乎别人怎么议论他了，也就打消了要赶走林薇的想法。

可今天林薇竟然自己提出要走。

周昊了解地颔了颔首："Irene，你是因为那晚照顾穆总的事被公司人说闲话，才想辞职的吗？"

林薇默默地点点头，内心真是苦不堪言。

那晚她辛辛苦苦照顾了穆子旸一夜，最终换来的却是众人的冷嘲热讽，鄙视不屑。所有人都拿她跟那个完美无缺的女博士比，觉得她是癞蛤蟆想吃天鹅肉，不自量力。

更别说穆子旸自打那件事后，就开始躲她远远的，连上课都坐在离她好几排座位的地方，也没再跟她说过一句话。

回到家里，还要面对阿姨的冷脸。张太太嫌她没把握好机会，好不容易穆子旸留宿她房间一夜，两人居然什么也没发生，真是白白为她费了一番苦心。

总之，这些天她到哪里都如坐针毡，如履薄冰，心情也是压抑到了极点。

今天她终于忍不住了，主动过来提辞职。

周昊道："Irene，这件事虽说是大家在无端揣测，可那晚你处理得也确实不太妥当，给别人留下口舌。穆总明明在晕过去前特意交代你给我打电话，如果你照做，也不会引来后面的是非。这件事虽然有点毁穆总声誉，可到头来，最受伤害的是你女孩子，你明白吗？"

林薇又点了点头，小声抽泣着说："我都明白了，所以我想辞职，也不想再给穆总添麻烦。"

听到这里，穆子旸终于发声了："辞职后，想过去哪里工作吗？"

林薇摇了摇头，两滴泪从眼眶掉落。

穆子旸道："鉴于这几个月你在公司的良好表现，我会让人事部给你写封推荐信，你拿着这封推荐信找下一份工作会方便很多。另外，你不是因为工作失误而被辞退，公司会另外发你两个月的薪水作为补偿金，希望你能尽快找到合适的工作，别因为这件事妨碍你的前途。"

耳听穆子旸如此为她着想，虽然晓得这里面没有参杂任何感情成分，林薇还是忍不住抬头看他。

泪眼朦胧间，她看着他阳光俊美的面容，也看到了他那颗充满了同情的心。

直到此刻，她才真正觉得自己完全配不上他，他与她也从来不是同类人。也只有那个做医生的女博士，才是他的良配。

林薇深吸了口气，抬手抹干净眼泪，对他说："谢谢穆总，往后，我绝不会再打扰你！"

话落，她又对周昊道了声谢，转身出了办公室，去人事部办离职手续。

周昊道："这件事就这么了结也好，省得以后麻烦无穷。"

穆子旸在一旁提醒他："昊哥，别忘了张太太因为 Irene 多付了我们公司十万的楼花定金，要不让财务部退给她。"

周昊挑眉："那倒也不必，入了公司的账，还退回去做什么，我会跟张太太说清楚，那十万就真的变成定金好了！"

穆子旸笑着拿笔指指他，意思是说他奸商一枚，可嘴里却道："好主意！"

……

医院里，梅宛书收到了穆语童的几条消息：

【Miss 穆，好些天没见了，你好吗？是不是工作很忙？】

【上次见你还是在实验课上，可也没能跟你多说两句话】

【Miss 穆，我想跟你一起吃顿饭，明天有空吗？】

梅宛书查看了一下值班表，明天周五下午没排班，便回了一条消息：

【明天下午我有空，那会儿你是在麦当劳打工吗？】

穆语童立马回：【对，打到下午四点】

梅宛书：【明天四点，我到麦当劳找你】

穆语童：【OK】【跳跳】【转圈】

梅宛书瞧着穆语童发的几个可爱的表情包，宛然一笑。

心里也挺挂念穆语童，不知她和邵星泽之间怎样了，明天见面要仔细问问她。

第 084 章 找爸爸梅听南

第二天下午四点，梅宛书来到学校的麦当劳。

里面人不多，穆语童已经换好了衣服，并点好了两份套超值套餐，在一张僻静的桌子等着她了。

一看到她的身影，穆语童便向她招手："Miss 穆！"

梅宛书缓步走到桌前，见穆语童面色红润，笑容甜美，一看便知她心情开朗愉悦。

梅宛书心下甚喜，坐下柔声问："小童，最近好吗？"

"挺好的，Miss 穆好吗？"

"我也挺好。"

"可是 Miss 穆都没来我家了呢！"

穆语童有些小抱怨，又好奇地问："Miss 穆是不是最近都跟我哥单独去约会了？"

梅宛书听她的语气十分亲近，倒真像自己的妹妹一般，心里一暖，微笑着回："前天晚上和你大哥一块儿去温东看了场灯会。"

"哦，原来你们情人节那天是在一起的，那就好！"穆语童拍了拍胸口，松了口气。

这些天穆语童瞧着穆子旸吃不好，睡不好，人都憔悴了不少，和何虹佳都挺担心的。

穆语童更加敏感地意识到，是不是梅宛书为了撮合她和邵星泽而和穆子旸演了场戏，后来见她和邵星泽的关系有所缓和，便又和穆子旸分开了。

因而今天特意约了梅宛书，想弄清楚这里面到底怎么回事，这会儿听到梅宛书的回答，知道两人还在一起，便放下心来。

梅宛书莞尔，也问她："你和 Kelvin 呢，前天也在一起过的吗？"

"嗯，"穆语童小脸泛红，眼睛却发亮："那天我们除了上课，其他时间都在一起。"

回想起前天情人节，他们中午一起吃好饭，邵星泽便开车带她去游乐场玩了一下午，他给她买了奶茶、棉花糖，拉她一起坐跳楼机、过山车，海盗船，两人放声尖叫，畅快淋漓。

她害怕的时候，邵星泽便握着她的手，时而搂住她肩膀护着她，满满的宠溺加安全感。

最后，他们还一块儿坐了旋转木马，转圈圈的时候，邵星泽给他拍了好些照片。

傍晚，两人回到学校，邵星泽晚上有一堂课，便与她道别，临走时还在她书包里塞了一盒心形的巧克力。

她没舍得多吃，只含了一颗在嘴里，融化在舌尖甜甜的，心里也好甜好甜。

梅宛书瞧着穆语童又是害羞又是喜悦的表情，正是少女陷入爱情的模样，心下大感欣慰，问："小童，这么说，你和 Kelvin 的关系已经确定下来了？"

这个问题，倒让穆语童不知如何回答。

自从那晚在法餐俱乐部邵星泽与她一番深谈后，就没再跟她表白过什么，两人的日常接触不过是一块看书，一起吃饭，她看他打篮球、做运动，最多也就拉拉手，搂搂肩，总觉得两人还处在友达以上、恋人未满的阶段，还不能算作男女朋友。

见穆语童脸上流露出几分迟疑，梅宛书又问："小童，你和 Kelvin 之间还有什么顾虑，都可以跟我说说。"

穆语童犹豫了一下，深吸口气，说了出来："Miss 穆，你还记不记得你曾经跟我说过，Kelvin 的内心有着不可告人的伤痛？"

梅宛书颔首："当然记得。"

穆语童道："就在我们庆祝篮球赛获胜的那天晚上，Kelvin 全都告诉我了。可是这些天我左思右想，都不知道该怎么帮他。Kelvin 有个心结，就是想要找到他的蓉姨。"

梅宛书立刻想起"蓉姨"这个称呼，便对她说："其实那天在医院，Kelvin 昏迷的时候，嘴里就不断地在叫蓉姨，Kelvin 说了这个蓉姨是谁吗？"

穆语童点点头，叹道："这个蓉姨，是比他的母亲更像母亲的存在，是他在这个世上最亲近的人。连 Kelvin 到温哥华来读书，都是为了找到蓉姨。"

梅宛书柔声问："可以都告诉我吗？"

穆语童对梅宛书是百分百的信任，当下就把邵星泽那晚说过的话都转述给了梅宛书，包括他的身世，他复杂的家庭背景。

听完后，梅宛书若有所思，半晌，才道："Kelvin 找了他蓉姨五年多的时间，都没有找到她，你若想帮他找到蓉姨，就更困难了。这样吧，让我先去试试。"

闻言，穆语童又惊又喜："Miss 穆，你是说你有办法找到蓉姨？"

梅宛书笑得婉柔："我自己是没什么办法，可国内的一些亲朋好友或许可以帮到我。"

"明白了！"穆语童激动的拉住了梅宛书的一只手："Miss 穆，一旦你有消息，就要第一时间告诉我！"

梅宛书轻轻拍了拍她的手："一定！"

之后她又问了穆语童关于蓉姨的一些细节，两人聊到了将近六点，才相互作别。

回到公寓，梅宛书看了一下时间，差不多到了和家里通话的时候，便向许慧茹发出了视频邀请。

很快，手机里出现了许慧茹秀丽的面容，一身家居常服，正坐在沙发上吃水果。

梅宛书柔声喊："妈！"

许慧茹笑道："乖女儿，今天周六，怎么才十点多就跟妈通话了，没出去约会啊！"

梅宛书心知许慧茹在询问她和穆子旸的感情进展，此刻却避而不答，只道："想爸爸妈妈了！"

"呵，"许慧茹笑出声来，知女莫若母："你每天都跟妈妈视频，哪有那么想我，看来是想你爸了！"

梅宛书便也不迂回了，直接问："爸在家吗？"

"正好今天在家！"

梅宛书又问："爸忙吗？"

许慧茹道："你难得找你爸，他再忙女儿的事也得管啊！"

说着，便起身来到二楼的书房。

梅听南正在书桌后看文件，见许慧茹一脸笑意地拿了手机过来："诺，你宝贝女儿找你！"

"哦，"他接过手机，还没说话，眼里已泛出喜色。

"爸！"梅宛书望着手机里斯文儒雅、满身书卷气的中年男人，甜甜地喊他。

"小书，多久没找爸爸了？"梅听南对女儿也是爱如珍宝，不过因为平时公务繁忙，连周末在家的时间也不多，梅宛书懂事乖巧，平时也就不打扰他，只从许慧茹那里随时打听梅听南的近况。

梅宛书柔声说："不是不想找爸爸，是平常找不到爸爸！"

"呵呵……"梅听南笑得爽朗，难得听到女儿撒娇，心里软成一片，嘴上问："找爸爸有什么事吗？"

知女莫若父。

梅宛书平常晓得父亲身居公职高位，轻易不张口，可蓉姨一事颇为棘手，得动用梅听南的人脉关系才有可能解决。

于是她道："是有件挺难办的事情要麻烦爸，可如果这件事需要动用太多的资源，爸就别去做了。"

梅听南一听，脸色郑重起来："小书，你先说给爸爸听听。"

梅宛书道："爸，你有没有认识的人在港城警署工作？我想帮朋友查找一个失踪人口。"

梅听南微微皱眉："港城警署是远了些，你那个朋友十分重要？"

"嗯，挺重要的。"

"明白了，"梅听南也不多问，只道："你把那位失踪人口的详细资料发给爸爸，我尽量帮你查到，但不能保证有结果。"

"我懂的，"梅宛书连忙说："谢谢爸！"

话落，父女两又说了一些家常话，梅听南最关心的是梅宛书的学业和工作，听她说还有四个月就能从优卑诗医学院顺利毕业，成为枫叶国一名正式的妇产科医生，颇感欣慰。

之后手机又回到许慧茹手上："小书，妈妈还想跟你说个事。"

"妈，你说。"

"就是我们在新雅的股份，因为酒店项目成本提高，天阳地产追加资金投入，可妈妈和雅淑阿姨没有等比例追加，所以现在你们俩的股份占比被压缩到百分之十七，而天阳的股份占比变成了百分之二十五。"

梅宛书原本对商业一事并不在意，平常也不插手许慧茹的公司事务，可入股新雅地产一事，她不仅作为股东，还是新雅和天阳的中间牵线人。以她的性子，既然一开始就介入了，就必须要负责到底。

此刻闻听许慧茹的话，心想这件事多半出自穆子旸的手笔。她深知穆子旸作为商人的做派，素来野心勃勃，不愿止步于百分之二十的股份占比也是常态。

她便提醒许慧茹："妈，如果有一天子旸想要和你做交易，让你把股份卖给他，你千万不能卖！"

这话说的，许慧茹倒乐了："哎哟，真难得，我家小书对妈妈的公司这么上心了！行，妈妈就听你的！"

"不过嘛，"她有另一层考虑："既然是子旸的公司，往后要是他真成了我的女婿，我也就没必要分那么清楚了吧！"

闻言，梅宛书俏脸微微泛红："妈，都跟你说了，我不嫁人，不结婚！"

"好，好！"以为是现在年轻人的口头禅，许慧茹也没当回事："不嫁人，不结婚，以后就陪着爸妈过！"

第 085 章 她的白月光

一晃半个月，大温气候日渐变暖，草地茵绿，树梢冒出了新芽。

曲静怡母女顺利地拿到枫叶国多次往返的旅游签证，打算乘坐三月五号的飞机来温哥华。

三月三号周六上午，尹歆然陪着周昊去了他在列治文新购置的一处房产，这处房产面积将近 5000 平方英尺，五室三卫，再加上双车位车库，十分宽敞。市面价格将近 200 万，周昊因为房地产公司的便利总共只花了 150 万便买下了这幢独立别墅。

一圈看下来，尹歆然满意地点点头："家具设备一应俱全，很有家的样子了！"

周昊走在她身旁，见她短发俏丽，大眼晶亮，举手投足间顾盼神飞，心里痒痒的，可手指都不敢碰她，只笑眯眯地问："这么说，你对这房子挺满意的？"

尹歆然瞟了他一眼，凉声道："我满不满意不重要，现在这处房产可是你和曲静怡联名拥有的，属于你们夫妻的共同财产！"

说话间，还特别加重了"你们夫妻"四个字。

周昊顿时收敛笑容，咬牙道："那还不都是你建议的，说是只要肯给曲静怡买房子，她拿到枫叶卡的成功率还会大大提高！"

"那倒是的，我既然接下这个案子，自然是想做到最好，只要能提高成功率，都希望尽力一试。"尹歆然口吻专业，一副都市精英、白领丽人的架势，又一次令周昊心动心折。

他诚恳道："Ella，你应该明白，我这么配合你，就是想尽快把这件事了结，我和曲静怡也好尽快解绑。这房子明面上是和曲静怡联名，实际上我可是打算和你在一起后按婚房的标准来买的，虽说比不上你父母在西温的豪宅，可是又大又新，未来哪怕我们生三个孩子都够住！"

"喂喂！"尹歆然不干了："周昊，你想太多了哈，我哪怕结婚都没想过马上生孩子，最起码再过五年！"

周昊一听她的口气，倒不是断然拒绝，心中一喜，回道："知道了，Ella，我尊重你，全都听你的！"

尹歆然听他口气柔和，姿态也放得很低，确是对她十分尊重，心里不禁甜丝丝的。觉得这段时间她和周昊两人经常来个"加深感情"的约会，彼此了解得更深入，对未来共同筹划人生大有裨益。

不过不管怎样，首先还是要跨过曲静怡这道坎。

想到这儿，尹歆然道："除了联名房产，等曲静怡来了后，你还要和她一起开联名银行账户，还要给她们母女买保险，给她的女儿买基金用于教育，另外，水电煤各项费用的支出都要走你们的联名账户，这一切事无巨细都要做好，并留下账面记录。"

"明白，"周昊叹服："放心吧，Ella，我会配合你一一做到位的。我的case能找到你来做，真是我的人生至福！"

"好啦，不要再给我带高帽子了，"尹歆然娇俏地朝他笑了笑。

突然想到一个关键性的问题，她又郑重道："周昊，我还是想提醒你一句，你为曲静怡做了这么多，将来离婚时会牵扯到许多财务问题，你就真的不怕她分走你一半甚至更多的财产？"

周昊却毫不犹豫："曲静怡的人品我还是可以担保的，她要是个贪财势利的人，我也不会为她做这么多了！"

尹歆然不禁有些酸："是哦，毕竟你们俩青梅竹马，知根知底！"

"呵呵，"周昊瞧她吃醋，心情大好，忍不住拉起她一只手："Ella，你要明白，我要是真想和她有什么，十年前就可以有了，不必等到现在。十年前我都没做的事，现在更不会去做。"

尹歆然叹口气："这件事从头到尾都不像你周昊的做事风格，简直就是同情心泛滥，对自己毫无好处，还要背那么多风险。不过吗，我也正是通过这件事，才觉得你心眼好，值得托付。"

"是吗？能得到你这个评价，那我做这件事就太值了，哈哈！"周昊开心得放声大笑。

看好房子吃好中饭后，周昊把尹歆然送到了梅宛书的公寓。

这几个星期梅宛书医院班表排得很满，只有周末才能空出少量时间和朋友聚一聚。

尹歆然一进门便懒懒地靠在沙发上，把和周昊一块儿看房子的事都跟梅宛书说了。

听完，梅宛书委婉道："周昊肯为你做这么长远的打算是好事，可他先要拿这房子去帮曲静怡，中间恐怕会有变数。"

尹歆然耸耸肩："我也是跟周昊这么说的，可他很笃定曲静怡不会贪图他的财产，他那么相信曲静怡，我自然也不好再多说什么。况且，还是我提议让他买一幢和曲静怡的联名房产呢。"

前阵子对这件事，梅宛书其实是有异议的，总担心尹歆然接这个案子会承担风险，但作为朋友只能给些建议，却不好插足她的专业领域。事已至此，她也不便多言，走去厨房泡了一壶茶，切了一盆水果。

尹歆然最喜欢看她做家务，便跟着她进了厨房，不经意间看到冰箱上的日历，发现三月的整个后半月梅宛书的课程和排班全是空的，不禁高兴地叫起来："Sophia，你是不是这个月有两个星期的春假啊，太好了，到时候我们再找个地方去旅游吧！"

梅宛书将果盘放到餐桌上，用牙签叉了一片苹果递给尹歆然，自己倒了一杯花茶，抿了一口，轻声道："Ella，这次春假我就不陪你了，我另有安排！"

尹歆然一听来劲了，眨巴两下大眼，神色暧昧地问："是和穆子旸一块去旅游吗？你们俩是不是在情人节那天就重归于好了？"

梅宛书淡笑着摇摇头："你别从周昊那儿听风就是雨，我和子旸那晚一起看过灯会后还没见过面。"

"啊？"尹歆然有点傻掉了，又不禁着急起来："你说你们俩这算什么呀？周昊都说，他和那个女孩之间什么都没发生，那个女孩都从公司辞职走人了！况且你不是情人节跟穆子旸一起过的吗，不就意味着原谅他了吗，怎么还不算和好？"

梅宛书莞尔："人与人之间关系的定义，并不是非此即彼。如今我和子旸虽然不怎么见面，可也经常相互发消息问候对方的近况，至少我们都觉得这样的相处方式舒服、自然、放松，还能长久。"

尹歆然哼了一声，不同意："我觉得就是你的独身主义思想在作祟，现在你们俩恋人不像恋人，朋友不像朋友，就是矫情！”

听言，梅宛书哭笑不得，一言难尽，只得避开这个话题，说：“我接到邀请，这个春假要飞远程去悉尼，参加我以前两位好友的婚礼。”

“这么远，去南半球啊！”

尹歆然想起梅宛书的经历，高中毕业后曾去悉尼的新南威大学留学了一年半的时间，便问：“你那两个好友，是你十八九岁那会儿的大学同学吗？”

梅宛书摇摇头：“Ella，你还记不记得在夏威夷的兰花园，我跟你提过有个什么都懂的人，从他那儿学了很多知识？”

经她一提醒，尹歆然想起来了：“对啊，你从他那儿知道了什么是名贵的拖鞋兰。”

“嗯，他就是我在悉尼遇见的，那一对夫妻都是他的朋友，后来也就成了我的朋友。”

“哦，”尹歆然反应过来，总觉得梅宛书每次提到那个“什么都懂的人”，口气都跟平常很不一样，温柔细语中还带着几分崇拜，几分依恋，可明明在兰花园里，梅宛书否认那个人是她男朋友来着……

尹歆然揣测了一会儿，带了点神秘问：“Sophia，那个什么都懂的人，你是不是一直暗恋他？可又因为一些客观的原因不能和他恋爱结婚，所以他就成了你十八儿岁少女时代的白月光。你因为他至今保持独身，甚至为了他拒绝所有追求你的男性，是不是这样？”

见尹歆然脑洞大开，只听了她几句话便脑补了一本小说出来，梅宛书忍不住扑哧一笑。

尹歆然更好奇了，追问：“是不是嘛，到底是不是这样的？”

　　梅宛书仔细想了想，竟觉她故事里的"白月光"和穆云函确有几分像，便也不否认："大概就是这样。"

　　"这下我总算明白了！"尹歆然听自己终于猜中了，喜不自禁，也终于理解了梅宛书这些年扑朔迷离的行为背后的原因。

　　随后又叹道："难怪穆子旸追你追得那么辛苦，能被你暗恋的人，那得多优秀啊！要打败你心里的白月光，确实太难了。哎，我都有点同情他了……"

　　耳听着尹歆然的絮叨，梅宛书心思不觉飘到了万里之外那座美丽的城市，飘到了她曾和穆云函共同拥有的昔日时光……

第 086 章　新家

周一上午十点多，周昊在列治文的机场顺利接到了曲静怡母女俩。

由于乘坐的是十多个小时的远程航班，曲静怡面色有些憔悴，眼睛里泛出一些血丝，可一看到周昊板正笔挺的身姿立在路虎车旁，说不出的帅气，她精神一振，举高手臂朝着周昊挥了挥。

周昊大步流星地走过来，帮她将行李车推到车边，将她的两个大箱子，两个小箱子，还有几个行李包全部堆在车后箱。

贝贝在飞机上一路都在睡，此刻精神倒好，滴溜溜的大眼睛四处观望，听到妈妈对邻居叔叔连声说"谢谢周先生"，便也嗓音清脆地跟着妈妈一起说："谢谢周叔叔！"

周昊记得尹歆然对他的谆谆教导，立马纠正曲静怡："这么称呼可不行！从现在开始，你直接喊我名字，口气必须要亲近！"

"至于贝贝嘛，"他蹲下身，眼睛与小女孩齐平，见她满脸好奇地看着他，十分可爱，便柔声说："贝贝，叫声爸爸！"

贝贝有点为难了，在国内家里，妈妈也没这么教过她，她便小心翼翼地抬起头，看向曲静怡。

曲静怡有些惶恐："周先生，不好这么叫吧……"

周昊立起身，对她板脸："现在法律上你们就是我的妻子和孩子，必须得这么叫，否则没法办移民的！"

"哦，好！"

曲静怡听到"妻子和孩子"这话，顿时心跳加速，有点紧张，不过早在来温哥华前她就想好了，周昊为她做了这么多，她一定事事都对周昊言听计从，总之大家这么努力，都是为了给女儿一个好的未来。

于是她怯怯地喊了一声"周昊"，又跟女儿说："贝贝，叫爸爸吧！"

贝贝仰头看着周昊，邻居叔叔又帅又和善，她喜欢叔叔，可他确实不是自己的爸爸，便也叫不出口，只问："妈妈，为什么我的爸爸可以变啊？"

曲静怡脸色顿时有些尴尬，周昊却毫不在意，大手轻轻揉了揉贝贝的头发，笑道："因为你妈妈重新跟周叔叔结婚了，所以你现在的爸爸就变成我了！"

"明白了！"贝贝点点头，突然朝他喊："爸爸！"

她笑得甜甜的，喊得也甜甜的。

"哈哈，"周昊被她充满童稚的一声"爸爸"叫得心情舒畅，喜上眉梢。

随后打开后座车门，让母女俩上车。

不多时，车子开到别墅，周昊将车停进车库。

曲静怡一手拿着旅行袋，一手牵着贝贝，站在车库门前，眼里掩饰不了一阵惊喜。

头顶蓝天白云，入目绿草茵茵，吸入鼻尖的是干净清爽的空气，带着些早春的气息。

再抬头观望对面的一幢又大又新的别墅，简直不敢相信这里就是她和贝贝的新家。

等周昊带她们进了屋子，曲静怡见四处洁净明亮，实木家具、厨房设施、家用电器一应俱全，心中更是欢喜，旅途的疲劳一扫而空。

　　接着，周昊带她们上了二楼，进了面积阔大的主卧，对她们笑道："你们母女先休息一会儿，我把你们的行李都拿到这间来，再带你们出去吃中饭。"

　　曲静怡连忙问："周昊，你让我们母女住这间主卧，那你住哪儿？"

　　周昊指了指楼下："我住楼下那间卧室。"

　　"可你才是这屋子的主人……"曲静怡感激得不知如何是好。

　　周昊摆摆手："没事，我一个大男人住楼下方便，这间主卧带一个卫生间，你们母女俩住这间最合适。"

　　话落，他下楼帮她们抬行李去了。

　　曲静怡在房间里做了好几口深呼吸，感觉心跳才缓了一点，问女儿："贝贝，喜欢我们的新家吗？"

　　贝贝爬到了窗台上，看着窗外蓝天绿树的风景，高兴地大叫："妈妈，我们的新家太棒了！"

　　曲静怡这才忍不住对女儿道："那是因为你有一个特别棒的爸爸！"

　　"喔，爸爸真好！"很快，贝贝就接受了周昊，爱上了新家。

　　……

　　后面几天，周昊认认真真地当起了"爸爸"。

　　于他，是有点小私心的。或许因为是单亲家庭，贝贝有些胆小，但十分的乖巧可爱，获取她的喜爱毫不费力，周昊便想通过这段时间积累点做爸爸的经验，往后若真的和尹歆然成家生子，他也能应付自如。

　　再加上尹歆然说过，贝贝和他的关系越融洽，对曲静怡母女办理移民越有利，因而这些天他对母女俩十分上心，事无巨细都按尹歆然指导的一一办理好。

于是曲静怡发现，几天后，自己不仅拥有了这幢别墅的一半产权，银行的存款也多了好几万，手上有一张银行卡还有一张信用卡，贝贝也有了自己的教育基金，周昊还给她送进了附近的小学就读。

她呢，每天上午九点送贝贝上学，下午三点接回，贝贝虽然还不会说英语，可七岁的孩子在学校里属于小年级班，没什么功课压力，每天在学校里都很开心。放学后她就带贝贝去附近的公园再游玩一圈，随后准备母女俩的晚饭，冰箱里的食物也总是很充足。

周昊是老板，公司事务繁忙，基本都是吃好晚饭才回来。回家后会在客厅里跟她们母女俩亲切地聊一会儿，然后互道晚安睡觉。

十天下来，日子过得轻松而舒适，曲静怡很快就适应了。

熟悉了周围环境后，曲静怡开始到附近的街区转转。

很快，她在公园南面的一条小商业街上看到几家餐馆，一家小超市，一家理发店，一家干洗店和一家美甲店。

她心里一动，忍不住推门进了美甲店。

列治文的华人占人口数量超过一半，店里会说华语的店员也有好几个，一看她是华人，一个女孩立刻笑脸相迎："请问女士，你是想做指甲吗？"

曲静怡问："这里做指甲要多少钱？"

"要看你做什么式样的，普通法式的要七十，带些花样的从一百到一百五不等。"

曲静怡算了一下，算成 RMB 比国内还是高了不少，她不禁有些心动，道："其实我不是想做指甲，而是想来这里打工，我在国内的指甲店做过七八年，很有经验的。”

“哦，是这样，”女孩倒是和气：“那你等一下，我去喊我们的老板娘出来。”

不一会儿，一位中年女人走了出来，衣饰颇为华贵，十根手指都做了镶水钻的长指甲。

她上下打量曲静怡：“你想来这里打工？”

“嗯！”

曲静怡在国内就想好了，但凡能找到打工的机会，哪怕在餐馆里洗盘子，在超市里卖菜都好，她也想立刻开始自力更生，少给周昊添麻烦。没想到家附近就有一个美甲店，恰好是她老本行，这个机会实在太难得了，她不想错过。

老板娘便问了她一些背景问题，得知她刚从国内过来，手里只有旅游签证，又见她穿着朴素，脸容虽然清秀可却带着些苦相，才二十九岁的年纪眼角都长出了不少细纹，心想她多半是某个老移民家的穷亲戚，到枫叶国来专门想打黑工挣钱的。

她正准备用没有工作签证不能打工的理由将曲静怡拒绝，可接下来曲静怡的回答又让她改变了主意。

“你住哪里呀？”

“就住和这里隔几条街的一个独幢别墅里面。”

“是借住亲戚家吗？”

“不是的，是跟我先生，还有女儿三个人一起住的。”

“房子是你和你先生的吗？”

“对，房子就是不久前我和我先生联名购买的。”

“先生是做什么的，多大年纪？”

“他今年三十一岁，是一家房地产公司的老板。”

“女儿呢？”

“女儿七岁了。”

听到这里，老板娘内心很是吃惊，不知这个女人用的什么手段嫁给这样年轻又有实力的公司老板的，不免对她充满了好奇。

她忍不住问：“你和你先生怎么认识的呀？”

“我和我先生从小就认识，在国内我们两家住门对门。”

“哦！”老板娘明白过来，原来两人是青梅竹马，难怪两人这么早就结婚，连女儿都七岁了。

此时，老板娘对她已十分满意，最后问：“你们家都这么有钱了，你为什么还要出来打工？”

曲静怡回答得倒是十分得体：“我先生工作很忙，每天都早出晚归。我女儿每天上学后，就我一个人呆在家里，闲着也是闲着。我一看到你家的店，正好是我在国内的老本行，所以就想打点零工，不想把在国内的手艺都耽搁了。”

老板娘一听，心下甚喜，这样的人家庭背景好不缺钱，手艺也好，生活稳定，没有工作签证只能收现金工资，工资发多发少全凭自己说了算，让她来打打零工于自己倒是只有利而无害。

于是，老板娘让她今天先不拿工资试工一天，合适的话第二天就能正式上班，工资每天按工时用现金结清。

曲静怡知道自己刚来枫叶国，人生地不熟的被人剥削也很正常，她只想把握好这个机会，便一口答应下来。

第 087 章 不为人知的思念

周五的下午，天阳地产公司。

穆子旸下班之前，将公司后面两周的业务向几个高层一一交代好，回到自己的办公室。

不一会儿，周昊进来了，坐进他对面的转椅中，伸了个懒腰，放松一下身体。两个公司老板在外注意形象，只有在自己的办公室才能举止随便一些。

穆子旸调侃道："昊哥，你最近公司、家里两头忙，身体撑得住吧！"

周昊叹道："也没办法，曲静怡母女刚来，一摊子事，总得尽快弄妥了，后面 Ella 才能及时跟进，给她们办移民手续。"

穆子旸有点担心："你每天跟那对母女住在一起，让曲静怡女儿喊你爸爸，时间长了不会产生感情吧！"

周昊心里一动："我是很喜欢贝贝，天天听她叫爸爸，时间长了肯定有感情啊，不过还不至于难舍难分吧。我都想好了，往后我和曲静怡离婚了，就让她们母女住我家附近，以后时常去看望贝贝就好。"

穆子旸拿笔指指他："昊哥，你这个想法不可取，感觉跟曲静怡藕断丝连的，Ella 心里肯定会不舒服！"

闻言，周昊沉默下来。突然发现事情发展到现在，并不像他一开始想得那么轻松简单，里面还牵涉到一个孩子的成长和亲情问题。

此刻却也不愿意多想，船到桥头自然直吗。

他笑着转移话题："子旸，你自己都自顾不暇，管我这堆事做什么？机票买好了吗，什么时候飞悉尼？”

闻言，穆子旸心里一阵波动，眉目都变得温柔，却又含了几分惆怅：“我是有多久没见到 Sophia 了？整整一个月了。就不知道她在悉尼看到我追过去，会不会觉得我很烦？”

周昊见他患得患失得厉害，简直就不像他穆子旸了。这人自从认识了 Sophia 后，几番波折下来，竟从一个阳光自信的大好青年被摧残成现在这副模样，怎么都为他感到不值。

不过见他痴心至此，周昊也只能鼓励他：“管她呢，你就只管向前冲，想法子打败 Sophia 心里的白月光！再不济也不会比现在更糟糕，就只能发几条日常短信，连朋友的待遇都不如，面都见不着算什么呢！”

穆子旸郑重地颔首：“那昊哥，后面半个月，公司就拜托你了！”

说着，他站起身，套上风衣，准备走人：“Sophia 是明天的飞机，我订了后天的机票，比她晚一天到悉尼。不过，她那两个好朋友的婚礼，也邀请了我去参加！”

周昊一听，这人已经做好了充足的准备，不禁又惊又喜：“挺行啊，子旸，你是怎么跟 Sophia 的朋友联系上的？”

穆子旸眉角上扬，一脸神秘，吐了两个字：“保密！”

周昊气笑：“嘿，还是我从 Ella 那儿给你套来的消息，你居然都不肯告诉我！”

穆子旸迈开大步，背朝着他挥挥手：“昊哥，等我真的追上了 Sophia，再详详细细地说给你听！”

话落，翩翩潇洒的身影出了办公室门。

到了停车场，一阵冷风迎面吹来，带着些春寒的料峭。

穆子旸做了一口深呼吸，将冰凉的空气吸进肺腑，却怎么也压不住内心的激动、狂热。

自打两周前从周昊那里得知了梅宛书的春假行程后，他便立刻打电话给穆振中，把穆云函在悉尼、旧金山的好友名单和联系方式全部要了过来。

这段时间，他以穆云函堂弟的名义，积极地跟名单上的每个人联系，从他们的口中或多或少地了解到梅宛书和穆云函在一起的那四年，一些点点滴滴的过往。

最后，他终于下定决心，这回一定要排除万难，消除梅宛书心中的阴影和伤痛，真真正正地追上他的宛书姐！

……

优卑诗大学的麦当劳餐厅。

这一个月，梅宛书和穆语童都是在周五的下午定点见面，互通近况。

穆语童见大哥自打情人节后，又恢复了往日的神采，眉宇间却少了往日的肆意张扬，举手投足都散发出一股成熟男人的气度来。

心想毕竟是梅宛书调教出来的，穆子旸变得沉稳多了，连邵星泽也变得和以前很不一样了。

当邵星泽把心思都放在她身上，穆语童才真正感受到他更迷人的魅力。

邵星泽再也不像往日做她偶像那段时间，对她招之即来，挥之即去，如今对她是呵护备至，细致体贴。

在他强大气场的包围下，杨岳宁很快就打了退堂鼓，也和她说清楚了往后两人只做普通朋友，打工伙伴，了却了她的一桩心事。

可即便她和邵星泽在别人眼中已然是一对情侣，穆语童心里却很清楚，他们俩还没到那一步，还差了点什么。

　　她也明白，差的那一点，便是邵星泽希望他两能得到蓉姨的认可和祝福。

　　好在，梅宛书今天终于带给了她关于蓉姨的重要消息。

　　"小童，"梅宛书的声音很柔，可口吻却有些沉重："Kelvin 的蓉姨，也就是纪蔼蓉，一年半以前已经在港城过世了！"

　　穆语童闻言吃了一惊，睁大双眼："Miss 穆，这个消息准确吗？"

　　梅宛书轻轻地颔首："消息来自于港城警署，还有港城人口统计局。"

　　说着，她递给穆语童一张纸片，上面复印了纪蔼蓉的一系列官方死亡信息，包括时间、地点、死亡原因、墓地地址，详细而全面。

　　穆语童仔细看过后，不得不信，心里一酸，眼眶红了。

　　"Miss 穆，这么说，Kelvin 的第二个母亲也去世了，而且去世的时候只有四十五岁那么年轻，那他该多伤心啊！"

　　梅宛书叹息一声："根据 Kelvin 的叙述和后来查到的信息，蓉姨在 Kelvin 十九岁，也就是 2012 年底就从澳城去了港城，我想那会儿是因为被 Kelvin 的父亲抛弃后，她一心一意只想去找 Kelvin。"

　　"那 Kelvin 为什么没见到她呢？"穆语童不解。

　　"那是因为，天下母亲的爱子之心。"梅宛书缓缓说："当时 Kelvin 正在港城大学读书，蓉姨到了港城后，却没有与他见面。她不想让 Kelvin 看到她被抛弃的样子，不想让 Kelvin 和父亲起冲突，为她出头。于是她就在港城大学的附近打工，给人做保姆挣钱。她那会儿的想法是，只要能和 Kelvin 同住在一个城市，生活在他的周围，心里便觉得有了慰藉。”

梅宛书说到这里，穆语童感同身受，两滴泪水从眼中滑落，梅宛书便拿了纸巾帮她擦掉，自己的心口也是一阵酸痛难忍。

这世上，就在那许多不为人知的角落里，存着太多不为人知的思念。

“可能因为生活得辛苦，心里也苦，蓉姨染上了恶疾，可她当时并没有发现自己的身体出了问题。直到 2016 年她经常感到胸痛才去医院做检查，可那会儿确诊下来已经是肺癌晚期。”

穆语童眼睛又红了：“怎么都到了病重晚期了，蓉姨还不去见见 Kelvin？”

“因为知道自己即将离世，蓉姨就更不忍心去见 Kelvin，怕他会伤心难过。而且那会儿正是 Kelvin 临近大学毕业的时候，蓉姨怕影响他的学业。多年打工攒下的钱，也不够付港城医院的治疗费，后来蓉姨便放弃了治疗。等 Kelvin 大学毕业后回到澳城，她便孑然一身地去了。最后在她身边的是和她一起在港城做保姆的一个姐妹，得了蓉姨的临终嘱托，拿了蓉姨最后的一些存款给她在澳城买了一块墓地，就离 Kelvin 母亲的墓地不远。如此，也成全了蓉姨和 Kelvin 母亲的姐妹情谊。”

说完，梅宛书唏嘘一声。

穆语童抽了两下鼻子，喃喃问：“Miss 穆，这件事，我该怎么跟 Kelvin 说啊？我怕他会像上次那样，受了太大的刺激，会发疯……”

梅宛书柔声道：“这件事，不能就那么直接地告诉 Kelvin，他寻找蓉姨多年，一下子肯定接受不了这个结果。我也想了很久该怎么跟 Kelvin 说，想来想去，或许有一个法子可行。"

　　穆语童抬头问："什么法子？"

　　梅宛书眼神中含着鼓励："小童，这件事，得由你去做。从明天开始，学校要放两个星期的春假，一直放到国内的清明节前夕。不如趁着这个假期，你向 Kelvin 提出回澳城给他母亲扫墓，然后再找个机会把蓉姨的事慢慢告诉他。告诉 Kelvin 后，他一定会很难过，需要你多去安慰他，体贴他，陪他走过这段伤心的日子。最后一定要把他带回温哥华，千万别让他放弃读书。这应该是蓉姨临终前最大的心愿，让 Kelvin 好好完成他的学业。"

　　"明白了！"

　　一一聆听完，穆语童深知梅宛书说的句句珠玑，也只有用这种柔和的方式，才能让邵星泽度过又一个人生的低谷。

第 088 章 美好的想念

梅宛书乘坐周六晚上十点多的飞机离开温哥华，十六个小时后，于周一上午八点多到达悉尼。

三月的悉尼，天气依然燠热，白天温度高达三十多度，可树荫下却凉风习习。

下了飞机，梅宛书便除去身上的风衣，露出里面的短袖 T 恤，下身一条牛仔裤，脚上一双露趾凉拖，一身轻便的装束。

梅宛书想起八年前，恰在同一时节，她遇见了长大后的穆云函，那会儿她好像也穿着和今天差不多的装束，心里不由得泛出丝丝涟漪。

出了机场，她的一对好友范承明和许言已经等在接机处。

当年穆云函来新南威大学攻读硕士，与范承明同在生物科学专业，两人同住一间公寓，很快成为好友。而那会儿，范承明就已经有了个在财会系读大三的女友，便是许言。

梅宛书和穆云函恋爱后，四个年轻人经常在一起聚会，感情深厚。

一年后，梅宛书和穆云函都去了北美，他们之间也一直保持联系。穆云函出事的那会儿，范承明和许言还飞去旧金山，参加了他的葬礼，之后又去温哥华探望过梅宛书，见到过她当时痛不欲生的模样。

如今过去了将近四年，两人都抱着同样的心思，希望梅宛书能从失去穆云函的悲痛中走出来。

最近，因为接到了穆云函堂弟的电话，了解到梅宛书的近况，他们都觉得，这件事似乎有了希望……

"小书，长途飞机累不累？"范承明接过梅宛书的行李箱，放到了车后箱里，嘴里关心地问。

"还好，不累。"梅宛书笑着回道。

许言见梅宛书长发飘飘，身姿优雅，坐了那么长时间的飞机脸上丝毫不见疲倦，浑身上下散发着一股迷人的韵味，不禁欣喜地抱住她："小书，都快四年没见了吧，想死我们了！"

梅宛书轻拍许言的背："祝贺你们啊，终成眷属了！"

许言给她打开车后门，送她上了座位："所以婚礼一定要把你这个重要的客人请过来。"

说着，她自己上了副驾驶座。

范承明启动车子，梅宛书问："正式的婚礼是在这周六，对吧！"

"对！"许言点头："周六下午，会举办一个海滩婚礼！"

"是吗，太棒了！"梅宛书一想到那个场景，便觉得浪漫旖旎："是不是打算在 Coogee Bay 举办？"

"对，就是我们学校附近的 Coogee Bay！"许言扭头笑道："小书，还记不记得当年你是个小哭包，我们有一阵子都喜欢拿你打趣，说你是哭泣贝！"

"对哦，Coogee Bay，哭泣贝，哈哈！"一想起当年梅宛书的外号，范承明就忍不住大笑起来。

梅宛书脸一红，八年前的事了，那会儿她在四人中年龄最小，那段时间又特别爱哭，被他们打趣也是常有的事，可是，云函可从没这么笑过她，而是每次都护着她："你们可别乱说小书，她其实也很爱笑的，笑的时候可比哭的时候多多了！"

每到此时，许言都会对梅宛书做鬼脸："小书，瞧瞧，你男朋友又舍不得你了！"

梅宛书便会开心地笑起来……

"对了，小书，有件事还想请你帮个忙！"许言的语声拉回了她的思绪。

"什么事？"

"能不能请你当我的伴娘？"

梅宛书有点犹豫，毕竟不知道谁是伴郎："就没有更合适的朋友了吗？"

"哎，"许言叹口气："让我上哪儿去找比你更漂亮的人来做我的伴娘呢，要知道，我和承明都是颜控，伴郎和伴娘水准一定要高啊！"

这话一出，梅宛书不能不答应："好吧，许言，我就做你伴娘吧！对了，伴娘礼服是什么颜色？"

"哈哈，"许言忍俊不禁："你呀，还是那么爱美！伴娘礼服嘛，既然你都来了，那我们就去 downtown 一起挑你喜欢的呗！"

范承明耳听两女谈笑风生，眼里划过一丝遗憾。只可惜，穆云函不能来做他的伴郎，否则伴郎伴娘就是金童玉女，颜值盛宴啊……

不过，范承明看过穆云函堂弟的照片，穆子旸的颜值也很顶，算是通过了他和许言的考核，来接替穆云函做他的伴郎……

三人一路说说笑笑，却都刻意避开穆云函的名字，可字字句句都是当年四人在一起的场景。

梅宛书瞧着一路的风景都是她熟悉的，知道范承明正往新南威大学的方向开，不由得问："承明哥，我们是不是要先去学校啊！"

"对，去新南威附近！"范承明道："本来是想给你在

downtown 定个酒店的，后来又找到了更合适的住处。小书，你还记得当年你住的那对老年夫妻家吗？"

梅宛书颔首："记得，就是伊莎贝尔和她的先生贾斯汀家。"

许言道："对啊，就因为你当年住在他们家，他们家又在学校附近，我们就跟那对夫妇都认识了。后来你去了温哥华，我们还经常去伊莎贝尔家里玩，一直都有联系的，这次也邀请了伊莎贝尔参加我们的婚礼。"

范承明接口道："只可惜啊，贾斯汀去年过世了，房子里就只剩下伊莎贝尔一个人，偶尔会有留学生跟她一起住。最近，她的那间外租房倒是空出来了，听说你要来，就极力希望你能跟她一起住。"

许言体贴道："小书，你想不想住伊莎贝尔家都可以，不想去住的话我们今天就去拜访她一下，然后还是带你去 downtown 住酒店。"

梅宛书立刻回："我当然想跟伊莎贝尔一起住，我一直都在想念我曾住过的那间房呢！"

话落，范承明和许言对视了一眼。果然如他们所料，梅宛书想住回伊莎贝尔家，缅怀过去。

可是，他们特意这么安排，是希望伊莎贝尔可以趁这段时间开导她，让她看向未来……

而这一切，全是穆子旸的主意。

……

半个小时后，三人到达伊莎贝尔的公寓。

公寓在三楼，面积不大，两室一厅，却布置得十分温馨。

三人坐进客厅的沙发中，沙发前的小方桌上，一如既往地摆着巧克力派等几样甜点。

招呼他们后。伊莎贝尔为他们准备咖啡，听梅宛书说只喝清咖，不禁有些诧异："Sophia，我记得你原来喜欢在咖啡里加很多糖和奶！"

梅宛书微微一笑："伊莎贝尔，我人长大了，口味也变掉了！"

伊莎贝尔便拉住她一只手，感慨道："确实长大了许多，变得更漂亮了！那会儿刚住进我家时才十八岁，还是个小姑娘，很可爱的！"

"对啊，那会儿我们就喜欢拿 Sophia 打趣！"范承明笑道。

许言又想起一个玩笑："有一次我上数据课，学了 digital 这个词，下课就瞧见 Sophia 低着头在图书馆草坪那块的椅子上坐着，我就喊她 digital！Digital，低着头！"

梅宛书忍不住拍了一下许言，嗔道："谐音梗，够了啊！"

"哈哈……"

众人一起欢笑起来。

说笑了一阵，伊莎贝尔体贴梅宛书，便提出："Sophia 旅途疲劳，还要调时差，早点进房间休息吧！"

范承明和许言心里有数，起身告辞。

临走前许言问梅宛书："明天怎么安排？"

梅宛书不想打扰他们的正常工作，便道："今天你们俩给我接机，都没去上班，明天就不用陪我了，我自己去学校、还有学校附近转转。"

"行，take care！"

许言与范承明离开后，屋子变得安静下来。

伊莎贝尔带梅宛书到她曾住过的那间房，打开窗户，让外面清新凉爽的空气透进来。

梅宛书瞧着她的动作，比八年前迟缓了许多，不觉心口一酸。

伊莎贝尔和贾斯汀是从英国曼彻斯特来到澳洲的移民，夫妻恩爱和谐，却没生孩子。梅宛书住在他们家一年半，颇受他们照顾。

如今八年已过，伊莎贝尔七十六岁了，而贾斯汀已不在人世。后面还有那许多漫长的岁月，伊莎贝尔就要独自度过了……

正伤感着，伊莎贝尔对她笑道："Sophia，你看窗外贾斯丁种的花，开得很鲜艳，很漂亮呢！"

梅宛书凑过头去，果见窗外鲜花烂漫，清香袭人。

她心里一动，忍不住问："伊莎贝尔，你很想念贾斯丁吧！"

"嗯，"伊莎贝尔点点头，棕色的眼眸竟泛出一层光彩："我是很想念贾斯丁，但不是那种伤心的想念，而是一种美好的想念。我想，就算贾斯汀去了另一个世界，他也希望看到我每天开开心心地往下过。当然，我也希望他在新世界里过得很好，有自己的新朋友，或者跟他去了同一个世界的老朋友重新相聚。"

说着，伊莎贝尔拉起梅宛书的双手，意味深长地道："Sophia，对于去了另一个世界的人，我们想念彼此的同时，也放彼此自由，这样对于我们双方，是不是更好呢？"

话落，梅宛书怔住了。

第 089 章 小书，我喜欢你

伊莎贝尔的家在 Randwick 区，处于山坡的高地，离新南威大学和 Coogee Bay 都很近。

公寓临着一条繁华的街道，日间车水马龙，夜间也有车辆行过，不是那么安静。

可神奇的是，这天梅宛书睡在往日曾让她患上抑郁症的房间，却睡得十分香甜。白天调时差补眠，晚上又正常入睡，第二天起床时，竟是容光焕发，身心舒畅。

吃好伊莎贝尔为她准备的吐司牛奶，梅宛书如同八年前那样，从家出发前都会和伊莎贝尔抱一抱，道一声"have a nice day"。

随后不爱乘电梯的她会沿着楼梯下到一楼，出公寓来到大街。

与穆云函在一起后，他也一直很惯她这个"毛病"，接送她时，经常会背着她上下楼梯。

公寓的对面是一个大超市，梅宛书望见街对面闪着绿灯，便随着人流穿过街道，再往下坡走个几十米，就到了学校的九号门。

这是穆云函最常等她下课的那个门，常常接了她后去超市里买点日用品和食物，再把她带到他和范承明合住的公寓，烧给她吃。每日各种肉类、蔬菜、水果、甜点，经常变着花样，营养丰富又均衡。

进了九号门，沿着小径行走一小会儿，便来到了学校的图书馆。

图书馆前是一片绿茵茵的大草坪，中间放置了几张长椅供学生休息。

此时正是课间休息的时间，许多学生或席地而坐，或三两成群站在一起讨论功课，气氛悠闲而适意。

梅宛书嘴角浮起一抹浅笑，来到图书馆对面的教学楼，站在廊道里眼望草坪。

曾经，就是这个视角，她在一片阳光中看到了他。

当时，他穿着白色的短袖衬衫，藏蓝色的休闲裤，身长玉立地站在草坪中央。他的周身仿佛镶了一层光晕，明媚而美好，霎时攫住了她的视线。

她屏住呼吸，一时间不知道是因为那种莫名熟悉的感觉，还是因为他那抹温润如水的笑容，让她刹那间便体味到了什么叫悸动的心跳。

就在她晃然失神的下一刻，他竟举起一只手臂，向她招了招，嘴里柔声喊着她的小名："小书！"

梅宛书不敢相信自己的耳朵，两只脚却不由自主地朝他走去，直到走到他面前，她还蹙着眉，想不起来他是谁。

瞧她一脸茫然的表情，穆云函有些怅然若失，低声说："小书，你把你云函哥哥都忘了吗？哎，也是，毕竟都过去快十一年了！"

梅宛书这才猛然想了起来，双眸发亮："云函哥，是你！你怎么会来悉尼？"

怎么都没想到，当年那个清俊的少年长成了这般温雅如玉、令人心折的模样。

穆云函笑着反问她："怎么，小书？你能来悉尼留学，我就不能来吗？我现在是生物科学系的硕士生，才刚开学半个月。"

梅宛书比他早来半年，对学校比他熟悉，立马热心地道：

"云函哥，我带你在学校里逛一圈！"

"不行啊，我马上要上课了，就在对面的这个教学楼里上！"

"哦，"梅宛书有点小失望："我刚下课，今天后面就没课了。"

"那……"穆云函看了一下时间："我还有十五分钟才上课，不如我们去学生休息室坐一会儿，说会儿话，好不好？"

"好！"梅宛书不假思索地答应了。

两人来到学生休息室，在一张小圆桌旁坐下，穆云函就像变戏法似的从书包里掏出两块饼干，一小瓶酸奶，问她："刚上完课，有没有一点饿了？"

梅宛书已经很长时间没好好吃饭，每天一包方便面了事，瘦得都快皮包骨头，此刻瞧见这些小零食，竟突然有了胃口。

她抿了一下嘴唇，还是有点不好意思："云函哥，这些是你自己的课间零食吧，都给我吃了，你吃什么呢？"

穆云函微笑道："我书包里还有很多，你就吃吧！"

梅宛书一听便没了顾忌，开始喝一口酸奶，吃一口饼干，太长时间没吃这种小点心了，觉得十分香甜。

穆云函眼中流露出几分心疼的神色，见她吃完，便真的又从书包里拿出来一些，放在她面前："小书，我后面一堂课要上两个小时，你就在这儿　边吃点心，　边看书等我好不好？下了课，我再带你去吃更好吃的东西。"

梅宛书赶紧把嘴里的东西咽下去，才把刚才憋在肚子里的问题问了出来："云函哥，你怎么这么巧也来新南威留学？刚才在图书馆那边，你又是怎么一下子就把我认出来的？都过去十年多了，我长大了好多呢！"

穆云函柔声笑道："就算长大了，你也只是等比例放大小时候的样子，整体可是一点都没变！”

“哦，”梅宛书立刻就接受了他这个解释，又道：“云函哥倒是变了很多，变得我都认不出来了！”

“是变丑了吗？”穆云函故意说。

“哪有啊，”梅宛书急着反驳：“是变帅了，又高又帅！”

“呵呵……”得到赞美的穆云函笑得十分开心。

两个小时后，穆云函上好课，便带她去一家韩餐馆吃了一顿烤肉，然后去超市里买了一堆牛奶、面包、蛋糕，一直给她送到伊莎贝尔家门口，走时还叮嘱她：“小书，你可要听话，每天三餐一定要按时吃，千万不能一天一包方便面这么过了。以后，早餐你就吃这些，午餐和晚餐都和我一起吃，知道了吗？”

不知怎的，就是几句跟小时候一样暖暖的话，竟让梅宛书感动得想哭，又觉得心里像塞了棉花糖一样的甜。

之后的一个月，穆云函对她嘘寒问暖，百般照顾，几乎将学习以外所有的空闲时间全都花在了她身上。

知道她晚上经常睡不着，就一直给她打电话，说些和小时候一样的话，或给她念一些小诗，或讲个小故事，让她心里平静下来，慢慢就变得比较容易入睡了。

又有一次，穆云函上的是晚课，下课时已经是九点钟了，却还是想见梅宛书一面，便拨了电话给她。

“小书，在家吗？”

“不在家，我在学校图书馆看书呢！”

“这么晚还在图书馆？那一会儿一个人走回家多不安全？”穆云函有些责怪的口吻。

梅宛书怎好说知道他今天有堂晚课，故意等他来着，只得说：“抱歉啊，云函哥，我在图书馆查找一些参考资料，看着看着就忘了时间了！"

"那你到九号门来，我送你回去！"

不一会儿，梅宛书远远望见九号门边他颀长的身影，心里一热，奔到他身边："云函哥！"

穆云函看她手上拿了一堆书，便全部接过来放进自己书包："走吧，我送你回家！"

梅宛书却有自己的小心思："云函哥，我从来没在晚上看过大海，想去看看呢！"

穆云函笑了："正好，我也想去看看晚上的大海！"

两人沿着主干道走到坡顶，然后再下一个陡峭的大坡，便来到了 Coogee Bay。

和白昼的蓝天碧海不一样，夜晚的大海是深蓝色的，辽阔而旷远，海面上铺了一层淡淡的月光，幽静而神秘。

看了一会儿，梅宛书竟有些陶醉，鼓起胆子，指了指远处的峭壁："云函哥，我经常瞧见很多人去爬那个悬崖，我们也试一次吧！"

穆云函有些诧异："小书，你胆子还挺大的！"

梅宛书提醒他："云函哥，你忘了我小时候和旸旸一起爬树，捅马蜂窝，还和你一起去池塘里游泳的事啦！"

穆云函想了起来，笑道："确实，小书从小胆子就大！"

话落，他率先往乱石堆里走。

梅宛书跟在他身后，时而穆云函转回头，看她需不需要他帮忙拉她，可梅宛书窈窕的身影却十分灵活，不一会儿两人就轻松地爬上了峭壁。

他们肩并肩坐在悬崖上，脚下是翻腾的浪花，头顶是一颗一颗闪亮的星星。

两人又静静地看了一会儿大海，梅宛书忽然身体往后躺倒在大石上，两手压在后脑勺下，双眼仰望天空。

穆云函却没有跟她一起躺下来，而是像山岩一般坐在原地，一动也不动。

梅宛书有点失望，小的时候他们在稻田里玩耍时，经常这样一起躺倒看星星的。

等了许久，见穆云函都没有反应，梅宛书叹口气，准备起身回家了，便在这个时候，穆云函清润的声音传到她耳边："小书，我喜欢你！"

顿时，梅宛书怔住了。

穆云函只有背对着她，才有勇气往下说："小书，我从小就喜欢你。和你分别后这么多年，我经常想起你。有时候特别想打听你的消息，可又觉得你太小了，不会懂我的心思，觉得有点羞耻，就没去做。这次我机缘巧合和你一个学校读书，恰好又在图书馆那边碰见你，你也终于长成大姑娘了。我就在想，找个合适的时机把我的心里话说给你听……"

"小书，你不会怪我太着急了吧，毕竟我们才相处了一个月，你也才十八岁……"

"云函哥！"梅宛书蓦地坐起身，打断他："我跟你相处可不止一个月，加上小时候的两个月，一共三个月！我现在也不止十八岁，而是十八岁零五个月！所以……"

她咬了一下嘴唇，大胆地表白："所以，我可以为自己做主！云函哥，我也喜欢你，我愿意做你的女朋友！"

"啊！哈哈……"

被这番比他还直白的话给震惊到的穆云函，接着又是一阵狂喜，忍不住放声笑起来。

第 090 章 心问

梅宛书坐在那处悬崖上，眼望大海，从日光明媚坐到了夕阳西下，再坐到了天色幽暗，繁星闪耀。

远处的海岸线游人渐渐散去，到了晚间，海边的房屋亮起了点点灯光，照映着海滩。

梅宛书遥遥望见还有一人伫立在海边，许久许久，仿若化石。

她默默地叹息一声，这世上，还有那么多人怀着和她一样的伤心事……

她仰望天空，心问："云函，我要放你自由吗？"

……

穆子旸一下飞机，便联系上了范承明，晓得梅宛书住进了伊莎贝尔家，也获知了她今天的行程。

于是，他直接乘坐出租车，找了 Coogee Bay 附近的一家小旅馆入住。

在旅馆房间里休息了片刻，他便拿了相机出发，去了新南威大学，从山顶的图书馆，一路往下，踏过草坪，经过玻璃廊道，一直走到学校的主门。

然后他在附近 Kensington 区的街道上游逛一圈，再自下而上地爬坡。经过学校旁边的跑马场，来到坡顶 Randwick 的繁华大街，最后从坡顶往下，直通 Coogee Bay 的大海。

他沿着海岸线来回徘徊，听游客们欢声笑语，看他们游泳冲浪。

夏日的海滩，海水一碧如洗，远处耸立着黑色的峭壁，不少游客踏过乱石堆，爬上悬崖。

然后，他望见一人坐在了突出的悬崖边上，长发随风飘动，气质清雅脱俗。

只在一秒间，他便认出了那人是谁，顿时，心中的浪花翻腾奔涌。

从那会儿起，他便没离开海滩。

知道她在缅怀过去，那他就默默地陪着她，回忆往昔。

直到晚上，海水转成了深蓝，梅宛书终于起身，下了峭壁。

穆子旸远远的跟在她身后，目送她进了伊莎贝尔家的公寓，才慢慢地踱回小旅馆。

进屋的时候接到了范承明的消息：【明天许言约了小书去 downtown 试穿新娘和伴娘礼服。】

穆子旸：【几点】

范承明：【下午三点，不过小书说她上午就先去 downtown 逛逛】

穆子旸：【知道了】

范承明：【对了，下午五点，我们一起去同一家店试穿新郎和伴郎礼服】

穆子旸一瞧与梅宛书差了两个小时，心下一松，知道范承明是为了他才特意这么安排的，立马回：

【好的，谢谢承明哥】

范承明：【那就说定了，五点皇后大街 XX 店见】

穆子旸：【OK】

……

翌日，梅宛书乘坐一部公交半个小时便到了 downtown。

在 downtown 的街道上，她随着往日的足迹漫步行走，不多时便来到了一家书店。

这家书店她曾和穆云函来买过几次书，两人喜欢并排坐在书店一角的沙发上，各自翻阅自己专业的书籍。

当时，梅宛书读大一，学的基础课程比较多，平日里穆云函经常指导她的功课，在书店里梅宛书阅读到不太明白的地方也会请教他。

穆云函修长的手指在书页上慢慢划过，仔仔细细地向她解释，那副认真又专注的模样，那道清润又好听的嗓音，不觉间便让梅宛书失了神。

"小书，思想集中一点！"

穆云函抬手点了一下她的额头，警醒她。

梅宛书的脸颊微微泛红，为了掩饰尴尬，她找了个理由："云函哥，我想去下洗手间。"

"去吧。"穆云函每次说这两个字时，声音总是那么的柔。

他在沙发上等了一会儿，不见梅宛书回来，突然想起她是个路盲，在哪里都容易迷路，书店虽然不大，可一排排书架密集，看上去都差不多，梅宛书在这种地方最是容易晕头转向。

穆云函有点急，赶忙起身到处找她，最后总算在两个书架间寻到了她的身影。

见梅宛书蹲在地上，膝盖上翻开一本书，入迷地读着。

穆云函又是好气又是好笑，走到她身边，也蹲了下来，轻声问："小书，你怎么蹲在这里看书？"

梅宛书一见是他，便甜甜地笑了："我从洗手间出来后，就找不回那张沙发了，所以就干脆不到处走，找个地方等着就好。就跟小时候我在麦田里迷路时一样，只要我不乱跑，你一定会找到我的！"

说这话时，两只眼睛晶亮晶亮的，全都是信任和依赖。

穆云函心里顿时软成了棉花，抬手揉揉她的头发："小书虽然是个路盲，可还是非常聪明的！"

"那是必须的，"梅宛书自信道："如果我不聪明，就不能和云函哥在同一个频道上了！"

"呵呵……"

穆云函乐不可支，这话说得讨喜又巧妙，既赞美了他，也顺便夸夸她自己。

"对啊，小书从小就和我在一个频道上，若不是这样，又怎会让我惦记这么多年呢！"

闻言，梅宛书有点害羞地垂下眼眸，两排睫毛轻轻晃动着，她轻声问："云函哥，你真的那么喜欢我吗？"

"当然了！"穆云函不假思索。

"那……我们变成男女朋友都已经一个多月了，你连手都没跟我拉过！"梅宛书有点抱怨地说。

毕竟在小说里，男生对喜欢的女孩总是那么渴望……

闻言，穆云函心里一动。那么喜欢梅宛书，他又怎么不想更进一步，可或许因为小时候的因素，在他心里她还像没有长大的小女孩；又或许梅宛书在他没有来悉尼的前半年，罹患了抑郁症而不自知，哪怕现在每天跟他在一起，她的心思也是非常敏感，总爱哭，他心下怜惜，总想等着她的精神状况变得更稳定一些，年龄也再大一些，两人再正式进入恋爱状态。

可这会儿，他瞧她嘴巴微微撇着，一脸的委屈样，知道她又开始敏感了，便立马站起身，朝她伸出一只手："起来了，小书，一直蹲在地上腿会麻的！”

梅宛书盯着他白皙纤长的一只手，心里一甜，将自己的手放进他的手心。

穆云函用力将她拉起，之后便再没放开。他们手牵手穿过条条街道，缓缓而行，一路言笑晏晏，最后走到了悉尼歌剧院。

那座神奇的建筑，就坐落在海滨，阳光下片片白色的砖瓦晶莹闪亮，整个歌剧院的造型宛若白帆扬起在海面上，宏伟又壮观。

来到悉尼两个多月，穆云函还是第一次见到歌剧院的真貌，不禁目眩神迷，梅宛书便陪着他驻足欣赏。

便在此时，一道彬彬有礼的声音传入耳朵："请问，可以给你们拍张照片吗？"

两人转过头，见一位金发的白人男子，手拿广角相机，微笑着向他们询问。

两人一看他手上的相机，便知这人是位专业摄影师，想要找合适的模特帮他拍风景照。

果然，摄影师给他们看了一些他在其他国家有名的建筑下，拍摄的一张张清晰又唯美的照片，里面的人物都是一对一对的年轻人，可并没有华人。

摄影师又说："拍好后，你们给我留·个地址，等照片洗出来后，我给你们寄过去。"

梅宛书好奇地问："为什么这里这么多人，就选中我们两个华人来做你的模特？"

摄影师理所当然地道："我选模特并不管他们是哪个国家来的，只管他们的颜值是不是众人里最出挑的！"

这么一说，穆云函和梅宛书相视一笑，答应下来。

　　这张背景为海上悉尼歌剧院的合照，至今被梅宛书存放在一本大相册里，相片里的两个人，肩并肩，手牵手，那么的青春，又那么的清纯。

第 091 章 伴娘礼服

下午三点，梅宛书准时到达皇后大街上的一家婚纱礼服专卖店。

许言比她先到一步，早在上周她已经挑好了新娘婚纱的款式，今天定做好了让她来试穿。

许言从试衣间里出来时，梅宛书眼睛一亮。

她的这款婚纱上身蕾丝裹身，露出整个肩颈，下摆为鱼尾状的层叠薄纱，裙尾拖地。穿上身后整个人宛如一条精致漂亮的美人鱼，既性感妩媚，又时尚高级，还很合海滩婚礼的氛围。

"怎样？"许言知道梅宛书审美好，十八九岁时就很会打扮自己，喜欢把不同牌子的衣服混搭在一起，穿出自己的味道来。

梅宛书微笑道："非常美！"

"哇，能得到你的赞美，我投入那么多成本也值了！"

梅宛书莞尔，毕竟从事财会的，说话也要加点专业术语。

许言换下婚纱，拉着她到成品礼服那边，让她自己挑一款。

梅宛书一瞧件件价格不菲，便摇了摇头："我还是去网上看一看，租一件婚纱吧！"

"那可不行！"许言极力反对，振振有词："你都看到我新娘礼服的档次了，伴娘礼服也不能差距太大了吧，否则就不 match 了。"

梅宛书心想也是，许言这么注重仪式感的人，那么重要的场合，自己得给她撑场面的，便提议："那我自己来买。"

许言不肯："你医学院都还没毕业，还是个学生，买什么买！你就当姐姐给妹妹买件衣服，安心收下便是！"

梅宛书无奈，指着一堆礼服中最简单最便宜的一款："那就这件！"

许言一瞅，立马否决："这件怎么配你的气质啊！"

随即给她带到一条蓝紫色、全身蕾丝的薄纱裙前："这件才最合你的气质！"

梅宛书一看，这条裙子上身为大 V 领，腰线收起，长长的下摆恰好曳地，裙身上绣满花朵，飘逸清雅。

心下称赞，许言是会挑的。

可一看价格，跟新娘礼服差不多，便又开始犹豫，眼光逡巡别的礼服，想挑一件性价比高的。

许言观她神色，知她喜欢这件蓝紫色的，便拉着她胳膊，悄声说："就这件吧，就当满足我的心愿。知道吗，当年我就跟承明说过，如果我和他真能修成正果，步入婚姻，我一定让你做我的伴娘，让云函做承明的伴郎！"

到底，还是把"云函"说了出来。

梅宛书一怔，目光再度转向这条纱裙，眸里涌上了一层雾气。

片刻后，她从更衣室里走了出来，浑身上下携着一股飘渺的仙气，美得不可方物。

奇妙的是，在她的领口处，一只粉色的蝴蝶翩翩飞舞，与她的礼服交织出一副蝶恋花的美妙画面。

许言被惊艳得半晌说不出话来，耳听几个店员的惊呼声不断，她才指着梅宛书的胸口问："这是什么，不会是刺青吧！"

梅宛书莞尔："是胎记！"

　　许言啧啧称奇："我就说这件礼服和你是绝配，连胎记都配上了！"

　　梅宛书有点羞赧："要不要遮一下？"

　　"遮什么遮，不许遮！就这样露出来，绝美！"

　　话落，许言拿出手机给梅宛书拍了一张全身照。

　　……

　　穆子旸准五点到达礼服店，见范承明坐在沙发上，边笑边摆弄手机。

　　穆子旸朝他叫了一声："承明哥！"

　　范承明抬起头，见一个高大英挺的年轻男人朝自己走来，面容跟照片上一样阳光俊美，气度也是十分的潇洒，竟是一点也不亚于穆云函的另一种帅气。

　　范承明站起身，和穆子旸握住手，有理有节地说："子旸，感谢你万里迢迢来参加我的婚礼，还愿意做我的伴郎。"

　　穆子旸脸色更加郑重："承明哥太客气了，是我得谢谢你，给我机会做你的伴郎！"

　　话落，他将手中的一个礼品袋递给范承明："祝你和许言姐新婚快乐！"

　　礼品袋不大，可很沉，范承明余光瞥到里面装了两只精致的方盒，该是两块名牌手表。

　　觉得穆子旸太过破费，范承明还想退回，穆子旸却真诚地道："承明哥，你就收下吧！这份礼物不只代表我自己送的，还有云函哥的心意在里面！"

　　"云函"这个名字的分量太重，范承明必须要承这个情。

　　再次道谢后，他把这些天存在心里最大的疑虑问了出来："子旸，你对小书是真心的？"

“再真心不过！”穆子旸不假思索。

“可你也明知道，她一颗心装的都是云函，都好几年了，我们做朋友的都为她着急，为她难过，可她好像还是没能走出来……”

穆子旸的态度却很坚决：“我知道，没有人比我更清楚，可这并不妨碍接下来我该怎么做。”

他笑了笑，笑得那般灿烂：“放心吧，承明哥，我也知道自己比不上云函哥，可我有的是时间，我有一辈子的时间！”

听了这话，范承明又是感动，又很感慨，他拍了拍穆子旸的肩头：“好，很好！子旸，你放手去追，我和许言都会支持你！”

说着，他突然想起什么，连忙打开手机，笑道：“你看这张，许言刚发的小书的礼服照，要不要转发给你？”

“当然要！能不能现在就发给我？”穆子旸嘴里催着，眼睛不由自主地看向照片。

整张照片有一种朦胧的意境美，似幻似真。

照片里的梅宛书长发如瀑，肤若凝脂，在一袭花朵礼服的衬托下，宛如仙子。

而当他看到礼服领口上的那只粉色蝴蝶，顿时震撼得忘记了呼吸。

旁边范承明瞧他目不转睛愣神的样子，觉得好笑，可也瞧得出这人对梅宛书痴恋已深。

他咳了一声，收回手机，将照片转发给穆子旸后，问他：“她们两位女士这会儿正在一家西餐厅吃晚餐，你一会儿试穿好礼服后有什么打算？”

穆子旸打开手机，确认收到了照片，嘴里回道：“我今天在 downtown 逛了一天，就还没去情人港，都说情人港的夜景不错，我想去看看。”

范承明点点头：“好吧，那后面你自便，我就不陪你了。”

正说着，手机里又接到一条消息，他看了一下立刻对穆子旸说：“明天小书的行程许言也告诉我了。”

“她准备去哪里？”

“去 Rose Bay 那块地方转转。”

穆子旸来前仔细研究过悉尼的城市地图，知道 Rose Bay 离新南威大学不近，开车都要半个多小时，便问：“承明哥，你知不知道宛书为什么要去 Rose Bay 那边？”

范承明自然一清二楚，叹道：“当年的那个寒假，云函和小书在 Rose Bay 整整打了一个月的工，云函在一家 Pizza 店送外卖，小书在一家日餐馆做服务生，两人打工的店面在同一条街上，每天云函开车，两人同去同回。”

穆子旸颔首：“明白了，可以把他们打工的店名告诉我吗？”

“当然，现在就发给你。”

……

西餐厅里，许言和梅宛书吃好主菜后，侍者上了最后一道甜点，提拉米苏冰激凌。

许言最爱吃甜食，一看到这道甜点便两眼放光，却见梅宛书动都不动，不禁奇怪地问：“小书，你怎么不吃啊，你不是最爱吃冰激凌的吗？”

梅宛书淡笑着摇摇头：“现在不爱吃那么甜的了。”

她把冰淇淋推到许言面前：“你要是不介意，就吃双份吧！”

许言很开心：“我当然不介意，求之不得！”

当下就挖了一大勺入嘴，想尽快把自己那份吃了，免得第二份冰激凌化掉。

梅宛书莞尔，从包里拿出一个雪白的纸袋，递给她："这是送给你和承明哥的结婚礼物，没花什么钱，就是一点小心意。"

许言接过纸袋，轻飘飘的，她满意地笑道："没花钱的心意才好，礼物要是太贵了，我和承明都会觉得有压力。"

可待她吃完冰激凌，打开纸袋一看，还是愣住了。

里面放了三样针织品，每一样都是按名品专卖店的样式和花色编织而成，极费功夫。

一条底色为藕粉色，上面布满几何图案的长围巾；一双厚厚的纯黑色羊毛男士五指手套；还有一件蓝白条纹的儿童毛衣。

许言又惊又喜："小书，你花了多久织这些啊？"

梅宛书回："没花多久，就从接到你和承明哥的婚礼邀请后才开始织的。"

许言晓得仅仅半个月时间织这几样很不容易，叹道："你呀，前段时间天天在医院上班，还织这些东西，觉都没得睡了吧！"

梅宛书柔声道："真没有你想得那么辛苦，我手很快的！"

许言鼻子一酸，八年前的梅宛书还是个小哭包，是他们的团宠，当年因为看穆云函很想治好梅宛书的抑郁症，她和范承明便很配合地一起宠着梅宛书，还都喊她"小书"，可如今的小书，已经成熟懂事得令人心疼……

第 092 章 情人港

晚餐后，梅宛书与许言道别，许言道："我开车来的，要不我送你回伊莎贝尔家吧。"

梅宛书摇摇头："我一会儿想去情人港看夜景。"

许言心里明白，情人港可是悉尼的年轻情侣们最爱去的地方，当年穆云函和梅宛书也去过不少次，她便道："那我就不陪你了，你逛好回去后，给我发个消息。"

"好！"梅宛书柔声回她，目送她上了车，才迈开脚步，朝着情人港的方向缓缓而行。

一路，她时而停下来看一看周围的街景，回想一下路名。八年前她就容易在 downtown 迷路，可毕竟和穆云函来这里多次，许多街道还是熟悉的，终于慢慢踱到了情人港附近的大石喷泉。

梅宛书驻足在喷泉前，望着水珠四下飞溅，不由得伸出一双手，去接那些冰凉的水珠。

"云函哥，这里好凉快！"

那天晚上，梅宛书和穆云函行到这里时，梅宛书一时兴起，从喷泉里的第一块大石头出发，一直走到最后一块，还觉得不过瘾，来回走了好几次。

穆云函怕她摔跤，一直跟在她后面，几趟走下来，头发身上都沾满了水珠。

"好了，小书，衣服都湿掉了！"

最后，穆云函拉着她一只手，让她从石块上跳下来。

"没关系的，今天天热，一会儿就干了！"

梅宛书毫不在意，与穆云函手拉着手，继续往前走，不一会儿两人便来到了情人港。

晚间的情人港，四处灯火阑珊，周围的高楼大厦圈起小小的港湾，静谧而朦胧，有一种诗意的静美。

两人和其他一对对情侣一样，找了一张长椅坐下，梅宛书的凉鞋湿了，她便脱了下来，蜷起双腿，光脚放在椅子上。

一阵晚风吹过，凉气袭人，梅宛书不由得打了个冷颤。

穆云函叹息一声，轻轻握住她的肩，让她靠进自己怀里，然后，双手握住了她的两只脚。

霎时，梅宛书浑身就像过电一般，他身上温暖的气息，他手上温软的触感，加上周围的气氛，一切都变得那么旖旎……

在他的怀里，梅宛书停止了思维，只听他温柔的话语绵绵不绝地传进她的耳中，宛如咏诗，又似呢喃……

"小书，还记得我们在图书馆草坪的初次见面吗？其实不应该算是初次见面，哪怕小时候不算在内。"

"为什么呀？"梅宛书顺着他的话问。

穆云函轻笑了一声："当时，你真的以为我一下子就把你认出来，是因为你等比例长大吗？"

"不是吗？"

"当然不是了，早在半个月前，我来到悉尼的第一天，就悄悄地去见过你！"

"啊？"梅宛书呆掉了。

"你呀，真挺傻的！"穆云函宠溺地说："我其实知道你也在新南威大学读书的。"

"你是怎么知道的？"

"不难，我问了我妈。别忘了，你母亲和我母亲是大学同学，是好朋友，否则也不会有我们小时候一起玩了一整个暑假的事了。”

“对哦，”梅宛书反应过来，心里甜甜的：“那你又是怎么悄悄见我的呢？”

“也不难，新南威所有的课表在学校网站上都能查到，我知道你读哪个专业，大一的课程也比较固定，那你每堂课在哪间教室上，我都一清二楚。”

说到这，他轻轻捏了一下她的脚：“我悄悄看过你好几次，觉得你实在太瘦了，就在书包里准备了一些零食。然后那天，我恰好有堂课和你在同一幢教学楼里上，上课时间也正好一前一后，我就站在图书馆的草坪那边等你下课，自然就和你碰见了！”

“啊！”梅宛书这下子全明白了，忍不住惊叹：“原来云函哥还挺有做间谍的潜质，这么说，我好像被骗了！”

“呵呵……”穆云函笑得十分开心，问她：“那你现在后不后悔？”

“后悔被你骗？”梅宛书娇声道：“才不呢，我被骗得很开心，有人教我做功课，有人烧饭给我吃，有人陪我出去玩，还有啊，我哭的时候，有人伸手接我的眼泪……”

“哎——”

她长长地叹了口气：“云函哥，你为什么那么好呢，好得都不像真实的人类！”

“呵呵……”穆云函又被逗笑了。

“小书，我对你好，是因为你自己足够好。你要相信你自己，值得我为你做的一切。而且，别以为只有我对你付出，其实不是的，我和你在一起的每分每秒，我得到的快乐，早就远远超过了我做的那些小事。”

“你都不知道，那天在悬崖上，你跟我说你愿意做我的女朋友，我有多开心，开心得简直要飞上天了。这些日子我们每天在一起，包括今天，包括这会儿，我都感觉不真实，就像在做梦……"

"我也觉得，"梅宛书深有感触："我每晚睡觉前都会想一会儿今天和你在一起做了什么，就像放电影一样，等全部回忆完了，脑子就开始迷迷糊糊的，也睡不沉，总在想你。有一次，我梦到你就走在我前面，可我总追不上你。我怎么叫你，你就是不回头，也不理我……"

说着说着，梅宛书的眼角一酸，两行泪水不知不觉地流了下来，穆云函赶忙松开她的脚，习惯性地一手扶住她的肩，另一只手去接她的泪。

哭了一会儿，梅宛书发现他肩头的衣衫都湿了，手掌心也湿了，便不好意思地止住流泪，鼻尖红红的，嘟囔道："云函哥，也难为你了，成天和我这样的哭包在一起，还那么欢乐！"

"呵呵……"穆云函情不自禁，又笑起来。

然后他心疼地说："小书，你是因为刚开始独自出国留学不适应，太寂寞，才变得爱哭。不过，既然我来了，总有一天你会好起来的。我现在就很后悔没有早点来陪你，主要因为大学毕业后申请学校、签证什么的，花了我半年的时间。"

"我懂的，"梅宛书轻声道："那些手续上的事都挺费时间的，当时我妈妈在我高三时就花了一年去办这些出国手续。总之，你现在来陪我了，我就心满意足了。"

话落，她突然觉得有些困倦，便在他的怀里，闭上了双眼。

穆云函就这么搂着她，让她好好地睡了一觉。期间，他没能忍住心头的一股子悸动，嘴唇贴上了她光洁的额头。

……

　　情人港不大的一块地方，穆子旸一到，远远地就瞧见一个美丽的女人独自坐在一张长椅上。

　　港湾四周的灯火影影绰绰，笼在她身上，如梦似幻。

　　她脱了鞋，光着双脚，身体蜷缩起来，两手抱膝。

　　即便这样的姿势，依然优美如画。

　　穆子旸心神一荡，悄悄地朝她靠近，最后在她侧边几米的地方，停下了脚步。

　　他望了她很久，然后掏出手机，转过身，自拍了一张。

　　远处的背景里，就有那个女人。

……

　　翌日，梅宛书去附近的租车行租了一部旧车，用手机导航，慢慢开去 Rose Bay。

　　悉尼一整个城市植被覆盖面极广，沿街皆是参天大树和绿茵茵的草坪，让梅宛书傻傻分不清每条路的差别。

　　作为一个路盲，有时候很痛苦，比如自己找路开车的时候；可有时候却很快乐，比如别人当车夫，自己只当乘客的时候。

　　那年寒假，从六月底放到七月下旬，将近一个月的空闲时间，穆云函便说想出去打工，补贴一些生活费。说是有同学在富人区 Rose Bay 送外卖，收入还不错。正好他最近也买了一辆二手车，送外卖正合适。

　　梅宛书也想和他一起。

　　穆云函自然也舍不得他打工时把她独自丢在家里，便在他打工的 Pizza 店的对面找了一家正在招服务生的日餐馆，还特别将自己送 Pizza 的时间定在每晚五点半到十点，与梅宛书打工的时间完全重合，两人就可以同去同回了。

悉尼的冬天也一点也不冷，每天下午四点三刻两人从学校附近出发，天边还映着橙红的夕阳，梅宛书看着车窗外同样的景色，居然丝毫不觉得厌倦，每日都觉得窗外的风景焕然一新。

穆云函几度被她笑倒，有时候梅宛书会突然惊喜地喊："云函哥，你今天绝对走了一条新路，这里我从来没来过！快看，那边有只小考拉，好可爱！"

他不想泼她冷水，可明明这条路，是他们每日去 Rose Bay 的必经之路……

又有一次，他特别早了半个小时出发，绕道而行，梅宛书却丝毫没发现，还说："云函哥，看样子我们马上就要到了，你今天打工的班表是五点钟开始，是吧！"

穆云函笑而不语，不一会儿将车停在了大海边。

Rose Bay 和 Coogee Bay 不一样，到处都是悬崖峭壁，惊涛拍岸，浪花翻卷。

梅宛书怔愣着望着窗外，喃喃问："这是哪儿？"

穆云函亲昵地点了一下她的鼻尖："天天在 Rose Bay 打工，却没来过真正的 Rose Bay，喏，外面就是了！"

"原来 Rose Bay 的大海这么美！"梅宛书惊喜道。

两人下了车，沿着峭壁的小径行走，小心翼翼地走了一段，穆云函蹲下身："小书，你上来，我背你！"

梅宛书笑问："干嘛要在这么危险的地方背我？"

"怕你摔下去！"

"可你背着我，就不怕两人一起摔下去？"

"愿意吗，和我一起摔下去？"

“愿意！”

梅宛书喊着，趴在穆云函的背上。

果然，隔着他的肩头去看大海，感觉更惊悚了……

第 093 章　红灯

整个澳洲靠左行车，梅宛书有点不习惯，把车开得很慢。

而这次，她也选择绕道而行，先去了 Rose Bay。

她站在海岸嶙峋的峭壁上，任海风吹乱了她的发丝，吹得她面颊冰凉。

站立许久，她才回到车上，开往当年和穆云函一起打工的那条街。

八年后，小街依然宁静如昔，梅宛书驻足在自己曾打工的那家餐馆门口，却发现玻璃门上贴出的菜单变了，不再是日餐，变成了韩餐。

原来的老板和老板娘不知搬去了哪里……

她轻叹口气，穿过马路，进了对面的 Pizza 店。

"Hello，请问想点什么 Pizza？"一个年轻的白人男孩亲切地招呼她。

梅宛书问："可以点自制 Pizza 吗？"

男孩有点好奇："你想点哪种自制 Pizza？"

梅宛书道："牛肉粒、火腿片和海鲜，还有蔬菜放在一起的那种！"

男孩笑了："抱歉啊，我们店里没有这种 Pizza 卖的。"

梅宛书淡笑说："没关系的，我只是问问。"

男孩见她笑容中带了几分怅然若失，又不禁问："你在我们店里尝过这种 Pizza 吗？"

"嗯，八年前，有一个和你差不多大的男孩子，亲自做给我吃的。"

"八年前？"男孩悠然神往，忽然猜到了什么："是你的男朋友做给你吃的吧！”

梅宛书颔首：“对，是我的男朋友做给我吃的。”

那个寒假，有些时候梅宛书没有排班打工，而穆云函的 Pizza 店却一直都很忙碌，他便把梅宛书带在身边。

晚上打工，道路都看不清楚，可穆云函就像在脑子里装了一张地图，无论多蹩脚的地点，甚至隐藏在树林里的别墅，他都能很快地找到。

下车送 Pizza 的时候，穆云函会让她在车里独自呆一小会儿。视线不清的时候，穆云函会让她拿手电筒去照一幢幢房屋的门牌号，她便很快乐地帮忙。

肚子饿了，穆云函就自己去店里的厨房做 Pizza，他会在 Pizza 表面撒上各种食材，肉类、海鲜、蔬菜一样不缺，他们在车里一块儿吃光一整个热乎乎的 Pizza，吃完了肚子饱饱的，心情也会变得十分舒畅。

在那个寒假，梅宛书没了学业的压力，加上经常打工劳动，睡眠质量渐渐转好起来，抑郁的症状大为减轻。

在穆云函的旧车里，她常常语声清脆，快乐得像只小鸟。

穆云函开车有他自己的小习惯，他经常喜欢反手握住方向盘，还喜欢用中指去拨雨刮器的开关。

有一次打工回家的路上，天空下起了绵绵细雨。

穆云函便减慢了开车的速度，遇到了一连串的红灯。

将车缓缓停下后，他左手修长的中指拨了一下开关，雨刮器便在窗上左右摇摆。

梅宛书侧过脸，有点着迷地看着他。看他清俊的侧颜，挺直的鼻梁，还有他左半边脸上的眼角边，有一粒极小的泪痣，竟是说不出的诱人心弦。

看了好一会儿，穆云函突然发声：“小书，你再盯着看，我车要开不好了！”

梅宛书耳根开始发热，却不肯转过头去，嘴硬道：“云函哥，这会儿不是红灯吗？”

穆云函凉凉道：“十秒之内，就会转成绿灯！”

悉尼的指示灯是没有计时的，梅宛书便在心里数秒，果然数到八的时候，街对面转成了绿灯。

梅宛书有些懊恼地低下头，为什么事事都给他说中呢？

这世上，还有多少事是他不会做、料不到的呢？

而自己成天被他这么照顾着、教导着，哪天才能跟上他的节奏呢？

自己是真的跟他在一个频道上吗？

梅宛书开始自我怀疑，越想，内心的挫败感越浓，差点又要流下泪来。

忽然，耳边传来穆云函清润的声音：“小书，又碰到红灯了！”

“嗯？”梅宛书抬起头，眼光疑惑不解。

却听穆云函柔声说：“这个路口的红灯会亮七十秒左右，你可以看很久！”

扑哧，梅宛书笑出声来。

然后，也不知哪来的一股勇气，她突然倾过身去，仰起头，嘴唇触上了他的眼角。

“Wow！”

车里的这一幕被旁边车上的一对情侣看到，他们欢呼大叫，开车的男孩还给他们鼓起了掌。

穆云函眼睛盯着前方，没好意思去看梅宛书，但他却在启动车子时又突然来了一句：“小书，再接再厉！下一个，还会是红灯！”

……

　　男孩终是按照梅宛书说的特制了一个 Pizza 卖给她，梅宛书道了声感谢，将 Pizza 拿进车里。

　　在车子封闭的空间，一股熟悉的香气飘进鼻尖。梅宛书打开盒盖，吃了八片 Pizza 中的其中三片，心满意足。

　　就在她开车返回时，另一辆旧车来到了同一条街。

　　穆子旸将车停在街边，下了车，开始沿街寻找梅宛书曾经打工的日餐馆。

　　不一会儿，他看到了范承明发给他的那个店名。

　　他心中一喜，脸上露出了灿笑，推门走了进去。

　　此时还是下午的时间，店里一个客人都没有，前台的老板正在准备做寿司的各种食材，老板娘在给每桌的玻璃瓶里添加酱油。

　　见到一位又高又帅的年轻人走了进来，身上像是携了外面的暖阳，光华灼灼。

　　老板娘眼睛一亮，感觉他是华人，便试着用中文招呼他："小伙子，要点寿司吃吗？"

　　穆子旸欣喜道："您会说华语？"

　　"对啊，"老板娘笑道："我和老板其实是从都城来的移民，不过我家店日餐做得不错，在 Rose Bay 算是很有名的。"

　　说着，她把菜单拿给穆子旸看。

　　穆子旸点了一份最贵的澳龙寿司卷，老板娘兴高采烈地向前台的老板传菜，老板答应一声，手上开始灵巧地操作起来。

　　不一会儿，一整盘寿司端上桌，穆子旸很有礼貌地说了声"谢谢"，才开始问："老板娘，我能向你打听一个人吗？"

“你尽管问！”见店里没有其他客人，大家又都会说华语，交流无碍，老板娘便很爽快地答应了。

穆子旸道：“请问你还记不记得八年前的冬天，有个十八九岁的女孩在这里打过一个月的工，她是新南威大学的学生。”

“八年前啊，”老板娘道：“八年前就是 2010 年，那会儿我们这家店还没有搬到这里，还在街角的那家小店面，现在那家在做韩餐。”

“对，就是 Pizza 店对面的那家店！”穆子旸这才对上了正确的地址。

老板娘问：“那个女孩叫什么名字？”

“她英文名叫 Sophia，中文名叫梅宛书，或者，那会儿她周围的人都叫她小书。”

“是她啊！”老板娘想了起来。

尽管当年梅宛书打工的时间不长，可她对梅宛书印象挺深的：“那个女孩是不是长头发，个子高高的，长得很漂亮，气质也很好？”

“对，就是她！”穆子旸肯定道：“你能告诉我一些她在这里打工的事情吗？”

老板娘开始仔细回想：“对，我们都喊她 Sophia，她的朋友都喊她小书。她不仅人漂亮，而且聪明，心灵手巧，第一天过来打工就把菜单上的菜名和价格全都记住了，做事也有条不紊，只有一点不好！”

穆子旸一愣：“哪一点？”

“就是太瘦了！感觉走路都会被大风刮走，呵呵……”

穆子旸一听是这个，也跟着老板娘一起笑，就说嘛，他完美无缺的宛书姐，怎么会不好？

　　"哎，"老板娘叹口气："还有一点不好，就是在我们店里做的时间太短了，她走的时候我和老板都挺舍不得的。对了，小伙子，你为什么要打听她？"

　　耳听老板娘问得那么直接，穆子旸也不好意思绕弯，他吞了一大口寿司，直接坦白："就是，很喜欢她，想追她！"

　　"哟，小伙子挺厉害啊，"老板娘赞道："都八年了，你追到这儿来打听她！不过呢，人家当年可是有个对她特别好的男朋友，天天接送，风雨无阻，人长得也特别帅。当时那两孩子感情是真好，我和老板都说，不出意外，两人准保以后会结婚！"

　　话落，突然发现自己失言了，赶忙捂住嘴。

　　却见穆子旸大大方方地道："老板娘，没关系，我知道 Sophia 以前是有个很要好的男朋友。"

　　"不过嘛，"老板娘开始打圆场："都八年过去了，那些也只代表过去了！"

　　她再次上上下下打量穆子旸，鼓励道："小伙子，我觉得你行，我要是 Sophia，我就选你！"

　　"哈哈……"

　　穆子旸心情大好："谢谢老板娘，承你吉言！"

第 094 章 死生契阔，永不分离

一晃数日，时间滑到了周五。

梅宛书今天的行程是开车去蓝山，由于要开两个小时的路程，梅宛书便去租车行换了一部新车，带了一些零食，一早就出发了。

夏末时分，参天大树铺开了巨大的叶子，车子一路行在树荫下，倒是颇为凉爽。

梅宛书记得上次去蓝山，是在那年的十月，正值春季，气候宜人。那次，她是和穆云函、范承明还有许言四人一起去的。范承明和穆云函轮换着开车，她和许言便坐在后座欣赏沿途的风景。

到了蓝山景区，他们先登上了空中平台，梅宛书见连绵的远山中浮动着一层蓝雾，觉得很神奇，便好奇地问："云函哥，你知道为什么蓝山上的雾是蓝色的吗？"

穆云函立刻向她解释："那是因为蓝山上生长了许多尤加利树，它们释放的气体就是蓝色的，蓝山因此而得名。"

"明白啦！"梅宛书对他展颜一笑。

穆云函素来博学多才，平时就是她的百科全书，一遇到问题她就张口问他已经变成了她的一种习惯。况且穆云函的专业是生物科学，对动植物自然是如数家珍，难不倒他。

之后四人一起坐上空中缆车，梅宛书往下看了一眼，见透明玻璃底下就是万丈深渊，看得她有点头晕，心跳也开始加速。

穆云函平日里对她的一举一动都十分上心，这会儿知道她有些怕，便伸臂搂住她的肩，在她耳边轻语："小书，别往下看，往外面看就好！”

“嗯，”梅宛书听话地顺着他的目光往玻璃窗外看，见远处薄雾飘渺间，三座小山峰并排而立，宛如人形，不由得惊叹：“云函哥，那边就是三姐妹峰吧！”

“对啊，”穆云函柔声说：“传说三姐妹喜欢上敌人部落的三兄弟，却无法和心爱的人在一起，后来三姐妹化作山峰，保卫自己的部落。”

梅宛书一听，笑着摇摇头：“这个故事有点老套，跟我们望夫崖的故事挺像的！”

穆云函也笑：“人们喜欢把自然界与人类形状相像的石头，赋予它们凄美的故事，或者是神话般的传奇，让你对那些石头印象深刻。因而，每个国家编出来的故事就会大同小异。”

“也是，”梅宛书领会地点点头：“就比如每一对情侣之间发生的故事也都是大同小异，可身在其中的人，就觉得自己的故事最是惊心动魄，独一无二。”

“哦？”穆云函闻言，心里一动，他弯下身，在她耳边悄声问：“小书，你也觉得和我之间惊心动魄，独一无二？”

梅宛书一愣，转过头来，与他的鼻尖只有几毫米的距离。

两人呼吸可闻，梅宛书听见自己身体里咚咚的心跳，她没答话，耳朵却泛红了。

已经和穆云函恋爱有半年了，还有一个星期自己也满十九了，两人竟然还没吻过。

平日里和许言也经常说些女孩子之间的悄悄话，许言听说他们进展居然这么慢，觉得不可思议：“小书，云函是真的喜欢你吗？”

“嗯，他说从小就喜欢我！”这事梅宛书可以确定。

"哇，"许言惊叹："云函简直就是个大情圣啊，自控力也太强了吧！我们小书这么漂亮，谁见了不动心啊，他不赶紧先下手为强，还真不怕你被别人抢走！"

"许言，你就别瞎说了！"梅宛书被她说得又羞又急。

许言便给她出了个主意："小书，如果云函不够主动，那你来主动不就好了！"

"那怎么行啊！"梅宛书立马否决："其实平常我都主动过好几次了，拉他的手，亲他的脸，可云函哥好像只是挺享受，却没有更进一步的意思。"

"哦，钓系！"许言恍然大悟，随后一脸的狡黠："小书，云函的意思是，你们的初吻，得你先来！"

此刻，梅宛书眼角的余光瞥见，许言正挎着范承明的胳膊，对她挤眉弄眼，意思是叫她赶紧加快进度，趁机亲上去了事。

可周围众目睽睽，梅宛书是怎么也不甘愿的，反而动作僵硬地再度转头朝向窗外，目不斜视。

许言一瞧，大为惋惜，挺好的机会呢……

下了缆车，众人又乘上了林间小火车，两两入座。

小火车的轨道十分陡峭，为世界之最，最陡的地方感觉身体都变得垂直了，简直就像在坐云霄飞车。

梅宛书见前面的许言抱住范承明不肯松手，嘴里放声尖叫，她便也有些紧张。

好在，穆云函的胳膊又一次伸过来，紧紧地将她圈在怀中，下巴抵着她的发顶。

梅宛书立马松了口气，心里踏实下来。

很快，小火车到达终点，众人下了车，来到谷底的雨林。

范承明和许言一路走走停停，打打闹闹，不一会儿就离两人远了。

穆云函牵着梅宛书的手在雨林中穿梭而行，林间植被茂密，每棵树都长得差不多，对于梅宛书这样的路盲，极易迷路，穆云函便始终不敢放开她的手。

周围的灌木丛中，四处散落着恐龙模型，为了消除梅宛书的紧张不安，穆云函言笑晏晏，给她解释每种恐龙的名称，习性，捕食技能……

就在他的轻缓细语中，两人不觉走进了林深处。

"云函哥，我有些口渴。"走了这许多路，梅宛书的额头和鼻尖冒出了些微汗珠。

穆云函先从口袋里掏出一块丝绢，帮她擦掉汗水，接着从随身的背包里拿出一瓶矿泉水，还有几样小零食，柔声说："小书，喝好水后，吃点东西吧，否则胃太空了会不舒服的。"

"嗯，"梅宛书笑着接过矿泉水瓶，喝了几口，还给穆云函，又从他手里拿了小蛋糕和酸奶。

穆云函就这么瞧着她吃吃喝喝，看得有点晃神。

几缕阳光透过树叶的缝隙洒落林间，在她的脸上、肩头映出淡柔的光圈，她背靠树干，婷婷玉立。

穆云函颇有些感慨，才不过半年，梅宛书就成熟了不少，也不像初见时那样瘦骨伶仃，还带了几分少女的天真烂漫；如今她身形纤秾合度，肌肤粉光若腻，举手抬足间流露出一股妖媚迷人的气质来。

梅宛书的吃相一向文雅，吃东西时绝不露齿，也不喜欢多说话，这会儿见她上下唇瓣抿在一起，咀嚼间微微翕动着，穆云函突然觉得有点口干舌燥，喉结忍不住滚了一下。

待她吃好，见她嘴边残留了一些蛋糕碎屑，穆云函又如同往日一般，用丝娟给她轻轻抹拭，心里却再无往日那般平静。

便在此时，梅宛书突然轻声唤他："云函哥！"

"嗯？"

"现在旁边没有人，我可以回答你刚才在缆车上问我的问题了。"

"小书，你说，我听着！"

梅宛书目光清澈而坚定："云函哥，我觉得我们之间不止是惊心动魄，独一无二，我还想和你死生契阔，永不分离！"

话落，穆云函心中的涟漪翻卷成惊涛骇浪，再也忍不住，他低下头，含住了她的唇瓣。

梅宛书竟丝毫不见羞怯，微仰下颌，迎了上去。

轻轻柔柔，宛如溪水流淌，穆云函贪恋她的味道，吻了她许久，却不敢太过深入。

终于打算抬起头时，梅宛书却悄悄地伸出舌尖，探进他嘴里，穆云函立刻神思迷离，再度沉沦……

第 095 章 别怕，我来了

梅宛书花了很久才找到那棵树，亏得当年去蓝山，穆云函带了数码相机，这棵具有纪念意义的大树便被保存在了她的相册里。

梅宛书仰望大树，这么多年过去了，它的形状却丝毫没变，还是那般的挺直，唯有树冠微微朝着左边倾斜。

梅宛书蹲下身去，两手扒开草丛，果见靠近树根的地方，还有当年两人刻下的印记：左边是一朵云彩，右边是一朵梅花。

她望着这两道印记，望了许久，才深吸口气，站起身来。随后，拿出背包里的矿泉水，背靠在树干上。

喝了几口水，她又拿出小蛋糕和酸奶，吃一口蛋糕，喝一口酸奶，终于觉得胃里不空了，舒服了许多。

然后，她把矿泉水瓶里剩下的水慢慢地倒在了树根处，淅淅沥沥……

梅宛书想起那天初吻过后，口干舌燥的穆云函一口气把她喝剩的矿泉水全部喝光，当时他比她还要羞赧，转过脸去不看她，可鲜红的耳廓却出卖了他……

后来，范承明和许言找到了他们。

许言见两人神色忸怩，便猜到发生了什么，一直在偷笑，开车回去的路上，她还跟梅宛书悄悄咬耳朵："是不是初吻没了？"

梅宛书虽然害羞，却开心地点点头，还有那么点小骄傲。

要知道，在她心目中，穆云函不光是她温柔体贴的男朋友，还是如同白月光般的存在……

终于，矿泉水瓶空了，她必须得和这棵树说再见。

梅宛书一步一步往后倒退，离它越来越远，然后，她蓦然转身，不再回望。

走了几步，她才突然发现，自己已经迷失了方向。

林间静谧，四下没有一个行人，偶尔传来几声鸟鸣，也是那般的令人心悸。

梅宛书一下子脸色苍白，心慌意乱，她又开始迈步，想寻到哪怕一个恐龙模型也好，可是走了一段，周围似乎更空旷了。

她环顾四周，每棵树都那么像，而脚下的这块地方，她也完全想不起来自己刚才是不是来过。

林间一阵凉风袭来，梅宛书打了个哆嗦，浑身战栗。

霎时，一股子挫败和悲伤的情绪紧紧攫住了她，她蹲下身去，脸埋在手臂间，放声大哭。

云函走了，永远地走了，就只剩下她孤零零的一个人，再也没有人能找到她了……

她痛哭着，也不知哭了多久。

恍惚迷乱间，她感到有一双有力的臂膀圈住了她，她头顶的发丝被一道轻柔的力量压住，周围的空气都变得温暖起来。

鼻尖闻到一股炙热的气息，耳边传来一道喑哑的声音：“宛书，别怕，我来了！”

梅宛书抬起头，泪眼婆娑间，她看到一张熟悉的面容，竟是那般的炫目耀眼。

“子旸，怎么是你……”梅宛书不敢相信自己的眼睛。

“是我，宛书！”穆子旸笑得一如既往的灿烂：“我早几天就来悉尼了！”

　　他的语气那么的轻松愉快，只在瞬间，便驱散了梅宛书心里的恐慌。

　　穆子旸将她从地上扶起，随后动作轻缓地将她的头压在他的胸膛上，让她感受他的体温，他的心跳。

　　渐渐的，梅宛书的呼吸舒缓下来，脑子也终于开始正常运转。

　　她从他怀里抬起头，眼睛红红地嗔道："怎么大老远跑来悉尼了，是不是和在夏威夷一样，一路追踪了？"

　　穆子旸笑着耸耸肩，丝毫不觉得愧疚："也不算一路追踪吧，就你每天去哪儿，我每天就去哪儿！"

　　说着，他从口袋里掏出一块蓝色的丝绢，给她擦干眼泪，边柔声哄道："怎么还跟小时候一样，一迷路就哭得稀里哗啦！"

　　梅宛书脸一红，有点羞惭，心想自己身上最大的弱点还是给他抓住了，不过也正是因为如此，穆子旸才能一次又一次找到她，把她从仓皇迷失中解救出来。

　　她舒了一口长气，下一秒，一只手便被牵起。

　　穆子旸很自然地牵着她走，一边走一边告诉她怎么去看路形和树木的标记，不一会儿，梅宛书重新看到了那些个庞大的恐龙模型，再过一会儿，雨林的出口近在眼前。

　　直到出了谷底雨林，穆子旸也没放开她的手，而是直接给她带到原路返回的小火车上。

　　上了小火车，穆子旸一手抓住车顶的安全杆，一手搂住了她的肩，对她笑道："宛书，坐好了！"

　　梅宛书心里踏实下来，又突然意识到短短时间内，穆子旸已经叫了她三次"宛书"，而不是"宛书姐"，更不是他最常喊的"Sophia"。

正想着，小火车开动起来。

梅宛书又经历了一次凌空的惊险，而这一次，她完全没有紧张害怕的感觉，只是觉得刺激有趣。

下了小火车，穆子旸带着她上了空中缆车。

他们肩并肩站在玻璃窗前，遥望蓝山的美景，三姐妹峰，瀑布流泉，梅宛书却像换了一种心境，周围的一切似乎都变得明亮光灿，心旷神怡。

当她随着穆子旸从缆车下来，走上诺大的空中平台，她的心情终于恢复到了安定舒适的状态。

一阵柔风吹来，梅宛书抬手理了一下耳边的发丝，"咔嚓"一声，穆子旸给她拍了一张美照。

梅宛书莞尔一笑，问他："子旸，你早几天就来悉尼了，住哪儿了？"

穆子旸笑着回道："就住在离你不远的地方，在 Coogee Bay 那边找了家旅馆。"

梅宛书嗔怪："住得这么近，怎么不联系我？"

穆子旸柔声说："不想打扰你！"

梅宛书心里一动："不想打扰我，还跟到悉尼这么远的地方来，是 Ella 和周昊跟你说的吧，我春假的行程？"

穆子旸似笑非笑，调侃道："宛书，你想多了，就准你在悉尼有朋友，我就不能有吗？我也是应朋友的邀请过来度假的。"

梅宛书将信将疑："真的？"

"绝对真的！"穆子旸口吻十分笃定，让梅宛书不由得不信。

"好吧！"她颔了颔首，又问他："那明天下午你有事吗？如果没有的话，就和我一起去参加我朋友的婚礼吧！"

穆子旸却回绝了："不好意思啊，宛书，明天周六，下午我正好和朋友有聚会，不能陪你了。"

"行，"梅宛书云淡风轻的："你去跟朋友聚会吧，我们后面再联系。"

话落，她转身走出空中平台。

穆子旸立马从后跟上，笑眯眯地拉住她的手腕："宛书，我今天没开车过来，是坐火车来的，你要是开车的话，就带我一起回去吧！"

梅宛书瞪了他一眼，意思是你故意不开车，要蹭她的车。

穆子旸振振有词："我真不是故意不开车的，我第一次来悉尼，所有地方都不熟，公共交通又快，所以才选择坐火车的！"

梅宛书一听合情合理，心下一软，叹口气道："走吧！"

穆子旸呵呵一笑，松开她的手腕，脚步轻快地走在她身畔。

两人穿过人流往停车场的方向走，路上，梅宛书有些不放心地问："子旸，你对悉尼不熟，你朋友也没陪你玩吗？"

穆子旸解释道："这几天他们还要工作，我也不想太过打扰他们，所以就跟着你的行程玩咯！"

梅宛书突然想到了什么，停下脚步，问他："那天在 Coogee Bay，那个一直在海滩上站到晚上的人，是你吗？"

"对，就是我！"穆子旸望着她的眼，表情十分认真地说："宛书，那天，我看你一直坐在悬崖边，从早到晚。我很怕你一不小心摔下去，那我还能及时游过去救你！"

话落，就见梅宛书震惊地睁大了双眼。

第 096 章 海滩婚礼

范承明和许言的海滩婚礼于下午两点在 Coogee Bay 正式举行。

中午的时候，服务公司便在海滩上搭建了一个巨大的蓝白色帐篷，帐篷下，摆设了植物，鲜花，白色的长条餐桌，还有一排排白色的座椅，整体色调纯净而温馨。

梅宛书离得近，提早一小时来到 Coogee Bay，去海滩的更衣室化好妆、换好伴娘礼服后，便帮忙服务公司的工作人员布置场地。

众人见一个她服饰精美，气质高雅，说话温柔，举止端庄，都不禁对她心生喜爱，不一会儿，场地里四处都是"Sophia"的声音。

一点半时，伊莎贝尔一袭庄重的套装来到婚礼场地，一看到梅宛书，便拉着她的手，眼里含着浓浓的期待说："Sophia，你今天做伴娘，真的太美了，就像个花仙子。什么时候你才能做新娘，让我去参加你的婚礼呢？"

梅宛书不想让老人失望，便笑语嫣然道："伊莎贝尔你放心，一定会有机会的！"

"真的？"伊莎贝尔又惊又喜，前几日看梅宛书每天外出回来后，眉宇间都含着一抹淡淡的忧伤，看得她很心疼，可今天换上伴娘礼服的她，连精神都焕然一新。

她在心中默默地许愿，哪怕梅宛书说的只是安慰她的话都好，希望能成真……

之后宾客们陆续到来，一点三刻时，新郎和新娘也正装到场。

　　范承明身着白色西装，黑色长裤，脖子上系黑色领结，风度翩翩；许言一身精致的鱼尾新娘婚纱，头发盘成花苞，手捧热烈的红玫瑰，妩媚盎然。

　　他们和各位亲朋好友一一寒暄后，许言来到梅宛书身边，悄声问："伴郎呢？"

　　梅宛书不解："伴郎不应该是你和承明哥的朋友吗，怎么问我？"

　　范承明走了过来，笑道："你们都别急，伴郎马上就来！"

　　话音刚落，眼尖的他已经看到一道颀长的身影："他来了！"

　　梅宛书顺着他的眼光望去，不禁怔愣住了。

　　只见穆子旸穿了一身灰蓝色的西装礼服，高大笔挺，帅气逼人。

　　他脸上带着灿烂的笑容向一对新人挥手："承明哥，许言姐！"

　　叫得竟比她还亲热几分。

　　待走到近前，他才笑嘻嘻地也跟她打了个招呼："宛书！"

　　梅宛书嗔了他一眼："原来你今天非得参加的聚会就是承明哥和许言的婚礼！"

　　"Yes！"

　　穆子旸见她双手捧着一束粉白相间的玫瑰花，与她的花朵礼服相得益彰，再加上她栩栩如生的蝴蝶胎记，真是美得惊为天人。

　　他心中喜悦，不禁带了几分得意道："承明哥和许言姐不光是你的好友，也是我的好友！"

　　范承明赶忙打圆场："小书，我让子旸做伴郎是因为他足够帅！"

许言也拉着她一只手，悄声对她说："小书，子旸是云函的堂弟，所以我们请他来做伴郎！"

至此，梅宛书终于明白了穆子旸是怎么联系上的范承明和许言，又为什么她每天的详细行程都被他掌握得一清二楚。

甚至其中的深意，她也全盘领悟。原来连范承明和许言，这两个亲眼目睹她和云函恋爱的多年好友，都希望她放开穆云函，去接受穆子旸……

可这些千回百转的念头，梅宛书也只不过思忖了一瞬，下一刻，她便露出了清柔和婉的笑容，向一对新人道："承明哥，许言，你们是新郎和新娘，想请谁做伴郎，都由你们说了算！"

闻言，范承明和许言欣慰地笑了，也知梅宛书善解人意、识大体，在婚礼这么重要的场合一定会给足他们面子。

梅宛书又扭头对穆子旸道："子旸，你今天做伴郎，需要管理最重要的婚戒，可千万别出差错。"

穆子旸脸色郑重道："我知道的，宛书，你放心！"

梅宛书瞧见他身上的礼服与自己礼服的色系倒是十分相配，便放下心来。至少，由穆子旸来做这个伴郎要比其他人更合适。

不多时，时间到了两点，宾客们也全部到场，婚礼正式开始。

婚礼由一位德高望重的华裔太平绅士来主持。

首先在优美的背景音乐中，新娘挽着新郎登场，伴郎和伴娘紧随其后，来宾们为他们喝彩鼓掌。

接着，太平绅士用流利的中英文说了一套婚礼仪式词，然后让新郎和新娘站立在他的面前，宣读结婚誓言，气氛庄严而肃穆。

随后穆子旸将婚戒交给新郎，范承明给许言戴上后，许言又将梅宛书递给她的婚戒戴在了范承明的无名指上。一对新人深情相望，范承明很有风度地在许言的额上落下一吻。

看到他们八年多的恋爱长跑，终于在今天喜结良缘，梅宛书心中无限感慨，眼里泛起了一层泪花。

最后，太平绅士将早已签署好的结婚证书郑重地交到一对新人的手上。

至此，婚礼的仪式全部完成。

之后便是宾客们送上礼物和祝福，服务人员在餐桌上摆好自助餐和餐具，大家开始自取食物，边吃边谈。

帐篷外阳光明媚，海风习习，许多宾客都拿了食物去外面享用。

此时，海滩上的游客也逐渐多起来，望见他们别致的婚礼现场，不由得发出一阵阵欢呼声，和他们一起分享新人的喜悦。

婚礼的氛围极好，梅宛书眼望浪花翻腾的大海，心想如果云函也在，一定会和她一样的高兴……

"宛书！"一道熟悉的嗓音传来。

梅宛书转过头，见穆子旸一手拿了一杯果汁，另一手端了一盘甜点过来。

"吃点东西吧！"他柔声说。

见梅宛书有些犹豫，知道她不爱吃甜的，便笑道："毕竟是举办婚礼这么甜蜜的日子，今天的餐点也都是甜食。"

话落，果见梅宛书从他手上接过果汁，喝了几口，又从盘子里拿了一块芝士蛋糕开始吃起来。

穆子旸一边看着她文雅地进食，一边心下感叹，这么一个处处为别人着想的人，只要她答应的事情便会负责到底的人，又怎舍得抛下她的亲朋好友，她的病人……

可那天她坐在悬崖边上一整天，他却时刻担心她会跳下去……

这几天在悉尼，他随着梅宛书的足迹走遍了她和穆云函去过的地方，像是和她一起重温了往昔的时光，也深刻地体会到她的心境。

此刻，他唯一想做的，便是好好地开解她，安慰她，耐心地等待她走出阴霾，抛却执念……

此时，范承明和许言都走了过来，陪着梅宛书一起默默地望着大海，望了好一会儿，许言率开口问："小书，你订的是明天的回程机票吗？"

梅宛书手指拨了一下被海风吹乱的发丝，微笑道："嗯，原本订的明天的机票回温哥华。"

"原本？"许言听出她话里另有含义，便问："你是改签机票了吗？"

"嗯，"梅宛书轻轻地颔首："我想中途去一趟旧金山。"

闻言，许言心里一动，知道梅宛书当年痛不欲生，不愿接受穆云函过世的事实，也根本没有勇气去参加他的葬礼，甚至这几年都不敢去他的墓地，现在终于愿意迈出这一步，无论如何也是一个好的转变……

新婚伊始，却又要面临与好友分别，许言心下很舍不得，不禁上前一步，抱住了梅宛书："那我祝你一路顺利，往后一定要好好照顾自己！"

来自新娘的祝福，梅宛书欣然接受，她轻轻地拍了拍许言的背："我也祝你新婚快乐，和承明哥永结同心！"

看着两女依依不舍地道别，范承明心里一酸，嘱咐穆子旸："往后，小书就交给你了，多体贴她，陪伴她！"

“放心吧，承明哥！”穆子旸郑重地承诺：“我一定会好好照顾宛书，明天我也会陪她一起飞旧金山！”

第 097 章 最有意义的事

周日，梅宛书和穆子旸乘坐下午的直飞航班，十四个小时后，到达旧金山。

由于时差和季节相反，飞机到达旧金山时只是周日的上午，还是初春的季节。

穆子旸安排妥当，早在 downtown 的希尔顿酒店订了两间房，又叫了出租给他们送到酒店。

旅途疲倦，两人各自回房休息。

梅宛书洗澡之后打开手机，便看到了穆子旸的消息：

【宛书，你先好好休息，睡一觉，晚上六点我来接你去吃晚餐。】

梅宛书问：【你什么安排？】

穆子旸回：【旧金山我很熟，有不少朋友在这里。】

梅宛书知道旧金山和温哥华相隔不远，穆子旸做房地产行业的，认识的人多，她不想打扰他和朋友聚会，便发：【你要是忙，我可以自己解决晚餐】

穆子旸：【已经订好餐馆位子了】

口气中有种不容拒绝的意味。

梅宛书莞尔：【OK】

心想，自打在悉尼再见到穆子旸，这人倒是和往日大不相同了。

哪怕在两个月前，他还缠着自己假装他的恋人，可现在，一举一动都很有分寸，言谈间也流露出一股成熟男人的气度来，倒是让她刮目相看。

连带对她的称呼都变成了"宛书"。

在飞机上，她问了他这个问题，穆子旸却像是漫不经心地回了一句："宛书也好，宛书姐也好，Sophia 也好，不都是你吗？没必要去在乎什么称呼，重要的是你这个人。"

当时梅宛书心里还小小地震惊了一下，听出了这话背后的含义。

穆子旸是想告诉她，他已经不在乎她是什么身份，而只是在乎她这个人而已。

甚至为了她去悉尼，去结交她和云函的朋友；现在又陪她来到旧金山，却也不像从前那样总缠着她，而是给她足够的时间去缅怀过去。

这样的穆子旸虽然是她不熟悉的，可梅宛书欣喜地发现，他终于找到了能和她长久相处下去最正确的方法……

穆子旸，毕竟是聪明的。

这便是在她闭眼进入梦乡之前，脑子里的最后一个意识。

……

一觉醒来，时间指向下午四点，梅宛书看还有两个小时才到和穆子旸吃晚餐的时间，便起身穿了风衣，坐了有轨电车来到 39 号码头，准备乘坐海上游船。

此时正是黄昏，一轮橙红的落日挂在天边，将周围的云朵染得色彩斑斓。

梅宛书一边排队一边欣赏晚霞的美景，不多时栅栏打开，她随着人群上了游船。

沿着阶梯来到游船的第二层，她找了个座位坐下，呼啸的海风吹来，她便褪下手腕上的发圈，将长发扎起。

随着游船的开动，远处的金门大桥渐渐变得壮观，被落日的余晖笼着，那般的瑰丽耀眼。

梅宛书想起六年多前的感恩节是个长周末，她从温哥华飞到旧金山，穆云函便带来这里乘坐游船。

那会儿，她和穆云函已经从悉尼来到北美继续学业，她还有十几天就满二十岁了，觉得自己已经长大，便不愿再喊他"云函哥"，而开始直接叫他的名字"云函"。

穆云函也十分欣喜她的变化，才不过一年半的时间，他心目中的小女孩已然褪去稚气，脱胎换骨。

那会儿，梅宛书的抑郁症已经痊愈，再也不像在悉尼时那般多愁善感，患得患失。她变得更美，更自信，言谈举止温婉娴静，风姿楚楚。

穆云函也变得对她越发的着迷。乘游船的时候，见她被海风吹乱了头发，他便帮她将如瀑的发丝用发圈挽起，然后将她冰凉的双手拢在自己的手中。

"小书，"他有点遗憾地说："虽然我们相隔不远，飞机两个半小时就能到，但毕竟分在两个国家，两个城市，倒不像以前在悉尼那样可以每天见面，朝夕相处。"

梅宛书倒是洒脱："云函，其实我觉得这样更好，免得我像以前那样成天依赖你。斯丹佛的功课应该更多更难吧，要是还像在悉尼那样，你把大量的时间都花在我身上，肯定会觉得身心疲惫，那我也会感到不安的。"

闻言，穆云函一边惊喜地发现梅宛书越发独立；可一边又有一种不再被那么依赖的失落感。

他叹口气，带了几分惆怅说："我现在功课确实很难也很忙，可是，越是这样，我就越是想你。"

说着，他轻捏了一下她的手："倒是小书你，在温哥华如鱼得水，也不怎么想念我，以前在悉尼的时候，可是一天离了我都不行的。"

　　听出话里有些委屈和不满的意思，梅宛书嫣然一笑，将脸埋进穆云函的肩窝："云函，你说这话可就不公平了，我要是不想念你，干嘛迫不及待地飞过来看你呢？"

　　她说话的时候，一股温热的气息扑向他的脖颈，穆云函心里一热，抬起一只手臂搂住她肩膀，让她紧紧地贴着自己，然后嘴唇压在她额角上，重重地亲了一下。

　　梅宛书笑着从他怀里仰起头，双眸晶亮晶亮的，然后毫不示弱地凑过去，反亲了一下他的下巴。

　　"呵呵……"

　　穆云函被她嘴唇柔软的触感弄得痒痒的，心下大为欣悦，刚才的那一丝怅然若失瞬间消失得无影无踪。

　　就在他欢快的笑声中，梅宛书转过脸，见大桥的巨形钢塔已近在眼前，橙红色的桥体被晚霞镶上了一条金边，璀璨夺目。

　　恰在此时，几只白色的海鸥划过长空，展翅翱翔在大桥的钢缆之上。梅宛书抓准时机，按下相机的按钮，将这幅黄昏中的金门大桥，拍了下来。

　　……

　　在海上游览一圈后，游船回到码头，梅宛书上了岸，信步来到　家海鲜餐馆前。

　　那天，穆云函特意带她去了这家特色餐馆。

　　他们点了一整只芝士焗烤的美洲大龙虾，穆云函剥去了坚硬的虾壳，将里面鲜嫩香软的虾肉全都放进梅宛书的碗里。

　　梅宛书便可以不用手，只文雅地用筷子夹着吃，香喷喷地吃了几口，突然看到穆云函笑容可掬地看着她，他面前的碗还空着，里面一块龙虾肉都没有，连那些小盘的海鲜配菜他也一口都没动。

梅宛书停下筷子，奇怪地问："云函，你怎么不吃？"

穆云函笑道："这里我已经吃过几次，今天就是专门带你来吃的。小书，你要是喜欢，可以把这些海鲜全部吃光！"

说着，他拿起一只生蚝，洒上酱汁，将里面鲜美的白肉用勺子拨进她的碗里。

"再尝尝这个吧！"他柔声说。

梅宛书看着自己满满的一碗，心口软软的，甜甜的。

然后，她使了点技巧，用筷子同时夹住了龙虾肉和生蚝肉，小心翼翼地送到穆云函的嘴边，轻声说："云函，你也吃一口吧，好吃的食物要跟喜欢的人一起分享，才能真正尝到其中的美味！"

听言，穆云函动容了，他望着她晶亮的眼，甜美的笑，终于张开嘴，将那股美味，还有那份心意，全部含进了口中。

手机铃声响了起来，打断了梅宛书的思绪。

她从包里掏出手机，一看号码，立刻接起："子旸？"

"宛书，你在哪儿？我回到酒店，没见到你人。"

梅宛书一看手机上的时间，已经五点三刻了，便道："抱歉啊，子旸，我在外面，马上赶不回酒店。要不，你直接跟我说是哪家餐馆，我坐车过去。"

穆子旸口气兴奋地回道："我定了一家特色海鲜餐馆，就在 39 号码头那边，那家的美洲大龙虾和生蚝都超级好吃！"

……

半个小时后，穆子旸和梅宛书坐在了餐馆角落的一张方桌边。

不多时，侍者端上了大龙虾和生蚝，以及几盘配菜。

穆子旸将龙虾盖打开，带着香浓芝士味的虾肉露了出来，他又在每个生蚝里加入酱汁，对梅宛书笑道："可以吃了，宛书，这两样味道绝好！"

梅宛书道了声谢，拿筷子夹了一块龙虾肉，又夹了一块生蚝肉，然后把它们并在一起放进嘴里，慢慢咀嚼。

穆子旸一瞧这种吃法倒是新奇，便也有样学样，照着梅宛书的法子品尝两种海鲜，果然鲜香无比。

边吃，边笑眯眯地问："宛书，你怎么正好想到要去乘坐游船观赏金门大桥，上岸就是这家餐馆了，我们还挺心有灵犀的！"

梅宛书轻声说："子旸，其实这家餐馆我以前来过。"

穆子旸一怔，明白过来，却也不怎么意外的样子："是和云函哥一起来的吗？"

听到这个名字，梅宛书也不再那么敏感，而是平静地说："嗯，六年多前的感恩节那会儿，我和云函一起来过。"

穆子旸算了一下时间，问："是 2011 年吗？那会儿云函哥刚读斯丹佛的硕士没多久。"

"是。"

穆子旸挑了一下眉梢："宛书，你知道我今天去见了谁？"

"不是你在旧金山的朋友吗？"

"不是，"穆子旸摇头道："我今天去见了云函哥当年的好友，戴斌哥！"

"是吗？"梅宛书有点诧异，这几年，因为知道戴斌在硅谷工作，十分繁忙，连她都和戴斌都没怎么联系，怕打扰他。

"对啊，"穆子旸带了点兴奋道："戴斌哥和云函哥当年在斯丹佛宿舍住门对门，不过他和云函哥并不是一个专业，他是学计算机的，在硅谷工作几年后，现在正准备自己创业开公司！"

　　梅宛书莞尔："你倒是把云函的朋友一个个都联系上了！"

　　"那可不？"穆子旸充满自信："我是云函哥的堂弟，我和云函哥都姓穆，但凡云函哥的朋友见到我，都会觉得很亲切。我就在想，如果云函哥当年有什么想做还没来得及做的事，或许我能帮他完成呢？"

　　闻言，梅宛书怔愣住了。

　　云函走了快四年，她却一直沉浸在失去他的悲痛中难以自拔，竟从未想到过这件对于云函来说，最有意义的事！

第 098 章 今天你要嫁给我

翌日，梅宛书跟穆子旸说她今天要去斯丹佛大学游览一圈。

穆子旸道："正好，戴斌哥的新公司租用了斯丹佛大学的一间办公室，我还要继续跟他谈谈他的创业计划，就跟你一块儿过去吧！"

梅宛书欣然答应了。

穆子旸在 downtown 租了一辆车，五十分钟后，开到了斯丹佛校园里，戴斌的办公室楼下。

停好车，他问梅宛书："要不要上去跟戴斌哥打个招呼？"

梅宛书摇了摇头："你们一会儿要谈公事，我不便打扰，要不等我结束后，我们三个去找家餐馆一起吃晚饭，再一块儿聊聊。"

穆子旸觉得她的安排更为妥当，便柔声道："好，那你结束后给我发消息！"

梅宛书额了颔首，目送他进了办公楼，这才开始信步闲逛。

斯丹佛大学面积极大，处处拱廊相接，棕榈成行，四下环绕着土黄色的石墙，墙上林立着片片红瓦屋顶，融合了古典与现代建筑之美。

校园里的道路上稀稀落落地散布着这所名校的莘莘学子，有的步行，更多的学生都在骑自行车。

梅宛书心里一动，想起当年每次来斯丹佛，都会和穆云函一起骑自行车在校园里穿行，便进了一家店去租了一辆自行车。

她顺着当年的记忆慢慢骑行，不多时来到一处花园。

举目望去，花园色彩缤纷，姹紫嫣红。花园中间放置了几张橙色的木质长椅，一对对情侣坐在长椅上，欢声笑语，气氛旖旎。

梅宛书不觉回想起五年前的那个春假，她来到斯丹佛，穆云函牵着她的手，走进这座花园，两人找了张长椅坐下，穆云函对她笑道："小书，祝贺你，考进了医学院！"

说着，他宠溺地揉揉她的头发："我们小书真聪明，才大三就考进了医学院，都快比我还强了！"

梅宛书被他夸得有点羞赧，可心里还是觉得骄傲："那可不，我就是为了和你始终保持在同一频道上，才这么努力读书的！"

晓得穆云函是个学霸，本科四年就是在斯丹佛读的，按理就应该顺着继续往上读硕士，却不知怎的去了新南威大学读了一年，后来还得重新申请斯丹佛的硕士，这么来回办理手续便耽误了一年。

念及此，梅宛书有点怀疑地道："云函，你当年跑去新南威大学读书，不会是因为我吧！"

穆云函抬手点了一下她的鼻尖，带了点戏谑道："小书，你还挺自恋的！"

梅宛书脸一红，但还是想问清楚："那你干嘛不在斯丹佛顺着往上读呢，偏要这么来回折腾，白白浪费了一年时间。"

"怎么是白白浪费呢！"穆云函很不同意，向她解释："因为我母亲是教师，从小我就早读了一年书，从斯丹佛本科毕业时我才二十一岁。我就想多出来的一年，去其他国家看看，积累不同的经验，南半球的澳洲是个不错的选择。后来我经过综合考量，选择了新南威大学，然后就在那儿遇见了你。"

说着，他伸臂搂住了她："小书，其实我觉得，在悉尼的那年是我人生中最难忘的一年，也是最值得的一年，我一生的幸福都找到了！"

靠在他的怀里，梅宛书心潮翻涌，不由得也吐露着她的心声："那一年，也是我人生中最重要的一年，知道吗，云函，你是我的救星！突然闯进我的生命里，就是为了来救我的！"

闻言，穆云函蓦然动容，垂眸看她。

见她眸如秋水，眼波流转，含情脉脉地凝望着自己，竟是说不出的动人心弦。

他忍不住低下头，覆唇吻上她的唇，梅宛书闭上眼，柔顺地迎接他，与他辗转缠绵……

一阵微风拂过，梅宛书深吸一口带着花香的空气，重新踩着自行车，继续前行，不一会儿便骑到了斯丹佛的学生宿舍。

她停下车子，抬头仰望着宿舍楼的第三层，从左边数第五间，便是穆云函曾经住过的那间。

宿舍的面积不大，只摆了一张单人床，再加上一张书桌，一个衣橱，留下的空间就不多了，但那里却是她每次到旧金山必定要去的地方。

即便是周末或假期，穆云函的功课依然忙碌，她也不好总让他陪着她到处游玩，便在他的宿舍里和他一起读书。

随身带一本医学书籍的习惯，就是从那时开始养成的。

两人一起静静地读书，一起体味时间的流逝换来知识的增长，那种成就满满的感觉。

有时候读累了，穆云函便用食指和中指捏捏眉心。梅宛书自从学医后，特意去学了一些指压按摩的手法，全都用在了穆云函身上。

偶尔，穆云函停下来休息一会儿，却见梅宛书还在书桌前认真钻研，便忍不住从后面抱她一下，在她的发丝上亲上两记，随后在她耳边轻声呢喃："小书，我喜欢你！真的很喜欢你……"

……

晚间，梅宛书在斯丹佛附近的一家美式餐厅订了一间包房，然后将店名和地址发给了穆子旸。

坐在包房里，望着墙壁上可爱的动物壁纸，她不由得回想起四年前的情人节正好是个周末，她便飞到旧金山来和穆云函相聚。

穆云函提前准备，早早定下这间包房，并布置了一番。

当她走进包房，发现房间顶部贴满了闪闪发亮的装饰星星，房间四周摆满了红色、粉色和白色的玫瑰，餐桌上摆放了一只精致的花瓶，里面插着几枝鲜艳的红梅。

正惊讶诧楞着，穆云函坐到一张椅子上，从旁拿起一把吉他，开始唱起了《今天你要嫁给我》：

……

夏日的热情打动春天的懒散

阳光照耀美满的家庭

每一首情歌都会勾起回忆

想当年我是怎么认识你

冬天的忧伤结束秋天的孤单

微风吹来苦辣的思念

鸟儿的高歌唱着不要别离

此刻我多么想要拥抱你

听我说

手牵手跟我一起走

过着安定的生活

昨天你来不及

明天就会可惜

今天你要嫁给我

听我说

手牵手我们一起走

把你一生交给我

昨天不要回头

明天要到白首

今天你要嫁给我

……

他一边唱一边笑，他的嗓音那么温润好听，他又笑得那么开心，一下子就把梅宛书拉进这首歌曲欢快的氛围中。

就在他的歌声中，梅宛书和他一起欢笑，笑得很甜又很美。

那会儿，两人早已说定等穆云函硕士一毕业就结婚，都在心里倒计时，就只剩下最后四个月了……

穆云函唱完后，便从怀里拿出了两件首饰，一条四叶花的项链，一枚四叶花的半圈戒指。

他表情郑重地将项链戴到她的脖颈上，又将戒指套在她的无名指上。

梅宛书了解他迫不及待的心意，可还是笑着问他："云函，这算是订婚戒指，还是结婚戒指？"

穆云函握住她的手，指腹在戒指上轻轻摩挲："按理应该是订婚戒指，可我希望是结婚戒指。"

话落，他低下头去，在她纤秀的手指上落下一吻……

想到这儿，梅宛书幽幽地叹息一声，那会儿，他们被满满的幸福感包围着，每天都在盼望着结婚那日的到来，哪曾想四个月后，就在他们领好结婚证书的第二天，他就永远地离开了她……

梅宛书抬起左手，望着小指上的四叶花戒指，渐渐的视线变得模糊。云函走后，她下定决心一辈子独身，便将戒指的指环收紧了些，套在了小指上……

"宛书！"一道清亮的嗓音打破了包房的寂静，将梅宛书从迷惘的思忆中拉了回来。

穆子旸带着灿笑走到她身边："戴斌哥来了！"

梅宛书连忙起身，见穆子旸身后站着一位三十二三岁的年轻人，戴着一副黑框眼镜，斯斯文文，仍是她熟悉的面孔。

戴斌走上前，亲切地道："小书，我们有几年没见了？都四年了吧！"

"嗯，戴斌哥，"梅宛书微笑着点点头："整整四年了，上回见你还是在四年前的春假。"

戴斌感慨道："都过去这么久了！"

他看着梅宛书，见她眼圈泛红，眼里也是润湿的，知道她刚才触景生情，还在为过去感到伤感，不由得心里叹了口气。

可他又立即想到了穆子旸拜托他的事，便问："小书，你这次来旧金山，想不想去看一看云函？"

梅宛书心里一颤，嘴唇微微发抖，连脸色都发白，可她依然说了出来："这次我来旧金山，就是为了给云函扫墓，戴斌哥可不可以把他墓地的地址告诉我？"

戴斌颔首："当然，我马上把地址发给你，云函知道你来看他，一定会很高兴！"

戴斌颔首："当然，我马上把地址发给你，云函知道你来看他，一定会很高兴！"

第 099 章　带他一起到我怀里来

　　梅宛书、穆子旸和戴斌在包房里，边吃边聊，谈了很久。

　　说话间，时不时地都会提到穆云函，原来早在穆云函读硕士时，因为年年拿奖学金，因而存下一笔资金，打算投资硅谷具有发展前景的小项目，后来这笔资金便存在了穆振中的名下，而这几年穆振中也在找合适的机会将这笔资金投进硅谷。

　　穆子旸道：“和戴斌哥深入交谈后，我我觉得戴斌哥的创业计划很完善，前景乐观，可行性也很强。云函哥的那笔资金，后面我会和大伯商量一下，尽快投到戴斌哥的公司里去，但在这之前，我会以我个人的名义，在这个计划里投入与云函哥等同的资金。宛书，你怎么想？”

　　梅宛书看了他一眼，又看了戴斌一眼，眼里充满了信任：“也算我一份。”

　　戴斌立刻感激道：“谢谢，太感谢了！”

　　梅宛书笑得婉柔：“戴斌哥，应该是我谢谢你，通过你的计划来帮我完成云函的心愿。”

　　戴斌感叹道：“云函要是知道小书和子旸都这么全力支持他，支持我，肯定会很欣慰。有了你们三个人的支持，我更加有信心了，创业绝不能失败！”

　　“戴斌哥，祝你成功！”

　　三人一同举起了酒杯，将里面的红酒一饮而尽。

　　晚上回到酒店，穆子旸问梅宛书：“明天打算什么时候去墓园？”

　　“上午就去。”

"我和你一起去。"

梅宛书点点头，穆子旸是穆云函的堂弟，是他的亲人，这次来旧金山，必定也要去祭拜他的。

且这次的旧金山之行，穆子旸始终陪伴在她的身侧，也让她感觉踏实安定了不少。

……

第二天上午，穆子旸驱车来到天空草坪墓园。

墓园里皆是大片绿色的草坪，中央拱桥林立，桥下流水潺潺。

两人手捧鲜花，沿着石阶拾级而下，梅宛书举目远望，觉得这片园地宁静深幽，风景优美，想着穆云函能住在此地倒也安静宜人，心下再不像以往那般情怯、凄惶。

下了台阶后，沿着小径再走了一会儿，两人终于来到了专属于穆云函的那片绿地。

见地上竖起黑色的墓碑，碑上正中央金字雕刻着"爱子穆云函之墓"，字体上方嵌入了一张穆云函微笑的照片。

照片里的他俊秀儒雅，笑容温润清朗。梅宛书望着他栩栩如生的照片，竟与自己每天都在想念的面容完全重叠，那么的亲切。

她矮下身去，眼望着他的照片，手指慢慢划过他的生卒日期，"生于 1988 年 7 月 5 日，逝于 2014 年 6 月 25 日"，他还那么年轻，那么年轻啊……

一股悲怆的情绪从心底升了起来，梅宛书将花束放在他的墓碑前，泪水纷纷坠落。

她开始轻声地对他说话："云函，你不会怪我吧，走了那么久，我才来看你……"

她喃喃细语："因为我根本不想让你走，想一直抓住你，陪着我，就像我们在悉尼时，我只有抓住你，才能往下活……"

"可是，我却从来没问过你愿不愿意，其实你也想要自由的，对吧！总是陪在我这个哭包身边，你的心也很累，是不是……"

"原本，你去了另一个世界，可以交新朋友，过新生活，可总被我抓着不放的话，你心里的牵绊和负累就多了，也就没那么自在了……"

抽泣了几声，梅宛书深吸了一口气，像是下定了某种决心："所以我今天来看你了，是想好好地放你走……"

"你知道吗，云函，来看你之前，我走遍了我俩曾经一起去过的地方，想过了我俩共同经历的一切事情，现在我想通了，其实我没必要抓着你不放，因为我的骨子里早已刻进了你的所有，你的温暖，你的爱心，你的才华，你的夙愿，还有，你的祝福……"

"我只需要带着你的这一切在这个世界里往下过就好……云函，这样好不好？"

梅宛书问着他，可心中已经有了答案。

然而告别的泪水，仍然止不住地往下流。

一直在她身畔，听着她娓娓诉说的穆子旸，此刻忍不住伸出一只手，接住她的泪，一滴一滴……

许久，梅宛书终于止住了流泪，他便拿出丝绢给她擦干净脸上残留的泪花，边对她柔声低语："宛书，云函哥一定会答应你的！"

话落，他也将花束放在墓碑前，与梅宛书的花束并排，然后对着墓碑上的照片，语声坚定地说："云函哥，我是子旸，你的堂弟。我今天来看你，因为我们从小感情就好，我一直都很崇拜你，觉得你做人完美，才华横溢，心胸开阔。"

"你放心，你在这个世界留下的心愿，我一定尽力帮你完成，可有件事我想请求你。云函哥，往后，宛书就交给我，行不行？我想你也不忍心看她孤苦伶仃，你也希望在这个世界里，有人爱她，照顾她，陪伴她走后面的人生，就像你以前做的那样……"

"云函哥，你把宛书交给我，你也可以了却一桩心事，无牵无挂地去过你的新生活，行吗？"

"今天我还向你做出承诺，未来若是宛书也到了你的世界，我一定让你们重新相聚！可是今生今世，就让宛书跟我在一起，好吗，我请求你！"

话落，他朝着照片深深地鞠了一躬。良久良久，没有抬头。

……

从墓园离开后，穆子旸开车朝北行驶，一个小时后，来到了艺术宫。

见梅宛书神情还有些恍惚，穆子旸便牵起她的一只手，带着她缓缓穿过精美的穹顶柱廊，穿过红色的拱形门，穿过华丽的圆形大厅，来到人工湖畔。

湖水碧清，湖面泛出一道道弧形的波纹，湖岸树木葱茏，微风拂面，令人神清气爽。

梅宛书遥望前方宁静致远的美景，悠悠地呼吸，终于从先前那种深切哀悼的情绪中缓了过来。

脑海里却不由得想起自己在墓园里说过的话，还有穆子旸的那一句句恳切的请求。

"子旸，"梅宛书轻声开口："刚才你在墓园说的那些话，我知道你是真心的。可是，即便云函答应了，我也不能答应！”

穆子旸没看她，只是轻捏了一下她的手，沉声问："为什么不答应？"

"子旸，我不想让你陪我进坟墓。"

梅宛书幽幽地说，明知道即便她放开云函，也会经常想起他，那种刻在骨子的思念，不会随着时间的流逝而消失……

穆子旸转过脸来，目光清亮而炽热，他没放开她的手，反而将她的另一只手也拉了起来。

他的声音充满了柔情："宛书，忘不了他，就带他一起到我怀里来！"

闻言，梅宛书心中震撼，脸上动容，她颤声问："子旸，你真的可以做到不介意？"

穆子旸笑了，笑得晴空万里，他轻轻将她搂入怀中，然后，越抱越紧。

"我要是介意，就不会万里迢迢跟去悉尼，也不会陪你来旧金山，更不会去结识承明哥，许言姐，还有戴斌哥那些你和云函哥共同的朋友。"

"宛书，往后，你和云函哥曾经共同拥有的一切，也会和我一起拥有。这件事，我早在去悉尼前就彻底想明白了。所以，未来的日子，你只需要把自己放心地交给我，相信我就好。"

靠在他宽阔的怀里，听着他深情款款的承诺，梅宛书的周身仿佛被一层密密编织的网给包裹起来，温暖，安全，身心舒畅。

第 100 章 宛书姐，你真好

穆子旸和梅宛书手牵手在艺术宫里游览了一圈，用手机拍下了许多优美的照片，其中，还有两人靠在一起的一张自拍，背景正是华丽的圆形大厅和一片碧清的人工湖。

见穆子旸迫不及待地把这张照片设置成手机屏保，梅宛书不禁莞尔，晓得穆子旸将这张照片看得极重，算是他们正式定情的合照。

在餐馆里吃好午饭后，两人回到酒店，穆子旸把梅宛书送进房间，体贴地问："宛书，还想不想在旧金山多呆几天？我可以陪你。"

梅宛书轻轻摇头："该去的地方我都去了，该做的事我也都做了，我想明天就回温哥华。你呢，在旧金山还有没有事情要办？"

穆子旸对她灿然一笑："你就是我最大的事，你想明天回去，我就和你一起回去！"

"那我现在就去订机票。"

梅宛书刚转过身，穆子旸便从她身后抱住了她，胳膊缠在她腰上，鼻尖蹭她的脖颈，闻着她发丝清香的气息，这是有多久了，他想念之极的感觉⋯⋯

梅宛书的皮肤被他蹭得痒痒的，不禁两颊飞霞，耳根也开始发热，心里却还有些不适应："子旸，别这样⋯⋯"

穆子旸双手一紧，嘟囔道："宛书姐，就让我抱一会儿，一小会儿就好！"

他央求着她，声音哑哑的，鼻音浓浓的，透着几分撒娇，几分委屈。

梅宛书一听他又开始喊她"宛书姐"，心里一软，便由他抱着。

穆子旸果然只抱了她一小会儿，便松开了手，舒了一口长气，转到她面前，笑道："现在我总算可以正常呼吸了！"

闻言，梅宛书不禁失笑，心想前面两个月穆子旸人倒是成熟了许多，不过可想而知也受了不少情伤的煎熬。

她有些心疼，对他柔声道："子旸，你去沙发上坐一会儿，我买好机票后给你泡杯茶喝。"

穆子旸知道梅宛书泡得茶有多香，便有些等不及："宛书，你去泡茶，机票我来买！"

"好！"梅宛书笑着去拿热水壶接水。

穆子旸打开手机，买了两张第二天上午十点半出发，下午一点到达温哥华的机票，刚买好，手机铃声响了起来。

他一看号码，立刻接起："妈！"

电话那头何虹佳的语气里带了点愁闷："子旸啊，你和Miss 穆一起去度假都十天了，什么时候才能回来啊？"

穆子旸嘻笑道："妈，你想我和Sophia 啦？告诉你一个好消息，我们买了明天的机票，下午就到温哥华！"

何虹佳一听，立马兴奋起来："那太好了，总算有人陪我了！"

穆子旸听这话里有蹊跷，便问："家里没人陪你吗？小童呢，不在家吗？"

"小童和Kelvin 一起回国度假去了，都已经走了两天了！家里那么大，空荡荡的，我一个人呆得难受得慌！"何虹佳抱怨。

穆子旸有些诧异："小童和Kelvin 回国度假去了？怎么前面我没听她提起过？"

何虹佳道："小童说是和 Kelvin 临时决定的，两孩子先去港城玩几天，然后再到 Kelvin 的老家澳城玩几天，要这个周末才能回来。"

"哦，"穆子旸明白过来，倒颇感欣喜："这是好事啊，说明小童和 Kelvin 的感情更好了，Kelvin 都打算带小童去见父母了！妈，你就放宽心吧，一会儿我来联系小童，再把她的行踪向你汇报！"

"呵呵，好，好！"听了穆子旸的话，何虹佳放心了，又想到明天就能见到大儿子，不禁喜笑颜开："子旸，明天下了飞机，你一定要带 Miss 穆到家里来，我也很久没见她了，想做点好吃的，请她吃顿饭。"

穆子旸看了一眼正在忙着烧水的梅宛书，不禁得意道："没问题，妈，我一定给你把人带到！"

挂了电话，梅宛书已经烧好一壶开水，从行李里拿了她随身带的茶叶，泡了两杯浓香的龙井茶。

她端了一杯给穆子旸，嘴里像是不经意地问："小童和 Kelvin 回国了？"

"嗯，前天走的，先去港城，再去澳城。"穆子旸抿了一口浓茶，放下茶杯，叹道："小童现在也是人大心大，和 Kelvin 一起回国度假这么大的事，都不跟我知会一声！"

梅宛书微笑道："小童以为你和我一直在一起，自然不想打扰我们，挺懂事的。"

穆子旸一想也是，便向梅宛书伸出一只手，拉了她过来，两臂圈住她的纤腰，头靠在她身上，恋恋不舍："不管怎样，我们现在是真的在一起了，否则我妈、我妹都那么喜欢你，若是知道你不要我，肯定会很伤心的。"

听了这话，梅宛书心口一阵酸软，不由得抬起一只手，轻轻摩挲穆子旸柔软的短发："明天下了飞机，我就和你一起去你家看望阿姨。小童不在家，我的假期也还有几天，可以多陪陪她。"

"真的？"穆子旸从她怀里抬起头，眸光闪亮："宛书，你的意思是，可以在我家住几天？"

"嗯，"梅宛书点点头，笑意温柔："一直住到小童回来！"

"哇！"穆子旸开心得不知如何是好，一把将她抱得更紧："宛书姐，你真好！"

……

穆子旸在梅宛书的房间里喝茶，和她说着体己话，一直呆到四点多才回自己的房间，临走时还跟梅宛书约好晚上六点半接她去吃晚餐。

待他走后，梅宛书算了一下时差，觉得时间差不多了，便给穆语童发了一条消息：【小童，你和 Kelvin 在港城？】

没过多久，穆语童回：【是啊，我们这会儿住在尖沙咀的酒店里，Miss 穆呢？】

梅宛书：【我和你大哥在旧金山，明天回温哥华】

想着有话要跟她说，便问：【这会儿方便音频吗？】

穆语童发了个捂嘴偷笑的表情包，然后发：【可以的，Kelvin 在隔壁房间，约好九点来接我出去】

梅宛书莞尔一笑，拨通了音频连接，穆语童便把这些天发生的事娓娓道来。

就在上周刚放春假的时候，穆语童便跟邵星泽说："Kelvin，学校春假要放半个月的时间，不如我陪你回国，去找找蓉姨？"

邵星泽心里一动，想找到纪蔼蓉已经成了他最大的一块心病，时刻都在念着这件事，可从穆语童嘴里提出来，他却有些犹豫："Tina，我本来想好了春假我们和 Johnny、Matthew 一块去洛杉矶，还有拉斯维加斯玩一圈，比较近，飞机两个多小时就到。可如果回国去找蓉姨的话，要坐远程飞机不说，找到蓉姨的希望也很渺茫。"

毕竟来温哥华前，他已经花了将近五年的时间都没找到纪蔼蓉，春假也不过才短短半个月，又怎能寻得着她？

穆语童对他嫣然一笑，主动地拉住他一只手，嗓音轻柔地道："Kelvin，就算找不到蓉姨，我也想去看看你出生、成长还有上大学的地方，对我来说，可比去美西玩一圈有意义多了。"

邵星泽手心传来温软的触感，心里一下子也软软的，他望着穆语童的双眼，那里面有一层柔波在涌动。

他不由自主地点点头："好，我就去安排一下。"

穆语童听他这么快就答应了，心下松了口气，又把之前苦思冥想的一个主意说了出来："Kelvin，我想在回国之前，先拜访一下你上次跟我说的移民到温哥华的那家人，毕竟蓉姨在他们家做过一阵子保姆，我们再去问问，说不定能问出多一点蓉姨的消息来。"

邵星泽一听，穆语童如此为他着想，心中感动，不禁轻捏了一下她的手："好，我这就去跟他们联系，看哪天拜访他们比较合适。"

那家男主人姓陈，邵星泽打电话给他，不巧陈先生一家人也在外度假，得周六才能回温哥华，邵星泽便跟他约好周日上午到他家去拜访。

之后他跟穆语童说："Tina，我们要是等陈先生他们一家回来，就得浪费一个星期的春假，你怎么想，还要不要去美西玩？"

穆语童却摇了摇头，对他笑道："那我们就在温哥华等一个星期吧，正好我哥和 Miss 穆去了悉尼度假，我就呆在家里多陪陪我妈。"

邵星泽颔了颔首："好，就按你说的，我们等一个星期。"

话落，突然惊讶于自己听到梅宛书和穆子旸一起度假的消息，内心竟然没什么波动，反而轻松地就接受了这个事实。

第 101 章 他值得她一切的付出

　　一个星期很快过去，周日的上午，邵星泽和穆语童按照和陈先生约定的时间到达他的别墅。

　　陈先生在移民枫叶国前做贸易行业，家资丰厚，育有一儿一女，陈先生平时工作繁忙，两个孩子都是陈太太带的多，可陈太太千金小姐出生，十指不沾阳春水，家务事一般都交与保姆来做。

　　邵星泽按响别墅的门铃，家里保姆来开门，穆语童一手拎着两个礼品盒，另一只手被邵星泽牵着走进客厅。

　　陈先生和陈太太从沙发上起身迎接，陈太太一看到穆语童，便笑着用粤语对邵星泽道："Kelvin，你女朋友好靓啊！"

　　邵星泽没有一点否认的意思，微笑着点点头，说了句"多谢夸奖"，又跟他们介绍了一下穆语童。

　　陈先生笑着接口："Kelvin 就是靓仔，女朋友又会差到边喥去？"

　　穆语童与邵星泽呆在一起时间长了，经常听他和朋友们说粤语，此时也听懂了七七八八，心里又是欢喜又是含羞，将礼物递给陈太太，轻声道："陈太太，这是送给小朋友的，希望他们能喜欢。"

　　陈太太接过，道了声谢，见她眉清目秀，脸上带着几分羞怯，举止有礼有节，十分惹人怜爱。

　　她便拉了穆语童的一只手，带她坐进沙发，随后上了二楼将穆语童带来的礼物去拿给两个孩子。

　　陈先生和邵星泽也在沙发上入座，保姆端了红茶和一些甜点、水果过来。

喝了几口茶后，陈先生开始说普通话："Kelvin，你今天来，还是想打听蓉姐的消息吗？"

邵星泽颔首道："陈先生，上一次我过来打听蓉姨，问得比较匆忙，只晓得蓉姨是 2014 年底开始在你家做住家保姆，一年后因为你们全家移民来枫叶国，她就不在你家做了，是这样吧！"

陈先生道："就是这样，其实蓉姐在我家一直做得不错，把我家两个孩子照顾得很好，我和我太太甚至想带她来枫叶国，她却不愿意，说还是想留在港城，我们也就没有勉强。"

"嗯，"邵星泽若有所思："那陈先生能不能告诉我，蓉姨在你家做保姆的这一年间，有什么特殊的事情发生吗？"

"在我印象里没什么特别，蓉姐手脚勤快，做事稳当，我和我太太对她都很放心。不过平常我大多数时间不在家，家事都是我太太在操持，蓉姐的事还是她知道的比较多。"

陈先生话落，陈太太因想着要招呼穆语童，便从楼上走了下来，陈先生笑道："正好，让我太太来跟你们说。"

陈太太坐到穆语童旁边，笑问："Tina，你陪着 Kelvin 过来打听蓉姐，是跟蓉姐也认识吗？"

"不认识，"穆语童表情很认真地回道："但蓉姨对 Kelvin 来说是个非常重要的人，所以我想陪着 Kelvin 把她找到。"

"嗯，"陈太太点点头，对穆语童心生怜爱，上次邵星泽来时她从头到尾没怎么说话，此时却说："其实蓉姐在我家做的时候，身体就不是特别健康，偶尔会伤风咳嗽，有时候会觉得背疼，这个时候我就会放她几天假让她去看医生。"

穆语童立刻关心地问："那蓉姨看了医生后，医生有说她是什么病吗？"

陈太太叹口气："蓉姐大概都没去看医生，病好了就接着在我家做。因为她不是港城户口，看医生花钱厉害，她也就舍不得。"

邵星泽心里一沉，本指望能打听出纪蔼蓉看的哪家医院，便可以顺藤摸瓜查到她的医疗记录，或许用这个方法找到她，可现在也不可能了。

正沮丧着，却听穆语童又问："那陈太太知不知道，蓉姨生病放假的那几天住在哪儿？和谁在一起呢？"

这个问题倒让陈太太颇为费力地想了一会儿，突然眼睛一亮："我想起来了，有好几次我听她打电话给她一个姐妹，好像也是做保姆的，两人老家是一个地方，听蓉姐的口气跟她很要好，她的姐妹叫……"

毕竟是三四年前的事，陈太太又想了好一会儿，才说："叫阿雯！对，蓉姐在电话里叫她阿雯！"

邵星泽连忙追问："陈太太，能告诉我阿雯姓什么吗？"

陈太太摇摇头："真的想不起来了，或者蓉姐从来就没提起过阿雯的姓氏，我也不能跟你们随便乱说。"

闻言，邵星泽满脸的失望之色，一次又一次燃起的希望，却一次又一次地破灭了。

穆语童却很有礼貌地道："谢谢陈太太告诉我们这么多，已经很麻烦你了。陈太太，我能不能加你一个微信，哪天你要是想起阿雯的姓来，就第一时间告诉我们好吗？"

陈太太本就对穆语童印象极好，自然应允。

邵星泽和穆语童又坐了一会儿，见难以再挖掘出什么来，便起身告辞。

陈先生陈太太十分客气，一直将两人送到别墅外，见他们上了车，才回到屋内。

邵星泽一边开着车，脸色却有些发白，眸色也沉沉的。

穆语童在旁边瞧着都心疼，可她心里却十分清楚，绝不能将纪蔼蓉已经过世的消息直接告诉邵星泽。

只不过了解到一点蛛丝马迹，他已经在意至此，若是知道了真相，她都不敢想邵星泽的反应，恐怕会发疯，只得按梅宛书说的，迂回着来，慢慢来……

想到这儿，穆语童小心翼翼地问："Kelvin，我们还要不要订机票回国？"

邵星泽没吭声，半晌，他回道："不仅要订机票，而且越快越好！"

"去哪个城市？"

"去港城！"

于是，车一开到穆语童家，邵星泽便拿出手机买了两张周一凌晨一点多出发的机票。

跟穆语童嘱咐了几句后，他回学校公寓简单收拾好行李，晚上乘出租接了穆语童，一起去了机场，到达港城时已是周二的上午。

邵星泽细心，对港城又非常熟悉，早在温哥华机场就订好了尖沙咀一家酒店的两间房。

两人办好入住后，邵星泽带穆语童去了周围一家味道极好的茶餐厅，享用了一顿当地美食。

穆语童见港城气候温热，高楼大厦鳞次栉比，街道上人流涌动，十分热闹，比起温哥华完全是另一番光景。

她不禁道："Kelvin，我记得你说过，你是在港城上的大学，难怪你对这里这么熟悉。"

"嗯，"长途跋涉了一天后，回到自己熟悉的地方，邵星泽的心情平静了许多，此刻脸上带了几分温润的笑意：

“Tina，坐了那么长时间的飞机，累不累？”

“我在飞机上睡了一大觉，这会儿一点都不累！”

穆语童拿餐巾纸擦了一下嘴巴，感觉填饱肚子后，整个人更加有精神了。

邵星泽瞧她两颊红红的煞是娇艳，眼睛好奇地四处观望，十分可爱，心里不禁一阵波动。

他柔声道：“Tina，你要是不累，我就带你到处逛逛，附近就是维多利亚港，我们一会儿就走过去看看。”

“好啊！”穆语童瞧他的神情颇为愉悦，立马答应下来。

心里面却还有些担忧，忍不住问：“Kelvin，蓉姨的事，你怎么打算？”

邵星泽道：“Tina，谢谢你帮我打听出阿雯这个人，她对于蓉姨来说是个很重要的朋友。虽然我还不知道阿雯姓什么，可我已经知道该怎么从港城的人山人海中把她给找出来了！”

“啊？”穆语童惊讶地睁大了双眼，可瞧见邵星泽一副胸有成竹的样子，又不禁冒出了星星眼，叹道：“果然是我的偶像，本事好大啊！”

“呵呵……”

邵星泽被她的表情逗笑，心情放松地笑出声来。

穆语童还是不敢置信：“Kelvin，你曾经在学校的学生数据库里找到我，也曾经弄到过麦当劳的排班表，不过那些都只是在学校的范围内，对你来说轻而易举。不过现在要找到阿雯，可是在整个港城的范围找，那么多的人，怎么找啊？”

邵星泽两手交叉放于桌上，勾唇一笑，缓缓解释：“Tina，其实寻找范围并没有你想的那么大。第一，阿雯和蓉姨一样是做保姆的，别忘了我是怎么打听到陈先生一家的，因为我手上已经有了来港城做保姆的外来人口数据库。”

“第二，既然阿雯是蓉姨很要好的朋友，两人估计认识了多年，所以很有可能阿雯也是外来到港城来打工的。”

“另外，阿雯和蓉姨的老家是一个地方，而那个地方也恰好是我母亲的老家，就是广东的梅城。而我知道那块地方的姓氏不会超过一百个，只要把这不到一百个姓和阿雯名字的最后一个雯字组合在一起，然后在保姆数据库里加以查询，找出阿雯就不是什么难事！”

“哇！”

听完邵星泽的解释后，穆语童目瞪口呆，惊叹不已，心中又一次对他崇拜得无以复加。难得的是他把这么复杂的专业问题解释得让她这个外行都听得明明白白。

此刻穆语童只有一个想法，她从头到尾都没喜欢错人，Kelvin 值得她一切的付出，他值得！

第 102 章 好靓的一对

既然已经掌握了找到阿雯的法子，邵星泽便不急于一时，下午带着穆语童去维多利亚港游览一圈，又带她去铜锣湾和旺角逛了一圈，晚上回酒店的时候，穆语童肚子里塞满了各种美味的小吃，心满意足。

邵星泽将她送回房，又跟她说明天九点会接她去港城大学和太平山顶去游玩，才与她道晚安。

穆语童心里甜蜜蜜的，到了新地方人也兴奋，早上六点多就醒了，准备好一切早早等在在房间里，不想七点多就接到了梅宛书的消息。

梅宛书听完她的叙述后，深感欣慰，没想到这两孩子各有妙方，穆语童为了避免蓉姨的噩耗给邵星泽带来巨大的冲击，竟想到一步一步委婉地推进这件事；而邵星泽也是绝顶聪明，只根据陈太太的只言片语便想出了找到阿雯的法子。

当下对穆语童道："小童，你做得很好！其实那天我跟你说的那些蓉姨的经历之所以这么详细，都是因为我看过一份来自澳城的文件，而那份文件估计就是出于阿雯的口述。所以，如果 Kelvin 找到的阿雯目前人住在澳城的话，那他就肯定找对了人！"

"嗯嗯！"穆语童得了梅宛书的夸奖，又听到这个重要的消息，心里一阵激动，不禁问："Miss 穆，你说，是不是由阿雯把蓉姨的下落告诉 Kelvin，Kelvin 就不会那么伤心了？"

梅宛书叹息一声，道："一定也会很伤心，可毕竟阿雯是当事人，由她来跟 Kelvin 讲述蓉姨的经历，Kelvin 从心理上更加容易接受。”

“明白了！”知道接下来自己该怎么做的穆语童，大大地松了口气。

梅宛书又嘱咐道：“小童，一会儿你还得把你这几天的行程都向你大哥交代清楚，否则他会担心你的。”

“知道啦，Miss 穆！”穆语童对梅宛书素来言听计从。

梅宛书莞尔一笑：“小童，往后在学校以外的地方就不要再叫我Miss 穆了，换个称呼吧！”

闻言，穆语童心里一喜，看来这次大哥和Miss 穆一起去度假，两人的感情又往前跨了一大步，她笑问：“那我叫你什么好呢？要不……叫嫂子？”

扑哧，梅宛书被她逗笑了，心想穆语童对她越发亲近，都可以跟她开玩笑了，她柔声道：“往后，你就叫我宛书姐吧！”

穆语童这还是第一次听到梅宛书的中文名字，不禁有些神往：“宛书姐，你的名字真好听，宛如书卷，人如其名！”

“呵呵……”

听穆语童的嘴巴就像抹了蜜一样的甜，梅宛书开心地笑起来。

……

九点整，邵星泽准时来到穆语童的房间门口。

昨晚回酒店后，他便拿出随身携带的笔记本电脑，将存在里面的保姆数据库找了出来，然后按照梅城的姓氏加最后一个雯子输入数据库进行查询，果然查到了二十四位名字末尾是雯字的女性。

接着，他按照年龄和工作经历又淘汰掉了十九人，最后只剩下五名女性。而其中有一人，来到港城之前在澳城打工，且恰好与蓉姨在同一年来到港城，成为邵星泽第一个锁定的目标，她的名字叫蔡怡雯。

数据库里有她的联系方式，是港城的一个电话号码，刚才在房间里邵星泽拨了这个电话，可是无人接听，不一会儿传来机器声，说这个号码已经停用。

不过，只要得知了阿雯的全名，邵星泽就有办法找到她。

此刻，他却不想马上就操作这件事，而是气定神闲地来接穆语童去他曾经就读的大学。

因为，穆语童跟他说过，很想看看他出生、成长和上学的地方，仅仅一句听上去很普通平凡的话，在邵星泽的心里却重如千金。

他想，如今在这个世界上，能如此在乎他、关心他的人，也唯有穆语童而已。

"咚，咚，"邵星泽轻敲了两下门。

屋里传来轻快的脚步声，很快门被打开，门后出现了穆语童清秀的小脸。

只见她头发扎成马尾，身上穿了一件粉色绣花的连衣裙，脚上一双露趾平跟鞋，还斜背了一只白色的小包，俏丽又迷人。

她笑意嫣然地对他说了一句粤语："Kelvin，早晨！"

邵星泽听她发音很标准，惊喜地回了一句："Tina，早晨！"

话落，心神一荡，将她从门后拉了出来。

邵星泽一路拉着穆语童的手，带她出了酒店，乘坐叮叮车到了怪兽大厦，游玩一圈后再乘地铁，来到港城大学。

港城大学面积不大，可整个建筑十分立体，非常具有城市特色。里面楼道、扶梯、台阶星罗密布，九曲十八弯，穆语童若非跟着邵星泽，一定会迷路。

可因为一直被他拉着手，她反而成了众人瞩目的焦点，一路都有人在夸他们"好靓的一对啊……"

穆语童兴奋得小脸发红，时不时转头朝邵星泽看，却见他一脸的云淡风轻，偶尔开口向她介绍一下某幢建筑的历史，想是以前就被人夸靓仔夸惯了，丝毫不以为意。

然后邵星泽领着她去了大学底层的食堂，用自助机点餐后，拉她坐在露天的桌子边。

不一会儿，邵星泽用托盘端来两份同样的餐点。穆语童这两天被喂了许多港城的美食，也没觉得食堂里的东西有多好吃，可一想到邵星泽曾经在这里住过四年，经常吃食堂，也就乐滋滋地品尝着和他同样的饭食。

"Kelvin，"她赞叹道："你们学校可太漂亮了，那么多层，像个迷宫一样！"

"嗯，寸土寸金的地方，只好往上建！"

邵星泽回到母校，浑身都很舒适放松，总觉得穆语童提议回国度假，真是太对了，不仅令他心情大好，找蓉姨的事也因为穆语童的主意而大有进展。

又瞧她今天打扮得如此娇俏可爱，走在他旁边都为他增色不少，这一路被夸下来不禁有些心猿意马。

忽然想逗逗她，他便朝穆语童倾过身去，低声说："Tina，我想吃一块你的叉烧！"

"啊？"穆语童看他碗里还有好几块叉烧，有点不解。

"你碗里的叉烧大！"邵星泽郑重其事地说。

"哦！"穆语童赶忙拿筷子夹了最大的一块叉烧肉，准备放进他碗里，可邵星泽又说："我想你喂我！"

"啊？"

穆云童傻愣住了，却见邵星泽嘴角上扬，似笑非笑，可还是很确定地又说了一遍："Tina，我想你喂我吃！"

穆语童便机械地将筷子伸过去，邵星泽干脆把头伸过来，一把含住她的筷子，将一整块叉烧全部包进口中。

随后眼睛一直盯着她，嘴巴却在不停地咀嚼，感觉像是在品尝世界上最美味的珍馐佳肴，舍不得吞下肚……

穆语童被他扰得红了脸，垂下头去，连带耳根脖颈都像被染了色……

"喏！"邵星泽夹了一块他自己碗里的叉烧肉送到她嘴边："我吃了你的一块，也还给你一块，张嘴！"

穆语童心若擂鼓，机械地张开嘴，吞下了这块叉烧肉，可从头到尾都食不知味……

……

下午四点，邵星泽牵着她的手，从港城大学出发，带她慢慢行山。

两人沿着马路边的台阶层级而上，先进入了龙虎山。山上游人众多，两人随着人群缓缓行走，经过了松林炮台遗址，最后到达了太平山顶的凌霄阁。

此时，正是落日西下的时分，两人手牵手站在山顶处欣赏晚霞的美景，将整个港城的风貌，还有维多利亚港的全景尽收眼底。

太平山顶邵星泽来过多次，可没有一次像此刻这般心情激荡，只因身边多了一个人，仿佛周围的世界全都变得不一样了。

"Tina，"他突然说："有句话，我好像从来没对你说过！”

穆语童眼睛亮晶晶的，问他：“是什么话？”

邵星泽转过身来面对她，拉起她的另一只手，凝视着她，声音竟然有些发颤：“Tina，我喜欢你！”

话落，他瞧见穆语童的眼中从怔愣转成震惊，再从震惊转成惊喜，最后，漾出了一层薄薄的水花。

夕阳下的女孩是如此的美丽动人，邵星泽耐不住心里的一波情动，轻轻地抱住了她，然后，低下头，薄唇覆住她的唇，柔柔地吻了上去……

第 103 章 大少爷

　　晚间，两人回到酒店，邵星泽照常把穆语童送到房门口，穆语童匆匆对他说了声晚安，都没敢看他一眼就进了房门。

　　邵星泽站在门外，哑然失笑。

　　自打在太平山顶吻了她后，穆语童就一直在害羞，一路回程都是迷迷糊糊的，神思不属。

　　又可爱得令他更加心动，原本想进她房间再跟她好好亲昵一番，此刻也只能打消这个想法。

　　回房后他收敛旖旎的心思，找了他的大学校友的电话，打了过去。他这个朋友在港城移动通信公司工作，以前也曾帮他查到过蓉姨的手机号，可非常不巧的是，查到的时候蓉姨就已经停用了那个手机号，后来也没有更换新号码，仿佛突然从港城消失了一般。

　　此刻，邵星泽把蔡怡雯的名字报给他，拜托他查一下这个人的新手机号码，朋友知他多年来都在苦心孤诣地寻找纪蔼蓉，怜他一片舐犊情深，便也毫不犹豫地答应帮他。

　　第二天一早，朋友反馈消息，蔡怡雯没有新的港城手机号，估计人已离开港城。

　　这一下，邵星泽陷入了沉思。

　　便在此时，穆语童的消息发了过来：【Sorry，Kelvin，昨天你陪了我一天，一定浪费了许多寻找阿雯的时间吧】

　　看到这条消息，邵星泽心里一阵波动，穆语童时时刻刻都在关心他，担心他的事。

　　他立马回：【已经大有进展了，知道了阿雯叫蔡怡雯，可她已经不在港城】

很快，穆语童回了两条消息过来：

【哇，这么快就查到了阿雯完整的姓名，我的偶像太棒了！】

【我想，阿雯不在港城的话，多半在澳城吧】

邵星泽眼睛一亮：

【Tina，你说得对，阿雯原本就在澳城打工，很有可能回到了澳城】

【你等我一下，我再去查】

发完这两条消息后，邵星泽又赶忙联系朋友，朋友十分给力，不多时就找到澳城的熟人帮忙查找蔡怡雯的手机号，果然，她人在澳城，用的是澳城电信。

邵星泽激动地从椅子中跳了起来，做了几口深呼吸后，买了两张从港城到澳城的船票。

……

下午，邵星泽带着穆语童乘上去往澳城的轮渡。

一个小时后，渡船抵达澳城外港，邵星泽叫了一辆出租，十五分钟后便到达了他订好的瑞吉大酒店。

酒店装潢得十分豪华，大堂的巨型灯饰就像船的龙骨，彰显着这座城市作为贸易港口的悠久历史。

酒店底层设有鸡尾酒吧，优美的壁画展现西方风情。

进了空间阔绰的套房，四下摆放高档的欧式家具，到处陈列着精致的艺术品，融合了东西方的装饰风格，华丽而风雅。

从客厅凭窗远眺，可以看到高耸的澳城塔，大小赌场星罗密布。

穆语童却看得眼花缭乱，终于知道在这样环境中长大的邵星泽，为什么那么喜欢去赌场喝鸡尾酒了。

邵星泽见她眉心微蹙，似乎不怎么喜欢这家酒店，便扶着她的肩头，柔声问："Tina，你要是住不惯这里，我们换一家酒店吧！"

穆语童却摇摇头，对他嫣然笑道："不用换了，你找的地方都特别好，只是……"

"只是什么？"邵星泽见她欲言又止的样子，便追问道。

"只是我更想看看你的家！"

邵星泽的脸色微变，半晌才道："等我联系上阿雯，打听到蓉姨的下落，就带你回家看看！"

"嗯！"穆语童点了点头，尽管晓得邵星泽的家庭背景复杂，可既然来到了他出生和成长的城市，过门而不入，不去他家里看看，也不拜访他父亲的话，似乎不合礼数。

邵星泽给穆语童倒了一杯清水，让她坐在沙发上，自己来到书桌边，就用酒店的电话拨打了蔡怡雯的手机。

"嘟嘟"两声，电话被接起，那头传了一道略低沉的女声："请问你是谁？"

"是阿雯吗？"邵星泽的声音带了点颤抖："我是Kelvin，蓉姨养大的孩子！"

那头显然激动起来："是大少爷！太好了，你现在是在澳城吗？"

"大少爷"这个称呼邵星泽从小听到大，可这么称呼他的都是家里的佣人和司机，不想却从蔡怡雯的口里叫了出来。

虽然他找对了人，心里很高兴，可他也开始疑惑："阿雯，我从温哥华回国度假，现在就在澳城，可你为什么叫我大少爷？"

蔡怡雯道："大少爷，我半年前就开始在你家里做住家保姆了，就是想等着你哪天从枫叶国回来，把该跟你交代的事都跟你说清楚。"

邵星泽心里一紧，问："阿雯，你先告诉我，蓉姨现在到底在哪里？"

蔡怡雯叹道："大少爷，你回家来，我慢慢说给你听。"

便在这时，电话里传来一道骄纵的童声："阿雯，你把我的公仔拿到哪里去了，赶紧给我找出来！"

蔡怡雯慌忙说："大少爷，我要忙去了，等你回家来我再跟你说！"

话落，手机传来"嘟嘟"声，电话被挂断了。

邵星泽脸色沉了下来，他盯着电话机，默了好一会儿。

一旁的穆语童担心地看着他，问："Kelvin，阿雯说什么了？"

邵星泽缓缓地摇了摇头，情绪低落："阿雯什么都还没来得及说，可我有一种很不好的预感！"

闻言，穆语童心里一揪，走上前去，抱住了邵星泽，胳膊圈在他腰上，头埋进他怀里，轻轻地说："Kelvin，即便蓉姨有什么，你也不要太难过。你一定要记得我曾经跟你说过的话，即便这世上所有人都不要你，我也永远都不会离开你！"

下一秒，便被邵星泽紧紧抱住，他的嗓音低沉喑哑："Tina，我记得，我全都记得！"

……

翌日上午十点多，邵星泽带着穆语童去望洋山邵家的私宅。

车子入山后，穆语童瞧见路边都一幢幢西式的大别墅，便知这座山是富豪荟萃之地。

她突然联想到邵星泽最爱去的赌场酒店，酒店经理 Eric 对他一直恭敬有加，此刻心里有了猜测，忍不住开口问："Kelvin，那家列治文的酒店……"

邵星泽微微颔首，声音却很凉："是我父亲的一处产业！"

"哦！"穆语童明白过来。

不一会儿，车子开到了邵家，她下了车，睁大眼睛看着面前带花园的洋房别墅。

邵星泽瞧穆语童愣神的样子，知道她内心受到了不小的冲击，不禁心下怜惜，手臂搂住了她的肩膀，将她护在怀里。

铁门处早已站了一个五十岁左右的男佣，见他们到达，便开了门，口里恭敬地喊了声"大少爷"，"穆小姐"，又说"老爷已经在等你们了"，随后一路将他们领进洋房。

邵星泽很有礼貌，对他道了声"有劳深叔"。

进门后，两人又瞧见一个四十岁左右的女佣站在玄关处，眼里带着激动和喜悦，也对他们恭敬地喊"大少爷"，"穆小姐"。

穆语童心里一动，知道这个女人便是蔡怡雯了。

可她心里明白此时的情境，还不是时候和阿雯亲近，打听消息，因而只是对她微笑点头，随着邵星泽说了声"有劳"。

屋内装潢得极尽豪华，风格倒与瑞吉酒店十分类似。

诺大的客厅正中央，黑色的真皮沙发上坐着一个中年男人，身上不过白色翻领 T 恤和灰色休闲裤的简便装束，却自带一股威严之势。

看到他们进来，邵冠辉并未起身，可脸上还是流露出几分喜色，对邵星泽喊："Kelvin！"

邵星泽却一张冷漠脸，带着穆语童坐在另一张沙发上，勉强地喊了一声"爸"。

邵冠辉眼光朝着穆语童瞧去，见女孩长相秀美，气质清纯，还带了几分羞涩之意，惹人怜爱。

他满意地点了点头，道："Kelvin，总算见你找女朋友了！"

穆语童一听说到自己，便站起身来，将手上的一包礼物递给邵冠辉："叔叔，你好！这是我从枫叶国带的一点小礼物。"

邵冠辉接过，见里面装了冰酒，枫糖浆，海参等枫叶国特产，虽不在意，可也觉得女孩颇有礼貌，便笑着问她："怎么称呼你？"

穆语童回道："叫我 Tina 就好！"

邵冠辉颔了颔首，心里有数，这个女孩恐怕就是 Eric 跟他提过的和大儿子在同一所大学读书的那个了。

他又转头问邵星泽："Kelvin，这次回来度假，要在家住多久？"

邵星泽冷声道："住在家里不方便，我还是和 Tina 住酒店。"

"嗯，"邵冠辉丝毫不惊讶，毕竟自从他把外室和她生的一双儿女接回邵宅后，邵星泽就从未在家住过。

随后，空气一阵静默，父子无话可说。

穆语童看得出，这是他们父子相处的常态。

不一会儿阿深端上茶点，邵冠辉却站起身来，道："我酒店里还有事要忙，先走一步，有什么事就叫阿深和阿雯。"

又对穆语童多说了一句："Tina，让 Kelvin 带你在澳城多玩几天！"

穆语童也礼貌地站起身："谢谢叔叔！"

邵星泽却突然说："爸,我那间房还能用吗？我想带 Tina

进去坐一会儿。”

邵冠辉立马笑了：“能用，我一直让人收拾得很干净，你带 Tina 想呆多久呆多久。”

就在此时，穆语童终于看出了邵冠辉对邵星泽的重视和疼爱。

邵冠辉走后，整个宅子变得静悄悄的，邵星泽却全身放松下来，微笑着问阿深：“深叔，家里其他人呢？”

阿深也笑着回道：“小少爷和小姐上学去了，阿盈陪着太太出去喝茶了，这会儿家里没别人。”

阿盈便是阿深的妻子，两人在邵家做家佣多年，都是看着邵星泽长大的，对他感情颇深。

邵星泽对他点点头，柔声吩咐：“那就有劳深叔，一会儿让阿雯把茶点端进我房间。”

“好的，大少爷！”

第 104 章　她们的隐瞒

邵星泽牵着穆语童上了三楼，朝右拐走了几步，打开了一间房的房门。

穆语童随他走进去，眼睛一亮。

房间布置得十分温馨，整个色调为蓝色，浅蓝色的屋顶，深蓝色的星星壁纸，海蓝色的绸缎窗帘和绒布沙发，连床上铺的床单被套都是蓝灰格子的。

邵星泽拉着穆语童坐在沙发上，随后放松了四肢，靠在沙发上，长长地舒了口气。

穆语童轻声说道："Kelvin，你爸爸一直让人把这间房收拾得这么整齐干净，他对你还是挺好的。"

闻言，邵星泽眉头蹙起："这间房从头到尾就是蓉姨帮我布置的，平常收拾的也是深叔他们，和我爸没什么关系，他只不过张嘴吩咐两句而已。"

穆语童没接话，心里叹了口气，看来邵星泽和邵冠辉之间心结已深，难以消除。

不一会儿，门口传来两下敲门声，邵星泽连忙说了声"请进"，阿雯端着茶点走了进来，将托盘放在沙发前的茶几上。

穆语童有点紧张地立直了身体，因为知道，接下来就要和阿雯长谈了。

"雯姐，你也坐！"邵星泽指了一下茶几旁边的一张梨木座椅，并换了更尊敬的称呼。

蔡怡雯有很多话要对邵星泽说，便道了声"谢谢大少爷"，随后坐进椅子里。

邵星泽第一句话就问："雯姐，蓉姨到底在哪里？你昨天在电话里不肯说，是不是蓉姨出了什么事？"

蔡怡雯瞧着邵星泽满脸焦虑的表情，无奈地点点头，叹息道："大少爷你千万别太难过，阿蓉……去了！"

话落，便瞧见邵星泽的眼睛泛出了震惊之色。

尽管做好了一定的心理准备，可真正听到这个噩耗的邵星泽还是忍不住心里一阵剧烈的抽痛，他不由自主地握紧双手，半晌才能发声，声音在打颤："什么时候的事？"

"已经过世一年半了……"

"嘭"的一声，邵星泽一拳砸在茶几上，发出一声巨响，随即便是一连串杯碟相撞的响声。

"为什么现在才告诉我！"他恨恨地道："蓉姨，蓉姨为什么不联系我，不见我！"

又一次看到他状如疯态的穆语童，赶忙伸出双手，拉住他的一只手。

她柔软的手心似乎有着莫大的安慰力量，邵星泽看了她一眼，见她眸光温柔，神色楚楚，却丝毫没有意外和受惊之色。

"Tina……"他忽然猜到了什么，嘴唇发抖："你早就知道？"

穆语童无可否认，轻轻地点了点头。

邵星泽突然捏紧她的手，开始咬牙切齿："所以你提议我回国度假，所以你提议去找陈先生一家问清楚，后来还跟我说阿雯人在澳城，因为你早就知道这一切！告诉我，你是怎么知道的，你是从哪里知道的！"

穆语童感觉手骨都要被捏断，可她宁可邵星泽的痛恨往她身上发泄，也不愿意看他伤及他人。

她疼得眼里冒出了泪花，可嘴上却在断断续续地说：

"Kelvin……不管我……从哪里……知道的消息……我只想告诉你……蓉姨是因为爱你……心疼你……才不联系你……"

"不可能！"邵星泽大叫一声，甩开了穆语童的手，完全不能接受："蓉姨要是真心疼我，怎么会不肯见我，不可能……"

他把脸埋在手中，眼泪从指缝里串串滑落。

穆语童拿手轻轻触碰邵星泽的肩膀，却被他狠狠地甩开，此时，阿雯眼眶红红的，开始发声了："大少爷，穆小姐说的对，阿蓉就是因为太爱你，舍不得让你有一丁点的难过，才从头到尾没见你……哪怕临走前，她还嘱咐我什么都别跟你说……"

邵星泽摇摇头，发丝凌乱，眼眸猩红，只问："蓉姨，到底是怎么去的！"

阿雯叹口气："癌症，肺癌！"

她开始缓缓叙说纪蔼蓉被邵冠辉抛弃后那几年的经历，从 2012 年底说到了 2016 年 7 月邵星泽毕业后回澳城。

"阿蓉后来没跟着大少爷回澳城，因为那会儿她已经虚弱得爬不起来，我白天打工挣钱，晚上照顾她，陪着她说会儿话……"

"阿蓉说，她很想大少爷，不过她在你上大学的时候，就偷偷摸摸地去看过你不少次，觉得你在学校里过得很开心，上学、做功课、运动，和朋友聊天，成长得很好，她说你已经长成一个有担当的大人了，她满足了，放心了……"

说着，阿雯抬手擦了一把泪："阿蓉千叮咛，万嘱咐，临走前还让我不许把她逝世的消息告诉你，让我把她的骨灰随便找一处埋了，可我不忍心，一直带着她的骨灰……"

邵星泽听到这里，心痛得难以呼吸，此刻忍不住问："现在呢，蓉姨的骨灰还在你那里吗？”

阿雯抽泣道：“我陪了阿蓉那么长时间，怎么会不晓得她的心思，她很想跟你母亲在一处，她这辈子虽苦，可到底答应你母亲的事，她一直尽心尽力地在做，去了黄泉也好跟你母亲有个交代……”

“阿蓉是前年九月份走的，临走时留给我一笔钱，我问了一下墓园那边，还不太够，所以我就想用我打工的钱来凑。直到半年前凑足了钱，我就回了澳城，给她葬在了离你母亲不远的一块墓地，算是成全了我们的姐妹情……”

听到这里，邵星泽脑海里终于开始回想前年的事，大学毕业后回到澳城，他开始到处寻找纪蔼蓉，去了梅城，也回过港城几次，甚至去了纪蔼蓉几个在福建的朋友家里，都毫无所获。直到获知了她的最后一家主人陈先生的消息，他开始申请温哥华的大学，办理签证，之后去了枫叶国……

怎曾想，他前脚刚走，阿雯后脚就带着蓉姨的骨灰回来了……

穆语童泪眼迷蒙地听到这里，果然一切都像梅宛书说的那样，蓉姨是因为伟大的母爱，才自始至终没见邵星泽，孑然一身地离去，可是……

她忍不住轻声问：“雯姐，能不能告诉我们，你为什么要在这里做保姆？”

阿雯的眼眶又红了：“我把阿蓉安葬好后，很快就被邵老爷知道了这件事，他不想让阿蓉和大少爷的母亲埋在一处，就喊了我过来，给我一笔钱，叫我把她的墓地迁走，迁得远远的，不要让大少爷知道阿蓉过世这件事……”

“我就跟老爷说，阿蓉过世瞒不住大少爷，只要大少爷有心打听，总能从其他人口中知道这件事。老爷也晓得你找了阿蓉好几年，总有一天会得知这件事。他怕你恨他，就跟我说墓地不用迁了，让我在这里做保姆，等你有一天回来，就把阿蓉的事都跟你交代清楚……"

"大少爷，你不会怪我吧，违背了阿蓉的遗愿……"

"你没做错！"听到现在，邵星泽尽管心痛难当，可也被纪蔼蓉的母爱，还有她和阿雯之间的姐妹情所感动，头脑渐渐清醒。

他抬起头，面色凝重地说："雯姐，你不仅没做错，我还要感谢你，你所做的，才是真正圆了蓉姨的心愿！"

话落，他转过头，哑声问穆语童："Tina，告诉我，你到底是怎么知道蓉姨的事？"

到了此时，穆语童不能再瞒邵星泽："是宛书姐告诉我的，早在惠斯勒，她就跟我说你爱喝酒，有偏头痛的毛病是因为你心里有不可告人的伤痛。"

"后来我们一起进医院那次，她又听到你在昏迷中叫过蓉姨，就让我留意这件事，说蓉姨是你心头最大的伤痛，让我多陪伴你，关心你，安慰你……"

穆语童深吸口气，继续往下说："那次你在法餐俱乐部跟我说的所有事情，我也全都告诉了宛书姐，然后她就用了国内的人脉查出了蓉姨的下落。"

"得知蓉姨去世后，我们都怕你受不了这个打击，宛书姐就想出一个办法，她让我向你提议，和你一起回国度春假，把这件事慢慢地说给你听，再和你一起去给你母亲和蓉姨扫墓……"

听到梅宛书的名字，邵星泽陷入了深深的沉思。原来，即便她将他拒绝，可从头到尾却从未抛弃他，不管是为了他还是为了穆语童，梅宛书竟在暗中为他做了那么多事……

哪怕刚才，他还觉得这个世界谁都在欺骗他，可到头来他才突然发现，不管是梅宛书也好，纪蔼蓉也好，穆语童也好，她们的隐瞒都是出于善意的关心，还有深切的爱……

耳畔，穆语童的轻声细语继续传来："Kelvin，阿雯却是你自己查到的，我和宛书姐只知道蓉姨有个很要好的姐妹帮她安葬了骨灰，却不知道她姓谁名谁，所以我才提议去找陈先生陈太太打听……"

说到这里，邵星泽又一次握住了她的手，可这一次，不再是受到伤害和背叛后的恼怒，而是温情脉脉，充满了感激。

穆语童感觉到了他的柔情，便反手握住他，两行泪珠悄悄落下，脸上却泛出了欣慰的笑容。

第 105 章　两个母亲

午后，邵星泽让阿深准备了诸多祭品，带着穆语童去了孝思墓园。

每年的清明节，邵星泽都要来此祭拜母亲，可今年，亦是临近清明的时节，在他的生命中，却又添了一个新冢。

孝思园内墓冢累累，沿阶梯而建。邵星泽和穆语童带着沉痛的哀思，穿过绿顶的古建筑，穿过月门亭阁，先来到一座颇为高大的墓前。

穆语童见墓碑上照片里的女人脸容秀雅，年纪尚轻，晓得是邵星泽的母亲。

见邵星泽跪拜在地，奉上各色水果、精致点心等祭物，她便也随着他跪在地上，摆上鲜花。

邵星泽对着墓碑虔诚地磕了几个头，开始低声诉说："妈，在我很小的时候你就离开了我，是我的不幸，可是我也很幸运，有蓉姨把我养大，照顾到成人，可她也走了，去你的世界陪你了。"

说到这儿，他眼圈红了，声音也开始哽咽："可是，妈，你别担心我，我还是很幸运，蓉姨走了，还有 Tina 在我身边。"

"妈，Tina 是我在温哥华认识的，她是个很好的女孩，漂亮，纯真，还很有爱心。"

"今天，我带她来看你。我和 Tina 都说好了，永远不离开对方，所以，往后我们一定会找个合适的时间举办婚礼，成为夫妻，你会祝福我们的，对吧！"

话落，他拉着穆语童，一起深深地跪拜下去。

他们在墓前，看着照片悼念良久，终于，邵星泽起身，对穆语童道："我们去蓉姨的墓地！"

"嗯，"穆语童轻柔地应了一声。两人随着台阶下了几层，又横向走了一小段，终于看到了纪蔼蓉的墓碑。

就见墓碑上只刻着"纪蔼蓉之墓"，名字前却没有任何称呼，邵星泽心里一痛，泪如雨下。

他准备了和生母同样的一份祭品放置于纪蔼蓉的墓前，同样虔诚地跪拜下去，他望着墓碑上她带着温柔笑容的照片，仿佛蓉姨就在他身边，那么的亲切。

他在她的墓前哭了很久，脑海里浮现着从小到大的点点滴滴……

穆语童瞧他如此，心酸难忍，她一边拿纸巾给他擦泪，一边陪着他一起哭……

终于，邵星泽做了几口深呼吸，开始说话了："蓉姨，你放心，你的墓碑我会以我的名义给你重建，在我心里，你比我的母亲更像母亲，所以你就是我的养母，我是你的儿子……"

"你这一辈子，把所有的疼爱和感情全都给了我，我记得我都长大了，快成人了，你还经常叫我宝贝、星儿……"

"可是你为什么不让我见你一面？我知道你舍不得我伤心难过，可你这样做，会让我有多遗憾啊……"

"好在雯姐心善，把你葬在我母亲的身边，往后我还有个怀念你、祭拜你的地方……"

接着，他把穆语童又一次介绍给了纪蔼蓉，随后说："蓉姨，我有个心愿，就是我和 Tina 在一起这件事，希望得到你的认可和祝福，你会答应我的，是吧，因为你希望我幸福……"

说到最后，他恨恨地咬牙，眼里泛出了血丝："蓉姨，有个人从头到尾都对不起你，他的心是黑的，眼里只有金钱、贪欲，根本不懂这个世界何谓感情。这个人，也根本不配和你、和我母亲相提并论，往后，我也绝不会再叫他一声！"

　　穆语童在一旁听着，听他口吻冰冷，充满恨意，不禁打了个寒战。

　　待祭拜好纪蔼蓉，出了墓园，她便问邵星泽："Kelvin，你打算对邵先生做什么？"

　　邵星泽瞧她忧心忡忡的样子，知道她害怕他做出什么危险的事情，心里一软，握住她的手："Tina，你放心，我绝不会用伤害我自己的方式去对付那个人，但我一定会跟他断绝关系！"

　　……

　　回到酒店，邵星泽第一件事就是联系孝思墓园的管理人员，说清楚了缘由，要以他的名义，将生母的墓碑刻字改成先母之墓，将纪蔼蓉的墓碑刻字改成养母之墓。

　　管理人员道："Kelvin，纪蔼蓉女士的墓碑刻字可以照着你说的改，可你生母的墓碑是你父亲邵先生立的，要改的话得经过他的同意。"

　　邵星泽明知道自己的母亲早已不是邵冠辉的"爱妻"，可也明白此事目前没可能办成，只能暂时放弃修改生母的墓碑。

　　坐在她身畔的穆语童耳听他处理着两个母亲墓碑的事情，脑子却开始神游。

　　今天在墓园，邵星泽不仅在两个母亲的墓前确定了他两的关系，甚至许下诺言，说往后会和她举办婚礼，成为夫妻……

　　当时在墓园里她还沉浸在哀痛的情绪中，没有细想，可此时回想起那一幕，不禁心如鹿撞。

这两天，她和邵星泽之间，进展快得惊人，他走到哪里都会牵着她的手，他主动亲吻她，他还说要娶她为妻……

"Tina，在想什么呢？"

邵星泽挂了电话，转头见她愣神的模样，忍不住伸出五根指头在她眼前晃了两下。

穆语童恍然惊醒："没……没想什么……"

说着，小脸红了。

邵星泽对她无比了解，每当她又是羞涩又是紧张的表情，就必是在想他。

他忍不住带了点逗弄问："真的没想什么吗？"

"哎，"他故意叹口气："我还以为，我今天带你去看了我的两个母亲，跟她们都说清楚了，你一定会有什么想法呢！"

"我……我……"

穆语童舌头有些打结，不知怎么回答才好，说有想法也不好，说没想法就更不好，心里一急，差点要掉下泪来。

"好了，Tina，"邵星泽不逗她了，反而搂住她，拍她的背，在她耳边柔声说："往后，你可以尽管想！"

"想什么？"穆语童声若细蚊地问。

"想你是我的 girl friend，想你是我的 fiancee，想你是我的 wifc，总之，怎么想都可以！"

话落，他盯着她莹润的双眼，里面水波一层层，扰得他心神一荡，抬手抚住她的后脑勺，薄唇压了上去。

这回，他吻得相当猛烈，挑开她的牙关，用舌尖去触她口里的每一处，脑海里竟回想起喝酒那次，他吻得自己吐血，吻得她窒息的那种疯狂……

穆语童在他的激烈中早已失了魂魄，她娇喘细细，不时发出几声嘤咛……

　　少女娇羞的声音刺激着邵星泽的耳膜，他不依不饶，把她压在沙发上吻得更深，时而喘息着说："Tina，别怕，我没喝酒……"

　　"为了你，我永远都不会再碰酒……"

第 106 章 豪赌

翌日早晨，穆语童醒来后，躺在床上心猿意马，害羞了好一阵子。

隔壁房间邵星泽的消息发了过来：【Tina，醒了吗】

穆语童一看七点多了，立马回：【醒了，今天有什么安排吗？】

邵星泽：【带你去一个地方，那个地方你可能不喜欢，可能还要花一整天的时间】

穆语童：【是非去不可的地方吗？】

邵星泽：【Yes】

穆语童：【那我就陪你去，不过今天都星期六了，得买回温哥华的机票了】

邵星泽：【已经买好了，明天凌晨的机票】

穆语童一看，今天去了那个"非去不可"的地方一整天，就得直接出发去机场了，赶忙起身，穿衣洗漱，一切妥当后，把行李也全部收拾了。

出了房门，见邵星泽坐在客厅的沙发上，手边放了个行李箱，也全都准备好了。

穆语童瞧他穿了一件雪白的长袖 Polo 衫，修身剪裁的黑色西裤，半长的头发全往后梳理整齐，表情带了几分高冷，竟是出奇的好看。

穆语童心中砰砰直跳，怎会想到今天这张禁欲面孔的男人昨晚竟那样疯狂地亲吻她……

邵星泽见她一跟他对视，又羞得眼神闪躲，心里觉得好笑，可一想到今天要做的事实在太重要，便收敛心神，一本正经地道："走吧，Tina，那个地方有点远，我们得早点出发！"

"哦！"穆语童一听，也顾不得害羞了，赶忙拉了行李过来。

两人来到酒店前台，邵星泽结好帐后，将行李办理了存放，便带着穆语童离开了酒店，打了个出租。

一个小时后，车子开到了具有威尼斯水城风情的地方，满眼望去，皆是巴洛克风格的建筑群，几道拱桥穿插其间，桥下流水潺潺，风景格外优美怡人。

下了车，穆语童环望四周，顿觉心旷神怡，不禁好奇地问："Kelvin，我觉得这个地方很好啊，你怎么会说我不喜欢这个地方呢？"

邵星泽抬手搂住她肩膀："Tina，知道这些建筑物里面是什么？"

穆语童摇了摇头。

"就你看到的这一圈建筑，里面藏了不下三十个赌场！"

"啊？"穆语童目瞪口呆，果然开始担心起来："Kelvin，你是又要去赌钱吗？"

邵星泽肯定道："对，赌钱！"

穆语童眉头皱起，带了点恳求说："Kelvin，能不能不要去啊……"

邵星泽瞧她楚楚可怜的小模样，心里一软，低下头贴着她的耳根柔声哄道："Tina，都来澳城了，不赌钱说不过去！"

话落，嘴凑过去轻触了一下她的唇，穆语童顿时迷了心神，被他一路搂着进了一家酒店赌场。这会儿还是上午，赌场里的客人不多，大多数人都在玩老虎机。

穆语童虽是个乖乖女，可因为邵星泽的缘故，对赌场的环境已丝毫不感到陌生，倒也没觉得有什么压抑感和负罪感，心想只要邵星泽不喝酒，头脑清醒，赌得也不过分的话，她倒也没必要非得阻止，毕竟澳城就是个赌城。

邵星泽一直搂着她去了前台，服务生是个年轻的小伙子，一看到邵星泽便抬手跟他打招呼："Kelvin！"

邵星泽回了声："阿 Ben！"

"回国度假吗？"

"对，学校放春假。"

阿 Ben 点点头，又瞧了穆语童一眼，见女孩一身淡紫色洋装打扮，容貌秀美，在邵星泽怀里小鸟依人，不由得笑道："Kelvin，第一次见你带女孩来，女朋友吗？"

"嗯，女朋友，"邵星泽神情自若地承认了，还加了一句："往后要结婚的那种！"

"哦，"阿 Ben 心领神会，晓得这个女孩是东家大少爷极其重视的，一会儿招待她得更加殷勤周到。

"要来点酒吗？"他问邵星泽。

"不行，我女朋友对酒过敏。"

"哦，那要点什么饮料？"

"两杯橘汁就行。"

邵星泽吩咐后，又道："给我来十个最大的！"

"什么！"阿 Ben 吃了一惊，以往大少爷从来没赌过那么大的，这才出国留学半年，回来就要赌十万起步的？

邵星泽挑眉道："怎么，拿不出十个给我吗？"

"怎么会？"阿 Ben 立马收敛诧异的神色，心想未来整座赌场都是这个大少爷的，拿个十万筹码又算什么，亲生儿子嘛，邵老板也不会不答应。

一会儿便拿出十个黄色的筹码给他。

穆语童并不知道一个黄色筹码价值一万，见邵星泽拿了个托盘，就这么随随便便地把十个筹码和两杯橘汁放一起，还以为最大的一个筹码是一百，感觉一千元已经非常多了。

邵星泽带她来到角落里一个比较隐蔽的老虎机前，放下托盘，给她拿了张舒服的靠背皮椅，让她坐在自己身畔。

穆语童喝了口橘汁，眼望着老虎机屏幕纷乱的画面，轻声提醒他："Kelvin，今天你最多把这一千元输了，就不可以再赌了！"

邵星泽勾了勾唇，在她耳边说："遵命！"

他微微沙哑的声线撩拨着她的耳膜，扰得穆语童心里泛起一阵涟漪，赶忙将目光投向老虎机。

邵星泽坐正身体，集中精神，手上开始灵动地操作。

穆语童就见他白皙修长的手指轻按了几下按钮，老虎机里就吐出来更多的筹码，不觉瞪大了双眼。

这是邵星泽从小玩到大的机器，连里面的构造他都一清二楚。原本只是当游戏玩，找个乐，可今天他百分百上了心，手上的力度在不停地转换，脑子飞速运转，精密地计算概率。

一次又一次，邵星泽赢多输少，到了中午的时候，他停下来和穆语童吃了一顿餐点。

穆语童有点心慌慌的："Kelvin，你已经赢了二十倍了，现在都有两万了，可以不玩了吧！"

邵星泽气定神闲："Tina，我只答应你输光了就不玩了，可现在我手气正顺，怎么能收手？"

穆语童又突然想了个理由："可我们今天还要赶飞机啊，你再玩我们就来不及了！"

邵星泽悠声回："飞机明天凌晨一点半出发，就算我们提前三小时 check in，也就是今晚十点半到达机场，时间还是很充裕。从这里出发回到瑞吉酒店拿了行李再去港城机场，最多需要两个小时，所以，Tina，我答应你，一定会在今晚八点前结束。"

听了这一番话，穆语童无语心叹，这人脑子就跟计算机差不多，看来是阻止不了他了。

下午，邵星泽手气还是很顺，输一次，就会赢两次，偶尔中个大奖，筹码翻得更多。

穆语童越看越是心惊肉跳，一直在熬时间，同时帮他计算筹码。终于到了晚上八点，邵星泽果然按时收手，穆语童算了一下，所有筹码一共六万八千五百元。

这真是一场惊人的豪赌！

见邵星泽拿了托盘，不紧不慢地将所有的筹码堆在一起放了进去，穆语童便跟在他身后。

不一会儿两人来到前台，阿 Ben 看他只用十个筹码赢了一堆回来，眼睛瞪成了铜铃，话都说不出了。

好半晌，他舌头打结地开口："Kelvin……这么多钱……要换吗？"

邵星泽微微摇头："不用换了，你把话筒借我一下。"

阿 Ben 不知道他在搞什么玄虚，只是听他的吩咐把前台的话筒递给他。

邵星泽对着话筒说了一句："大家手上停·停，听我说几句话！"

此时，赌场里人头攒动，密密麻麻，听到赌场的喇叭声，都停下了手。

见前台那边站着一个身长玉立的年轻人，他右边站着一位漂亮的女孩，看着像是他女朋友，还有一位西装笔挺的中年男人从人群中走了出来，站到他的左边。

耳朵里传来年轻人非常平静的说话声："我是 Kelvin，中文名邵星泽，是这家酒店的老板邵冠辉的儿子。"

这个开场白一出，赌场四下里一片哗然。

邵星泽身体微朝左侧，继续道："站在我旁边的这位，是澳城闻名的黄启华律师，今天专门来见证我的声明！"

"在这里，我想宣布一件事，从今天起，我邵星泽与邵冠辉断绝父子关系！且从小到大，邵冠辉在我身上的花费一共大约六百万元，我今天也一次还清！"

说着，他将台子上的筹码显示给众人看："这里一共是六百八十五万的筹码，去掉成本十万，就是六百七十五万，作为还清邵冠辉的抚养费，从此后，我和邵冠辉再无任何金钱和感情上的瓜葛！"

"在这里，请大家一起给我做个见证！"

话落，邵星泽朝着黄律师颔了颔首，随后拉着穆语童的手，扬长而去。

第 107 章 最好最完美的女朋友

穆语童被邵星泽拉着上了出租，一个小时后回到瑞吉酒店，取了行李。

然后邵星泽又带她上了另一辆出租，再一个小时便开到了港城机场。

一路穆语童恍恍惚惚，还在震惊于邵星泽在澳城赌场的那番声明。

最让她不可思议的，并不是邵星泽用这个出其不意的方法与邵冠辉断绝了父子关系，而是今天他赢的筹码竟然价值六百七十五万！

这个天文数字穆语童消化不了，就在两人排队 check in 的时候，她突然瞪着邵星泽来了一句："Kelvin，那些黄色的筹码，每个价值一万？"

瞧她如此后知后觉，邵星泽心里好笑，可见她小脸一本正经，甚至还带了几分愠怒之色，他便捂着嘴巴干咳了两声，低声说："Sorry，Tina，当时没跟你说清楚筹码的面额！"

穆语童撇了一下嘴道："我不是为这个生气，我是因为你乱赌钱而生气！要是钱都来的这么容易，往后人就容易不思进取，生活糜烂，总有一天会变成一个烂赌鬼！"

"Kelvin，"她严肃地警告他："我绝对不会嫁给一个烂赌鬼！"

话落，邵星泽愣住了，心里竟一阵兵荒马乱。

穆语童警醒他的这番话，绝对是人生至理！

他心里清楚得很，便有些惊慌起来，连忙去拉她的手，穆语童却甩开，邵星泽真急了，再度抓住她的手不放开，嘴里一连串地说："Sorry，Tina，下次不会了！我保证，没有下一次，你相信我，别生气了……"

穆语童气得小脸红彤彤的，第一次没有因为邵星泽人帅、脑子聪明、本事大而生出任何的崇拜，而是挺失望的。

从她认识他起，他就爱喝酒，爱赌钱，如今好不容易因为她的缘故把酒给戒了，可赌钱却是胃口越来越大，以至于她现在根本就不相信他做出的任何保证，反而有所怀疑。

她忍不住问："Kelvin，你和邵先生断绝了父子关系，往后没了经济来源，你打算从哪里挣你的学费和生活费？不会又要去赌场挣吧！"

邵星泽耳听她的嗔怪，实际是担心他，便松了口气，带了点逗弄道："我既然向你做出保证，赌场我肯定是不会去了，可后面怎么养活我自己，我还没想好。Tina，要不你给我出出主意？"

穆语童随着人流往前挪了几步，又认真想了一会儿，才道："Kelvin，学费我可以让我哥先借给你，等你硕士毕业后找到工作，再慢慢还给他。至于生活费，可以跟我一起去麦当劳打工，再做两份兼职，或者家教，也能凑起来！"

邵星泽听穆语童真的在为他考虑，心中感动，握紧她的手，开始表情郑重地说："Tina，谢谢你为我想了那么多，更谢谢你这次陪我回国度假，完成了我最大的心愿。"

"至于以后，我在今天进赌场前就想好了，在温哥华，我的银行存款还有十万加元左右，足够支付未来两年的生活费，至于学费，其实我早在入学时就跟着硅谷工作的朋友投资了一个项目，并且自己也参与其中，得到的收益支付学费后还有不少剩余。这件事我会一直往下做，一定会越做越强！"

"Tina，你相信我！"他诚恳地说："如果不能给你一个好的未来，那我就不配做你的男朋友，更别提以后要和你结婚了！"

听到"结婚"二字，穆语童脸上一红，又觉得邵星泽对未来的一番打算还挺靠谱，便点头道："Kelvin，希望你说话算话，说到做到！"

"遵命！"这一声邵星泽喊得颇为响亮，惹得周围好几个人都来看他们。

穆语童一瞧今天邵星泽连形象都不要了，看来是出于真心了，忍不住抿唇一笑。

邵星泽见她总算气消了，相信了他的话，长长地舒了口气，手却再也不愿意放开了。

……

温哥华，周六早上八点不到，穆子旸刚张开眼睛，就接到了穆语童的一条消息，把她回程的时间发给了他。

穆子旸一看两人今晚十点到达温哥华机场，少不得自己要去接机，而梅宛书也说了，穆语童一回来，她就要回她的公寓去，心里突然好舍不得……

这几天梅宛书陪他住在家里，除了两人没在一间房睡，其他时候她简直就像他的妻子……

想到这儿，他心里一热，迅速爬起身，换了一套家居服，出了房门。

二楼一共四间卧房，平常他和穆语童、何虹佳三人一人一间，还有一间是客房，梅宛书就住那间。

他悄步走到客房的门前，敲了两下，轻声喊："宛书，醒了吗？"

没有回答。

他便知道梅宛书不在里面，早早起床了。

于是他开始到处寻人。

他快速下了楼梯，在客厅里找了一圈，见四处被梅宛书擦得明光锃亮，一尘不染，却空空荡荡。

他又疾步来到厨房，见一锅小米粥已经煮好，散发出喷香的气味，桌上摆了几个白煮蛋，几个卤蛋，几碟小菜，可还是没有人。

他又来到洗衣房，见洗衣机已经开始工作，发出隆隆的响声，可依然没有人。

他又去了连着客厅的那个公用卫生间，见里面的水池台面给擦得干干净净，地上的瓷砖亮得都能当镜子使，水池上的镜子也没有一滴水渍。

他对着镜子龇牙咧嘴，又开始迈步，咚咚地上了二楼，这下他不管不顾，先打开了客房的房门，一阵清香扑鼻，床上被子折叠整齐，床单连一个皱褶都没有，卫生间的门开着，是空的。

他皱着眉，甩了甩头，又来到穆语童房间，见里面也被收拾过了，比前几天整洁，显然梅宛书知道穆语童快回来了，给她整理了一番。

最后他只好去敲何虹佳的门，里面传来何虹佳迷迷瞪瞪的声音："谁呀？"

"妈，是我，宛书在你房间吗？"

"不在啊，我还没起床呢。"她翻了个身，闭着眼慵懒地说："准媳妇太勤快啦，到处都收拾干净了，实在没得收拾了，估计去楼下客房收拾了！"

穆子旸一听，心里一喜，又咚咚地跑下楼，打开一楼客房的门，终于看到了梅宛书纤秀柔雅的身影。

梅宛书正在用一块雪白的小毛巾擦拭着台灯罩，里里外外擦得非常细致，擦了几下后，见毛巾上沾了灰尘，转过身准备去卫生间搓洗。

却见穆子旸人高马大地杵在通往卫生间的过道上，一脸的不悦。

梅宛书抬眸看他，嗔道："刚就听你一会儿上楼，一会儿下楼，着急忙慌的，做什么呢！"

穆子旸上前两步，一把将她搂住，嘴里嘟囔："找你呢！"

梅宛书挣扎两下："毛巾是脏的！"

穆子旸才不管，把头埋在她脖颈处，脸贴着她细腻的肌肤，心里终于不慌了，开始抱怨："宛书，别擦了，你每天上上下下到处擦，在那些不会动的东西上花那么多时间，反倒把我一个大活人晾在一边。"

梅宛书用胳膊肘抵着他，不让他的衣服碰到毛巾，嘴里柔声道："你刚才还没起床，我就想小童和 Kelvin 今晚要回来，说不定要用到这间房呢！"

闻言，穆子旸一乐，抬起头来，目光清亮："是哦，我怎么没想到！他们晚上十点才到温哥华，等我接上他们回到家都深更半夜了，肯定很疲倦，不如就让 Kelvin 在这间客房里睡一晚，正好你也别走了。"

梅宛书见他领悟得挺快，微笑道："嗯，明天是周日，我们四个人聚一聚，一起陪陪阿姨，然后你再把我和 Kelvin 送回学校公寓，这样安排好不好？"

"哇，简直不能太好了，那你就可以多陪我一天了，哈哈！"

穆子旸一个兴奋，干脆两手用力，把梅宛书举了起来，脸上的笑容灿烂得宛如窗外的朝阳："宛书姐，我好开心，好开心！因为我的女朋友，是世界上最好最完美的！”

好开心！因为我的女朋友，是世界上最好最完美的！”

第 108 章　他有了个新家

夜里十一点半，穆子旸才把穆语童和邵星泽接到家里。

进了门，见梅宛书正陪着何虹佳坐在沙发上聊天，一直等着他们。

何虹佳一瞧自己的儿子准媳妇，女儿准女婿四人都齐了，汇聚在自己面前，开心地合不拢嘴。

邵星泽有心，从行李箱里拿出几样港城和澳城的特产，送给了何虹佳。

何虹佳对这个准女婿也是越看越爱，见他面有倦色，赶忙道："Kelvin，这会儿晚了，你赶紧去房间休息，调调时差，明天我们再一起说话。"

"好，"邵星泽很有礼貌地说："那晚安了，阿姨，谢谢招待。"

"不客气，快去休息吧！"何虹佳回了一句，让穆子旸带邵星泽去了一楼客房，自己带着梅宛书和穆语童上了二楼。

她回房后，梅宛书笑着对穆语童道："小童，累不累？"

穆语童倒是精神奕奕："我在飞机上睡饱了，这会儿一点也不困。"

梅宛书柔声道："那就到我那间房坐一坐，跟我说会儿话吧！"

穆语童心知梅宛书是关心蓉姨事态的发展，便答应了一声，随着梅宛书去了客房。

梅宛书给穆语童倒了杯热水，让她坐在梳妆台的椅子上，自己坐在床沿，听她详详细细地把后面几天发生的事情都说了一遍。

梅宛书听到邵星泽情绪还算平稳地接受了纪蔼蓉过世的事实，之后带穆语童去给两个母亲扫墓，还在她们面前许下要与穆语童相守终身的诺言，甚觉欣慰。可听到邵星泽用去赌场赌钱的方式还清邵冠辉的抚养费，并找好律师当场宣布与邵冠辉断绝父子关系，又不禁蹙起眉头。

穆语童看她神情，晓得梅宛书和自己一样，觉得邵星泽这件事做得有些冲动和鲁莽，担心会引起后患。

"宛书姐，你说，Kelvin 就这样跟他父亲断绝关系，邵先生能答应吗？"

梅宛书轻叹口气："当年蓉姨答应 Kelvin 母亲的临终嘱托，抚养 Kelvin 长大，而 Kelvin 的父亲也默认了这段关系，虽然他没娶蓉姨，可也没将他的外室以及另外两个孩子接回邵家，而是在 Kelvin 离开家去港城读大学时，才抛弃蓉姨。"

"这就说明，Kelvin 的父亲虽然对蓉姨没有感情，更多的是利用，可他对 Kelvin 这个长子却十分重视。包括这回，邵先生还一直保留了 Kelvin 的房间，加上这些年在 Kelvin 身上花了六百万的抚养费，这一切都说明邵先生对 Kelvin 还是非常疼爱的。"

"如今，Kelvin 单方面宣布与他决裂，邵先生恐怕不愿承认，他在澳城财大势大，在这里也有产业，不知道后面会采取什么手段去处理这件事。"

闻言，穆语童忧心忡忡："那我该怎么帮 Kelvin 啊？"

梅宛书安慰道："小童，你也不必太过担心，Kevin 对自己的未来已经有了很好的规划，并不怕邵先生的经济封锁。"

"是啊，"说起这个，穆语童笑起来，脸上流露出几分小骄傲："Kelvin 不仅想好自己以后该怎么独立生活，该怎么发展事业，而且在飞机上他还跟我说，往后会想办法把雯姐带到枫叶国，以报答她对蓉姨的恩惠。"

"嗯，"梅宛书颔了颔首，觉得邵星泽的这个想法很好："这件事我们可以去和 Ella 商量，只要她肯接下这个 case，那把蔡怡雯办到枫叶国来就大有希望。"

"对哦，Ella 姐很聪明，很专业的！"穆语童喜上眉梢。

梅宛书又道："至于 Kelvin 未来事业的发展，既然他在硅谷做了一些投资，那就最好找你大哥商量，在商业投资方面，你大哥相当厉害！"

"哇，我还是第一次听到宛书姐这么夸我大哥呢，"穆语童开心道："看来，宛书姐是真的喜欢我大哥！"

话落，就见梅宛书婉柔一笑，点了点头，毫不犹豫地承认了。

……

翌日上午，四个年轻人聚在客厅陪着何虹佳说话，何虹佳喜笑颜开，快到中午的时候 ，照常带着梅宛书去厨房做饭。

穆语童和邵星泽肩并肩坐在一张沙发上，穆子旸坐在他们对面，见两人时不时对视相望，眉目传情，心下一喜，看来这趟两人一起回国度假，感情大有进展。

穆语童记得梅宛书昨夜说的话，对穆子旸道："大哥，Kelvin 跟我说，他投资了朋友在硅谷的 个项目，你能不能帮忙看看，这个项目的发展前景好不好？"

"哦？"说到商业投资，穆子旸立马来了兴趣，对邵星泽笑道："Kelvin，你的眼光很超前啊，刚刚才读硕士就去投资硅谷了！"

邵星泽不温不火："但凡学计算机的，都会关心引领世界的硅谷吧！"

“能不能把你投资的项目跟我说说？”

既然是自己专业领域内的项目，邵星泽侃侃而谈，不仅把整个项目介绍地非常清楚，还跟穆子旸说明了自己在这个项目中承担的工作。

穆子旸一听，邵星泽的这个项目和戴斌的创业计划竟有不少重叠之处，当下就道：“其实前几天在旧金山，我也投资了硅谷一个朋友的创业计划，和你这个项目的概念很接近。Kelvin，想要把公司做大做强，就一定要多和人合作共赢，如果你愿意的话，我可以把我的朋友介绍给你们，你也可以把你的朋友介绍给我们，大家谈谈可不可以搞项目合并。这样一来，后面我拉来的投资大家就可以一起共享，项目也会进展得更快更顺利！”

闻言，邵星泽十分心动，觉得对自己的事业发展很有利，当场就把他朋友的联系方式和项目说明书发给了穆子旸，穆子旸再转发给戴斌，并说明了一下情况。

戴斌一看，两个项目果然有不少相似之处，若能搞成项目合并，对两方都大有裨益，当下联系了邵星泽在硅谷的朋友 Sam，谈后续细节。

……

午饭后，穆子旸开车，和穆语童一起把梅宛书和邵星泽送回优卑诗的公寓。

四人下了车，却都没有相互道别，穆子旸笑道：“宛书，我帮你把行李拿上去，好不好？”

“好！”梅宛书莞尔一笑，柔声答应了。

邵星泽笑笑不说话，一手拉着行李，一手拉着穆语童的手，和他们一起上了电梯。

到六楼时，穆子旸和梅宛书出了电梯，穆语童却留了下来，和邵星泽一起升到了七楼。

一进 703 的门，邵星泽就忍不住把她抵在门上，轻怜蜜爱地吻了她了好久。

到了后来，穆语童气息都不稳，双手软绵绵地挂在邵星泽的脖子上。

两人嘴里断断续续：

"Kelvin……可以……停了吗？"

"不行，停不下来……"

"你到底是……怎么了……"

"心里面舒坦了……"

"是因为……回到……温哥华吗？"

邵星泽"嗯"了一声，又含着她唇瓣吮了两下，才抬起头，柔情脉脉地对她说："Tina，我现在很踏实，很安心。因为你在温哥华，你的家人也在温哥华。虽然我失去了最亲的人，失去了国内的家，可因为有了你，我却有了个新家！"

第 109 章 心愿达成

第二天周一，穆子旸精神奕奕地去了公司。

周昊瞧他一身的意气风发，便知他这次万里迢迢地去追梅宛书，估计是成功了。

心里也为他感到高兴，带了点戏谑问："子旸，是不是终于把 Sophia 变成你未来老婆了？"

"那必须的！"穆子旸得意地扬了扬眉稍，笑得一脸灿烂："昊哥，其实我们周三就回温哥华了，Sophia 前几天就住在我家里，感觉上就跟我老婆差不多了！"

周昊抬手指了指他："你小子，都回温哥华好几天了，居然不跟我联系，也不来公司上班，就只顾着在温柔乡中流连忘返，不像话哈！"

"昊哥，你也知道我追 Sophia 追得有多辛苦，就当给我个福利嘛！前面一段时间，公司的事辛苦你了。"

话落，穆子旸拍拍他的肩，笑道："这样吧，后面一段时间，你专心去忙你的家事，公司我来多操劳！"

周昊一哂："得了，我那点家事也不算什么事，不过就是早出晚归，回家睡个觉罢了。"

穆子旸一听，放心了："这么说，曲静怡算是识大体，带着女儿安安稳稳的，没给你添什么麻烦。"

周昊道："她还不错吧，白天还找了个兼职，就在家附近的一家美甲店给人做指甲，老板娘每天给她现金结工资，清清爽爽，不会惹麻烦的。"

"那就好，"穆子旸点点头，又关心地问："Ella 那边呢，有没有推进这个 case？"

说到尹歆然，周昊不禁感叹："Ella 的专业能力真是没话说，这些天让曲静怡到她的办公室，给她做了两次面试培训，曲静怡对她佩服得五体投地，言听计从。"

"那当然，"穆子旸又开始得意起来："也不看看 Ella 是谁的朋友，水准能不高吗？"

"呵呵，"周昊笑叹："你呀，但凡有机会夸你家那位，那是绝对不会错过！"

穆子旸挑眉："那也是 Sophia 做人完美，值得被夸嘛！"

"哎，确实，"周昊也很服气："平常我跟 Ella 吃饭聊天，每回都要听她把 Sophia 夸一遍，你小子，是得到宝了，眼光不错！"

闻言，穆子旸心花怒放，要知道周昊以往对梅宛书颇有微词，如今得到他这么高的赞赏，很不容易。

周昊又道："Ella 跟我说，这个月底，就可以把曲静怡的移民申请给递交上去了，后面就是等结果了。按照 Ella 预计的时间，不会超过半年，曲静怡就能拿到枫叶卡。"

"嗯，"穆子旸颔了颔首，问："那昊哥你有没有跟曲静怡说清楚，她一拿到枫叶卡就跟她办理离婚？"

周昊毫不在意地道："这个不用说那么白吧，从一开始大家就心知肚明！"

"行吧，你自己觉得能控制好就行！"

这个话题告一段落，穆子旸又和周昊谈论了一会儿公事，听说前面半个月，天阳的子公司购买新雅投资的小项目进行得十分顺利，天阳目前在新雅的股份占比已经达到百分之三十一，比预定目标只差三个百分点。

穆子旸胸有成竹地道："一旦天阳股份占比达到百分之三十四，我们就立刻采取下一步措施。"

周昊一愣，听他的口气还是在梅宛书母女俩那百分之十七的股份上做文章，他倒吸一口凉气："子旸，你别太过激进啊，刚把 Sophia 追到手，可别为了这些股份把你的终身幸福搞砸了！"

"哪儿能啊，"穆子旸信心满满："就因为以后我非 Sophia 不娶，那些股份才有操作的空间。总之，我不会让她们母女吃亏，昊哥，你就放宽心吧！"

听穆子旸说得这么笃定，周昊也就不再多言，毕竟对公司有利，他总归是要支持穆子旸的。

随后两人又讨论一会儿公司的事务，周昊回到他自己的办公室。

到了下午快结束时，穆子旸算了下时差，拿出手机拨通了穆振中的号码。

电话很快被接起："子旸？"

"大伯，忙吗？"

穆子旸声音里带着笑意，前几天，他在家里就已经跟穆振中联系了好几次，商讨穆云函的那笔资金走向。

穆子旸不仅向穆振中仔细介绍了戴斌的创业计划，还跟他说自己和梅宛书也在这个计划中投入了与穆云函相同的资金份额。

穆振中一听，心里有数，这些天一直在考虑穆云函的这份资金是不是要投进戴斌的公司。

尽管戴斌是穆云函的好友，穆子旸和梅宛书对他的创业计划也表示认可，可穆云函的这份资金在穆振中心中重逾千金，轻易不会出手，一定要投到一个收益率高、风险小的稳妥的项目里去，穆振中才放心。

此时，见穆子旸又打电话来，该是戴斌的项目有了新进展，便语声温和地道："现在不怎么忙，你说吧！"

穆子旸便把邵星泽和他朋友一块儿投资的一个项目，要和戴斌的创业计划里的项目合并在一起的事说了。

"大伯，如此一来，这个项目的人力资源大大加强，同样的一份投资或许可以获得双倍的收益，你看怎样？"

穆振中听到邵星泽的名字，心里一动。上次去温哥华他在篮球场上见过邵星泽，不仅长得和穆云函很像，言谈举止也很是不俗，读的又是计算机硕士。当时他就对邵星泽非常欣赏，觉得他未来一定会大有出息。

他看人素来很准，前面因为不是很了解戴斌还在犹豫，可此刻知道邵星泽深度参与的项目一定错不了，于是当场下了决断。

"子旸，云函的这份资金我决定投入你们的项目，但在这之前，我想亲自去一趟温哥华，跟你们好好谈谈，顺便把资金汇过去。另外，这次我还想带你伯母一起来，再去趟旧金山，去看看云函，顺便见见戴斌。"

"好啊！"穆子旸高兴得从椅中站起来："大伯和大伯母一起来，哇，太棒了！你们大概什么时候来，我去安排一下！"

穆振中笑道："等我把医院的工作全都安排好，总得还有个十来天吧！"

"知道了大伯，等你和大伯母的机票买好，立刻通知我！"

"好的，"穆振中应了一声，想了想，又带了点试探问："子旸，你和小书一起投资戴斌的项目，是不是一起去过旧金山？"

穆子旸一听，心下感叹，什么都瞒不过他睿智灵敏的大伯，当下也不瞒着了，直接承认："大伯，我和宛书一起去看了云函哥，也都跟云函哥说了，往后宛书就交给我来照顾。现在，宛书是我的女朋友。"

穆振中也早就料知这个结果，而这本来就是他所希望的，不禁欣慰地笑起来："好啊，子旸，大伯祝贺你们，等着后面喝你们的喜酒！"

"谢谢大伯！"穆子旸声音高亢地回道，听得出他心情极好。

挂了电话，穆振中对着手机凝望了许久，心里感慨万分，更觉得穆云函在这世上留下的所有心愿，都一一达成了。

第 110 章 解释

春假结束，梅宛书重新恢复了正常的学习和工作，还像以往一样，将周三作为固定休息日，其他时间机动安排医院值班。

尹歆然存了好多问题要问她，迫不及待地约了她周三见面。

梅宛书晓得尹歆然性子急，上午就去了她的办公室。

秘书 Cathy 知道了她的口味，给她泡了一杯清咖，梅宛书微笑道："Cathy，麻烦你帮我加一包糖，一包伴侣。"

"好的，Sophia！" Cathy 有些诧异，可还是欣然照办，去了咖啡间重新调味。

尹歆然看出了苗头，对她眨了眨大眼，问："怎么口味变掉啦，要喝甜的了？"

梅宛书笑而不语。

尹歆然从周昊那儿获取了不少新消息，又见她下掉了小指上的尾戒，立马猜到原因："是不是这次春假，穆子旸万里迢迢地追到悉尼，还陪你去旧金山旅游，然后，你们就……"

说着，一边神色暧昧地做了个两根食指并在一起的手势。

梅宛书莞尔，颔首承认了："嗯，是和子旸在一起了。"

"哇！"听到这个好消息的尹歆然开心地欢呼起来："盼星星盼月亮，终于盼到这一天了！穆子旸好厉害，打败了你的白月光，击破了你的独身主义！"

"呵呵……"

梅宛书瞧着好友如此为她高兴，忍不住笑靥如花。

调好咖啡的 Cathy 一回办公室，便看到两大美女欢声笑语的场面，虽不晓得她们在笑什么，可也情不自禁地跟她们一起笑起来。

不一会儿到了中午，两女照常找了一家西餐厅，刚坐定，尹歆然接到了叶依丹的消息：【有空吗？一起吃个中饭？有事跟你说。】

尹歆然笑着回：【直接来我们常去的那家餐厅，Sophia 也在】

叶依丹：【正好，就是想说 Sophia 的事。】

尹歆然一愣，心想梅宛书和穆子旸在一起的事怎么传得这么快，连叶依丹都知道了。

梅宛书看她脸色微变，问她："是谁的消息啊？"

尹歆然放下手机："是 Grace，一会儿她也过来。"

话落，又有点好奇地朝梅宛书问道："Sophia，你和穆子旸恋爱的事，有跟 Grace 提过吗？"

梅宛书轻轻摇头："没提过，这种事也没必要到处宣传吧，再说，我也挺久没联系 Grace 了。"

尹歆然有些不解，歪着头道："奇怪哎，Grace 说要过来专门谈你的事。"

梅宛书一怔，突然想起几个月前在 Purry 专卖店，因为她给穆云函买大衣和围巾，却让叶依丹猜测她在美国有个隐婚的先生，当时她因为无法解释她和穆云函的过去，导致她误会了。

心想，一会儿叶依丹过来，还是得把事情跟两个好友解释清楚，毕竟现在她已经和穆子旸在一起了，再不能让她们有所误解。

正想着，餐厅门被推开，叶依丹一袭长风衣，走路带风地迅速来到她们的餐桌，失去了平日一贯的沉稳。

　　看到梅宛书，她坐下第一句就质问："Sophia，你到底怎么回事，是在脚踏两只船吗？"

　　一旁尹歆然听叶依丹口气很严重，立马为梅宛书辩护："Grace，你从哪儿听来的消息啊，胡乱抹黑 Sophia？"

　　叶依丹气愤不平："我从哪儿听来的？前面 Sophia 亲口告诉我，她在旧金山有个隐婚的先生，还连续几年给她先生买衣服，现在倒好，又跟穆子旸在一起了，这不是脚踏两只船是什么？"

　　"啊？"尹歆然瞪大了眼睛，她这还是第一次听到关于梅宛书这么劲爆的消息，不禁喃喃重复道："Sophia 在旧金山有个隐婚的先生？"

　　"对啊，所以 Sophia 在温哥华就装独身主义，用来赶跑那些追求她的男人！"叶依丹振振有词。

　　这下，尹歆然脸上变了色，不得不信，她转过脸朝向梅宛书，有些愠怒："Sophia，我们都认识两年多吧，这么大的事你一直瞒着我？"

　　梅宛书被两个好友同时质问，有点一言难尽，关于穆云函说来话长，又非常敏感，当下她也不急于解释，只是问叶依丹："Grace，你倒先说说，你是从哪儿知道的，我和子旸在一起？"

　　叶依丹立马回道："就我上个礼拜去 Purry 专卖店买衣服，又顺便订了两条裤子，说好了今天上午去取。"

　　"恰好今天店里搞活动，来了不少阔太太，知道我看到谁？穆子旸的妈，何女士！"

　　"当时，她在跟好几个阔太太炫耀她的准儿媳，多么漂亮，多么贤惠，学历多么高，职业多么好，还把你的名字和她儿子的名字一直挂在嘴边，我看啊，所有人都知道你和穆子旸在一起的事了！"

这一串说的，口齿清楚，证据确凿，不容置疑。

"Sophia，"叶依丹气道："上回在惠斯勒，我就觉得你跟那个穆子旸不对劲，当时不想戳穿你，是因为看你并没有真正接受他，还给你留些面子，如今你要真的在两个国家脚踩两只船，搞婚外情，我跟你说，我和Ella以后跟你朋友都没得做！"

话落，她急促地喘气，显是给梅宛书气得不轻，觉得知人知面不知心。

尹歆然也惶惑不已："Sophia，你真的在搞婚外情？"

听到现在，梅宛书心下长长地叹口气，晓得该来的还是得来，面对两个好友，她还好解释，可是，何虹佳如此大肆宣扬，总有一天，很多人都会得知她的过去……

她深吸口气，先朝叶依丹说："Grace，很抱歉让你误会了，上回在专卖店，你说我是隐婚一族，我没否认你的猜测，是因为……"

说到这里，她停顿了一会儿，才又艰难地开口："是因为你说得并不完全错，可是我的先生，已经逝世三年多了！"

"啊……"

叶依丹和尹歆然惊呼一声，目瞪口呆。

提到穆云函，梅宛书又是一阵心痛，眼里不受控制地浮起一层薄雾，又去和尹歆然说："抱歉，Ella，我也没和你说清楚，其实我的先生就是子旸的堂哥，他叫穆云函，也是你猜测的我心中的白月光。"

"当年我在悉尼留学时，就和云函遇见并恋爱了，之后我来了温哥华，云函就去了旧金山，在斯丹佛读硕士。后来，他硕士一毕业我和他就领了结婚证，然后他就出了车祸……"

　　说到这里，梅宛书低下头去，嗓子哽咽住了。

　　让她重新说一遍这番悲痛的经历，无疑又是揭一次她心口的伤疤，梅宛书心痛难忍，泪水一滴一滴落下……

　　而尹歆然和叶依丹，这回是真的愣住了。

　　尹歆然突然想起在夏威夷第一次碰到穆子旸，梅宛书那副忧伤的样子，后面几天她一路都不愿意去认穆子旸，回到温哥华后也一直拒绝穆子旸，到底为了什么，她终于明白了……

　　叶依丹也回想起几个月前在专卖店，梅宛书买大衣和围巾时她脸上的表情，竟是那么的痴，而且围巾上绣的名字缩写 MYH，原来是她已逝的先生……

　　两人默然不语，又是歉疚又是心疼，不觉一人握住了梅宛书的手，一人拿了餐巾纸给梅宛书擦泪，陪着她一起伤心。

　　良久，桌上的餐点全都凉了，梅宛书勉强扯出一丝笑："抱歉啊，好好的一顿午餐，给我搞砸了……"

　　尹歆然眼圈红了，道："没事，Sophia，你饿不饿？我再重新点！"

　　叶依丹开始道歉："Sophia，今天全是我不好，太着急了，什么都没问清楚，就胡乱说话，你别在意啊……"

　　梅宛书摇摇头，鼻尖红红的，脸上却露出了清柔的笑容："我现在觉得真是饿了，要不我们再点几样热的，和这两盘冷的配在一起吃，别浪费！"

　　扑哧，尹歆然还没哭出来，就又给她说得笑起来。

　　将误会解释清楚后，三人重新点了几样热菜，气氛融洽地好好吃了一顿午餐。

　　尹歆然和叶依丹得知了梅宛书恋爱的真相，不仅对她更加亲近和喜爱，还打心眼里敬佩。

真是个心思细腻又很重感情的人呐，先生过世后，她不仅坚持独身主义，拒绝所有男人的追求，这几年跟她做朋友就没见过她穿大衣，冬天就一直冷着自己，原来是想陪着她的先生……

好在出现了穆子旸这样阳光热情的人，披荆斩棘，一路猛追，终于溶化了梅宛书的冰心，答应与他在一起，两人实在是太不容易了。

两女无限感慨，又为梅宛书感到高兴……

吃好饭后，三人点了咖啡，开始慢慢聊起来。

叶依丹有些担心地问："Sophia，我看那个何女士在到处宣扬你和穆子旸在一起的事，后面会不会引起什么麻烦？"

她说得隐晦，可梅宛书明白，叶依丹的意思是何虹佳至今还不晓得她和穆云函的过去，一旦得知，会不会对她和穆子旸加以阻挠。

梅宛书抿了一口咖啡，淡笑道："迟早要发生的事，还不如早点发生。云函和子旸本就是堂兄弟，我的过去瞒不住长辈们，子旸的妈妈也一定会知道。"

尹歆然心直口快，忍不住问："那要是何女士不同意你们在一起呢？"

梅宛书温声道："不同意也是人之常情。"

"啊？"尹歆然瞠目结舌，没想到梅宛书这么云淡风轻，丝毫不感到焦虑。

"那你打算怎么办啊？"她急着问。

梅宛书缓缓道："我和子旸想要好好在一起，还是要得到长辈们的认可才行。这本就是我和子旸必须跨过的坎，避也避不过，所以就只能两人一起去面对了。"

看梅宛书已经做好了充分的心理准备，叶依丹松了口气：

“那我和 Ella 就在背后支持你们，为你们加油鼓劲！”

梅宛书恬柔一笑：“那就多谢我的两个好朋友了！”

第 111 章 炸弹

梅宛书和两个好友多日未见，聊了许久，将近四点钟才回到学校公寓。

进了屋子，想到穆子旸今晚要到学校上课，必是要来找她的。

其实这两天，他每天下班都会来她这里，呆到晚上才走……

梅宛书嘴角不觉翘起。

和穆子旸在一起的时候，她确实很快乐，他总是在笑，也经常会向她撒娇，逗趣，像个孩子一样，可同时也很有男人的担当，令她踏实而安心。穆子旸，是个很有魅力的男人……

这些天她总在想，老天让她失去云函，受尽苦楚，可也是待她极好的，竟让她在夏威夷偶遇穆子旸，才有了后面这段奇妙的缘分。

如今，她终于领会到古人说的"苦尽甘来"，"柳暗花明又一村"是什么样的感觉。

梅宛书一边甜丝丝地想着，一边去厨房做了几样小菜。

果然，五点的时候，穆子旸的消息发来了：【宛书，今天上课前想去你那儿】

梅宛书：【来吧】

刚回好两个字，门铃就响了起来。

梅宛书笑着打开门，一股热力席卷而来，穆子旸一进门就把她打横抱起。

在她唇上啄了一下后，穆子旸又颠了她两下，皱眉道：

“不行，太轻了，至少得养到一百零八斤！”

梅宛书莞尔：“我不想长胖，胖了既不好看，也不健康。”

“知道了，我的宛书姐最爱美了！”穆子旸也十分了解她。

说着，把她抱到沙发上，让她坐在自己腿上。

梅宛书晓得穆子旸每天都要这么粘着她一会儿，便也由他去，两手松松地圈在他脖子上，问他：“今天公司事情忙不忙，累不累？”

穆子旸笑得灿烂：“越忙就越有干劲！想要娶到仙女做老婆，就得多积攒点老婆本！”

扑哧，梅宛书被逗笑，心想这人嘴巴一贯的甜。

穆子旸见她笑得甜美，心里痒痒的，仰起脖子亲了一下她的脸，也问她：“宛书，你今天休息，做什么了？”

梅宛书轻声回：“去 downtown 和 Ella、Grace 一块吃饭，喝咖啡，还把以前的一些误会解释清楚了。”

穆子旸便问是什么误会，她怎么解释的。

梅宛书不想在背后议论长辈，便把何虹佳略过不提，只说了叶依丹关于“隐婚”的误会和尹歆然关于“白月光”的误会。

尽管里面牵扯到穆云函，可两人心里清楚，往后的日子他们必须坦诚相对，感情才会越来越深厚，因而穆云函并不是他们禁忌的话题，反而成为他们共同敬重的人，经常被提到。

听完后，穆子旸感同身受，很心疼梅宛书，这些年，她不得已瞒着朋友她伤痛的过去，十分不易……

于是他笑着安慰她：“宛书，现在你跟 Ella、Grace 把误会全都解释清楚了，未来大家相处起来就更和谐了，信任感也更足了，这样很好！"

梅宛书也挺心疼他，柔声说："子旸，现在你是我正式的男友，我自然不能再让朋友继续误会下去，委屈你。"

"哇，"穆子旸大为感慨："我在宛书姐这里总算有了个正式的名分，我也太不容易了！"

"呵呵……"梅宛书又被他逗笑了。

穆子旸趁她开心，又开始撒娇："宛书姐，你瞧我这么不容易，是不是要给点奖励？"

梅宛书知道他想要什么，心里仍是一阵发软，抬起一只手抚着他的半边脸，微笑着低下头，覆住他性感的唇。

穆子旸立马沉浸其中，含着她的唇瓣来回碾磨，两人呼吸相融，周围的空气都变得又暖又热。

片刻后，穆子旸越发情动，开始吮吸她柔软的舌尖，品尝她嘴里的滋味，竟尝到了一股甜香的味道……

许久，两人才结束了这个绵长的吻，梅宛书两腮晕红，胸口起伏不定。

穆子旸咂咂嘴，笑道："宛书，你今天喝的咖啡里面，好像加了糖和奶！"

梅宛书心想这人不仅耳聪目明，连味觉都这么灵敏。

她微笑颔首："往后会渐渐习惯喝甜的！"

"哦？"穆子旸眸光闪动，问："宛书姐，你这是为了我，才想做出一些改变吗？"

"嗯，"梅宛书丝毫不否认，还温柔地说："子旸，既然我们选择在一起，就要多顾及对方的感受，为对方做出一些改变，这样两人才能融合得越来越好，感情也才能长久。"

"明白！"

穆子旸心中感动，再次慨叹，这样的女人，多相处一次，就会更爱她一分……
　　　……

　　穆子旸在梅宛书那里吃了一顿香喷喷的晚饭，然后去上管理学课程，晚上回到家时已是九点半钟。

　　一进门，他心情愉快地跟客厅里的何虹佳大声打招呼："妈，我回来了！"

　　何虹佳却不像往日那般笑着迎接他，而是一动不动地坐在沙发上，也不回话。

　　穆子旸有点奇怪，见电视机也没开着，客厅极其安静，他便走到何虹佳面前，又喊了一声"妈"。

　　何虹佳依然不回话，双臂抱胸，脸色沉郁。

　　自打来温哥华，穆子旸还是第一次见到母亲这样的表情，不禁有些紧张，干脆坐到何虹佳旁边，伸手搂住她，柔声问："我家何女士这是怎么了？是谁让你不开心了？"

　　何虹佳气闷了一整天，此刻听了这话，转过脸瞪着他："是谁让我不开心，就是你啊！我自己的大儿子为了个女人，瞒着妈去做那么丢人的事！我脸都给你丢尽了！"

　　穆子旸心中一凛，连忙问："妈，你都听说什么了？"

　　何虹佳忍不住大叫起来："子旸，你告诉妈，你是不是在插足别人的家庭，做男小二？Miss 穆是不是已经结过婚了！"

　　她叫得那么响，连楼上的穆语童都听见了，惊得从房间里跑出来，急步下了楼梯。

　　"妈，哥，到底怎么回事啊？"

　　穆语童一脸的焦急："Miss 穆怎么了？"

　　何虹佳倏地站起身，冷声道："你的好老师，你大哥的好女友，是个结过婚的，现在还在和你大哥搞外遇！"

这话说得太过难听，穆语童完全不相信，摇摇头："不可能，绝对不可能，宛书姐不是这样的人……"

她转头朝穆子旸看去，却见他脸色铁青，却并不否认。

穆语童急了，朝穆子旸道："大哥，你倒是说句话啊！你和宛书姐到底怎么回事啊！"

穆子旸这才开口，一字一句沉声道："妈，小童，这件事我迟早要向你们交代清楚。宛书确实结过婚，但她的先生在三年多前就过世了，她的先生也不是别人，就是大伯的儿子，我和小童的堂哥，穆云函！"

这番话就像个炸弹，在客厅炸响。何虹佳跌坐回沙发上，穆语童也愣在当场。

知道她们一时半会儿消化不了这条重磅消息，穆子旸的口气缓和下来，带了点安抚道："这件事，大伯上次来温哥华就已经知道了，他留下话来，让我好好照顾宛书……"

穆振中的话在几人心中的分量很重，穆语童突然想起几年前穆振中去旧金山处理穆云函的丧事之后，跟关系密切的亲朋好友都见过面，告知他们这个噩耗。当时穆振中虽然悲痛却也冷静，作为一个痛失唯一爱子的父亲，他做到了常人做不到的一切……

尽管这一刻，穆语童还没搞清楚事情的来龙去脉，可就在一瞬间因为她喜欢的那些人，而选择站边，对何虹佳道："妈，大哥已经说清楚了，他和宛书姐根本不是婚外情，大哥是最近几个月才认识的宛书姐，而云函哥已经过世好几年了，大哥和宛书姐就是正常的恋爱……"

"我不同意！"何虹佳听到这么纷乱复杂的关系，气急败坏，又大声嚷起来："就算他们不是婚外情，那 Miss 穆和你们的堂哥结过婚，她就是你们的堂嫂！这种关系，又怎么能再做我的儿媳妇！我坚决不同意！”

　　话落，她感觉到一阵揪心的疼痛，觉得儿子这件事做得大为不孝，差点迸出两行泪，捂着嘴上了楼。

　　看到何虹佳这个反应，穆子旸心情沉重，可在温哥华他是家里的顶梁柱，必须要照顾好母亲和妹妹，此刻也只好叹口气，对穆语童道：“小童，你上楼去好好安慰安慰妈，后面的事我来处理！”

　　“嗯，”穆语童懂事地点点头，跟着何虹佳上了楼。

第 112 章　宝藏

　　穆语童进了何虹佳的房间，见何虹佳人已躺在大床上，侧过身去，闭上眼睛，不想理人。

　　穆语童深知母亲的脾性，就是个十分单纯的人，完全没有任何心眼，却不知今天从哪里听到的传言，抹黑穆子旸和梅宛书。

　　她轻手轻脚地坐到床沿上，抬手搭上何虹佳的肩膀，轻声细语地喊："妈——"

　　这一声，叫得何虹佳心口发软，张了张嘴，差点就要答应她，又突然抿紧，忍住了不发声。

　　穆语童心里好笑，想起梅宛书一遇到棘手的事，就会采取迂回的方法，便想了想，柔声问："妈，你今天去哪儿了？是不是参加那些太太们的聚会去了？"

　　何虹佳不答话，可神情放松下来，穆语童知道自己猜对了，她又问："也不晓得哪个太太消息这么灵通，连我和你不知道的事情她都知道，可又不怎么准确，胡乱传到你耳朵里。"

　　何虹佳听到这里忍不住了，倏地坐起身，气道："小童，你也别乱说人家，人家一个蛮不错的小姑娘，得到的也是一手消息。"

　　"哦，是个年轻的女孩啊！"穆语童了然地点点头："妈，那女孩是不是认识宛书姐啊！"

　　听到"宛书姐"这个称呼，何虹佳又是一阵气愤，家里儿子、女儿包括她自己都被这个 Miss 穆骗得好惨。

　　"小童，你以后别再喊她什么宛书姐，这人太能装了，其实彻头彻尾就是个大骗子！"

听到何虹佳这么说梅宛书，穆语童心里一阵难过，当场就想反驳。嘴唇动了动，又忍住了，心想还是得想办法问清楚，才能真正帮到梅宛书。

于是她把话题往那个女孩身上带："妈，那个告诉你消息的女孩，是做什么的？"

何虹佳想起 Jessica 是她的下线，人又能干，嘴巴又能说，这两个月因为她自己赚了不少钱。

可梅宛书劝她从传销里退出这件事，她听了 Ms.陈的话却没能做到，反而跟自己的上下线关系越发紧密。

不过做传销只是 Jessica 的兼职，她自然可以不提，只道："那个女孩是专卖店里卖衣服的，Miss 穆每年都会从那个专卖店给她先生买衣服，还在围巾绣她先生的名字。"

穆语童马上追问："绣的什么名字？"

"好像是……"何虹佳想了一会儿，突然想起来："是英文缩写，M，Y，H！对，就是这三个字母！"

穆语童一听，果然是穆云函这个名字的缩写。现下回想起来，梅宛书之所以对大哥，对自己，甚至对邵星泽都那么关爱，恐怕穆云函占了很大的原因。

心里对梅宛书更是同情，开始劝说何虹佳："妈，MYH 就是云函哥名字的缩写。人去了不能复生，云函哥已经过世了好几年，Miss 穆也是可以再恋爱结婚的，况且大伯都同意了……"

"不行！"何虹佳大喊，瞪了穆语童一眼："Miss 穆就算再去恋爱结婚，找谁都行，可别找我儿子！小童，这件事你要是再向着她，就别再喊我妈！"

穆语童瞧她情绪那么激动，赶忙道："好了，妈，我不说了，你消消气……"

她不好再跟母亲顶撞，只得拿手去轻拍何虹佳的背，安抚她，陪着她，直到她闭眼睡去，才去了穆子旸的房间，把事情的前因后果都告诉了他。

穆子旸立马就联想到了那个 Purry 专卖店的销售员 Jessica，她手上掌握了梅宛书的个人信息，连自己都向 Jessica 打听过梅宛书和穆云函，而且 Jessica 也有他的个人资料。

他也能猜到何虹佳成天去阔太太们的聚会，那些太太们都喜欢买名牌，估计就是这样让何虹佳和那个 Jessica 碰面了。

事到如今，他已经不想去追究谁在那儿散播不实消息，现在最重要的是要让何虹佳接受梅宛书。

穆语童瞧着穆子旸心思沉重的样子，不禁忧愁地叹口气。想着大哥一路追梅宛书追得那么辛苦，两人好容易才在一起，就受到了这么大的阻力，实在是太搓磨了……

静默了半晌，穆语童开口安慰穆子旸："哥，我会站在你和宛书姐这边，妈那边我也会尽量劝得她回心转意。"

穆子旸颔了颔首，心里却晓得此事甚难，何虹佳为人虽然心思单纯，可认准的事反而会极为执拗，短时间很难改变她的想法。

他和梅宛书是因为身份所碍，前一阵连自己都因此打过退堂鼓，更别说思想传统的长辈了。

好在……

他对穆语童道："小童，你也别太担心，再过个十天，大伯和大伯母就要一块来温哥华了，让他们去劝劝妈，比我们去说更好。"

"嗯，"穆语童也觉得这样更好，又突然想起什么："哥，这件事肯定瞒不住爸，要不要跟他也说清楚？"

穆子旸沉声道："自然也要跟爸交代清楚，希望爸不要反对。"

……

第二天，穆子旸一到公司，周昊就进了他的办公室找他说话。

"子旸，"他慨叹："我现在才明白你和 Sophia 到底是怎么回事！"

他脸色带了几分愧疚："对不住啊，子旸，你别怪我以前对 Sophia 有偏见，谁能想到 Sophia 过去还有这么一段，难怪你一路追得那么费劲，还经常有口难言的样子。"

穆子旸虽然心情有些低落，但听到周昊这番话，还是忍不住笑起来："昊哥，你从 Ella 那儿知道了全盘真相，就知道 Sophia 有多好，多值得我珍惜，总之这辈子我都不会对她放手，也不会在乎那些身份的阻碍。"

周昊是年轻一辈，连假结婚给曲静怡母女办移民的事都做了，又怎会在乎这种身份不身份的世俗眼光。

他拍了拍穆子旸的肩头，大方道："往后有什么需要我帮忙的，尽管提，我全力支持你和 Sophia！"

"谢谢昊哥！"

有了周昊的保证，穆子旸觉得心里踏实了不少。

细想下来，目前反对他和梅宛书在一起的也只有何虹佳一人而已，其他亲朋好友全都是赞成和支持的态度，所以接下来只要父亲穆振华能同意，何虹佳转变态度也就是迟早的事。

　　这么一想，穆子旸又觉得信心百倍，干劲十足。

　　到了下午快下班的时候，他便向穆振华发送视频请求。

　　此时是国内早上八点多的时间，穆振华刚到公司，一看儿子发来视频连接，有点诧异，立刻接通。

　　手机屏幕里出现了穆子旸的俊脸，倒不像往日那般张扬，气度沉稳了许多。

　　"子旸，今天怎么想起来跟我视频，平常不都是打电话或音频吗？"

　　"爸，我有很重要的话要跟你说，所以希望你看到我的每一个表情。"

　　"呵呵，"穆振华笑起来，他这儿子经常喜欢调侃打趣，此刻也不以为意，只道："你说吧，是公司的事吗？"

　　"公司的事我都是给你打电话，家里的事我都是跟你音频，可今天这件事，非得视频不可，因为这件事关系到你儿子的终身幸福。"

　　"哦？"听穆子旸说得如此郑重其事，穆振华倒十分好奇，猜测道："子旸，你是想说你感情上的事吗？"

　　穆振华是了解这个儿子的，在商业方面颇有些天赋，跟着自己在宁城打拼几年后去了温哥华快一年，和周昊合资的公司经营得风生水起。

　　可在感情上穆子旸就是个小白，在国内压根没交过女朋友，去了温哥华也从没听他谈起过任何一个女孩子。

　　却见屏幕里穆子旸目光明亮，言辞坚定："爸，我喜欢上一个人，非常喜欢，这辈子非她不娶，她的名字叫梅宛书。"

　　"是吗，可你妈从来没跟我提过这个梅宛书？"穆振华听儿子一下子就扯到终身大事上，颇感讶异。

　　穆子旸道："妈不告诉你，是因为知道你公司事多，怕打扰你，还因为之前都只是我自己在单相思，宛书并没有接受我。直到最近我和宛书才正式确定恋爱关系，可妈却不同意，强烈反对。"

"为什么？"

穆振华不禁皱眉，他的妻子他最了解，心眼单纯人又善良，如果连何虹佳都强烈反对的话，穆子旸喜欢的这个女人背景多半不单纯。

"爸，我喜欢的人你认识，还记得你小时候把我送到乡下大姑家过了一个暑假的事吗？"

穆振华点点头："记得。"

"宛书就是那个和我，还有云函哥玩了整整一个暑假的小女孩。去年十一月，我和宛书在夏威夷重新遇见了……"

接着，穆子旸把自己在夏威夷偶遇梅宛书之后发生的事都毫无隐瞒地叙说了一遍，并且把穆振中持赞成的态度也说了。

穆振华听后，沉吟半晌，开始问话："子旸，你是说，梅宛书是小童的老师，而且很快就要从医学院博士毕业，成为枫叶国的妇产科医生？"

"是。"

"梅宛书的妈妈许女士在杭城是一家房地产公司的老总，而且她们母女和你们天阳公司是合作关系，共同拥有新雅地产的股份？"

"没错。"

"梅宛书的父亲是做什么的？"

这个，穆子旸倒没有向梅宛书仔细问过，可有一次听到她和许慧茹音频聊天时提到过梅听南。

他想了想，回道："宛书的父亲好像在国内是公职，职位不低。”

穆振华颔了颔首，继续问：“你还说，前些天，你和梅宛书都以个人名义，投资了和云函相同的份额在硅谷的项目上？”

“对。”

问到现在，穆子旸已经非常清楚父亲的关注点在哪里，他一字一句地道：“所以，无论是看个人条件，还是看未来对我事业的帮助和发展，宛书都是最优的人选。”

话落，果然瞧见穆振华脸上露出了满意的神色。

尽管穆振华只以条件择人，完全不在意他的情感问题，让穆子旸觉得有些心凉，可至少，事情的结果是他所希望的。

他不禁带了点试探问：“爸，妈那边怎么说？”

穆振华知道儿子将来若能娶到梅宛书，无异于给穆家添了个宝藏，自然不能轻怠，便道：“你妈那边交给我，我去劝她。子旸，你安排一下，我会和你大伯、大伯母一起去温哥华！”

第 113 章 达成共识

　　和父亲结束通话后，穆子旸迫不及待地开车去了梅宛书的公寓，抱着她把昨天回家后发生的事都一一跟她说了。

　　梅宛书脸上却没有显出任何惊讶或难过的神色，而是从容不迫地说："事情倒比我预想得好很多，至少叔叔不反对我们。"

　　穆子旸一愣："宛书，你早就料到我妈会反对？"

　　"嗯，"梅宛书微微颔首："子旸，昨天我还少跟你说了一件事，就是阿姨昨天上午去了 Purry 专卖店，跟那些太太们谈起你们俩，被 Grace 碰到了。"

　　"原来如此！"穆子旸紧了紧胳膊，让梅宛书贴他更近，低声说："所以你昨天就猜到那个 Jessica 会把我们的事透露给我妈，是吗？那个销售员不太会保护客户的隐私。"

　　想了想，他又坦白道："宛书，有件事我还没跟你说抱歉，其实我也曾经向那个 Jessica 打听过你，确认你真的是我的宛书姐。"

　　梅宛书之所以想到 Jessica 会透露消息，因为她突然想起何虹佳给她看过的那棵树状结构的传销图，Jessica 正是何虹佳的下线。

　　可她那会儿并没联想到专卖店的 Jessica，毕竟叫 Jessica 的人何其多。

　　不过到了此时，梅宛书并不在意是谁透露消息给何虹佳，更不会在意穆子旸曾经打听过她。因她懂得，迟早要发生的事不如早点发生，也就早点去应对和解决。

　　对于何虹佳的反应，她也并不意外，反而对穆子旸道：

"阿姨性子单纯，原本又挺喜欢我，得知我的过去后觉得我在欺瞒她，自尊受到了伤害，再加上你我身份所碍，因而强烈地反对我们，也是情有可原。"

穆子旸晓得梅宛书素来聪慧灵敏，又善解人意，听完她一番话后心里面的那种焦虑、纠结果然舒缓了许多。

松了一口气，他凑过头去轻吻了一下她的脸颊，柔声问："宛书姐，那你教教我，该怎么劝服我妈？"

梅宛书对他嫣然一笑，从他怀里起身，伸手去拉他："最好的办法就是，你赶紧吃好晚饭，早点回家陪阿姨！"

穆子旸不解，手上用力，又把梅宛书拉进怀里："我想我妈这段时间根本就不想看到我，免得生气，我还是呆在你这儿比较好。"

梅宛书笑叹："你呀，根本就不懂母亲对孩子的心理。哪怕她跟你生气，也不想跟你说话，也是希望你人在她身边的，而不是忽略她的感受继续和我在一起。"

"哦！"穆子旸一点就通："我把多一点时间留给我妈，让她知道我在乎她的意见，她在我心里分量很重！"

"聪明！"梅宛书夸道，又说："所以从明天起，你最好就不要来我这儿了，下了班直接回家，如果阿姨还愿意做饭给你吃，你就好好吃饭，一切等到叔叔和伯父、伯母他们来了再说。"

"那不行！"穆子旸把她搂紧："一天不见你，我浑身就不得劲，必须到你这儿来充充电！"

梅宛书莞尔，抬手轻轻拍了拍他胳膊，哄道："好了，乖乖听话，不过就熬个十天，每天有空时也可以和我视频的。"

穆子旸知她说得对，颇为无奈地答应了她，可也厮缠着问她要了后面十天的奖励才肯罢休。

……

十天一晃而过，穆振中、黎玉洁、穆振华三人于四月十五日上午顺利到达温哥华。

那天是周日，穆子旸将他们接回家后，何虹佳早已备下一桌子好菜，心情也恢复得差不多了。

毕竟这十天，儿子女儿都很乖巧，穆子旸竟很听话地没再去找梅宛书，也绝口不提跟梅宛书在一起的事，下了班就乖乖回家。

穆语童也很贴心，除了上课和打工的时间都回家来陪她，偶尔把邵星泽领到家里来吃顿饭。

何虹佳感觉心里获得了巨大的安慰，毕竟准媳妇不行，准女婿还是相当不错的。

中午时分，一家人会聚在饭桌前，拉拉家常，谈笑风生。

饭后，穆语童将黎玉洁带到一楼的客房，让她好好休息。

黎玉洁已经三年多没见穆语童，瞧着当年的小女孩已经长成了二十一岁的大姑娘，不由得感慨，拉着她的手，语声温和地问了她许多事，言谈间也提到了邵星泽。

"小童，我听你大伯说你男朋友很优秀，学习、运动样样都好，长得还很帅，是个非常不错的男孩子。"

穆语童有点害羞地点点头，轻声说："大伯母，Kelvin 在我眼里都没什么缺点！"

"呵呵……"

黎玉洁瞧着穆语童一副少女初恋羞涩可爱的模样，不禁笑出声。

当了那么多年教师，她自然懂得穆语童对邵星泽的崇拜心理，其实自己当年对穆振中又何尝不是。

当下道："小童，这次我和你大伯都请了假，要在温哥华呆一个星期，再去旧金山一个星期，你哪天一定要把Kelvin带来给我看看。"

"嗯，好！"穆语童甜甜一笑，答应下来。

客厅里，何虹佳已经准备好茶点，又去厨房切水果。穆子旸在和穆振中、穆振华讨论硅谷项目投资的事。

听完穆子旸的详细介绍后，穆振中再次表示认可，并道："子旸，云函的那笔资金我前天就已经汇出，估计下个星期就会到你的私人账户上，后面的程序，就由你代我操办就好！"

穆子旸灿然一笑："没问题，大伯，全部交给我，我一定给你办妥！"

穆振中对穆子旸的办事能力一直都很放心，穆云函的资金也终于有了一个好的去处，心里颇感欣慰。

接下来，话题开始转到穆子旸的个人大事上，穆振中微笑着问："子旸，你和小书最近怎么样？"

穆子旸平静地回道："我和宛书很好，就是有好些天没见面了。"

穆振中晓得何虹佳反对此事，也知中间牵涉到穆云函，相劝起来颇为棘手，便道："子旸，这件事你也不能太心急，要多花点时间说服你妈妈。"

"大伯，我明白的！"穆子旸点头，又朝穆振华笑道："再说不还有爸吗？这次爸到温哥华来，可是专门来帮我劝服妈的！"

穆振中一听，心里一喜，前面在飞机上他没跟穆振华沟通过这件事，还担心他会反对。

现在知道他持赞同态度，不禁笑道："振华，那我们兄弟是想到一起去了！"

穆振华波澜不惊："大哥，我赞同的理由和你不一样，你是出于仁爱包容之心，我可不是。"

穆振中当然知道他这个弟弟精明世故，否则也不能把公司做那么大，可他也是一家大医院的院长，平日里处理的人事关系、医患关系只有更为复杂，又怎会不懂穆振华的心思？

觉得梅宛书个人条件好，家庭背景好，是个非常不错的儿媳人选。但凡婚姻之事讲究家境相合、门当户对，相比之下梅宛书和穆云函的那段过往，也就不算什么了。

于是他道："不管我们出于什么理由，能一起支持子旸才是最重要的！"

"嗯，"这点穆振华十分首肯，举起茶杯，朝穆振中敬了敬："还是要感谢大哥这么疼爱子旸！"

穆振中呵呵一笑，也拿起茶杯，两人以茶代酒，各抿一口。

穆子旸瞧父亲和大伯达成共识，力挺自己，心中喜悦，不禁又问："大伯母知不知道这件事？"

穆振中收敛神色，微微摇头："我一直没跟你大伯母提这件事，你们也晓得，她因为云函常年抑郁，最近一年才好些，我不想太过刺激她。小书和云函的那段过去，她不知道也罢！"

"明白了！"穆了旸郑重地点点头，和穆振华交换了眼色，心中有数。

……

下午，穆振中和穆振华各自回房休息，调时差补眠。

多日不见，穆振华拉了何虹佳说了一会儿关于儿女的体己话，劝道："虹佳，我们看儿女大事不要只盯着过去，要放眼未来。梅宛书除了以前有过一段婚姻，本身人没有什么可挑剔的地方。再说了，子旸都跟我解释清楚了，当年小书和云函领了结婚证才一天，云函就出了车祸，这段婚姻关系完全可以忽略不计。"

"哦，才一天？"何虹佳还是第一次听说此事，诧异道："怎么会这样？"

穆振华跟她解释了一番，何虹佳这才晓得梅宛书因和穆云函常年两地求学，是异地恋，相聚不易，办理结婚手续也是悄悄办的，刚办好穆云函就乘飞机赶回旧金山，结果就不幸出了车祸……

何虹佳与梅宛书相处最多，自然晓得她的品行极好，聪明懂事，温柔贤淑。发生这样不幸的事也不能怪她，才一天的婚姻也可以不作数，那她是穆子旸堂嫂的这个身份也就不存在了。

当下心里就有些松动，可嘴上却不愿马上服软，哼道："那她也不应该捏着瞒着这件事，由她亲自来跟我解释，可不比我从旁人口里听到乱七八糟的传言更好吗？"

穆振华晓得儿子和梅宛书其实刚恋爱不久，可何虹佳却以为两人假装恋人那次就已经在一起了，有个时间差，也难怪何虹佳误会。

当下也不多说，只道："这件事确实是子旸和小书做得不对，过两天我让他们亲自向你陪不是。"

闻言，何虹佳立马气平了不少，撅起嘴嘟囔道："就是，两人早就可以一起跟我说清楚了！"

穆振华不禁失笑，他这个太太人还是单纯心善，只这么一番话，便让她回心转意，答应给梅宛书一个认错的机会。

如此一来，穆子旸的恋爱婚姻一事也就顺利地解决了。

第 114 章 同病相怜

黎玉洁在客房里睡了一觉，不多时便醒了过来。

自打穆云函去了后，她心情郁结，思念成疾，很难睡一个长觉，全靠穆振中日夜陪伴开解，近一年才好些。

可想到这次来温哥华呆一个星期后，就要去旧金山亲眼看儿子，黎玉洁一颗心又是惦记，又是伤感，又是期盼，各种复杂的情绪纠结在一起。

醒来后，她看身旁的穆振中睡得正沉，便轻手轻脚地起身，打开房门。

屋子里静悄悄的，大家都在休息，黎玉洁不想打扰谁，便缓步出了屋子，走到外面幽静的后花园，找了树藤下的一张木椅坐下。

四月的温哥华正值春暖，目之所及四处粉色樱花盛开，花瓣随风而落，埋进泥土。

黎玉洁望了好一会这番美景，耳里便传来一道熟悉的声音：“玉洁！”

何虹佳叫得响，黎玉洁便站起身来，微笑着回她：“虹佳！”

何虹佳赶忙挥手让她坐下，自己回房端了果盘出来，放在树藤下的圆桌上，然后在另一张木椅中坐了下来。

黎玉洁道了声谢，何虹佳便问：“怎么不多睡一会儿？调时差要好几天，很难受的。”

黎玉洁淡淡道：“睡不沉，就不睡了，留着晚上多睡一会儿。”

何虹佳笑道：“也好，咱们好几年没见，多说说话。”

两人聊了一会儿家常，话题不由自主地转到儿女身上。

先说了一会儿穆语童和邵星泽，黎玉洁颇为感慨："听说那孩子长得很像云函。"

何虹佳点点头："是有些像，可也不是很像。云函当年去美国留学时才刚高中毕业，还小，那是我最后一次见他，Kelvin 已经二十四五了，大人样了。"

黎玉洁便从口袋里掏出手机，给何虹佳看了穆云函二十五岁时在斯丹佛校园里拍的一张照片，何虹佳立马惊叹："哇，简直一模一样，怎么会这么像！"

黎玉洁叹道："要是云函还在，让他们两个年轻人交个朋友，肯定很谈得来。"

"那是，都是学霸嘛！"何虹佳对学霸有着天生的喜爱。

"可惜啊……"黎玉洁心里一痛，欲言又止。

何虹佳知道她心里难过，却又不知该如何劝起，想起穆振华刚跟她说的那番话，便叹了口气道："是很可惜，结婚才一天，人就去了……"

"什么？"黎玉洁睁大双眼，以为自己听错了："虹佳，你说谁结婚一天，是云函吗？"

何虹佳也很诧异："玉洁，这么大的事，你都不知道吗？"

"你快告诉我，是怎么一回事？"黎玉洁脸色一下子煞白，眼里全是紧张、疑惑。

何虹佳不知道自己闯了祸，只觉得黎玉洁早该知道此事，便把梅宛书和穆云函恋爱了四年，先是在悉尼一年，后又在北美异地恋，然后悄悄领证结婚，之后穆云函下飞机就出了车祸的事原原本本地告诉了黎玉洁。

黎玉洁听完后，心里极度震惊，却已经想起来梅宛书是谁。

她喃喃道：“这个梅宛书，就是我大学同学许慧茹的女儿，年轻时我和许慧茹一起去支教，就把孩子都放在振中的大姐家过了一个暑假。”

“对啊！”给黎玉洁这么一说，何虹佳也想起来这件事：“那个暑假振华把子旸也送去了，三个孩子玩得可好了！”

这下子黎玉洁对上了：“难怪，难怪云函斯丹佛大学毕业后，不直接读本校的硕士，倒向我打听了梅宛书，得知她在悉尼读大一，就也跑到悉尼同一所大学去读硕士，原来就是为了这个梅宛书！”

这下子何虹佳也对上了：“原来云函喜欢她，子旸也喜欢她，都是因为三人小时候就玩在一起，感情好。”

“哎——”

她长长地叹口气：“兄弟两从小就喜欢同一个女孩，长大了还偏要继续喜欢同一个人女人，真是作孽！”

闻言，黎玉洁更加不可思议：“虹佳，你说什么？子旸也喜欢梅宛书？”

何虹佳正想找个人陪她说说这件糟心事，原本以为穆振华能理解她，可结果穆振华根本就不在意她所在意的。

这会儿有了黎玉洁，突然觉得两个母亲同病相怜，有了许多的共同话题。

因而何虹佳一发不可收拾，把穆子旸怎么认识的梅宛书，一路怎么苦追梅宛书，她曾经有多么喜欢梅宛书，前些日子却突然发现梅宛书和穆云函有过那么一段深刻的关系，一直说到刚才穆振华怎么劝说她接受梅宛书……

“你说，玉洁，这件事是不是很闹心？”

黎玉洁听完后，除了震惊，心里还涌起一股莫名的恼怒和不满。

不知为何，她觉得这个梅宛书就是个祸害！若不是她，云函没必要追到悉尼，浪费了一年读书的时间；若不是她，云函也未必会出车祸！

而她这个红颜祸水，现在竟又缠上了穆子旸……

想到这些，黎玉洁感觉呼吸都不畅，突然问："虹佳，你打算怎么办？同意子旸和梅宛书在一起，让他们结婚？"

何虹佳叹道："梅宛书那孩子我接触过几次，确实是个很不错的孩子，知书达理，又勤劳又贤惠，现在子旸是非她不娶，振华也向着他们，看来我也只好答应了……"

"不能答应！"黎玉洁打断她，冷声道："虹佳，这个梅宛书就算什么都好，可是她命不好，云函如果不是为了跑去跟她结婚也就不会出车祸，从某种角度上说，就是她害死了云函！你不想让她再去害子旸吧！"

闻言，何虹佳一个激灵，汗毛都竖了起来，脸上浮起了惶恐之色："是哦，玉洁，你不说我还没察觉到！一个命不好的女人，就算其他什么都好，也不能娶回家！"

黎玉洁瞧她受了惊吓，心里不忍，拍了拍她的手背："虹佳，你别着急，这件事从现在开始阻止还来得及。要不，你把这个梅宛书叫到家里来，让我见见，看看我能不能说通她，让她主动离开子旸！"

"好！"何虹佳应了一声，又突然想起什么："对了，玉洁，梅宛书在学校时，所有人都喊她 Miss 穆！我也一直这么叫她，原来她跟云函结了婚，就把姓都改成了穆！"

黎玉洁更加气恼："梅宛书和云函私下里办理结婚，根本就没得到任何长辈的允许，她还擅自改跟穆家姓，真是自作主张！虹佳，不管怎样，我们不能让梅宛书进穆家的门！"

何虹佳头直点："嗯，玉洁，我听你的！"

……

　　两个母亲商量好后，吃晚饭的时候，何虹佳便提出趁着穆振中和黎玉洁都在，让梅宛书和邵星泽周二到家里来，见见长辈们。

　　穆子旸一听，心里大喜，眼光飘向穆振华，果见他轻轻点头，知道父亲的劝说有效，何虹佳该是回心转意了。

　　当晚便把这个好消息告诉了梅宛书。

　　梅宛书瞧着手机屏幕里穆子旸一脸的兴奋，心里也很开心，柔声笑道："子旸，那我们就照叔叔说的，好好给阿姨道个歉，阿姨心肠软，会马上原谅我们的。"

　　穆子旸连连称是，这件事解决得比他预想中顺利多了，道歉算什么，叫做什么都可以！

　　另一边，穆语童也把这个好消息传达给了邵星泽。

　　这一阵子，邵星泽从穆语童那里获知了一切，于他来说，他早就晓得穆云函和梅宛书的那段过往，当时还利用自己长得像穆云函去获取梅宛书的关注。

　　即便梅宛书和穆云函有过一天的婚姻，他也不觉得梅宛书有任何值得诟病的地方，反而因为蓉姨的事，对梅宛书充满了感激。

　　此刻听到何虹佳终于松口，而其他长辈都持赞同的态度，他也为梅宛书感到高兴。

　　当下就爽快地答应下来："Tina，你跟叔叔阿姨说，周二我下了课就去你家！"

第 115 章 质问

　　周二下午五点，穆子旸兴高采烈地从医院里接了梅宛书回家，进门的时候，客厅里传来一片欢声笑语。

　　原来穆语童和邵星泽下午课程结束得早，先一步到达穆宅，与长辈们聊在一起。

　　因着硅谷的项目，穆振中和邵星泽谈得丝丝入扣，加上穆振中上次来温哥华时就已经在篮球场见过邵星泽，对他印象极好，因而言谈中就不由自主地流露出浓浓的欣赏之意。

　　坐在穆振中身畔的黎玉洁一看到邵星泽，竟有些恍惚，心想这孩子和云函长得那么像不说，连举手投足散发的气质，脸上温润的笑容都跟穆云函很像，而且说话也是那么的有条有理，进退得当。她情不自禁地心生喜爱，关心地问了邵星泽一些学业上和生活上的问题。

　　坐在对面沙发上的穆振华从丈人的眼光看邵星泽，觉得他果然如何虹佳所说，各方面条件都不错，而且何虹佳说邵星泽车开的是保时捷，估计家境也相当不俗。

　　他满意地笑了，心想他这对儿女，择偶的眼光倒是极好的。

　　待穆子旸领着梅宛书进了客厅，他更是眼前一亮。

　　今日气候温暖，梅宛书穿了一条素雅的米白色粗花呢长袖连衣裙，气质清婉飘逸，举止端庄淑雅。

　　梅宛书语带微笑，声音轻柔地喊着"伯父"、"伯母"、"叔叔"三位长辈，送上红酒、茶叶、化妆品等礼物，接着就去厨房帮忙何虹佳做晚饭，心细如发，周到备至。

　　穆振华心下感叹，难怪穆云函和穆子旸两兄弟小时候就对梅宛书念念不忘，长大了又对她迷恋不已，都是有原因的。

眼光转向穆子旸，见他一脸的春风得意，不由得问："子旸，怎么这么晚才把小书接过来？"

穆子旸笑道："爸，我也想早点带她回家，可宛书今天医院里临时加班，让她多上了一堂育婴讲座，哎，新妈妈太多了，少不了我们 Dr. 穆！"

"呵呵……"

听出他口气中的炫耀之意，穆振中和穆振华忍不住笑起来。

一旁黎玉洁突然说："子旸，你女朋友就是梅宛书吧，是我大学同学许慧茹的女儿，也是小时候和你，还有云函一起过了一个暑假的那个小女孩。"

"对啊，大伯母，你记性很好哎，一眼就把宛书给认出来了！"穆子旸惊叹。

黎玉洁微微一笑："是我的故人之女，而且那个暑假是因为我的原因才让你们三个认识的，再加上宛书名字好听，人长得又漂亮，我怎么会忘呢！"

"对，我还得多谢大伯母，要不是你当年和宛书的妈妈暑假一起去支教，就没有我和宛书小时候那段难忘的缘分了！"

闻言，黎玉洁心里一阵揪痛。她现在很是后悔，如果当年她没有去支教，穆云函也就不认识梅宛书，也就不会发生后面那么多的事。云函现在肯定还好好活着，享受着与穆子旸、邵星泽一样的幸福生活，云函也是那么年轻，那么优秀啊……

她深吸了口气，凉凉地问："子旸，我刚才听着有点奇怪，宛书不是姓梅吗？怎么大家叫她 Dr. 穆？倒像跟你一个姓似的。"

她这话一出，客厅里一阵静默，穆子旸、穆语童和邵星泽脸色都有些变了。

还是穆振中打了个圆场："早点也好，晚点也好，以后子旸和小书总要结婚的，按照西方国家的习俗，小书是可以改姓穆的。"

"哦！"黎玉洁像是接受了这个解释："原来西方国家的女孩子都这么传统，刚谈恋爱就改跟男朋友姓了，那是不是小童也要改姓邵呢？"

穆语童脸上一红，只好呐呐地接话："大伯母，这个都是凭自愿的……"

邵星泽在一旁眉头蹙起，他看出来黎玉洁还不知道穆云函和梅宛书的那段过往。

便在此时，餐厅里传出何虹佳的叫唤："大家一起来吃饭了！"

穆子旸立马松了口气，招呼道："大伯，大伯母，爸，我们去餐厅吃饭！"

穆振华接口："好，我们尝尝小书的手艺！"

穆子旸笑道："宛书的手艺跟妈一样好！"

话落，他又让穆语童招呼邵星泽，随后跟在长辈后面进了餐厅。

邵星泽牵起穆语童的手走在最后，两人手掌相贴，邵星泽发现穆语童的手心紧张得一片汗湿。

他有些心疼，换成与她十指交握，穆语童抬眸对他甜甜一笑，前面的尴尬化解于无形。

穆宅的餐厅是长方形的，里面摆了张长方形的餐桌。

众人一看，鸡鱼肉虾，各类蔬菜样样俱全，再加上一锅鲜美的炖汤。桌上还放了两瓶梅宛书刚带来的红酒，七只高脚红酒杯里也都满上了半杯酒，还有一只玻璃杯里倒了苹果汁，显然是为穆语童准备的。

穆振华一看，大为满意："小书很细心啊，手艺也很不错！"

梅宛书柔声回道："叔叔，我只是帮忙打下手，菜都是阿姨烧的！"

穆振华知道何虹佳平时的菜色没有这么丰富，晓得梅宛书在谦虚，心里对她更是赞许。

大家一起入座，穆振中和穆振华坐了两边主位，黎玉洁和何虹佳各坐在他们的右手座位，黎玉洁身侧坐着穆语童和邵星泽，何虹佳身侧坐了穆子旸和梅宛书。

落座后，大家先一起端起酒杯，穆振华作为男主人说了几句客套话，对穆振中、黎玉洁、梅宛书和邵星泽四位客人表示欢迎，随后大家举杯共饮，开始安静地进食。

黎玉洁瞧见对面的梅宛书面容清丽，举止优雅，气质温婉，十分的动人，一时间心里竟对她恨不起来，突然觉得若是云函还在，和梅宛书倒是天作地和的一对璧人，只可惜……

当下心口一酸，心情极是复杂。

她常年胃口不佳，只吃了少量的饭菜，喝了几口汤，便放下碗筷，开口问梅宛书："小书，你妈妈最近好吗？"

梅宛书一听，知道黎玉洁把自己认了出来，便停下筷子，很有礼貌地微笑着回道："伯母，我妈妈挺好的，劳你挂念！"

黎玉洁叹道："你妈妈自从下海经商后，我们的联系渐渐少了。我记得最后一次我跟你妈妈联系，还是云函大学毕业那年，他向我打听你在哪儿读书。我就给你妈妈打了个电话，你妈妈告诉我你去了悉尼的新南威大学留学。后来，云函也申请了新南威大学的硕士，你们两个有碰见过吗？"

梅宛书一怔，不明白黎玉洁为何有此一问。

在她的认知里，四位长辈都已经全盘了解她的过去，并且达成了共识。

哪怕就在刚才，她在厨房里与何虹佳一起烧饭时，还柔声细语地向何虹佳道歉、解释，而何虹佳也和颜悦色地原谅了她。

饭桌的气氛变得紧张起来，穆子旸赶忙道："大伯母，这些事我们后面慢慢再聊，我会跟你解释清楚的。"

黎玉洁悠声反问："子旸，我问的是小书和云函的事，怎么要你来解释？"

梅宛书看出了其中的蹊跷，干脆起身道："伯母，正好我也吃饱了，我们一起到花园里散散步，消消食好不好？"

"很好！"黎玉洁也站起身。

梅宛书见她面容憔悴，步履也有些蹒跚，知她这些年过得不怎么好，留下心病，便伸手搀扶着她，与她一起出了餐厅。

剩下众人心知肚明，梅宛书和穆云函的事看来是瞒不住黎玉洁了。

只有何虹佳毫无城府，依旧高高兴兴地道："小书是玉洁老同学的女儿，她们有好多体己话说，我们继续吃我们的！"

心里却暗自庆幸，原本穆振华特意嘱咐她不要跟黎玉洁提梅宛书的过往，可她不仅口无遮拦早就全说了，还跟黎玉洁商量好了怎么应对梅宛书。

黎玉洁怕她难做，让她只需袖手旁观，因而劝说梅宛书离开穆子旸一事，就完全交给了黎玉洁。

……

梅宛书扶着黎玉洁来到后花园，一阵暖风吹过，樱花树飘落了一片花瓣雨，纷纷扬扬。

有几瓣落在黎玉洁的头发上，肩膀上。梅宛书便伸手帮她拂去，动作轻巧温柔之极。

黎玉洁心里一动，又一次感受到了梅宛书的魅力，不禁叹息一声，难怪云函和子旸都深深陷入了梅宛书的温柔网中，不可自拔……

梅宛书见她眉间蹙起几道皱褶，却没开口，便柔声问："伯母，我和云函的事，伯父他们都没跟你说，但你其实都已经知道吧！"

"嗯，"黎玉洁承认了，也知以梅宛书的兰质慧心，一下就能猜到。

她凉声道："这么重要的事，云函的爸爸，还有子旸他们竟然都想瞒住我，其实，我才应该是最有权知道这件事的人，我可是云函的母亲啊！"

话落，她转过脸，眼睛盯着梅宛书，开始质问："小书，我问你，当年你和云函谈恋爱不告诉我们也就罢了，天高地远的我们也够不着，可为什么两人都走到结婚这一步了，都没告知父母？"

梅宛书心口酸痛，脑海里的记忆却越发清晰："伯母，当时我和云函说好了他硕士一毕业就先去领结婚证，然后在他的毕业典礼上，云函会把我正式介绍给你们，是想给你们一个双重惊喜……"

说到这儿，她嗓音有些哽咽："现在想想，我和云函这样做，真的太不成熟了……一个好的婚姻，得事先得到父母家人的首肯和祝福……"

"所以这场不成熟的婚姻，最后要用我儿子的命来做代价！"黎玉洁颤声说："小书，如今你还有机会重新来过，可云函就只能躺在冰冷的坟墓里，这对他是不是太过残忍，太过不公平！"

这话，就像沉重的棒槌，狠狠地击打在梅宛书的心上，很快她眼中涌出一层泪花……

黎玉洁却没给她丝毫喘息的机会，往下说："小书，你有没有想过，如果当年云函不去悉尼找你，就不会死；如果云函后来不飞到温哥华和你结婚，也不会死。云函的死，并不全是意外，你也要负很大的责任！"

梅宛书双眸低垂，泪水纷纷滑落。这种想法并不是今天黎玉洁才说出来的，而是这几年在她心里已经纠结过无数遍。如今因为穆子旸的出现，她刚刚才脱离了这种自责和负疚，然而此刻，随着黎玉洁的声声质问，这种负罪感又一次紧紧抓牢了她……

耳畔，黎玉洁冰凉的语声继续传来："小书，你刚才也说，一个好的婚姻，得事先得到父母家人的首肯和祝福。不管怎样，你和云函结过婚，你连姓都改成了穆，那我就算是你的半个母亲。如果我不同意你和子旸在一起，你是不是可以对子旸放手？"

话落，梅宛书抬头，泪眼迷离，神情凄婉："我答应你，伯母，没有你的同意，我不会再和子旸在一起！"

第 116 章 承受

众人吃好晚饭后，回到客厅，见梅宛书搀扶着黎玉洁回来了。

两人眼圈都有些红，众人便知她们刚刚谈话的重心必是穆云函。

黎玉洁一进客厅，就跟大家道了声"身体不适"，回了客房休息。

梅宛书也对三位长辈道："伯父，叔叔，阿姨，时间不早了，我得回学校了，下次有机会再来拜访。"

穆振华客气地道："小书，今天时间仓促，哪天抽个休息日再过来，多呆些时间。"

"好，谢谢叔叔！"

穆振华颔了颔首，嘱咐穆子旸："子旸，你把小书送回学校吧！"

穆子旸答应一声，拿了车钥匙，旁边邵星泽突然道："叔叔，我明天上午有课，也得早点回公寓，我就跟子旸的车一起回去吧！"

"Kelvin，你今天没开车来吗？"何虹佳总记得邵星泽那部拉风的保时捷。

邵星泽微笑道："阿姨，前几天我把车卖给二手车行了！"

"哎呀，好可惜！"

穆振中倒是十分赞许："虹佳，Kelvin 是为了那个硅谷的项目，想多凑一些投资份额，年轻人很有魄力啊！"

穆振华也欣赏地点点头，心里对邵星泽百分百满意，随后嘱咐穆语童："小童，你和你哥一起去送小书和 Kelvin！"

“知道啦，爸！”正合穆语童的心意。

四个人一起上了车，梅宛书坐在副驾驶座位上，一言不发。

穆子旸从她和黎玉洁一起回屋就感觉到了不对劲，心中志忑，路上就忍不住问：“宛书，大伯母跟你说了什么话？”

梅宛书淡声回道：“没什么，就是一些家常话。伯母常年睡眠不好，我跟她说说怎么调适身体。”

“哦！”

穆子旸见她不肯多说，也就不再多问，车厢里沉默下来。

车后座的邵星泽和穆语童对视一眼，眼里都流露出担心之色。

不多时车子开到公寓楼下，梅宛书跟几人道了声“晚安”，便打算下车，穆子旸急了，拉住她的手腕：“宛书，我能到你公寓坐会儿吗？”

梅宛书看了下时间，刚过八点还不算太晚，便道：“坐一会儿就回去，别让叔叔阿姨他们担心。”

“嗯，”穆子旸应了一声，转头正打算嘱咐穆语童两句，邵星泽立刻道：“子旸，你上去吧，我和Tina就在车里呆一会儿，等你下来了我再上去。”

“好！”穆子旸也觉得这样更稳妥，便随着梅宛书下了车。

两人进了电梯，穆子旸见梅宛书双眸微垂，眉间轻蹙，脸色也发白。

他有些心疼，忍不住伸臂搂住她肩膀，梅宛书微叹口气，轻轻地靠在他身上。

进了公寓门，梅宛书按下吊灯开关，客厅一片暖融的光色，穆子旸照常抱了她去沙发那边坐。

　　梅宛书软绵绵地依偎在他怀里，闻着他身上熟悉而温暖的气息，心中酸楚难言。

　　两人安静了片刻，穆子旸才又问："宛书，现在可以告诉我了，你和大伯母到底说了什么话？"

　　梅宛书心知不能再贪恋下去，便轻声开口："子旸，你大概也猜到了，后面……我们得分手一段时间。"

　　穆子旸呼吸一窒，心口一阵绞痛，半晌，哑声问："一段时间是多久？"

　　"直到四个长辈全都同意我们的事。"

　　"那要是大伯母一直不同意呢？"

　　"那我们就一直熬着，熬到伯母心里面的伤痛减轻，也不再对我感到怨恨为止。"梅宛书静静地说："子旸，如果我们不肯受这种煎熬，那受煎熬的就是伯母。因为我，她已经伤心了太多年，我不忍心看她更难过。"

　　穆子旸手上加重了力道，将她抱紧，咬牙道："你对大伯母不忍心，对我就忍得下心！"

　　梅宛书幽幽地道："子旸，不要害怕这种煎熬的感觉，有些本该就去承受的事，承受完了，就会转圜。原本你选择了我，就是选择了一条坎坷的情路，除非你不肯陪着我一起熬。"

　　一句一句温柔的话声入耳，背后透着的却是至真的人生哲理。穆子旸不想懂，可但凡从她嘴里说出来的，他偏偏瞬间便能领悟。

　　心里面一边强烈地抽痛着，一边又无奈地默认着，一边对怀里的女人更心甘情愿地爱着……

　　穆子旸再说不出话来，只是望着她，尔后猛地攫住她的唇瓣。

梅宛书叹息一声，柔顺地闭上双眼，婉转承受着这个告别之吻……

……

穆语童和邵星泽手握手在车上坐了半个小时，终于见到穆子旸从公寓里走出。

晚风习习，撩起他的衣角边，他高大颀长的身影被大楼昏黄的灯光熏得极为落寞。

穆子旸带着一股凉风上了车，邵星泽打开车门，下车前还是忍不住问："谈得怎么样？"

穆子旸淡声回道："宛书说，只有四个长辈全都同意了，我们才能在一起。"

闻言，邵星泽神情并不显得意外，只是问了穆语童一句："Tina，你大伯和大伯母什么时候去旧金山？"

穆语童道："应该是下周。"

邵星泽点点头："Tina，你帮我转告他们一下，我下周正好是实习周，我想去硅谷考察一下我们那个项目，会和他们一起去旧金山。"

……

后面几天，穆振华和何虹佳陪着穆振中、黎玉洁在大温游玩了一圈。

穆振中想起上回来温哥华，梅宛书带着他沿着云函踏过的足迹游逛行走，不由得十分感慨。

在他眼里，梅宛书是个太好太完美的女孩，一切命运弄人，是云函没有福气拥有她。

可如果老天安排穆子旸与梅宛书相遇相恋，那也是他们的缘分，不如顺水推舟，成全他们在一起。如此，梅宛书还是穆家的儿媳，甚至她为了穆云函改姓，也只是冥冥中自有天意……

却未料到，这样好的一段姻缘，偏偏给自己的妻子生生斩断。

想想就心疼，穆子旸和梅宛书竟如此顾全长辈们的心意，四个长辈只要有一个不同意，他们都不会在一起。这是得有多大的孝心和毅力才能做到的事，在年轻一辈中，根本就见不到了……

黎玉洁和何虹佳心情也颇为复杂。原本梅宛书照着她们的意思，当晚就和穆子旸分手，该当庆贺才是，可这几天她们作伴聊天，提及梅宛书，也只是说除了命不好，其他实在挑不出毛病，竟隐隐都觉得，穆家失去这样的儿媳，再找下一个，也找不到这样贴心和满意的了。

再加上穆振中和穆振华也都表示支持穆子旸和梅宛书，自己与丈夫意见相左，总觉得内心有压力，还有那么一丝愧疚……

到了周日，穆振中和黎玉洁要出发去旧金山，黎玉洁便对何虹佳道："虹佳，我看这几天子旸情绪消沉，是不是我做得太过分了……"

"没有，玉洁！"何虹佳赶忙道："你是对的！子旸是因为刚分手，肯定要不开心一段时间，过去了就好！"

黎玉洁心知何虹佳是因为母亲的自尊，拉不下面子才这么说。可天下母亲爱子之心都是一样的，这几天何虹佳见穆子旸茶不思饭不想，人都瘦了一圈，心里都急坏了，每天晚上都变着花样做饭做菜，就是希望穆子旸能多吃一口。

连她在旁边看到穆子旸勉强扯出的笑容，勉强多划几口饭却又食不知味的样子，都很心疼。时常也会想，不能将云函的不幸，最后却加诸在子旸身上……

就这么纠结着到了机场，却在看到邵星泽后，整个心情都变得愉快和舒畅起来。

"伯父，伯母！"

邵星泽很有礼貌地和他们打招呼，随后把她手上的行李箱接了过去。

他面容清俊润朗，身姿高秀挺拔，在人群中那般惹眼，做事却细致体贴，令人如沐春风，像极了云函。

哪怕邵星泽只是走在她的身边，便引来周围众多羡慕的目光。

不觉中黎玉洁眼眶湿润了，曾经，她也有这样聪明、帅气又孝顺的儿子啊……

第 117 章 转晴

穆振中、黎玉洁和邵星泽三人于周日下午到达旧金山，住在了穆子旸事先就给他们订好的希尔顿酒店。

两个长辈有了邵星泽的陪伴，万事顺利周全。

邵星泽租了一部车，先带他们去了附近风景优美的景点游玩，金门大桥、恶魔岛、渔人码头、九曲花街、艺术宫，还有几个湾区小镇。

然后，载他们去了穆云函的母校斯丹佛大学。

穆云函在斯丹佛留学的那几年，穆振中和黎玉洁来过几次旧金山，也都是穆云函陪着他们四处游览，如今重回故地，虽是心里惆怅伤感，可身边到底有了邵星泽，竟多了许多慰藉。

之后邵星泽便带他们去和戴斌见面，戴斌早知道他们要来，早已准备周全，可当他看到邵星泽的模样，还是忍不住惊愣当场。

"你就是 Kelvin？"

"对！"邵星泽微笑着与他握手，手指白皙纤长，和穆六函十足相像。

直到与邵星泽坐在一起探讨项目细节，才发觉他和穆云函的不同之处。

邵星泽头脑灵敏，反应迅速，与人交流往往喜欢直接切入要点，去除繁枝末节。

可穆云函不同，心思更加细腻，喜欢将所有的信息掌握完整后，通盘考虑再下判断，节奏虽缓，说出来的话却如涓涓细流，沁入人心。

两人各有所长，是不同风格的合作伙伴，却都十分聪明。

穆振中和黎玉洁只是在一旁瞧着他们谈话，心中便涌起一股和当年一样骄傲又自豪的感受，恍惚间竟觉儿子又回到自己身边。

周六的时候，黎玉洁终于做好了完全的心理建设，随着穆振中去给穆云函扫墓，邵星泽依然作陪。

他怕黎玉洁伤痛太过，一路搀扶着她，心里竟也有一种温情脉脉的感觉，好似蓉姨在他的身边。就算身体是脆弱的，精神是易感的，可又时时散发出母性的坚韧和强大，令他又心酸又感动。

穆云函的墓前，穆振中和黎玉洁呆了许久，黎玉洁一边掉眼泪，一边把这几年攒下想跟穆云函说的话全都说了，从她日常的生活说起，到她在学校里的工作，教过的那许多学生，还有其他在沪城的亲朋好友，全都跟穆云函分享了。

邵星泽听在耳里，不禁想起蓉姨平常也是这么跟他说话，事无巨细，点点滴滴，他听着听着，不知不觉眼眶红了……

下午，他们回到酒店休息，邵星泽把他们送进房间，问他们的回程。

穆振中道："买的是明天下午的机票直飞沪城。"

"伯父，伯母，那我也买明天的机票回温哥华，顺便送你们去机场。"

黎玉洁心中感激，拉起邵星泽的一只手道："Kelvin，这次太感谢你了，从头到尾一直陪着我们，一路都在照顾我。"

"哎，"她叹口气，十分舍不得，忍不住多说了一句："简直就跟我自己孩子差不多！"

邵星泽心里一动，脱口而出："伯母，你和伯父要是愿意，往后我就把你们认作父母，反正我自己的父母也都没了！"

黎玉洁一愣，赶忙问：“Kelvin，你家里……怎么一个状况？”

前些日子她听何虹佳简略谈到过此事。虽然邵星泽父母什么状况他和穆语童都从未提起，可看到邵星泽平日的吃穿用度，加上良好的教养气质，也知他家境必定不俗。

因而黎玉洁一听他说父母没了，倒是难以置信。

邵星泽既有心认他们做父母，便也不再隐瞒，把自己家里的事情全都说了，生母早逝，自己由蓉姨养大成人，可她却惨遭父亲抛弃，最后在港城病逝。包括上个月他和穆语童回国度假，怎么在梅宛书的帮助下，获知了蓉姨的下落，然后自己找了律师，与父亲邵冠辉断绝关系……

黎玉洁听下来，竟觉邵星泽年纪轻轻，经历的伤痛却一点不亚于自己，不禁心生怜惜。

原本因为邵星泽和穆云函相像，就对他十分喜爱，如今邵星泽主动提出要认她和穆振中做父母，她高兴都来不及，又怎会不答应。

当下就道：“Kelvin，我和振中求之不得，往后我们就把你当自己的孩子，视如己出！”

穆振中也觉此事冥冥中自有天意，握住邵星泽的另一只手，诚恳地道：“Kelvin，虽然你和云函容貌相像，但我和玉洁不会把你当作云函的替代品，你就是我们的另一个孩子！而且，你也不用因为我们重新改姓，保持你原来的名字就好。父母和孩子之间的情谊，本就在心中，无需在意那些世俗的繁文缛节。”

这番话，狠狠打动了邵星泽，他答应一声，把两个长辈请到沙发上坐好，真诚地给他们一人敬了一杯茶，然后改口，叫他们“爸”，“妈”。

穆振中高兴地答应了他一声，黎玉洁激动得热泪盈眶，颤声回道："乖儿子！"

当晚在酒店，黎玉洁在床上翻来覆去，辗转难眠。

穆振中知她今天大悲过后又是大喜，情绪激荡，便也陪着她不睡，跟她说着体己话。

穆振中笑道："玉洁，还有一桩关于Kelvin的趣事我没同你讲过！"

黎玉洁抱怨："你瞒着我的事还少吗？连云函和小书那么大的事都没跟我说！"

言语间却不是真的怨怪，反而流露出一股拉家常的轻松感。

穆振中呵呵一笑，便把去年十二月来温哥华时，穆子旸和邵星泽的那一场精彩而激烈的篮球赛说了一遍，最后道："那会儿，我看得出，Kelvin的心上人和子旸一样，也是小书。但那会儿小书一心只想着云函，他们两个男孩子她是一个都不接受。"

"可这次来，Kelvin的心思明显转到了小童身上。他们几个年轻人不说，我都能明白，这里面小书为了撮合Kelvin和小童，肯定默默地做了许多事。这么好的孩子，不当穆家的儿媳妇，实在很可惜！"

说罢，忍不住唏嘘一声。

黎玉洁听后，默不作声，可心里百转千回，想了许多……

第二天，穆振中一醒，就听到身畔黎玉洁正在小声打电话："虹佳，子旸和小书的事，我改主意了，现在我赞成他们在一起……"

"嗯，昨天我去给云函扫墓，听云函的同学说，就在上个月，小书和子旸也刚给云函扫过墓，这两孩子能在一起，十分不容易……”

“当然，最终还是你来拿主意，毕竟你是子旸的妈。可是，我必须收回说小书命不好的那些话，那会儿是我没想通透，就把这几年心里积攒的不愉快全都发泄在小书身上，这对她来说不公平……”

听到这里，穆振中重新闭上眼睛，心里十分欣喜。看来这次来北美度假，是完全做对了，他前面努力了那么长的时间，想要治愈黎玉洁的抑郁症，都没完全治好，可这回他很清楚，黎玉洁终于可以摆脱病魔，恢复健康……

……

温哥华，穆宅的后花园，何虹佳和黎玉洁结束通话后，便走回餐厅，见穆振华正和穆子旸、穆语童吃早饭。

“子旸，多吃根油条，你妈刚刚现炸的，很香，比国内口味都不差！”穆振华见儿子这几日胃口不佳，开始劝食。

穆子旸把碗里剩余的稀饭喝完，表情懒淡：“爸，我吃饱了，你和小童慢慢吃。”

穆振华轻叹口气，问：“你今天什么安排？”

穆子旸耸耸肩：“今天是休息日，当然就在家休息咯！不过爸，你和妈要是想到哪里去，我可以给你们当车夫！”

穆语童立马道：“哥，今晚 Kelvin 从旧金山回来，你可不可以载我去接机？”

“没问题！”穆子旸拍了拍穆语童的肩头，笑了笑。

何虹佳看得出笑里藏了一抹苦涩。

她这个大儿子，平常最爱笑，总是笑得那么阳光灿烂，还喜欢逗她开心。

可如今他自己都开心不起来，她做妈的又怎能开心……

何虹佳长叹了口气，突然发声："子旸啊，今天周日，不知道小书医院里上不上班，要是她休息的话，就让她来家里。"

"什么？"穆子旸不敢相信自己的耳朵，原本暗淡的眼眸却开始发光："何女士，你再说一遍？"

何虹佳扑哧一笑："上次小书来得太匆忙，都没能和你爸说上几句话。再过几天你爸就要走了，赶紧让小书过来，陪我们多说说话。"

"遵命，何女士！"这次，穆子旸笑得开怀，应得大声。

穆语童也笑了，转头透过玻璃门看向屋外，一片乌云散开，天气开始转晴。

第 118 章 一厢情愿

四月的最后一天，是个周一，大温白昼渐长，气候也越发的舒适宜人。

八点半，尹歆然踏进办公室，把她近期接手的几个案子的资料再度阅览一遍，然后按照早已制定好的进度表，开始一一进行处理。

第一个处理的便是曲静怡的 case，按预定计划，四月底五月初就要把她的移民申请递交上去。现在所有的资料已经齐备，只是还有一些表格和文件需要周昊和她本人的签名。

尹歆然便拨通了周昊的电话，跟他约签名的时间。

周昊立马配合地说道："我马上就带曲静怡去你办公室。"

尹歆然悠悠地道："周昊，你也不用那么着急，明后天过来签也是 OK 的。"

周昊却很急："Ella，我等这一天可等得太久了，材料赶紧递交上去，曲静怡早点拿到枫叶卡，我才能名正言顺地跟你在一起啊！"

尹歆然扑哧一笑："也不差这一天两天的！"

"不行，我得分秒必争！"

话落，尹歆然便从电话里听到"哐当"一声门响，周昊出了办公室。

……

此时，曲静怡刚把女儿贝贝送进教室。

贝贝入学快两个月了，渐渐熟悉了学校的环境，英语口语也熟溜了些，与好几个当地的同班同学变成了好朋友。

其中一个名叫 Alice，是美甲店旁边那家理发店老板的女儿，会讲一点粤语，也听得懂普通话。

两家店靠得近，老板每天也会接送女儿上下学，一来二去曲静怡便与他熟稔起来，晓得老板名叫梁志荣，十年前从深城移民到温哥华，大家都叫他阿荣。

"静怡，早上好啊！"

两人将孩子送进教室后，在学校门口又碰见了。

"早上好，阿荣！"曲静怡向他点头微笑。

相互招呼后，阿荣照常走在她旁边，和她一起往小商业街的方向走。

他今天穿得很精神，上身一件立领棒球夹克，平头短发上戴了顶黑色的棒球帽，眼睛大大亮亮的，看上去一点都不像三十五岁，倒比周昊看着还年轻些。

不过，还是周昊更帅，更有风度，也更有老板的气势。

曲静怡不觉在心里默默地夸了周昊一番。

正想着，手里的手机铃声响了起来。

曲静怡一看是周昊的电话号码，心里一跳，连忙接起。

"静怡，你现在人在哪儿？"周昊的口气有些急促。

"哦，我刚送好贝贝，正往美甲店那边走！"

"行，那你去跟老板娘说一声，今天不上班了，我一会儿就到美甲店接你！"

曲静怡一怔："什么事那么急啊？"

周昊解释："刚才尹律师来电话，要我们一起去她办公室签名，你的移民申请这两天就要递交了！"

"哦，那我等你！"曲静怡晓得，目前最重要的就是办移民这件事，其他事都要靠后。

挂了电话，旁边阿荣有些好奇地问："是你先生打来的电话？”

“嗯，他一会儿来接我去办点事情。”

“我还从来没见过你先生呢！”阿荣笑道：“不过他一家房地产公司的大老板，每天都很忙吧！”

“嗯，公司事情多！”曲静怡微笑着回道，还客气地回问了一句：“我也从来没见过你的太太，是不是她的工作也很忙啊？”

阿荣耸耸肩："我和我太太三年前就离婚了！”

“啊！”曲静怡轻呼，完全没想到阿荣是单身爸爸。

她觉得自己唐突了：“不好意思啊，我不该问的。”

“没关系，都已经过去那么长时间了！”阿荣毫不在意的样子。

曲静怡想着 Alice 和贝贝一般大，连遭遇都很类似，她也是三年前离的婚。可她晓得，单身爸爸比单身妈妈更难做，不禁生出了一些同情，问他：“阿荣，你平常理发店每天要开到那么晚，孩子谁带啊？”

“前几年我妈过来帮我带了一段时间，后来 Alice 大了，放了学就让她在理发店后面的小房间里呆到我关店。”

“哦，”曲静怡点点头，心想这么小的孩子整天闷在小房间里，多难受啊，便道：“其实我每天接了贝贝就会带她去公园玩一圈，要到四五点我再回家做晚饭，要不下次让 Alice 跟我们一起玩？”

“真的？”阿荣十分惊喜：“会不会太麻烦？”

“不会！”曲静怡笑道：“小孩子一起作伴玩，更开心了，时间过得也更快，再说贝贝和 Alice 是好朋友吗！”

“那谢谢你了！”阿荣脸上流露出感激：“要是 Alice 给你添麻烦，你就给她送回我店里就行了！”

“不会的，”曲静怡带孩子很有经验：“Alice 很乖，和贝贝玩得来，不会添麻烦的！”

两人边走边说，很快到了小商业街，曲静怡进了美甲店跟老板娘请假，阿荣进了自己的理发店开始营业，不一会儿便透过小店的玻璃门看见曲静怡站在街边，被一辆拉风的路虎车给接走了。

坐在驾驶位的男人，仪表堂堂，风度翩翩，还很年轻，看着也就三十出头的样子。

阿荣心下十分诧异，他原本以为曲静怡的先生年龄很大，潜意识里那样与曲静怡才是般配的。

可，若是这样年轻样貌又好的公司大老板，反倒不像和曲静怡在同一个圈层里。

……

路虎车里，周昊显得很兴奋，眼眸闪亮，边开车边忍不住笑。

曲静怡见他这样的表情，心里开始七上八下的很不平静，车开了一段路，便忍不住问：“周昊，我和贝贝的移民能早点办下来，你就这么高兴？”

“高兴，太高兴了！”周昊毫不掩饰：“静怡，你早点拿到身份，我们就早点办理离婚，你和贝贝就彻底自由了，在枫叶国的土地上，海阔凭鱼跃，天高任鸟飞！”

曲静怡一愣，喃喃重复：“办理离婚？”

“对啊！”周昊笑道：“这不是我们一开始在国内就说好的吗？我把你带到枫叶国来，你拿到身份，贝贝就能享受这儿的教育和福利，你哪怕在美甲店打工，也可以轻松养活她！”

"哦！"曲静怡应了一声，眼望车窗外，视线逐渐模糊，一颗心也在不断地往下沉。

她的脑子纷纷乱乱，闪过了许多她和周昊短暂相处的片段，可从去年周昊说把她带到枫叶国，然后和她一起去民政局领结婚证，到后来在温哥华两人朝夕相对，周昊却一次也没跟她说过，往后要和她办理离婚。

离婚……

这两字意味着什么，曲静怡越想越觉得可怕，心寒。

明亮宽敞的大别墅，带卫生间的舒适主卧，银行里的那许多存款，冰箱里永远吃不完的美食，还有贝贝的教育基金。

离婚了，这一切，应该都没了吧……

昏昏沉沉，她都不知道自己是怎么下的车，怎么上的电梯，怎么进的办公室，怎么签的名，最后脑海里只剩下尹歆然的一句话："曲女士，所有材料递交上去后，不出半年，你的枫叶卡就应该下来了！"

……

签好文件，周昊又把曲静怡送回别墅。

曲静怡一动不动地坐在厨房的窗边，望着外面的后花园，鸟语声声，樱花散漫。

这幢带给她安宁、喜悦和满足的别墅，从不敢置信，到暗自窃喜，再到安然享受，似乎并没过多久。

年轻时因周昊而起的悸动和暗恋，他去了枫叶国后的惦记和惆怅，之后接受了另一个人的无奈和黯然，前段时间全都被她抛诸脑后，此刻却又一点一点地记了起来。

其实周昊从来都不晓得，她嫁给的那个烂赌鬼，在向她求婚的时候是个留着平头短发、神采奕奕的青年，身上有一种和他很像的令她着迷的气质，只是为了那么一点像，她便答应了那个人的求婚。

周昊也从来不知道，当他说要把她带到枫叶国时，她心里掀起的那片惊涛骇浪；当她拿到与他的红本结婚证，她看着两人的结婚照，觉得自己就像在做梦……

即便到了枫叶国，周昊与她一直两房分居，她也没从美梦里醒来。毕竟，周昊对她们母女俩那么好，那么体贴，还让贝贝叫他爸爸，也从来没见他和别的女人亲密。

于是，她偷偷起了个念头，或许，周昊是想通过这段时间慢慢与她培养感情，属于夫妻的那种感情；或许，等她和贝贝拿到枫叶卡的那天，便是她和周昊水到渠成的时候。

而今，她才突然明白，那只不过是她一厢情愿的妄想而已……

曲静怡对着窗子呆愣了许久，直到手机闹铃响了，她才突然惊醒，原来不知不觉已经到了去接贝贝放学的时间。

她做了几口深呼吸，整理了一下自己的情绪，走去学校。

学校老师带着排队的孩子们来到操场，然后由家长们一个个领走。

曲静怡远远瞧见贝贝正在和 Alice 交谈，两个女孩咯咯笑着，很是开心。

"嗨，静怡！"阿荣笑着向她打招呼。

她这才突然想起答应阿荣的事，便也朝他挥了挥手。

两人领好孩子后，曲静怡弯下腰，对 Alice 柔声说："Alice，跟阿姨还有贝贝一起去公园玩一会儿，然后我再把你送回爸爸的理发店好不好？"

Alice 很想去，便抬头看爸爸，眼里含着期盼和恳求。

阿荣疼爱地揉揉她的头发，笑道："去吧，Alice，以后每天放学都可以跟静怡阿姨还有贝贝一起玩。"

"Oh！"

"Yeah！"

两个小女孩欢呼起来。

第 119 章 整治

两天后，在做好最后的资料整理和确认后，尹歆然将曲静怡的申请递交给了移民局。她长长地舒了口气，心里放下一块大石。

这个假结婚的 case，最后给她做的比真的还像真的，花费了她太多的心血和时间，还违反了她移民律师的守则，就为了一个男人，真不知道值不值得。

不过，既然申请已经递交上去了，多想无益。

尹歆然看了一下日历，今天是星期三，是梅宛书休息的日子。

拿起手机，给她拨了个电话，口气轻松愉快："Sophia，今天来不来 downtown？"

那头的声音一如既往的和婉动听："本来是想去你办公室的，想给你介绍一个新的 case。"

"好啊，正好周昊和曲静怡的 case 告一段落，最近就没那么忙了，可以接新 case，是什么人想来枫叶国？"尹歆然问。

梅宛书回道："是 Kelvin 想把他的一个朋友办到枫叶国来，他那个朋友是做住家保姆的，叫蔡怡雯。"

"那可以，"尹歆然笃定道："枫叶国有一类移民专门为住家保姆而设，只要是有经验的保姆，并且会一些日常英语和医用英语的都能办。"

梅宛书想了想说："英语应该问题不大，蔡怡雯在澳城和港城做了十几年的保姆，那两个城市很多家庭都说英语的。"

尹歆然一听觉得申请者条件很不错，立马道："那你现在就过来呗，我们好好谈谈这个 case，然后一起去吃午餐。"

梅宛书柔声回："抱歉，Ella，我今天得陪子旸的妈妈。"

尹歆然闻言倒是一喜："这么说，何女士是同意你和穆子旸在一起啦！"

"对，"梅宛书轻笑："子旸的父母同意了，云函的父母也同意了！"

"哇，那太好了！"尹歆然还以为这件事特别困难呢，毕竟长辈们的思想会更加传统，没想还不到一个月，就全解决了，想来一定是梅宛书的魅力大，说服力强吧。

感慨过后，她打趣道："那你赶紧去陪何女士吧，我就不打扰你们婆媳培养感情了！"

"呵呵……"

梅宛书笑出声，心情很是愉悦："我和子旸妈妈今天去 downtown，事情结束了还有时间的话我就去找你！"

"行啦，知道了，再联系！"

和尹歆然结束电话，梅宛书开着她的 mini 车去穆宅接了何虹佳。

何虹佳坐在她的车后座，感觉和儿子的那部车完全不一样，里面空间虽小，可车里装饰精致，各处都被梅宛书布置得十分温馨，空气里还散发着一股清香的气息，特别好闻。

梅宛书开车慢，何虹佳便悠闲地和她说话："小书，你说你今天要带我去买营养品，会比我现在吃的更好吗？"

梅宛书微笑道："阿姨，我让你把你那些营养品都带上，就是为了做个对比。每种营养品的成分和含量瓶子上都有标注，我们只需要做个对比，就知道哪种更好了！"

"是哦，"何虹佳又惊又喜："我是看不懂那么复杂的英文，可你是医生啊，什么都看得懂，只要讲给我听就行啦！"

　　"对的，阿姨，一会儿我全都解释给你听！"

　　"呵呵，太好了！"

　　何虹佳眉花眼笑，心想亏得自己回心转意，否则到哪里去寻这么完美的儿媳呢？

　　半个小时后，梅宛书停好车，带何虹佳进了一家连锁药店，里面也卖各式各样的营养品。

　　梅宛书细心地给她一一解释每种营养品的成分和含量，何虹佳一听，和自己现在吃的营养品都差不多，可价格全是一半都不到，不由得疑乎："小书，我听 Ms. 陈讲，我这个牌子的营养品在全北美都是最好的，可刚才我听你说的其实都差不多呀！"

　　"嗯，"梅宛书道："其实营养品每种牌子差别并不大，你现在吃的牌子因为不在市场上销售，而是用传销的方式卖到消费者手上，成本就会大大提高，价格也就贵很多了。"

　　"哦！"何虹佳似乎明白了些："那不就是骗人吗？"

　　梅宛书莞尔："也不叫骗人吧，毕竟这种销售方式多年来在北美一直存在，就像你上次给我看的传销树，大家都是清楚里面的规则后自愿进入。不过，这里面会有很多不公平的机制，也会有一些风险。"

　　何虹佳耳根素来软，什么人的话都听，可她也懂得谁是她最亲近的人，是真心帮她的人，梅宛书是自己的准儿媳，文化又高，自然不会骗她，那骗她的就是 Ms. 陈了。

　　望着眼前琳琅满目的营养品，才知道自己原本可以有这么多的选择，立马道："小书，那我把现在的营养品停掉，重新吃其他的，行不？"

　　梅宛书道："也不必停，既然成分都差不多，配着一起吃也是可以的，但阿姨吃完这批后，就不要再买你那个牌子了。”

“好！”何虹佳立马照着梅宛书说的，买了一些新的营养品。

出了药店门，梅宛书帮她把所有营养品放到车上，挽着她的胳膊，陪她一起逛街。

有这样好看又聪明的准儿媳陪着，何虹佳的虚荣心得到了极大的满足，笑道：“小书，我现在不吃那些营养品了，那些太太们的聚会，我想去就去，不想去就可以不去了吧！”

梅宛书一听，倒有些惊讶：“阿姨，你不喜欢去那些太太们的聚会吗？”

“哎，”何虹佳挺苦恼：“有时候觉得大家一起吃个饭，聊聊天挺不错，可大多数时候，我觉得那些太太装腔作势，又爱乱买名牌，我不怎么习惯。”

“嗯，”梅宛书忖了一会儿，问：“阿姨，我上次让你从传销里退出，你退了吗？”

何虹佳摇摇头：“那些个复杂的事情我都不会弄，所以还没退。不过这几个月我那个下线倒是帮我赚了不少钱！”

“阿姨，”梅宛书停下脚步，柔声劝道：“天下没有免费的午餐，赚的这些钱未来有可能会带来麻烦和风险，其实阿姨并不在乎这点收入，要不，我还是帮你退出来吧！”

“好！”何虹佳既然有梅宛书帮忙，那肯定万事搞定，立马下定决心。

此时，两人正好走到了 Purry 专卖店，梅宛书一笑：“阿姨，要不我们进店里弄吧，店里网络快，什么设施都有。”

何虹佳一看这家店，脚钉在地上，神情都有些不自然：“小书，要不我们换个地方？”

梅宛书莞尔，干脆点破：“这家店的销售员 Jessica 不是你的下线吗？你上次给我看过那张图的，所以在这家店里弄是最好的，要是遇到什么问题，还可以向 Jessica 咨询一下。”

“可是……”何虹佳面色有些尴尬，不过还是说了出来：“上次乱传你和子旸谣言的就是她。”

“那我们就更要进去了，否则她还会以讹传讹！”

说着，梅宛书挽着何虹佳的手多用了点力，何虹佳犹豫不决间，已随着梅宛书进了店。

两位都是这家店的熟客，可同框出现还是第一次，立刻吸引了店里所有店员的目光。

立刻就有个小姑娘上来招呼：“何女士，Sophia，你们今天想买什么吗？”

梅宛书婉柔一笑：“Jessica 在吗？还是让她来服务我们吧，她对我们的喜好都比较熟悉。”

“好的，Sophia，你稍等，我去喊她来。”小姑娘去了店里面将 Jessica 喊了出来。

Jessica 一看到她们俩，不禁一愣。心想她上回特意跟何虹佳说了梅宛书的背景，怎么好像不管用。

于她来说，一是因为何虹佳跟她是上下线关系，比较紧密；二是因为她见过穆子旸几次，对他印象极好，这么阳光可爱又帅气多金的男孩，要是被人骗了做男小三，她看不下去，必须要把真相说出来。

可今天，梅宛书竟然冠冕堂皇地与何虹佳一块来到专卖店，脸上也无丝毫愧疚不安的神色，一如既往从容不迫，云淡风轻。

不过作为非常有经验的销售员，她也只是怔愣了几秒，立刻露出八颗牙齿的专业微笑，走上前去，招呼道：“何女士，Sophia，欢迎光顾，有什么想要看的吗？"

梅宛书清淡道："我想看看有什么新款的男士春装。"

"好啊！"Jessica 立马带着她们去了男装柜台。

梅宛书一边给穆子旸挑衣服，一边轻声细语地与何虹佳商量，两人时而对笑耳语，神情十分亲密。

Jessica 在一旁看得心里又是疑惑又是膈应，忍不住上前去问梅宛书："Sophia，你今天还是要给你先生买衣服吗？"

梅宛书凉凉道："Jessica，我希望你明白，客人给谁买衣服是他们的私事，不属于你销售员关心的范围，更不应该把客人的私人信息传播给其他人。前面的事，我不想追究，可如果再有下一次，我一定会向你们的管理层投诉！"

Jessica 心里顿时一凛，马上改口："好的，Sophia，我不会再问了。你和何女士随便挑，需要我服务的时候再叫我！"

"嗯，"梅宛书微微颔首，待给穆子旸挑好衬衫、长裤和休闲衫，便让 Jessica 包了起来。

随后，仍像往日那样，与何虹佳并排坐在沙发上，享受 VIP 客户的茶点和咖啡。

何虹佳瞧着 Jessica 和上次完全不同，收敛了气焰不说，还小心翼翼地为她们服务，又谦卑又周到，心下大悦，觉得还是梅宛书厉害，几句话就把这么能干、嘴巴这么能说的小姑娘整治得一点办法都没有。

此时，梅宛书已打开手机，上了何虹佳那个牌子的营养品网站，全部浏览后，轻声问何虹佳："阿姨，你的营养品帐号和密码 Ms.陈有没有跟你说？"

"哦，我有！"何虹佳从包里掏出她的手机，打开 Ms.陈给她建的一个备忘录，里面有帐号和密码。

梅宛书输入后，进了何虹佳的传销树，上线下线一清二楚。她继续研究，一会儿就弄明白了整个规则以及退出方法，于是对 Jessica 道："Jessica，麻烦你帮我把这张表格打印一下。"

Jessica 一看梅宛书的手机页面，左边是一张退出传销的申请表，右边是何虹佳的传销树，她的名字清清楚楚地挂在何虹佳下面。

她心里咯噔一下，虽然这种打印服务和卖衣服无关，可是却和她本人有关，她不敢不答应，只好帮梅宛书去打印表格。

然后梅宛书问她要了一杆笔，和声细语地问了何虹佳一些个人信息，填好表格让何虹佳签名后，又对 Jessica 道："麻烦你帮我把这张表格传真到这个号码去。"

说着，还站起身，明显就是要和她一起，盯着她完成这件事。

Jessica 不敢不从，既怕梅宛书投诉她胡乱传播客人的私人信息，又怕梅宛书告诉上级她在搞兼职传销，只得一一照着梅宛书说的做。

最后，梅宛书见 Jessica 很利落地做了所有她交代的事，便对她道了声谢，转头对何虹佳道："阿姨，事情全部都办妥了，一个星期后，你的账户就会注销掉，传销树里也不会再出现你的名字了！"

"这么快？"何虹佳惊喜道，喜滋滋地拉了梅宛书一只手："小书啊，你那么聪明，是个大学霸，往后有你陪着我，我到哪里都不怕受骗上当了！"

这话一出，站在她们旁边的 Jessica 脸都灰了，可也不得不扯出职业笑容，帮她们把所有东西整理好，恭敬地将她们送出专卖店。

　　待两人的身影消失在街角，她才长长地舒了口气，知道梅宛书抓住了她极大的把柄。这次是梅宛书仁慈，算是放过她了，往后她再也不敢提梅宛书有个缩写名叫"MYH"的先生。

第 120 章 很爱很爱你

从专卖店里出来，梅宛书看了一下时间，对何虹佳道："阿姨，现在已经十一点多了，我带你去餐馆吃午餐好不好？"

何虹佳立马喜笑颜开："好，小书，都你来决定！"

心想跟着这样的准儿媳实在太顺心如意了，只这一上午的时间，就买好了新的营养品，给儿子买了新衣服，还办好了退出传销的事，这会儿又顾及到她有点饿的肚子。

梅宛书经常与何虹佳一起烧饭，自然了解她的口味，找了一家港式茶餐厅，点了一些点心和粤菜，何虹佳吃得心满意足。

吃完后又喝了几口普洱茶，笑道："小书，往后你休息的时候就多陪陪我吧！"

"好啊！"梅宛书答应下来，晓得穆振华常年在国内忙生意，在温哥华何虹佳经常一个人呆在家里，未免孤单。

思及此，她问："阿姨，叔叔什么时候回国？"

何虹佳叹道："后天就回去啦，这次振华在温哥华呆了将近二十天，算很长了。不过这几天他每天都要去子旸的公司，跟他们谈公司的事，也没时间陪我。"

梅宛书看她寂寞，便拉住她一只手，柔声安慰："阿姨，以后除了子旸和小童，还有我和 Kelvin。我们这么多人轮流陪你，时间很快就打发掉了！"

"对哦，"何虹佳立马又高兴起来："我现在多了准儿媳和准女婿，就热闹多了，就像今天，我感觉时间过得好快啊，一晃都到下午了！"

"是啊，阿姨，"梅宛书也笑，看了一下手机："都一点多了，我再带你找家咖啡厅坐坐吧！"

"好，好！"何虹佳头直点，开心得眼睛眯成了一条缝。

梅宛书结了账，手机铃响了。

接起电话，穆语童的声音传来："宛书姐，你和我妈还在 downtown 吗？"

"在啊，准备去和阿姨找家咖啡厅坐坐。"

穆语童道："那正好，我和 Kelvin 今天下午都没课，就来 downtown 的图书馆借书，现在已经借好了，要不我们去咖啡厅找你们吧！"

"也好！"梅宛书应道，想了想又说："你问问 Kelvin 想和 Ella 见面吗？大家可以一起谈谈蔡怡雯的 case。"

穆语童都没问就立马回道："那太好了，我和 Kelvin 刚刚还说起这件事呢！"

"那好，一会儿我们在 Ella 办公楼对面的那家咖啡厅见！"话落，梅宛书把地址告诉了穆语童。

"嗯嗯，宛书姐，我们一会儿见！"

和穆语童结束通话后，梅宛书又给尹歆然打了个电话，跟她约好一会儿在咖啡厅见面，尹歆然欣然答应了。

二十分钟后，五人聚在了咖啡厅，梅宛书细心，晓得何虹佳不爱喝咖啡，但喜欢甜食，便帮她点了热巧克力和抹茶蛋糕。

何虹佳边吃边喝，边赏心悦目地瞧着几个年轻人谈正经事，感受着周围温馨的气氛，心里愉悦而满足。

尹歆然向邵星泽询问了蔡怡雯的详细背景后，觉得她的条件非常不错，便道："现在申请人那边没有问题了，接下来最关键的是要在温哥华帮她找到合适的雇主。只要有家庭愿意接受蔡怡雯做他们的住家保姆，我就可以立刻帮她申请工作签证，短期内就能来这里。”

闻言，邵星泽挺惊喜："那谢谢你了，Ella，如果我能帮雯姐找到雇主，最快多久雯姐能来？"

尹歆然自信满满地道："目前澳城办理工作签证的正常速度是三到四个月，不过如果材料做得完善，一个月办理下来也是可以的。"

"哇，好快，Ella姐好厉害！"穆语童大赞，又开始冒星星眼。

邵星泽经常瞧见她这副表情，此时又见还是觉得可爱，忍不住在桌子下面拉住她一只手，五根手指插进她的手缝里，指腹还在她细嫩的手背上摩挲了两下。

穆语童心里一荡，小脸红了，神情都开始忸怩不安。

对面尹歆然瞧出两人的小暧昧，又见邵星泽神情自若、头脑清楚地发问："Ella，那雇主方这边需要什么条件？"

不禁扑哧一笑。

梅宛书也抿了一口咖啡，忍住笑意。

尹歆然咳了两声，道："雇主方必须具有良好的经济条件，稳定的家庭收入，可以长期支付保姆的工资，另外，家里的住宿环境也要宽敞舒适，得提供一间专门给保姆住的房间。"

"明白了！"邵星泽颔了颔首："我会去各大招聘网站上去查询，但凡有符合条件的家庭，我就跟他们联系。"

"可以！"尹歆然很满意邵星泽机敏的反应。

以往几次见邵星泽，都是和穆子旸一样的恋爱脑，两人不停地争抢梅宛书。可如今他清醒过来，懂得取舍，选择了穆语童，便让尹歆然看到了他聪明的头脑和高效的实力。

一直很安静地听到现在的梅宛书，此刻插了一句话，问穆语童："小童，你和Kelvin上次拜访的陈先生一家，需要像蔡怡雯这样的保姆吗？”

穆语童轻声回道：“上次我和 Kelvin 去他们家时，家里倒是有一个年纪挺大的保姆，不过我有陈太太的微信，可以问问她。”

“嗯，”梅宛书点头：“如果陈先生和陈太太可以作为雇主，那就很合适了。”

“好，宛书姐，我尽快把这件事给打听到！”穆语童保证道。

于是，大家谈妥后，梅宛书便将何虹佳、穆语童送回穆宅，邵星泽和她们一起下了车。

临走何虹佳还舍不得梅宛书，对她道：“小书，不如你也进家来坐坐，吃了晚饭再走！”

梅宛书莞尔：“阿姨，今天晚上子旸要去学校上课，上课前他都会到我公寓坐一会儿，吃点东西。”

“哦！”何虹佳顿时醒悟过来，赶忙和她挥手道别，心想可别耽误了儿子和准媳妇的约会。

梅宛书目送他们进了屋子，再将手机的导航目的地设置成英吉利湾，然后发动了车子。

一路车开得很慢，可不知怎的，心里却越来越灼热。

前面在咖啡厅里，她就已经接到了穆子旸的两条消息：

【宛书，下了班我们去英古利湾吧】

【我想吹海风了】

梅宛书当时就回了个【好】。

车开到英吉利湾，就见穆子旸挺拔颀长的身影一动不动地站在上次两人告别的地方，整个人沐浴在橙红的阳光下，柔软的短发被海风吹得有些凌乱，薄夹克的衣角也随风卷起，仿若一幅中古油画，好看得令人窒息。

梅宛书从他身后缓步而行，悄无声息。一直走到了他背后，她伸出双臂，圈住了他紧致的腰，脸颊贴在他宽阔的背上，感受着那片温暖和安定。

穆子旸没有回头，心却更激烈地跳动起来，抬手抚住她微凉的双手，一股脉脉的柔情从心底升起。

就这样的姿势两人安静了片刻，穆子旸终于转过身，半边脸颊映着明灿的光，笑容也是那般的灿亮。

下一刻，他拉起了梅宛书的一只手，带着她沿着海岸线开始奔跑，两串足迹交错着印在沙滩上。直到跑到海岸的尽头，他才停了下来，转过头，见梅宛书俏脸晕红，娇喘细细，说不出的柔媚。

他心神一荡，将她拖进怀里，紧紧地抱住她，低下头捕捉她的唇。

梅宛书感觉胸口最后的一丝气息都被他吮了过去，越来越喘不过气，可他依然厮缠着不放，那么的热烈、激荡，像要把她揉进他的骨血里……

许久，穆子旸才松开了她，嗓音喑哑，在她耳畔喘息着说："宛书，我爱你，真的很爱很爱你！"

然后颤声问："你呢，爱我吗？"

"爱，很爱，很爱！"

梅宛书淡淡的笑着，声音随着海风飘荡，传向了远方的天边……

第 121 章 你是我的福星

　　进了家门，何虹佳便嘱咐穆语童："小童，你和 Kelvin 在客厅里坐一会儿，我去厨房准备点水果。"

　　邵星泽礼貌地回道："阿姨，别麻烦了，我坐一会儿就走，晚上我还有课！"

　　"那好，要不让小童带你去她房间坐一会儿！"何虹佳笑眯眯地道。

　　今天梅宛书陪了她一天，何虹佳心满意足，又开始给穆语童一对创造机会。

　　邵星泽心中一喜，嘴上彬彬有礼："谢谢阿姨！"

　　换了拖鞋，随着穆语童上了楼。

　　走到二楼的时候，他往前跨了一大步，从后牵起穆语童的一只手。

　　穆语童回眸一笑，带他进了自己的房间，心脏却不由自主地开始咚咚直跳。

　　这还是邵星泽第一次来她的房间，见他眼睛四处打量，薄唇弯起，似笑非笑的样子，又说不出的好看，穆语童竟有些害羞，走到书桌前，打开了一扇窗。

　　一阵带着花木气息的暖风吹了进来，舒适宜人。

　　穆语童细声招呼他："Kelvin，坐这儿吧！"

　　邵星泽便坐在书桌前的转椅上，大长腿往书桌下伸展，不小心脚尖碰到了一个圆滚滚的东西。

　　邵星泽两脚稍稍用力，椅子往后退了一些，他再用脚把那个东西勾了出来，果然是那只刻有他名字的限量版篮球。

　　邵星泽悠然一笑，脚趾朝上弹了一下，篮球便很听话地飞到他的手里。

穆语童急了，伸手过来要把篮球拿走，邵星泽手指翻飞，篮球在空中划出一道抛物线，落到他的另一只手上。

他轻笑一声："Tina，干嘛我送你的篮球，不肯给我看？"

说着，开始仔细打量，唇角忍不住扬了起来。

原来就在他名字"Kelvin"的周围，穆语童用粉色和红色的彩笔画了大大小小的好多颗心，落在他眼里，每颗心都是那么的可爱。

脑海里不由自主地浮现穆语童各种冒星星眼的样子，看他读书的时候，看他打电脑的时候，看他喝水的时候，看他灌篮的时候，看他跑步的时候……

邵星泽心里一阵阵酥痒，侧目去看穆语童，却见她抢不到篮球，便不好意思地转过头去，不看他，眼光却局促不安地上下飘浮，不知往哪里看才好。

邵星泽心里好笑，把转椅朝她那儿挪了一些，然后伸手，轻轻地把她拉进自己的怀里。

穆语童跌坐在他腿上，视线正好落在那些个大大小小的心上，不由得耳根开始泛红。

邵星泽便抬起一只手，手指捏住她水滴状的耳垂，慢慢地摩挲。

随着他的动作，穆语童羞得眼里像要滴出水来，嘴里轻吐："Kelvin，别啊……"

邵星泽正兴味十足，哪肯放过她，嘴巴凑了过去，吮住了她的耳珠，用舌尖轻轻舔舐……

穆语童情不自禁从喉咙里发出一声娇吟，双手软绵绵地搭在他肩上，微眯双眼，便不小心从书桌的小镜子里看到自己满脸通红、娇羞万状的模样……

十分钟后，邵星泽才放穆语童坐回自己的床沿，自己正襟危坐在椅子上，两人面对面。

见穆语童一只手抚着胸口，还在平定自己的呼吸，邵星泽忍不住又笑了，抬手揉了揉她的头发，温声道："Tina，做正经事了！"

"什么？"穆语童脑子还是懵懵的。

邵星泽提醒她："前面你在咖啡厅，说要给陈太太发消息的。"

"对哦！"

穆语童赶忙从书包里拿出手机，找到陈太太的微信，开始询问她住家保姆的事。

不一会儿，陈太太果然回消息了，穆语童眼睛一亮。

邵星泽连忙问："陈太太怎么说？"

穆语童笑道："陈太太说，现在他们家的那个保姆年纪大了，说怕对两个孩子照顾不周，想要辞职，陈太太一时半会儿没找到合适的人接替她，就暂时还用着现在的这个保姆。"

"那太好了，Tina，你跟陈太太说，我马上给她打电话！"

邵星泽办事高效，陈太太一回消息，他立刻拨通了陈家的电话，开始用粤语跟陈太太交谈，将蔡怡雯的情况详详细细地介绍给她。

陈太太听下来，蔡怡雯正当壮年，住家保姆的经验非常丰富，既是纪蔼蓉的好姐妹，必定也是手脚勤快、做事稳当的人。

当下就有些属意，随后她关心地问起纪蔼蓉的下落，却听邵星泽讲纪蔼蓉从陈家辞职后不久，便查出自己得了肺癌，几个月后在港城病逝，是蔡怡雯打工凑钱，帮她安葬了骨灰。

陈太太心里一阵唏嘘感叹，不禁对蔡怡雯起了敬佩之心，立马决定聘用她。

邵星泽高兴地道："多谢陈太太！不过雯姐来枫叶国前，需要办理工作签证，恐怕你还得等两三个月的时间，不过我们已经找好了移民律师帮她办签证。"

陈太太既然已经做好决定，自不会在意这几个月，温声回道："不要紧，你让移民律师需要什么资料，就联系我好了！"

邵星泽又连声道谢，才挂了电话。

旁边穆语童听懂了七七八八，抬眸笑问："搞定了？"

邵星泽摆了个 OK 的手势："全部搞定！"

话落，忍不住弯下腰，在她脸上亲了一下："谢谢你，Tina，你真是我的福星！"

……

周五，穆子旸下了班照常去了梅宛书的公寓，吃了晚饭后两人手拉手坐在客厅沙发上，亲昵地谈谈说说，温馨而甜蜜。

梅宛书轻声道："子旸，昨晚我跟我妈视频的时候，把你们俩的事都跟她说了。"

穆子旸一喜："阿姨是不是很高兴？"

"嗯，"梅宛书微笑道："我妈一直都盼着我俩能在一起，现在也算如了她的愿。"

穆子旸挑了挑眉稍，得意道："那是，上次阿姨来的时候我就瞧出来了，对我这个准女婿可是相当的满意！"

梅宛书莞尔，告诉他："我妈说了，最近会抽空来一趟温哥华，和你妈妈见个面，好好谈谈我们后面的事。"

穆子旸又惊又喜："宛书，你的意思是，阿姨这次来温哥华，是专门为了谈我们的婚事？"

梅宛书眉目清柔，嘴角含笑，缓缓地点了点头。

"哇，太棒了，我太幸福了！"穆子旸激动得不知如何是好，抓起梅宛书的手，在她的手心、手背上重重地亲了两下。

他的嘴唇十分柔软，梅宛书的肌肤给扰得痒痒的，禁不住咯咯地笑出声来。

穆子旸见她笑得十分甜美动人，心里一荡，手上使劲拉了她一把，梅宛书身体倒下，躺在了他的双腿上。

穆子旸弯下腰去，一路往下，从她光洁的额头，亲到她挺翘的鼻尖，再含住她温软的唇瓣，不一会儿，两人的呼吸融在了一起……

便在此时，梅宛书放在茶几上的手机发出叮叮咚咚的响声。

梅宛书推了推穆子旸，穆子旸却咬着她的唇珠不放，梅宛书无奈，又和他缠绵了好一会儿……

手机铃声连续不断，梅宛书伸手拿了过来，看了一眼："是我妈！"

穆子旸一笑，这才直起腰。

梅宛书坐起身，接通视频连接，柔声喊："妈！"

许慧茹便从屏幕里看到了女儿不寻常的模样，双颊晕红，嘴唇娇艳，连平日整整齐齐的如瀑长发都有些凌乱。

许慧茹心里有数，笑问："小书，子旸是不是在你旁边？"

梅宛书见瞒不住，只好"嗯"了一声。

许慧茹便道："那你把手机给子旸吧，我跟他说。"

梅宛书扭头啧了穆子旸一眼，把手机递给了他。

穆子旸笑嘻嘻地接过，对着屏幕亲热地喊："阿姨！"

"哎！"许慧茹答应一声，瞧着屏幕里的一张帅脸，是丈母娘看女婿，越看越欢喜："子旸，最近好吗？"

穆子旸神采奕奕："好得不能再好了！"

"呵呵……"

许慧茹笑了两声，道："你们的事，我听小书讲了，我很赞同！"

"谢谢阿姨，愿意把宝贝女儿交给我来照顾！"穆子旸的嘴巴像抹了蜜一样的甜。

许慧茹满意地点点头，问："子旸，后面有没有什么长远的打算？"

穆子旸晓得许慧茹是在问婚期的事，便迫不及待地道："阿姨，如果可以，我明天就想把宛书娶回家！"

"哎哟，就这么着急啊！"许慧茹喜笑颜开："不过这可是人生大事，我还是要和你母亲先商量一下的，所以我买了下周四飞温哥华的机票。"

穆子旸立马道："好啊，阿姨，你把机票发给我，到时候我去机场接你！"

"那谢谢你了，子旸！"

"阿姨，一家人干嘛那么客气！"

"呵呵……"

许慧茹再次笑了一连串。

两人又说了几句话，手机回到梅宛书手上："妈，爸怎么说？"

许慧茹笑道："我上次从温哥华回来，就跟你爸提过子旸，你爸跟我一样，对你们是乐见其成。只是他工作忙，这次就不去温哥华了，不过你爸已经表达了他的意见，希望你从医学院一毕业就和子旸办理结婚。"

　　梅宛书一听，就只剩下不到两个月的时间，觉得有点仓促，便道："妈，你跟爸说，不会那么快……"

　　"不快，一点也不快！"穆子旸立马接口，俊脸凑到屏幕前，一本正经地道："阿姨，我绝对尊重叔叔的意见，并且会如实把你们的意思传达给我父母！"

　　"好，好！"许慧茹连声说，心里乐开了花。

第 122 章 斩断过往

许慧茹于五月十日中午到达温哥华，穆子旸和梅宛书一起去机场接她。

顺利地到达公寓后，穆子旸对许慧茹道："阿姨，你今天在宛书的公寓里好好休息，调一下时差，明天我再来接你去我家！"

"好，都听你安排！"许慧茹喜上眉梢，对穆子旸真是说不出的满意。

穆子旸又朝梅宛笑道："宛书，那我回公司上班了，你好好陪阿姨！"

"嗯，去吧，路上小心！"梅宛书一如既往地柔声叮咛。

穆子旸心里一甜，当着许慧茹的面就忍不住在她脸上亲了一口，依依不舍地跟她挥手道别。

穆子旸走后，许慧茹笑道："女儿，子旸可真够粘着你的！"

心里也晓得女儿魅力大。

梅宛书莞尔："妈，子旸就这个脾气，又爱撒娇，又爱粘人，还经常和小时候一样，喜欢喊我宛书姐！"

听出女儿的口吻中充满了宠溺的意味，许慧茹酸道："哟，就比你小那么一点，就把他当孩子宠呢！妈可不乐意，我女儿才是独一无二的宝贝！"

"妈——"

梅宛书甜甜地喊她，双手抱住许慧茹的肩头。

顿时，许慧茹心里软成一片，叹道："小书，是妈不好，上次过来都没有把子旸认出来，原来他就是云函的堂弟！你们三个小时候一起玩了一整个暑假，感情很好的。"

　　说到这里，许慧茹眼睛湿润了，拍了拍梅宛书的手："小书，当年你们三个因为我而结缘，可后来分开了却又多年不联系，都是因为妈妈和你黎阿姨渐渐断了来往。后来，我把你早早送到国外读书，却没想到会让你遭遇那么多的坎坷，你和云函……哎！"

　　梅宛书心里一阵酸痛，默了一会儿，道："妈，别难过了，老天待我不薄，不是把子旸送到我身边了吗？"

　　"嗯，"许慧茹点点头，心里也酸酸的："子旸是个好男孩，包容你所有的过去，还许诺你一个幸福的未来，妈真的感谢他！"

　　梅宛书轻声道："所以爸妈就那么迫不及待地要把我嫁出去？"

　　许慧茹拉着她的手坐到沙发上，循循善诱："小书，我和你爸都觉得你也不小了，都快二十七了。再说，你很快就要从医学院毕业了，学业有成，事业稳定。所以我和你爸都觉得，今年夏天结婚刚合适！"

　　梅宛书颔了颔首，也知父母考虑得周全，更是出于父母的一片爱女之心。

　　就在上个星期，她把和穆子旸在一起的事告知父母的同时，也把和穆云函的那段过往也说了，甚至上个月穆家的四个长辈一开始是什么想法，后来何虹佳和黎玉洁是怎么转变态度的也全部都说清楚了。

　　听完后，梅听南和许慧茹心疼女儿的同时，感慨万分。原来女儿这些年在异国他乡过得并不容易，如今能获得这样的成就，还结得如此美满的姻缘，都是她加倍努力的结果，当然，也少不了穆家对她的厚待。

这些天，夫妻两经常促膝谈心，一边自责，一边感恩，种种复杂矛盾的情绪交织在一起。又觉得梅宛书和穆子旸是克服万难才在一起的，生怕后面再起变数，因而商定让许慧茹来温哥华一趟，与穆家尽早敲定婚事。

许慧茹又劝道："小书，如今你和子旸在一起了，不久两人又要踏进婚姻的殿堂，和云函的那段过往，你也该放下了，不能太过于执着。"

"妈，我明白，"梅宛书低声道："既然我下定决心放开云函，接受子旸，往后就要对子旸一心一意，就像子旸对我那样。"

许慧茹见女儿十分清醒，便也放下心来，道："那你和云函的结婚证书，还有云函的那些照片，都别留了吧！"

闻言，梅宛书一怔，心里不禁一阵纠结。那些都是她原本凭着往下活的物件，对她来说太过珍贵，前几年每天不看穆云函的照片，她都没办法入睡。也就最近和穆子旸恋爱后，她才不怎么翻看了，可心里还是惦记的。如今，许慧茹却要让她将那些物件舍弃扔掉，她又怎能舍得？

许慧茹见她沉吟不决，便起身道："小书，东西都在你房里吧！"

梅宛书点点头，见母亲朝她房间走，便快步跟了进去。

"在哪里？"许慧茹问。

梅宛书不得不答："全在梳妆台和书桌里。"

许慧茹便将梳妆台和书桌的抽屉全部拉开，见里面大大小小的相册足有二十几本，另外，在书桌右侧最底下的一个抽屉，放了个木质匣子。

许慧茹拿出木匣，打开一看，里面有两层，上面一层放着梅宛书最近刚取下的四叶花项链和戒指，还放了穆云函的一些贴身之物，包括一块手表，一杆钢笔，还有一条带有斯丹佛大学标志的钥匙绳。

许慧茹拿掉上面一层，下面一层果然并排放了两卷证书，正是枫叶国版式的结婚证书，证书下面还放了一张穆云函和梅宛书的合照。照片里两人十分年轻，穆云函穿了黑色西装，梅宛书穿了白色纱裙，脸上都带着幸福的笑，正是他们结婚当日在公证处拍下的。

许慧茹一声叹息，合上匣子便要拿走，梅宛书顿时心如刀绞，泪如泉涌："妈，别扔！不要扔……"

许慧茹手却不停，将每个抽屉里的相册全部拿了出来，然后从她自己的那间卧房里拿了一个诺大的纸袋，将所有物件全部装了进去。

梅宛书再也忍不住，上前拉住许慧茹的手腕，恳求道："妈，这些全部都不能扔，他们曾经是我的命……"

却听许慧茹冷声道："小书，往后你的命就是你的新家庭，你和你的丈夫，孩子……这些物事，再也不能留在你的新生活里，否则，你如何面对子旸，面对你的孩子？"

梅宛书心知母亲说得对，可情感上却始终无法割舍，她摇了摇头，泪珠串串滑落："妈，这些物件，含着我生命中很重要的一段历史，对我来说，没有云函，就没有现在的我……我求你，妈，把这些都留下好不好？让我有个纪念！"

许慧茹看着女儿心痛的样子，也确实忍不下心来违背她的意愿，叹了口气道："好吧，妈不扔！其实在妈心里，云函也是个好女婿，对你有恩……所以，这些物事往后让妈来帮你保管！我把他们全部带回国去，有机会就和玉洁一起看……"

说着，也流下泪来。

梅宛书闻言，便松开手，也觉得如此才是最好的办法，终归，和云函那一段珍贵的回忆还是被保留了下来。

许慧茹把纸袋拿回了自己的房间，放进她从国内带来的行李箱里，这才长长地舒了口气。心中明白，必须得由她来斩断梅宛书的这段过往，她才能真真正正地迈进新生活，和穆子旸好好在一起。

……

穆子旸开车回到公司，周昊一看到他便跟他一起进了办公室，笑问："丈母娘接好了？"

穆子旸眉飞色舞："那必须的！这次，宛书妈妈是特意来温哥华谈我们的婚事，所以我要好好招待她！"

"昊哥，"他拍了一下周昊的肩膀："后面几天，公司的事就麻烦你多操心了！"

"没问题！"周昊一口答应下来，又拿手指指他："你说你这小子，二十六岁还不到，第一次恋爱，就直奔结婚去了！我是真羡慕你啊，前面虽然难，后面倒是一路顺顺利利。不像我，到现在在Ella那边连个正式的名分都没有！哎——"

他长叹口气，颇为懊恼，恨自己还陷在一个虚假的婚姻中，连正常的恋爱都不能谈，更别提和心仪的女人结婚了。

穆子旸心里万分得意，可看到周昊沮丧的样子，颇觉不忍，安慰他道："昊哥你也别急，曲静怡的移民资料不是已经交上去了吗，这就到最后一步了，你也快了！"

周昊摇了摇头："还得等半年，那会儿啊，你说不定都有孩子了！"

"孩子？"穆子旸一喜，眼里流露出向往之色，惊叹道："我和宛书的孩子，哇！"

那是该有多美、多帅、多聪明、多可爱啊……

正兀自神游着，周昊突然凉声道："子旸，你给我醒醒，还有重要的事要跟你说！"

"什么事？"见周昊一脸严肃，穆子旸也收敛了神色。

"就公司的事！"周昊沉声道："今天财务那边出了一份报告，目前，我们天阳占新雅的股份比重终于达到了百分之三十四！"

话落，就见穆子旸眼睛越来越亮，闪闪发光："昊哥，时机简直刚刚好！你等我的好消息，我一定会帮公司在短期内拿下新雅！"

第 123 章　人精

　　第二天周五，穆子旸下班后就开车去梅宛书的公寓，接了母女二人。恰好穆语童结束了麦当劳的打工，穆子旸顺便把她也一起接回家。

　　何虹佳早已准备好茶点水果，连晚饭也做好了一半，只等他们来了后炒几个热菜便可以开饭。

　　许慧茹一贯礼数周全，送了几件名贵的衣服给何虹佳。

　　何虹佳晓得许慧茹在国内是一家房地产公司的老总，又瞧她和自己一般年纪，可保养得宜，面容秀美，气度也是十分高雅，却是自己不能比的了。

　　心道果然有其母必有其女，当下对许慧茹十分热情。

　　许慧茹却因为穆家对梅宛书的大度和厚待，心中感激，对何虹佳也是十分客气，拉了她坐在沙发上聊天，却让梅宛书去厨房烧晚饭。

　　梅宛书柔声答应下来，去了厨房。穆语童也乖巧地跟在她身后，帮她打下手。

　　穆子旸心知下面两个母亲的谈话十分重要，便留在客厅。

　　果然，许慧茹与何虹佳客套一番后，便口气郑重地向何虹佳询问婚期的事。

　　何虹佳早在上个星期就从穆子旸嘴里得知许慧茹这次来温哥华拜访的目的，也早就和穆振华商量好了，此刻便回道："小书妈妈，我和振华都觉得你们定下的婚期很好，我们也希望子旸和小书能尽早完婚，也能尽早给我们生个孙子孙女，呵呵……"

　　说到孙子孙女，何虹佳心里就美滋滋的。她别的一般，可带孩子做饭那是相当拿手，自己一双儿女抚养得就很不错。因而一想到穆子旸结婚后就有小 baby 给她带，她就心花怒放。

许慧茹一听也大为欣喜，立马接口道："是啊，我也盼着赶紧有个外孙外孙女，到时候我就多往温哥华跑跑，和你一起带他们玩，多可爱呀……"

因着这个话题，两家妈妈一拍即合，谈得津津乐道，很快就谈到具体结婚日期上。

一开始选定在六月底梅宛书毕业的时候，可许慧茹听了梅宛书的话说有些仓促，不如定在八月份等穆子旸过了二十六岁，再办理结婚，当下选定在八月十二周日那天举办婚礼。

穆子旸在旁边听着也是十分开心，笑道："妈，阿姨，这个日子定的好啊！那会儿我满了二十六岁，宛书可还没满二十七，也是二十六岁，那我们就算同龄了，哈哈！"

许慧茹瞧他笑得明光灿烂，便朝他打趣："子旸，你平常倒是从没介意过年龄比宛书小啊，还成天宛书姐宛书姐的叫！"

穆子旸脸一红，心想那是他和梅宛书之间的小情趣，在外人面前他可从来不这么叫，还是要摆出大男人的架势出来的。

何虹佳倒是颇为了解儿子，在温哥华穆子旸向来是家里的顶梁杜，大家长，平日里就一直照顾妈妈和妹妹，是个极要面子的人。

当下赶紧给他挽尊："哎哟，亲家母，两人年岁就差那么一点，就是同龄呀！而且从外表看，小书跟就你一样，长得秀气年轻，看着比子旸还小些！"

一听这番话，许慧茹立马满意地笑了，谁不喜欢被恭维年轻呢。

舒心地接受赞美后，她开始提一些实际的事情："亲家母，往后小书和子旸结了婚，是不是就跟你们一起住这里？"

何虹佳理所当然地道："那肯定啊，这幢别墅又大又宽敞，别说小书进来住，往后添了孙子孙女，也住得下，而且孙子孙女也得我来带嘛！"

许慧茹颔了颔首，心下也挺满意。穆子旸家离优卑诗大学的公寓不远，开车不到二十分钟就能到，往后自己和梅听南来温哥华探亲也方便。

一切都顺利谈妥后，何虹佳挂念厨房的炒菜，笑道："亲家母，让子旸陪你说会儿话，我去看看小书烧得怎么样了！"

"谢谢亲家母，费心了！"

"一家人客气什么！"

何虹佳笑眯眯地去了厨房。

许慧茹心想有其母必有其子，何虹佳也很爱笑，嘴巴又甜。

此时，穆子旸见客厅只剩下自己和许慧茹，便收敛了神色，对她道："阿姨，有个重要的事想和你单独商量！"

许慧茹有些诧异："什么事？"

穆子旸郑重地道："明天我想带你去看一幢英吉利湾的海景别墅，离优卑诗大学不远，离这里也只有十五分钟的车程，具有极好的投资价值！"

许慧茹闻言，眼光一闪。精明的她如何不懂穆子旸的意思，立马压低声音问："这幢别墅的用途是……？"

穆子旸道："阿姨你知道的，优卑诗大学里的公寓产权属于当地土著人，购房者也只有居住权。宛书马上就要毕业，以后就不用住在学校里了，不如给你们一家三口换个有产权的海景别墅，环境又好，又终身保值。"

许慧茹一听就十分心动，面上却有些为难：“子旸，不瞒你说，目前我这里没有什么流动资金，都投在了公司里，很难拿出这么大笔资金购买别墅。”

穆子旸狡黠一笑：“阿姨，你和宛书手上不是有新雅地产百分之十七的股份吗？目前价值大约五百万。那幢海景别墅是属于我们天阳的房地产，市场价要七百万，但我可以以五百万拿来与你交换新雅的股份，你看这笔交易，你意下如何？”

许慧茹心里飞快地盘算，怎么都觉得这是一笔超值的交易，虽晓得这里面含有穆子旸对梅宛书的心意，可在商言商，许慧茹并不想把生意和嫁娶两桩事混在一起。

此外，她想起梅宛书特意嘱咐过她，若有一天穆子旸想要买她们母女手上的新雅股份，让她千万不能卖，当下便有些犹疑。

穆子旸懂得她的考量，便又道：“阿姨，你别以为这笔交易里面参杂了我和宛书的婚事。我们商人在商言商，永远都以利益最大化为目的。”

“这幢海景别墅是我们天阳以五百万的成本建造，现在只是用成本价卖给你。而你们母女在新雅的股份，想要获得七百万的收益，还得等酒店建好运营，要好几年的时间。可那些股份对我们天阳来说，得到了就是如虎添翼，我的事业立刻就会有一个质的腾飞！”

“明白了！”穆子旸解释得如此清楚，许慧茹即刻全盘领会，只是梅宛书的嘱咐她也不能不顾及。

她思索了一会儿道：“子旸，我马上就要成为你的半个母亲，能对你事业有所助力，我都会尽力而为，可我们母女在新雅一共百分之十七的股份，我和小书一人一半，她的那一半，我却不能做主。”

穆子旸也十分清楚梅宛书的性子，这件事若是与她商量，她必然要拒绝卖股。可他早已想出另一个对策，便道：“阿姨，当初你和宛书签订的股份协议，是说你们母女俩都可以在便利行事的情况下代对方签字做决定。所以这件事未必要通过宛书。毕竟，这段时间宛书面临博士毕业，学业繁忙，你代她签字和我们天阳做交易也不是不可以！”

许慧茹一听，内心所有的顾虑都被打消了，嘴上却说：“子旸，这件事我们瞒着小书去做，万一她以后怪我们……”

穆子旸哈哈一笑：“阿姨，宛书什么性子，你是她亲妈，我是她未婚夫，最清楚不过了。这世上比她心肠更软的人也找不出几个了，最多我拼着给她教训一顿呗！”

听穆子旸这么轻松地把这事儿接了过去，许慧茹不禁失笑，拿手指指他：“子旸啊，你就是个人精！”

……

翌日周六，梅宛书白天在医院有排班，便和穆子旸说好许慧茹由他来陪。

上午穆子旸就开车接了许慧茹，带她去看了那幢海景别墅。

别墅外围有铁门防护，带有完善的保安系统。房屋面积大约有 7000 英尺，占地面积 12000 英尺，一共六室七卫。客厅呈八角形，三面环窗，每扇窗都能看到屋外碧蓝的大海。

许慧茹一看就十分满意，目之所及全是宽广的空间，不由得脑子里勾勒家具如何摆设，房间如何分配，未来添了外孙外孙女后，穆家和梅家两家人和乐融融在一起的场景，越想越美。

　　穆子旸在一旁瞧着，知道她心里属意，便笑道："阿姨，有了这幢别墅，你和叔叔往后来温哥华居住就可以一步到位。如果未来不想要那么大的，随时可以找我以高于七百万的价格卖出，自住也好，投资也好，这幢别墅都是很不错的选择。"

　　许慧茹点点头，呼吸了一口带有海风气息的新鲜空气，身心舒爽，当下便道："子旸，我们什么时候去签卖股协议？"

　　穆子旸立马将早已准备好的答案说了出来："阿姨，我现在就可以带你去天阳，周总和律师都已经等在公司了。"

　　许慧茹抿嘴一笑："子旸，你料事如神，早知道我会喜欢这幢别墅？"

　　穆子旸表情严肃认真："阿姨，其实这件事我已经筹划了很久。"

　　"多久？"许慧茹有些好奇。

　　穆子旸如实答："早在你上一回来，你和宛书刚刚入股新雅的时候。"

　　许慧茹吃了一惊："那么早？可那时你和小书……"

　　"对，"穆子旸点头："就在宛书根本都还没有接受我，我还在一厢情愿追求她的时候。"

　　穆子旸继续道："是我的父亲教我，永远不要把感情和生意混淆在一起。要做一个成功的商人，就绝对不能感情用事，优柔寡断。既要有明确的目标，也要有果决的处事能力，还要有高效的执行力！"

　　一番话听下来，许慧茹的眼中流露出浓浓的欣赏："你父亲说得不错，这几点少了哪一样，都没办法做一个成功的商人！"

　　她叹道："阿姨下海这么多年，也是经历了太多的曲折和摸爬滚打，慢慢地去除了我身上原本属于教师的那种读书人的观念，这才走到了今天。"

"子旸，你是有经商天赋的，再加上你父亲的教导，少走了很多弯路。年轻一辈里，你可是相当的出类拔萃！我看好你，继续照着你的经商理念往下走，小书交给你，我也放心了！"

话落，许慧茹抬步先走出了别墅："走，我们去天阳！"

第 124 章 妄念

　　许慧茹和天阳签订好股份交易协议后，又在温哥华呆了几天，梅宛书面临毕业，功课繁忙，医院排班也丝毫没有减少，这几天都是穆子旸全程陪伴许慧茹。

　　因着商业的话题，两人有了更深层的交流。

　　有了这样的好女婿，许慧茹百分百地放下了心，于周三返回杭城，走之前与何虹佳约定，她将在八月与梅听南一起来温哥华，参加穆子旸和梅宛书的婚礼。

　　穆子旸将许慧茹送到机场后，意气风发地回到公司。

　　周昊一瞧，忍不住赞道："子旸，你现在可是爱情事业双丰收，人生大赢家啊！"

　　"哈哈！"穆子旸得意地笑："那是当然！昊哥，你觉得我拿下那百分之十七的新雅股份，手法如何？"

　　周昊举了个大拇指："高，实在是高！难怪你早在去年就胸有成竹，还一直不让我们把这幢海景别墅挂牌售卖，原来早就料到有今天！"

　　穆子旸挑眉道："那是因为我丈母娘和我的磁场一模一样，彼此一眼就能认出同类，所以也就很容易猜到她的喜好！"

　　周昊点了点头，十分赞赏，可转念一想，又不禁皱眉："不过 Sophia 完全不晓得这件事，也是个问题。她可跟你不是同类，不会因为这件事跟你翻脸吧！"

　　"绝对不会！"穆子旸一派笃定："昊哥，你说宛书和我不是同类我可不承认，都快要走进结婚殿堂的一对夫妻，怎么会不是同类？我和宛书是真正的心灵伴侣，我相信她知道了这件事后也会理解我，支持我的事业！"

　　周昊一听，觉得挺有道理："行，那就祝我们天阳大展宏图！"

　　又问："你打算什么时候和方雅淑摊牌？"

　　穆子旸想了想："就这几天吧，等财务部把所有天阳占新雅的股份资料和法律文件全部整理好，我们就去找方雅淑谈！"

　　"可以！"周昊拍了拍穆子旸的肩头，两人将此事敲定下来。

　　……

　　结束一天的工作后，周昊照常跟公司的几个同事一起吃了晚餐，回到家的时候已经是晚上九点。

　　进了屋子，在门口便瞧见曲静怡和前几天一样，带着贝贝在客厅里玩转盘游戏。两个人你来我往地旋转转盘，看点数走步，走到相应的位置就可以拿游戏钱币。

　　这个游戏母女俩百玩不厌，时而听到她们谈起另外一个叫 Alice 的小女孩。

　　这会儿，贝贝又在说："妈妈，Alice 玩这个游戏太厉害了，总能抽到最好的职业，拿最多的工资！"

　　曲静怡笑道："是啊，Alice 运气挺好！"

　　"Alice 运气才不好呢！"贝贝带着些同情道："她都没有妈妈，很可怜的，她爸爸也没空陪她，每天还要你带着她玩！"

　　周昊不禁开口问："贝贝，谁是 Alice？"

　　"爸爸！"贝贝一看见他就朝他奔过来，周昊便矮下身来抱住她，笑问："今天在学校开心吗？"

　　"开心！"贝贝一连串地说："放学后妈妈又带我和

Alice 去公园玩了，然后妈妈今天还带 Alice 到我家来，和我们一起吃晚饭，Alice 说妈妈烧的饭菜好吃。”

周昊的目光朝曲静怡投去，带了点疑问。

曲静怡立马站起身，有点局促不安地道："周昊，不好意思啊，我不是想随便带外人进来，可 Alice 爸爸今晚客人太多了，没时间帮她准备晚饭……"

周昊也起身，问："Alice 爸爸是什么人？"

"就是我们美甲店旁边那家理发店的老板，叫阿荣。理发店从早到晚就他一个人，忙不开照顾女儿。"曲静怡解释道，又加了一句："阿荣和她太太三年前就离婚了。"

"哦，"周昊点点头，并不在意："不是什么危险的人就行了，往后你可以随时带 Alice 来家里玩，一起吃晚饭也可以！"

曲静怡感激道："那谢谢你了，周昊！"

周昊摆摆手，对贝贝和气地道："爸爸去洗澡休息了，我们明天见！"

"嗯嗯！"贝贝甜甜地喊："爸爸晚安！"

周昊也对她笑着道晚安，进了自己的房间。

洗好澡，拿出手机，和尹歆然聊了一会儿，开始眼皮打架，一股子倦意涌了上来，他闭上眼睛，进入了梦乡。

楼上，曲静怡将贝贝哄睡着后，自己依然睁着双眼。

这半个月，她心情焦虑，夜不能寐。一想到自己一旦拿到枫叶卡，就要和周昊离婚，离开这幢别墅，只身带着贝贝挤在一个不知名的角落，每天从美甲店挣着微薄的收入过活，她就觉得不寒而栗。

于她，再也不想回到前面那几年苦闷、寒酸、仓惶的日子。

这些天，她想了很多，结果就是，无论从内心的情感上，还是从实际的生活上，她都不想离开周昊，想把现在这样平静、富足、安定的日子继续维持下去……

想到这儿，她翻了个身，舒展四肢，可心肺却始终纠结在一起，呼吸也越来越不畅。

无奈，她只好坐起身，愣愣地望着寂静暗沉的黑夜，然后深吸了口气，突然像是下定了某种决心，走出房门，走下楼梯。

悄步来到客厅，见周昊的那间房门已关，灯还亮着，莹白的灯光从门缝里漏了出来。

曲静怡鼓起胆子，走到门口，敲了两下，轻声开口："周昊，我有话想跟你说。"

可说了两遍，里面却没有任何动静。

曲静怡敲门的那只手不由自主地落在门把手上，微微旋转，门开了。

顿时，她的心跳得飞快。

她轻手轻脚地推门而入，便看到躺在床上安睡的男人。

床头的白炽灯还亮着，映照着周昊英俊的脸庞。他的头发还没有完全干，有几绺软软地搭在额头上，眼睛安静地闭着，显得整张脸都变得温柔起来，不像平常那样的锋锐骄傲。

曲静怡心头一阵波动起伏，情不自禁地被吸引，缓缓走到床头，静静地看了他许久，然后伸出一只手，指尖顺着他的发丝，滑到了他的额头，鼻子，嘴唇……

连她自己都不明白，为何会如此大胆，或许是从少女时期就开始累积的念想，促使她继续……

她的手往下滑，来到他的脖颈，抚上他的喉结，感受着他的呼吸，再往下便到了他的锁骨。她浑身颤抖着，心脏剧烈地跳动着，手指从他睡衣的领口伸了进去……

周昊睡得正沉，可突然觉得胸口一阵痒，撩拨到了他的心里去，他不由自主地喃喃低语："Ella……"

曲静怡的手不禁停了下来，而此刻，周昊一阵惊觉，突然张开了双眼。

视野里，并不是他日思夜想的女人，她晶亮的大眼，她曲线曼妙的身形；而是一张凄苦的面容，一双忧愁的眼眸。

周昊和曲静怡对视了几秒，又同时惊吓般地做了个动作，曲静怡蓦地抽回了她的手，周昊猛地从床上坐起。

半晌，周昊尴尬地瞪着她道："你这是干什么？"

曲静怡满脸的羞惭，低下头去："对不起……我……我就是想找你谈谈……"

"谈什么！"周昊的语气已然带着不耐。

"谈离婚……"

周昊哼了一声："谈离婚就谈离婚，跑到我房间来做什么？是不想离？"

他的声音里有轻蔑，有不屑，更有一种说不出的失望。

到底，他帮了她那么多，花费了他那么多的时间和心血，却还是让她生出了不该有的贪欲和妄念……

曲静怡却没有反驳他，只是低着头不吭声，像是默认了他的话。

周昊心一寒，冷声道："我们去客厅谈！"

曲静怡依然低着头，迈开脚步，出了房间。

周昊打开了客厅的吊灯，瞬间四处明晃晃的，墙壁上映出了两人的身影。

两人分坐在两张沙发上，周昊背靠沙发垫，凉声问："静怡，你到底怎么想的？在国内，我们不是一切都说好了吗？"

曲静怡垂眸低首："当时，你没跟我说过拿到枫叶卡就离婚。"

周昊气结："就算我没说，你难道不明白吗？你以为我对你是出于什么，才这么帮你！"

曲静怡的双手绞在一起："周昊，我知道你是出于好心，出于对我们母女的同情……"

"你这不是挺明白吗？"

曲静怡却摇摇头："那会儿，我其实不明白，在我没来枫叶国之前，我以为只要有一张和你的结婚证，我和贝贝就能拿到枫叶卡，要真是那样，就不会有后面的误解……"

"偏偏，我来温哥华后，你用我的名字买别墅，银行里给了我那么多的存款，你还和我们住在一起，让贝贝叫你爸爸，送她上学，还给她买了教育基金……这些事情是我从来都没想过的，让我觉得，我们除了分房睡，其他一切都像正常的夫妻……"

听到这里，周昊已不想再往下听，抬手打断她，直接问："所以，你现在想要什么？"

曲静怡终于抬起头，直视着他，清清楚楚地道："周昊，如果非要和你离婚不可，我想要所有属于我名下的那些财产！"

第 125 章 后悔

曲静怡丢下那句话后，像是铁了心，从沙发上起身上楼。

留下周昊一个人在客厅的寂静里坐了很久。

然后，似乎再也受不了屋子里沉闷压抑的空气，周昊换了身衣服，拿了车钥匙，开车回到他原本住的公寓，一夜无眠。

第二天一早，周昊给穆子旸打了个电话，把公司的事跟他交代了一下，便来到尹歆然的办公楼。

此时，还没到办公楼开放的时间，周昊只穿了单薄的衬衫、长裤，站立在楼前的阴影里。

八点半，尹歆然车开到办公楼，便看到周昊两手插兜，神情落寞地眼望着地面，脚尖无意识地在地上摩擦。

尹歆然有些诧异，停好车便喊他："周昊！"

周昊抬头，脸色青灰，眼里布满血丝，一看就是没睡好觉。

尹歆然突然有点心疼，走到他面前关心地问："怎么了，出什么事了？"

"去你办公室说！"

"嗯。"

两人进了大楼，乘电梯到了二十层，尹歆然掏出钥匙，带他进了办公室。

秘书 Cathy 还没到，尹歆然便简单地给他倒了杯热水，放进一个绿茶包，递给他。

周昊喝了一小口热茶，眼望着尹歆然，心里总算舒服了些，开始向她叙说昨晚发生的事。

说完，他懊恼道："Ella，是我不好！你早就提醒过我，曲静怡很可能会贪图我的财产，可我不知道中了什么邪，竟然那么相信她！"

尹歆然却很冷静，这些年她遇到的客户各种奇葩都有，倒是挺懂曲静怡的心理。

她分析道："周昊，这件事不能怪你，当初曲静怡登陆枫叶国的时候，恐怕她自己都没想到事情会变成今天这样。"

"一个单亲妈妈带着个孩子，刚从苦海中脱离，你一下子又给她创造这么好的条件，让她保持初心也很难。为母则刚，这回她为了女儿，豁出去了，要不你答应不跟她离婚，要不就分给她一半财产！"

周昊很是惶然："Ella，那我现在该怎么办？"

没想到尹歆然竟嫣然一笑，眨了眨大眼："周昊，你别忘了，现在曲静怡还没拿到枫叶国的永居身份，她手上只有一个旅游签证，属于外国的旅游者，不受枫叶国的法律保护。"

周昊一怔，惊喜道："Ella，你的意思是，曲静怡在没拿到枫叶卡之前，分不走我的财产？"

"对，"尹歆然很笃定："现在的决定权还在你手上，如果你不想再帮曲静怡，我就把她的申请从移民局撤回，那她就只能带着女儿离开枫叶国。"

闻言，周昊却沉默下来，竟开始犹豫不决。

尹歆然了解他的心思，轻叹道："周昊，你是觉得前面努力了那么长的时间，不想半途而废，而且，还顾及到贝贝吧！毕竟一开始你想帮曲静怡，也是为了她女儿。"

周昊颔了颔首，心里感动，从头到尾尹歆然都是那么懂他，帮他，支持他。为了他的这个案子，尹歆然牺牲了多少，又承担了多少风险，没有人比他更清楚。

事到如今，他不想再对尹歆然亏欠下去，便道："Ella，我不想再跟曲静怡同一屋檐下生活，那幢房子，我会尽快卖掉。曲静怡的案子撤不撤由你来决定，如果你觉得成功率不高，就撤了吧。对她们母女，我已经仁至义尽了！"

尹歆然点点头，道："如果后面你要和曲静怡母女分居，这个 case 就没必要再进行下去了，别说移民官，普通人都能察觉这是桩假结婚。这样吧，等我和曲静怡沟通后，把她的申请撤回就是。"

至此，周昊终于舒了一口长气，可内心却久久不能平静。已经努力了大半年的时间，最后竹篮打水，要把曲静怡母女打回原形，对他来说，也不是什么好的结果。

可他总算和尹歆然有个交代了，他望着她晶亮的双眼，诚恳地道："Ella，你放心，我会尽快和曲静怡办理离婚！"

……

下午，曲静怡就接到了尹歆然的电话，将周昊的决定通知了她。

电话里，她一如既往公事化的口吻，理性而客观。

可从她嘴里说出来的消息，对曲静怡来说不啻是晴天霹雳，在电话里她就忍不住流泪，带了点乞求说："尹律师，就没有其他的办法了吗……"

电话里尹歆然声音里带了些同情："曲女士，走到今天这一步，我也觉得很遗憾，前面我们大家努力了这么长时间，都是希望有个好的结果，可我也必须尊重周先生的意愿，毕竟他才是和我签约的客户，也是你的担保人，没有他的支持，你的案子没法进行下去。"

听了这话，曲静怡特别后悔，只因昨晚的一时冲动，让所有人的努力前功尽弃不说，最后伤害的是自己的亲生女儿……

可除了后悔，她还有一些疑惑，需要尹歆然来解答。

她忍不住问："尹律师，周昊是不是因为你，才想和我离婚？"

尹歆然一怔，心想昨晚周昊的举动还是让曲静怡察觉出了什么。

于是她简明扼要地解释道："曲女士，我想你弄错了顺序，就在我第一次见到周先生时，我就猜到他办理的是假结婚，之后一定会跟你离婚。至于我和周先生的关系，至少在办理你的案子期间，我和他只是单纯的律师和客户的关系。"

曲静怡默不作声了，因她心里很清楚，自打她和贝贝来到温哥华，周昊就没和什么女人来往密切，每次他带她去见尹歆然，她也没察觉两人之间有任何暧昧。

终于，她回了一句话："谢谢尹律师，麻烦你了！"

"不客气。"尹歆然淡淡地回了一句，挂了电话。

至此，这个案子便划上了句点。

曲静怡耳听手机的嘟嘟声，头脑懵懵的，一颗心却不由自主地开始抽痛起来，到后来，痛得都喘不过气。

可不知为何，妈妈的职责她却一点也没耽误，如同条件反射一般，到了点就去接贝贝放学。

这些天，阿荣跟老师打了招呼，Alice 放了学可以由曲静怡接走，于是，曲静怡照常带了两个孩子去公园玩耍。

见两个女孩一人坐了一只秋千，荡得越来越高，一边荡一边还开怀大笑，她的脸上也不由得泛出了一丝笑容……

这天，她坐在公园的长椅上呆了许久，看着两个女孩把公园里的游乐设施全都玩遍了，太阳也落下了山，天空变得灰蒙蒙一片，她还没带她们回家。

终于，贝贝忍不住了，跑到她面前："妈妈，今天我和 Alice 好像玩了很久，肚子都饿了！"

曲静怡这才恍然惊醒，看了一下时间，都快七点钟了。

她赶忙起身，对贝贝道："不早了，妈妈这就带你们回家做饭吃！"

"好！"贝贝甜甜一笑，拉住她的一只手。

"谢谢阿姨！"Alice 乖顺地走在她的另一边。

便在此时，背后传来一声叫唤："Alice！"

曲静怡停下脚步，转过身，见阿荣朝她走过来。

走到近处，他对她笑道："我刚去了你家接贝贝，看你们都不在，我就想今天是不是一直在公园玩了！"

曲静怡勉强扯出一丝笑："不好意思啊，我忘了时间！"

阿荣笑道："没事，这些天你帮我照顾 Alice，我谢谢你都来不及！对了，我今天早点收工了，要不你们一起去我家，也让我做顿饭请你和贝贝吃！"

曲静怡今天特别不想回那幢再也没有周昊的房子，便答应下来。

阿荣很高兴，带她们去了小学附近他那间两室一厅的公寓，招呼她们在客厅坐下喝饮料，自己挽起袖管，到厨房去做菜做饭。

没想到他十分能干，不多时，便烧了一锅腊肉饭，做好了几道热腾腾的炒菜，还蒸了一条新鲜的鱼。

贝贝和 Alice 吃得津津有味，吃完了，两个女孩去了 Alice 的房间玩。

此时，曲静怡的心情终于好了一点，夸道："阿荣，你的手艺真不错！"

"是吗？"阿荣得了夸奖，不禁乐滋滋的："喜欢吃，以后经常带贝贝来吃！"

话落，却见曲静怡目光暗淡了下来，深深地叹口气："阿荣，以后也没多少机会了，我很快就要带着贝贝回国了！"

阿荣有些惊讶："那你先生呢？也和你们一起回国吗？"

曲静怡摇了摇头，表情惨淡："周昊在这儿有身份，有公司，怎么可能和我们一起回去？"

阿荣不解："那你们母女为什么要回去啊？在这里不是过得挺好吗？贝贝喜欢这里的学校，英语也说得越来越顺溜了！"

曲静怡不由得眼圈红了，这些日子她一肚子苦水无处倾诉，此时听到阿荣关心的话，便忍不住说了出来："其实，周昊不是我的先生，也不是贝贝的爸爸，我和他只是假结婚，我和贝贝的爸爸三年前就离婚了！"

"啊！"阿荣始料未及，惊诧地叫了一声，见曲静怡两行眼泪开始往下掉，便拿了纸巾递给她。

曲静怡一边擦泪，一边将事情的始末都跟阿荣说了，连昨晚的事都告诉了他，最后道："现在周昊不想再跟我住在一起，所以尹律师要把我的移民申请撤回，我就得带着贝贝回去了！"

阿荣听罢，又是同情，又是惋惜，不禁说出心里话："静怡，你其实应该多忍一忍的，先拿到枫叶卡，让贝贝有了身份，再谈财产的事。说实话周先生对你们母女不错，你也不应该去贪图他的财产，只要你有了身份，好好打工，租个房子住，养活贝贝没你想的那么难！"

曲静怡也是后悔莫及："我现在明白了，可周昊不会原谅我，也不会再和我们母女住在一起，我的案子就肯定办不成！"

话落，心口一酸，眼泪哗哗地往下流。

第 126 章 转机

阿荣见曲静怡泪流不止，便又给她递纸巾。

此时，曲静怡的手机响了起来，她一看是周昊的电话，赶忙擦干眼泪，按下通话键。

"周昊？"她的声音可怜兮兮。

可周昊的声音却很冷："静怡，尹律师已经通知你了吧，会很快撤回你的移民申请。"

"嗯。"

"另外还有两件事，一件就是我们得回国办理离婚手续；还有一件，你现在住的那幢别墅，我会在近期把它卖出去。"

两件事如同两颗炸弹，炸得曲静怡脑袋发懵，只是在嘴里喃喃重复："离婚？卖房子？"

"对！"周昊既已下定决心，便不再留情："这两件事，我会尽快办理，越快越好！"

话落，他挂了电话。

曲静怡愣在椅子上，神情呆滞，良久都说不出话来。

阿荣就坐在她侧边，离她很近，把周昊的话全部都听见了。

听到他说要卖房子，他心里一动，问曲静怡："你们家的那幢别墅，周先生要卖吗？"

"嗯。"

"静怡，能不能给我一张周先生的名片？"

"哦。"

曲静怡不知道阿荣为什么要周昊的名片，只是机械地从随身携带的手包里掏出一张天阳地产的名片，递给了阿荣。

阿荣拿着名片，思索了一会儿，开始安慰她："静怡，事情或许没你想得那么糟糕，说不定还有转机。"

曲静怡呆呆地问："还会有什么转机，什么都没了！"

阿荣笑了笑："你知道吗，三年前我太太跟我离婚时，我银行里也什么都没了，只剩下这间公寓的贷款，还得抚养女儿。可只不过三年，我现在又全都赚回来了！"

曲静怡顺着他的话问："阿荣，你是怎么赚回来的？"

阿荣耐心地道："从早到晚一刻不停地给人剪头发，染头发，最多的时候一个月挣了一万多。然后每个月还贷款，和 Alice 吃穿都很省。现在，公寓的贷款快还完了，银行里也多了一些存款，做了一点小投资。所以，最近我在考虑卖掉这间公寓付首付，去买更大的房子，保值和升值的潜力更大，Alice 也可以住得更舒服一点。"

听言，曲静怡似乎明白了什么，看着他手中的名片问："阿荣，你是想买我们的那幢别墅吗？"

"嗯，"阿荣点点头："你家的别墅地点很好，我不用换地方开店，Alice 也不用换学校。而且，房型也很好，宽敞又明亮。"

闻言，曲静怡心里一动，眼睛里也透出了一丝光亮："阿荣，那如果你买了我家的别墅，我可不可以带着贝贝住在里面，然后用我打工的钱付你房租？"

阿荣笑了，曲静怡竟这么快就和他想到了一起。

他柔声说："静怡，房子这么大，你带着贝贝住在里面，一点都不妨事。你也不用付我房租，只需要像现在一样，帮我把 Alice 照顾好，就用这个来抵房租。这样，你们母女是不是就可以在枫叶国好好生活下去了呢？"

……

第二天，阿荣就拿着名片来到天阳地产。

周昊正在办公室和穆子旸说话，Linda 敲门进来说："周总，外面有位梁先生找你，他没有预约，不过他说是曲女士介绍来的。"

周昊听"梁先生"觉得耳生，可"曲女士"他却很熟，当下就沉下脸来，道："你把梁先生请进来吧！"

穆子旸昨天就听说了周昊的事，也以为这个梁先生是曲静怡找来跟周昊谈判的，便问："昊哥，需不需要我在这里，帮你参谋参谋？"

"行，你别走了，跟我一起看看这个梁先生是什么人！"

话音刚落，Linda 把梁志荣带了进来。

周昊和穆子旸一看便放了心，见这人面容诚实，穿着朴素，至少不是他们以为的律师。

阿荣曾经远远地见过周昊，便上前介绍自己："周总，你好！我是 Alice 的爸爸，Alice 和静怡的女儿贝贝是同班同学。"

"哦，是你！"周昊立马想了起来："你就是阿荣吧，那个理发店的老板！"

"对，我是阿荣。"

说着，他眼光转向穆子旸，周昊连忙向他介绍："这是我们天阳的穆总！"

阿荣便朝着穆子旸点头，恭敬地喊了一声"穆总"。

穆子旸心想周昊的财产一事，其他都是小数目，只有那幢别墅价值颇高，便问："阿荣，你是曲静怡介绍来我们天阳的，是不是为了房子的事？"

阿荣笑着回道："穆总一下子就猜到了，真厉害！"

　　周昊让阿荣坐下说。

　　阿荣便把昨晚曲静怡带着贝贝去他家吃晚饭，他和曲静怡之间的交谈都说了，然后道："我就想趁着这幢别墅还没挂牌销售，先和你们把房子定下来。希望周总能等我一段时间，等我把公寓卖掉后，就买你家的别墅。而且，静怡说，她一定会配合你签字售出，不会贪图那一半的产权。"

　　周昊一听，松了口气，没想到这个阿荣的出现，倒是帮了他一个大忙，让事情变得顺利起来。

　　穆子旸却听出了话里的另一层意思，便问："阿荣，你是说，往后你买了这幢别墅，会让曲静怡母女继续住在里面？"

　　"对，而且静怡只需要帮我照顾我女儿，不需要付我房租，就因为我答应她这个条件，静怡才肯那么配合地把房子卖出。"阿荣口齿清楚地说。

　　闻言，周昊和穆子旸交换了一个眼色，心想阿荣找到天阳来的目的很明确，就是想告诉他们，这幢别墅除了他，不能卖给其他人。

　　穆子旸继续问："这幢别墅的市场价是二百万，这个价位你可以接受吗？"

　　阿荣笑道："我听静怡讲，这幢别墅原本是属于你们天阳的房地产，周总当时只用了一百五十万就买下了这幢别墅。"

　　周昊闻言，心里敞亮，心想这个阿荣倒是颇会算计，想以曲静怡做筹码，用最低价来买别墅，不容小觑。

　　于是他问："那你想出多少价格来买这幢别墅？"

　　阿荣早已想好了："我想出一百六十万来买，前提是周总给静怡的存款和贝贝的教育基金都别收回去了。"

　　"哈！"周昊倒给他的话气笑了："阿荣，你算盘打得也太精了吧，是一分钱都不想多出啊？可你和曲静怡不过就是邻居关系，我也可以不答应你！"

阿荣缓缓道："周总，我都让你别把静怡的存款和贝贝的教育基金收回去，又怎么可能和静怡只是邻居关系？不瞒你讲，静怡刚来枫叶国，就在我理发店旁边的美甲店打工，又帮我带了一段时间的孩子，我已经很了解她，她是个勤劳又踏实的人，适合过日子。"

"我既然让她们母女往后继续住在别墅里，还不收她们房租，这个意思已经很明显了，就是想着未来四个人一块过，大家相互照顾。过得好，成了一家子，也不是没有可能。"

"你原本不就想帮静怡拿到枫叶卡吗？现在你要和她离婚，她枫叶卡也就拿不到了，那就让我来帮她拿身份，比你们的假结婚可真多了！所以，你用最低价把房子卖给我，你不吃亏，还能早点和静怡办理离婚，这种对大家都好的事，你何乐而不为？"

一番话，说得声情并茂，有理有据，倒让周昊哑口无言，不仅找不出什么话来反驳他，还觉得按照阿荣的思路行事，确实对大家都有好处。

穆子旸听完，也很欣赏他的胆识，最后只问了他一个问题："阿荣，你想用你提供给曲静怡母女的恩惠来换取四十万的金钱利益，可是，万一未来你不肯兑现你的承诺，既不照顾她们母女，也不帮她们拿枫叶卡，那我们又该怎么算？"

阿荣竟是十分诚恳："两位老总，我的背景很简单，不过就是十年前移民到枫叶国，开了个小理发店的自雇小老板。四十万对你们两个大老板不算什么，对我这样的人就是没日没夜干好几年才能挣到的钱。"

"因为静怡，我可以这么快就买到我心仪已久的房子，她又勤劳贤惠，愿意帮我照顾孩子，我也懂得感恩，懂得回报。我今天可以给你们立个保证书，如果我不兑现我的承诺，辜负她们母女，你们有权把房子收回去！"

话落，周昊立刻向他伸出一只手，同样诚恳地道："成交！"

第 127 章 吞并

　　周一上午，周昊带了房产经纪和商业律师来到别墅，与曲静怡一起，和阿荣签订了一份房屋交易合同。

　　合同写明，阿荣需在十天内先付百分之五的定金，然后将全部房款的正式交易日定在了两个月以后，让阿荣有充足的时间去卖掉公寓和办理银行贷款。

　　除此以外，合同里还有一些关于曲静怡母女的附加条件，写明了她们拥有别墅的居住权。除非曲静怡自动放弃居住权，或者阿荣再多拿出四十万购买她们母女的居住权，这幢别墅才能由阿荣单独拥有。

　　阿荣原本就想好好对待曲静怡母女，现在可以低价购入大别墅，心里喜不自禁，当下毫不犹豫在合同的买方一栏签上自己的名字。

　　而曲静怡在签名前，也仔细地听完了律师解读的各项条款，知道周昊对她们母女十分照拂，不仅没有收回她的存款和贝贝的教育基金，还让她们母女在枫叶国有了个永久的居住保障。她心里感激不尽，也并未迟疑便和周昊一起，在合同的卖方一栏签上姓名。

　　处理好卖别墅的事后，周昊大大地松了口气。

　　待经纪和律师离开，他便问曲静怡什么时候可以和他一起回国办理离婚手续。

　　曲静怡问："大概多长时间可以办好？"

　　周昊道："就跟我们上次办理结婚差不多，材料齐全了也就两三天吧。"

　　曲静怡有些为难："如果我要回国，就得带贝贝一起回去，我们去办离婚手续也得带着她。而且贝贝跟我们一起回去几天，还要来回倒时差，耽误她上学。"

阿荣在一旁听见，便道："静怡，前前后后最多也就一个星期，不如你把贝贝留下来，我来照顾她好了。"

"真的？"曲静怡挺惊喜："阿荣，你照顾贝贝没问题吗？可你不是每天都要工作到很晚吗？"

阿荣笑道："周总给了我这么大的优惠买房子，我少赚几天钱有什么关系？就一个星期，我每天三点就收工，接了 Alice 和贝贝去我家，让她们两个女孩一起玩，一起住，不是挺好吗？"

曲静怡立马赞同："这样好，那就麻烦你了！"

阿荣道："客气什么，以后 Alice 都要拜托你来照顾，我们相互帮忙吗！"

曲静怡放下心来，便跟周昊说："有阿荣帮我看着贝贝，我可以随时跟你回国办手续了！"

周昊点点头，对阿荣的提议相当满意，心想这回阿荣又帮了他一个大忙。

他瞧了瞧眼前的两人，居家过日子确实是很合适的一对。

他有心促成他们，便大方地对阿荣道："这样吧，这幢别墅迟早是你的，不如趁这次机会你带 Alice 先住进来，适应一下新环境，贝贝也不用挪来挪去，大家也住得宽敞舒服些。"

阿荣喜上眉梢："那就太感谢周总了！"

周昊摆摆手，用他的话说："客气什么，我们相互帮忙吗！"

话落，三人一起笑起来。

事情全部谈好后，周昊便去了他那间卧房收拾好所有东西，轻轻松松地离开别墅，把诺大的空间留给了那一对真正般配的人。

……

回到公司，周昊心想得在回国前把公司的大事处理了，于是找穆子旸商量去新雅找方雅淑谈判的事。

穆子旸笑道："昊哥，你和我想到一起去了，我已经约了方雅淑下午两点在新雅见面。"

"文件资料全都准备好了？"周昊慎重地问。

"Yes！"穆子旸给了他一个 OK 的手势。

"好！"周昊放心了，立马买了他和曲静怡第二天飞往国内宁城的机票。

下午两点，穆子旸和周昊带了薛律师来到新雅。

方雅淑以为两人和以前一样是过来谈合作的酒店项目，便依然如同往常那般态度殷勤地招待他们。

只是看到两人身后跟了薛律师，有点诧异，不禁问："周总，穆总，薛律师，你们今天一起过来，难道是酒店项目出了什么法律问题？"

穆子旸彬彬有礼地道："方总，是有一些新的法律问题要解决，我们坐下慢慢谈。"

方雅淑便将三人请进会议室，让秘书端了咖啡和热茶进来。

四人坐下后，方雅淑笑问："是什么新的法律问题？"

周昊严肃板正："方总，关于新雅的持股问题，需要再做一次变更，因而今天我们请了薛律师过来。"

方雅淑脸色微变，问："是不是像上次一样，酒店项目政府又出新政，需要我们追加投资？"

可心里却知道不是这个原因，政府出新政，新雅又怎会不知？不由得隐隐开始不安。

薛律师有条不紊地从公文包拿出厚厚一叠法律文件，推到方雅淑面前："方女士，根据现今的持股状况，天阳地产对新雅地产的股份占比达到了百分之五十一，因此天阳对新雅拥有了绝对控股权和重大决策权，请你将这些文件过目后，在最后一份文件上签字，认同这个法律结果。"

闻言，方雅淑一愣，脸上露出不敢置信的神色，目光转向周昊和穆子旸，却见他们气定神闲，可眼中却不由自主地透着胜利者的骄傲得意之色。

方雅淑心中一寒，开始翻看那些法律文件，越看脸色越沉。

原来天阳早在几个月前，政府出新政追加投资后，便开始暗中购买新雅的小项目股，使得股份占比慢慢从百分之二十五达到百分之三十四，然后有在前几天进行最后一击，购买了许慧茹和梅宛书母女手上的百分之十七的股份！

看完后，方雅淑一张脸完全失去了血色，眼睛却开始发红，声音也极为不稳："周总，穆总，原来你们天阳处心积虑，早就想吞并新雅！"

周昊笑道："方总，大家都是商人，你也应该明白我们天阳的初衷。如今新雅规模还不够大，可发展潜力却不容小觑。如果你也遇到一个非常好的机会，可以在短期内通过并购其他公司，来快速地壮大自己的公司，你会不会去做这件事？"

方雅淑虽然气极，可脑子却十分清醒，瞪着他们道："这件事从你们天阳刚刚持股新雅就开始操作了吧，也不过才几个月的时间，持股就从百分之二十到达百分之五十一！周总，穆总，你们确实是好手段！年纪轻轻，算计人的本事倒是高人一等！"

说到这儿，她眼睛盯住了穆子旸："可是穆总，天阳能买到许慧茹母女手中的股份，恐怕也是因为你和 Sophia 在一起了吧！不过你可别忘了，当初帮你们说媒的人是谁，如今你们却联手害我！"

穆子旸从容地抬起一只手："方总，你这话就说得不对了！第一，我和 Sophia 早在你说媒前就认识了，要真往前推算，都可以追溯到我们才七八岁发小的时候，我和 Sophia 发展感情和你一点关系都没有。"

"第二，我们天阳能买到许总和 Sophia 手上的股份，完全是出于许总明智的商业决策，与我和 Sophia 变成未婚夫妻也毫无关系。"

"第三，我们天阳能达到今天这个具有绝对控股权的占比，很大原因是因为我们的子公司购买了你们百分之九的项目股，而你们新雅之所以愿意卖股，不也是因为想要利益最大化？"

"所以，方总，大家在商言商，你虽然失去了新雅的控股权，可也是新雅的第二大股东，依然拥有重大决策权，往后和我们天阳还是要继续合作的，没必要为了股权变更双方就撕破脸，对新雅日后的发展不利。"

穆子旸这番话，不紧不慢，侃侃而谈，倒把方雅淑说得哑口无言，找不出什么有力的话来反驳他。

心里却恨透了许慧茹，自己的老朋友，为了帮女婿，便把她们母女的股份轻易卖给天阳，难怪这次许慧茹来温哥华，根本都没有联系她！

她捏紧了那两份许慧茹签名的卖股协议，手在不停地颤抖，却听耳边薛律师道："方女士，如果你对这套法律文件里陈述的内容没有异议的话，请尽快签署好股权变更文件！"

第 128 章 侦查

方雅淑没肯马上签署文件，问薛律师要了三天的延期。

周昊和穆子旸都觉得大局已定，三天之内方雅淑不可能逆风翻盘，也就答应了她延期签字的要求。

待他们走后，方雅淑定在椅中，沉默良久。

然后她做了几口深呼吸，将所有的文件重新翻看了一遍，确实找不出任何问题。

她便掏出手机，习惯性地打给她先生 Brighton。

此刻，Brighton 正在银行的办公室里，见是太太的私人电话，连忙接起："雅淑？"

方雅淑一听丈夫温存的语声，差点哭出来："Brighton，有人害我！"

"怎么回事？"

方雅淑便把刚才发生的事一一道来。

Brighton 听完后沉吟了一会儿："你确定所有文件没有任何法律问题？"

方雅淑难过道："要是有法律问题，薛律师也不会跟着他们一起来。"

Brighton 问："雅淑，你刚才说，许慧茹母女的卖股协议，Sophia 那份是由许慧茹代签的？"

"嗯，"说到这对母女方雅淑就恨得咬牙切齿："知人知面不知心，当初我让这对母女进我们新雅持股，就是引狼入室！如今 Sophia 马上就要嫁给穆子旸，他们成了一家子，却一起来害我！"

Brighton 不由得质疑："雅淑，上次那对母女来我们家拜访，我看得出许慧茹很是精明世故，可 Sophia 是医生，气质和许慧茹完全不像，也不像是那种唯利是图的人。你说，有没有可能 Sophia 并不知道她自己的股份被卖掉了？毕竟是许慧茹代她签名。"

方雅淑对此不抱希望："人家是母女，Sophia 和穆子旸又是未婚夫妻，又怎么会不知道这件事？多半是 Sophia 忙于学业，就让许慧茹代她签名了。"

Brighton 却坚持道："你还是打电话给 Sophia 把这件事问清楚，最多也就是现在的结果，那我们再想其他办法。"

"好吧！"方雅淑无奈地答应了。

此时，Brighton 办公桌上的电话响了起来，他立马道："雅淑，我这里还有公事要办，你的事先别太着急，等我晚上回家我们再商量！"

"好！"有了丈夫的安慰，方雅淑的心情平定了不少。

挂了手机，她从联系人名单里找到了梅宛书的电话号码，拨了过去。

梅宛书这会儿刚结束医院的工作，正在休息室准备换衣服，看到方雅淑打来电话，便把外套挂回衣橱，按下手机的接通键："雅淑阿姨？"

"小书！"方雅淑一听到梅宛书和煦柔婉的声音，不知怎的心里就舒服了些："工作忙不忙？现在有空吗？"

梅宛书柔声道："我刚下班，现在有空的，雅淑阿姨你有什么事就尽管说吧！"

方雅淑吐了口气，试探着问："我刚因为公事跟子旸见过面，听说你们要结婚了，你妈妈前几天还来过温哥华，是不是啊？"

梅宛书一听已明其意，便道："抱歉啊，雅淑阿姨，这次我妈来是为了和子旸妈妈商定婚期，在温哥华也就呆了短短几天。原本是想拜访你的，可是那几天我工作实在太忙，抽不出空陪她一起去，所以就想着她八月份再来温哥华，我们一定正式拜访你，并给你们一家发邀请函，参加我和子旸的婚礼。”

这番话梅宛书说得有礼有节，态度从容，没有一丝的紧张和不安，令方雅淑觉得或许 Brighton 说得是对的。

她心里一动，继续问：“小书，是不是因为你最近工作太忙，才让你妈妈代你签字，卖掉你手上的新雅股份？”

梅宛书一愣：“卖股？”

方雅淑立马接口：“对，你妈妈把她和你手上的新雅股份全部卖给了天阳，这件事，你不知道吗？”

梅宛书闻言吃了一惊，可也不过就几秒钟，她就压住内心的不平静：“雅淑阿姨，这件事我确实不知道，不过我会去问清楚，然后再给你回话，行吗？”

方雅淑略微松了口气，又问：“小书，那你和你妈妈知不知道，因为你们卖出的这百分之十七的股份，导致天阳吞并了新雅，现在天阳成了新雅的第一大股东？”

那头梅宛书果然默了一会儿，继而柔声细语地回道：“雅淑阿姨，你放心，如果事情真如你所说，我一定会给你一个满意的交代！”

……

Brighton 结束了和方雅淑的谈话，挂断手机，接起了办公桌上的电话。

“Eric？今天怎么有空给我打电话？”他的声音里含了些笑意。

　　早在两年前，邵冠辉为了办理枫叶国投资移民而买下列治文的赌场酒店，整个庞大的投资业务都是 Brighton 经手的。作为丰汇银行的高级经理，这两年邵冠辉可给他增加了不少风光的业绩。

　　因而他和邵冠辉从澳城派过来的酒店经理 Eric 私交也颇为不错，有时他也会到赌场酒店小小地赌两把，增加点日常娱乐。

　　电话里 Eric 笑道："Brighton，好些天没见你过来玩了，要不今晚来？我请你赌两把！"

　　Brighton 呵呵一笑："哎，你们那里整天都是富豪云集，我小赌赌图个乐，就不劳你接待了！我今晚和我太太有些事，改天去你那儿吧！"

　　Eric 闻言立马接口："Brighton，不瞒你说，我今晚找你，就是想问你太太公司的事。"

　　Brighton 有点奇怪："我太太的公司，和你们酒店有什么关系吗？"

　　Eric 回道："有点关系的，主要是我们邵老板想要打听一些事。"

　　Brighton 一听是邵冠辉的意思，便道："那好，我下了班就过去！"

　　"OK，我等你！"

　　五点钟，Brighton 下班后就开车去了赌场酒店。

　　Eric 让人调了几杯鸡尾酒送到酒店二楼的会客室，他便在会客室接待了 Brighton。

　　Brighton 抿了一口鲜红色的"血腥玛丽"，刺激的味道让喉咙很舒爽，他笑问："邵老板要打听什么重要的事，还要在这里谈？"

Eric 站在他身边，与他一起看向窗外："楼下赌场太吵了，还是这里安静。就我们邵老板想问问你太太的公司，是不是有个合作伙伴，叫天阳地产，其中一个年轻的老板叫穆子旸？"

Brighton 今天刚听方雅淑哭诉，心里对天阳地产起了厌恶，脸上便也不觉表现了出来："那个穆子旸，心可太黑了！"

"哦，怎么说？"Eric 不由得来了兴趣。

Brighton 便把天阳地产怎么算计方雅淑的都说给 Eric 听，完了问："你们邵老板要打听穆子旸做什么？"

Eric 喝了一大口鸡尾酒，咂了咂嘴，叹道："还不是为了邵家那个大少爷，Kelvin！那个大少爷可太狠了，擅自跟我们邵老板脱离父子关系。我们邵老板就觉得 Kelvin 是受了他女朋友家里的影响，Kelvin 的女朋友就是穆子旸的妹妹。"

这一层层的关系，Brighton 听得绕人，但也明白穆子旸是得罪了邵冠辉，心里一动，问："那邵老板是不是打算教训一下穆子旸？"

Eric 不答话，只是望向窗外。

Brighton 似乎感觉到了什么，不由得心里一惊。心想邵冠辉和别的做投资移民的大老板不一样，但凡在澳城开赌场的，后面都有些黑色背景的，这下穆子旸吃不了要兜着走。

可一想起下午方雅淑的遭遇，他又觉得心里痛快，就让邵冠辉帮他太太出出气也不错，便道："穆子旸是该被教训一下，别年纪轻轻，就嚣张跋扈，骑到业界长辈的头上！"

随着他的话音落下，Eric 的眼里冷凝了起来，透出了一股凛冽之色。

自打邵星泽和穆语童从澳城回到温哥华，已经过去了将近两个月。

　　邵冠辉一早就给他下令，让他聘用私家侦探去查清楚邵星泽所有的交际圈，朋友、女友无一遗漏。

　　不过邵冠辉见过穆语童，晓得她乖巧柔顺，并不足以影响邵星泽，邵星泽恨他，跟他脱离父子关系，主要是因为纪蔼蓉。

　　因而，一开始邵冠辉只是想让 Eric 劝得邵星泽回心转意，取消那番与他脱离父子关系的声明。

　　可 Eric 打了很多次电话给邵星泽，他却一次都不肯来赌场酒店，反而说："Eric，你不是知道的吗，我女朋友对酒精过敏，上次在你们赌场差点性命都丢了。"

　　Eric 一听不禁撇撇嘴，明明是邵星泽自己弄的穆语童差点丢命，反而怪罪到他的赌场上来。

　　邵星泽又道："我答应过 Tina，往后我都会滴酒不沾，也绝对不会再赌一分钱。所以，你们那儿我也不会再去了！"

　　说完就毫不留情地挂了电话，铁了心不想跟邵冠辉再沾上一点边。

　　几次下来，邵冠辉也明白邵星泽心意已决，不由得恼恨交加，又听 Eric 讲邵星泽和穆语童极为亲密，三天两头往穆家跑，连穆家四个长辈都在的那几天，他也常去，后来还陪伴穆语童的大伯和大伯母去了旧金山一个星期。

　　再往下查，结果令邵冠辉十分心惊，邵星泽陪伴穆振中和黎玉洁去祭拜他们的儿子穆云函，而墓碑上的照片，里面年轻人的长相和邵星泽像极了！

　　接下来，私家侦探还偷录过几次邵星泽与穆振中夫妇的语音对话，邵星泽和他们谈笑风生，言无不尽，感情日渐深厚，还经常在电话里叫他们"爸"，"妈"！

　　邵冠辉气疯了，心想穆振中夫妇夺走了他的爱子，他也一定要报复回来。

可是穆云函已逝，再报复穆振中夫妇已毫无意义，不过穆家还有个男性继承人，便是穆子旸。

之后，一切的侦查都转到了穆子旸身上，侦探查出了他有个做医生的未婚妻，查出他是天阳地产的老板，查出他和新雅地产有合作关系。

今天，Eric 原本是想借着与 Brighton 相熟，向他多打听一些穆子旸的消息，可没想到，听到了穆子旸的天阳吞并了方雅淑的新雅。

Eric 便在盘算，此时正是向穆子旸下手的好时机，任谁都会去怀疑因为穆子旸的商业行为而遭人报复，却不会怀疑到邵冠辉头上。

于是到了晚上，他把邵冠辉从澳城派来的两个保镖找了过来，吩咐了他们一番。

第 129 章 圆满

　　周三梅宛书休息，上午十点她便去了 downtown 薛律师的办公室。

　　薛律师按照昨天和梅宛书的约定，准点等在办公室。

　　梅宛书坐下后，薛律师瞧她面容姣好，表情清淡，气质温柔，不像是来谈股权这种商业之事，倒更像是医生寻常问诊。

　　当下就微笑道："Sophia，新雅股权变更一事，已成定局，所有的法律文件都是没有问题的。"

　　"嗯，"梅宛书波澜不惊："我明白，如果文件里面有问题，薛律师也不会和天阳的两位老板一起去新雅了。"

　　薛律师颔了颔首，还是很客气地问："那你还有什么想要咨询的吗？"

　　梅宛书淡声道："薛律师，关于我那百分之八点五的新雅股份，当时是我母亲代我签字卖出，这部分我想提出异议。"

　　薛律师道："在今年的一月初，你和许慧茹女士入股新雅，同时也各自签下一份授权书，说是在便利行事的情况下，对方有权帮自己签字做决定，来处理新雅的股份。"

　　梅宛书承认："确实是这样。可我和我母亲所定义的便利行事，是指对方不在温哥华，或在意外的情况下丧失自主决定的能力。而这两点，在这次我母亲帮我卖出新雅股份时，都不符合。我母亲和天阳签协议的当天，我人就在温哥华，并且完全有自主决定的能力，因而从法律上说，我母亲帮我代签的那份协议，应该取消作废。"

　　"哦？"薛律师听完这番话，眼里不禁流露出欣赏，心想到底是做医生的，心细如发，思维缜密，竟能找到法律条文里的漏洞，聪明得紧。

不过他是专业人士，自然要更慎重："这个问题我当时也问过许女士，她定义的便利行事可和你不一样，是指你当时工作学习繁忙，没有时间去处理商业之事。"

梅宛书语声轻柔："好在我和我母亲在签下授权书的前一天，对如何便利行事做出口头协议。当时，我和我母亲正在和我父亲视频对话，我父亲听得清清楚楚。口头协议有了witness，更具法律效力。"

说着，她拿出手机，打开一段视频，正是她昨天紧急找到梅听南录下的，却并未让许慧茹知晓。

视频里梅听南郑重声明，在今年的一月初，他确有听到过母女双方就新雅股份代对方签字做决定，是必须对方不在温哥华，或意外事件发生的情况下。

除了视频，梅听南还扫描了自己的身份证件和工作证件给梅宛书，薛律师一看梅听南的职务，还是没能掩藏住眼里的一丝惊异之色。

当下叹服："Sophia，你提供的证据有效，你母亲代你签名的卖股协议不再具备法律效力，无效作废！"

梅宛书舒了口气："那就是说，目前我还是新雅的股东之一，而天阳在新雅的股份占比是百分之四十二点五，方雅淑的股份占比是百分之四十九，方雅淑依然是新雅的第一大股东，而天阳就失去了对新雅的绝对控股权，对吗？"

薛律师点头道："没错！"

梅宛书优雅地站起身，对薛律师伸出一只手："感谢你，薛律师，麻烦你起草新的法律文件，明天通知新雅和天阳，这部分的服务费全部由我承担！"

“不用了，”薛律师也站起身与她握手，医生的手，清爽而温软，令人舒心：“这份法律文件的疏忽，是由我造成的，应该由我自己来承担！”

梅宛书便也不再客气：“那就有劳薛律师！”

话落，准备离开。

薛律师想起了什么，又问：“Sophia，文件很快就能更改好，为什么要明天再通知新雅和天阳？”

梅宛书莞尔一笑：“因为明天才到雅淑阿姨签字的最后期限，所以我今天还想跟我的未婚夫开开心心地去约会，薛律师可以帮我这个忙吗？”

薛律师也笑了：“没问题！”

梅宛书出了薛律师的办公室，便打开手机，再次去看穆子旸和她昨晚相互发的消息：

穆子旸:【宛书,明天你休息,我们下午一起去山里 hiking 吧】

梅宛书:【不用工作吗？】

穆子旸:【公司最近完成了一桩大事,我们两个老板都给自己放假,吴哥今天回国了,那我明天就跟你约会去!】【哈哈】

梅宛书一看到他这个大笑的表情包，就能脑补穆子旸眉飞色舞的得意样，忍不住抿嘴一笑。

心想就让穆子旸再开心一天，待明天他就又要因为自己笑不出了。

思及此，梅宛书突然又有点心疼穆子旸，可是，他和许慧茹瞒着自己去操作她的股份这件事，她却绝不能放任不管，因为穆子旸的经商理念已经违反了她做人的原则。

就这么一边想一边走，不一会儿便来到了尹歆然的办公室。

推门进去，尹歆然独自坐在办公桌后，却让 Cathy 出去到客户那里拿资料去了。

见到梅宛书，尹歆然便露出开心的笑容，神采飞扬地向她招手："Sophia！"

梅宛书十分了解尹歆然，不禁也笑着问："Ella，什么事这么开心？"

尹歆然朝她眨了眨眼："昨天周昊回国去了，知道他回去干嘛吗？"

"我听子旸说，他好像回国度几天假。"

尹歆然伸出一根手指摇了摇："周昊和曲静怡一起回国办离婚手续去了！"

梅宛书有点惊讶："这么快？不是说他们的 case 半年后才结束吗？"

尹歆然吁了口气："因为出了好些意外状况，原本所有的程序都被打乱了。可是，结果竟是出乎意料的好！"

梅宛书闻言开始好奇："怎么回事啊？"

尹歆然笑道："事情有点复杂，所以穆子旸也没跟你仔细解释。就是曲静怡的这个 case，竟出其不意地杀出来一个理发店的小老板，叫阿荣……"

当下尹歆然就把整件事向梅宛书原原本本地解释了一遍。

梅宛书听完也很欣喜，对尹歆然道："没想到阿荣挺有生活智慧，做了一件三方得利的事！"

又瞧了一眼尹歆然心花怒放的样子，不禁莞尔："其实还不止，是四方得利！我原本最担心的就是你接下这桩假结婚的 case，会影响你的职业前途，现在把曲静怡的案子撤回了，你也就安全了。"

尹歆然也松口气道："我也是第一次违反我的职业操守，总是有些惴惴不安，现在好了，我心里踏实了，周昊也要恢复自由身了！"

梅宛书很为她感到高兴，便走到尹歆然身前轻轻地抱了她一下，柔声道："祝贺啊，Ella，终于熬过来了，现在这样就很圆满！"

尹歆然心里感动，也拍了拍她的背："Sophia，更值得祝贺的是你！事业爱情双丰收，马上要博士毕业了，又要和穆子旸举办婚礼！"

梅宛书回想去年十一月时，就因为周昊来找尹歆然办理曲静怡的 case，她和尹歆然才有了夏威夷的那场旅行，也才有了她与穆子旸的重新相遇。

而今，因为这些奇妙的缘分，她和尹歆然都结得了美满的姻缘，尽管这一路，他们几人走得都很不容易……

两女感慨了好一阵，时间滑到了中午，她们照常一块吃了午餐，穆子旸便开车来到 downtown，把梅宛书接走了。

一路春光明媚，樱花盛开，入目的景色美如画卷。

梅宛书将车窗开了一小条缝，让带着林木花香的清风吹进车里，耳听山里鸟雀啁啾，不觉心旷神怡。

穆子旸今日也是意气风发，心情大好，一路都在笑，时不时地转头望一眼梅宛书清丽的侧颜，竟比窗外的风景更加赏心悦目。

车子进入山里，温度开始下降，梅宛书便关了窗，只让明媚的阳光照进车里，暖融融的十分舒服。

终于，车停在了半山腰，两人下了车，凭栏远眺，整个大温的城市风貌尽收眼底。

欣赏了一会儿，穆子旸便靠了过来，揽住梅宛书的腰，抬手将她额侧的发丝拨到耳后去，然后望着她的眼，轻轻喊她："宛书！"

"嗯？"

穆子旸灿烂地笑，再喊："宛书姐！"

"做什么？"

穆子旸不答，却转过脸去，对着山下大喊："宛书！宛书姐！宛书……"

一声声随风飘散在山涧里。

接着，他又开始大叫："宛书姐，我从小就喜欢你，很喜欢很喜欢……"

见梅宛书眸光流转，笑得甜甜的，他更疯狂地叫："宛书，你知道我有多爱你吗？我可以为了你不要命……"

听到这一句，梅宛书不知怎的心里一凛，赶忙抬手捂住他的嘴，轻轻地摇了摇头。

穆子旸晓得她心疼他，便顺嘴亲了她一下手心，随后拉开她的手，将她的纤腰搂紧，对着她低喃："宛书，吻我！"

梅宛书心里一热，仰起下颌，柔柔地吻了上去……

穆子旸心情激荡，热烈而婉转，包裹着她的唇，将那片阳光的明媚，那阵风的清凉也含进了嘴里。

像是总也不够似的，很快他变成了主动，大手扶住她的脖颈，啃咬着，研磨着，时不时叹息一声："宛书，好想马上就和你结婚……想要你……"

梅宛书被他的热力包围着，心胸都鼓荡起来，听着他浓情似火的耳语，她心里竟是荡漾悸动一阵阵，难以自抑……

第 130 章 撞车

　　就在离穆子旸和梅宛书不远的一辆车上，有两人一直观赏着这激情的一幕，先开始觉得俊男美女十分养眼，后来看得都有些面红耳赤。

　　开车的人转开了目光，咳了一声道：“你看着啊，等结束了告诉我！”

　　另一人道：“嗯，真他妈比电影还刺激！”

　　“下午这会儿时候倒好，连个游人都没有！”

　　“对啊，时机很绝，也是那姓穆的小子找死，自己进了山，还要把女朋友也带上！”

　　开车的人略有些紧张：“是要连他女朋友一起……”

　　副驾驶位的道：“那肯定啊，两人黏糊成这样，分都分不开！”

　　瞧了一眼开车的，嗤道：“你小子行不行啊，要不换我来！”

　　开车的却捏紧方向盘不撒手：“用不着你，我开车技术比你好多了！”

　　话落，便听副驾驶位的道：“行了，结束了！”

　　开车的盯着那两人，见穆子旸搂着梅宛书离开围栏，开始缓步朝山上走，穆子旸在左，梅宛书在右，他心道正好，可以控制一下争取只把那小子撞飞！

　　他做了口深呼吸，集中精神开始踩油门加速，车头朝着穆子旸的背影开过去……

　　梅宛书正和穆子旸言笑晏晏地沿着山道行走，穆子旸还没从刚才的那番激情中出来，山里的凉风都吹不散他心头的火热……

可梅宛书却听到身后有一道车子发动的声响，不知怎的她心里一跳，转头朝后看了一眼，立马瞪大了眼睛！

就看到一辆黑色的轿车，直直地朝他们开来，车窗反射出刺目的光，令人一阵眩晕。

可医生的直觉不容忽视，她的第一反应便是把穆子旸往左边用力推，然后下一秒，她左侧的腰部被重重地撞击了一下，整个人便像一片轻飘的落叶，高高地飞了出去……

而穆子旸不知发生了什么，只觉得梅宛书推了他一下后，右边的背部咚的一声，整个人便朝着左侧飞倒，然后狠狠地跌落在路边的灌木丛里。他头脑发懵，脸色惨白，周围的阳光变得耀眼刺目。

他挣扎着转过头，看到梅宛书一动不动地趴在离他好几米远的地方。

他颤抖着唤了一声"宛书"，左胸的下方蓦地传来一阵锥心的刺痛，再也撑不住晕了过去……

车上的两人瞧着两人同时被撞飞，尽管男的被女的推了一下撞得没有刚开始预想的那么狠，可到底邵老板的指令算是完成了，便急忙倒车，又在刚才的半山腰处转了个方向，扬长而去。

梅宛书趴在地上，眩晕了好一阵，感觉脑袋里有了意识，她便开始做深呼吸，检查自己的五脏六腑，还好，似乎没有受伤。

然后她弓起身，终于感觉到了皮肤和骨骼的疼痛，两肘、两胯、两膝都很疼，可她竟咬牙爬了起来！

浑身上下都很酸痛，她却一步一步艰难地朝着穆子旸走去，嘴里喊："子旸……"

……

半个小时后，本拿比医院。

手术室门亮起了灯，梅宛书眼睛微红，正在回答医生的问题。

"是病人家属吗？"

"是，我是他未婚妻，是名妇产科医生。"

"车祸发生后，你多久把病人送到这里？

"五分钟左右抬上车，十五分钟开到这里。"

"很及时，病人断了一根肋骨，脾脏大出血，我们马上给他做脾脏止血手术，可能要切除一部分脾脏。"

梅宛书立刻道："脾脏能保住就保住！"

医生道："出血量太大的话，就得完全切除！"

梅宛书急着问："没有生命危险吧！"

医生道："亏得你送来的及时！"

话落，看她一身的狼狈，便多说了一句："Miss 穆，请你也赶紧做个全身检查！"

"我没事！"梅宛书眼眶润湿，嘴里却坚持道："我肯定没事，只是皮外伤。"

"还是去检查一下比较好！"

"等病人做好手术我再去查！"

医生见劝不动她，便也不再管她，脚步匆匆地进了手术室。

四个小时后，穆子旸做好手术后被送到单人病房，梅宛书陪伴在侧。

此时已是晚上八点多的时间，医院各处亮起了灯。

病房里的吸顶灯映照在穆子旸失了血的脸庞上，愈发的苍白。

梅宛书心疼地望了他一会儿，又看了一下点滴的速度，觉得稍微快了一点，便起身将之调慢了一点。

她再度怔怔地朝他望去，心里一阵阵揪痛，脑袋却一阵阵发木。

刚才在手术室外呆了那么久，期间医生带她去查了一下身体，确定她身上只有六处稍微严重的皮外伤，并帮她简单地做了处理。

然后她给穆语童打了个电话，大概告诉了她一下情况，让她和何虹佳不要太担心。

接着她就一直在想到底什么人要用这么可怕的手段对付穆子旸，可是想了很久，似乎只有方雅淑有这个动机。可她心里知道绝对不是方雅淑，早在周一她就答应给方雅淑一个满意的交代，方雅淑当时的态度已经有所缓和……

所以，到底是谁？

梅宛书抬手扶住了额头，摇了摇，眉间蹙起了深深的皱褶。

她开始回想撞车前她和穆子旸在半山腰时的场景，她记起穆子旸对着山下大叫："宛书，你知道我有多爱你吗？我可以为了你不要命……"

想到这儿，她一阵心惊肉跳，因为她又突然想起去年在夏威夷的火山岛，她刚接触穆子旸时就对他说过几句可怕的话：

"用钱？恐怕难了，不如拿命来赌！"

"我说，想要打动我，你得赌上你的命！"

难道，真是她的魔咒……

梅宛书一阵心慌意乱，眼里蓦地涌上一层泪雾，忍不住握起穆子旸的手贴在她脸上，开始喃喃低语："对不起，子旸，很对不起！是我，是我害你受伤，差点送了命……"

"是我不好，我不该说那种话，叫你拿命来赌……全是我的错……"

说着说着，她的泪水沾满了他的手背，手心……

便在此时，门口一声大喊："什么，你说过这种话！"

梅宛书一怔，抬起头来，见门口何虹佳已经冲了上来，怒目圆睁，脸都气得有些变形。

接着，"啪"的一声，梅宛书脸颊重重的地挨了何虹佳一巴掌，白皙细腻的肌肤立刻留下了五道红色的指印。

可打了一巴掌仍不解气的何虹佳，指着她大骂："你竟然叫我儿子拿命来赌！你这个不祥的女人，专门害死喜欢你的男人，让他们一个个的出车祸！一个云函还不够，还要让子旸来给你陪葬！你说，到底是谁想要弄死你，最后却让我儿子替你撞车，哇——"

何虹佳忍不住放声大哭……

她身后的穆语童赶忙扶住何虹佳，听了母亲的那番话，她心里也是又急又难过，眼圈红红地问梅宛书："宛书姐，到底怎么回事？真的是因为你，我哥才出车祸的吗……"

梅宛书说不出话来，泪水成串成串地往下滑落，可她仍是想不明白，到底是谁想要穆了旸的命，事情是不是真的因她而起……

便在此时，一道清润的嗓音在门口响起："不是因为 Sophia ！"

穆语童转眸看去，见邵星泽身长玉立地站在病房门口，他旁边还站着一位身穿警察制服的人。

邵星泽上前扶住何虹佳的另一边，看了床上一动不动的穆子旸一眼，柔声道："阿姨，警察要找 Sophia 问话，我们一起出去听一下，就让 Tina 在这儿照顾子旸吧！"

何虹佳此时失魂落魄，看到邵星泽就像抓住了一根救命稻草，便听了他的话，随着他出了病房。

梅宛书也默默地跟在他们身后。

邵星泽掏出一块白色的丝绢递给了梅宛书，让她擦泪，却用自己的袖口给何虹佳抹泪。

何虹佳这才心里稍稍安定，让邵星泽扶着坐在了病房外厅的沙发上。

警察是个白人，用英语跟梅宛书对话。

"Miss 穆？"

"Yes！"

"撞你们的车已经找到了，被遗弃在山脚下，很遗憾，这部车是一部被偷车辆，撞你们的人不在车里，已经逃走了！"

"那行车记录仪有没有拍下什么？"梅宛书机警地问。

警察道："记录下了你和穆先生被撞的场景。当时亏得你反应迅速，推了穆先生一把，他才得以保全性命。"

"这么说，开车的人是冲着穆先生去的？"

"显然是的，车头对准的是穆先生，你只是受到了波及，所以你被撞得并不严重，而且你被撞后身体保持平稳飞出，最大程度地减少了伤害，大概是医生的本能保护了你自己。"

"那警察先生，你们有没有怀疑的对象，到底是谁想谋害穆先生？"

"根据我们的推测，最近穆先生因为股权一事跟新雅地产的总经理方雅淑产生了矛盾，她是我们暂时锁定的第一嫌疑人。"

"她不是！"

“你能确定？”

“嗯，能确定！”说到这里，梅宛书突然灵光一闪，终于想出了某种可能：“警察先生，我觉得谋害穆先生的人很可能得知了天阳和新雅的矛盾，因而找方雅淑去做替罪羔羊。”

“明白了，谢谢你提供的信息，我们一定会从方雅淑周边的人开始查起。”

“谢谢警察先生，希望你们早日破案，给穆先生一个交代！”

很长的一段对话，邵星泽极有耐心地全部翻译给何虹佳听。

何虹佳脑子虽然还有些懵，可毕竟有些话警察说得十分清楚。

让她明白了，如果不是梅宛书拼着自己给车撞，也要尽力推穆子旸一把，他才会真的丧命。

还有，明显开车撞人的是冲着穆子旸来的，而不是冲着梅宛书来的。

再有，穆子旸这两天和其他公司的老总产生了矛盾，最大可能是出于这个原因才被人报复，而梅宛书反而是受了穆子旸的牵连。

耳朵里继续传来邵星泽的话：“阿姨，刚才医生也说，要不是 Sophia 及时将了旸送进医院，子旸就会因为失血过多而有生命危险！”

“还好 Sophia 是医生，处理得很及时，今天她连车都开得很快，才将子旸第一时间送进医院做手术。”

“阿姨你放心，医生说了，最晚明天早上，子旸一定会醒过来！”

邵星泽一句一句清醒的话，终于令何虹佳醍醐灌顶，她抬起头去看梅宛书，却见她也在望着自己，目光那么的温柔，连一丝一毫的怨怪都没有。

瞧梅宛书的脸上还有她打出的五个手指印，何虹佳万分愧疚，忍不住朝她招了下手："小书，你过来！"

梅宛书上前两步，柔声喊："阿姨！"

何虹佳拉了她一只手让她坐下，然后两人异口同声："对不起……"

何虹佳鼻音浓浓地道："你有什么对不起，是你救了子旸！今天要是没有你，子旸才真的没命了！小书，刚才是阿姨不好，我太急了……"

梅宛书轻轻地摇摇头："阿姨，我也有很不对的地方，就在我刚遇见子旸的时候，我对他说过很重的话，我……我说他想要打动我，得赌上他的命！"

"哎！"何虹佳叹口气："那也许就是子旸的命吧，我不该错怪在你头上！小书，脸还疼不疼？"

梅宛书笑了笑，眼里却含着泪花："不疼，一点都不疼！阿姨这巴掌打得对，惩罚我说过那种狠话！"

话落，何虹佳心里一酸，把梅宛书抱住，又哭了起来。

她的儿子和儿媳，真是命运多舛，太让人心疼了……

第 131 章 心不甘情不愿都不敢

晚上病房规定只许一人陪床，梅宛书便留了下来，让何虹佳和穆语童回家去准备点随身物品，第二天白天再来。

邵星泽开了穆子旸的车将母女俩送了回去，就住在了穆宅。

病房里，梅宛书握住穆子旸的一只手，坐在床前，一眨不眨地望着他，时而柔声细语地对他说几句话，许久，一股极度的疲倦涌了上来，她趴在床沿睡着了。

穆子旸半夜醒来，便瞧见梅宛书的如瀑发丝垂在肩头，有几缕散落在床沿。

她纤秀的一只手始终握住他的手，温温凉凉，触感细腻，令人安定。

他不由得嘴角轻轻弯起，手微微动了一下。

梅宛书立刻有所知觉，睁开眼眸，醒了过来。

她抬起头看向穆子旸，见他竟还在笑，红红的双眼便又涌出一层泪，嗔道：“子旸，你总算醒了，疼不疼，可把我们都吓坏了……”

边说着，边把他的手放在自己的唇上，一下下亲着……

穆子旸感觉不到身上的痛，却感觉到手上痒丝丝的，脸上的笑意更深了些，从喉咙的深处唤了一声：“宛书……”

声音又低又嘶哑。

梅宛书立马心疼地道：“别说话，多休息！”

穆子旸却不听，非要再多说一句：“再过八十天就是我们结婚的日子，来得及吧……”

……

第二天早上，方雅淑先接到了薛律师的电话，告知她新雅的股份又变更了一次，梅宛书的股份卖出协议无效，她仍是新雅的最大股东，让她有空就去他 downtown 的办公室签署新文件。

方雅淑长长地舒了口气，觉得梅宛书说话算话，人品贵重，真的给了她一个满意的交代，竟与她的母亲和未婚夫完全不同。

刚心情放松了些，她又接到了警局的电话，让她和她先生尽快来警局，配合调查穆子旸和梅宛书在山里被撞一案。

方雅淑吓了一跳，赶忙问："他们两人危险吗？"

警察道："穆先生脾脏大出血，做完手术后目前状况稳定，梅小姐只是受了轻伤。"

闻言，方雅淑稍稍安下心来，和 Brighton 一起开车去了警局。

路上，Brighton 听方雅淑说新雅股权一事因为梅宛书已经得到妥善解决，心里便也不再那么厌恶穆子旸，想着他是梅宛书的未婚夫，还是尽早配合警察查出真凶才好。

因而在警局，他提供了极其重要的线索，便是他周一傍晚去了邵冠辉的赌场酒店，在二楼的会客室与 Eric 的一番对谈。

后面几天，警察调查的重点转到了邵冠辉和 Eric 身上，他们又喊了邵星泽过来问话，得知他在两个月前回国度春假期间，找律师与邵冠辉断绝了父子关系，之后又认了穆振中和黎玉洁做父母，觉得这点很可能是邵冠辉的作案动机，想要取穆子旸的命来报复穆家，而下令执行的人应该就是 Eric。

他们扣留了 Eric，并对酒店赌场进行搜查，很快查出其中两个保镖就在撞车案的当晚，便出境回国，成为最大的嫌疑人。

可整个案情没有直接的证据指向那两人，Eric 又找了律师，最后在被扣留四十八小时后又被释放。

案子陷入了僵局，可警察已经调查出的这一切，让大家心中有数，谁才是真正的始作俑者。

从警局出来，邵星泽便陷入了深深的自责中。原来一切，都是因为他过于鲁莽地处理他和邵冠辉的关系，结果邵冠辉竟报复到穆子旸的身上……

他第一反应便是想回国找邵冠辉算账，却被穆语童拉住，恳请他留在温哥华："Kelvin，你现在已经是我们穆家的一分子，不可以拿自己的人身安全开玩笑！我大哥已经受了伤，你可不能再出事了！"

说着，不禁流下泪来："Kelvin，我大伯、大伯母都让你别再冲动，好好留在温哥华读书，而且，这也是蓉姨最大的心愿！要知道，当初她为了不影响你的学业，宁可一直不见你，你可不能辜负蓉姨！"

纪蔼蓉在邵星泽的心目中分量太重，让他咬牙忍住了那一股子冲动，而且上一次就因为冲动坏事。不过他暗下决心，这件事他绝对不会放过，一定要想法子将那些歹毒的人绳之以法。

……

穆子旸在医院里住了一个星期后便回家休养，虽然胸腹处多了一条又长又弯的伤疤，可他丝毫不在意，因为这次的受伤，他可得到的太多了。

何虹佳和穆语童的嘘寒问暖，国内长辈们每日的问候，邵星泽的负疚道歉，周昊的时常探望，当然，最重要的还是梅宛书悉心的照顾和陪伴……

六月的一个周六，穆子旸一早从睡梦中醒来，便看到梅宛书坐在床沿，含情脉脉地望着他，手上拿了那块蓝色的丝绢，沾了一些水，有点湿。

穆子旸舒了一口气，难怪刚才他觉得额头和脸颊凉凉的很舒服，原来又是梅宛书在帮他擦汗。

他看了一下墙上的时钟，才清晨六点多，他便有些心疼地拉住她一只手，哑着嗓子问：“什么时候进我房间的？昨晚我睡了你才走……”

梅宛书浅浅一笑：“昨晚你十点不到就睡着了，我没回公寓，就在隔壁房间休息的，今天早上五点多醒的，也睡了挺久了。”

穆子旸这才缓了口气，望着她如花似琬的容颜，闻到她身上幽淡的清香，心里一荡，忍不住拉了她一把。

梅宛书身体一软，躺在了他的身边。周围那般宁静，两人也静静地对视相望，便觉得时光都变得温柔旖旎……

梅宛书看了穆子旸好一会儿，俊美的脸庞还是带了几分憔悴的病容，可也比半个月前好了许多，渐渐有了些血色。

她侧过身，抬手抚住他的半边脸颊，凑过去亲了一下他的额头，随后是他高挺的鼻梁，性感的唇。每一下就如蜻蜓点水，清凉而柔软，令穆子旸十分的惬意。

他不禁笑起来，顿时灿烂散漫了满脸，然后他低声撒娇：“宛书姐，我好想吻你，给我亲一下，好不好？”

梅宛书却摇了摇头，轻声道：“不行，情绪不能太激动，否则肋骨和脾脏都会感觉疼痛，影响身体恢复。”

一听她又拿出医生的腔调警醒他，不容许他有丝毫的放纵，穆子旸便有点堵心，叹了口气，幽怨地道："宛书，我算是明白了，这辈子我就给你拿捏得死死的，只有我按你说的去做，你却绝不会听我的。"

梅宛书抿嘴笑，知道穆子旸指的是新雅股份的事，到现在他还觉得不怎么甘心。

她便柔声问："那你是不是觉得听我的，心不甘，情不愿？"

穆子旸小声嘟囔："我连心不甘情不愿都不敢！"

"呵呵……"梅宛书被他逗笑了。

开心了一阵，她的手挪到了他柔软的头发上，轻轻地抚摸："子旸，知道我为什么要把股份拿回来吗？因为我是医生，每天做的最多的就是去治疗病人的伤痛，减轻他们的痛楚。和商人不一样，我看这个世界的人们，第一眼总是去看他们痛在哪里……"

"我懂得商人的思维，可我却做不到像你和我母亲那样。雅淑阿姨是我母亲的朋友，对我来说是个很慈和的长辈，她还曾有心撮合我和你。这样的人，我又怎能忍心去伤害她……"

"而且雅淑阿姨这样的人，即便去经商，也做不到心狠手辣，唯利是图。于是才有了现在这样一个规模不大、却很有发展潜力的新雅。新雅的商业理念和天阳不同，我认为在雅淑阿姨的手上，比在你和周昊的手上，更能发扬光大。而这，才是我作为新雅的一个小股东，该去考虑和做出判断的事。"

"我总在想，哪怕经商，也总是和人在打交道，而不是和金钱。所以，对于我来说，做出的每一个决策，都要分对方是哪种人。子旸，你说，我这样想对吗？"

长长的一番话，听在穆子旸耳中，竟是如沐春风，如淋甘露。

　　他说不出话来，一双眼却闪闪发光，越闪越亮。

　　梅宛书知道他听懂了，嫣然一笑，将身体贴过去，汲取着他身上的温暖，闭上眼睛，嘴里轻吐："子旸，我们一起再睡一会儿吧。"

第 132 章 激情

　　第二天周日，周昊和尹歆然带了一些水果和营养品一起去了穆宅。

　　短暂地在穆子旸房间里慰问了一会儿后，尹歆然便去了梅宛书的那间客房和她说话，周昊留了下来。

　　穆子旸靠在床头，关心地问了公司的运营状况，周昊笃定道："你就放心吧，我会把公司看得好好的！"

　　话落，又为新雅一事感到可惜："子旸，我就说 Sophia 和你不是一类人吗，虽说没有和你翻脸，也是因为你出了车祸需要她照顾。可在新雅股权上她偏要和我们唱反调，白白让我们失去了一个大好的入主新雅的机会。"

　　穆子旸昨天早晨听了梅宛书的一番谆谆教诲，便一直都在心里咀嚼和思考她的话，此时的想法已与往日颇有不同。

　　他反问周昊："昊哥，你说，如果我们天阳入主新雅，和方雅淑主理新雅，有什么不同？"

　　周昊理所当然地道："新雅在我们天阳手里，肯定发展速度更快，钱挣得更多啊！"

　　穆子旸颔了颔首："那是，可方雅淑的长处在于总能挖掘具有发展潜力的小项目加以投资和支持，而不是在现有的项目上扩大规模和资金膨胀，从社会角度上来说，她的运营理念对社会的贡献更大。"

　　周昊眉头皱起，有些不解："所以呢，对我们天阳有什么好处？"

　　穆子旸突然灿然一笑："好处就是，对社会的贡献越大，你我在业界就越能声名鹊起，这是一种隐形的资产投资，代表着威望、号召力和凝聚力。”

周昊一听，不由得眼睛一亮，指指他：“你呀，又从 Sophia 那里学了什么来，还挺像那么回事！”

穆子旸得意地挑眉：“那是，娶了宛书这样的老婆，我的精神境界都要拔高好几个层次的！”

“哈哈！”周昊大笑，又叹服道：“行吧，总之新雅股权一事原本就一直是你在操作，你觉得怎么样好，我都支持你！”

穆子旸面露感激：“谢谢昊哥！”

梅宛书的客房里，尹歆然正在津津乐道地和她叙说最近发生的一些事。

这半个月梅宛书除了忙毕业，去医院上班，便是到穆家来照顾穆子旸，每日连轴转地忙碌，一直没空和尹歆然一聚。

此刻听到尹歆然说起周昊和曲静怡回国一个星期就把离婚手续办好了，如今阿荣和曲静怡都带着女儿一起住在大别墅里，相互照顾，梅宛书心下欣慰，不由得笑问：“那最近这些天，你是不是和周昊正式发展感情了？”

尹歆然却摇了摇头：“周昊从国内一回来，就听说子旸被人谋害出了车祸，连你也被牵连，着急得很，他还被警察叫到警局问过话。再加上公司现在就靠他一个人看着，忙得要命，他哪有什么时间和心思放在我身上呀？”

梅宛书微笑道：“那今天是周日，你们有空一块儿来看子旸，也就有空一块儿去约会吗！”

这话倒正说到了尹歆然的心坎里。

她俏脸微红道：“Sophia，其实半年前在惠斯勒，我答应过周昊一件事！”

梅宛书难得瞧她眼中流露出一丝羞涩之意，又回想起惠斯勒的那几天，自然明白尹歆然指的是什么，便悠悠地道：

"答应过人家的承诺，自然是越早兑现越好了！"

"喂喂，"尹歆然心里大羞，嘴里却嚷："Sophia，你也变坏了！"

梅宛书两手抱在胸前，莞尔道："你和周昊现在都是自由身，当然可以自由地去做你们喜欢做的事。总之我还是那句话，迟早要发生的事，还不如早点发生！"

尹歆然立马抓着她的话问："那你呢，有没有和穆子旸……"

她故意顿住不说，只是朝着梅宛书眨了眨她晶亮的大眼。

梅宛书哭笑不得："子旸这次伤得这么严重，还不知道能不能按原定时间举办婚礼，我想把婚期往后推一段时间，等他身体完全养好了再说，他却怎么都不肯……"

"那肯定啊！"尹歆然非常能理解穆子旸的感受："就你这样的，一天没正式娶回家，一天都放不下心！"

"好了，别说我了，"梅宛书抬手搭在尹歆然的两边肩头，把她朝门外推："我这里没空招待你，赶紧和周昊该约会约会去！"

话落，在一片嬉笑声中，尹歆然出了房门，恰好周昊也从穆子旸房里走了出来。

瞧见尹歆然笑靥如花，眼波流转，娇俏得很，不由得心里一荡，伸臂搂住她的腰："我在西温的一家餐馆定了座位，我们现在就去！"

尹歆然随着他一起下楼，嘴里问："干嘛定在西温？"

周昊笑道："离你家近！"

尹歆然嘟起嘴："是想吃好中饭把我送回家方便吧！"

心里有些不悦，以为周昊下午忙，又要很早结束约会。

周昊却脸色认真道："是时候带我去见见你父母了吧！"

"啊？"尹歆然有些措手不及，瞥他一眼，嗔道："早几天又不说，我爸妈昨天去坐阿拉斯加邮轮旅游去了！"

周昊一听，心中更喜，嘴上一本正经道："那就更要去你家看看！"

尹歆然一愣，一时还没想明白，两人已走到一楼，见何虹佳、穆语童和邵星泽都在，便跟他们打了声招呼，离开了穆宅。

……

西温依山傍水，各处环境极好，两人在一家海边西餐厅饱餐一顿，又点了两杯红酒，坐到外面的露天遮阳伞下，慢慢品尝。

初夏的阳光明媚灿烂，入目皆是辽阔的大海，波涛粼粼。对面耸立着一群 downtown 的高楼大厦，海面上的 sea bus 来回穿梭。

海风习习，凉爽宜人，两人对饮一杯酒后，感觉浑身血液开始加速，偶尔对望一眼，都不禁都有些面红耳赤。

此时，尹歆然已经反应过来周昊在穆宅的那句话意味着什么，心里咚咚直跳，又暗骂自己没出息。

虽说因为周昊的case，她已经有很长时间没和男性亲密，可在周昊之前，她也不间断地交往过好几个男友，经验也可算丰富，哪想到这会儿自己竟如情窦初开的小女孩，心生胆怯。

而周昊却在回想半年前在惠斯勒和尹歆然的那番亲热，虽说只是个前戏，也足以让他销魂蚀骨。

想到这儿，周昊一口干尽杯中酒，起身道："走吧，Ella，送你回家！"

他尽量控制得声音平稳，可滚动的喉结出卖了他内心的激动情绪。

尹歆然瞧出来了，不禁抿唇一笑，回了个"嗯"，放下酒杯，拉住了他的手。

周昊心里一甜，握紧她的手带她上了车。

经常送尹歆然回家，周昊对路十分熟悉，车子只开了十分钟就到了尹歆然家。

那是一幢隐在树林里的别墅，幽静得很，周昊第一次走进去，竟觉像到了世外桃源。

尹歆然用钥匙打开门，里面也是曲径深幽，一条长廊贯穿前院和后花园。

尹歆然带着他走到中途，便转弯拾级而上，再转了两个弯才到二楼，进了她的房间。

周昊环顾一周，见她的房间视野极好，玻璃门外便是一个小小的阳台，直接可以看到大海。

房间也布置得极具少女气息，各处摆满大大小小的绒毛玩具，可爱爆棚。

周昊忍不住嬉笑一句："Ella，你的心理年龄大概只有十五六！"

"喂！"尹歆然嗔了他一眼，娇俏妩媚："不可以吗？我就是喜欢这些软绵绵毛绒绒的小东西！"

"可以，当然可以！"周昊笑着走到她面前，轻轻地抱住她，在她耳边甜言蜜语道："在我心里，你也是软绵绵毛绒绒的，又可爱，又撩得人心痒痒的！"

这话说得尹歆然心都化了，又被他呼出的热气弄得耳朵发痒，禁不住咯咯笑了两声。

周昊心神一荡，亲了一下她耳后根，委屈道："Ella，因为你，我都做了大半年的和尚了，真是憋屈！”

尹歆然可不同意，娇声道：“那也不是因为我吧，你自找的！”

“对对，我自找！”这会儿，周昊什么都答应，将她抱紧。

她充满弹性的身体紧贴着他，脖颈间发出一股销魂的香气，正是他送给她的香水味。

他深吸了一口，便再也忍不了，两只手从她背后的衣角伸了进去，同时，张嘴含住了她艳丽的唇。

尹歆然嘤咛一声，便也抱住了他的腰，将他的衬衫抽出，然后，边吻着，边一粒一粒地给他解开。

她都不晓得这番动作多么刺激对面的男人，周昊立马呼吸急促起来，从上把她的衣裙除去，随后又剥掉她的内衣，发红的眼睛盯着她胸前诱人的性感，色授魂与。

尹歆然却不给他多看，贴着他，再解开他皮带，从裤腰里抽了出来。

这一下，周昊感觉自己的胸膛都要爆炸，急不可耐地抱着她转到床边，再一把将她推倒在床上，压着她狠命地吻，两只大手在她身上来回摩挲，尔后掐住她的敏感之处不放……

尹歆然被他挑逗地身体都弓了起来，剧烈地喘息着，浑身颤栗着，等待着他进入的那一刻。

可周昊竟克制得厉害，嘴唇吻遍她全身，才将她翻过身去，尹歆然受不了，只得开口：“周昊，我想看着你……”

周昊在她身后喘着粗气：“不行，不能看……”

话落，两人同时一声喊叫，她的空虚终于被他填得满满当当。

接下来，便是激情澎湃的一大波，尹歆然脸埋在枕头里，两手抓住床头的缝隙，娇媚地一声又一声，呻吟不断。

热浪滚滚，偏偏周昊略微弯身，力度丝毫不减，两只大手却抚住她身前两团丰满的圆润，时不时的用指尖挑拨揉捏……

尹歆然顿时脑袋轰鸣，从喉咙里发出了声声呜咽，眼里也泛起了一层水雾，控制不住地喊着他的名字："周昊，周昊……"

第 133 章 破案

　　周一，邵星泽下午上完课，便按电话约定好的去了警局。

　　这些天，他心中对穆子旸和梅宛书十分歉疚，可那两人却心怀大度，对他与往日没有丝毫不同，就连何虹佳都没怪责他，只说这一切都是命。

　　而穆语童也十分明白事理，怕他做出危险的行为，叫他不要回国找邵冠辉算账，将他劝住留在了温哥华。

　　可邵星泽心里自有另一番考量，开始对撞车案极为上心，常常打电话去警局询问案子的进展。

　　案子陷入僵局后，他百般思量，突然想到那两个保镖用来撞人的车子是偷来的，便在上周五亲自去了警局一趟，跟这件案子的主要办案警察 Carl 说："会不会这两个保镖在偷车的时候，被拍下了录像？"

　　Carl 道："Kelvin，你想到的，我们也早就想到了。这部车不是那两个保镖偷的，是个流浪汉偷的，后来他又将偷窃车辆卖出。"

　　邵星泽问："流浪汉是怎么偷的？"

　　Carl 道："是车主在一家二手名品店购物时，将车停在了店门口。车子挺旧了，车主便没锁门，就让一个流浪汉用万能钥匙给开走了。"

　　邵星泽问："那个流浪汉被拍到脸了吗？"

　　Carl 干脆用电脑放给他看："拍到了一点，可非常不清楚！"

　　邵星泽心里一动，便道："可不可以把这段视频发给我，我尽量把录像放大还原？"

Carl 晓得邵星泽是这个案子的关键人物，又是名校计算机硕士，便答应了他。

邵星泽收到视频后，这两天在家里用他硅谷项目里新开发的软件一帧一帧将录像里面有流浪汉脸部细节的画面全部截取，慢慢拼凑还原，最后将他脸部的轮廓五官勾勒得八九不离十，今天便去找 Carl 将流浪汉的数字画像交给他。

Carl 看过后，与经常在偷车地点附近作案的偷窃犯照片做了一一对比，竟真的找到了脸部五官都极其相似的一个流浪汉。

邵星泽欣喜道："Carl，顺着这条线索，是不是就能找到买车的人？"

Carl 朝他伸出一只手："谢谢你的帮助，Kelvin，我们一定会尽快破案！"

果然，三天后，警局打来电话，Carl 告知他一个意想不到的突破，便是找流浪汉购买偷窃车辆的竟是 Eric 本人！

Eric 二度被扣留警局，可他却说，他买了这辆车后只是停在了赌场酒店附近的一条小路上，不知被谁开了去。

Carl 早有准备，从路边的摄像中截取了 5 月 23 号撞车案的当天，两名保镖于上午八点就上了这部偷窃车辆。

除此，他将这部车沿路轨迹的所有摄像也一并调了出来。

果然这部车直接从停车地点开到了天阳地产公司的门口，直到下午一点多穆子旸开了宝马离开公司，这部车尾随其后，后来穆子旸去 downtown 接了梅宛书，这部车继续尾随，之后又开进了山里。

铁证如山，Eric 再无法辩驳。可他心想两个保镖人已经回到国内，没有对证，便有持无恐地道："我没给这两个保镖下过任何命令，他们去撞人，也许是他们和穆子旸有私人恩怨，又或者他们是听从方雅淑的命令行事，总之与我无关。”

"是吗？"Carl凉声道："你别以为那两个人逃回母国，就抓不到他们。实际上我们在拿到这份录像的第一时间，就联系了澳城的刑警，他们的办事效率非常高，已经将那两个保镖捉拿归案！"

Eric一阵心惊，却不敢再发声。

之后澳城警署发来新证据，两名保镖供认不讳，一切出于Eric的授意，而给Eric下令的便是赌城老板邵冠辉！

自此，案件水落石出。

Eric在温哥华被羁押候审，而邵冠辉也被澳城警局逮捕，枫叶国投资移民的申请被移民局退回。

这个结果，令邵星泽心里放下了一块大石。他很了解邵冠辉心狠手辣的脾性，怕他谋害穆子旸一次不成，还会继续对他不利。另外，他还担心在沪城的穆振中和黎玉洁受到牵连。

现在邵冠辉被关进看守所，整个穆家也就安全了。

此时，时间已经滑到了六月底，他和穆语童学期结束，开始放暑假，梅宛书也顺利地从医学院毕业，正式在妇幼医院开始工作。

而穆子旸的身体，经过一个多月的调养大为好转，已经可以正常下床活动，正常饮食。

……

六月的最后一天是个周六，邵星泽和梅宛书照常去了穆家。

这段时间因为穆子旸的伤病，两人去穆家走动频繁，何虹佳干脆给他们一人配了一把穆宅的大门钥匙，完全把他们当作了一家人。

在何虹佳心里，准儿媳和准女婿都是又聪明又好看的学霸，她对他们的喜爱程度竟不亚于自己的一双儿女，可又时常觉得这两人命运曲折坎坷，遭遇颇为不幸。

时而出于母亲的角度，担心这两人会给穆家带来灾祸，可时而又发现每每生活中发生了什么艰难危险之事，这两人总能靠着自己的聪明才智，以及坚毅的心志全部解决，手法竟比自己的一双儿女高明许多。

于是，何虹佳心生感慨，也知自己的一双儿女被拿捏得死死的，还甘之如饴……

就在这种矛盾的心情中，何虹佳听到他们来了，还是忍不住喜笑颜开，心甘情愿地进了厨房，开始烧饭。

不一会儿，梅宛书走了进来，轻手轻脚地帮她摘菜，柔声细语地和她说话，厨房的空气都变得清香起来……

客厅的沙发上，邵星泽正在把整个撞车案的进展说给穆子旸听。

穆语童坐在他两中间，用小叉子把果盘里的水果一个个送到穆子旸的嘴边。

穆子旸这一个多月就是众星捧月的皇帝待遇，此刻妹妹这么对他，他也不以为意，习惯性地享受。

听邵星泽讲到精彩处不禁眉飞色舞，夸道："Kelvin，你很聪明啊，新型软件使用得也好，看来我们硅谷的项目进展得不错！"

邵星泽见穆语童给穆子旸叉了个大草莓，便也叉了个小草莓送到穆语童嘴边。

穆语童咬住后，心思却不放在上面，随便咀嚼两下便吞下肚，随后拿了餐巾纸去给穆子旸抹拭嘴角。

邵星泽轻哼一声，凉凉地道："这种画图软件的开发，现在才只是初级阶段，后面会加入大量的 AI 程序，未来做同样的仿真图像，速度会加快好几倍，画面也会更加立体精美。"

话落，见穆语童又叉了一片苹果送进穆子旸嘴里，实在忍不住道："子旸，你没手吗？"

"哈哈！"穆子旸见他一脸藏不住的不悦，不禁大笑出声，结果牵动伤口，又开始"哎哟"乱叫。

穆语童转头嗔了邵星泽一眼，见他也叉了一片苹果给她，不禁怪道："Kelvin，你能不能不要添乱啊！"

邵星泽闻言，脸色一变，手停在半空中，尴尬无比。

"哈哈……"穆子旸又忍不住大笑起来。

邵星泽俊脸一沉，对穆语童道："Tina，有件事和你商量！"

穆语童没回头，只问："什么事啊？"

邵星泽道："现在学校放暑假了，我和 Sam，还有戴斌哥都说好了，去旧金山工作一个月，你要不要和我一起去？"

穆语童一愣，没怎么思考便回道："Kelvin，我可能没时间陪你去了，我哥结婚前，我都要在家照顾他的。"

听到这个答案，邵星泽咬了咬牙，不甘心地道："子旸不是有 Sophia 和阿姨照顾吗？"

穆语童却道："宛书姐医院工作这么忙，还要筹备婚礼。我妈主要在家烧饭烧菜，照顾病人她不拿手，还是我留下比较好。"

邵星泽闻言，不吭声了，眉间不由得蹙起了皱褶。

穆子旸在一旁将好戏看到现在，此刻也颇为不忍，拿过穆语童手里的小叉子，轻松地叉了一片芒果放进嘴里，边嚼边说："小童，我现在身体好了一大半，不需要人照顾了，你就陪 Kelvin 去旧金山吧！"

　　穆语童眼睛顿时一亮："哥，你自己真的可以？"

　　"没问题！"穆子旸挑眉道："倒是 Kelvin，他可是我们硅谷项目的核心人物，你要是不陪他去，他软件开发不好，那我们的项目可就损失大了！"

　　这么个高帽子戴上去，穆语童不能不答应，她终于转过头面向邵星泽，甜甜一笑："Kelvin，那我就陪你去旧金山！"

第 134 章　我舍不得你

三天后，邵星泽和穆语童出发去了旧金山。

下飞机时已经是下午三点多，Sam 和戴斌一起来接他们。

戴斌早知穆语童会与邵星泽同来，也知她是穆子昉的妹妹，穆云函的堂妹，对她倍感亲切。

Sam 开车往硅谷的方向行驶，戴斌坐在前排副驾驶位，一路与他们谈笑风生。

戴斌对穆语童道：“我就叫你小童，行不？”

穆语童回道：“当然可以了，戴斌哥！”

戴斌呵笑了一声道：“我已经收到了子昉和小书的结婚邀请，下个月十二号我一定准时到场。”

“欢迎你啊，戴斌哥！”穆语童笑道：“婚礼当天我和 Kelvin 还要做伴娘和伴郎！”

戴斌颔首道：“所以我只安排 Kelvin 在硅谷工作一个月，让你们早点回去帮你大哥筹备婚礼。这一个月，我在硅谷给你们租了一套公寓，离 Sam 的住处不远，可以吧！”

邵星泽立马回道：“戴斌哥费心了！”

Sam 笑着接口：“我们那里的公寓面积都不大，肯定没你在优卑诗租的公寓舒服，别介意！”

邵星泽从后拍了拍 Sam 的肩头，毫不在乎地道：“再小，也不会比我们在港城大学的宿舍小吧！”

Sam 点头笑：“差不多！”

车行半个小时，便到达了硅谷的公寓。

戴斌帮他们把行李拿下车，便去了斯丹佛的办公室，Sam 拿了两人的行李箱，将他们领进公寓。

　　邵星泽肩头挎了个行李包，一路牵着穆语童的手，进了公寓门，两人却有些局促。

　　原来门口狭窄，无法并列容纳两个人，穆语童只得站在他的身后。

　　Sam 将行李放在客厅的中央，叹道："就一间卧室带一个小书房，这样的也要五千刀一个月了！"

　　邵星泽扫了一眼，见客厅里摆了一张挺舒服的绒布沙发，卫生间和厨房也都有，心下便十分满意，笑道："不错，面积是小了点，可麻雀虽小 ，五脏俱全！"

　　Sam 耸耸肩："你满意就好！"

　　话落，让他们进了客厅，自己往门口走："我公司还有点事，就不陪你们了，你们今天好好休息，熟悉一下环境，Kelvin 明天来公司上班，行不？"

　　邵星泽颔了颔首："OK，明天九点我准时去你那儿！"

　　Sam 走后，穆语童便好奇地四处打量，见各处窗明几净，厨房和卫生间为了节约空间，都是推拉门设计，倒也方便。

　　再走进小书房，见里面摆了张巨大的书桌，放置了一台看上去很高级的电脑，再加两张转椅，整间房就没剩下多少空间了。

　　书房对面的卧室她也进去看了一下，见里面只摆了一张双人床和一个小衣柜，房间也就只剩下两条过道。

　　看完后穆语童回到客厅，脸颊微微发热，因她不晓得该怎么分配房间，显然小书房根本住不了人。

　　邵星泽看出了她的羞赧，明白她的顾虑，便柔声道："Tina，你住卧室，我住客厅。"

　　"啊？"穆语童目光扫了沙发一眼，犹疑道："这沙发好像没法睡觉，我们要住一个月那么久，用它当床会很不舒服的。"

邵星泽走到她面前，拉起她两只手，唇边泛起一抹笑意，口气却带了几分逗弄："怎么，舍不得我？要不，让我也睡进卧室？"

"不行啊……"穆语童低下头，红了脸。

邵星泽笑问："那你说怎么办啊？"

穆语童嗫嚅道："要不，我睡沙发，你睡卧室。"

邵星泽缓缓摇头，很坚定地否决了："不行，我舍不得你！"

穆语童心里一动，抬起头来，望向他清润的瞳眸，那里面一闪一闪的，闪得她都有点发晕。

鬼使神差的，她来了一句："Kelvin，要不……我们还是一块儿睡卧室吧！"

闻言，邵星泽两手蓦地捏了她一下，问："你确定？"

穆语童深吸口气，像是下定决心："嗯，我确定！"

邵星泽便也随着她说："好，就这么办！"

接下来，他们高高兴兴地一起将随身衣物整理到卧室的小衣柜里，将两大只空掉的行李箱放在客厅的沙发旁，然后穆语童去卫生间换了一套清凉的粉色 T 恤和白色短裙，邵星泽在卧室里换了一套白色的运动套装，再用书包装了他的篮球，出了公寓。

两人手拉着手在附近的街道上逛了一圈，先去麦当劳饱餐一顿，又去超市里买了些食品和日用品，随后邵星泽找到了一处露天球场，开始了他一个人的篮球表演。

穆语童如同往日一般在一旁观看，看到精彩的灌篮，便为他欢呼喝彩。

直到月亮升起，繁星满天，邵星泽才停止了运动，扯下他的发带。

夏日的硅谷天气燠热，他摇了摇头，让汗水沿着发丝滴落。

穆语童接过他汗湿的发带帮他收好，又递给他一瓶矿泉水，邵星泽仰起头，一口喝干。

穆语童有点着迷地看着他，又一次在心里念叨，这人为什么做什么动作都那么好看呢……

"几点了？"邵星泽突然问她。

"哦，"穆语童连忙从随身小包里掏出手机，打开看了一下："快九点了！"

"嗯，挺晚的了，我们回去洗澡睡觉吧，明天我还要早点起床！"邵星泽神情自若地说。

"好啊！"穆语童应道，心想明天自己还可以舒舒服服地呆在公寓里享受假日，可邵星泽就要正式工作去了，不能耽误他休息。

邵星泽便将篮球收进书包背在身上，又拎起一大袋超市物品，还不忘另只手搂住了她的肩。

穆语童心里一甜，随着他迈开轻快的步伐。

回到公寓，空调的温度顿时让两人倍觉清凉。

穆语童催促邵星泽先去洗澡，自己去了厨房，将袋子里的食品和饮料都放进冰箱。

随后她从卧室拿了自己的睡衣等在客厅。

待邵星泽洗好澡换好睡衣出来，她便笑着对他道了声"晚安"，进了卫生间。

洗好澡后，见邵星泽已经洗了他自己的衣服，挂在门后晾衣架的上面一层，她便也洗掉她的衣服和邵星泽的发带，挂在了下面一层。

从浴室出来，穆语童对着客厅的穿衣镜照了一下，镜子里的女孩长发半湿，身上一袭可爱的小熊睡裙，白皙的两条胳膊露在外面，整个人显得粉嫩娇美，清新怡人。

穆语童甜甜一笑，心想这个样子哪怕睡着了被邵星泽看到，也不至于难看丢人。

随后，她走到卧室，轻轻地推门而入。

床头的壁灯还亮着，发出朦胧的暗黄色光芒，邵星泽拥着薄被，脸朝外侧，一动不动，估计睡着了。

穆语童怕吵醒他，便迈着猫步，悄悄地走到床的另一边，动作轻巧地上了床，盖上她特意从温哥华带来的柔软的毛巾被，舒服地躺了下来，闭上了双眼。

迷迷糊糊酝酿了一会儿，穆语童睡意渐浓，旁边的邵星泽却突然翻了个身，脸朝向了她。

温热的呼吸扑向她的面孔，发丝上一股好闻的味道也钻进了鼻尖。

穆语童顿时睡意全无，心脏开始砰砰直跳。

她微微睁眼，见邵星泽的一张俊脸近在眼前。

他的墨眉，长而浓密，眼睫翘翘的，一根一根清晰可见，鼻梁挺直，薄唇润泽，宛如漫画里的男子，好看得惊人。

穆语童眼睛睁大了些，又看了好一会儿，还是没能忍住伸出一只手，用指尖轻轻地去触碰他的睫毛。

刚触上，手却突然被抓住，邵星泽张开了眼。

那双眼，仿若盛了漫天的星辰，那般的璀璨，穆语童不由得定住了，一瞬不瞬地望着他，忘记了呼吸。

邵星泽也凝视着她，眼里却渐渐变了颜色，沉如暗夜，脖颈间的喉结也蠕动了几下。

然后，他伸手扶住她的耳侧，将头慢慢地凑过去，薄唇软软地贴住了她。

他开始轻柔地吻她，一下一下，挑拨着她的唇舌，穆语童的脑中仿佛炸开了一朵烟花，炸得她失去了意识，失去了魂魄，身体却不由自主地随着他亲吻的节奏，悸动了起来……

耳听她的呼吸变得紊乱急促，邵星泽的嘴唇便沿着她的下巴往下，来到她细嫩的脖颈间。

"嗯——"

穆语童情不自禁地从喉咙里发出了一声呻吟。

邵星泽修长的手指挪到她睡衣的领口，慢慢地拉开，在她的锁骨上吮吸出印记，然后继续将她的睡衣往下拉，从一只胳膊卸了下来。

霎时，白皙柔美的一团露了出来，带着一滴鲜嫩的粉红。

邵星泽眸色迷离，望了好一会儿，眼角泛出了一抹红晕。

他开始用手指轻轻地捻揉，用牙齿轻轻地啃咬，穆语童受不了这种陌生而又强烈的刺激，喘息不停，嘤咛不断，肌肤也起了一层层的颤栗……

就在那一片，邵星泽流连忘返了许久，直到夜深，他才放开了她。

尔后他帮她把睡衣穿回去，搂住她呢喃着说："Tina，睡吧，我们明天再继续。"

第 135 章 上诉

　　邵星泽和穆语童去旧金山的当晚，梅宛书为了更方便地照顾穆子旸，从优卑诗的公寓里收拾了一大箱行李，搬进了穆宅。

　　次日周三，恰好是她的休息日，她便一早就进了穆子旸的房间。

　　见他没像往日那样躺在床上休息，竟早早地爬起来，打开书桌上的笔记本电脑，正在忙碌着什么，连她推门的声音都没听见。

　　梅宛书觉得好奇，悄悄地走到他身后，见电脑屏幕里显示的是一个 word 文档，穆子旸两手飞快地在键盘上打字，似乎正在写一篇文章。

　　梅宛书安静地看了一会儿，便明白过来，轻声问：“子旸，你是不是在写你管理学课程的结业论文？”

　　穆子旸听到背后温柔的语声，心里便是一阵舒畅，他双臂上举，头也仰起来，灿烂的笑容布满了整张脸：“过来，宛书，亲一个！”

　　梅宛书莞尔，朝他靠近了些，穆子旸的双手便把她的脸捧在了两掌之间。

　　梅宛书两手搭在椅背上，顺着他的力道低下头去，倒着与他双唇相接，轻轻柔柔地吻了一会儿，直听到穆子旸的气息开始不稳，便收了唇舌，抬起头来。

　　穆子旸仍然意犹未尽，不禁抱怨道：“什么时候才能痛痛快快地跟你亲热啊，真是憋死人不偿命！”

　　梅宛书轻笑一声，抚摸了一下他的发顶：“快了，还有一个月就是婚礼，你的身体也该恢复得差不多了。"

穆子旸一听到"婚礼"二字心里便是一阵涟漪泛泛，他咬了咬牙，像是赌咒似的小声嘟囔了一句："那晚我一定要熬个夜，不睡觉！"

梅宛书没听清楚："你说什么？"

穆子旸便又仰头对她笑："没什么，我会乖乖地听你话，把身体养好，以积极健康的状态去迎接我们的婚礼！"

话落，果见梅宛书满意地点点头。

又听她问："子旸，你管理学课程缺了一个月的课，没关系吗？"

穆子旸这才将注意力转回他的论文上："六月份的课程都是围绕这篇结业论文展开的，只要论文写得好，缺几堂课也没关系。况且，有同学把六月份的课程笔记全部发给我了。"

梅宛书一听便知是谁，转过身面对着他，淡声问："是那次彻夜照顾你的那个叫 Irene 的女同学吗？"

提起这件事穆子旸便有些脸红，解释道："后来 Irene 辞职了，我也就没再跟她接触，不过她后来看到我没去上课，就去昊哥那儿打听了一下，知道我出了车祸，便把我缺掉的那些课程笔记都发到我邮箱里了。"

梅宛书了然地点点头："这个 Irene 人还不错！"

穆子旸拉住她一只手，表情郑重地道："宛书，你要知道，我心里除了你，是一丝一毫也容不下其他人的。在你之前，我也没喜欢过什么女孩，可在夏威夷海滩上看到你的第一眼，我就想娶你。后来我明白了，应该是我七岁的时候就已经对你情根深种了，这辈子你若是不要我，我就得注孤生了！"

梅宛书前面听得心里感动，听到最后一句又不禁拿手捂住他的嘴，嗔道：“你啊，就是喜欢口没遮拦地乱说话，叫人担心。上一回你在山里乱说话，接着就出车祸，到现在我还心有余悸。”

穆子旸难得看到梅宛书脆弱的样子，却是因为担心他，心里不由得暖融融的，两条胳膊圈紧了她的细腰，口吻笃定地道：“宛书，你放心吧，往后我一定不让自己出任何危险！我马上就要成你丈夫了，未来还是你孩子的爸，身子金贵得很，我一定会保全好自己！”

这话倒是说到了梅宛书的心坎上，她捧起他的脸，给了他一个奖励，柔声道：“这样才乖！”

……

梅宛书和穆子旸、何虹佳一起吃好早饭后，穆子旸回自己的房间继续埋头写论文。

梅宛书和何虹佳说了会儿话，便回到她那间客房，想把昨天带过来的那一大箱行李全部整理好。

刚打开箱盖，书桌上的手机铃声响起。

梅宛书一看是尹歆然的电话，立刻接通：”Ella？”

尹歆然显然心情不错：“今天你休息，是不是又去穆家了？”

“嗯，Kelvin 在硅谷有项目要跟进，昨天小童陪他一起去了旧金山，我干脆搬过来住了。”

“哎，”尹歆然颇为遗憾：“你说我们多久都没聚了，我还有事想跟你说呢！”

梅宛书猜：“是不是和周昊的事？”

晓得这一个月尹歆然和周昊正处在热恋期，基本上尹歆然的话题都是围绕着周昊展开的。

却听尹歆然傲娇道："才不是和周昊呢！"

她笑起来："有两件事，第一件，蔡怡雯的工作签证办下来了，她很快就能来温哥华，到陈家去做住家保姆了！"

"太好了！"梅宛书十分欣喜，不禁称赞道："Ella，你效率好高，才两个月就把蔡怡雯的签证办妥了！"

"那当然！"尹歆然挺得意。

梅宛书莞尔，又问："另外一件事呢？"

尹歆然道："另外一件就是曲静怡来找我了。"

梅宛书有些奇怪："曲静怡找你？是有什么新情况吗？"

"嗯，有新情况！"尹歆然口气兴奋："曲静怡和阿荣上个星期领证结婚了，所以想让我再帮她办一次配偶团聚移民！"

"真的？"梅宛书一听也挺高兴："这么快他们俩就结婚了，看来感情培养得不错！"

"对啊，"尹歆然很感慨："这两人背景相似，女儿又同龄，还在一个班读书，同一屋檐下居家过日子，合得来很正常嘛。"

梅宛书道："那这次你接了他们的 case，办理的就是真结婚了！"

"没错！"尹歆然道："上次曲静怡的案子虽然半途撤回，可她的个人资料我手上全有了，现在只要补上阿荣的，工作量倒是减少了一半。"

梅宛书关心地问："成功率呢？"

尹歆然很有信心："既然这次是真结婚，成功率就很高了！"

梅宛书放心了："希望你马到成功！"

"谢谢啦！"尹歆然开心地回道。

　　后面的两个星期，尹歆然一边准备两人的材料，一边等阿荣交付了别墅的全款，一切齐备后，她便将阿荣和曲静怡的申请一起递交到了移民局。

　　可结果却出乎意料，移民局很快发来了一封拒签信。签证官的理由是：虽然曲静怡和梁志荣同居两个月并领证结婚，可前面曲静怡和周昊也是领证结婚并同居两个月，之后却办理了离婚。因而有理由相信这次曲静怡和上次一样，只是为了拿到枫叶卡而办理结婚，具有明显的移民倾向。意思就是怀疑曲静怡和梁志荣也是假结婚。

　　尹歆然对着拒签信思索良久，觉得签证官怀疑得确实有道理，可她却绝不甘心承认这个结果，因为她心里很清楚，这次曲静怡和阿荣是真结婚，这个结果对他们俩来说并不公正！

　　于是尹歆然毫不犹豫地采取了下一步，为曲静怡申请法庭上诉！

　　……

　　案子于八月三号在 downtown 的一间小法庭上开庭审理。

　　被告席上便是签发拒签信的签证官，他冷静地陈述了他拒签的理由，说曲静怡第一次的枫叶卡申请因为和周昊离婚而导致撤案，这个案子虽未经审理，可有理由相信曲静怡和周昊之间的婚姻不真实。

　　而曲静怡和周昊离婚后，没有任何的时间间隔便和梁志荣同居结婚，有理由相信梁志荣也只是继周昊之后的另一个虚假担保人而已。

　　听完他的陈述，法官点了点头，认为签证官的说法是具有信服力的，他转而问控方："尹律师，请问你们的上诉理由是什么？”

尹歆然站起身，侃侃而谈："法官，签证官，你们好！我想说的是，签证官不能把对上一次申请人曲静怡和担保人周昊婚姻的存疑，用到这一次对本案的判断中，曲静怡女士和梁志荣先生的婚姻是真实的！"

"证据如下：曲静怡和梁志荣相识是因为他们两人的女儿在同一所小学同一个班级读书，一个是单亲妈妈，一个单是亲爸爸，有许多的共同语言。"

"梁志荣先生自己经营一个理发店，勤奋苦干，每天工作到很晚，曲静怡女士非常热心，每天放学后帮他带孩子去公园玩，甚至让梁先生的孩子和她们母女一起吃晚饭。长此以往，梁先生心存感激，认为曲女士勤劳善良，是很合适的妻子人选。"

"两个单亲家庭合二为一，相互照顾，相互取暖，对两个孩子的生活和前途都有极大的裨益。枫叶国的移民政策很重要的一条是什么？便是要为未来的栋梁，为下一代创造好的条件和好的环境。"

"我们办理移民，很多都是以孩子的利益最大化为原则，甚至是人道立场来判定申请人是不是符合枫叶国的国策。而显然，曲女士和梁先生的结合，对两个孩子产生的全都是正向的、有利的影响。我这里有一份两个孩子的证词，可以证明我以上的陈述全部都是真实的，请法官慎重考虑这一点。"

说到这里，法官和签证官已经开始动容，之后见尹律师双眸晶亮，神采飞扬，又拿出了一份材料一起交了上来。

尹歆然颔了颔首，继续道："我刚呈交给法官的还有一份新的证据，便是昨天曲女士去妇科诊所得到的检查结果。结果显示，曲静怡女士已经怀上了梁志荣先生的孩子，又要为国土辽阔而人口稀少的枫叶国添砖加瓦！如此，还不能证明，曲女士和梁先生的婚姻是真实的吗？"

话落，法官立刻下了判决："曲静怡女士和梁志荣先生的上诉成功，驳回移民局的审理结果。请移民局以这次的判定结果为依据，重新审理曲静怡女士的移民申请！"

闻言，尹歆然大大地松了口气，尔后，欣然地笑了起来。

第 136 章 痴恋

八月三号也是邵星泽在旧金山工作的最后一天。

这一个月，他和 Sam 配合无间，AI 作图软件开发顺利，有了一些阶段性的成果，戴斌便趁此机会拉来了更多的融资，很快公司已小具规模。

戴斌心情大悦，对邵星泽愈发地欣赏，又知他因为个人机缘认了穆振中和黎玉洁为父母，经常与他们通话，不止是嘘寒问暖，还时时向他们报告项目的进展，叫穆振中放心。

戴斌不由得十分感慨，心想不仅穆云函的那份资金有了最好的去处，连他的才华、他的孝心都后继有人。穆云函和邵星泽差了五岁，相貌气质也有许多的相似之处，真真是老天安排的一对好兄弟。

这天晚上，戴斌在一家享誉硅谷的中餐厅定了位子，为邵星泽和穆语童送行，也请了 Sam 一起。

席间，见一对小情侣时不时地对视而笑，眉梢眼角都藏不住柔情蜜意，不禁暗自欣喜。

心想他找的这间情侣公寓可真不错，这一个月，明显两人之间发展飞速，如胶似漆。

穆语童不能沾酒，戴斌便点了她喜欢的芒果汁，大家碰杯共饮后，戴斌笑问："Kelvin，小童，你们明天什么时候飞温哥华？我和 Sam 可以送你们去机场。"

话落，却见穆语童默默地看了一眼邵星泽，眼里尽是依依不舍。

邵星泽回了她一个安抚的笑容，转头对他解释道："戴斌哥，我和 Tina 都是明天中午的飞机，不过目的地不一样。

她回温哥华，我先去澳城处理一些事情，然后再去沪城和我爸妈一起飞温哥华。”

戴斌一听他把行程安排得这么满，不禁有些担心：“子旸和小书的婚礼就没剩下多少天了，你来得及在这么短的时间就把国内的事情处理好吗？”

邵星泽润朗一笑：“戴斌哥，放心吧，我会把时间安排好的，一定会在婚礼前赶回温哥华！”

戴斌知他不愿多说，便点点头道：“那就好！”

晓得邵星泽家庭背景复杂，是和生父邵冠辉脱离了父子关系的，也晓得邵冠辉就是穆子旸和梅宛书撞车案的罪魁祸首，这趟邵星泽回澳城，恐怕与此事脱不了关系。

穆语童心里也是惴惴不安，可她很清楚，这次她是阻止不了邵星泽了。

早在半个月前，Carl 便从温哥华打电话给邵星泽，跟他说撞车案并未尘埃落定，案情又有了新的变化。

原来 Eric 想到自己在澳城的家人还需邵冠辉照拂，便将意图谋害穆子旸的罪名一力承担下来，他招认说：“邵老板确实让我教训一下穆子旸，可具体怎么教训，邵老板并没有下任何指令，叫那两个保镖用车去撞穆子旸完全是我一个人的主意。”

于是在澳城，财大势大的邵冠辉找了律师又将他从看守所保释出去。

邵星泽听到这个消息，不禁蹙眉问：“Carl，这样的话，是不是就没办法给邵冠辉定罪了？”

Carl 叹道：“跨国作案本就难以处理，再加上邵冠辉人在澳城，只是遥控下令给 Eric。就算那两个保镖的证词指向邵冠辉，可毕竟案发前那两天，给保镖直接下令的是 Eric，现在 Eric 把所有罪名承担下来，澳城警方就很难给邵冠辉定罪了。"

和 Carl 结束通话后，邵星泽便考虑思量了一番，然后打了一个国际长途电话给黄启华。

春假回国时，邵星泽之所以找黄启华做他声明的见证律师，就是因为黄启华在澳城声名显赫，与多个赌城的大老板有着千丝万缕的联系，一般人轻易不敢得罪。

有他做见证人，邵冠辉不得不认下与邵星泽脱离父子关系这个结果。

可如今，想要给邵冠辉定罪，变得加倍困难，邵星泽便想咨询黄启华的意见。

黄启华听完邵星泽的叙说，对邵冠辉报复穆子旸的做法颇为不齿，便道："Kelvin，你要想将邵冠辉定罪，还是得回澳城一趟。我既然敢做你声明的见证人，就不怕再继续帮你一次。邵冠辉在赌城素来跋扈，看不惯他做派的大老板为数不少，你看能不能在这里面找找机会。"

邵星泽闻言，心里一动，抬头看了下日历，回道："半个月后等我结束硅谷的工作我就回国，到了澳城会马上联系你。"

"可以！"黄启华道："那 Kelvin，我们半个月后见！"

……

晚餐结束后，几人互道晚安。戴斌回了自己的住处，Sam 将邵星泽和穆语童送到公寓楼下，还跟他们约好明早八点来接他们去机场。

邵星泽答应一声，照常牵着穆语童的手进了公寓，心里却抑制不住地波动起伏，恋恋不舍。

只有他自己最清楚，只这短短一个月，他对穆语童便从原本的感激、喜爱上升到了迷恋，再到了如今痴恋的地步。

连他自己都不明白这种变化从何开始，或许，是从住进这间公寓的第一天……

那天夜晚，她美妙的身体，她婉转的呻吟，刺激着他的每一处感官，令他悸动，令他兴奋，令他深陷某种奇妙的感觉中，难以自拔。

那天以后，除了聚精会神地工作，他几乎每分每秒都在想她，想她的一举一动，想她的一颦一笑，最想的还是她在他的撩拨下又羞涩、又渴望、又意乱情迷的模样……

这样的暧昧旖旎持续了十几天，穆语童终于没能忍住，跟他说了"想要"，他便将积攒了多日的欲望尽情宣泄了出来，连续要了她三次，从轻怜蜜爱到疯狂占有……

之后，意想不到的状况来了。由于是初夜穆语童气虚体乏，又因为当时两人将空调的温度调得太低，第二天她就开始感冒发烧。

邵星泽又急又悔，去药店买了不少非处方药，穆语童乖巧体恤，还是让他不间断地去公司上班，自己在公寓吃药调养。

那一个星期，邵星泽每天下班回来都会给她熬一锅粥，就像他小时后生病时蓉姨给他熬的那样，甜的是红枣番薯，咸的是鱼片瘦肉，既有营养又好消化，慢慢的穆语童病好了，脸色也从蜡黄恢复到了红润。

病愈的那晚，她笑得甜甜的，主动来吻他，邵星泽反被她挑逗得情动不已，剥掉她的睡衣，正想重温的时候，穆语童却突然间脸色变得苍白，肚子也开始疼痛。

邵星泽原本就记得她的周期，自然明白发生了什么，便立马去超市给她买了一堆女性用品。

　　而这一个星期，邵星泽将空调温度打高，每天烧热水，凉成温的给穆语童喝，也不再买任何冰激淋和冰饮料。不过到了晚上，他仍会像刚开始的那些天，温柔地挑拨她，亲吻她，然后把手放在她的腹部，缓缓按揉，哄她入睡……

　　思绪正飘浮着，耳朵里传来穆语童甜柔的语声："Kelvin，我去洗澡了！"

　　"嗯，"邵星泽面色清淡地回道，目光却不由自主地落在她抱着的一堆衣服上。

　　然后，他唇角轻勾，跟进浴室，关上了推拉门。

　　穆语童见他进来，小脸开始泛红，可也没有出声让他走，倒是嘴角含着一抹笑，眼里也水汪汪的，诱人得很。

　　她把两人的换洗衣服都放在了盥洗台上，随后打开了花洒。

　　霎时，一片湿热的雾气在狭小的浴室弥漫，彼此的视线也开始模糊不清。

　　邵星泽上前一步，声音低低地问："Tina，要吗？"

　　"嗯。"穆语童声音轻细却又清晰。

　　邵星泽轻笑了一声，伸出手，帮她褪去了衣裙。

　　氤氲水雾中，她纤秾合度的身形若隐若现，他屏住呼吸看了好一会儿，这才脱掉自己的衣服，将她拉进了水雾里。

　　他们站在水中细细密密地吻着，他修长的手指在她光滑细腻的后背徘徊了一阵，便又一次感觉到了她肌肤一层又一层的颤栗……

　　片刻，他的两只手滑到了她前面玉雪粉润的两团，如同往日般温柔地抚摸着，轻轻地揉搓着，耳听她的呼吸越来越急促，他便稍稍使劲，掐着她的腰，将她的身体举高了一些，慢慢嵌了进去。

“啊！”穆语童忍不住发出了一声轻喊，一股强烈的刺激令她浑身发抖。

随后而来的每一下撞击，都让她头晕目眩，神魂俱散，她在水里忘乎所以地呻吟着，喊叫着，微微抽动着……

随着她激烈的反应，邵星泽加快了节奏，时而将她反过身去，让她趴在墙上，痛快淋漓地摆弄，最后他忍不住嘶叫了一声，全部宣泄在她的身体里。

事后，他又怕她像上次一样疲累生病，便赶紧拿了她那块又大又柔软的毛巾被将她全身裹紧，抱到了床上，然后掀开他的那床薄被，将两人一起盖住。

待穆语童浑身干透，连头发也不怎么湿了，邵星泽才拿掉了毛巾被，赤身把她搂进怀里。

第 137 章 不许不想我

翌日八点半，戴斌和 Sam 将邵星泽和穆语童送到机场的国际航站楼。

和两人挥手作别后，邵星泽和穆语童各自办理了 check in，然后又在安检处汇合，一起过了安检。

随后两人买了咖啡，在机场绿植中找了桌椅坐下，说了些体己话。

穆语童让邵星泽回澳城后，要特别注意自己的安全，不要叫他们担心，邵星泽一一答应下来，笑道："放心吧,Tina,我现在有那么多的家人，父母、岳父母、兄嫂、未婚妻一个不少，会很惜命的。"

穆语童听到"未婚妻"三个字，不由得回想起昨晚两人的那番亲密，顿时羞红了脸。

邵星泽瞧得心神一荡，拉了她一只手，柔声说："Tina,我会一直想着你的。"

这么直白的话，难得从这么闷骚的人嘴里说出来，穆语童禁不住扑哧一笑，皱了下小鼻子道："我回温哥华倒是很忙，要帮宛书姐筹备婚礼，恐怕没什么空想你了。"

"是吗？"邵星泽顿时眸色幽深，捏紧了她的手："不许不想我！"

"知道啦！"穆语童瞧他急了，便赶紧娇声回道。

随后，邵星泽把她的手背贴在自己柔软的薄唇上，贴了好一会儿，又跟她叮嘱了一些话，两人才依依不舍地分开，去了各自的登机口。

穆语童坐的是短程飞机，只两个半小时便到了温哥华，梅宛书开了自己的 mini 车来接机。

穆语童一见到她心里便是一暖，坐到了副驾驶座位上。

"宛书姐，我哥身体大好了吧！"第一句话她就关心地问起穆子旸。

梅宛书回道："你哥原本就爱运动，身体底子好，恢复得差不多了。"

穆语童松了口气，笑道："那婚礼可以如期举行了！"

"可以！"

穆语童听得出梅宛书的声音里面含了喜悦，心下欣慰，又问："宛书姐，婚礼筹备得怎样了，有什么需要我做的吗？"

梅宛书淡笑："我的好朋友 Grace 你还记得吗？"

"记得，"穆语童点点头："去年冬天在惠斯勒见过她和她的男朋友。"

"嗯，她男朋友 Allen 就是一名专业的婚礼策划师，一切交给他就行。"

"太棒了！"穆语童欢呼起来，又问："婚礼地点在哪里啊？"

"就在离我医院不远的女王公园。"

"哇！"

一想到繁花似锦的女王公园，穆语童就能想象婚礼现场一定会布置得很漂亮，不禁道："这么说，一切都安排妥了，我就没什么事可做了！"

梅宛书莞尔："你也有事的，要把你和 Kelvin 的伴娘和伴郎礼服挑好。"

"知道啦，"一想到邵星泽，穆语童心里就甜丝丝的："宛书姐，我们什么时候去挑礼服？"

"约好了后天下午四点，我们一起去 Allen 的婚纱店挑。"

“好啊！”穆语童开心地应道，又说：“其实我最想看的是宛书姐的新娘婚纱，肯定美死了！”

“呵呵……”

耳听她的甜言蜜语，梅宛书忍不住笑起来。

……

一进家门，穆语童就听见客厅里传出了一阵谈笑声。

和梅宛书一起换了鞋走进客厅，穆语童惊喜地看到家里多出了来几个人。

除了自己的父亲穆振华，梅宛书的母亲许慧茹，还有一位面容清隽、气度儒雅的中年男人和穆振华并排坐在沙发上，穆语童立马就猜出他是梅宛书的父亲梅听南。

果然有其父必有其女，梅宛书浑身上下那股子淡雅的书卷气，像极了梅听南。

上一回穆语童见到许慧茹时，以为梅宛书像母亲，可这一回她发现，梅宛书更像父亲，身上有一股令人心折的独一无二的气质。

梅听南一看到女儿带着个更年轻的女孩子回来了，便站起身来，温声对穆子旸道：“这就是你的妹妹小童吧！”

“是啊，叔叔！”穆子旸笑得灿烂，向穆语童招招手。

穆语童便走上前去，很有礼貌地喊了声“叔叔”，又对许慧茹喊了声“阿姨”，问他们什么时候来的温哥华。

许慧茹见梅宛书乖巧地去厨房帮何虹佳准备茶点水果，便拉了穆语童坐在她身畔，笑道：“昨天刚到温哥华，今天是周末，就和你叔叔一块来拜访亲家。”

穆振华这会儿已经和梅听南聊了好一会儿，晓得他在国内是公职高位，心道果然言语气度十分不俗。

此刻问他："离子旸和小书的婚礼还有一个星期，亲家有什么安排吗？"

梅听南淡笑道："我虽是第一次来温哥华，不过慧茹已经来过这里好几回，对各处都熟悉，我就随着她逛逛就好。"

穆振华立马道："还是让我和虹佳陪你们逛一圈，不只是温哥华，维多利亚岛和周边的几个特色小镇也值得一去。"

梅听南素在官场，知道亲家客气，却也是增进姻亲感情的好机会，便顺着穆振华的意思道："那就有劳亲家了。"

穆振华笑道："我们两家如此有缘，就不说什么客气话了。原本这些都该让子旸来做的，不过他身体刚刚恢复，还是别到处走动，太太平平地做新郎官罢了。"

"是，是！"许慧茹在旁边接话。

说起穆子旸的车祸，许慧茹便有些惭愧，虽说车祸主要不是自己卖股的事情导致，可也正因为穆子旸和方雅淑产生了矛盾，才让那些个罪犯有了可趁之机。

此刻她顺着这个话题，对穆振华道："上一回我卖给天阳的股份，小书已经把她的那一半收回，这次来我要尽快把一半的资金退还给天阳，亲家你看我们什么时候去操作一下这件事。"

穆振华摆摆手："不急，等婚礼后找一天，我们和子旸一起把这件事处理掉就行了。"

说起这个，穆子旸便开始眉飞色舞："阿姨，那幢海景别墅面积太大了，你就别买了，不如换一幢同一地点的顶楼公寓，观看海景，视野更佳。"

许慧茹一听立马来了兴趣，问："价格多少？"

穆子旸解释道："这幢海景公寓是我们天阳和别家地产公司联合开发，也是有优惠的，顶楼应该不到二百万就能拿下。”

许慧茹等不及：“子旸，什么时候可以去看？”

穆振华笑道：“亲家要是着急，明天我们就一起陪你去看公寓。”

许慧茹立刻道：“好啊，我对那片海景情有独钟，看得好，上次卖股的资金正好可以用来购入这幢房产。”

又对梅听南道：“陪不陪我去看房子？”

梅听南知她爱女心切，这幢房产说是方便他们未来到温哥华居住，其实还是想留给梅宛书，让她在温哥华有个更舒适的家，便颔了颔首，温柔地道：“太太有命，我是不敢不从的。”

“哈哈……”

听到梅听南这么斯文地打趣，众人笑成一片。

于是第二天周日，一众七人开了两部车去了英吉利湾。

四个长辈坐了穆子旸的宝马，穆振华开车，梅宛书带了穆子旸和穆语童坐了她的 mini 车。

从穆家车行十五分钟，众人就来到了海景公寓。

顶层公寓在十六楼，共 1300 平方呎，顶部露台面积就有 75 平米，视野开阔，可二百七十度观赏海景。

许慧茹十分满意，当下拍板买下，梅宛书却在她身旁轻声道：“妈，我都不需要这么多的房产，优卑诗里面还有两间公寓。”

许慧茹嗔了她一眼：“又不是给你买，是我和你爸要买！风景多好啊，又有产权。优卑诗那两间公寓往后就租给大学生做投资好了。”

又道：“小书，平常我和你爸不在温哥华，你就和子旸经常来住，也别总跟长辈们挤在一起，年轻人得有自己单独的空间！”

　　梅宛书虽说对此丝毫不感兴趣，觉得大学里的公寓她住起来更习惯，可也知是父母的一片心意，又想穆子旸最喜欢看海景，她也就不再多说什么。

　　后面几天，穆子旸先帮许慧茹处理好买下海景公寓和归还天阳资金两件事，之后穆振华和何虹佳又陪着她和梅听南在温哥华、维多利亚岛和周边小镇游玩了一圈。

　　而梅宛书在工作之余，和穆语童一起去 Allen 那里挑选婚礼礼服，又和 Allen 商量了婚礼的一些细节，中间还抽空陪许慧茹去了一趟方雅淑家，向他们一家正式发出婚礼邀请。

　　谈话间，许慧茹向方雅淑郑重地道歉，说她卖股之时并不晓得天阳已经买下新雅百分之九的项目股，取得了控股权一事。

　　此刻，新雅的股权问题早已被梅宛书解决，再加上穆子旸和梅宛书的车祸或多或少和方雅淑有关，方雅淑也就不再计较前面的种种，和许慧茹言归于好。

第 138 章 打听

　　邵星泽于八月五号下午到达港城，随后打了出租去了澳城，仍住在交通便利的瑞吉大酒店。

　　入住房间后，他先给黄启华打了个电话，约好了明天上午去他的办公室仔细商讨邵冠辉一事，然后他又拨通了蔡怡雯的手机。

　　蔡怡雯看是他的号码，便找了个僻静处接通：“大少爷？”

　　邵星泽小声道：“雯姐，我到澳城了。”

　　蔡怡雯也小声回他：“大少爷，有什么需要我做的，就跟我说。”

　　邵星泽道：“等我明天见过黄律师后再跟你联系。”

　　“好的，大少爷。”蔡怡雯一口答应下来。

　　原来早在一个月前，蔡怡雯便拿到了去枫叶国的工作签证，心里对邵星泽感激不尽。那会儿邵家刚出了大事，邵冠辉因牵涉到温哥华的一桩撞车案而被澳城警署拘留。

　　当时，邵星泽就把这件事的前前后后都向她解释了，蔡怡雯心想邵冠辉因为对不起纪蔼蓉，邵星泽才与他脱离父子关系，可他却报复到不相关的穆子旸身上，于法令人不齿，被抓也是罪有应得，当下便跟邵宅的女主人苏咏媛提出辞职。

　　苏咏媛因为邵冠辉的事焦头烂额，两个孩子又小，觉得蔡怡雯把他们照顾得不错，便让她再多留些时日，还答应多给她薪水。

　　蔡怡雯也就留了下来，接着没过多少天，邵冠辉便被看守所放出。之后邵星泽又联系了她，跟她说会在八月初去一趟澳城，蔡怡雯便明白邵星泽这一趟是为了邵冠辉一事而来，心想自己留在邵宅，说不定能帮到他，也就暂时没再提辞职一事。

……

第二天周一，邵星泽按约定的时间到了黄启华的办公室。

寒暄一阵后，黄启华问他："Kelvin，你在澳城长到十九岁才去了港城念大学，在去港城前，家里有没有什么特别的事情发生？"

邵星泽回忆道："我母亲去世后，邵冠辉常年忙他的赌场酒店，很少在家，都是蓉姨在照顾我的生活，家里倒也太平。"

"不过在八年前我上高一的那会儿，我记得蓉姨有一阵子心情低落，时常眼睛红红的，问她发生了什么事她也不肯说，后来我见她又恢复了从前的常态，也就没把这件事放在心上。"

"现在回想起来，应该就是邵冠辉那时养了外室，那个姓苏的女人还给他生了孩子。蓉姨知道了这事，担心邵冠辉把苏咏媛接回邵家，那她在邵家就没了立足之地，又怕影响到我，因此心里难过。不过后来邵冠辉却没把苏咏媛接回来，而是在我去港城上大学后他才下手做这件事，抛弃了蓉姨。"

说到这里，他便气愤得眼睛发红："还不如当时邵冠辉就把那个女人接回来，那会儿我还在家，说不定还能为蓉姨做点什么，也不至于后来那么多年，我都没能见蓉姨一面！"

黄启华对邵星泽的这段遭遇一直怜悯同情，因而上一回才答应帮忙做他脱离父子关系的见证人，此刻温声道："Kelvin，那会儿你也就十六七岁，不过是半大的孩子，哪儿有什么能力去保护你的养母。不过有关苏咏媛，你知不知道她的背景？"

邵星泽摇摇头："高中毕业后我去港城上大学，之后蓉姨失踪，我就没怎么回过邵家，只见过苏咏媛两三面，有个印象罢了。上次三月份我回了邵家一趟，苏咏媛正好出去喝茶，我也没见到她。"

黄启华颔首道："所以你对苏咏媛完全不了解。苏咏媛可不是什么良家女子，八年前，她在跟邵冠辉之前，也跟过其他老板，后来也是因为她给邵冠辉生了两个孩子，才得以在邵家有了名分。"

闻言，邵星泽心里一动："这么说，邵冠辉因为苏咏媛，可能得罪过其他老板？"

黄启华道："得不得罪就说不清楚，不过当时在邵冠辉之前，苏咏媛跟的那位老板财力可是十分雄厚，是郭浩霖的侄子，郭梓涛。"

邵星泽从小在赌场长大，郭浩霖在澳城博彩业颇有威望，他自然听说过他的大名。

黄启华又道："郭浩霖光在澳城就有七八家赌场酒店，海外投资也是不胜枚举。邵冠辉虽说财大气粗，跟郭家也是没得比。"

邵星泽思忖了一会儿，道："苏咏媛跟了邵冠辉是八年前的事，就不知道这八年，邵冠辉和郭家之间有无矛盾。"

黄启华一听邵星泽很快就想到了关键之处，不禁欣赏地看了他一眼，微笑道："郭浩霖财大势大，可他的两房太太生的都是女儿，对郭梓涛这个侄子十分重视。当年郭梓涛为了苏咏媛一事跟邵冠辉就开始关系不和，这些年，邵冠辉做派跋扈，与其他的赌场老板争资源，争客户，矛盾龃龉不断，郭梓涛也看不惯他已久。"

邵星泽点点头，了然道："明白了，谢谢黄律师！"

心想倒是可以利用郭梓涛与邵冠辉之间的矛盾，想法子让郭浩霖出手，也只有像郭浩霖这样势力庞大的大老板，对邵冠辉才有震慑力，也不怕他采取什么报复行为。

脑子里突然想到了什么，便问："黄律师，郭浩霖和郭梓涛亲朋好友的的情况，可以给我一份详细的资料吗？"

"可以！"黄启华立马答应下来。

既然说过要帮邵星泽，再加上这些信息只要有心打听，都能从各处知晓，算不上什么私密信息，黄启华也就慷慨地把他手上这些年积累的郭家资料都复印给了他，并跟邵星泽说有什么新情况就随时跟他联系。

邵星泽辞别黄启华，回到酒店，开始仔细阅读资料。

刚才在黄启华的办公室，他就想到自己高中就读的是一家私立中学，学校权贵子弟占了一大半，会不会有认识的同学与郭家相熟。

不查看则罢，一看竟有好几条关系都可以通到郭梓涛或郭浩霖那里。

可邵星泽回想了那几个同学的品行，和他之间的关系要好程度，以及与郭家关系的深厚程度，觉得都不足以帮他向郭家引荐，直到他看到了一个女同学的名字，不禁眼睛一亮！

这个女同学叫李美嘉，英文名Mila，与他同年级不同班，可因为和邵星泽一样都热爱运动，两人经常在学校操场上跑步，三年下来关系熟稔。

李美嘉性格活泼开朗，为人又大方，而且是郭梓涛母方的亲表妹，看下来是最好的人选。

事不宜迟，邵星泽当场就按资料上的电话号码给李美嘉拨了过去，不多时那头传来了一道爽朗的女声："你好，请问你是……？”

邵星泽立马回道："Mila，你好！我是 Kelvin，高中时我们经常一起跑步。"

"是你啊，Kelvin！"李美嘉惊喜道。

当年邵星泽在学校无论从长相气质还是学习运动都很出挑，是学校的明星学生。当年两人由于都热爱运动而成了关系不错的朋友，后来因为邵星泽去了港城大学念书，两人就断了联系，可她对邵星泽印象很深。

李美嘉虽不晓得邵星泽今天为什么会突然给自己打电话，但料想一定是比较紧急的事。

电话里，邵星泽简单介绍了自己的近况，说是在枫叶国的优卑诗大学读硕士，暑假回国度假，想见见她，有些事想向她询问。

李美嘉却道："这会儿我不在澳城，正在欧洲旅游呢。"

邵星泽心道不巧，便说："Mila，可能对你来说有点唐突，我其实是想打听你表哥郭梓涛的事。"

"哦，为什么要打听我表哥？"李美嘉挺奇怪。

邵星泽晓得这件事颇为棘手，自己必须坦诚以对，才能打动别人帮他，于是他把和邵冠辉之间的矛盾，脱离父子关系后邵冠辉又跨国犯罪的事说了，又谈起郭梓涛和邵冠辉常年关系不和，希望郭家能助他一臂之力。

这件事来去经过非常复杂，可李美嘉却完全听明白了，不免对邵星泽产生了同情，没想到当年在学校里如此风光的明星学生身世竟是这样坎坷。

她为人素来热心，当下便道："Kelvin，谢谢你对我坦诚以待，愿意把你家的事都告诉我。我现在人不在澳城，不能亲自帮你，不过你我和我表哥关系不错，会向他引荐你，到时候你直接去找他就可以了。”

邵星泽一听大喜，忙道：“谢谢你，Mila，太感谢了！”

第 139 章 物证

　　李美嘉很是给力，很快就给了邵星泽回音，发给他一个地址，让他明天去郭梓涛的公司。

　　邵星泽万分感谢，照着她说的第二天上午十点来到郭梓涛赌场酒店的最顶层，也是他办公地点所在。

　　进了房门，见郭梓涛已经坐在办公桌后在等他。

　　郭梓涛指了一下办公桌旁的沙发，请他坐下，茶几上已经准备好了一杯绿茶。

　　两人相互打量了一番，邵星泽见郭梓涛三十五六的年纪，双目有神，面容沉静，看着便是挺有城府的人。

　　郭梓涛却见邵星泽虽然年轻，只和自己的小表妹一般年纪，可举止气度十分不凡，又想起表妹跟他说的邵星泽复杂的背景遭遇，心下感叹，便首先开口："Kelvin，我听 Mila 说了邵家的事，也知道你来找我的目的。可邵冠辉的事非常棘手，属于跨国作案，想要将他定罪，得动用大量的资源。就算我和邵冠辉在生意场上不和，可是不是为了商业竞争就要花费那么多的精力帮你把他搞倒，我还在考虑这件事值不值得。"

　　邵星泽一听，郭梓涛的口吻倒不是全然拒绝帮忙，里面还有回旋的余地，便从容不迫地回道："值不值得也要看我能为你提供什么，在澳城邵冠辉势力不小，要郭家出手帮我，我自然也要有回报。"

　　郭梓涛见邵星泽反应如此灵敏，觉得他很上道，不禁露出满意的笑容："Kelvin，如果能把邵冠辉弄进监狱，他在澳城的两家赌场酒店怎么说？"

邵星泽满不在乎："我都已经和邵冠辉脱离了父子关系，他的财产我是一分钱都不想要。如果能将邵冠辉定罪，他的财产就会被冻结，彻查清楚后会被拍卖，郭先生想用低价购入，也未尝不可。"

郭梓涛点点头，心想就算买不到邵冠辉的两家酒店，至少未来就少了邵家这个竞争对手。

于是他道："生意场的事，你算是给了我一个满意的答复，还有件私人的事情我想请你帮个忙。"

邵星泽面色淡然道："郭先生有话尽管说。"

郭梓涛竟叹了口气："这件事非常私密，我从未对人说过，往后也希望你不要对任何人提起。"

邵星泽道："我明白，而且我未来会在北美成立我的家庭，发展我的事业，与澳城关联不大，你可以放心地跟我讲你的私事。"

郭梓涛闻言，放下了一大半心，便开始说出他多年来在心中存疑又从不敢跟人提起的事："Kelvin，你也晓得我叔叔郭浩霖对我很器重，可他对子嗣的观念非常保守，总是希望郭家有男性的继承人。他自己膝下无男，而我和我太太结婚多年，却未得一男半女，因而未来我叔叔庞大的资产往哪里去，都很难讲。"

邵星泽从小在赌城的富豪圈里长大，又怎会不明白，他点头道："所以你也希望自己有个姓郭的男性继承人。"

"嗯，"说到这里，郭梓涛也就不再隐瞒："想当年我和苏咏媛分手，也是迫不得已。苏咏媛是普通人家的女儿，又是在赌场的酒吧做陪客女的时候与我相识，这种背景的女人，我家里肯定没法接受，最后我还是听从了家人的意见娶了现在出身名门的太太，苏咏媛便很快跟了邵冠辉。可对她的第一个孩子我始终存疑，按时间推算，我总觉得应该是我的孩子才对！”

邵星泽一愣，他也没想到会有这样的事，可他深知邵冠辉的为人，忖了一会儿道："这也不是没有可能，但我想邵冠辉当年把苏咏媛接回邵家的时候肯定不知道，或许他后来得知这件事，却为了他的面子对外隐瞒。这也就能解释，为什么我跟他脱离关系后，他如此气急败坏，不择手段地去报复现在和我极为亲厚的穆家。"

"对，"郭梓涛也肯定他的猜测："如果他还有第二个男性继承人，实在没有必要对穆家下这么重的狠手，非要取了穆家唯一男性继承人的性命。"

说到这里，邵星泽已然明了郭梓涛的用意，立马道："郭先生你放心，我会很快取得苏咏媛长子的证物，让你去做亲子鉴定。"

郭梓涛松了口气："好，我等你消息！"

回到酒店，邵星泽立刻联系了蔡怡雯，让她拿到苏咏媛长子的头发以及牙刷。

时值暑假，蔡怡雯每天都在照顾陪伴苏咏媛的一双儿女，拿到证物轻而易举。

邵星泽将证物给了郭梓涛，郭梓涛很快就拿去做了亲子鉴定，果然证实苏咏媛的长了是他的孩子。

郭梓涛喜出望外，心想不把邵冠辉弄进监狱，他也就没法认回自己的孩子，便在这件事上极为卖力，找了郭浩霖说了此事。郭浩霖一听郭家现在多了个男性孙辈，自是非常重视，找了澳城警署了解撞车案的全过程后，晓得关键人物是Eric。

于是，人脉遍布全球的郭浩霖便请枫叶国的律师带话给

Eric，只要他肯指认邵冠辉，那郭家不仅会帮他照看在澳城的家人，还会重金帮他请最好的律师，为他争取最轻的刑罚。

Eric 权衡一番，想着自己可以抱上郭浩霖这个势力强于邵冠辉太多的金大腿，又想着作为帮凶肯定比做为主谋罪名要轻很多，便没怎么犹豫就答应了郭家的要求。

他常年在赌场周旋于富豪间，做事细心，经常进行电话录音，邵冠辉发出让他取穆子旸性命的指令，他当然也录了下来，存在秘密 U 盘里。

最终，他向温哥华警局交出 U 盘做为指证邵冠辉的物证，再加上郭浩霖向澳城警署施加压力，邵冠辉终于再次落网。

之后，邵冠辉的资产被冻结，赌场酒店被拍卖，苏咏媛没了依靠，只得答应郭梓涛的要求，让长子回到郭家，从而换取一笔巨额的抚养费。

而邵星泽，早在郭梓涛拿到亲子结果，答应一力帮忙搞垮邵冠辉时便已经悄悄地离开澳城。临走，他又去拜访了黄启华一次，向他表示由衷的感谢，还拜托他处理修改生母墓碑的事。

然后他去了沪城与穆振中和黎玉洁会和，三人于八月十号乘飞机，及时在穆子旸和梅宛书的婚礼前赶回温哥华。

至于蔡怡雯，也在帮忙拿到苏咏媛长子的证物后，在邵星泽的安排下尽快离开了邵宅，飞往温哥华。

第 140 章 婚礼

八月十一日是一个周六，也是穆子旸二十六周岁的生日。

昨天，邵星泽与穆振中、黎玉洁三人及时赶到温哥华，今日便和穆家和梅家七人欢聚一堂，为穆子旸庆祝生日。

穆宅热闹了一天，晚间，梅宛书将定好的生日大蛋糕摆在餐厅的方桌上，点燃了两根长、六根短的蜡烛，随后熄灭了灯光。

烛火摇曳中，大家一起唱起了生日歌，穆子旸闭上双眼，双手合十，默默地许下了一个愿望。

待灯光重新亮起，大家分吃蛋糕时，穆语童忍不住好奇地问他："大哥，你刚才许了什么愿望啊？"

穆子旸摇了摇头，将食指放在嘴上，低声道："这可是不能说的秘密。"

梅宛书瞧他又是神秘又是郑重的表情，莞尔一笑，便也不再问他。

心里却不由自主地有些激动、期盼，明天，就是她和穆子旸结婚的日子了……

……

翌日，天气晴好，阳光明媚。

女王公园里绿树成荫，百花烂漫，时有清风吹过，倍觉凉爽。

正式婚礼的时间在上午十一点到下午两点，中间安排了一顿宴席。

婚礼场地就设在女王公园最高处的大平台上，俯瞰便可观赏整个公园的全貌，美不胜收。

不到十点，婚礼策划公司的工作人员已将婚礼场地布置完毕。只见平台中央笔直地铺设了两道粉白玫瑰，中间空出一条花路，花路的尽头竖起椭圆状的巨大花环，一簇簇姹紫嫣红的玫瑰花交叠在一起，相映生辉。

就在花路的两侧，摆设了一排排白色金边的长桌，桌面铺了雪白的花纹桌布，桌上点燃白色的高低蜡烛，用透明玻璃罩住，蜡烛周围也铺开了簇簇白色的玫瑰，浪漫而典雅。沿桌便是一排排白色的藤椅，舒适而清凉。

十点开始，宾客们陆续到场。尹歆然和周昊得了一对新人的嘱托，来得最早，此刻穿插在宾客中，负责招待他们，将他们领到各自的席位上。

不过忙碌了半个小时，除了穆家和梅家的主桌十个席位尚有空缺，其他所有宾客全部到齐，坐满了七八十个席位。

包括主婚人和两名证婚人，李教授夫妇，蒋南音一家四口，尹歆然和周昊，叶依丹和 Allen，周宇和 Terrisa，喻明辉，方雅淑一家四口，Kelly 和她先生，来自悉尼的范承明、许言、伊莎贝尔，来自旧金山的戴斌和 Sam，邵星泽的好友 Johnny 和 Matthew，陈家四口和蔡怡雯，还有梅宛书医院的几位同事，天阳地产的所有员工，以及一些天阳的合作伙伴。

众人坐定后，见彼此相熟的都被安排在一起，便相互寒暄，言谈甚欢。

整十一点，Allen 走到花环前，开始主持婚礼，他笑道："我们先有请新郎登场！"

话落，随着隆重典雅的婚礼进行曲，穆子旸一袭庄重的黑色丝光翻领新郎礼服，从花路的入口拾级而上。

他的身材十分挺拔，修身款的西装礼服熨贴地包裹他宽肩细腰、四肢修长的体形，里面一件高领黑扣的白色衬衫，脖子上系黑色领结，衬着他俊美立体的脸庞，高大帅气，性感迷人。

他脸上洋溢着灿烂的笑容，宛若朝阳般光华灼灼。

跟在他后面的，是同样帅气逼人的邵星泽，却与穆子旸完全是两种气质，宛如星辰般清辉皎皎。他身穿一袭深灰西装，手捧花束，风度翩翩。

随着他们踏出的潇洒步伐，宾客席不断地发出赞美和惊叹，尤其是天阳的员工，已有许久没见到穆子旸了，今日一见，一袭新郎装的他竟是帅出了前所未有的新高度，不由得冒出了星星眼。

待他们在花圈前站定，Allen 又高声道："现在我们有请新娘入场！"

婚礼进行曲再次响起，众人期待的的目光又朝着花路的入口处聚焦。

先从台阶上来的是穿了一袭粉色纱裙的穆语童，她长发披肩，头戴花环，清新秀美。只见她双眸晶亮，面带笑容，手里端着透明玻璃罩的烛台，里面点燃了烛火，摇曳闪烁。

在她身后，梅宛书挽着梅听南的手肘，飘飘若仙地走了上来。

她的婚纱十分别致，前胸由精致的蕾丝勾勒出她绰窈优美的曲线，脖颈和肩部都裹了一圈泡泡纱的荷叶边，裙摆也是泡泡纱的，恰好曳地，长发挽成花苞，戴上了白色的新娘头纱，温婉又妩媚。

可真正吸睛的是这件婚纱为清凉的露臂露背款式，梅宛书白皙纤瘦的胳膊全都露了出来，肉骨匀婷的背部轻轻覆盖着新娘头纱，若隐若现，娇韵迷人。

　　她步态优雅地走在身穿中式礼服的梅听南身边，父女两面含相似的淡雅微笑，身上带着同一种飘逸的气质，不觉间便令众人便屏住呼吸，迷了眼。

　　站在花路尽头的穆子旸更是一瞬不瞬地注视着梅宛书，眸光炯亮。

　　待父女两走到他面前，梅听南便将梅宛书的手郑重地交给了穆子旸，内心又是高兴激动，又是万分不舍。

　　他那么疼爱的，那么出色的女儿，命运却又如此多舛，而今，终于有了一个同样出色的年轻人要与她终身相伴相守……

　　穆子旸爱如珍宝地接过梅宛书的纤手，轻轻放在自己的肘上，深深地呼出一口气，面色也变得越发凝重。

　　接下来，Allen 有请主桌的其他三位长辈上来。

　　穆振华携着何虹佳走了过来，许慧茹也走到了梅听南的身边。

　　Allen 让四位长辈面对着一对新人，邵星泽和穆语童站在了一对新人的背后。

　　穆子旸和梅宛书先朝着穆振华和何虹佳，再朝着梅听南和许慧茹深深鞠躬，四位长辈含笑点头，送上一番贺词。

　　然后 Allen 有请主婚人和两位证婚人，开始了签字仪式。

　　就在主婚人的领读中，穆子旸和梅宛书虔诚地宣誓，要与对方永结同心，不离不弃，随后和两名证婚人一起在结婚证书上签下自己的名字。

　　随后，穆子旸从邵星泽手里接过婚戒，套在了梅宛书的无名指上；而梅宛书温柔地笑着，接过穆语童递过来的婚戒，也给他套上。

　　完成了这一步，穆子旸心潮翻涌，忍不住搂住梅宛书的纤腰，在她柔美的唇瓣上深深落下一吻，立时引来宾客席的一片欢呼鼓掌。

至此，婚礼的正式流程走完了。

随后，穆语童将邵星泽手上的捧花递给了梅宛书，十几个未婚女性站在她身后。

梅宛书先瞅准方向，笑着转过身去，用力将捧花抛出，果然很精准地落在了叶依丹和尹歆然的中间。

两女顿时露出开心的笑容，心想她们的婚礼也该被安排上日程了。

众女嘻嘻哈哈间，女王公园的西餐厅侍者成行，端出一盘盘美食，倒上美酒饮料，放置在白色长桌上。

在 Allen 的引导下，众人一起举杯，为一对新人送上祝福。然后宴席开始，宾主尽欢。

穆子旸和梅宛书却无暇饮食，忙忙碌碌地游走于宾客间，跟他们打招呼寒暄，邵星泽和穆语童也一起陪着他们招待宾客。

不一会儿，席间赞美声此起彼伏，原来是四人颜值太高，宾客们嘴里享用美食的同时，也被他们养足了双眼。

令梅宛书最感动的便是年逾七十的伊莎贝尔真的信守承诺，不远万里和范承明、许言从悉尼赶来参加她的婚礼。

伊莎贝尔却不在乎旅途的劳累，眼睛湿润着，拉着她的手道："Sophia，太高兴在我的有生之年，看到你结婚幸福的样子，往后，你会过得越来越幸福！"

耳听老人由衷的祝福，梅宛书的心里波荡起伏，就在五个月前，她还不相信自己有一天能踏入婚姻的殿堂，离美满的姻缘仅仅一步之遥……

整个宴席，她和穆子旸始终手牵着手，走完一圈，和所有人都交谈过后，她环顾四周，望着这些亲朋好友，再抬眸望着她身边的男人，眼里涌上了一层泪花。

从今天起，她就是他的妻，他就是她的丈夫，未来，他们相伴相守，变成了这世上最亲的人……

第 141 章 新婚快乐

下午，邵星泽和穆语童送走了悉尼和旧金山的几位客人，便按照原定计划，与周宇、Terrisa、喻明辉一起，带着穆家和梅家的六位长辈，开车去往卡尔加里的班芙小镇去旅游几天。

时值暑假，几个年轻人都是学生，有大把的休闲时间，六位长辈有了他们的陪伴和照顾，心情愉悦舒畅。

喻明辉租了一部七人座的 SUV，和周宇、Terrisa 一起，带了穆梅四位长辈坐一车。

许慧茹在车上就忍不住说："新婚燕尔，就让子旸和小书单独呆在一起，最好趁着这几天能怀个宝宝！"

何虹佳一听"宝宝"二字，顿时笑得合不拢嘴，连忙点头称是。

梅听南温声道："慧茹，是不是太急了点？小书前阵子刚从学校毕业，才正式走上医生的工作岗位，总得有了一番建树后，再谈孩子的事情比较稳妥。"

穆振华同意道："没错，小书和子旸还年轻，过个几年，到了三十再要孩子也不迟。"

何虹佳却不同意："要到三十岁，还得过三四年那么久，我可等不急要抱孙子孙女！"

许慧茹也反驳道："小书自己就是妇产科医生，当然要以身作则，给新妈妈们做个最好的榜样。只有自己生养了孩子，才更懂怎么做好一个妈妈！"

坐在驾驶位开车的喻明辉立马点头道："许阿姨言之有理，我赞同！得让子旸早早地做爸爸，也给我们几个立个风向标，做个最好的榜样！"

"呵呵……"四个长辈忍俊不禁。

坐副驾驶位的周宇朝他打趣："Frank 你就得了吧，女朋友都还没找个固定的，还结婚生孩子呢！"

喻明辉不服气："这种事都说不清的，子旸遇到 Sophia 也不过才九个月嘛，就已经走进结婚殿堂了，说不定我的真命天女就在不远的前方等着我呢！"

"哈哈……"

车上的一群人又一起欢笑起来。

邵星泽开了穆子旸的宝马，和穆语童、穆振华、黎玉洁坐一车，跟在喻明辉的车后面。

黎玉洁晓得邵星泽为了处理邵冠辉的事，从旧金山飞到澳城，后来又从澳城飞到沪城，再与他们一起飞到温哥华，今天又做伴郎招待宾客，连日疲惫，不禁心疼道："Kelvin，时差都还没调好，开车累不累？"

邵星泽笑得温润："妈，别担心，我一点都不累，最近一段全都是开心的事情，我不睡觉心情都特别好。"

黎玉洁每次听他喊"妈"，心里都暖洋洋软绵绵的，说不出的舒服，就还舍不得地多叮嘱一句："总归安全第一，跟紧前面的车。"

邵星泽点头，柔声道："知道了，妈！"

坐在黎玉洁身畔的穆振中不由得露出了欣慰的笑，这几个月，黎玉洁几乎每天都和邵星泽音频或视频通话，精神状况十分健康，吃得下睡得着，此刻也是她放暑假的时间，就想和邵星泽多呆些时日。

思及此，他开口问："Kelvin，你和小童暑假放到什么时候？"

穆语童接口道："大伯，我们大学要九月初才开学，还有二十几天呢。"

穆振华一听还有这么长时间，干脆向黎玉洁提议道："玉洁，你也还有差不多二十天的假，要不先别忙和我一起回沪城，就跟小童多住些时日，让 Kelvin 多陪陪你。"

邵星泽和穆语童立马都说"好"。

黎玉洁瞧着前面的一对金童玉女，摇头笑道："我可不想当他们年轻人的电灯泡，还是和你一起回去罢了。"

穆语童闻言，小脸一红，转眸向邵星泽看去。

却见邵星泽神情自若地目朝前方，嘴里淡淡地道："妈，你还是留下来吧，我就不住学校了，陪你一起住 Tina 家里。"

黎玉洁一听便会意过来："那好，我就在温哥华多呆些时候，你就陪我一起住小童家！"

穆语童懂邵星泽的意思，心里一荡，脸红得更深了。

穆振中也懂邵星泽的意思，在他身后呵笑起来。

……

婚礼过后，梅宛书换了身轻便的碎花连衣裙，穆子旸开了她的 mini 车，带她一起回到穆宅。

进了大门，诺大的宅子静悄悄的。

穆子旸于牵梅宛书，心中喜悦，忍不住在她脸上亲了一口，似笑非笑道："宛书，所有人都走了，就剩你们俩了。"

梅宛书莞尔："所以呢？"

语气云淡风轻，俏脸却不由得浮起一层绯色。

穆子旸顿时一脸灿笑，夸张地大喊："所以我们要干正事了！"

话落，一把将梅宛书打横抱起，往楼梯口走。

梅宛书怕他牵动伤口，嗔道："你快放我下来，我自己上楼！"

穆子旸做了几个月的病人，习惯性地听她的话，此刻便也不要强逞能，放下她，牵了她一只手，上了二楼。

进了穆子旸的房间，见里面给穆语童布置得十分温馨怡人，柔软雪白的床套上摆满了鲜红的玫瑰，落地窗帘也换成了墨绿色的天鹅绒，里面还有一层白纱。此时窗帘打开，外面的阳光透了进来，一室的明媚。

穆子旸笑了笑，伸出一只手抚上梅宛书的半边脸，霎时，柔软细腻的触感盈满了掌心。

他含情脉脉地望了她一会儿，见她脸上带了些倦色，便心疼地道："宛书，这几个月，你又要忙毕业，又要去医院工作，还要照顾我，还要筹备婚礼，累坏了吧，先什么都别想，好好睡一觉。"

梅宛书笑了，就在他的手心里，点了点头。

这几个月她连轴转地忙碌，一刻也不得闲，今日终于顺利地完成了婚礼，浑身上下都倍感疲惫。此刻见穆子旸懂得体恤她，颇感欣慰。

穆子旸牵着她来到床边，轻轻地掀开薄被，扶她上了床。

那一床的玫瑰花散开了一些，穆子旸便拿来两只花瓶，将所有的玫瑰收拾了插进花瓶里，放在两边床头柜上，随后又把天鹅绒的窗帘拉上，将室内空调温度调好，才悄悄地离开房间。

梅宛书闻着花香，闭上眼，在幽暗静谧的房间里，不一会儿便沉沉地睡去。

这一觉真是好睡，足足睡了三个多小时，睁眼的时候见外面天色已黑。她看了下时间，已经将近八点。

梅宛书舒了一口气，觉得身上有点粘腻，便去她那间客房洗了个澡，换上舒适的棉质系腰带连身短裙，浑身舒爽地下了楼。

见客厅只亮了吊灯，穆子旸人不在，又听到厨房有一些动静，便朝厨房走去。

可就在厨房的门口，她便停下脚步，含笑驻足了一会儿。

只见穆子旸换了一身家居服，脖子上套了围裙，正在用一只小锅煮着什么，发出一阵阵面食的香气。

厨房的圆形餐桌上，已摆好了两只餐盘，两只高脚杯和一瓶红酒。餐盘里各放了一块煎好的牛排，牛排旁边还摆了一朵绽放的红玫瑰。

过了一会儿，穆子旸煮好了食物，便拿着锅柄来到餐桌边，低着头，表情认真地将锅里的食物平均分到两只盘子里，梅宛书一看，原来穆子旸煮了一锅通心粉，难怪气味那么香。

她闻着就觉得肚子有些饿，便笑着走上前去。

穆子旸听到了动静，抬头看到她，脸上也露出了灿笑："宛书，你醒了！正好，我晚餐也做好了，我们一起吃！"

"嗯，"梅宛书点点头，见穆子旸绅士地为她拉开座椅，便坐进椅中，瞧着他忙忙碌碌，心里软成一片，又说不出的甜。

穆子旸将煮锅放进水池，取下围裙，又在两只高脚杯里倒上红酒，然后突然想起了什么，跑到楼上去拿了两只漂亮的艺术蜡烛点上，再将灯熄灭，坐在了梅宛书的身边。

摇曳的烛火中，两人举起酒杯碰了一下，梅宛书望着穆子旸俊美的脸庞，浓情的眼，轻声开口："新婚快乐，我的先生！"

穆子旸顿时心潮涌动，半晌，他哑着嗓子，也轻声回道：

“新婚快乐，我最爱的妻！”

“新婚快乐，我最爱的妻！”

第 142 章 初夜

　　吃好晚餐，穆子旸让梅宛书先上楼休息，自己却又穿上围裙，去洗碗收拾。

　　梅宛书望着他高大的背影，想起以前育婴讲座上，穆子旸笨手笨脚地给塑料婴儿洗澡的场景，心里又是好笑又是感动，默默地看了他一会儿，缓步上了楼。

　　依然到她那间客房刷牙，洗脸，梳好头发，镜子里女人的表情渐渐羞赧。

　　尽管已经是第二次结婚，又是妇产科医生，可她并没有任何经验却是事实。

　　心里又十分清楚，自己是穆子旸的初恋，他也是没有经验的。

　　初夜，由谁来引导……

　　梅宛书竟有些为难。

　　在镜前站了好一会儿，她走回穆子旸的房间，悄悄打开房门，便听见浴室里传出淅淅沥沥的水声。

　　她心跳得快了些，坐在床沿，闻着芬芳的玫瑰，静静地等着他。

　　于是穆子旸洗好澡一打开浴室的门，便望见了一幅美不胜收的画面，伊人独坐花畔，竟比花还要娇美。

　　他心脏开始狂跳，慢慢踱到她身边，梅宛书便抬眸看他，眼波如水，清婉荡漾。

　　穆子旸心神俱醉，俯下身，含住她的两片唇，热烈地吻了起来。

　　边吻着，边拉开梅宛书腰间的细带，轻手轻脚给她脱去了衣裙。

里面，她还穿了蕾丝的胸衣和短裤，可全身柔美的曲线映入他的眼帘。

穆子旸呼吸一室，却没再继续为她解开，只是散开自己的睡袍，袒露性感的身体，又轻柔地吻了上去……

慢慢地，他赤裸的胸膛压着她温凉的肌肤，两人的呼吸越发灼热，梅宛书两只手情不自禁地勾住他的脖颈，渐渐情动。

她的眼皮晕了一抹薄薄的粉色，稍微睁眼，却见穆子旸眉头皱了一下，心里不由得一紧，柔声道："子旸，你躺下来吧！"

穆子旸刚才左胸腹的伤口生出一阵扯动的疼，便乖乖地听她的话，身体靠在枕垫上，双腿平放在床上，手上却不甘心地使劲，让梅宛书坐在他身上。

霎时，梅宛书感觉到了身下的坚挺炙热，不禁绯红了双颊，如瀑的长发散在两肩，妩媚动人之极。

穆子旸看得心神荡漾，大手情不自禁抚住她胸前的柔软，在外面揉了一会儿，又各伸了两根手指进去，捏住了轻轻挑拨。

梅宛书嘶得深吸了一口气，却也受不住这股强烈的刺激，便反手解开胸衣，从身上脱了去。

霎时，穆子旸的眼前撩起了一片诱人的媚色，他头脑一晕，便再也忍不住，一手抚住她的脊背，嘴往前凑，含住了她一边的娇艳欲滴，另一只手却也不闲着，指尖捏住她的另一边，开始轻挑慢捻。

梅宛书情不自禁地闭上双眼，喉咙里发出了声声叹息，又忍不了他唇舌的热度，两手压住他肩膀，让他松开她，嘴唇却堵了上去……

　　穆子旸边和她激烈地吻着，抚住她脊背的手往下滑，碰到了短裤的蕾丝边，便有些急不可耐，用手从她一边腿上褪下，再从另一边拉了下来，扔到了地上。

　　终于，两人袒露相对，穆子旸急促地喘着气，眼睛被欲望熏得通红，却也舍不得马上开始，定定地望了她好一会儿。

　　梅宛书大羞，抬手捂住他的双眼，然后，一点一点，慢慢地坐下去，将他的那根灼热滚烫，全部包裹在她的身体里。

　　穆子旸忍不住轻叫了一声，一股前所未有的冲动席卷全身，他拨开她的手，掐住她的腰，让她身体抬高了一些，开始缓缓地动起来。

　　一下一下，她裹得那般紧，穆子旸被刺激得浑身发抖，扶住她的后脑勺，将她的唇压在自己唇上。

　　两人边吻边做，时而她的发稍拂过他的前胸，便撩起他肌肤的一层颤栗。他的呼吸越来越急促，动作也越来越密集，最后，随着他的一声喊，两人的身体同时松懈了下来。

　　穆子旸剧烈地喘息着，迷离的目光不经意地落在两人的交叠处，竟看到了一些血色。

　　顿时，他脑袋懵住了。

　　梅宛书也在喘着气，脸色却有些苍白，额上还冒出了一层薄汗。

　　穆子旸突然明白过来，蓦地抱住她，颤声道：“宛书，对不起，真的对不起，我不知道……”

　　梅宛书却莞尔一笑，也反手搂住了他：“子旸，不要说对不起，你也是第一次……”

　　……

深夜，穆子旸搂着梅宛书躺在床上，舒适而安宁。

刚才，他拉着她去浴室一起洗了个澡，又一次感受到那种专属夫妻间独一无二的感觉，甜蜜而温暖，松弛又亲昵。

已经有过了一次亲密，梅宛书便不再那么羞涩，毕竟是做医生的，不避讳地看过太多病人的身体，便也趁着洗浴时，对穆子旸仔细打量了一番。

打量完后，心里也不由得赞叹，确实是宽肩细腰大长腿的黄金比例，因为常年热爱运动，肌肉线条也很流畅优美，腹部隐约地显出六块对称的腹肌，再加上光滑的麦色肌肤，她的先生浑身上下都在散发着男人性感的魅力。

只是他胸腹处多了一条又长又弯的伤疤，一道道缝线处才两个多月还显得有点深，梅宛书便心疼地用手指慢慢地沿着疤痕抚摸，却不曾想这个温柔的动作又把穆子旸的欲望挑了起来。

可他这次变得非常小心，生怕她又会痛，便挤了些沐浴露在手上，沾了一些水，在她的腿间慢慢洗涤，先抹干净刚才残留的血迹，然后轻轻地揉着她的私处，果见梅宛书两颊泛起了红晕，她压抑着不吭声，只是让温水冲洗全身，可下一秒，随着穆子旸的一根手指顶了进去，她还是忍不住一声轻哼，眼里蓦地泛起一层水雾，又娇又美。

穆子旸一阵心潮荡漾，关掉花洒，张口含住她的唇，一只手从后抚住她圆润的臀部，另只手的手指不停地捣弄挑拨，不一会儿，便听到了她抑制不住的呻吟……

间隙，偶尔听她唤了两声他的名字，带了句软软的央求："子旸，别……"

穆子旸的内心立马获得了巨大的满足，陶醉地问："宛书，喜欢吗？"

　　梅宛书不说话，只是仰起脸，搂住他脖颈，喘息着吻住了他……

　　此刻，穆子旸回想起刚才浴室的那番亲密，身体便又悸动起来，心想刚才那样挑弄过她后，再来一次，她便不会痛了吧。

　　侧目看去，见梅宛书背对着他，一动不动，呼吸也十分的轻细。

　　可穆子旸却知道她并没有睡着，毕竟下午补眠了三个多小时。

　　他便伸出手臂，像是不经意地搭在她的细腰上。

　　果然听到梅宛书凉声道："已经快十二点了，还不睡吗？"

　　穆子旸胳膊紧了紧，来了一句："宛书，知道昨天我生日，许了什么愿望？"

　　梅宛书身体轻轻动了一下，却没转过身，只是问："是什么愿望？"

　　穆子旸轻笑了一声："我想要一个孩子，尽快地要！"

　　梅宛书叹道："自己都还没长成熟，就想做爸爸。要知道，父亲对于孩子的一生，有多重要多关键，有时甚至超过了母亲的影响力，你真的可以？"

　　听出她话里的质疑，穆子旸有些挫败，不开心地手上用了点力道，两人的身体便严丝合缝地贴在了一起。

　　然后，他伸嘴过去，用牙齿轻轻咬住她雪白的后颈，开始吮吸。

　　梅宛书只觉得脖子上扑来一阵灼热的呼吸，接着是微微的疼和痒，晓得他在作弄，便嗔道："别弄出印子来！"

　　穆子旸才不听，边吮着，两只大手从她的胳膊下伸到了她的前面，开始揉捏挑拨。

不一会儿，听到梅宛书的呼吸越发急促，便拿脚分开她的双腿，慢慢地抵了进去。顿时，一股紧实的包裹感刺激着他，他没动，可也在微微地抽搐。

他深吸口气，压了压腹中的火，在她耳边柔声问："疼不疼？"

梅宛书不答话，可极轻微地摇了摇头。

穆子旸心里一喜，开心地咧嘴笑了一下，然后咬住她的耳廓，身体开始有节奏地动了起来。

没想到这个姿势无比的刺激，只一会儿两个人便喘息不停，穆子旸还嫌不够，压着梅宛书的肩头，让她转了下身体趴在床上，腰身微微弓起。

之后的每一下，他都顶到了她的最深处，时而辗转碾磨……

终于，梅宛书被刺激得婉转哀鸣，体内更是不由自主地抽搐起来，连带一股一股的水往外喷涌。穆子旸更加的兴奋，完全感觉不到身上的疼痛，只觉得尽兴，畅快淋漓地弄了许久，最后才放进了她的身体里。

梅宛书脸颊火热滚烫，便羞赧地埋进枕头，身后的肌肤却被穆子旸压了个密实。

他在她耳边大口喘气，然后突然发问："宛书，像这样的力度，你是不是就能怀宝宝了？"

扑哧，梅宛书的羞涩还未消散，便又给他逗得忍俊不禁。

第 143 章 幸福

　　后面几天，穆子旸和梅宛书就在清净的穆宅过着二人世界，偶尔出门，也只是去超市购物，补充冰箱里的食物。

　　梅宛书原本厨艺就好，教了穆子旸一些简单的中西餐的烧法，穆子旸也常常做给她吃，对她无比的温柔体贴。

　　梅宛书心中时常感慨，和她重遇后的穆子旸，很快地成长和成熟起来，如今颇有些可以做爸爸的样子了。

　　待旅行去的一群人归来后，穆宅变得热闹起来，长辈们瞧见一对小夫妻浓情蜜意，恩爱有加，心下颇感欣慰。

　　又过了几天，穆振中、穆振华、梅听南和许慧茹放心地回到国内，邵星泽便搬进穆宅陪伴黎玉洁。

　　这时梅宛书已恢复了医院的工作，每日虽然忙忙碌碌，可回到家中，何虹佳和黎玉洁早已将饭菜做好，晚间穆子旸又对她极尽疼爱，日子过得舒心而甜蜜。

　　八月底黎玉洁回沪城，邵星泽带着穆语童又去洛杉矶、拉斯维加斯旅游了一圈，之后学校开学，邵星泽便搬回了公寓。

　　此时，穆子旸的身体基本恢复正常，开始去公司上班，生活步入了稳定的状态。

　　也是在九月初，梅宛书发现经期延迟，便在医院里检查了一下，结果呈阳性，一个小生命已经悄悄地孕育在她的腹中。

　　梅宛书推算了一下时间，应该就是在刚结婚的那几天怀上的，不禁莞尔，心想这下子倒是如了穆子旸的愿。

　　那日晚间，穆子旸兴致高昂，又要与她覆雨翻云，梅宛书却阻止道："不可以。"

穆子旸先是一愣，几秒后又反应过来，大手轻轻地放在她腹部揉了两下，柔声问："第一天是不是很疼，要不要给你捂暖一点？"

梅宛书扑哧一笑，摇摇头："我没来那个。"

穆子旸手停下来，奇怪地问："那为什么不可以？"

梅宛书抬手抚在他的手背上，轻声说："可以，不过要很小心了。"

穆子旸又是一愣，这回他想了半天，终于明白过来，不敢置信地看着梅宛书，眼睛亮得惊人："宛书，难道，你怀上了蜜月宝宝？"

见梅宛书淡笑着颔了颔首，他心中狂喜，哈哈大笑，在梅宛书左右脸颊上各亲了一大口。

尔后，动作细致地将她脱光，在她腹部的肌肤上吻了许久，才小心翼翼地与她轻怜蜜爱……

第二天，穆子旸便把这个好消息告诉了所有的家人，何虹佳笑得合不拢嘴，穆语童和邵星泽向他们道贺，许慧茹、梅听南、穆振华也颇感喜悦，都嘱咐梅宛书好好保养身体。

梅宛书叫他们一切放心，自己就是妇产科医生，知道每一步该怎么做。

可即便什么都清楚，梅宛书还是经历了很长一段时间的妊吐，什么都吃不下，人也越发的瘦削憔悴。

何虹佳心里着急，每天换着花样给她做好吃的，见梅宛书勉强可以吃一点味道酸辣的食物，便常常给她做酸辣粉吃，穆子旸也经常带她出去吃一些韩餐。

三个月后，梅宛书妊娠反应大为减轻，恢复了往日的胃口，脸色也变得红润起来。

　　此时，她的腹部开始显怀，不过因为她身材苗条高挑，再加上大温到了冬季，衣服穿得多，外人完全看不出来。

　　穆子旸却晓得她身体的每一分变化，见她的肚子一天天地越隆越高，不禁又是惊奇，又是怜爱，又是感动。

　　到了第二年的年初，梅宛书身体沉重，便向医院请了产假，在家调养。

　　孩子于四月末出生于妇幼医院，是一个脸容极为清秀好看的小女孩。

　　当梅宛书如同她原本照顾的那些产妇一样躺在病床上，而她的小宝宝安静地闭着双眼，就睡在她身边的小床里，她的内心涌上来一股难以言喻的温柔的爱意，而从这一刻起，她才真正懂得了母爱是一种什么样的感受。

　　她在医院里住了三天，白天医院的家属探望时间很短，何虹佳和穆语童只能从家里给她带些营养丰富的餐点，补充医院的盒饭。

　　可梅宛书因为自己就是妇产科医生，十分专业，可以把自己和孩子都照顾得都很好，每三小时一次的喂奶、换尿布、孩子出现黄疸便给她照蓝光，一切井井有条。

　　不过作为丈夫的穆子旸倒是非常尽责，每日下班后便到医院来给梅宛书陪夜。

　　每一次孩子轻细的啼哭，他都能警觉地醒过来，嘴里连声说着"爸爸来了"，然后开始给宝宝换尿布，用奶瓶给她喂梅宛书挤出的母乳，大大地减轻了梅宛书夜间的操劳。

　　三天后，穆子旸把梅宛书和小婴儿接回家。当他看到婴儿篮里的宝宝白嫩嫩、粉嘟嘟的可爱模样，不觉露出了灿烂的笑容。

　　之后每天他回到家中，第一件事就是奔到房间去看自己的妻女，他会动作轻柔地先给宝宝洗个澡，待她浑身干干净净，舒舒服服地喝饱奶睡着后，他再到梅宛书的床前，与她说会儿体己话，时而温柔地亲吻她……

孩子刚出生时，梅宛书先给她取了个英文名叫伊丽莎白，待她长到半岁，她又给孩子取了个十分好听的中文名叫穆玥荻。

小玥荻从小就和母亲很像，皮肤白皙，面容秀丽，性格也是十分的灵动乖巧。

家里一来人，她的表情动作就会活跃起来。尹歆然最爱逗她，一逗她就会咯咯地笑，眼睛也弯成了小月牙，可爱之极。

家里所有人都十分宠爱她，尤其是奶奶何虹佳。

梅宛书恢复医院上班后，时常家里只有何虹佳一人带她，可只要何虹佳双手闲下来，便不愿意把她放在婴儿椅中，喜欢抱着她四处晃悠，最喜欢抱她去穆宅的后花园，与她一起看看风景，说说话，小玥荻就常在奶奶的笑语中，进入沉沉的梦乡。

待她长到八个月，叶依丹和尹歆然都选择在圣诞假期举办婚礼，小玥荻便跟着爸爸妈妈去参加了两场结婚典礼，她坐在婴儿车里东张张西望望，似懂非懂地瞧着周围的一片热闹非凡，咯咯地笑了一会儿。不多时，梅宛书给她喂了一整碗香喷喷的辅食，她便开始眼皮打架，不一会儿就睡着了。

又过了两个月，她开始在地毯上爬来爬去，变得更加调皮，何虹佳带她都有些吃力。对家里角角落落都熟悉后，她爬得十分老练，可以迅速地从一楼爬到二楼，一层层台阶爬得毫不费力。

可家里人总担心她会摔下来，爬楼梯时就跟在她后面，往往把何虹佳搞得十分疲惫。

此时，席卷全球的病毒侵染到每一个城市，国民们响应政府的要求，减少上班和上学的时间，注射疫苗，主动自觉地在家隔离。

可因为生孩子的新妈妈却丝毫没有减少，梅宛书的工作依然忙碌，每天在医院还要特别小心，不能染上病症，以免殃及家人。

而穆子旸的房地产公司，倒是在疫情期间需求量暴涨，前期的投资都有了丰厚的回报。

可如穆子旸这样精明的商人，心知房地产暴涨过后就会迎来低迷，便和周昊商量着和新雅一样，将天阳的资金转去投资一些具有发展潜力的小项目，来规避风险。

同年的七月，邵星泽和穆语童同时从优卑诗大学毕业，分别获得了硕士和学士学位。此时，两人感情稳定，觉得时机也已经成熟，便去领了结婚证书。大环境有限，穆子旸只在穆家请了一些亲朋好友，为两人举办了一个简单的结婚仪式。

随后两人飞往旧金山，邵星泽正式在硅谷工作，而穆语童也找到了一个合适的工作，之后夫妻二人定居旧金山。

就在这年的夏天，梅宛书再次怀孕，这一次她变得更有经验，知道该怎样调理自己的身体，减少孕吐反应，而穆子旸已经当了一年多的爸爸，对一切都十分熟稔，与何虹佳一起，将妻儿照顾得妥妥当当。

第二年的四月初，就在小玥获快满两岁时，她有了一个小弟弟。

此时，她言语伶俐，已经十分会说话，爸爸妈妈把弟弟从医院领回来后，她便经常在婴儿床前来回晃荡。

可弟弟除了喝奶，就总是在睡觉，偶尔张开双眼，也是懵懂迷糊的样子。

小玥获便问梅宛书："妈妈，小弟弟什么时候才能变得聪明起来，能和我一块玩呢？"

梅宛书伸出一只手，轻轻地放在她卷翘的头发上："等弟弟长到和你现在一样大的时候，你们就可以一起玩了！"

"哦，"小玥获点点头，不太开心的样子："那还要等很久呢！"

梅宛书柔声道："宝贝，在你的感觉中会很久，可是在妈妈的感觉中，就是一段很短的时间。"

小玥获好奇地问："为什么呀？"

梅宛书莞尔一笑："因为幸福的日子，总是过得那么快！"

穆子旸在一旁听到了母女的这番对话，立马笑得阳光灿烂，他将女儿高高抱起，又在儿子的小脸和梅宛书的脸上各亲了一下，一股强烈的幸福感充塞在他的胸臆间。